国家社会科学基金一般项目
"主倡'兴味'的民初上海小说界研究"
（批准号：15BZW122）

中华典籍与国家文明研究丛书

孙超 著

民初上海小说界研究

（1912—1923）

上海古籍出版社

《中华典籍与国家文明研究丛书》编委会

主　编
查清华

编辑委员会（按姓氏笔划排列）
朱易安　李定广　李　贵
吴夏平　陈　飞　查清华
曹　旭　詹　丹　戴建国

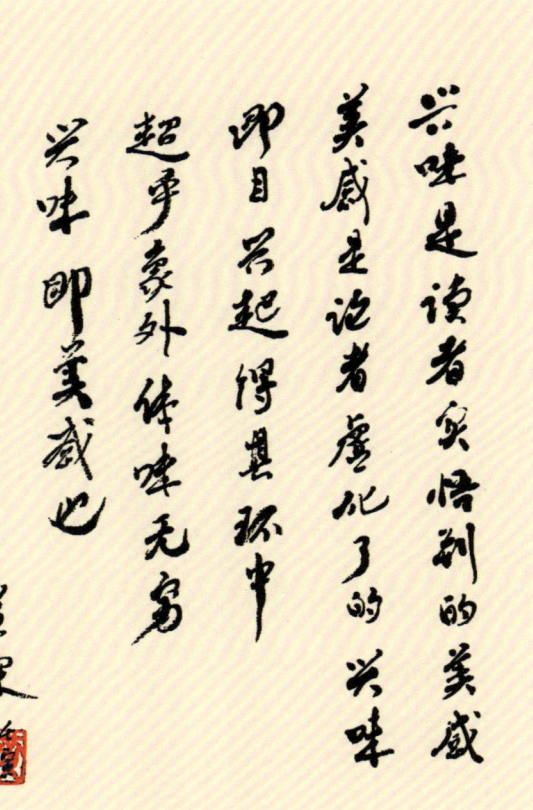

黄霖先生题辞

序

读了孙超的新著《民初上海小说界研究（1912—1923）》，让我想起一件往事，大约是 2013 年，我们华东师范大学主办的第二届"思勉原创奖"揭晓。李泽厚先生的《哲学纲要》、阎步克先生的《品位与职位——秦汉魏晋南北朝官阶制度研究》、张涌泉先生的《汉语俗字研究》以及罗宗强先生的《隋唐五代文学思想史》获原创奖，范伯群先生的《中国现代通俗文学史》获原创提名奖。思勉原创奖是一个民间奖项，但在当下人文学术领域颇为研究者所看重，这种看重除了评选规范，获奖作品优秀等之外，其重原创、重影响的评选标准是其中最为重要的因素。当时有位朋友问我，为什么《中国现代通俗文学史》能获原创提名奖？为现代通俗文学撰"史"，其"原创性"表现在哪里？记得当时我是这样回答的：从研究史角度言之，20 世纪是最重通俗文学的一个世纪，古代通俗小说、戏曲文学乃至说唱文学都获得了前所未有的重视，甚至成为古代文学研究之"显学"。而就现代文学的创作和研究来看，现代通俗文学却被无限地"边缘化"，如传统章回体小说曾经是古代通俗小说最为重要的文体，如今则"隐退"到小说主流之外，蛰伏于

"言情""武侠"等领域,且在"雅俗"的大框架下充任着不入流品的"通俗小说"角色。故现代通俗文学虽创作繁盛,读者众多,但始终不受重视,更遑论为其著史。此为"悖论",却是实情。范伯群先生倾力为现代通俗文学"正名",为其著史,当然是"原创"。我引出这一段"往事"无非是想说明,孙超的新著正是在这种"原创"的影响之下、在现代通俗文学已获"新生"的前提之下所作出的一项亦具备"原创"意味的研究工作,值得我们重视。

为什么孙超的这一部论著也具备"原创"意味呢?我认为主要表现在如下三个方面:

首先,孙超的这部论著选题非常好,是有原创价值的。对于现代通俗文学的研究,经过范伯群先生、黄霖先生、陈平原先生和袁进先生等的拓荒和推进,取得了不少研究成绩,在观念上基本廓清了以往对现代通俗文学家的"误读"和"污名化",已回到学术研究的理性化轨道,这为孙超的研究奠定了很好的基础。但孙超所做的工作仍然有创新性,他的研究更集中,选择的时空更紧凑,基本上是一个时段(1912—1923)、一个城市(上海)、一个场域(小说界)和一个"公案"(现代通俗小说的"污名化")。正因为有这样的集中和紧凑,所以他的研究成果也就更细致、更扎实。在《导论》中,著者写道:

> 在近现代小说史上,有一批以上海为中心,掀起民初小说"兴味化"热潮,主导全国小说界的小说家。他们的主流地位虽在1917年开始受到"新文学革命"的冲击,但直至1920年代初,他们较之五四"新文学家"在小说界仍然占着优势。"新文学家"遂在1921至1923年间对他们发起了文坛"驱逐战"。在1923年"新文学家"取得文坛话语权后,这批小说家便被严重压抑而被迫退居边缘。从此,他们中的部分乃至整体

或被贬作"旧派""鸳鸯蝴蝶派",或被斥为"黑幕派""礼拜六派",或被看成"民初通俗小说家",等等。这些命名和认识反映的正是这批作家及其小说近百年来一直遭受诋毁、歪曲、批判、误读的不幸遭遇。

这一段表述可以视为本书对研究对象的一个概括,而作者所要做的正是要为这一批作家彻底翻案,既在观念上,又在文本上。于是,当作者"翻检那些早已发黄变脆的报刊,透过重重的历史迷障,在渐渐辨识出那些模糊不清的背影之后,我有了一种重返民初上海小说界以还原这批主倡'兴味'的小说家及其小说历史本相的冲动。"于是就有了这部书,有了一次长达十余年(据作者自述本书前后经营约有十三年)的"翻案"之旅。

其次,孙超这部论著的内容非常好,既重视研究对象的系统完整,又讲求研究内涵的独特新颖。

就系统完整一端而言,本书除《导论》《结语》之外分为十章,内容涵盖面广,基本囊括了民初上海小说界的方方面面。十章内容富于系统性,大致可以概括为三个层面:第一,揭示作为一个整体的民初上海小说界的创作纲领——"兴味化"和梳理不断自我调适的民初"兴味派"小说家,并以此为基础论证民初上海小说界的特质及其在近现代小说发展中的地位和价值。第二,全面探寻民初上海小说界的创作实绩,以文体为区隔系统梳理了民初上海小说界的创作情况及其价值,如"与时流变的通俗白话章回体小说""风靡一时的雅化文言章回体小说""作意好奇以'兴味'的传奇体小说""沿传统轨辙书写的笔记体小说""保留'说话人声口'的话本体小说"和"充满现代都市'兴味'的民初新体白话短篇小说"。一方面系统论述了民初小说界创作的主要文体,揭示了民初上海小说界对传统小说文体的继承和创新,同时也强化其所显示的时代特质和文学创新。其中对"雅化文言章回体小说"和"充满现代都市'兴味'的民初新体白话短篇小说"的分析评判颇有新意。第三，探讨影响民初上海小说界的思想文化背景，以两章的篇幅，分置前后，"由传统走向现代的民初上海'文学场'"置于第二章，"民初上海小说界的阅读文化与读者反应"置于第十章。故十章所表述的内容确实是完整的、系统的。

而就独特新颖来看，本书的最大特色是运用了"文学场"理论，这个理论方法虽然已不新鲜，但对研究民初上海小说界来说是恰切的和富有成效的。对此，作者作了如下描述：

> 民初上海强大的"现代"都市文化资本为生成辐射全国的"文学场"准备了得天独厚的条件，但同时使其烙上了深深的经济资本烙印——"市场法则"对"场"内作家具有普遍的制约作用。对于民初上海"文学场"上的核心行动者"兴味派"小说家而言，繁荣的新闻出版市场、成熟的稿酬制度为他们谋食其中提供了坚实的经济保障，使他们成为中国早期的"市场作家"，也就是所谓的"报人小说家"——以著、译小说为谋生手段，同时兼任书局、报刊的编辑工作。
>
> 民初上海"文学场"吸纳各方文人前来卖文为活，报人小说家成为其职业身份，他们以报刊为中心节点、以雅集为特殊形式，形成了"文学场"上传统与现代复杂交织的关系网络。若从文化身份着眼，民初"兴味派"小说家则是一群由传统走向现代的"江南文人"，正经历着转型期的阵痛。他们一脉传承的对审美、闲适兴味的追求，使其力主小说以"兴味"为主；其家世出身、兼容"儒士"与"儒商"的文化品性，又促其成为近代第一批职业作家。

应该说，孙超对民初上海"文学场"的描述是准确的、符合历史原貌的，因为这一时段、这一地域和这一群体确是处在一个新旧交替、中西交汇的特殊历史时代，他们的成就、他们的不足都可以在这个"文学场"中找到依据和原因。而其中最能显示其特质的无疑是小说家本体，孙超对这一群体作出了这样的概括：他们的文化身份是一群"走向现代的江南文人"，其特质是"继承'入仕'与'游艺'的精英意识""脉承'审美'与'闲适'的名士风度"和"传承'儒士'与'儒商'的文化品性"。这样的概括的确是精当的、也是富有"兴味"的。

再者，孙超的这部论著有明确的方法论意识。除上文所说的运用"文学场"理论之外，他颇为强调研究方法，也一直在实践中体现方法的重要性。尤其是针对这样一个复杂的研究对象，这样一个被"遮蔽"、被"误读"百年之久的创作群体，更需方法论的支持和支撑。在书中，孙超详细描述了他所采用的研究方法：

> 需要重新回到历史中去，在最原始的材料中寻找解蔽的密码，是为"正面看"。可是，仅仅根据当时的背景、当时的作品、当时的论争、当时的影响，依然不能完全看清其历史原貌。我们还需要将一个个文学"事件"、一次次文学"运动"放回历史场景和时代思潮之中，重新顺着时间之流来梳理其脉络，看清其影响，分析其走向，在前后比较中确认它特有的历史贡献，最后才来确定它们各自在中国文学走向"现代"过程中的位置和意义，此为"顺着看"……我们对历史的研究一定有其现实的动机，这种研究绝不能完全避免后设价值立场的介入，而且更重要的是我们需要借鉴有用的历史资源来丰富现实生活。那么，要想发掘民初主流小说家及其作品有用于当代文学建设的精华，就应该再加上"回头看"的视角。

"正面看""顺着看"和"回头看"，概括了孙超运用研究方法的主体,虽不无"玄虚",但行之有效。书中一些重要观点的提出确实与这些方法的运用有关,如:"民国最初十年间以上海'文学场'为代表形成了相对独立的民初'文学场',它与清末'文学场'、五四'文学场'前后相继,是中国小说现代转型的三个阶段。"无疑,这种结论的产生与其使用的研究方法是密切相关的。

以上我从三个角度梳理评判了孙超这部论著的优长,这样的评价也绝非说这部论著已无懈可击,一些不足其实与其优长是相伴相生的。譬如,本书一个重要创获是概括了中国小说现代转型的三个阶段:清末、民初和五四时期,为提升民初上海的小说地位作出了贡献,但在具体评述中,也不能就此否定这一脉线索在五四以后的实际存在,其所丧失的实际是"主流"的地位。另外,阅读本书还常常体会到作者在写作过程中所倾注的情感,但其实这是学术研究所忌讳的,需要适当控制。

孙超是复旦大学黄霖先生的高足,现供职于上海师范大学人文学院。因其曾在华东师大从事数年博士后研究工作,我作为合作导师与他有了更多的交流,也比较了解其为人。孙超宅心仁厚,乐观开朗,以学术为志业,勤勉刻苦,相信他在学术研究上会有更多的创获,我乐观其成。

谭 帆
2022 年 5 月 18 日

目 录

序 ·· 谭 帆 1

导言 从民初主流小说家的百年命运说起 ························· 1
  第一节 从"鸳鸯蝴蝶派"到"通俗文学家" ······················ 2
  第二节 重新审视民初上海小说界 ································ 31

第一章 民初上海小说界的"兴味化"主潮 ······················· 45
  第一节 清末"新小说家"内部的"兴味"呼声 ··················· 46
  第二节 民初主流小说家主倡小说"兴味" ······················ 52

第二章 由传统走向现代的民初上海"文学场" ··················· 68
  第一节 民初上海的独特地位及其"文学场"的生成 ············ 68
  第二节 传统与现代互动中的关系网络 ·························· 88
  第三节 文化身份:走向现代的"江南文人" ···················· 114

第三章 不断自我调适的民初"兴味派"小说家 ··················· 127
  第一节 由传世与觉世到娱世的智慧抉择 ······················ 127

第二节　从传统至西方与民间的多元面向 …………… 143

第四章　民初与时流变的通俗白话章回体小说 …………… 200
   第一节　中式白话：与时流变的通俗性语言 …………… 202
   第二节　现代报刊：推动文体形态转型的大众传媒 …………… 214
   第三节　都市百态：摹写·聚焦·写当下 …………… 220
   第四节　类型创作：满足读者的多元兴味 …………… 227

第五章　民初风靡一时的雅化文言章回体小说 …………… 243
   第一节　易代之际的特创别体 …………… 245
   第二节　伤春悲秋的主题表现与娱情造美的文体优势 …… 251
   第三节　风靡一时后的黯然退场 …………… 267

第六章　民初作意好奇以"兴味"的传奇体小说 …………… 277
   第一节　"兴味"的双重指向催生传奇体小说的民初繁荣
   …………… 279
   第二节　尊体意识影响下的民初传奇体小说创作 …………… 283
   第三节　破体意识影响下的民初传奇体小说创作 …………… 305

第七章　民初沿传统轨辙书写的笔记体小说 …………… 322
   第一节　四重时代语境与笔记体小说繁荣 …………… 323
   第二节　书写双轨与多样功能 …………… 332
   第三节　民初笔记体小说的衰落及其影响 …………… 365

第八章　民初保留"说话人声口"的话本体小说 …………… 373
   第一节　民初话本体小说文体身份确认 …………… 374
   第二节　演述家庭生活、滑稽故事与社会现象 …………… 376
   第三节　现代新变、虚拟情境与"说话人"隐形 …………… 384

第九章　充满现代都市"兴味"的民初新体白话短篇小说 …… 392
　第一节　由"新体短篇小说"到新体白话短篇小说 …………… 393
　第二节　现代都市兴味娱情与生活启蒙的轻骑兵 …………… 411
　第三节　现代短篇小说的重要一脉 …………………………… 449

第十章　民初上海小说界的阅读文化与读者反应 ……………… 457
　第一节　满足各阶层读者的多元兴味 ………………………… 458
　第二节　读者—编者—作者的互动转换 ……………………… 463
　第三节　读者心目中的名家名作名刊 ………………………… 477
　第四节　读者所感知的小说市场 ……………………………… 491
　第五节　读者对"新""旧"文学的一些看法 ………………… 501

结语　研究民初上海小说界的双重意义 ………………………… 514
　第一节　重现中国小说现代转型的"三部乐章" ……………… 516
　第二节　为当下小说发展繁荣提供多种启示 ………………… 535

附录　释"兴味" …………………………………………………… 543

主要参考文献 ……………………………………………………… 559

后　记 ……………………………………………………………… 595

导　言
从民初主流小说家的百年命运说起

在近现代小说史上，有一批以上海为中心掀起民初小说"兴味化"热潮，主导全国小说界的小说家。他们的主流地位虽在1917年开始受到"新文学革命"的冲击，但直至1920年代初他们较之五四"新文学家"在小说界仍然占着优势。"新文学家"遂在1921年至1923年间对他们发起了文坛"驱逐战"。在1923年"新文学家"取得文坛话语权后，这批小说家便被严重压抑而被迫退居边缘。从此，他们中的部分乃至整体或被贬作"旧派"①"鸳鸯蝴蝶派"，或被斥为

---

① 本书所使用的"旧派"这个名词，是沿用范烟桥《民国旧派小说史略》《民国旧派文艺期刊丛话》，以及严芙孙等《民国旧派小说名家小史》诸文中的"旧派"一词。"旧派"这个名词，是因"新文学家"的批判而产生。胡适在1918年发表的《建设的文学革命论》中明确使用了"旧派文学"一词，包括桐城派的古文、《文选》派的文学、江西派的诗、梦窗派的词、《聊斋志异》派的小说等，是和他提倡的"新文学"相对的。其他"新文学家"批判"旧派"（"鸳鸯蝴蝶派""礼拜六派"）时也多指出其"旧"的特点，视其为"旧文学"。后来为了甩掉"鸳鸯蝴蝶派""礼拜六派"这些更加"反动"的帽子，范烟桥等便退而求其次，选择了"旧派"这个稍显中性的称谓，以与"新文学家"相区隔。我们只要将范烟桥完成于1927年的《中国小说史》与解放后在此基础上增删而成的《民国旧派小说史略》作一比较，其退而求其次的心理便清晰可见。

"黑幕派""礼拜六派",或被看成"民初通俗小说家",等等。这些命名和认识反映的正是这批作家及其小说近百年来一直遭受诋毁、歪曲、批判、误读的不幸遭遇。在中国大陆解放后的头三十年中,他们甚至一度被驱逐出正常的学术研究视野。新时期以来,随着对整个近代小说研究的深入,随着通俗文学研究的勃兴,随着对中国文学"现代性"探讨的焦点化,脉承晚清小说而继续引领时尚,却又成为五四"新文学家"打倒对象的这批小说家及其小说才又引起研究者的兴趣,对其价值才有所重估。实际上,这批作家在新的时代境遇中脉承传统、主倡"兴味",不断反思、改良、创新,使其小说呈现出难得的文学性、东方性、娱乐性、趣味性、多元性、市民性、自由性、趋新性、知识性、市场性、通俗性与民俗性,使民初"小说兴味化热潮"成为中国小说现代转型的重要一环。然而,随后各领风骚的文艺界非但没有延承他们的合理甚至先进的内核,反而不断地对其进行打压、进而将其排斥在主流文学史叙述之外。以致直到今天,这批小说家及其小说仍处在"无名""污名"或"误名"的境地,其独立的研究价值还未曾被充分揭橥。翻检那些早已发黄变脆的报刊,透过重重的历史迷障,在渐渐辨识出那些模糊不清的背影之后,我有了一种重返民初上海小说界以还原这批主倡"兴味"的小说家及其小说历史本相的冲动。特别是在今天这个强调传统文化创造性转化、创新性发展的新时代,打破长久以来的种种遮蔽和误读,让民初主流小说家及其作品重新浮出历史地表,让今天的读者重新认识其真容,已是十分必要且迫切的事。

第一节 从"鸳鸯蝴蝶派"到"通俗文学家"

一、遭遇五四"新文学家"之否定性遮蔽

五四前后是"新文学家"登上历史舞台的时期,他们发起"新

文化运动"，其目的是要全面向西方学习，扫荡一切旧文化，彻底与传统决裂。当时仍活跃在上海小说界的民初主流小说家被定性为"旧派"，连同其"兴味化"小说一起被视为旧文化的一股强大势力，遭到全面否定。

1917年，来自所谓"旧派"内部的刘半农首先倒戈，他宣告说："余赞成小说为文学之大主脑，而不认今日流行之红男绿女之小说为文学。"① 其后，胡适在《建设的文学革命论》中整体否定了晚清以来的旧小说。接着，周作人对属于此派的《广陵潮》《留东外史》等进行了批评，说它们在"形式结构上，多是冗长散漫，思想上又没有一定的人生观，只是'随意言之'。问他著书本意，不是教训，便是讽刺嘲骂污蔑……他总是旧思想，旧形式"；甚至认为"《玉梨魂》派的鸳鸯蝴蝶体，《聊斋》派的某生者体，那可更古旧得厉害，好像跳出在现代的空气之外，且可不必论也"②。可见，事态伊始，"鸳鸯蝴蝶体"并非指称所有的除"新文艺小说"③之外的民初小说，而是专指"《玉梨魂》派"的民初言情小说④。然而，随着"新文艺小说"潮的奔涌上升，原来专指的"鸳鸯蝴蝶派"的范围被扩大了，"非我族类"的"黑幕派""礼拜六派""聊斋体""笔记体"等，一概被"新文学家"纳入其中。不仅如此，"新文学家"还从作家、作品、读者、时代、社会等各个层面对其作了彻底的、毫不留情的否定性批判。这样一来，民初主流小说家主倡"兴味"的特征遭到遮蔽，"专谈风月"的"消闲"特色、"揭

---

① 刘半农：《我之文学改良观》，《新青年》1917年第3卷第3号。
② 周作人：《日本近三十年小说之发达》，《新青年》1918年第5卷第1号。
③ 新文艺小说指"新文学家"创作的小说，如范烟桥《民国旧派小说史略》中说："所述限于旧派，不涉及新文艺小说。"
④ 这一点从"旧派"中人后来不愿错戴"鸳鸯蝴蝶派"帽子的抗辩文章和后人研究的论著中已看得非常清楚。可参考包天笑《我与鸳鸯蝴蝶派》、平襟亚《"鸳鸯蝴蝶派"命名的故事》、周瘦鹃《闲话〈礼拜六〉》、宁远《关于鸳鸯蝴蝶派》、范伯群《礼拜六的蝴蝶梦》、赵孝萱《"鸳鸯蝴蝶派"新论》等论著。

人阴私"的"诲淫"末流被放大。

"新文学家"普遍认为民初主流小说家思想陈旧、无药可救。例如，沈雁冰（茅盾）认为"他们的作者都不是有思想的人，而且亦不能观察人生入其堂奥；凭着他们肤浅的想象力，不过把那些可怜的胆怯的自私的中国人的盲动生活填满了他的书罢了"①，并指责他们继承了传统有毒的"文以载道"观念，借文学来宣扬陈旧有害的封建思想，"名为警世，实则诲淫"②。西谛（郑振铎）则进一步指出："传道派的文学观，则是使文学干枯失泽，使文学陷于教训的桎梏中，使文学之树不能充分长成的重要原因。"③ 因此，"新文学家"宣称："抱传统的文艺观，想闭塞我们文艺界前进之路的，或想向后退去的，我们则认他们为'敌'。"④ 显然，"新文学家"所反对的是传统的道德观和文艺观。民初主流小说家是有"保守旧道德"⑤ 的一面，但对"旧道德"的看法，我们今天已比较客观，对其中属于传统美德的部分，我们还在弘扬。而就继承传统文艺观来看，民初主流小说家虽也重视作品"有功世道"，但更重视的是"娱目快心"，与清末"新小说"、五四"新文艺小说"相比，民初小说的"载道"色彩最弱。"新文学家"之所以进行这种批判，是因为他们要走崭新的反传统之路。他们的前进之路是要"真心的先去模仿别人"，"也便是提倡翻译及研究外国著作"，"随后自能从模仿中，蜕化出独创的文学来"⑥。经过"新文学家"近十年的努力，他们有人就可以自豪地宣称："中国现代的小说，实际上是属于欧

---

① 沈雁冰：《自然主义与中国现代小说》，《小说月报》1922年第13卷第7号。
② 玄（沈雁冰）：《这也有功于世道么?》，《文学旬刊》1921年第9号。
③ 西谛（郑振铎）：《新文学观的建设》，《文学旬刊》1922年第37号。
④ 《本刊改革宣言》，《文学（周刊）》1923年第81期。
⑤ 包天笑：《钏影楼回忆录》，香港：大华出版社1971年版，第391页。
⑥ 周作人：《日本近三十年小说之发达》，《新青年》1918年第5卷第1号。

洲的文学系统的。"① 因此，当有人欲调和新旧文学时，"新文学家"是坚决反对的。他们始终坚持一元文学观，认为对"旧派"的"'迁就'就是堕落"②。他们认为"上海滑头文人""根本上就不知道什么是文学"③；"心已死了，怎么还可以救药呢？"④ 即使有的"旧派"小说家主动向"新文学"靠拢、学习，也往往被看作投机行为，而遭到痛批坚拒。例如，当 1920 年代初《礼拜六》《星期》等被认定为"旧派"的杂志也大力推广白话创作时，"新文学家"就认为这"是加于新文学运动的一种污蔑"⑤，却全然不顾早在 1917 年民初主流小说家的代表人物包天笑就在其主编的《小说画报》上公开宣称"本杂志全用白话体"⑥ 的事实。要知道，胡适的《文学改良刍议》正好同年同月在《新青年》2 卷 5 号上发表，而以此为纲领的"白话文运动"还只是停留在口号上罢了。《新青年》直到 4 卷 1 号起才完全改用白话文。实际上，民初主流小说家从来都不甘心落后于时代，整体呈现出一种趋新求变的特征。在"新""旧"文学激烈论争之际，包天笑通过在《星期》上登载灵蛇的《小说谈》，以一个说坛前辈的身份，诚恳地呼吁"旧体小说家，也要稍依潮流，改革一下子。新体小说家，也不要对于不用新标点的小说，一味排斥。大家和衷共济，商榷商榷，倒是艺术上可以放些光明的机会啊"⑦。胡寄尘出版了现代文学史上的第二本新诗集《大江集》；施济群、严谔声创办《新声》，宣传"新思潮"；小说创

---

① 郁达夫：《小说论》，严家炎：《二十世纪中国小说理论资料（第二卷）》，北京：北京大学出版社 1997 年版，第 418 页。
② 西谛：《新旧文学果可调和吗？》，《文学旬刊》1921 年第 6 号。
③ 西谛：《新旧文学的调和》，《文学旬刊》1921 年第 4 号。
④ 同上。
⑤ C. P.：《白话文与作恶者》，《文学旬刊》1922 年第 38 号。
⑥ 天笑生：《〈小说画报〉短引》，《小说画报》1917 年第 1 期。
⑦ 灵蛇：《小说杂谈》，《星期》1922 年第 18 号。

作上,张枕绿、周瘦鹃提倡"问题小说",小说理论上,董巽观的《小说学讲义》,虽然通篇仍以"兴味"为旨归,但也时而引用胡适翻译的西方小说,并列有"问题小说""社会小说"等专章,默默接受着"新文学"的影响。这些都是他们顺应时代,企望"新""旧"文学合作、共同开拓中国现代文学新局面的真诚表现,但得到的回应却全是否定与痛斥。西谛就说:"《礼拜六》的诸位作者的思想本来是纯粹中国旧式的。却也时时冒充新式,做几首游戏的新诗;在陈陈相因的小说中,砌上几个'解放'、'家庭问题'的现成名辞。同时却又大提倡'节'、'孝'。"① 他进而表态说:"思想界是容不得蝙蝠的。旧的人物,你去做你的墓志铭、孝子传去吧,何苦来又要说什么'解放'、什么'问题'"②;玄(沈雁冰)痛批道:"什么'家庭问题'咧,'离婚问题'咧,'社会问题'咧,等等名词,也居然冠之于他们那些灰色'小说匠'的制品上了。他们以为只要篇中讲到几个工人,就是劳动问题的小说了!"③ 正如《星期》周刊所评论的"近来处于旧小说旗帜下的人,也有好些买新小说看了,可是揭着新旗帜方面的人,却勇往直前,头也不回,却把旧小说遗弃如遗。"④ 正是由于"新文学家"的这种决绝的否定态度,使其无法正确看待民初主流小说家不断求"新"的一面,而给他们贴上"旧派"的标签。

此外,在批判民初主流小说家"保守旧道德"、继承传统文艺观的同时,"新文学家"还猛烈攻击其创作态度,普遍认为他们从来都是不严肃的。这种不严肃首先表现在此派作家持"游戏""消闲""娱乐"的文学观。C.P.批评道:"说他注意时事,他却对于无

---

① 西谛:《思想的反流》,《文学旬刊》1921 年第 4 号。
② 同上。
③ 玄:《评〈小说汇刊〉》,《文学旬刊》1922 年第 43 号。
④ 灵蛇:《小说杂谈》,《星期》1922 年第 18 号。

论怎样大的变故,无论怎样令人愤慨的事情,他却好像是一个局外人而不是一个中国人一样,反而说几句'开玩笑'的'俏皮话',博读者的一笑。"① 西谛严厉批评他们"以游戏文章视文学,不惟侮辱了文学,并且也侮辱了自己"②,"娱乐派的文学观,是使文学堕落,使文学失其天真,使文学陷溺于金钱之阱的重要的原因"③。这里的"陷溺于金钱之阱"正是"新文学家"指责他们创作态度不严肃的另一方面。志希(罗家伦)点名批评说:"徐枕亚的《玉梨魂》骗了许多钱还不够,就把他改成一部日记小说《雪鸿泪史》又来骗人家的钱。"④ 成仿吾说他们办的刊物是"拿来骗钱的龌龊的杂志"⑤。沈雁冰批评他们"简直是中了'拜金主义'的毒,是真艺术的仇敌"⑥。总之,"新文学家"认定他们的文学观念是"游戏的消遣的金钱主义",并据此断定其作品只能供人玩赏,而不能真正"为人生",也与"真艺术"绝缘,必须从根本上铲除。实际上,民初主流小说家多为上海文艺市场上的报人作家,"卖文为生"乃是其职业本分。其包含"游戏""消闲"与"娱乐"的"兴味"创作观固然出于适应市场的需要,但更是这批作家继承传统小说观念、注重发挥小说兴味娱情功能的体现,同时也缘于他们对西方小说强调"文学性"("审美性")的接受。从他们的办刊主张、小说观念及作品的整体来看,这批小说家不但自觉追求小说的艺术本位,也并未抛弃小说的教化功能,而且更注重现代日常生活的启蒙。他们积极推动"旧道德"的现代转化即是在做这方面的努力,却遭到了彻底反传统的"新文学家"的强烈批判。他们的"兴味

---

① C.P.:《著作的态度》,《文学旬刊》1922年第38号。
② 西谛:《中国文人(?)对于文学的根本误解》,《文学旬刊》1921年第10号。
③ 西谛:《新文学观的建设》,《文学旬刊》1922年第38号。
④ 志希:《今日中国之小说界》,《新潮》1919年第1卷第1号。
⑤ 仿吾:《歧路》,《创造季刊》1924年第1卷第3期。
⑥ 沈雁冰:《自然主义与中国现代小说》,《小说月报》1922年第13卷第7号。

化"小说甚至未曾被"新文学家"仔细看过,就被得出"该死"的结论。在"新文学"正典化之后,"严肃的文学"一统天下,越是"有味""有趣""有市场"的文学,就越被压抑,就越是处于边缘化,甚至被当作"非文学"看待,被驱逐出文学史。

面对民初主流小说家掀起的"言情小说"热,"新文学家"给他们全都戴上了"鸳鸯蝴蝶派"的帽子,称他们写的都是关注"蝴蝶鸳鸯""都是吊膀术的文字"①。鲁迅称他们创作的"新的才子+佳人小说便又流行起来,但佳人已是良家女子了,和才子相悦相恋,分拆不开,柳阴花下,象一对蝴蝶,一双鸳鸯一样……"②"什么'吊膀''拆白',什么'嘻嘻卿卿我我''呜呼燕燕莺莺''吁嗟风风雨雨','耐阿是勒浪觐面孔哉!'"③ 佩韦(沈雁冰)称这类小说是"'浓情'和'艳意'做成的",是"茶余酒后消遣的东西"④,骂此派"小说家本着他们的'吟风弄月文人风流'的素志,游戏起笔墨来,结果也抛弃了真实的人生不察不写,只写了些佯啼假笑的不自然的恶札;其甚者,竟空撰男女淫欲之事,创为'黑幕小说',以自快其'文字上的手淫'"⑤。"新文学家"为了打击民初主流小说家,还进一步扩大说:"'黑幕'书之贻毒于青年,稍有识者皆能知之。然人人皆知'黑幕'书为一种不正当之书籍,其实与'黑幕'同类之书籍正复不少。如:《艳情尺牍》《香闺韵语》,及'鸳鸯蝴蝶派的小说'等等,皆是"⑥;"中国近年的小说,一言以蔽之只有一派,这就是'黑幕派',而《礼拜六》就是黑幕派的结

---

① 幸福斋主人:《小说话》,《晶报》1922年4月15日。
② 鲁迅:《上海文艺之一瞥》,魏绍昌:《鸳鸯蝴蝶派研究资料》上卷,上海文艺出版社1984年版,第5页。
③ 鲁迅:《有无相通》,魏绍昌:《鸳鸯蝴蝶派研究资料》上卷,上海文艺出版社1984年版,第6页。
④ 佩韦:《现代文学家的责任是什么?》,《东方杂志》1920年第17卷第1号。
⑤ 沈雁冰:《自然主义与中国现代小说》,《小说月报》1922年第13卷第7号。
⑥ 钱玄同:《"黑幕"书》,《新青年》1919年第6卷第1号。

晶体,黑幕派小说只以淫俗不堪的文字刺戟起读者的色欲……对于这一类东西,惟有痛骂一法"①。这样就进一步把"黑幕派""礼拜六派""鸳鸯蝴蝶派"彻底打成了一派,以便将民初主流小说家全部骂倒。实际上,民初流行的"黑幕小说"既不能等同于"鸳鸯蝴蝶派""礼拜六派"小说,也不应过分武断地对其加以全盘否定。揭露"黑幕"本身是暴露社会黑暗面,是一件非常必要和正常的事。特别在民初上海这个被称为"富人的天堂,穷人的地狱;文明的窗口,罪恶的渊薮"的中国第一大都市②,揭穿黑幕有利于市民大众避开社会陷阱③,更好地适应复杂的都市生活。一些"黑幕小说"的确起到了这样的作用。对于那些专门迎合百姓心理、纯粹为了大赚其钱,不仅不顾艺术性,也完全不顾社会效果的"黑幕小说"末流,不仅"新文学家"展开批判,民初主流小说家也坚决反对。如,包天笑发表了题为《黑幕》的小说,曝光"黑幕小说"末流制造精神"毒品"的罪恶;叶小凤(楚伧)在《小说杂论》中也描述过自己从欢迎"黑幕小说"到对堕落的"黑幕小说"喊停的心路历程。正是在民初政府当局、民初主流小说家与"新文学家"的联合打击下,那些堕落的"黑幕小说"才在五四前后被遏制下去。然而,上述"新文学家"的做法和定评却流行了近百年,成为客观研究与公正评价民初主流小说家及其小说的厚障壁。

对于民初主流小说家的作品,"新文学家"还从文学性、创作技巧等方面极力予以贬损。例如,胡适认为"《聊斋》派的某生者体"是"最下流的""只可抹桌子"④;而学《儒林外史》的《广陵潮》等白话小说"既不知布局,又不知结构,又不知描写人物,只

---

① 署名记者,刊于《文学旬刊》1921年第13号。
② 熊月之:《上海通史》总序,上海人民出版社1999年版。
③ 笔者认为所谓的市民大众泛指城市里的所有居民。
④ 胡适:《建设的文学革命论》,《胡适全集》第1卷,合肥:安徽教育出版社2003年版,第62页。

做成了许多又长又臭的文字；只配与报纸的第二张充篇幅，却不配在新文学上占一个位置。"① 沈雁冰受西方文艺学影响，批评"旧派"作品"完全用商家'四柱帐'的办法"叙事、必然导致"连篇累牍所载无非是'动作'的'清帐'，给现代感觉锐敏的人看了，只觉味同嚼蜡"，进而认为"旧派"创作的"短篇只不过是字数上的短篇小说，不是体裁上的短篇小说"②。"向壁虚造"则是"新文学家"批评"旧派"小说的又一弊病。沈雁冰说："他们不知道客观的观察，只知主观的向壁虚造，以至名为'此实事也'的作品，亦满纸是虚伪做作的气味，而'实事'不能再现于读者的'心眼'之前。"③ 西谛也说："他们不过应了这个社会的要求，把'道听途说'的闲话，'向空虚构'的叙事，勉勉强强的用单调干枯的笔写了出来。"④ 另外，沈雁冰还批评"旧派"的创作"一方剿袭旧章回体小说的腔调和结构法，他方又剿袭西洋小说的腔调和结构法，（是）两者杂凑而成的混合品"⑤。"新文学家"还普遍认为"旧派"的作品"都是千篇一律，没有特创的东西，当然也没有价值"⑥，"称之为小说，其实亦是勉强得很"⑦。实际上，民初主流小说家的作品不仅广受读者欢迎，也颇富创新性、文学性，具有十分独特的价值。仅就"新文学家"批判的几点来看，"记账式"叙事乃是我国古代小说经典的叙事方法，符合国人喜欢听有头有尾故事的民族传统心理，民初主流小说家将之继承下来并结合时代进行新变，自有其贡献；对短篇小说的现代转型，他们也作过多路径探索，并取

---

① 胡适：《建设的文学革命论》，《胡适全集》第1卷，合肥：安徽教育出版社2003年版，第62—63页。
② 沈雁冰：《自然主义与中国现代小说》，《小说月报》1922年第13卷第7号。
③ 同上。
④ 西谛：《悲观》，《文学旬刊》1922年第36号。
⑤ 沈雁冰：《自然主义与中国现代小说》，《小说月报》1922年第13卷第7号。
⑥ 仿吾：《歧路》，《创造季刊》1924年第1卷第3期。
⑦ 沈雁冰：《自然主义与中国现代小说》，《小说月报》1922年第13卷第7号。

得了不小的成绩。另外，民初主流小说家在创作上也并不完全是"向壁虚造"，他们固然有一些脱离现实的作品，但更多作品要么出于客观的观察，是情感的自然流露，要么虽属间接取材，但由于融进了自身对社会、生活的理解与体会，也别有价值，因此深受广大读者的喜欢。而"中西混合"则是中国小说现代转型的必然表现，也是民初主流小说家主动向西方文学学习的明证。由于面向市场，民初主流小说家的创作是存在一定的模式化倾向，但其多方向探索，多元化创作的努力同样也显而易见。总之，"新文学家"所激烈批判的——"他们做一篇小说，在思想方面惟求博人无意识的一笑，在艺术方面，惟求报账似的报得清楚。这种东西，根本上不成其为小说"①——并不符合实际。但由于五四之后，"新文学家"渐渐成为文坛话语主宰，这些评判便长期被当成了真相。

"现在看来，新旧文学的关键之一在于争夺读者。"② 由于"旧派"小说受到读者广泛欢迎，而读者"对于新的作品和好的作品并没有表示十分的欢迎"③，所以"新文学家"宣称要对读者社会进行改造。这种改造主要表现在对青年读者阅读趣味、阅读水平的激烈批评上。西谛斥问："许许多多的青年的活泼泼的男女学生，不知道为什么也非常喜欢去买这种'消闲'的杂志。难道他们也想'消闲'么？……'商女不知亡国恨，隔江犹唱后庭花。'我真不知这一班青年的头脑如何这样麻木不仁？"④ 当"黑幕小说"流行时，"新文学家"将"旧派"所有作品混为一谈，据此批评读者的阅读水平。宋云彬说："我国人看书的程度低到这样，真可令人痛

---

① 沈雁冰：《自然主义与中国现代小说》，《小说月报》1922年第13卷第7号。
② 钱理群等：《中国现代文学三十年（修订版）》，北京：北京大学出版社1998年版，第94页。
③ 西谛：《杂谈》，《文学旬刊》1922年第40号。
④ 西：《消闲?!》，《文学旬刊》1921年第9号。

哭!"① 成仿吾甚至叱问青年读者:"堕落到了这层光景,还不去饱享精神的食粮,还要去嚼猪粪么?"② 当时的"新文学家"就是一心希望将读者的眼光转换过来,他们并不能理解"旧派"小说流行不衰的真正原因。"旧派"小说固然存在"新文学家"指出的某些缺陷,但绝非全无意义的"闲书",更非完全导人入歧途的"坏书"。实际上,民初主流小说家接续古代小说传统,又力图在小说现代转型中有所新变,创作出了一大批既符合国人"兴味"审美习惯,又与都市时尚合拍的作品。因此,即使受到了"新文学家"的猛烈批判,民初"兴味化"小说依然拥有大量受众。面对这一"畸形"繁荣景象,"新文学家"也曾试图找出时代、社会的成因。然而,他们从未对此进行认真、客观的分析,而是简单地将其归因为时代、社会之恶。例如,钱玄同认为此种书籍盛行乃是因为政府厉行复古政策,这就严重遮蔽了此派小说是晚清小说在民初时段的接续和新变的事实。面对 1920 年代上海"消遣式的小说杂志"重新流行,西谛认为"他们自寄生在以文艺为闲时的消遣品的社会里的"③。成仿吾则指出"这些《礼拜六》《晶报》一流的东西"是"应恶浊的社会之要求而生的"④。殊不知,此派小说之所以流行,是因为其背后是中国小说不变的"兴味"传统,是民初主流小说家不断趋新的现代意识。

综上可见,五四前后,"新文学家"从各个层面激烈批判民初主流小说家,甚至不认其创作为"文学"。沈雁冰就认为:"这些《礼拜六》以下的出版物所代表的并不是什么旧文化旧文学,只是

---

① 转引自钱玄同:《"黑幕"书》,《新青年》1919 年第 6 卷第 1 号。
② 仿吾:《歧路》,《创造季刊》1924 年第 1 卷第 3 期。
③ 西谛:《悲观》,《文学旬刊》1922 年第 36 号。
④ 仿吾:《歧路》,《创造季刊》1924 年第 1 卷第 3 期。

现代的恶趣味——污毁一切的玩世与纵欲的人生观（?），这是从各方面看来，都很重大而且可怕的事。"① 成仿吾说："他们没有文学家应有的素养，够不上冒充文学家，他们无聊的作品，也够不上冒充文学的作品。"② 这场批判的关键是"新文学家"欲以"新"小说观取代"旧"小说观，即以"西化"小说观取代"兴味"小说观。在当时，"新文学家"普遍认为"中国向来所谓闲书小说，本有章回体的《红楼梦》《儿女英雄传》，与笔记体的《聊斋志异》《阅微草堂笔记》这两类"③，他们既然如此看待传统小说经典，将民初主流小说家赓续传统的小说看作"消闲品"自不足怪。

今天，我们重新来审视"新文学家"对民初主流小说家及其作品的批判，必须重返历史现场、把握时代思潮。民初时段是一个让人绝望到窒息的时代，急需新的思想启蒙运动，"新文化运动"应时而生，形成了一股崭新的追求"民主"与"科学"的时代思潮，它代表了中国历史前进的大方向。所谓"旧派"是当时文坛上的强势群体，可它主倡"兴味"在打破令人绝望的时代氛围面前却显得无能为力。特别是其末流已衍化为冒充"社会小说"的某些堕落的"黑幕书"；低俗化、模式化、无病呻吟、充斥陈腐道德说教的假"言情小说"；胡编乱造，打打杀杀的伪"武侠小说"；没有历史依据，缺乏艺术美感的滥"笔记小说"，"新文学家"将其打倒理所必然，将其扫出文坛，有利于为当时处于弱势的"新文学"争得一席之地，也有利于"旧派"自身的反思、提高。从上面征引的材料可见，"新文学家"的批判言论大量出现在1921—1923年间，这一轮批判针对的现实对象是《礼拜六》复刊后掀起的文学"娱乐化""消闲化""市场化"潮流，这和当时"新文学"主流形成了激烈的

---

① 沈雁冰：《真有代表旧文化旧文艺的作品么?》，《小说月报》1922年第13卷第11号。
② 仿吾：《歧路》，《创造季刊》1924年第1卷第3期。
③ 仲密：《论"黑幕"》，《每周评论》1919年第4号。

对抗,"新文学家"乘势将他们压倒有其历史必然性。他们以强大的西方文学理论话语为武器,很快成为文坛"合法"的主持者,正如刘禾教授所说:"理论起着合法化的作用,同时它自身也具有了合法性的地位。"① 但也毋庸讳言,"新文学家"不加区别地全盘否定整个民初"旧派",未能正面认识其"兴味"小说观继承传统的意义,以及提倡文学"娱乐功能"的合理一面。当"新文学"正典化之后,上述批判性论断便成为文学史的定论,民初主流小说家从此就被罩上了一重强固的否定性遮蔽。特别是"新文学家""不容匡正"的粗暴批判态度,给中国现代文学的发展与客观评价民初主流小说家带来了严重的副作用:那些带有贬斥意味的冠名和批判,虽然曾引起民初主流小说家的抗辩,但他们终于被迫转向理论话语底层,失去了反驳的空间;在创作上也"越发向'下',向'俗'发展"②,这在相当程度上阻碍了中国现代文学平等、多元、交互发展的可能。就这样,民初主流小说家从此失掉本来面目,被戴上"消闲、娱乐、低俗、拜金"的"大帽子",在此后"救亡图存"更为急骤的时代风潮中,越发显得不合时宜,自然处在被继续批判的境地。

二、陷入机械的"阶级分析法"之抹杀性遮蔽

通过批判旧文学,"中国新文学存在权的获得,大致是稳定了"③,"新文学家"逐渐成为文化界的实际领导者,"新文学"也随即走上不断被正典化的道路。"构建一种文学发展模式,在重写文学史的同时,树立自家旗帜;而革命一旦成功,又迅速将自家旗

---

① [美]刘禾:《跨语际实践》,宋伟杰等译,北京:生活·读书·新知三联书店2002年版,第330页。
② 钱理群等:《中国现代文学三十年(修订版)》,北京:北京大学出版社1998年版,第94页。
③ 阿英:《中国新文学的起来和它的时代背景》,《阿英全集》第5卷,合肥:安徽教育出版社2003年版,第428页。

帜写进新的文学史"①,这是"新文学家"自我正典化的一贯做法。早在1922年,胡适就在《申报》上发表《五十年来中国之文学》来定位他和陈独秀等人领导的"新文学运动"的伟大性。此后,从1925年胡适在武昌大学讲演《新文学运动之意义》,到1929年朱自清编写《中国新文学研究纲要》、1932年周作人探讨《中国新文学的源流》,再到1935年胡适宣讲《中国文艺复兴》以及众多"新文学"领袖联手编纂《中国新文学大系》,"新文学家"们正是通过这一系列自我历史化、正统化、经典化的努力,来奠定"新文学"在中国现代文学史上的正统地位。"新文学家"之所以忙着将刚发生不久,且在创作方面仍显薄弱的"新文学"正典化,除了缘于自我事迹历史化的内在动机,更重要的是出于两种现实斗争的需要。一种需要是继续打倒包括民初主流小说家及其新生代在内的"旧文学",这是来自"新文学"阵营外部的斗争;另一种需要是应对1927年后逐渐兴起的"革命文学"新主潮,这属于"新文学"阵营内部的论争。

跳脱"新文学家"建构的文学史遮蔽,放眼20世纪20、30年代的文坛,很容易看到:"新文学家"虽然掌握了文学界领导权,但占有最广阔文学市场的依然是所谓新旧"礼拜六派"。面对这一事实,"新文学家"能做的就是尽力压抑"他者"与自我正典化。当然,也有一些人迅速从"文学革命者"变为"革命文学者"。鲁迅在1934年写的《〈草鞋脚〉小引》中曾说:"最初,文学革命者的要求是人性的解放,他们以为只要扫荡了旧的成法,剩下来的便是原来的人,好的社会了,于是就遇到保守家们的迫压和陷害。大约十年以后,阶级意识觉醒了起来,前进的作家就都成了革命文学

---

① 陈平原:《学术史上的"现代文学"》,《中国现代文学研究丛刊》1997年第1期。

者。"① 这里的"大约十年以后",从1917年"新文学革命"算起正是1927年。1927年之后,新兴的"左翼作家"一方面继续批判所谓"礼拜六派",一方面也批评"五四文学革命"的不彻底性,从而打出自家的旗帜。

瞿秋白在20世纪30年代初发表了一系列文章,指出了以"文腔革命"②为核心的"五四文学革命"在读者接受层面的实质性失败。他说:"从'五四'到现在,这种文腔革命的成绩,还只能够说是'鬼门关以外的战争'。为什么?因为鬼话(文言)还占着统治的地位,白话文不过在所谓'新文学'里面通行罢了。"③ 在瞿秋白眼中,"新文学所用的新式白话,不但牛马奴隶看不懂,就是识字的高等人也有大半看不懂。这仿佛是另外一个国家的文字和言语。因为这个缘故,新文学的市场,几乎完全只限于新式知识阶级——欧化的知识阶级"④。正因如此,广大文学市场依旧被所谓的新旧"礼拜六派"掌控着,瞿秋白曾一针见血地指出,"二三十年前新出的白话小说:《二十年目睹之怪现状》《官场现形记》《老残游记》……等等好的东西,他们继承《红楼梦》《水浒》,而成为近代中国文学的典籍;就是坏一点的,例如《九尾龟》《广陵潮》《留东外史》之类的东西,也至少还占领着市场,甚至于要'侵略'新式白话小说的势力范围:例如今年出版的张恨水的《啼笑因缘》居然在'新式学生'之中有相当的销路"⑤。这段话比较准确地反映了当时的文坛状况,瞿秋白据此发出进行"第三次文学革命"的号召。他特别强调"要认清现在总的责任还有推翻已经取得三四十年

---

① 鲁迅:《鲁迅全集》第六卷,北京:人民文学出版社1981年版,第20页。
② "文腔革命":即以白话代文言。
③ 瞿秋白:《鬼门关以外的战争》,《瞿秋白文集(三)》,北京:人民文学出版社1953年版,第620页。
④ 同上书,第629页。
⑤ 同上书,第626页。

前《史记》《汉书》等等地位的旧式白话的文学";"在文腔改革上，不但要更彻底的反对古文和文言，而且要反对旧式白话的权威，而建立真正白话的现代中国文"①。实际上，瞿秋白的"第三次文学革命"是要建立中国的"普洛文艺"——无产阶级的大众文艺，他当然要批评"欧化士大夫的'文艺享受'"②，也会一如既往地批判新旧"礼拜六派"，且开启了将张恨水为代表的"新派"与"旧派"混为一谈的论述，形成了对民初主流小说家的新遮蔽。例如，1932年阿英（钱杏邨）就这样叙述："一般为封建余孽以及部分的小市民层所欢迎的作家，从成为了他们的骄子的《啼笑因缘》的作者张恨水起，一直到他们的老大家的程瞻庐，以至徐卓呆止，差不多全部动员的在各大小报纸上大做其'国难小说'"③，很显然，他也将所谓新旧"鸳鸯蝴蝶派"混为一谈。在对具体作家作品的分析中，阿英则运用机械的"阶级分析法"将其定位为"反映了封建余孽以及部分的小市民"思想的文艺。这种混为一谈和阶级定位，一直影响到当下对民初主流小说家的正确命名与评判。

1930年代后半段，随着日寇侵华战争加剧，建立"抗日统一战线"成为时代之亟需，"左翼作家"对所谓"鸳鸯蝴蝶派"（"旧派""礼拜六派"）的态度也由过去的彻底否定批判改为既联合又批判。正如鲁迅在1936年8月发表的《答徐懋庸并关于抗日统一战线问题》中所说："我以为文艺家在抗日问题上的联合是无条件的，只要他不是汉奸，愿意或赞成抗日，则不论叫哥哥妹妹，之乎

---

① 瞿秋白：《鬼门关以外的战争》，《瞿秋白文集（三）》，北京：人民文学出版社1953年版，第630页。
② 同上书，第862页。
③ 阿英：《上海事变与鸳鸯蝴蝶派文艺》，《阿英全集》第1卷，合肥：安徽教育出版社2003年版，第600页。

者也，或鸳鸯蝴蝶都无妨。但在文学问题上我们仍可以互相批判。"① 叶素的《礼拜六派的重振》即贯彻了这一主张，该文在部分肯定"礼拜六派"抗战时期创作的可喜变化后，仍说他们是曾经"以市侩意识庸俗手段为特征散布毒氛的礼拜六派"②。佐思（王元化）的《礼拜六派新旧小说家的比较》则比较中肯。他明确地将所谓"礼拜六派"分为新、旧两类，认为"属于旧小说家集团"的作家"中间也很有几个严肃认真的工作者"③，同时尖锐地批评"新礼拜六派"作品存在大量的色情描写，因而指出"今天笼笼统统的'反对旧小说'，不但是对于正直的旧小说家的一种侮蔑，而且也正是对于脓包似的新文学家④的一种宽纵"⑤。这些新颖的见解以事实为基础，值得今天的研究者借鉴。不过，由于佐思是拿无产阶级文学的评价标准来评判"礼拜六派"新旧小说家在抗战时期创作上的新变化，自然得出如下结论："包（天笑）、张（恨水）两位先生的作品较我们所企望的标准尚有距离，无论在形式上内容上，他们也还不能摆掉传统的有害的影响。"⑥

由于五四"新文学"的正典化，由于新旧"礼拜六派"的确存在杂糅共生的历史形态，民初主流小说家群体一直难以获得恰当的历史定位。虽然有少数"左翼作家"看到了所谓的"礼拜六派""新""旧"有别，但由于文学观的根本限制，他们只是在抗日战争

---

① 鲁迅：《答徐懋庸并关于抗日统一战线问题》，《作家》1936年第1卷第5期。
② 叶素：《礼拜六派的重振》，《上海周报》1940年第2卷第26期。
③ 佐思：《礼拜六派新旧小说家的比较》，《奔流新集》之二《横眉》，1941年12月5日出版，见魏绍昌编《鸳鸯蝴蝶派研究资料》上卷，上海：上海文艺出版社1984年版，第121页。
④ 这里的"新文学家"指当时新的礼拜六派作家。
⑤ 佐思：《礼拜六派新旧小说家的比较》，《奔流新集》之二《横眉》，1941年12月5日出版，见魏绍昌编《鸳鸯蝴蝶派研究资料》上卷，上海：上海文艺出版社1984年版，第127页。
⑥ 同上书，第131页。

的特殊背景下曾给予它惊鸿一瞥式的正面关注①。掌握文坛话语权的批评者们,更多的是将"新、旧礼拜六派"捆绑在一起,用"阶级"定位的办法宣判其种种罪名。

新中国成立后,民初主流小说家进一步遭到抹杀性遮蔽。在前三十年里,我们无法找到一篇(部)从历史实际出发来研究这批作家及其小说的论著。从当时各大高校编著的《文学史》教材中看到的乃是整齐划一的阶级定位、思想艺术批判以及"小说逆流"之结论。如,北京大学中文系1955年级集体编著的《中国文学史》第9编第6章第4节的标题,即为《小说逆流——鸳鸯蝴蝶派和黑幕小说》,编者认定此派作品"在思想倾向上,它代表了封建阶级和买办势力在文学上的要求",其成员由"封建遗老"与"买办洋少"组成,其读者是"趣味庸俗的小市民"②。同年出版的复旦大学中文系古典文学组学生集体编著的《中国文学史》将"黑幕小说与鸳鸯蝴蝶派"也定位为"文坛上的逆流"③。此后编著的《文学史》均秉持此种论调,一面反复引用"新文学家"五四时期创造的经典批判话语,一面接过此前左翼作家"阶级论"的大旗,对所谓"鸳鸯蝴蝶派"进行彻底清算。这些《文学史》的编者也像"新文学家"一样从作者、作品、读者、时代、社会诸方面来分析其反动、逆流本质,而且强化了"阶级论"的分析方法。在这些《文学史》中,此派作者要么被说成"只是一班封建遗少,一班没落的封建阶

---

① 如,佐思的《礼拜六派新旧小说家的比较》一文就非常明确地将所谓"礼拜六派"分出新、旧两派,还对包天笑为代表的"旧派"与张恨水为代表的"新派"进行了比较客观的评判。叶素在《礼拜六派的重振》一文中,也部分地肯定了此派抗战时期创作的可喜变化。
② 北京大学中文系专门化1955年级集体编著:《中国文学史(四)》,北京:人民文学出版社1959年版,第384页。
③ 见复旦大学中文系古典文学组学生集体编著:《中国文学史》下册,北京:中华书局1959年版,第508—509页。

级的病态人物，一班中了西方反动文艺思潮的毒素并传布这种毒素的资产阶级文人"①，要么被斥为"资产阶级的纨绔子弟"②；批评他们的"创作态度更是极不严肃，为了牟取稿费，竟不惜胡乱杜撰……"，斥责他们"把小说从改造社会的工具堕落为消遣游戏品"③。由于编者们抱持这种"文学工具论"，他们批判此派作品"脱离时代精神，极力宣扬低级庸俗的感情"④；称"他们的'作品'只是红男绿女的色情生活，腐朽的资产阶级的颓废情调和没落的封建阶级的苦闷哀鸣"⑤。对于此派影响甚大的言情小说，写"哀情小说"者被斥为"作者写作的目的并不是要反映封建势力对青年婚姻自由的束缚和迫害，号召人们去和它斗争，而是玩味爱情悲剧，沉迷其中，并以此来刺激读者"；而写"美满爱情"者又被指责为"毒害性更大，它们反映了买办资产阶级的生活面貌和他们的生活欲望。"⑥ 总之，无论怎么写，"他们并不是企图揭露当时封建婚姻问题上的社会根源和解决办法，而是通过这些题材发泄颓废绝望的感情和庸俗无聊的思想"⑦。这样的批判显然和实际情况相去甚远。另外，针对此派作家所做的种种文学形式、艺术技巧方面的成功探索，这些《文学史》要么一概抹杀，贬之为"在结构上、语言上，无论是'黑幕小说'或'鸳鸯蝴蝶派'的作品，都是千篇

---

① 复旦大学中文系 1957 级文学组学生编著：《中国现代文艺思想斗争史》，上海：上海文艺出版社 1960 年版，第 85 页。
② 北京大学中文系一九五五级《中国小说史稿》编辑委员会编：《中国小说史稿》，北京：人民文学出版社 1960 年版，第 580 页。
③ 北京大学中文系专门化 1955 年级集体编著：《中国文学史（四）》，北京：人民文学出版社 1959 年版，第 386 页。
④ 同上。
⑤ 复旦大学中文系 1957 级文学组学生编著：《中国现代文艺思想斗争史》，上海：上海文艺出版社 1960 年版，第 85 页。
⑥ 北京大学中文系一九五五级《中国小说史稿》编辑委员会编：《中国小说史稿》，北京：人民文学出版社 1960 年版，第 579—580 页。
⑦ 复旦大学中文系 1956 级中国近代文学史编写小组编著：《中国近代文学史稿》，北京：中华书局 1960 年版，第 381—382 页。

一律，枯燥无味，根本谈不上什么艺术性"①；要么即使略为提及，但仍旧归结为没有创新价值："'鸳鸯蝴蝶派'作品在艺术上吸收了西方小说的一些描写技巧，但多是形式主义的模仿，谈不到有什么创新"②。面对此派取得较大成就的白话短篇小说，虽然他们不得不承认其"接近现代小说形式"，但又指责其"内容空虚，所以这种形式也就成为僵硬的外壳"，由于"生搬硬套，千篇一律，结果形成一种新的死硬的公式"③。综上可略窥在新中国建立的头三十年中，民初主流小说家及其小说在大陆所遭受的抹杀性遮蔽。从此，他们作为"小说逆流"，头顶各种反动帽子被驱逐出正常的文学研究领域。

三、被纳入"近现代通俗文学史"之错位误读

新时期以来，一些学者起而为民初主流小说家正名辩诬。虽然已取得不少成绩，但总体倾向是将其纳入"近现代通俗文学史"的视域进行考察。1981 年，美国学者林培瑞（Perry Link）出版了广为学者引用的《鸳鸯蝴蝶派：20 世纪初中国城市的通俗小说》（*Mandarin Ducks and Butterflies: Popular Fiction in Early Twentieth-Century Chinese Cities*）一书。此后，海外多数学者视这一阶段的小说为"中国传统风格的都市通俗小说"，中国台湾学者则习惯称之为"民初的大众通俗文学"。大陆方面则在 20 世纪八九十年代之交承续此风大谈"民国通俗文学""现代通俗文学"。以范伯群教授的研究为例，1989 年他接连发表《对鸳鸯蝴蝶——〈礼拜六〉派评价之反思》《现代通俗文学被贬的原因及其历史真价》

---

① 复旦大学中文系古典文学组学生集体编著：《中国文学史》下册，北京：中华书局 1959 年版，第 508 页。
② 北京大学中文系：《中国小说史》，北京：人民文学出版社 1978 年版，第 370 页。
③ 复旦大学中文系 1956 级中国近代文学史编写小组编著：《中国近代文学史稿》，北京：中华书局 1960 年版，第 386 页。

等文，开始将"鸳鸯蝴蝶派"纳入"通俗文学史"视野。21世纪初，范伯群教授及其团队更通过编著《中国近现代通俗文学史》，为这批小说家正式加冕"通俗文学家"，并推出了著名的"两个翅膀论"——中国现代文学的两翼分别是"严肃文学"与"通俗文学"。实际上，范伯群教授在20世纪80年代初开始研究"鸳鸯蝴蝶派"时，并未突出此派"通俗文学"的特质，评价也很低。很显然，其研究受到了"外来理论"和"后设标准"的影响，且与中国大陆新时期的通俗小说热①密切相关。

20世纪80年代中期以后，随着所谓台港通俗小说的引进，大陆出版界刮起了民国通俗小说重印风，学术界据此也掀起了所谓通俗小说研究热，其最明显的目的是为当时流行的通俗小说寻根，为长期被等而下之的一种"文学类型"寻找历史依据。这类探讨无疑是顺应时代召唤而自然产生的，在打破文学研究禁区、突破惯性思维模式、正确认识文学市场、建构全新大众文化诸方面都有极其深远的意义。然而"通俗文学"的研究成果虽然洋洋大观，但各家对"通俗文学"（"通俗小说"）概念的界定至今众说纷纭。一开始，在中国大陆，"通俗文学"（"通俗小说"）似乎只是一个约定俗成的称谓。后来，身在"通俗文学"（"通俗小说"）潮流中的文学理论批评家们希望为声势浩大的"通俗文学"（"通俗小说"）建立一套属于其自身的理论批评话语，其中领衔的关键词就是"通俗文学"（"通俗小说"）。于是，他们以西方学界话语"Popular Literature"（"Popular Fiction"）这一概念为基础，参照港台流行已久的"通俗文学"（"通俗小说"）说法，并试图将中国古代文学中的"俗文学""通俗小说"观念、郑振铎为开山的新文学谱系中

---

① "通俗小说热"指中国大陆20世纪80年代中期以后，由于台港通俗小说的引进而引起的通俗小说创作、重印，以及讨论热，它是当时大陆持续很久的一种综合文化现象。

的"俗文学"概念整合进来，创生出他们各自心目中的"通俗文学"（"通俗小说"）概念。然而，正由于这种杂合状态，20世纪90年代以来对"通俗文学"（"通俗小说"）的种种界说，其内涵往往与时变迁，其边界往往模糊不清。因此，常常引起质疑与争辩，如，易中天教授在九十年代主张使用"市场文学"来指称所谓的"现当代通俗文学"①；谭帆先生在新世纪从学科史的角度试图重新厘定"俗文学"概念②；面对"两个翅膀论"，袁良骏教授坚决反对"通俗文学"与"严肃文学"之划分③，等等。

从历史观念上看，至少从宋元话本时代起，"话须通俗方传远"④已成为主流小说界的通识。明代冯梦龙更加明确地指出了"通俗小说"用俗语、白话来创作的语言特征，其《古今小说叙》云"大抵唐人选言，入于文心；宋人通俗，谐于里耳。天下之文心少而里耳多，则小说之资于选言者少，而资于通俗者多。……茂苑野史氏，家藏古今通俗小说甚富，因贾人之请，抽其可以嘉惠里耳者，凡四十种，畀为一刻"⑤，其刊刻的"通俗小说"正是有别于传奇体文言小说的话本体白话小说。另外，明清时期的《三国志通俗演义》《水浒传》《西游记》《金瓶梅词话》《儒林外史》《红楼梦》等经典"通俗小说"，也全都是用当时的白话写的。可见，传统所谓的"通俗小说"其最大的特点正是语言的白话化⑥。直到1933年孙

---

① 易中天：《市场的文学——通俗文学再认识》，《通俗文学评论》1994年第2期。
② 谭帆：《"俗文学"辨》，《文学评论》2007年第1期。
③ 袁良骏：《"两个翅膀论"献疑——致范伯群先生的公开信》，《文艺争鸣》2002年第6期。
④ 语出《清平山堂话本·冯玉梅团圆》，见（明）洪楩等编：《京本通俗小说·清平山堂话本·大宋宣和遗事》，长沙：岳麓书社1993年版，第50页。
⑤ （明）冯梦龙著，许政扬校注：《古今小说》，北京：人民文学出版社1958年版，第1页。
⑥ 这种以"白话化"为"通俗小说"标识的历史观念，是由"文言"在中国古代社会中作为"书面文字"的特殊地位决定的。韩南教授指出："标准的'书面文字'必须具备已经定型的风格型式，并须有一定的合乎规范的原型典籍来证明它作为高雅文化的价值。中国的文言正好符合上述概念的要求。"

楷第出版《中国通俗小说书目》时，还是基于这一历史观念进行编撰而拒收文言小说。刘半农在"新文学革命"时期曾别出心裁地提出过新的"通俗小说"概念：

> "通俗小说"，就是英文中的"Popular Story"。英文"Popular"一字，向来译作"普通"，或译作"通俗"，都不确当。因为他的原义是——
> 1. Suitable to common people; easy to be comprehended.
> 2. Acceptable or pleasing to people in general.
>
> 若要译得十分妥当，非译作"合乎普通人民的，容易理会的，为普通人民所喜悦所承受的"不可；如此累坠麻烦，当然不能适用。现在借用"通俗"二字，是取其现成省事；他的界说，仍当用"Popular"一字的界说；决不可误会其意，把"通俗小说"看作与"文言小说"对待之"白话小说"，——"通俗小说"当用白话撰述，是另一问题。①

这番界定倒是和新时期通俗文学史家的说法有几分相像，都紧扣住"Popular"立论。这个概念的问题是名实不符——用的是中文"通俗"二字，表达的却是英文"Popular"一字的界说。它一面强调"通俗小说"不是与"文言小说"相对的"白话小说"，一面却自我消解说："'通俗小说'当用白话撰述，是另一问题。"从所论对象来看，有小说，有戏曲，习惯上认为是"通俗小说"的《水浒传》《红楼梦》《西游记》等被赶了出去，而只认《今古奇观》《七侠五义》《三国演义》等是"通俗小说"。后面的讨论则更加混乱，让读者无法判断他说的"通俗小说"到底是什么。据施蛰存先生《"俗文学"及其他》一文所说，"新文学家"及后来的无产阶级文艺家

---

① 刘复：《通俗小说之积极教训与消极教训（一九一八年一月十八日在北京大学文科研究所小说科演讲）》，《太平洋》1918年第1卷第10号。

口中的"Popular Literature",是指民间文学、民俗文学、大众文学①,并非指称"礼拜六派"文学。实际上,新时期之前,主流批评界没有强调或批判民初主流小说家的"通俗性",更罕称其为"通俗文学家",一般是用"鸳鸯蝴蝶派""礼拜六派"等来指称,批判其"消闲性"。原因何在?就"新文学家"而言,他们从来没有反对、压抑过"通俗文学",恰恰相反,他们发起"新文学革命"的目的正是要推翻文坛上已有的"雕琢的阿谀的""陈腐的铺张的""迂晦的艰涩的""不通俗"、用文言写作的旧文学,而明确倡导"建设明了的通俗的社会文学"②。他们革命的主要对象就包括所谓"鸳鸯蝴蝶派"的文学,认其为"旧文学",而不是"通俗文学"。到20世纪30年代,"新文学"的代表人物郑振铎著《中国俗文学史》,意在提倡通俗文学,但仍然将所谓民初"旧派"作品排除在外。可见,"通俗文学"(以"民国旧派文学"为主体)与"严肃文学"(以"新文学"为主体)的划分并不符合新文学革命者的初衷。另外,无产阶级文艺家也不认民初"旧派"文学为"通俗文学",因为他们要努力建立无产阶级的大众通俗文艺。这一点在上引瞿秋白的文章和毛泽东1943年发表的《在延安文艺座谈会上的讲话》中都可找到证据。从阿英《一九三六年中国通俗文学的发展》所指的对象来看,"通俗文学"也是指借鉴民间文学形式创作的通俗易懂的无产阶级大众文学,如,瞿秋白创作的五更调《上海打仗景致》、小说《英雄巧计献上海》;其他作者整理改写的新歌谣、新弹词、地方戏、演义小说,等等。新中国成立后,论者正是坚持这一标准而视民初"旧派"小说为"小说逆流"的。综上可见,用"通俗"两字来概括民初主流小说家及其作品的基本特点,既偏离了传

---

① 施蛰存:《文艺百话》,上海:华东师范大学出版社1994年版,第346页。
② 陈独秀:《文学革命论》,《新青年》1917年第2卷第6号。

统的"通俗文学"观念,亦不符合"新文学革命"以来新文学批评话语的一般认知。

从民初主流小说家撰著的大量小说作品来看,语言方面就不仅是白话,还有文言。其中不少代表性作品就不是用通俗的白话写的,而是用"雕琢的铺张的"、今天读来似乎很"艰涩的"骈体、古文体写的。这显然与传统的"通俗小说"观念相抵触,也与我们对"通俗"的一般理解和阅读"通俗小说"的种种体验相悖反。从文体上看,如果说凡"小说"都属"通俗文学",那么"新文学家"创作的小说亦应划归"通俗文学",又何必在现代文学史上强分什么"严肃文学"与"通俗文学"呢?实际上,民初"旧派"小说中也有很多严肃的作品,如一系列的"国难小说""问题小说"等;"新文艺小说"中也有十分通俗的作品,如巴金的《家》《春》《秋》就是当时脍炙人口的流行小说("Popular Fiction");赵树理《小二黑结婚》、孙犁《荷花淀》、袁静、孔厥《新儿女英雄传》等更是具有民俗色彩的通俗小说。可见,"严肃文学"与"通俗文学"的分类法不够科学,将民初"旧派"小说作为"通俗文学"来研究显然是一种误读。

从作家角度来谈,通俗文学史家将近现代文学史上的作家分为"知识精英作家"(新文学家)和"市民大众作家"(通俗文学家)。这一分类实乃沿用"新文学革命"以来的文坛偏见,不同处在于不再贬低"市民大众作家",而是要为其争取和"知识精英作家"一样的文学史地位。实际上,民初主流小说家的身份地位、道德意识、政治追求、生活理念、价值观念诸方面都非常复杂,很难定于一端。我略举几例来观其一斑:此派领袖包天笑是晚清秀才、清末苏州宣传维新思想的健将、近代最早的小说翻译家之一、清末民初著名报人、著名的教育小说家、清末江苏教育总会干事、革命团体南社成员、民初小说改革家、最早的影评人之一、旧体诗人、大报的时事评论员等等。在政治上,他支持革命派的"新政制";在道德上,他提倡改良后的"旧道德";在生活上,他追求名人雅士的"闲适",肯定"世俗享乐";在文学上,他既追求作品"娱世"畅销,又追求作品"觉世"醒民,甚至还追求作品"传世"不朽。另一位因在民初发表《玉梨魂》而享有盛名的徐枕亚,是一位典型的热爱革命者,他任编辑的《民权报》是革命党宣传革命的重要阵地,他后来还直接参加过五四运动,他始终怀有趋新的思想。但他又惯唱"情"与"泪"的哀歌,常年借酒浇愁,仿佛是一个最不可救药的颓废者。他是一位擅于引骈入稗的小说家,是撰写诗钟的行家,是当时著名的书法家,可见他十分爱好和擅长传统的文艺。他又借鉴莎翁的"朱丽叶"、小仲马的"茶花女",让自己塑造的主角唱西洋歌曲、写煽情日记,他的这一面又仿佛一位留学归国者。又如长期被视作"倡门小说家"的何海鸣,辛亥革命时,他是叱咤风云的"少将参谋长";"二次革命"时,他在南京代黄兴任讨袁总司令。他也曾任《民权报》编辑;还是个社会学家,1920 年他撰著的《中国社会政策》就是一部严肃的学术著作,目的是为中国找出路,公开主张"社会主义"。再如,叶楚伧(小凤)是早期革命者、著名报人,后来官至南京国民政府的宣传部长;姚鹓雏曾就读京师大学堂,后投身报界、积极参加革命,既做过国民政府官员、兼职大学教员,又曾任新中国的松江县副县长;章士钊是古文家,清末任上海《苏报》主笔,后来做过广东军政府秘书长、南北议和南方代表、北洋政府的司法、教育总长,北京大学教授,著名的"甲寅派",逻辑学家,新中国的中央文史研究馆馆长、全国政协常委、全国人大常委会委员。另外,还有两度留日、文武兼备的奇士向恺然;居"民国四公子"之首的"皇二子"(袁世凯次子)袁克文。从上举数例即可见出,民初主流小说家中很多都是当时的"知识精英""社会精英"或"上层人士"。当然,这个群体中也有周瘦鹃这样的比较纯粹的"市民大众作家",但同时也不乏像刘半农那样后来脱离所谓"旧派",进入"新文学"阵营,甚至成为"新文学"领袖的作家。显而易见,民初主流小说家很难用"市民大众作家"("通俗文学家")来指称。

由于通俗文学史家将民初主流小说家的作品视为"通俗文学",从而将其读者定位为俗众、小市民,主要是指各类职员和工厂工人①。其所谓的"市民大众文学"与沈雁冰所说的"小市民文学"是可以画上等号的②,这种沿袭"新文学家"说法的定位显然并不符合实情。民初"旧派"小说的读者正像它的作者一样复杂多元。其中大部分是清末"小说界革命"培养起来的读者,随着小说地位的上升和繁荣,民初时段的读者群进一步扩大。这个读者群中既有"出于旧学界而输入新学说者"③,亦有新兴都市市民(各类职员、产业工人、商人、医生、律师、教师及其家属等)、各级各类学生、前清遗民、民主革命者,政府人员、军人,甚至包括后来成为"新文学家"的一批人、部分识字农民和少量外国人,等等。特别需要指出的是:在"新文学革命"前,中国小说界只有所谓的"旧"小说,别无分店,要读新出的小说,就得读所谓"旧派"的小说,可见它的读者群应囊括当时所有阅读新出小说者。"新文学革命"兴起后,一批热爱"新文艺小说"的读者才逐渐被分化出去,但直到20世纪20年代初这种分化还是非常有限的。只有等到"新文学"完全被"正典化",批评者才给民初"旧派"小说的读者贴上"俗众""小市民"的标签。

由于通俗文学史家意欲为所谓"近现代通俗文学"争得和"严

---

① 范伯群:《形象教材:市民大众文学——"乡民市民化"形象启蒙教科书》,《中国市民大众文学百年回眸》,南京:江苏教育出版社2014年版,第156—157页。
② 同上书,第156页。
③ 觉我:《余之小说观》,《小说林》1908年第10期。

肃文学"平等的文学史地位，故而还产生出其他一些错位误读。例如，他们认为"近现代通俗文学"的贡献是多方面的，"有社会学方面的、有民俗学方面的、有地域史和租界史方面的、有中外商战和经济学方面的，有民族文化心理素质的流程动向方面的"①，这些评价或许抓住了"近现代通俗文学"整体有别于"严肃文学"的历史价值，但却明显遮蔽了民初小说的"兴味化"特征及其推动中国小说现代转型的独特贡献；他们还用"默默的强势"与"悄悄地流行"来形容"近现代通俗文学"在当时文坛上的境况②，这也许符合1920年代中期以后文坛的实际，但在民初十年间，追求"兴味化"的小说是大张旗鼓，代表着小说界的；他们还指出"近现代通俗文学家""缺乏先锋性，基本上不存在超前意识，与'俗众'具有'同步性'"③，这一论断对20世纪20、30年代的通俗文学作者也许适用，但对民初主流小说家而言却并不恰当，正如前文所言，他们或以翻译域外文学起家，或为饱学有识之士，或曾积极参加维新、革命，或是上海先进的新闻出版业的翘楚，实难将其与"俗众"同列。

当然，也应当看到，新时期运用"通俗文学"视角重新审视民初主流小说家，纠正了"新文学革命"以来形成的很多不当论断，激发了学界客观平实研究这批作家的热情。不过，由于通俗文学史家是将晚清民国几十年的所谓"近现代通俗小说家"看作一个整体来研究的，因而导致民初主流小说家的独特性被忽视，其继承传

---

① 范伯群：《论中国现代文学中的"继承改良派"——〈鸳鸯蝴蝶—礼拜六派作品选〉再版序》，《鸳鸯蝴蝶—礼拜六派作品选（修订版）》，北京：人民文学出版社2009年版，第22页。
② 范伯群：《在"建构中国现代文学史多元共生新体系暨〈中国现代通俗文学史（插图本）〉学术研讨会"上的主题发言》，见《多元共生的中国文学的现代化历程》，上海：复旦大学出版社2009年版，第59页。
③ 范伯群：《现代通俗文学被贬的原因及其历史真价》，《中国现代文学研究丛刊》1989年第2期。

统、主倡"兴味"、推动小说现代转型的重大贡献继续被遮蔽，而其市场性和消闲性则被过分肯定和放大。综合以上诸方面来看，用"通俗文学家"来为民初主流小说家加冕并不恰当，将他们创作的小说纳入"通俗文学史"来考察显然是种错位误读，并未抓到痒处。

纵览民初主流小说家不断遭遇遮蔽与误读的百年命运，我们不能不为其中蕴含的时势之于文学的复杂关系而感叹。在历史上，过激主张和某种意识形态规范可能起到过积极作用，特别是在"国家危机"与"文化危机"的双重关口，强调"一元化""唯一性"往往成为挽狂澜于既倒的一剂猛药，但随之而来的是对某一事物过于主观的评价和定位。五四以后，民初主流小说家长期遭到否定就是一个显例。它导致这批作家在现代文学时段头顶"旧派""鸳鸯蝴蝶派""礼拜六派"等帽子在压抑中创作，其文学才能无法得到全面施展。新时期，研究者赶上了中国大陆"通俗小说热"，并且还有港台及海外大量的有关"通俗文学"（"Popular Literature"）研究的成果可资借鉴，于是很自然地将民初主流小说家纳入"近现代通俗文学史"视域来考察。他们要借势将所谓"近现代通俗文学"推到与"新文学"同等的地位。虽然解决了不少问题，却从根本上忽视了"通俗文学"在我国文学史上使用的复杂性及其对民初主流小说家的不适用，这种误读就造成了对这批作家独特贡献、独立地位的新遮蔽。可见，梳理并反思以上遮蔽与误读十分必要，撕下百年来贴在民初主流小说家身上的种种标签乃是还原其历史本相的首要前提。为了能够真正为民初主流小说家及其作品正名，我认为有必要从世界、作家、作品、读者四个维度重新审视民初上海小说界。这样做，还将有利于吸取五四"新文学革命"以来文学界强分阵营和以西律中曾给我国文学发展带来损失的教训，为形成实事求是、多元共融的当代文学批评新风提供借镜。

第二节 重新审视民初上海小说界

有人认为给民初主流小说家正名并非格外重要,甚至说"鸳鸯蝴蝶派"难道不就是一个很美丽的名字吗?"礼拜六派"不也正好吻合了当下休闲的时尚吗?其实,这是时间流逝把这些名称的丰富内涵和刻骨感受渐渐过滤成了远离历史语境之冠名符号的结果。持此论者,怎能体味头顶这些反动"帽子"的作家及其亲属当时的切肤之痛和难忍之苦啊!除了上述历史中这批小说家遭遇的种种批判,我还常常想起两件事:一件是周瘦鹃在"文革"中悲惨地投井自沉;一件是20世纪末袁进教授在《鸳鸯蝴蝶派散文精粹·前言》中所叙述:张恨水的遗属不愿他再与"鸳鸯蝴蝶派"发生牵连,坚决反对该书选入他的散文①。虽然张恨水已属后起的所谓新"鸳鸯蝴蝶派",但我们足可见出"鸳鸯蝴蝶派"的恶谥贻害之深远。至于其他称谓也都是百年遮蔽与误读的产物,亦有纠正之必要。有人则说那些"旧派"的小说多如牛毛,却乏善可陈,研究的价值不大。对此,我不禁心生疑问:所谓"旧派"小说乏善可陈,会不会是由于我们对这批小说太过无知的结果?会不会是因为用现在的文学批评标准对它无力把握的缘故?由乎此,本书研究民初上海小说界将尽量使用与所涉对象相贴切的用语及源于其自身生成的论证架构。因为越是套用那些现成的分析架构、思维模式、理论术语,我们就越是无法逼近民初上海小说界的历史本相。下面就来简单谈谈本书研究所采用的综合视角与基本方法、考察维度与架构章节。

---

① 袁进:《鸳鸯蝴蝶派散文精粹·前言》,《通俗文学评论》1997年第2期。

一、综合视角与基本方法

要想打破民初主流小说家及其作品百年来遭遇的重重遮蔽和误读，还原民初上海小说界的历史本相，必须采用全新的综合视角。

首先需要重新回到历史中去，在最原始的材料中寻找解蔽的密码，是为"正面看"。可是，仅仅根据当时的背景、当时的作品、当时的论争、当时的影响，依然不能完全看清其历史原貌。我们还需要将一个个文学"事件"、一次次文学"运动"放回历史场景和时代思潮之中，重新顺着时间之流来梳理其脉络，看清其影响，分析其走向，在前后比较中确认它们特有的历史贡献，最后才来确定它们各自在中国文学走向"现代"过程中的位置和意义，此为"顺着看"。我想，这样做才真正有可能最大化地避免固执的后设价值评判。因为从五四以来的后设价值立场来分析与评价近现代之交的民初文学往往会或多或少遮蔽历史的真相，做出不当甚至是错误的判断。但，我们已经普遍接受了"一切真历史都是当代史"[①] 的流行观点，相信绝对的历史还原实际上并不存在。这就出现了一个悖论：历史还原的过程中不可避免地掺杂着或多或少的后设价值评判。这正是我为什么要强调顺着时间之流来梳理文学发展脉络的原因，只有真正"顺着看"，才能看清某一时段的文学比前一时段文学多了些什么，少了些什么，它的贡献是什么，它为后一时段文学准备了什么，才能进一步看清前后时段的文学往往是你中有我、我中有你的关系。有人说，所有的《文学史》几乎都是按着时间之先后顺序撰写的，仿佛也是"顺着看"的。然而，透过前面对民初主流小说家遭遇的百年遮蔽与误读的梳理可见，"新文学家"（包括一些"左翼作家"）显然是在"横着看"，这是不同文学流派间的共

---

① [意]克罗齐：《历史学的理论和实际》，傅任敢译，北京：商务印书馆2009年版，第2页。

时性评价。他们拿西方文艺理论与"阶级分析法"来评析民初主流小说家及其作品，得出误判、形成遮蔽是必然的。这就导致了在1920年代中期以后一大批所谓"民国旧派"（"鸳鸯蝴蝶派""礼拜六派"）作家背着这个等而下之的标签在压抑中"默默"创作，并严重束缚了其文学才能的全面施展。新时期的研究者则是先"逆着看"，为新时期的"通俗小说热"寻根，找到清末民初的所谓"鸳鸯蝴蝶派"后，用后设的当代"通俗文学理论"对其进行系列解读，再将其置于整个"近现代通俗文学史"中单线性地"顺着看"。这样一来，民初主流小说家及其作品就自然被戴上了"近现代通俗文学家""近现代通俗文学"的"新帽子"。其结果是人为地将同属文人创作的现代文学划出"严肃文学"与"通俗文学"的楚河汉界。因此，我们既不能"横着看"——片面的看，也不能"逆着看"（表述则为按照某种后设观念单线性地"顺着看"），我们应该真正地"正面看"和"顺着看"，还需要在前二者基础上的"回头看"。朱光潜先生曾说："没有一个过去史真正是历史，如果它不引起现时的思索，打动现时的兴趣，和现时的心灵生活打成一片，过去史在我现时思想活动中便不能复苏，不能获得它的历史性。就这个意义说，一切历史都必是现时史。着重历史的现时性其实就是着重历史与生活的联贯。"[①] 这就告诉我们对历史的研究一定有其现实的动机，这种研究绝不能完全避免后设价值立场的介入，而且更重要的是我们需要借鉴有用的历史资源来丰富现实生活。那么，要想发掘民初主流小说家及其作品有用于当代文学建设的精华，就应该再加上"回头看"的视角。

本书研究旨在重新审视民初上海小说界以观其"兴味化"主

[①] 朱光潜：《克罗齐哲学述评》第六章《历史学》，《朱光潜全集》第四卷，合肥：安徽教育出版社1988年版，第367页。

潮，并确认这一主潮在中国小说现代转型中的真正位置，从而看清民初主流小说家的历史本相及其作品的独特价值，进而希望从中寻获建设中国当代小说有用的历史资源。因此，采用这种"正面看"—"顺着看"—"回头看"的综合视角应该是恰当的。这是一种三位一体的综合视角，三种分视角一起作用在研究对象上。笔者采用这种综合视角的目的是为了避免形成新的遮蔽，以使本书研究的宏观描述与微观探讨尽量符合历史实际。

要想真正还原民初上海小说界及其"兴味化"主潮的历史本相，重估其历史价值，除了要用全新的综合视角来审视外，还必须运用恰当有效的方法来论证。本书研究以文献资料为基础，不做无根之谈；走传统实证、文史互证与理论阐释相结合之路。面对已有论述，采取人详我略、人略我详、人无我有、实事求是的研究态度。以作家论为例，本书研究将不再是一般性生平介绍，而是从群体层面切入，探讨其职业身份与文化身份，辨析其面对"市场法则"与"艺术法则"的双重制约如何不断自我调适，描述他们如何在民初上海小说界掀起了小说"兴味化"热潮，进而实事求是地估定其独立地位和特殊贡献。为"重返"百年前的文学现场，本书引入了文学社会学、历史学的相关理论、术语，以期复现经济资本主导、关系网络复杂的民初上海"文学场"。研究小说作品，本书从文体角度切入，针对不同文体的小说各自采用恰适的研究方法和表述方式，以揭示各体小说在民初"兴味化"主潮中的通变、兴衰为旨归。考察读者受众，本书吸收了阅读史研究的相关理论方法，侧重于描述、分析读者身处于特定阅读文化中的直接反应，并且利用相应的小说批评史料进行文学史层面的阐释，意图具体展现读者与编创者之间的互动、转换、共谋和背反。

二、考察维度与架构章节

由于过去百年来的批判者和研究者不能客观地看待民初上海小

说界，故而对于活跃其中的作家、作品和读者进行了错判与误读。长期以来，惯常地认为他们的文学观念是陈旧、消遣、金钱主义的，他们的作品是通俗、有害、毫无价值的，他们作品的读者是俗众、市民、不懂文学的。要想改变这些沉积百年的成见，就需要运用上述综合视角，从世界—作家—作品—读者四个维度来重新审视民初上海小说界。通过客观审视，笔者发现这四个维度的一个共同指向是追求小说"兴味"，从而形成了民初上海小说界的"兴味化"主潮。据此，本书研究将主倡"兴味"作为民初上海小说界的核心特征，力图将重新审视的四个维度连成一体，在纷繁多元中寻获它们的统一性。

基于上述视角、维度及思考路径，本书大体按照世界—作家—作品—读者四个维度形成一个整体论述架构，在《导言》与《结语》之外设为十章，各章之间相互映照，以期共同呈现民初上海小说界主倡"兴味"的历史原貌。

第一章《民初上海小说界的"兴味化"主潮》，将在全面系统地研读相关小说理论批评、小说作品及报刊资料的基础上，顺着历史之流来真实呈现"兴味化"成为民初上海小说界主潮的完整过程。本章将重点辨析民初主流小说家所力倡的"兴味化"并非过去遭到片面批判的"游戏""消闲"和"趣味主义"，而是立足我国文学（小说）"兴味"的固有传统，借鉴西方舶来的"小说"（艺术）观念，追求小说的"审美性"和"娱情化"。民初主流小说家追求小说"兴味化"的现实动机是纠清末"新小说"寡味少趣的弊病，满足广大读者阅读欣赏的需要，而非纯粹的"拜金"与"守旧"。实际上，他们不断趋新求变，以丰富多元、广受欢迎的小说著、译实绩，走出了一条融合古今中外的小说"兴味"之路。因此，假如要说他们是什么派的话，确切地说，是一个推动中国小说现代转型，追求艺术兴味，为读者生活增添兴味的"兴味派"。

第二章《由传统走向现代的民初上海"文学场"》,为了将民初"兴味派"小说家种种文学活动比较本真地复现出来,为了进一步客观分析民初小说界"兴味化"主潮形成的复杂原因,我们需要重返它们产生的世界、重构民初上海"文学场"。本章将集中讨论以下几个密切相关的话题:上海在民初中国的独特地位与其"文学场"的生成、该"文学场"中复杂的关系网络,以及"兴味派"小说家的文化身份,等等。过去,民初上海"文学场"的独立性与现代性一直被忽视,笔者拟从文学社会学、历史学入手将其揭示出来。民初上海经济繁荣与都市化进程互动,形成了大量文学投资者、生产者和消费者,以强大的出版印刷业与新闻传播业为主要构件的现代都市文化资本生成了一个辐射全国的"文学场"。这是一个明显有别于传统的"文学场",政治资本与文化资本的博弈一变为经济资本与文化资本的竞争,小说作为文化畅销品取代诗文成为场上的中心文类。该"文学场"在比较成熟的现代市场机制下运行,场内行动者都须遵守"市场法则",日趋完善的稿酬制度是其突出表征。民初上海"文学场"吸纳各方文人前来卖文谋生,报人小说家成为其职业身份,他们以报刊为中心节点、以雅集为特殊形式,形成了"文学场"上传统与现代复杂交织的关系网络。若从文化身份着眼,民初"兴味派"小说家则是一群由传统走向现代的"江南文人",正经历着转型期的阵痛。他们一脉传承的对审美、闲适兴味的追求,使其力主小说以"兴味"为主;其家世出身、兼容"儒士"与"儒商"的文化品性,又促其成为近代第一批职业作家。

第三章《不断自我调适的民初"兴味派"小说家》,在以经济资本为核心权力的民初上海"文学场"中,"兴味派"小说家要解决的突出矛盾是"市场法则"与"艺术法则"之间的矛盾。同时,古今巨变、身处乱世的历史语境让他们面对的问题重大且繁难:作品应该追求传世不朽,还是觉世新民?文学是坚持固有传统,还是全面学习西方？是走民间化、通俗化之路，还是走文人化、典雅化之路？本章就主要考察他们对这些问题的回答。在不断的自我调适中，民初"兴味派"小说家力图以小说"娱世"来打破"小说界革命"以来"传世"与"觉世"的一组矛盾，并提出了一套求得平衡的"兴味"说。这种"兴味"小说观既是在继承古代小说"娱目快心"的正宗，又是在适应市场（"行世"）、进行生活启蒙（"觉世"）中追求"传世"。他们重视一切能帮助他们著、译出畅销作品的文学资源，虽然在选择上各有侧重，但总体上呈现出一种多元面向的开放心态。他们继承古代文学"兴味"传统，自觉接受传统小说与西方小说的影响，立足民间写作立场，并积极汲取民间文学营养。这些事实证明他们并非是过去定位的"拜金""守旧"群体，而是转益多师、追求雅俗共赏、面向现代进行多元化书写试验的趋新一派。然而，五四以后，在以"新文学家"为主导的"文学场"中，这批小说家逐渐被挤压成纯粹的"市场作家"，无奈地充当了被压抑、被打倒的"配角儿"。

第四章《民初与时流变的通俗白话章回体小说》，面对我国几千年固有的文学传统，民初"兴味派"小说家走了一条"不在存古而在辟新"① 的转化传统之路，创作了大量的章回体、传奇体、笔记体、话本体小说。这些作品由于过去被打入另册，迄今未能得到全面客观的研究。本章首先从白话章回体小说谈起，集中探讨其与时流变的通俗性，以期揭示它对传统的坚守，对时代的回应。该体小说使用的是从传统白话演变而来的"中式白话"②，以当时普通社会流行的白话为根本，积极吸收民间俗语和域外小说的某些语

---

① 冥飞、海鸣等：《古今小说评林》，上海：民权出版部1919年版，第144页。
② 中式白话是以中国传统小说中的白话、当时普通社会流行的白话为根本，吸收已被国人接受的外国小说的某些语法、词汇而形成的一种白话。本书用此术语意在与"欧式白话"相区别。

法、词汇，大致有向俗、尚雅、趋新三种倾向。这三种倾向的白话都能与时与俗流变，满足了当时各阶层读者的不同需要，体现了民初"兴味派"小说家对白话语言多元的现代性追求。民初白话章回体小说与时流变的通俗性因其传播载体报刊的新闻意识与大众媒介属性而增强。报刊连载充分发挥了它通于时俗、世俗的文体优势；新闻意识强调叙述要注重当下性、时效性、能引起读者兴味，这使其更加主动地与世俗、时俗沟通；报刊设置小说分类则加速形成其现代通俗化和类型化的特征。该体小说扎根的土壤是向"现代"转型的都市，其与时流变的通俗性就集中表现在对都市日常百态广泛细致的真实摹写，就聚焦于市民大众喜闻乐见的婚恋家庭题材，就突出地表现为都市人"现代性"时间观念影响下"写当下"的选材倾向。这种与时流变的通俗性还体现为创作的类型化特征。章回体叙事的程式化作为一种叙事成规连接着民初读者业已形成的阅读习惯和正在生成的阅读需要，从而形成了满足不同阅读兴味的小说类型。民初定型的白话章回体类型有"社会小说""社会言情小说""历史小说""武侠小说"等，在中国现代类型小说的形成过程中起到了奠基作用。白话章回体小说在五四后的现代文学场域中，虽然被极端压抑，却以另类"白话""通俗"特征征服了文化市场和市民大众。这出乎"新文学家"对现代小说的预想，也充分证明了传统文化创造性转化、创新性发展的可行性。

第五章《民初风靡一时的雅化文言章回体小说》，探讨民初小说界"兴味化"主潮中独领风骚的特创别体文言章回体小说。本章从小说雅化的现代转型历程着眼，深入其文体流变本身，描述民初两类文言章回体小说风靡一时的现象，分析这些伤春悲秋的作品如何娱情造美、化古生新，在揭示其历史原貌的同时努力寻找其在五四以后黯然退场的深层原因。该体小说在章回体的基础上兼采传奇体小说、文言骈文和散文的艺术技巧和审美旨趣，从而形成了以徐枕亚、苏曼殊为代表的诗骈化章回体和以林纾、姚鹓雏为代表的古文化章回体。这些小说同时借鉴外国小说技巧，镶嵌西方名物思想，从而呈现出一种崭新面貌。该体作品诗文化的体式风格与其"伤春悲秋"的言情主题正相吻合，以塑造理想的浪漫人物为中心，从而打破白话章回体以情节为中心的叙事成规。这契合了正从诗文抒情传统走出的民初读者的阅读兴味，消解着当时青年男女的内心苦闷，满足了读者审美、娱情的双重需要。该体小说后因运用文言、题材单一且流于模式化而遭到"新文学家"猛烈抨击，在废文言、反传统的时代语境中黯然退场。然其创新价值不言而喻，与五四"新文艺小说"追求的某些现代性亦殊途同归，它不应被继续遮蔽和误读。

第六章《民初作意好奇以"兴味"的传奇体小说》，探讨民初作家运用我国古代传奇小说体式撰著的一种文言小说。本章将从尊体与破体两个层面考察该体在民初自觉或不自觉的现代转型状况，呈现其丰富多彩的文本世界。从现存资料来看，传奇体小说创作在主倡"兴味"的民初小说界曾一度繁荣，涌现出了不少名家名作。民初"兴味派"小说家一面师法传统体式，努力效仿古代名篇佳什，使古代传奇体得以一脉传承，围绕婚恋、侠义、神怪等传统题材传示奇异，以传奇体固有的幻设性、辞章化和诗意风格连通正汹涌而入之西方小说的虚构性、结构化和浪漫风格；一面大胆吸纳域外小说观念和技巧，拓展了传奇体小说的主题题材，形成了新的叙事模式和创作旨趣，使传奇体小说呈现新变。虽然该体小说在当时既能满足作者、读者兴味娱情的心理需要，又与小说为文学之一种、应具备审美特质的现代性观念相吻合，但由于五四"新文学革命"彻底转向西方，随着全面推行"废文言兴白话"，继承传统、使用文言的传奇体小说在20世纪20年代以后就逐渐衰落而消亡。然而，传奇体小说"作意好奇"的书写本质及其浪漫品格——传奇性——并未随之彻底消失，而是以新的样态和意蕴转化到了现当代诸体小说之中，这已被相关研究所揭示。

第七章《民初沿传统轨辙书写的笔记体小说》，探讨笔记体小说在民初现代性语境中的固守和新变。本章将首先揭示这一古老小说文体在民初出现繁荣盛况的时代背景，然后通过评析主要作品以观其整体面貌，进而辨析它在五四后的消亡和影响。该体创作出现繁荣主要缘于民初复古思潮、乱世伤怀、历史写真及市场行销交织的四重时代语境。在走向"现代"文学场域的过程中，它的变化比起其他固有小说文体要明显小得多，仍沿着"随笔杂录"与"讲求实录"的固有书写双轨前行。重视兴味消遣使其顺应了当时小说"兴味化"的潮流，追求补史存真客观上保存了大量具有一定文学性的珍贵史料。这些小说大多同时兼具劝善惩恶、增广见闻的功能，满足了民初读者的多元阅读需要。虽然五四"白话文运动"的胜利直接导致文言笔记体小说在 20 世纪 20 年代以后断崖式衰落，但其"随意杂录""讲求实录"的书写双轨及其相关现代性探索被现当代文学不同的文类所吸收，尤其表现在隔代遗传的当代"新笔记小说"之中。

第八章《民初保留"说话人声口"的话本体小说》，探讨几乎完全被世人遗忘的民初话本体小说。鲁迅等现代学者论定话本体小说至清前中期已经绝迹，当代学者则将其消亡时间向下推至 19 世纪末。实际上"小说界革命"后该体小说仍在创作和传播，尤其是民初"兴味派"小说家创作了不少话本体作品。本章拟对这批作品的传承流变、主题题材、文体特征等展开初步研究，使其重新浮出历史地表。民初话本体小说明显继承"话本"说唱文学传统，以说话虚拟情境演述社会万象与滑稽故事，贴近现实生活，表达市民思想，充满了世俗性、娱乐性和民间性；同时积极借鉴域外小说技巧，在体制形式上已呈现出不少"现代性"。这批作品虽仍能以其独特的"似真"效果吸引过渡时期的一部分读者,但"说话人"已失掉集体代言的资格,只能作为某一个体发声。随着现代白话短篇小说兴起,"说话人"完全隐形成为一种必然。1920年代中期以后,我国短篇白话小说完成了由"说—听"虚拟情境到"写—读"创阅模式的现代转型,至此话本小说才彻底走向消亡。

第九章《充满现代都市"兴味"的民初新体白话短篇小说》,探讨目前尚缺乏关注的民初新体白话短篇小说。本章首先以胡适、凤兮、范烟桥等人对清末"新体短篇小说"的相关论说为起点,描述由清末"新体短篇小说"到民初新体白话短篇小说的演进轨迹,指出"兴味派"小说家在五四之前即以丰富的创作实践坐实了"新小说家"提出的由文言而至白话演进的设想。该体小说主要面向都市读者写作,借鉴西方短篇小说技巧,开掘民间文学资源,在语体、体式、风格、题材、内容和功能等方面都不断趋新求变,以满足都市文化消费并试图引领现代城市生活,是当时小说界进行现代生活启蒙与都市兴味娱情的轻骑兵,为我国现当代都市文学的发展确立了光辉的起点。实际上,它与"五四短篇小说"共同滥觞于清末"新体短篇小说",且起步要早。该体小说丰富复杂的"现代性",与"五四短篇小说"异中有同,形成了中国现代短篇小说的重要一脉。它不仅直接影响、刺激了以写现代都市生活为特色的海派短篇小说的形成,在当代"新写实小说"中也能听到回响。然而,在过去的文学史述中该体小说非但不被视为现代短篇小说,还与民初其他诸体小说一道被斥为落后腐朽的"旧文学",这必然遮蔽了它在我国小说现代转型过程中的真实贡献,有必要重新估价和定位。

第十章《民初上海小说界的阅读文化与读者反应》,探讨民初上海小说界形成了怎样的阅读文化?到底是哪些人在读民初新出的小说?他们有哪些具体的阅读反应?这些反应对于中国小说现代转型产生了怎样的影响？当时"兴味派"小说家主倡"兴味"意在打造一种满足各阶层读者多元兴味的阅读文化，其实际读者主要是正在市民化的士大夫文人、新兴都市市民、各级各类学生，此外还包括民主革命者、政府人员、前清遗民、军人，后来成为"新文学家"的一批人、部分识字农民和少量外国人，等等。由此可知，过去认定的"小市民"阶层明显遮蔽了其读者群的广泛分布。各阶层读者在多元兴味的阅读文化中与编创者展开积极有效互动，为民初小说界"兴味化"潮流推波助澜。他们谈论各自心目中的名家名作名刊，抒发对民初小说繁荣的赞美、表达对上海小说界逐渐深陷市场泥淖的不满。这些评论不仅关系到当时某些小说类型的兴衰、文体体制的演变、艺术技巧及审美旨趣的变迁，亦为今天重新认识民初小说作家作品及其市场性提供了直接参考。面对"新""旧"文学之争，当时广大读者从自身阅读体验出发，或支持一方，或调和折衷，或希望各走各路。随着1920年代中期以后"新""旧"文学彻底失去合作契机，读者市场的分化也愈加严重，这不仅改变了中国小说的现代走向，还延迟了中国现代小说的成长。

　　需要说明的是，民初上海小说界所涉具体对象及可供研讨的问题多种多样，本书研究并不希图面面俱到。以上各章的具体探讨将有力地打破百年来重重历史遮蔽，还原民初上海小说界主倡"兴味"的历史本相，有助于重新评价民初主流小说家的历史贡献，重新认识中国小说现代转型的完整过程。文学史的本质属性是艺术精神、作家谱系、作品系统等的连续性，偶然的断裂可能是在特殊的历史境遇中的应激反应，是一种变形方式的延续。近代中国遭遇了前所未有的西方强势文明的粗暴入侵，中国小说就在新知与旧学杂糅的状态中开始了艰难的现代转型。为了让今天的读者真切地看清这次转型的全过程，为了让那段一直为研究者漠视的"兴味"旋律从遮蔽中透响出来，本书将在结语部分揭橥研究主倡"兴味"之民初上海小说界的学术意义，提出中国小说现代转型的"三部乐章"说：由清末"小说界革命"肇其始，民初"小说兴味化热潮"充其实，五四"新文学革命"收其功。表面看来，五四小说与传统小说发生了明显的断裂，实际上，如果没有晚清小说家对小说文类的提倡，就不会有五四小说的产生；如果没有民初小说的繁荣，也不会有五四小说的产生，这条文学发展史的连续线索是清晰可辨的。而对中国古代小说来说，清末—民初—五四小说的现代转型的确是一场激变与断裂。幸运的是，在这个以激变与断裂为总体特征的转型过程中，中国古代小说传统在"兴味派"的努力下以一种渐变的方式得以延续下来，这正是此派在中国小说发展史上最宝贵的贡献。另外，本书结语还将阐发研究主倡"兴味"之民初上海小说界的现实意义。我国当下文学界面临不少亟需解决的新问题。其中最关键的是如何防止文学过度市场化，如何利用好网络及各种新媒介创作出无愧于时代的优秀作品，如何创造性转化几千年的中华传统文化，如何使文学更有效地满足人民群众日趋多元的阅读需要？① 笔者认为，从民初"兴味派"那里可以获得不少有益启示：在立足传统的基础上不断求新求变；在坚守"艺术法则"的同时遵守"市场法则"；强调服务读者，追求雅俗共赏；积极运用新媒介，充分发挥新媒介的先进功能；进行多元文体试验，开展都市文学写作，赓续传统感性批评，等等。同时一定要记取1920年代"新""旧"文学之争中出现的一元文学观和过度市场化对文学健康发展的巨大危害。

最后，让我用《文心雕龙·序志》中的话来结束这篇导言：

---

① 《习近平在文艺工作座谈会上的讲话（2014年10月15日）》中即着重指出这些问题，并阐明了解决这些问题的根本性方向。

"及其品列成文,有同乎旧谈者,非雷同也,势自不可异也;有异乎前论者,非苟异也,理自不可同也。同之与异,不屑古今;擘肌分理,唯务折衷。"① 这是本书研究秉持的基本态度。

---

① 黄霖:《文心雕龙汇评》,上海:上海古籍出版社2005年版,第164页。

第一章
民初上海小说界的"兴味化"主潮

中国名哲荀子有言:"名定而实辨。"① 法国思想家布尔迪厄（也译作布迪厄）指出:"命名一个事物，也就意味着赋予了这事物存在的权力。"② 命名之意义可谓大矣！俗言：名不正则言不顺。如若对一个文学流派命名偏失，同样会导致其不公待遇，因而要获得中肯评价，首先必须"正名"。近百年来，民初主流小说家，其部分或整体曾被冠名为"旧派""鸳鸯蝴蝶派""礼拜六派""黑幕派""鸳鸯蝴蝶—《礼拜六》派""近现代通俗小说家"等等。这些名实不符的称谓导致他们百年来遭受诋毁、歪曲、批判、误读的命运。本章拟在全面系统地研读相关小说理论批评、小说作品及报刊资料的基础上，顺着历史之流来还原民初上海小说界的"兴味化"主潮，来为民初主流小说家正名。

---

① 《荀子·正名》，王先谦：《荀子集解》下册，北京：中华书局1988年版，第414页。
② ［法］布尔迪厄：《文化资本与社会炼金术》，包亚明译，上海：上海人民出版社1997年版，第138页。

第一节 清末"新小说家"内部的"兴味"呼声

文学史的本质属性是艺术精神、作家谱系、作品系统等的连续性,即使在中国文学古今转型的激变期,透过偶然的断裂,我们依然可以看到一种新生式的延续。当清末"小说界革命"突然将一直处在文学边缘的小说拉向文学中心而取代诗文时,实际上是在努力完成一种文学功能的置换,即将诗文的"载道"功能植入原不登大雅之堂以娱情①为主要功能的小说之中。但这种硬性植入,必然导致中国固有小说传统在一定程度上的断裂,而强大的传统必然要求某种形态的延续。因此,当我们顺着历史之流来确认民初主流小说家的"兴味派"身份时,便清晰地谛听到了清末"新小说家"内部回应传统的"兴味"呼声。

早在梁启超起而高倡"小说界革命"的当年,公奴就在其《金陵卖书记》中直言不讳地说:

> 小说书亦不销者,于小说体裁多不合也。不失诸直,即失诸略;不失诸高,即失诸粗;笔墨不足副其宗旨,读者不能得小说之乐趣也。即有极力为典雅之文者,要于词章之学,相去尚远,涂泽满纸,只觉可厌,不足动人也……

---

① 为什么我们在这里不用"娱乐",而用"娱情"来指称传统小说的艺术功能呢?原因在于"娱情"不仅含有"娱乐"之意,如《玉娇梨》第八回有"请张郎来赏红梨花,就要他制一套时曲,叫人唱唱,一来可以观其才,二来可以消遣娱情";而且还含有"移情""抒情""情感宣泄"等义涵,如张衡《归田赋》中有"交颈颉颃,关关嘤嘤,于焉逍遥,聊以娱情";曾巩《齐州杂诗序》也说:"虽病不饮酒,而间为小诗,以娱情写物,亦拙者之适也。"实际上,"娱情"是读者阅读小说时的寻味、解味,这个过程是一种娱乐、移情与宣泄;而对小说作者来说则为寄味、造味,是一种抒情、移情与宣泄,有时也是一种自娱。这就要求作为"娱情"媒介的小说具有审美性、趣味性,这是与古代小说家自觉追求小说艺术"兴味"相连通的。

> 以小说开民智，巧术也，奇功也，要其笔墨决不同寻常。常法以庄，小说以谐；常法以正，小说以奇；常法以直，小说以曲；常法则正襟危坐，直指是非，小说则变幻百出，令人得言外之意；常法如严父明师之训，小说如密友贤妻之劝。得此旨，始可以言小说。今之为小说者，俗语所谓开口便见喉咙，又安能动人？
>
> 吾于小说，不能不为贤者责矣。小说之妙处，须含词章之精神。①

这段文字意在说明"新小说"销路不好的原因是与小说文体特征不合，或者过于直露粗略、或者过于高深难解，不能够引起读者阅读的兴趣。他认为小说要"谐""奇""曲""变幻百出"，"令人得言外之意"，"如密友贤妻之劝"般打动人心。一言以蔽之，"小说之妙处，须含词章之精神"，也就是要有文学之美。从中可见，清末小说论者对古代小说的"兴味"特征是了然于心的。当然，论者本质上还是拥护"小说界革命"的，他认为"以小说开民智，巧术也，奇功也"，他不过想为"开口便见喉咙"，不能打动人的"新小说"指出一条改进之路罢了。

面对"新小说"因过分政治化、工具化而日渐暴露出来的缺乏"小说味"的弊端，《时报》主笔陈景韩（冷血、冷）发出了小说应注重"兴味"的呼声。1904年，《〈时报〉"小说栏"发刊辞》声称："本报每张附印小说两种，或自撰，或翻译，或章回，或短篇，以助兴味而资多闻。"② 这是"新小说"向传统小说的回归，强调的是小说的娱情功能，但接着说："惟小说非有益于社会者不

---

① 公奴：《金陵卖书记》，上海：开明书店1902年版。见陈平原、夏晓虹：《二十世纪中国小说理论资料》第一卷，北京：北京大学出版社1997年版，第65页。
② 《〈时报〉"小说栏"发刊辞》，《时报》1904年6月12日。

录"①，则又体现出这种"助兴味"乃以"有益于社会"为准绳，仍笼罩于"小说界革命"的大格局里。清末的《时报》是康、梁等维新派支持办的一种日报，由梁启超手拟发刊"缘起"和体例。报馆经理狄楚青（葆贤）是梁启超发起"小说界革命"的襄助者，他"在梁启超创办的《新小说》杂志上，便写了长长的一篇提倡小说的论文，说是小说感人的力量最深，胜于那种庄严的文章多多"②。不过，狄楚青在提倡小说"有用性"的同时，也比较注重小说的文学性、趣味性。因此，当编辑《时报》的两位主笔陈冷血与包天笑在坚持小说"新民"的前提下，对报载小说进行一些"兴味化"的革新时，他也表示支持。在清末的《时报》上还可以看到一些与《〈时报〉"小说栏"发刊辞》相类似的言论出现，如同年登载在该报的《〈马贼〉篇末广告》说："本报昨承冷血君寄来小说《马贼》一篇，立意深远，用笔宛曲，读之甚有趣味。"③ 此短评不仅指出小说《马贼》具有艺术性，还声明它富娱乐性——用传统文论话语传达的正是小说文本的"意境"之"兴味"、读者的"娱情"之"兴味"。陈冷血在次年又发表了小说专论《论小说与社会之关系》来纠"小说界革命"之偏，他说：

> 小说之能开通风气者，有决不可少之原质二：其一曰有味，其一曰有益。有味而无益，则小说是小说耳，于开通风气之说无与也；有益无味，开通风气之心，固可敬矣，而与小说本义未全也。故必有味与益二者兼具之小说，而后始得谓之开通风气之小说，而后始得谓之与社会有关系之小说。④

---

① 《〈时报〉"小说栏"发刊辞》，《时报》1904 年 6 月 12 日。
② 包天笑：《钏影楼回忆录》，香港：大华出版社 1971 年版，第 318 页。
③ 《〈马贼〉篇末广告》，《时报》1904 年 10 月 2 日。
④ 《论小说与社会之关系》，《时报》1905 年 6 月 29—30 日。

这里强调的小说要"有味与益二者兼具",显然是针对"新小说家"把小说仅当作"开通风气"的工具,不注意其文体的"兴味"特征,使得作品辞气浮露,寡味少趣而发。包天笑面对这一现象也意图为"新小说"增加一些"兴味",他为《时报》增添了副刊《余兴》,创办了专门的小说期刊《小说时报》,开始注意发表一些富有文学性、趣味性的小说作品。

吴趼人(吴沃尧、我佛山人)也是一位向我国古代小说"兴味"传统回归的晚清小说家,1905年,他在《电术奇谈附记》中写道:"书中间有议论谐谑等,均为衍义者插入,为原译所无。衍义者拟借此以助阅者之兴味,勿讥为蛇足也。"[①] 虽然吴趼人是"新小说"的杰出实践者,他创作的"谴责小说"带有明显的"新民"印记,但他非常注意小说的趣味性,强调其娱情功能。他的《〈月月小说〉序》(1906)也是有感于梁启超提倡改良小说之用意虽好,但"新小说"的创作成绩却不佳的说坛现状而作。他说:"深奥难解之文,不如粗浅趣味之易入也。学童听讲,听经书不如听《左传》之易入也,听《左传》不如听鼓词之易入也。无他,趣味为之也。"[②] 他认为:"无趣味以赞佐之,故每当前而不觉。读小说者,其专注在寻绎趣味,而新知识实即暗寓于趣味之中,故随趣味而输入之而不自觉也"[③],而且这种由趣味输入的新知识令人记忆深刻。正因如此,他相信可以"借小说之趣味之感情,为德育之一助"[④]。他有感于《东西晋》缺乏文学趣味性,而"以《通鉴》为线索,以《晋书》《十六国春秋》为材料,一归于正,而沃以意味,使从此而得一良小说焉"[⑤]。吴趼人认为演义较之正史受欢迎的原

---

① 吴趼人:《电术奇谈附记》,《新小说》1905年第2卷第6号。
② 吴沃尧:《〈月月小说〉序》,《月月小说》1906年第1号。
③ 同上。
④ 同上。
⑤ 我佛山人:《〈两晋演义〉序》,《月月小说》1906年第1号。

因在于："盖小说家言，兴趣浓厚，易于引人入胜也。"① 然而，由于时代风尚使然，他强调小说"兴味"特征的目的是与"小说界革命"的宗旨相一致的。他说："余向以滑稽自喜，年来更从事小说，盖改良社会之心，无一息敢自已焉。"② 他希望"寓教育于闲谈，使读者于消闲遣兴之中，仍可获益于消遣之际"③，"能为社会尽一分之义务"④。

这类强调增强"新小说""兴味"的言论在"新小说家"内部还有一些，如陶祐曾指出小说以引起阅读趣味为引导，他说："芸窗绣阁，游子商人，潜心探索，兴味津津，此小说之引导，宜使人展阅不倦，恍如身当其境，亲晤其人，无分乎何等社会也。"他进一步分析读者喜欢小说的原因是："不外穷形尽相，引人入胜而已"⑤，这是凸显小说传神写照、有滋有味的美学特征。但，他依旧以小说"新民"为旨归，宣称其写作的目的是"为热心爱国者告""为主张开智者期""为放弃责任者警"⑥。又如觉我（徐念慈）这位鼓吹"新小说"的理论家，他在《余之小说观》中明确指出："小说者，文学中之以娱乐的，促社会之发展，深性情之刺戟者也。"⑦ 他还特别强调小说的技巧与报刊装帧对增强小说"兴味"的作用，他说："小说之所以耐人寻索，而助人兴味者，端在其事之变幻，其情之离奇，其人之复杂。……以花卉人物，饰其书面，是因小说者，本重于美的一方面，用精细之图画，鲜明之刷色，增

---

① 吴沃尧：《历史小说总序》，《月月小说》1906年第1号。
② 我佛山人：《〈两晋演义〉序》，《月月小说》1906年第1号。
③ 同上。
④ 吴沃尧：《〈月月小说〉序》，《月月小说》1906年第1号。
⑤ 陶祐曾：《论小说之势力及其影响》，《游戏世界》1907第10期。转引自黄霖、韩同文：《中国历代小说论著选（下）》，南昌：江西人民出版社2000年版，第321页。
⑥ 同上书，第322页。
⑦ 觉我：《余之小说观》，《小说林》1908年第9期。

读书者之兴趣,是为东西各国所公认。"① 这些高见卓识后来都被民初主流小说家所采纳。

据笔者所见资料来看,到民国建立前夕,"小说界革命"的实际影响已趋微弱,追求小说"兴味"慢慢成为一种独立的声音。报癖(陶祐曾)在1909年所作的《〈扬子江小说报〉发刊辞》是比较有代表性的例子,他在文中明确其办报宗旨是:"庶几酒后茶余,供诸君之快睹;从此风清月白,竭不佞之苦思。"② 既然宗旨意在"消闲",其内容自然与之相配合,有"点睛蔽月,意在笔先,惟妙惟肖,兴味盎然"的图画;有"只谈风月,偶咏莺花,争传韵事,务屏狎邪"的"花鸟录";有"《风》《骚》百变,国粹一斑,随时采录,大好消闲"的文苑,等等;小说则是"文兼雅俗,推陈出新,藉齐东语,醒亚东民"③。虽然还挂着"醒民"的招牌,但实际较之上引1907年时的言论,他明显已向"兴味"迈近了一步。1911年,天游的《小说闲评》提出了作小说的"十忌",其中第一条"忌有意作关系文字",是指不要主题先行,满纸庄言正论,劝善惩恶,"大抵小说之作,其宗旨在全部寓意,其寓意处当为海上神山,不可即而不可离;如云中游龙,无所见而实若可见,令读者自领会之。若明白揭橥,读者一览无余,则味同嚼蜡"④。这是对"新小说""有意求关系于世道人心"的直接反拨,是对小说新主潮——小说"兴味化"的呼唤。

以梁启超为代表的清末士大夫文人在"小说界革命"中过分神话了小说"治国""新民""改良群治"等作用,其弊端日益暴露,他们创作的那些缺乏"小说味"的作品也慢慢失去了读者。虽然,

---

① 觉我:《余之小说观》,《小说林》1908年第9期。
② 报癖:《〈扬子江小说报〉发刊辞》,《扬子江小说报》1909年第1期。
③ 同上。
④ 本文连载于1911年3月20日至4月2日的《民立报》。

如上所述"小说界革命"内部早已有一些"兴味"呼声，但仔细考察，就会发现那些声音几乎全都笼罩在梁启超诸公的"革命"言论之下，创作也是如此。正如袁进教授所说："晚清的小说热潮是以'政治小说'为其主流的，它主要包含了两个方面：一是当时的职业小说家们是跟着本来与小说无缘的政治家、思想家提倡'新小说'走的，接受了他们的小说主张。二是政治小说的影响渗透到了其他小说之中，包括传统的武侠、公案、言情、历史等题材之中，占了主导性地位。"① 到了民初，那些在清末"小说界革命"时段还尚显微弱的"兴味"呼声开始逐渐响亮起来，最终成为当时主流小说家共同的追求。

第二节　民初主流小说家主倡小说"兴味"

当辛亥革命武力推翻清政府，"新小说家"以小说救国的神话便告破灭。经由清末"小说界革命"推动而成为最上乘之文类的小说也面临新的历史选择。辛亥革命之后，小说界的潮流由"小说治国"开始彻底转向"小说兴味"，鼓吹"兴味"的小说家利用手中掌控的报刊、出版、印刷等传播资源，通过大量富有"文学性""抒情性""趣味性"的著、译小说作品掀起了民初小说界长达十年的"兴味化"主潮。1921年，风兮在《海上小说家漫评》中说：

> 中国小说家，以上海为集中点，故十年以来，风豁云起，其造述迻译之成绩，吾人可得而言之。至其中有持戏作者态度，不能尽合社会人生之艺术者，亦无可讳。然助吾人之兴味

---

① 袁进：《中国小说的近代变革》，桂林：广西师范大学出版社2009年版，第31页。

则一也。①

这可视为民初小说界以"兴味化"为主潮的简明注脚。当时的主流小说家大多汇聚于上海,兼做报人,他们秉持以读者为本位的"兴味化"编刊宗旨,非常重视小说的文学审美性和娱情功能。

一、强调小说文体的文学审美性

汇聚于上海的民初主流小说家主倡"兴味"首先表现为他们普遍重视小说的文学兴味性,认识到了小说文体的审美独立性。1912年,管达如在《小说月报》上发表了小说专论《说小说》,其中突出强调小说作为一种文学类型的审美独立性,他说:"文学者,美术②之一种也。小说者,又文学之一种也。人莫不有爱美之性质,故莫不爱文学,即莫不爱小说。"③ 这种对小说文体文学审美独立性的强调明显是针对清末"小说界革命"过分将小说"工具化"的弊端而发,且以富有"现代性"的话语来表述,标志着民初小说观念之转变。同时,我们从该文中可清楚地看到"文学性"在管氏笔下主要是指小说的趣味性。他在比较"笔记体""章回体"小说时,就以"趣味"的多寡为标准。他认为,章回体较之笔记体趣味更加浓深,"感人之力之伟大,亦倍蓰之而未有已焉"④。他还进一步解释说:"盖小说之所以感人者在详,必于纤悉细故,描绘靡遗,然后能使其所叙之事,跃然纸上,而读者且身入其中而与之俱化。"⑤ 强调小说文体文学审美的独立性与"趣味"性意味着不再将小说看作"政治"的附庸、"新民"的工具,这显然是对我国古代小说"兴味"传统的继承,对欧美强调小说审美性的吸收,标识

---

① 风兮:《海上小说家漫评》,《申报·自由谈·小说特刊》1921年1月23日。
② 美术:同今天所谓的艺术审美。
③ 管达如:《说小说》,《小说月报》1912年第3卷第9期。
④ 同上。
⑤ 同上。

着民初小说界的新风向。《小说月报》在次年还登载了一则特别广告，文曰："情节则择其最离奇而最有趣味者，材料则特别丰富，文字力求妩媚，文言、白话，兼擅其长。"① 《小说月报》作为民初最有影响的小说杂志之一，这样的广告一出，必然进一步推动民初小说界的"兴味化"转型。

《中华小说界》是 1914 年中华书局创刊的一种有较大影响的小说杂志，其《发刊词》中明确提出办刊"抱有三大主义，以贡献于社会"：一是"作个人之志气"，二是"祛社会之习染"，三是"救说部之流弊"②。这三大主义是面向个人、社会与小说这三个向度的。清末"小说界革命"意在发挥小说"新民""治国"的作用，强调小说可"改良群治""祛社会之习染""发起国民政治思想""激励其爱国精神"③，亦即推动国家、政治之进步，以达到救亡图存的目的。而此篇发刊词则明显将"小说界革命"的这些思想放在了次要位置，放在首位的则是强调小说对"个人"的作用：作为文学中娱乐品的小说有独特的教育功能，可以促进文明，陶冶情操。

另外，成之（吕思勉）在这一年的《中华小说界》上发表了与管达如《说小说》相呼应的《小说丛话》，他就《说小说》论述的范围，从不同的角度，作了更为深入的分析。其中最突出之点就是更加重视小说文体的文学审美性，他说："能感人之情者，文学也。小说者，文学之一种，以其具备近世文学之特质，故在中国社会中，最为广行者也。"④ 这与管达如的意见是一致的，代表着民初小说界的一种普遍认识。成之在解释"悲情小说"与"喜情小说"的区别时认为，"全书之宗旨，在动人之感情者，悲情小说也；以

---

① 《本社特别广告》，《小说月报》1913 年第 3 卷第 12 期。
② 瓶庵：《中华小说界发刊词》，《中华小说界》1914 年第 1 卷第 1 期。
③ 新小说报社：《中国唯一之文学报〈新小说〉》，《新民丛报》1902 年第 14 号。
④ 成之：《小说丛话》，《中华小说界》1914 年第 1 卷第 3 期。

供人娱乐为目的者,则喜情小说也"①。其实,无论是"其事甚为可笑而有趣,因以引动其愉快之情"的"喜情小说",还是有"曲折入妙"的情节,"使人读之而不能自已"的"悲情小说"②,都可归结在"兴味"上,亦即小说的文学审美性上。从文学审美性出发,成之进一步对小说的类型作了深入分析。他将"或欲借此以牖启人之道德,或欲借此以输入智识,除美的方面外,又有特殊之目的"的小说称为"有主义之小说",也称之为"杂文学的小说"③;"专以表现著者之美的意象为宗旨,为美的制作物,而除此以外,别无目的"的小说称为"无主义之小说",也称之为"纯文学的小说"④。这大概是我国文学史上第一次提出"纯文学的小说"这一概念。成之显然认为"纯文学的小说"优于"杂文学的小说"。其理由是"纯文学的小说,专感人以情;杂文学的小说,则兼诉之知一方面"⑤。在成之看来,清末政治家、思想家在"小说界革命"中所提倡的乃是"杂文学的小说",这类小说多数脱离了我国古代小说尚"兴味"的传统,所以"支离灭裂,干燥无味,毫无文学上之价值"⑥,不能引起读者的阅读兴趣。而"纯文学的小说"要么寓教于乐、要么陶冶性情,总是能增人兴味的。从他认定《镜花缘》《西游记》等古代小说为"纯文学的小说"、肯定小说的娱情功能可知,他希望民初小说向我国古代小说的"兴味"传统回归。诸如他在文中对讲求故事情节的传奇曲折、塑造人物形象的典型传神、追求风格的意境化与功能的娱情化等古代小说的"兴味"特征都给予了充分重视与重新阐释。另外,成之还在借鉴某些西方美学

---

① 成之:《小说丛话》,《中华小说界》1914 年第 1 卷第 4 期。
② 同上。
③ 成之:《小说丛话》,《中华小说界》1914 年第 1 卷第 5 期。
④ 同上。
⑤ 同上。
⑥ 同上。

观点的基础上,立足中国小说的实际特点,对小说的"主客观之分"进行了富有现代色彩的讨论。他强调小说中主观抒情与客观叙事的结合,指出"其最妙者,莫如合主、客观而一之,使人读之,既有以知自然繁复之事实,而又有以知著者对之之感情,且著者对此事物之感情,恰可为此等事物天然之线索,而免于散无条理之消,真文学中之最精妙者矣"①。这一见解标志着民初小说界对小说艺术特点的认识达到了新的高度。更可贵的是,成之还看到了当时小说主潮向艺术兴味的转向,他说:"今风气一变,知小说为文学上最高等之制作,且为辅世长民之利器,文人学士,皆将殚精竭虑而为之……"② 他在文中还希望当时的小说家能以本国小说审美传统为本,同时吸收西方小说艺术之长,创作出中国小说的艺术精品。成之的这篇《小说丛话》与管达如的《说小说》是民初小说理论批评中最有系统的小说专论,从中可以清晰地看到二者对小说的文学性、艺术美感、趣味等的共同认识③。

民初主流小说家普遍接受上述对小说文体文学审美性的认识,非常重视小说的艺术兴味性。如,叶小凤在《小说杂论》中明确指出"小说为文章之一"④,不是不登大雅之堂的街谈巷语;小说以文学性取胜,并非"狷薄少年"可以随便操觚;小说"为美术的文学,而非下流文人所得而妄冀也"⑤,他甚至进一步指出"美术的小说""主要在文采意义之明丽隽永""全以己之绝妙题目、绝妙文

---

① 成之:《小说丛话》,《中华小说界》1914年第1卷第8期。
② 同上。
③ 到1920年代初,小说应具独立的文学审美性已成为一般批评者的普遍认识,如孙绮芬在1920年所作的《小说闲话》(载《新世界》1920年11月21日)中用"小说性质"指称小说文体的文学审美特性,他认为小说一定要写得有"小说性质",才能有"兴味",能"动人",所谓不重"简峭"而主"刻画",又"贵以意胜"。
④ 叶小凤:《小说杂论》,《小凤杂著》,上海:新民图书馆1919年版,第5页。
⑤ 同上书,第50页。

章为本位,宁令不识者抛弃,不愿令天下有一识者指其疏谬"①,这大有"为艺术而艺术"的意思。周瘦鹃也强调说:"小说为美文之一,词采上之点缀,固不可少,唯造意结构,实为小说主体,尤宜加意为之。"② 张冥飞、王大觉则尤其注重小说的"意境美",冥飞认为:"小说笔法之佳妙者,以意在语言文字之外,耐人寻味者,为神品。"③ 大觉则说:"作小说写一个人,要神气活现,跃跃纸上,此非难事;叙一件事,头头是道,一笔不漏,此亦非难事。所难者,欲虚实相称,映带生姿,韵流言外,低徊讽之弗能置,斯非可信笔为也。"④ 胡寄尘、张舍我等很多小说家还对小说的艺术特点、写作方法等进行了多方面的深入探讨。他们办的刊物也明确打出了"文学的、美术的、滑稽的"⑤,"一以兴味为主"⑥ 的旗帜,声明所刊载的小说是"最有兴味之作"⑦。可见,他们主倡"兴味",就是对小说文体文学审美性的强调。

二、凸显小说文体的娱情功能

力主"兴味"娱情,重视个体情感的宣疏,重视对娱乐消闲的提倡,是汇聚于上海的民初主流小说家主倡"兴味"的另一表现。随着小说文体自觉意识的增强,西方非功利的艺术审美观的舶入,我国小说"兴味"传统所追求的娱情功能第一次比较彻底地摆脱"文以载道"的束缚,真正形成了一种独立的理论气候,并指导着当时的创作实践。

"情"是文学之所以为文学的核心质素之一。晚清文人身处王朝

---

① 叶小凤:《小说杂论》,《小凤杂著》,上海:新民图书馆1919年版,第24页。
② 周瘦鹃:《自由谈之自由谈》,《申报·自由谈》1921年2月13日。
③ 冥飞、海鸣等:《古今小说评林》,上海:民权出版部1919年版,第15页。
④ 大觉:《稗屑》,《民国日报》1919年4月6日。
⑤ 这是1914年《民权素》创刊号"第二集出版预告"的主题词。
⑥ 《〈小说大观〉例言》,《小说大观》1915年第1集。
⑦ 天笑生:《〈小说画报〉短引》,《小说画报》1917年第1期。

末世，面对内忧外患，曾经对文学所表现之"情"进行过系列讨论。严复（几道）、夏曾佑（别士）的《本馆附印说部缘起》曾提出所谓"公性情"之说，"何谓公性情？一曰英雄，一曰男女"①，这是对文学表现人类普遍情感的强调。然而，究其主旨强调写"公性情"的目的乃"在乎使民开化"，这可视为清末"小说界革命"将"小说"作为"新民"工具之先声。梁启超也一直非常重视文学的情感力量，其"新文体""笔锋常带情感"②，其论小说强调小说具有"熏、浸、提、刺"等与情感相关的功能③，但他之所以大力提倡小说，宣称"小说为文学之最上乘"④，乃是为了"振国民精神，开国民智识"⑤，他一直公开反对"儿女情多，风云气少"⑥的言情小说。可见，清末"小说界革命"的倡导者们是想通过对"情"的重新定义，来侧重提倡以"群治"为指向的普遍性情感。这一点对清末"新小说家"影响极深，即便是崇尚多元化创作的吴趼人也认为：

> 人之有情，系与生俱来；未解人事以前，便有了情；大抵婴儿一啼一笑，都是情，并不是那俗人说的"情窦初开"那个情字。要知俗人说的情，单知道儿女私情是情；我说那与生俱来的情，是说先天种在心里，将来长大，没有一处用不着这个"情"字，但看他如何施展罢了！对于君国施展起来，便是忠；对于父母施展起来，便是孝；对子女施展起来，便是慈；对于朋友施展起来，便是义。可见忠孝大节，无不是从"情"字生

---

① 几道、别士：《本馆附印说部缘起》，原载《国闻报》1897年10月16日至11月18日，转引自陈平原、夏晓虹：《二十世纪中国小说理论资料》第一卷，北京：北京大学出版社1997年版，第18页。
② 梁启超：《清代学术概论》第25节，北京：中国书籍出版社2006年版，第140页。
③ 饮冰：《论小说与群治之关系》，《新小说》1902年第1卷第1号。
④ 同上。
⑤ 同上。
⑥ 同上。

> 出来的。至于那儿女之情，只可叫做"痴"。更有那不必用情，不应用情，他却浪用其情的，那个只可叫做"魔"。还有一说，前人说的那守节之妇，心如槁木死灰，如枯井之无澜，绝不动情了。我说并不然，他那绝不动情之处，正是第一情长之处。俗人但知儿女之情是情，未免把这个"情"字看得太轻了。并且有许多写情小说，竟然不是写情，是在那里写魔，写了魔，还要说是写情，真是笔端罪过！①

可见，吴氏在这里标举的同样是一种"公性情"，而非男女"私情"，他认为"儿女之情"是"痴"、甚至会演变成"魔"。在这种"情"观的影响下，"两性私生活描写的小说，在此时期不为社会所重，甚至出版商人也不肯印行"②。

由于追求"兴味化"，民初小说的一个显著特征却是强烈关注个体情感，大量描摹、叙写男女恋情、婚姻，形成了一股强大的"言情小说潮"。这是我国抒情传统与现代主体建构之间的首次积极对话③，其中既有对西方浪漫主义文学、西方婚恋自由、个性解放等思想的主动学习，亦体现出向明末清初"才子佳人小说"、晚明的"情教"或更早的抒情传统回归的倾向。徐枕亚与苏曼殊是当时引领这股潮流最著名的小说家。他们一位是"痛哭唐衢心迹晦，更抛血泪为卿卿"④，有"难言之隐"的"情种"；一位是"袈裟点点

---

① 吴趼人：《恨海》第一回，上海：时还书局1924年版，第1—2页。
② 阿英：《晚清小说史》，北京：人民文学出版社1980年版，第5页。
③ 王德威教授曾经发表《"有情"的历史——抒情传统与中国文学现代性》，在革命、启蒙之外，他提出抒情代表中国文学现代性——尤其是现代主体建构——的又一面向。虽然该文以二十世纪中期为切入点，以沈从文、陈世骧、普实克为讨论坐标来描述中国抒情传统与现代性的对话，未曾涉及民初言情小说，但我认为最初继承中国古代抒情传统并与现代性对话的正是倡导"兴味"的民初言情小说家，后来者对抒情传统的召唤无不建立在他们的基础之上。
④ 徐枕亚：《雪鸿泪史》，上海：清华书局1922年版，第39页。

疑樱瓣，半是脂痕半泪痕"①，有"难言之恫"的"情僧"。民国元年，他们竟不约而同地在上海报纸上连载了两部带有自叙传性质的"哀情小说"：《玉梨魂》与《断鸿零雁记》。"寡妇恋爱"与"和尚恋爱"在当时均是大逆不道之事，在清末吴趼人眼里那肯定都是不必用情，不应用情，浪用其情的"魔"，而在民初那个极端压抑个体情感的年代，这两部小说竟引起巨大轰动，不知赚了多少读者的同情之泪。《玉梨魂》在《民权报》上发表后，旋即出版单行本，一版再版，以至数十版，销量达数十万册，还曾被改编成话剧，拍成了默片（无声电影）。《断鸿零雁记》在《太平洋报》上刊载后亦很快推出单行本，不仅畅销不衰，而且成为近现代青年寄托难言之恫、畸零情感的"标配"。

当"小说兴味"成为民初小说主潮时，民国初年混乱之政局又对其起了推波助澜的作用。身处民初乱世，多数文人感到政治上没有希望，他们或者主动选择疏离政府当局，或者在无奈中投身于上海报界，在失落中嬉笑怒骂、花间诗酒、言情抒怀②。整个时代的写作重心已然由清末救亡图存之"公性情"向个人情感与个体价值的男女"私情"转移。民初上海持续近十年的言情小说潮就这样涌现出来。其主要表现是：一、民初上海文艺报刊大量登载"言情"类小说。如《小说时报》《小说月报》《小说丛报》《小说季报》《小说大观》《小说画报》《游戏杂志》《礼拜六》《眉语》等均刊登大量"言情"小说作品，编者根据小说的情调等将这类小说又细分为哀情小说、言情小说、写情小说、爱情小说、奇情小说、艳情小说、苦情

---

① 柳亚子：《苏曼殊全集（3）》，北京：当代中国出版社 2007 年版，第 65 页。
② 民初，上海各报刊的主持者多是革命文学团体南社中人，如《时报》包天笑、《神州日报》王无生、《礼拜六》周瘦鹃、《春声》姚鹓雏等，他们作为报人小说家积极拥护"新政制"，但也主动选择了与政坛保持距离。另外，也有一些报刊的主笔、编辑实际上是同盟会—国民党的元老或骨干，如戴季陶、于右任、宋教仁、叶楚伧等，他们一方面继续宣传资产阶级民主革命，一方面也从事文学创作。

小说、侠情小说、悟情小说、至情小说、惨情小说、孽情小说、忏情小说、欢情小说、悲情小说、怒情小说、谐情小说、窥情小说、滑稽言情小说、神怪言情小说二十个种类。有人统计，"从1912年6月至1915年6月，《小说时报》《小说月报》《小说大观》《小说丛报》《小说海》《小说画报》《小说旬报》《中华小说界》《小说新报》等11种杂志，共推出各类言情小说（含译作）约300余篇（部），其中'哀情'类的言情小说就占三分之一还多"①。二、所谓"《玉梨魂》派的鸳鸯蝴蝶体"②与"《礼拜六》派"的言情小说席卷上海文坛、进而风靡全国。这两派的代表人物，前者是徐枕亚，后者为周瘦鹃，二人均是"哀情巨子"。言情小说对作者而言，是对个人情感体验的抒写，是对个体价值的张扬，有一种疏导宣泄的创作快感；对读者而言，最能打动读者心灵，引起共鸣，甚至勾起读者种种伤心之事而潸然落泪。因此，言情小说无论对接受，还是对创作而言都是最具"兴味"的小说类型。正如周瘦鹃所说："世界上一个情字，真具着最大的魔力。"③由于民初言情小说家多以才子自居且深陷于"情天恨海"中，所以常如枕亚那样表白："才美者情必深，情多者愁亦苦"④；亦常如瘦鹃所言："吾满腔子里塞着的无非是悲思，无非是痛泪，提笔写来，自然满纸都是凄风苦雨。"⑤他们就这样一边心中想着"情之所钟，正在我辈"⑥，一边笔下写出缠绵悱恻、哀感顽艳的抒情文字。正因为是以笔写心，所谓"阅者纸上千行泪，乃著者笔头一滴血所换得者也"⑦，所以民

---

① 谢庆立：《中国近现代通俗社会言情小说史》，北京：群众出版社2002年版，第67页。
② 周作人：《日本近三十年小说之发达》，《新青年》1918年第5卷第1号。
③ 瘦鹃：《午夜鹃声》，《礼拜六》1915年第38期。
④ 徐枕亚：《玉梨魂》第二章，上海：民权出版部1913年9月版，第9页。
⑤ 瘦鹃：《午夜鹃声》，《礼拜六》1915年第38期。
⑥ 这是《世说新语·伤逝》中的名句，徐枕亚曾将其写入《雪鸿泪史》中。
⑦ 徐枕亚：《〈孽冤镜〉序》，吴双热：《孽冤镜》，上海：民权出版部1915年版，第2页。

初主流小说家创作的言情小说往往能"情文并茂",成为他们的代表作。

言情小说在民初的流行,实际体现出民初主流小说家对个人情感的强调,对个体价值的张扬、对日常生活的关注。由于这些小说家多兼做报刊编辑,他们在编辑报刊时便一改清末"小说界革命"强调小说为"群治""国家""思想启蒙"服务的主调,而突显小说对"个体""家庭""生活启蒙"的关注,秉持以读者为本位的"兴味化"编刊宗旨。其中,最显在的表现就是对小说娱乐消闲功能的肯定。如,李定夷在《〈消闲钟〉发刊词》中说"仗我片言,集来尺幅,博人一噱,化去千愁"①;他在《〈小说新报〉发刊词》中又说:"东方曼倩,说来开笑口胡卢;西土文章,绎出少蟹行鹘突。重翻趣史,吹皱春池"②;王钝根在《〈礼拜六〉出版赘言》中说"晴曦照窗,花香入座,一编在手,万虑都忘,劳瘁一周,安闲此日"③;天竞《〈礼拜三〉之缘起》则要求去"沉闷而欲睡"的"庄重之词",以求"活泼而娱情"④;《〈眉语〉宣言》曰"锦心绣口,句香意雅,虽曰游戏文章、荒唐演述,然谲谏微讽,潜移默化于消闲之余,亦未始无感化之功也"⑤;周瘦鹃在《〈快活〉祝词》中说"在这百不快活之中,我们就得感谢《快活》的主人做出一本《快活》杂志来给大家快活快活,忘却那许多不快活的事"⑥。这些主张娱乐消闲的话,后来成为"新文学家"指责他们落后低级文艺观的证据。说他们写小说只是为"博读者的一笑"⑦,说他们"不是

---

① 《〈消闲钟〉发刊词》,《消闲钟》1914年第1集第1期。
② 《〈小说新报〉发刊词》,《小说新报》1915年第1期。
③ 《〈礼拜六〉出版赘言》,《礼拜六》1914年第1期。
④ 《〈礼拜三〉之缘起》,《礼拜三》1914年第1期。
⑤ 《〈眉语〉宣言》,《眉语》1914年第1卷第1号。
⑥ 《〈快活〉祝词》,《快活》1923年第1期。
⑦ C. P.:《著作的态度》,《文学旬刊》1922年第38号。

把文学当做人家消闲的东西,就是把它当做自己的偶然兴到的游戏文章",并严厉批评说:"以游戏文章视文学,不惟侮辱了文学,并且也侮辱了自己!"① 以客观的眼光看,在那个"上天下地充满着不快活的空气,简直没有一个快活的人"② 的时代,希望借助小说让繁忙紧张的都市人得到身心舒展的"消闲"论,有其特定的历史土壤与价值。更何况,他们主张娱乐消闲与强调文学审美乃是紧密结合的。如,鉏农在《小说造意问题》中说:"小说之为物也,浅言之,可以助公余商闲之谈笑,作解愁解闷之良友。故小说之作,以有趣味为主,务能引起阅者兴致,使手不忍释,时而拍案叫绝,时而附掌发噱。此咸在立意新奇,隶事曲达,而又参以滑稽之笔也";寂寞徐生在《小说丛谈》中说"小说本为美文之一,使人娱乐心目,养成审美的观念"③;吴绮缘在《最近十年来之小说观》中说"故执笔为此者,大率藉以适性怡神,冀取快于一时……是在作者与读者,双方各本良知,认小说为辅助教育品之一,有审美性质,而属于文艺,非可加以轻视,及狎而玩之者"④。

更重要的是,肯定小说的娱乐消闲功能并不代表这些小说家无视社会责任。假如以"趣味"为小说创作的唯一追求、一味迎合读者的消闲心理,以谋求物质利益为本位,当然是一种"游戏的消遣的金钱主义"。但实际情况并非如此,这些对小说消闲功能持肯定态度的小说家不仅多是辛亥革命的拥护者、参与者,而且面对民初的内忧外患大多表现出了很高的爱国热情。他们从来没有忘记坚守社会责任,他们提倡游戏、消闲是基于当时混乱的社会现状拟借游戏之词、滑稽之说来针砭世俗、唤醒当世。正如童爱楼在《〈游戏

---

① 西谛:《中国文人(?)对于文学的根本误解》,《文学旬刊》1921年第10号。
② 《〈快活〉祝词》,《快活》1923年第1期。
③ 寂寞徐生:《小说丛谈(二十)》,《申报·自由谈·小说特刊》1921年8月7日。
④ 吴绮缘:《最近十年来之小说观》,《小说新报》1919年第9期。

杂志〉序》中所说：

> 考韩柳奇文《喻马》《说龙》，游戏之笔也……其余如《捕蛇者说》《卖柑者言》莫不借游戏之词、滑稽之说以针砭乎世俗，规箴乎奸邪也……当今之世，忠言逆耳、名论良箴束诸高阁，惟此谲谏隐词听者能受尽言。故本杂志搜集众长，独标一格，冀淳于微讽呼醒当世。顾此虽名属游戏，岂得以游戏目之哉？①

包天笑则在《小说大观》创刊之际宣称小说除应"以兴味为主"②外，还应"有益于社会、有功于道德"③。他希望读者通过阅读富有"兴味"的作品，获得审美愉悦的同时在"道德、教育、政治、科学"等方面亦有所获益，以促"群治之进化"④。可见，肯定小说娱乐消闲功能的民初主流小说家从未放弃以小说转移人心风俗、进行现代生活启蒙的作家职责。因此，当"为人生派"抓住他们"消遣"的主张痛批不放时，他们才会理直气壮地说：

> "消遣"两字，是"新文学家"所绝对否认的。他说小说是人生艺术，极高尚的一种文学，旧小说把"消遣"两字做了商标，那才根本错咧。这几句呢，固然是合乎现在的潮流，可是试一细想，人家正事忙迫的时候，谁有功夫去看小说，当然是消遣的。原来小说是把人生真切的艺术，在闲空的时候，指导给人们的。⑤

假如我们从这个角度来理解"消闲"，"消闲"的确也是"为人生"

---

① 童爱楼：《〈游戏杂志〉序》，《游戏杂志》1913年第1期。
② 《〈小说大观〉例言》，《小说大观》1915年第1集。
③ 天笑生：《〈小说大观〉宣言短引》，《小说大观》1915年第1集。
④ 天笑生：《〈小说画报〉短引》，《小说画报》1917年第1期。
⑤ 灵蛇：《小说杂谈》，《星期》1922年第18号。

的一部分。这种"真切的人生"主要是指个体生命的人生,这种"人生真切的艺术"必然是一种建立在文学性、娱乐性、消闲性上的"兴味"艺术。

上述民初主流小说家对小说审美性及娱情功能的强调在包天笑有关小说"兴味"的论述中讲得最为透彻。他在其主编的《〈小说大观〉例言》中明确宣布:"无论文言俗语,一以兴味为主。凡枯燥无味及冗长拖沓者皆不采。"① 包氏继承锺嵘以来讲"滋味"、求"兴趣"的"兴味"审美传统,继承古代小说以"趣为第一"、强调"遣兴""娱目快心"的"兴味"娱情传统,引导当时的小说著、译重视艺术美感、文学趣味,发挥小说的娱情功能,以满足读者的多元阅读需要。包天笑认为小说在晚清力倡"小说界革命"的梁启超、狄楚青等人的推举下,其位置已高得无以复加,简直被当成了救亡图存的灵丹妙药。但由于"新小说家"没有足够重视小说的"兴味"性,于是,写小说就变成了庸医用药,只能"日操不律以杀人"②。这就导致广大读者对"新小说"的失望:"向之期望过高者,以为小说之力至伟,莫可伦比,乃其结果至于如此,宁不可悲也耶!"③ 包天笑正是吸取了上述"小说界革命"失败的教训,才希望通过加强小说的文学兴味性、兴味娱情功能来重新形成文坛的新风尚。紧接着,他在《小说画报·例言》中再次声明其刊登的小说皆是"最有兴味之作"④,这是从作品角度强调"兴味",凸显的是作品本身应富有文学性、趣味性。可见,标举"兴味"是包天笑一以贯之的小说观念,他始终将作品是否富有艺术美感、文学趣味,能否为读者喜欢、接受作为小说著、译的第一要素。这实际是

---

① 《〈小说大观〉例言》,《小说大观》1915年第1集。
② 天笑生:《〈小说大观〉宣言短引》,《小说大观》1915年第1集。
③ 同上。
④ 天笑生:《〈小说画报〉短引》,《小说画报》1917年第1期。

民初主流小说家追求小说"兴味化"的理论总结,标志着"中国的小说观完成了从晚清到民初,从关切社会群治到关注个人体验,重强调政治效果到注重艺术兴味的转型"①。

综上可知,民初主流小说家主倡"兴味",是在立足小说"兴味"这一固有传统的基础上,借鉴西方舶来的"小说"观念,以小说的"审美性""娱情化"为旨归,这迈出了中国小说现代转型的关键一步。实际上,中国古代小说的"兴味"传统一直笼罩在"史传"大传统之下,小说一直被视为"史余""野史"。另外,"文以载道"的传统也一直束缚着小说"兴味"的传统。在古代小说家与评论家的批评话语中,常常可看到"劝惩""教化"一类字眼,这是"文以载道"文学观之于小说文体的表述。当清末"小说界革命"将小说由文学边缘拉向中心时,取代诗文地位的小说实际被赋予了"载道"功能,"新小说"的倡导者将其表述为"小说治国"。民初主流小说家起而纠偏,脉承古代小说"兴味"传统,借鉴西方小说观念,在我国小说史上第一次鲜明地打出了"以兴味为主"的旗帜。如此一来,小说文体便挣脱了史之束缚而彰显出审美性、娱情性,其"载道"("劝惩""教化""治国")的功能也退居次要地位。若将民初的小说作品及其报刊载体一起考察,我们对此将认识得更加清楚。民初的文艺报刊追求"趣味性""通俗性",装帧设计也特别讲究"美"与"情趣";民初的创作小说从体式、语言的形态特征到叙事、写人的方法技巧再到风格、意境的审美追求都明显继承古代小说的"兴味"传统,并大量借鉴西方小说有助于形成艺术趣味的形式、技巧;民初翻译小说为达到吸引读者的艺术效果,

---

① 黄霖:《民国初年"旧派"小说家的声音》,《文学评论》2010年第5期,第91页。

普遍采用意译、编译的方法，使外国作品涂上了本土色彩①。概言之，民初主流小说家主倡"兴味"——强调小说文体的文学审美性、凸显小说文体的娱情功能——是在转化传统、融合中西、纠偏补弊，他们以丰富多元、广受欢迎的小说著、译实绩，走出了一条融合古今中外的小说"兴味"之路。因此，假如要说他们是什么派的话，确切地说，就是一个推动中国小说现代转型，追求艺术兴味，为读者生活增添兴味的"兴味派"。他们活跃在民初中国独一无二的上海"文学场"上，引领了当时小说界的"兴味化"主潮。

---

① 如包天笑、姚鹓雏、周瘦鹃等人的翻译作品都具有这样的特点，详参拙著《民初"兴味派"五大名家论（1912—1923）》，上海社会科学院出版社 2014 年版。

第二章
由传统走向现代的民初上海"文学场"

上一章,我们顺着历史之流确认了民初上海小说界以追求"兴味化"为主潮的时代特征,初步辨识出民初"兴味派"小说家的历史真容。为了能够将这个活跃在民初上海的小说家群体比较本真地复现出来,为了进一步客观分析民初小说界"兴味化"主潮形成的复杂原因,我们需要重返它们产生的世界、重构民初上海"文学场"。本章将集中讨论以下几个密切相关的话题:上海在民初中国的独特地位与其"文学场"的生成、该"文学场"中复杂的关系网络,以及"兴味派"小说家的文化身份,等等。

第一节 民初上海的独特地位及其"文学场"的生成

1911年10月10日,亦即宣统三年八月十九日,辛亥革命爆发。次日,湖北军政府宣布成立中华民国。11月3日,上海光复。1912年1月1日,孙中山在南京就任临时大总统,宣誓"颠覆满清专制政府,巩固中华民国,图谋民生幸福"①。2月12日,隆裕太后将《清帝退位诏书》布告全国。2月15日,南京临时参议院选举袁世凯为临时大总统。3月10日,袁世凯在北京正式就任临时大总统。至此,中国历史上开始了北京国民政府时期。我们将要重构的民初上海"文学场"是当时全国文学的中心场,它作为中心场的时期几乎与北京国民政府的存在相始终。然而,值得注意的是上海"文学场"与当局的关系始终处于一种疏离的状态,政治资本及其产生的权力在这个场中明显处于次要地位,它的生成与运作获得了很大的自主性。这是中国文学史上从未出现过的,标志着中国文学现代性的进一步增强,它的出现与上海是民初中国第一大"现代"都市的特殊地位密切相关。

一、上海"现代"都市经济资本与"文学场"的生成

在1911年至1937年这个史称"中国资产阶级的黄金时代"里,上海"现代"都市经济进入了与发达资本主义国家大都市同步发展的历史过程。本章讨论的1912年至1923年间的上海"文学场"正处于上海经济这个"黄金时代"的第一个阶段。民初,随着经济资本向文化领域的不断投入,上海文化市场得以不断壮大,经济资本成为民初上海"文学场"生成的核心要素之一。

民初"大上海"经济地位的确立,其标志是成为全国的"航运中心""金融中心""工业中心""商业中心""通讯中心",等等,这为民初上海"文学场"的形成准备了雄厚的物质基础。"翻开中国地图,我们可以发现:近代中国最富庶的地区是东部和南部的沿海地区以及中部的长江流域,它的形状,犹如一把横过来的'T'字尺,而上海便恰恰位于这两大区域的交接点上。上海位于东亚中

---

① 孙中山:《临时大总统誓词》,中国第二历史档案馆编:《中华民国史档案资料汇编》第2辑,南京:江苏古籍出版社1991年版,第1页。

部，它是东亚海岸线的中心。它不仅拥有优良的海港，而且拥有中国最大的水系和最优良的航道——长江的出海口"①。这样优越的地理位置随着近代上海开埠通商逐步显现出来。早在 20 世纪初，上海已形成了包括内河、长江、沿海和外洋航线的水路运输网。到民国时期，上海已经成为全国最重要的"航运中心"②。上海经济的发展与城市地位的跃升，航运起着至关重要的作用。更重要的是航运不仅一船船把许许多多的物质文明都装到上海，还使得世界范围内的信息、资本、人员在上海加速流动，一批批寻找新机会的中国文人以此为中转站走进走出，加快了追赶世界的脚步，这里面当然包括本书重点研究的民初"兴味派"小说家。上海在晚清开埠后，随着外商的不断涌入，迅速成为江南地区的金融中心。民初在北洋政府统治下，形成了一南一北——上海、京津——两个金融中心。"北京—天津的金融中心具有鲜明的财政性，而上海则是典型的商贸性金融中心"③。"商贸性"决定了上海金融业善于捕捉商机、快速流通、全民参与的特点。善于捕捉商机的金融家们当然注意到了上海文化市场中与文学有关的大生意，他们的投资为民初上海文化市场的进一步繁荣提供了资金保障。全民参与金融事务则使得民初上海社会不仅出现：四马路（今福州路）一带的妓女，去南京路（今南京东路）虹庙烧过香，再到外滩汇丰银行存款，听股东会（因汇丰银行实行股份制，故连妓女亦可投资该行）④；还为小说家提供了素材，出现了一些描写上海金融生活的长短篇小说，如江红蕉的长篇金融小说《交易所现形记》，便是 1921 年发生的那场震惊中外的信交风潮的忠实记录；周瘦鹃的短篇小说《旧约》开头

---

① 陈伯海、袁进：《上海近代文学史》，上海：上海人民出版社 1993 年版，第 2 页。
② 熊月之：《上海通史·民国经济（第 8 卷）》，上海：上海人民出版社 1999 年版，第 11—12 页。
③ 吴景平：《对近代上海金融中心地位变迁的思考》，《档案与史学》2002 年第 6 期。
④ 李天纲：《人文上海——市民的空间》，上海：上海教育出版社 2004 年版，第 83 页。

描述青年银行职员胡小波因想发财而参与炒股,却欠下两万元巨债无法偿还,意欲自杀的情景也来源于当时的现实生活。资产阶级民主共和国的成立,极大地振奋了民族资产阶级创办实业、发展经济的热情。特别是在第一次世界大战期间(1914—1918),借着西方列强无暇东顾的大好时机,上海民族工业开始壮大。以文化市场最为主要的原料纸张为例,1911—1925年间,造纸业全部属于民族资本[①]。1914—1918年正是民初上海"文学场"最鼎盛的时期,可见,这是与上海民族工业的繁荣分不开的。民初,便利的交通运输、雄厚的金融支持,大量的工业产出,使得上海的商业也更加繁荣起来,从四马路至大马路(南京路)到处是林林总总的商铺、酒楼、妓院、游乐场等等,这为民初"文学场"的核心角色——"兴味派"小说家——准备好了一个独特的行动空间。上海都市经济的迅速发展,对信息传递也产生了迫切要求。在晚清邮电业领先发展的基础上,民初上海迅速成为全国重要的"通讯中心"。以邮政为例,1913年11月成立了上海邮务管理局后,1917年以功率大的现代化机动卡车代替马拉的邮车,大大改进了往来于发件地和收件地之间的邮件运输工作。1919年一艘大型邮轮下水,来往于内河一带,成效显著。1920年上海地区共收邮件82 500 000件,几乎是1911年的四倍;同年收邮包716 500件,1911年仅211 200件[②]。可见,民初上海的邮政服务更为规范快捷,邮政业务也更为繁忙。可以想见,这些邮件、邮包中应该有不少与上海"文学场"有着千丝万缕的关系。另外,电报、电话等现代通讯工具也更为普及,这也有助于以报业、出版业为枢纽的上海"文学场"的生成,大大提高了文学产品传播的速度、扩展了文学产品传播的范围。

---

① 熊月之:《上海通史·民国经济(第8卷)》,上海:上海人民出版社,第17页。
② 戴鞍钢:《近代上海与长江三角洲的邮电通讯》,《江汉论坛》2007年第3期。

民初上海经济的繁荣，使上海有了生成全国文学中心场的物质基础。经济繁荣与都市化进程互动，民初上海逐步具备现代新兴都市便捷、舒适的生活环境。全国第一大"现代"都市的繁华生活必然吸引来大批建构这一"文学场"的文学生产者，也准备好了为数众多、有一定购买力的文学消费者。民初上海的生意人们也许并不完全了解自己文化投资的意义，但是下面谈到的文化资本正是生成民初上海"文学场"的主要构件。

二、上海"现代"都市文化资本与"文学场"的生成

在1840年至1912年的晚清时段，全国文化中心从北京逐渐南移，19世纪末，上海的文化中心地位便超越了北京。进入民国，由于新政权的建立和经济资本的强势介入，使得上海文化市场在晚清本已领先全国的基础上走得更快，成为全国文化产品、文化生产者、文化传播者、文化接受者（消费者）最大的集散地。民初上海强大的"现代"都市文化资本自然生成了一个吸纳与辐射全国的"文学场"。这是一个比较成熟的"现代"市场运作机制下的"文学场"，我在这里想重点介绍它的两个主要构件："现代"出版印刷文化资本与新闻传播文化资本。

中国的近代出版印刷业由上海的来华传教士开创，上海成为全国出版中心的地位，在19世纪末期已经奠定[①]。1897年夏瑞芳等在上海创立了初具"现代性"的商务印书馆，通过组织编写各级各类教科书，出版和行销各类中外图书，到民初，商务印书馆已成为集编写、印刷、出版、发行、销售为一体的全国最大的文化出版企业。1912年陆费逵等成立了中华书局，它很快发展为一个可与商务印书馆相抗衡的出版机构。民初十年间，以商务印书馆、中华书

---

① 熊月之：《上海通史·民国文化（第10卷）》，上海：上海人民出版社1999年版，第105页。

局为代表,上海已经形成了颇具"现代"色彩的出版印刷文化资本。出版印刷机构遍地都是,规模有大有小,既有商务印书馆这样的大型企业,又有个人独资一年仅出几种图书的小书局①。民初上海出版印刷业的繁荣加速了上海"现代"文化市场的建设,形成了以福州路、山东路、河南中路为中心、书店林立的文化市街,错落分布的小书店、旧书店、旧书摊在上海更是随处可见。上海的出版印刷企业在行销手段上非常先进,不仅在本地设立发行所和门市部,还在北京、成都、广州、天津、汉口、南京、开封、长沙、重庆、南昌、沈阳、香港等各大城市设有分销处,还采用了预售、订阅、邮寄等多种方式,这就使行销网络遍布全国,上海"文学场"的影响力也随之辐射全国。

"现代"出版印刷文化资本的本性是市场竞争,在民初,商务印书馆与中华书局的激烈竞争曾一度达到白热化的程度。这势必直接影响到文化市场的供给侧,对"文学场"而言,直接影响着场内的主要行动者——作家——对文学的趣味与价值判断。比如民初文化商人致力于出版小说书籍②、创办小说杂志③,从而在客观上巩固了小说在"文学场"诸多文类中的中心地位。这一现象的出现并非因为商人们真正认识到"小说为文学之最上乘"④,而是在清末"小说界革命"之后,小说市场开始繁荣,出版小说成为与编教科书一样能赚钱的热门生意。以商务印书馆为例,自晚清时起就为林纾、包天笑等人出版小说单行本,这使得林译小说与包天笑的"教

---

① 当时活跃在上海文化市场上比较有名的出版印刷企业还有清末创立的会文堂书局、广益书局、文明书局等,民国建立后创立的世界书局、大东书局、亚东图书馆等。
② 民初小说可以估计上海所占的比重与晚清相差不会太多,晚清出版的著、译小说共1207种,其中上海出版884种,至少占全国总数的73.2%。据陈伯海,袁进主编《上海近代文学史》,第67页。该书民初时段指1912—1919年。
③ 民初出版的文学期刊有59种,其中上海出版的55种,占全国总数的93.2%,此据陈伯海,袁进主编《上海近代文学史》,第66页。
④ 饮冰:《论小说与群治之关系》,《新小说》1902年第1卷第1号。

育小说"系列在近代均风靡一时，更为出版社赢利不少。该馆不断刊印的"说部丛书"也非常畅销。主办的《小说月报》一直是民初小说界影响最大的小说期刊之一。可以说，以商务印书馆为代表的"现代"出版模式为民初上海"文学场"的生成提供了强大的，而且是现代化的物质技术支持。我们无论是打开商务印书馆主办的《小说月报》、中华书局主办的《中华小说界》，还是文明书局主办的《小说大观》、大东书局主办的《紫兰花片》，都会为百年前就已出现的精良印刷与令人眼花缭乱的编辑文化而惊叹。更为重要的是，民初上海出版印刷业的繁荣产生出大量与文学有关的职位，大多数"兴味派"小说家在当时都担任过某家出版机构的文学书刊编辑或编译员。如，包天笑曾先后为上海出版界的三巨头商务印书馆、中华书局、世界书局服务过，担任编译员、期刊主编等；王蕴章曾为商务印书馆创办《小说月报》，兼编《妇女杂志》；周瘦鹃、刘半侬[①]等也担任过中华书局的编译员；李涵秋担任过世界书局《快活》的主编；贡少芹先后做过进步书局、国华书局的编辑，等等。他们担任这些职务不仅能获得一份文学著、译之外的稳定收入，而且还有助于他们开展相关的文学活动。另外，民初上海出版印刷业的繁荣及由此形成的都市文化资本促使稿酬制度进一步完善，对民初作家的文学写作自然也起到了经济刺激和保障作用，关于此点将在后文详述。

整个近代"文学场"的生成都与近代报刊业的隆兴紧密相连。早在1908年，黄伯耀在《小说与风俗之关系》中就指出："故小说一门，隐与报界相维系，而小说之功用，遂不可思议矣。"[②]曹聚仁则论定"一部近代文化史，从侧面看去，正是一部印刷机器发达

[①] "新文化运动"中改名为刘半农。
[②] 耀公：《小说与风俗之关系》，《中外小说林》1908年第5期。

史;一部近代文学史,从侧面看去,正是一部新闻事业发展史"①。晚清,上海已经成为全国新闻传播中心。民初,这种地位依托经济、出版诸方面的持续繁荣而得到进一步巩固。仅民国建立到1920年代以前,在上海就创刊中文报纸近80种。1917年就出现了专门梳理上海报业历史的《上海报纸小史》,姚公鹤以这部一万余字的专文叙述了自《申报》创刊至民初四十余年里上海中文大报的演变过程。1920年上海圣约翰大学开设了全国第一个新闻系。1925年,著名记者戈公振在国民大学讲授《中国报学史》,讲稿后由商务印书馆出版。由以上点滴即可见出民初上海新闻传播事业的繁荣景况。实际上,民初上海社会正在逐渐建立报纸杂志的舆论权威和影响力,在市民文化程度相对较高的这座都市,报刊慢慢成了人们的"生活必需品"。除了了解新闻,他们还以阅读报刊上登载的文艺作品——以小说为主——来获得审美享受和消遣解闷。

在晚清时段的最后几年,报刊与形成新的"文学场"有关的最显著变化是大报副刊的产生。早期的报纸没有什么副刊,虽然也登载些小说、杂文、诗词之类的作品,但一般较随意地附载在新闻的后幅,或者以另外的名字成一独立单印的副张②。当时投身于报界做报纸主笔、新闻记者或评论员的文人们试图根据市场的需要在大报上辟出一块相对独立的版面来刊载文学作品,使二者相得益彰。其代表人物包天笑当时看到"小说与报纸的销路大有关系,往往一种情节曲折,文笔优美的小说,可以抓住了报纸的读者"③。于是,他在1907年创立《时报》的文艺副刊"余兴"。此后,各大报纷纷

---

① 曹聚仁:《文坛五十年》,上海:东方出版中心2006年版,第83页。
② 报纸由副张到副刊有一个发展的过程,如《字林沪报》附送的《消闲报》、《申报》附送的《瀛寰琐记》《四溟琐纪》《昕夕闲谈》等都是副张,它们几乎是完全独立的小报。
③ 包天笑:《钏影楼回忆录》,香港:大华出版社1971年版,第318页。

效仿。包天笑回忆这段往事时曾说：在他创设《时报》副刊"余兴"之后，《申报》《新闻报》也便有了副刊，《申报》的唤作"自由谈"，《新闻报》的唤作"快活林"，其他各报也都纷纷有了副刊①。这些大报副刊都需要主笔、编辑，版面都需要大量的文学作品（特别是小说）来充实。例如，包天笑通过"余兴"培养了一大批"兴味派"小说家；"自由谈"的主编先后是王钝根、吴觉迷、姚鹓雏、陈蝶仙、周瘦鹃等人，他们都是"兴味派"的代表作家；"快活林"的主持者是严独鹤，他与经常撰稿的李涵秋、向恺然、程瞻庐等都是"兴味派"的健将。《申报·自由谈》不仅刊登了《玉田恨史》（天虚我生）、《嫣红劫》（常觉、小蝶合译，天虚我生润文）、《秘密汽车》（东埜译）、《众醉独醒》（程瞻庐著）、《人间地狱》（毕倚虹著）等"兴味派"的著名长篇小说；还刊登了该派不少短篇小说，如《私生子》（江红蕉）、《慈母》（张碧梧）、《赘婿列传》（范烟桥）、《嫁前的一夜》（严芙孙）、《不幸的洋囡囡》（胡寄尘）、《铁笼中》（徐卓呆）、《隔壁的呻吟》（徐泠波）等。这些作品富有"小说味"，关切着社会日常，引领着民初"文学场"的"兴味化"潮流。民初沪上三大报《申报》《时报》《新闻报》的副刊均大量刊登各体短篇小说，这在当时对其他报刊起着巨大的示范作用，使短篇小说地位空前上升、迅速繁荣起来，大大推动了我国小说文体的革新。《民权报》副刊上连载的《玉梨魂》《兰娘哀史》《孽冤镜》《賈玉怨》等诗骈化章回小说则掀起了民初声势浩大的"哀情小说"潮，以致《民权报》系作家徐枕亚、吴双热、李定夷等被称为"鸳鸯蝴蝶派"。可见，报纸副刊对于民初上海"文学场"的生成起了很大的催化作用。

我们上面已提到出版商热情投资文艺期刊，可见，它是近代出

---

① 包天笑：《钏影楼回忆录》，香港：大华出版社1971年版，第349—350页。

版文化的结晶。另外,期刊也与报纸一样是近代传播文化的代表,二者互相配合,成为近代文化的主要载体和传播媒介。期刊对于民初上海"文学场"的生成同样至关重要,据不完全统计,1912 年至 1923 年间在上海出版,由"兴味派"文人主编的文艺期刊在 70 种以上①。"兴味派"的代表包天笑就是一位办刊物的名家,他在晚清办刊的经验基础上主编的《小说时报》②《小说大观》《小说画报》《星期》等均是畅销一时的名刊,引领了一个时代的期刊编辑文化。周瘦鹃则将江南文人美妙的匠心如源头活水般注入《礼拜六》《游戏世界》《半月》《紫兰花片》等刊物中,使当时的读者一见倾心、百读不厌。与周瘦鹃一起被称为上海报界"一鹃一鹤"的严独鹤也是编刊高手,他支持的《新声》、主编的《红》(后来改名《红玫瑰》)形成期刊中的"红色系列",与周瘦鹃编辑的"紫色系列"在 20 世纪 20 年代最受市民读者欢迎。由于民初期刊杂志界如此繁荣,评论文艺期刊甚至成为当时的一种时尚,不仅袁寒云、郑逸梅这样的著名文人写作"杂志评",就连普通读者也向报刊投稿发表自己对期刊的看法。寒云的《海上杂志评》从编者、装帧、封面、插图、内容等多方面评价了当时的期刊,如评《半月》说"为瘦鹃周子独力所创,选稿最精,排印绝美,且用彩色铜版印为封面,首期之光画美人,示予样张,爱不忍释,较《东方杂志》及《小说月报》中所插彩色铜版画,高出万万,尤非其他杂志所曾有。即此一端,已足见其精神之特异矣"③。当时正值"新""旧"文学激烈冲突之时,他的评论虽带一定的感情色彩,但只要我们认真比较一下《半月》和改革后的《小说月报》就自然会承认在外观形式上,前

---

① 虽然各种资料统计数量不一,但结合各种资料来看,总数应在 70 种以上。
② 《小说时报》虽创刊于 1909 年,但期刊发行主要在民初,故与民初创刊的几种放在一起论列。
③ 寒云:《海上杂志评》,《晶报》1921 年 9 月 9 日。

者的确要优于后者。春梦的《小说界之顶……》则有趣地归纳了民初小说期刊界顶级的一些情况：

> 小说杂志的本子，要算《紫兰花片》顶小；要算《笑画》顶大。
>
> 小说杂志的印刷，要算《半月》《紫兰花片》《家庭》顶好顶美观。
>
> 一种小说杂志中的作者，要算《紫兰花片》顶少，只有瘦鹃一个人；要算《小说世界》顶多，差不多名家的作品都有过。
>
> 小说杂志或单份的报纸，要算从前天笑办的《小说大观》顶大，自称为"大"，可想见其大；要算现在的《最小》顶小，自称为"小"，可想见其小。
>
> 同是一种小说杂志，主任的人顶多的，要算《小说月报》及《小说新报》，各是前后经过四个主任。
>
> 上海的小说作者，江苏人顶多，浙江人次之，其他各省每省难得有一二人。①

这些精彩归纳当然是这位读者长期关注小说杂志界的结果。还有一位月友女士喜欢周瘦鹃编辑的刊物到了痴迷的程度，她曾说：

> 《紫兰花片》，装订玲珑，印刷精良，叫人见了，爱不释手。内中的文字，也深合我们心理。所以一等出版，便急急的赶着去买一本，从头至尾，看个仔细。等到看完了，使用着上好的香水，洒几点在书中；又取一支牙刷，蘸些胭脂汁，洒在纸上，更使这本书有香有色。有些同学暗地里都笑我是个痴

---

① 春梦：《小说界之顶……》，《申报·自由谈》1923年7月24日。

子。咳！其实我那里是个痴子，也无非表示我一些审美的观念罢了。①

这些印刷精良、匠心独运的杂志为小说家们准备好了一个尽情施展文心诗性的舞台，特别是他们往往身兼舞台设计（编辑）与舞台表演（写作）的双重身份，使他们能更充分地了解读者需要什么样的文化产品，因而常常能在读者产生明确的阅读需求之前就奉上适合的读物。这是他们的作品拥有广大读者的重要原因。除了大报副刊与文艺期刊，上海众多的小报也起了"敲边鼓"的作用，这使得民初上海"文学场"上演了一场盛大且多元的"兴味"协奏曲。

近代新闻出版市场的繁荣产生了稿酬制度。郭延礼先生说："稿酬制度在20世纪初的最终确立，不仅意味着近代作家已享受到应得的劳动报酬，同时也体现了社会对著作人权利的承认和尊重。稿酬制度出现在文学界，直接促进了作家群体的扩大和创作事业的繁荣，并为职业作家的成长和壮大奠定了经济基础。"② 稿酬作为近代文人经济来源的主要方面十分值得重视。从"文学场"生成的视角看，梁启超虽是稿酬制度的始作俑者，他早在1902年就基于"市场法则"在《新小说》创刊号上刊登《本社征文启》来明确用稿付酬，但他同时让"小说界革命"负载了过多的"政治"任务，从而忽视了"艺术法则"在"文学场"中应有的核心位置。因此形成了袁进先生所说的"以'政治小说'为其主流的"③ 清末"文学场"。民初与此明显不同，新闻出版的价值导向发生了巨大变化：政治热情日益减退，以赢利为目的的市场本性凸显出来。为了实现"赢利"目的，书局、报馆的老板们加大了文化市场投资，稿酬自

---

① 月友女士：《小说小说》，《申报·自由谈·小说特刊》1923年8月26日。
② 郭延礼：《传媒、稿酬与近代作家的职业化》，《齐鲁学刊》1999年第6期。
③ 袁进：《中国小说的近代变革》，桂林：广西师范大学出版社2009年版，第31页。

然包括在内。他们将"文学"(文人的劳动和产品)作为"商品"精明地买进卖出,使得更为完善的稿酬制度成为形成民初上海"文学场"之市场化特征的直接因素。民初的绝大多数报刊和书局都为小说付稿酬,而一般不为诗文买单,就是这个道理。这就客观上巩固了小说在整个民初"文学场"诸文类中的中心地位。民初的稿酬制度成为精神产品货币化的纯粹体现,它连接着"生意人"和"文学家",二者在"赚钱"问题上形成一种共谋关系:"文学家"需要在文化市场中通过稿酬的方式获取生活、生产资料,"生意眼"盯住的是通过少量的稿酬投资可以获得的巨大赢利。这一点,在包天笑、周瘦鹃、李涵秋等"兴味派"小说家身上都表现得淋漓尽致。如周瘦鹃自称"文字劳工";李涵秋最红时,同时要为五六家报刊写稿,同时连载六七个长篇;包天笑同时主编过好几个杂志,还要兼写小说、作社论、编新闻。他们"呕心沥血"地生产出上千百万的文字,虽然有的算不上是"文学",但总能或贵或贱地卖掉,为老板赚来大钱,也为自己和家庭经营一份比较优裕的生活,这是一个史实。五四"新文学家"曾以"使文学陷溺于金钱之阱"[①] 来指责他们,这的确抓住了民初上海"文学场"的一个关键特征。但,五四"新文学家"那时还看不到市场运作机制下的上海"文学场"所具有的真正"现代性"。实际上,这个"现代性"连他们也不能真正跨越。为了彻底打击"金钱主义"的文学观,一些"新文学家"曾经一度取消稿酬制,但后来,他们却又一致要求保障稿酬。这有力地说明了在现代大工业生产基础上产生的"市场法则"是客观存在的,虽然对文学发展的影响有其消极的一面,却并不随人的主观意愿而消失。

俗语说"无商不活","市场"成为民初"文学场"遵循的一个

---

① 西谛:《新文学观的建设》,《文学旬刊》1922 年第 38 号。

法则之后,作家们才真正"活"了起来,他们不再需要依附某个政治集团就可以获得经济来源,经济的独立使他们成为真正的"自由职业者",他们甚至可以自信地认为:只要他们的文学工作适合"市场",他们便可以无限靠近理想中的生活。比如"兴味派"代表作家包天笑就曾谈到自己以"自由职业者"的身份参与商务印书馆的事务。在进入商务印书馆之前,商务印书馆曾以每千字三元的价格购买了他的三部"教育小说"。在商务,他曾编过拥有庞大市场发行量的教科书,也曾因拥有商务的股份超过三千元而有了担任董事的资格,但他终究"觉得还是《时报》上每天写一个短评,有意思而且有趣味的多"①,便听从自己的"趣味","自由"地脱离了商务印书馆。可见,上海繁荣的新闻出版业为作家施展才能提供了广阔的空间和经济保障。再如上世纪二十年代初,大东书局为周瘦鹃办了一个个人小杂志《紫兰花片》,这更体现出"市场"对"文学场"中占据主流位置的作家的尊重及向其个人趣味的倾斜。由此可以看到,我们过去对民初文学"金钱主义"的消极面实在强调过多,而无视其积极作用的存在也有失公允。另外,"市场法则"还是影响作家在民初上海"文学场",乃至全国"文学场"中等级地位的关键因素。我们知道,一个作家在某一"文学场"中的地位是由其拥有的文化资本的多寡决定的。由于民初时段,现代文学真正的"艺术法则"尚在生成之中,它在"文学场"中所起的作用远远要弱于"市场法则"。"市场法则"作用于某位作家的体现主要是其作品的畅销程度及文化市场给他的稿酬标准,前者代表的是他在读者心中的地位,后者代表的是他在出版商眼中的等级,后者以前者为基础。一般来说,一位文人的作品越畅销、所定稿酬标准越高,他在民初上海"文学场"(全国"文学场")中的地位就越高。如,

---

① 包天笑:《钏影楼回忆录》,香港:大华出版社1971年版,第392页。

当时小说一般每千字二至四元,由于林译小说非常畅销,商务印书馆就以每千字六元的高价向林纾收购,这正是其"小说大家"的象征;而那位现代武侠小说的开山祖师向恺然在初次"卖文"时,一部《留东外史》却只卖得每千字五角的价格,其原因正在于他的名字当时没有市场号召力,而一旦《留东外史》畅销,其《猎人笔记》《江湖奇侠传》等作品立即就获得出版商非常优厚的酬劳标准。我们强调"市场法则",当然不是要弱化"艺术法则"对于民初上海"文学场"的规定性。本书将会专章讨论活跃在此一"文学场"内的"兴味派"小说家如何对这两种法则之间的矛盾冲突进行调适。

研究民初上海"文学场"的"市场法则"问题,我们不能忽略五四"新文学家"的存在。前文已经提到这些批判"金钱主义"的知识分子也要接受稿酬制度的制约。实际上,在以上海为中心的民初"文学场"中,"新文学家"们也必须遵循"市场法则"来行动。我们以五四时期最具代表性的三种杂志《新青年》(《青年》)、《小说月报》《创造》的办刊情况略窥一斑。先来看"新文学革命"的大本营《新青年》,它最初就是一本商办刊物,群益书社的老板让陈独秀主编《新青年》主要在做"启蒙运动的生意"。陈独秀是他的雇员,按劳取酬,与包天笑、周瘦鹃、严独鹤等"兴味派"作家受雇于某书局办杂志的性质一样。而且,一直以来"报刊'买'产品(作家的稿件)是什么价钱,则由编辑部掌握,属暗箱操作,'悄悄秘秘'地进行。结束这种暗箱操作,签订稿酬具体金额,让作家'明明白白'卖稿这个社会契约的是《青年》"[①]。可见,陈独秀在当时不仅接受稿酬制度,而且还进一步完善了这一制度。实际上,

---

[①] 鲁湘元:《〈申报〉与中国近现代报刊文学》,《中国现代文学研究丛刊》2001年第2期。

在陈独秀成为"新文学革命"的领袖之前,他与"兴味派"小说家一样过着"卖文为活"的生涯。包天笑就曾多次谈到在其主编的杂志上发表包括陈独秀在内的"新文学家"的早期作品的情况。再来看沈雁冰(茅盾)、郑振铎(西谛)接手改革的《小说月报》,它仍需依靠商务印书馆强大的经济力量。商务印书馆办刊的核心目的是盈利,无论在《小说月报》改革前,还是改革后,这一基本点从未改变。当初商务印书馆聘请王蕴章、恽树珏来办《小说月报》就是看中了他们在小说"兴味化"潮流中的市场号召力,如今让沈、郑来改革则是想借重他们在"新文学革命"中的影响来继续盈利。因此,当改革后的《小说月报》不能给商务印书馆带来好的经济效益时,商务印书馆主人就迫使沈雁冰辞职并果断地另办了《小说世界》,这正是基于"市场法则"的必然行动。最后来看"创造社"的社刊《创造》,它采用的是股份制集资方式,会员加入创造社必须缴纳会费,这些会费便是原始股金。不过,后来"创造社"的解体据说乃是因为"财务不清"。可见,浪漫的郭沫若、成仿吾们也不能完全摆脱经济因素的制约。既然在民初"文学场"中,"新文学家"们也必须遵循"市场法则"来行动,我们不妨也将他们视作"市场文学家",那么发生在1920年代初的那场"新""旧"文学对抗必然含有"市场"争夺战的色彩,这在本书导言中已经分析过了。

综上可见,民初上海强大的"现代"都市文化资本为生成辐射全国的"文学场"准备了得天独厚的条件,但同时使其烙上了深深的经济资本烙印——"市场法则"对"场"内作家具有普遍的制约作用。对于民初上海"文学场"上的核心行动者"兴味派"小说家而言,繁荣的新闻出版市场、成熟的稿酬制度为他们谋食其中提供了坚实的经济保障,使他们成为中国早期的"市场作家",也就是所谓的"报人小说家"——以著、译小说为谋生手段,同时兼任书局、报刊的编辑工作,或担任记者、新闻评论员等。

三、上海"现代"都市权力场中的"小说场"——兼谈民初上海"文学场"的现代性

范烟桥在《中国小说史》中曾说:"中华民国之建立,于中国历史上为新局面,一切文化,一切思想,俱有甚大之变动。最要之一点,即向时小说,受种种束缚,不能自由发表其意志与言论,光复后,既无专制之桎梏,文学已任民众尽量发展,无丝毫之干涉与压迫。故小说在此十五年内,非常发达,最近之十五年,谓为中国小说史全盛时期之沸点,亦无不可。"① 这段对民初小说繁荣局面的叙述十分精当,并且注意到了民国建立的政治节点、思想文化变动对文坛的影响、言论自由对于民初文学繁荣的意义,等等。但从上面的分析来看,他恰恰忽略了民初上海处在都市经济的"黄金时代"这一背景。沿民初上海"文学场"的生成理路继续探寻,不难发现"小说场"乃是其众多次场的中心场,这是上海"现代"都市权力场中各种资本博弈的结果。

法国社会学家皮埃尔·布迪厄曾专门谈到"权力场中的文学场",按他的解释,"权力场是各种因素和机制之间的力量关系空间,这些因素和机制的共同点是拥有在不同场(尤其是经济场或文化场)中占据统治地位的必要资本。权力场是不同权力(或各种资本)的持有者之间的斗争场所"②。依据这一理论,下面来考察民初上海各种资本(或不同权力)之间的较量。上面我们讨论了都市经济资本和文化资本对生成民初上海"文学场"的重要作用,政治资本是否介入这一"文学场"呢?回答当然是肯定的。譬如袁世凯政府对该"文学场"生成的载体上海报刊的部分收买,对"不听

---

① 范烟桥:《中国小说史》,苏州:秋叶社1927年版,第267页。
② [法]皮埃尔·布迪厄:《艺术的法则——文学场的生成和结构》,刘晖译,北京:中央编译出版社2001年版,第264页。

话"的报刊的暴力摧残,对报刊流通所依赖的邮电进行检扣,派自己的御用文人到上海办报,运用法律手段限制报刊出版,等等。这就严重打击了上海新闻出版业,由其作为主要构件的民初上海"文学场"必然大受影响。然而,上海当时特殊的政治状态是北京政府势力、国民党势力、租界势力此消彼长的连续斗争,各种政治资本在对抗中对其"文学场"的影响就变得相对弱小。如袁世凯施行上述政治干预时,报界同仁(包括已经融入上海新闻界的国民党报人叶小凤、于右任、戴季陶等)便团结起来、积极反抗,从而形成一种统一的"言论自由"意志,它力图摆脱任何政治意志。另外,民初全国性的政治混乱持续存在导致强大的中央集权无法形成,这也使得政治资本无力成为"文学场"生成的关键权力。可见,民初上海现代都市权力场中影响"文学场"的主导权力是经济资本与文化资本,政治资本影响较弱。由于民初上海"文学场"的主导权力是经济资本与文化资本,所以场内的行动者——作家、批评家、出版商等——除了要遵守成为惯例的"艺术法则"之外,还要时刻兼顾"市场法则"。就文学发展本身来看,从 1902 年梁启超提倡"小说界革命"到 1912 年民国建立,这十年间,诗文的地位大幅下降,而小说的地位迅速上升,"小说为文学之最上乘"[1] 的观念迅速深入人心。在吴趼人、刘鹗、林纾、徐念慈、黄人、王国维等小说家、小说翻译家、小说刊物编辑、小说理论批评家的共同推动下,既有劝惩启蒙之功,又有动人娱情之能的小说在清末得到了社会各界上上下下的普遍欢迎。面对这种文坛现状,民初"文学场"的行动者们无论从"艺术"层面考虑,还是从"市场"层面着眼,都立即选择了小说作为投资和写作的主要对象,从而出现了以"小说

---

[1] 饮冰:《论小说与群治之关系》,《新小说》1902 年第 1 卷第 1 号。

场"指代"文学场"的前所未有的文学现象①。

在民初上海"文学场"中,经济资本成为核心权力,这是中国文学史上空前的变化。这一点正是民初"文学场"区别于其他时代"文学场"的显著特征,也是它富有"现代性"的标志。中国古代"文学场"中一直主要是政治资本与文化资本的博弈,经济因素介入较少。在二者的博弈中,政治资本在多数时间里占着上风,这表现为"诗言志""诗教""美刺讽谏""盖文章,经国之大业,不朽之盛事""文以载道""言必中当世之过""义理"诸说②始终是统治中国古代文坛的主流文学思想,诗文始终处在古代"文学场"诸文类的中心地位。在古代,文化资本的上升期则一般出现在中央集权力量薄弱时,如战国时期、六朝时期、明末、清末等时期。经济资本在中国古代"文学场"中力量的明显增强则是在宋代以后,元明清市民文化随着都市经济的提升而得到长足发展,小说、戏曲、时调、山歌等"俗文学"类型进入"文学场",并开始努力争取占据更大地盘。元明清"文学场"中各种资本、要素在发生着微妙变化。在文学地理上,这些变化越来越集中地发生在江南地区;在文学发展史上则体现为一种走向近代化的趋势。但由于明清统治者加强了中央集权,"重农抑商"的政策也严重束缚了经济的进一步增长,且未再出现新的文化增长点,因此中国古代"文学场"一直是一个比较独立封闭的文学文本系统。正是清末以"小说界革命"为中心的一系列文学革新打破了这个系统,开启了中国文学的现代转型之路。清末"小说界革命"以来,小说(包括戏曲)向"文学场"的中心地位挪移开始改变"文学场"的结构,域外文学的介入

---

① 晚清文学中诗文还占着重要地位,直到 1902 年"小说界革命"之后,诗文才进一步失掉中心文类的地位,特别是在上海文坛上其地位下降得更快。
② 这形成中国古代儒家以"政教"为核心的功利主义文学观体系。

使晚清"文学场"增加了西方现代性元素，少数作家因获得了相对独立的经济地位从而减弱了政治因素对其创作的影响。不过，"小说界革命"本身倡导的"小说救国"论仍体现出清末"文学场"沿袭传统向政治资本的主动依附，当时盛行的"政治小说""谴责小说"正是这一"文学场"的特产。若单就"文学场"受政治资本影响的强弱情况来看，民初"文学场"在近现代文学史上无疑是最弱的。综观世界各国文学的现代演进，无不与现代工业文明进程密切相关，以经济为主要推动力量，以"文学场"向文化市场倾斜为基本特征。若以此为参照，民初文学无疑是在沿着清末"文学界革命"开辟的文学现代转型之路继续前行，它与"五四文学"前后相递，同样具有丰富的"现代性"。

由以上分析可知，经济资本是生成民初上海"文学场"的核心权力，主要是它与文化资本的冲突、调和规定了该"文学场"的基本面貌。由于民初上海"文学场"在全国具有独一无二的"现代"引领地位，我们可将该"文学场"上诸要素的表现与互动及其核心特征视作整个民初"文学场"的代表。基于"文学场"生成与转换的历史实际，笔者认为民国最初十年间以上海"文学场"为代表形成了相对独立的民初"文学场"，它与清末"文学场"、五四"文学场"前后相继，是中国小说现代转型的三个阶段。这三个阶段各自经历了大约十年时间，五四"新文艺小说"与清末"新小说"一直是学界讨论的热点，也讨论得比较充分，而对民初"兴味派小说"的研究还存在着严重遮蔽与误读。时下流行的文学史叙述大多将民初文学断代为1912年至1919年[1]，这实际上是基于两大政治事件——民国成立与五四运动——的划分，这是习惯性地将政治资本

---

[1] 20世纪50年代开始随着近代文学史范围的划定，将民初断代为1912—1919年成为学界的普遍做法。

当成了影响"文学场"生成的决定因素。正如前文分析的那样,在民初"文学场"生成的各种资本中,政治资本是相对弱小的一种权力,而经济资本与文化资本是其生成的核心权力。我认为,五四"新文学革命"的出现标志着民初"文学场"中政治资本的迅速上升,但其真正成为"文学场"的主导权力,要在彻底将"兴味派"小说家赶出"文学场"的中心,将其逼到"文学场"的边缘之后——这便发生了1921年至1923年间"新文学家"对"兴味派"作家(所谓"旧派""鸳鸯蝴蝶派""礼拜六派""黑幕派")的"驱逐战"。"新文学家"在这场"硬仗"中的获胜标志着新的"文学场"的生成,亦宣告了民初"文学场"的衰亡。据此,我将民初小说时段的后限延长了四年,截至1923年。当然,文学史上任何"一刀切"都只是出于一种学术判断,在实际的文学发展过程中,前面的乐章总会留下或轻或重的余响。

第二节 传统与现代互动中的关系网络

"切诺凯因曾经指出,与日本强调以'集体'为基础的家庭伦理相比较,中国的家庭伦理'通常建立在特殊个体的相互关系之上'",中国的社会以家庭伦理为基础,可以"看做是个体间通过广泛的私人联系而形成的联结体或聚集体"[①]。这种"私人联系"的特点,我们从民初"兴味派"小说家内部按地域又可分为"苏州派""扬州派""杭州派""本土派"等即可见一斑。由于私人间彼此相联系的中介不同,比如同乡、刊物、社团、政党,师生、亲属、朋友等关系,在"兴味派"这张大网里又织成横向、纵向的次

---

① [美]萧邦奇:《血路:革命中国中的沈定一(玄庐)传奇》,周武彪译,南京:江苏人民出版社2010年版,第6—7页。

一级令人眼花缭乱的关系网络。笔者在本节就试图描述与分析"兴味派"小说家在民初上海"文学场"中编织的关系网络。

一、报人：上海提供的"现代"新职业

上海是近现代中国最富魔力的都市。繁华的十里洋场、发达的工商企业、便利的航运邮电、繁荣的文化市场、多元的社会生活，这一切吸引来一批又一批五湖四海的移民。这其中也包括风流自赏又胸怀天下的江南读书人。在1905年科举废除之后，如何"治生"成为读书人必须面对的大问题。上海很快成为周边江浙文人的首选，因为这座城市不仅能给他们提供生活资料，还能赋予他们新的职业身份。于是，他们打点行囊，到上海去。

苏州吴县的包天笑在回忆录中说："我是到了明年（1906年，光绪三十二年）夏历二月中旬，才到了上海来的。"① 之前，为了寻一个"瞰饭地"，他竟跑到干燥落后的山东青州做中学堂监督，这对生长在吴中软水柔山里似好女子的他来说不啻是一番磨难，但那个职位毕竟是有"俸禄"的，而且顺应清末"维新"的潮流。虽在此之前包氏已经与上海新闻出版界建立了良好的关系，但当时吃报馆饭在一般士人眼里总比不上做新式学堂的监督。这在包氏回忆录里有明显流露："当我就职《时报》馆的时候，我的家乡许多长亲，都不大赞成。他们说当报馆主笔的人，最伤阴骘，你笔下一不留神，人家的名誉，甚至生命，也许便被你断送……那时的清政府，也痛恨着新闻记者，称之为'斯文败类'、见之于上谕奏折，然而我素喜弄笔，兼之好闻时事，不免便走上这条路了。"② 扬州的李涵秋在《广陵潮》这部小说里也写过晚清报人在保守士人心中的这种地位，可做这句话的注脚。实际上，包天笑最终选择到上海

---

① 包天笑：《钏影楼回忆录》，香港：大华出版社1971年版，第313页。
② 同上书，第322页。

去做报人多少也存有一点无奈，因为导致他离开青州中学堂的直接原因是新来的太尊故意刁难——显然是"一朝天子一朝臣"的意思①——他并不属于这位段太尊的"关系网"。包天笑到上海后，先后拜访了《时报》馆的总经理狄楚青（狄葆贤，江苏溧阳人）、主笔陈景韩（冷血，上海松江人），《小说林》的主人曾孟朴（曾朴，江苏常熟人）。这几位是他早年在苏州办书店、译书、投稿过程中结下了深厚"文字缘"的朋友。当时人才是稀缺资源，以上几位在上海新闻出版界已颇有资源的"先行者"都热情邀请他加入。当他获得报人这一新职业后，"与震苏（包天笑太太）一商量，便决定住在上海了"②。包天笑很快发现新工作不仅极大地满足了自己"素喜弄笔""好闻时事"的个性，经济收入也很丰厚。在"兴趣"与"金钱"的合力作用下，包天笑很快成为清末当红的报人小说家。无独有偶，另一位著名报人小说家王钝根（上海青浦人）亦有相似之经历，他曾在一篇回忆文章中写道："先祖当时盖深望余节省读小说之光阴，以致力于经史及古文、时文，蔚为他日之用。岂知十年后，余入报界，竟以小说弋微名。先祖犹健在，每月朔，余必回里省视。先祖尝笑谓余曰：'曩患汝以小说荒正业，今汝乃以小说为正业，天下事之难料有如此者。'言次唏嘘叹息。然揣其意，未尝不以余自辟生活之途径、俾得别树新帜为慰也。"③ 由祖孙此番对话中所谓"荒正业""为正业""自辟生活之途径""别树新帜为慰"等可明白地看出时人对报人小说家的态度转变。等到民国成立，报人小说家已成为上海"文学场"上的"热门职业"。包天笑、王钝根等便与纷纷汇集于上海的江南文人们一起创造了一个主倡"兴味"的时代。

---

① 包天笑：《钏影楼回忆录》，香港：大华出版社1971年版，第313页。
② 同上书，第315页。
③ 王钝根：《温柔乡·楔子》，《社会之花》1924年第1期。

第二章 由传统走向现代的民初上海"文学场"

包天笑定居上海5年后，王钝根进入《申报》馆，并创办"自由谈"副刊；第6年刚过，民国成立，徐枕亚、吴双热进入沪上《民权报》社。徐枕亚早就想到上海来，《民权报》的创刊给他提供了机会。他的哥哥徐天啸因发表在《民权报》上的文章大受欢迎而赢得该报主笔戴天仇（戴季陶）的青睐，多次邀他入馆共事。徐天啸由于不愿意放弃学业便向报馆推荐了弟弟徐枕亚和同乡盟弟吴双热。徐、吴二人欣然应命，从家乡常熟到上海来做报人。当时同在报馆的还有一位兴趣相投的编辑李定夷（江苏常州人），他们在编辑新闻、宣传革命之余，开始边撰写边发表他们的《玉梨魂》《兰娘哀史》和《霣玉怨》等诗骈化章回小说，将"哀情"注入民初小说追求多元"兴味"的大潮中，在五四"新文学革命"兴起后却被戏称为"鸳鸯蝴蝶派"（简称"鸳蝴派"）。后来，人们谈起"鸳蝴派"总是把包天笑列名其中，他自然要大加抗议。包天笑不仅不愿戴"鸳蝴派"这顶帽子，并且说"徐枕亚直至到他死，未识其人"[①]。包天笑当然不属于狭义的"鸳蝴派"——民初以诗骈化章回言情小说驰名的小说派，他的文学实践要比徐枕亚、吴双热、李定夷等人广阔得多，小说家资格也远比此辈老得多。事实是，徐枕亚等人正是受了包氏翻译的《迦因小传》影响，加强了"发乎情、止乎礼义"的创作思想。在民初上海"文学场"中，包天笑无论从哪个角度来看都可视作"兴味派"的盟主，徐枕亚只不过是与他关系并不亲密的加盟者之一。因此，对于徐枕亚等人刻意追求"哀情"（民初言情小说最为流行的一类）的"兴味"，他自然也并不反对，他在晚年曾说："我也从来没有看不起他们，人各有志，那个时代的社会上，自有许多人喜欢看风花雪月的形形色色，他们投其

---

① 魏绍昌：《鸳鸯蝴蝶派研究资料》上卷，上海：上海文艺出版社1984年版，第178页。

所好，不见得有什么是非对错。"① 实际上，即使包天笑与徐枕亚真不相识，他们彼此交游的关系网络还是存在一定交集，大量存世文献都证明了这一点。在20世纪一二十年代郑逸梅、王钝根、姚民哀等人写的那些评论民初小说家的小说话中，他们总是被看作追求"兴味"的同一作家群体。整个民初，他们作为报人小说家写了不少作品。吴双热后来还以写作"滑稽小说"著称，李定夷则以写作武侠小说、社会小说闻名。

被美国汉学家韩南（Patrick Hanan）先生称为20世纪头20年里最杰出的中国作家之一的陈蝶仙（天虚我生）② 是一位小说家与实业家。他是杭州人，最初的文学活动和开办实业都在杭州。后来，"1908年，由于不完全清楚的原因，他的生意破产了，他转而以担任人事顾问为职业"③。自1912年起，陈蝶仙就开始在《申报·自由谈》上发表作品。据当时主持"自由谈"的王钝根说："（陈蝶仙）以诗八律见投，余读之，大为倾倒。旋复得其短篇小说，益叹赏不已，飞书报谢，君答函尤殷拳可感，自是邮筒往来无虚日。是年冬，君始来沪，相见欢甚，握手凝视，转疑梦境。君自言案牍劳形，颇复厌苦，愿得沪滨一席地，安笔砚，展琴书，日对良友，以诗词小说相唱和，生平之幸也。"④ 从此，陈蝶仙在上海找到了安身立命，甚至是发财致富的广阔空间。他在民初先后出任《游戏世界》《女子世界》《申报·自由谈》等报刊的编辑，并设立股份公司——家庭工业社，迅速成为国产牙粉大王。他不仅自己到上海来，还带来了自己多才兼能的家人。《女子世界》多数稿件出自

---

① 邹培元：《我的外祖父包天笑》，《传记文学》（台湾）2006年第89卷第6期。
② ［美］韩南：《中国近代小说的兴起》，徐侠译，上海：上海教育出版社2004年版，第216页。
③ 同上书，第218页。
④ 钝根：《天虚我生小史》，参见芮和师、范伯群：《鸳鸯蝴蝶派文学资料》，福州：福建人民出版社1984年版，第316页。

他和妻子之手。民初各种报刊上登载了他及儿子陈小蝶、女儿陈翠娜，或者三人相互合作的作品。后来，由于小蝶声名很盛，人们"咸以老蝶呼君也"①。包天笑很看重陈氏父子的小说，在其主编的杂志上刊发了他们不少的作品，在创办《小说大观》，夸耀自己无懈可击的作家阵容时，曾称陈蝶仙是其部下的大将。另一位同样来自杭州②被包天笑称为部下先锋的毕倚虹到上海来的原因却和上述几位不同。清末，毕倚虹因家庭关系在京为官。后被派往新加坡领事馆做"随员"③，抵沪准备出国时，适逢辛亥革命，从此滞留沪上。毕倚虹自述"喜吴淞海天空阔，乃挟笔砚，读律中国公学，间以论文露布报纸"④。在投稿过程中，毕倚虹结识包天笑，由天笑引入上海报界，从此开始了民初的报人小说家生活。同时，毕倚虹迷恋于灯红酒绿的上海娱乐生活，写下了著名的"倡门小说"《人间地狱》，展示了民初文人"北里看花"的普遍现象，也表达了他对受侮辱的妓女们的深刻同情。

小报界的"教父"钱芥尘（浙江嘉兴人）清末就随蔡元培在上海编报。民国成立后，由蔡元培介绍，得识章太炎。二人开始共编《大共和日报》，从此成为上海滩报界大佬，被姚民哀称为民初小说界"汲引后学"的四大伯乐之一。贡少芹、冯叔鸾、张丹斧等扬派小说家皆赖他的引导进入上海小说界。在民国小说大家李涵秋的成名路上，钱芥尘也是一位关键人物。当民初"兴味派"小说作品中唯一一部被胡适称为"还可读"的《广陵潮》遭遇《小说月报》退稿时，正是钱芥尘慧眼识珠，将原名《过渡镜》的这部小说更名为

---

① 严芙孙等：《民国旧派小说名家小史》，参见魏绍昌编《鸳鸯蝴蝶派研究资料》上卷，第560页。
② 毕倚虹民初主要生活在杭州、上海，祖籍江苏仪征。
③ 包天笑：《钏影楼回忆录》，香港：大华出版社1971年版，第9页。
④ 魏绍昌：《鸳鸯蝴蝶派研究资料》上卷，上海：上海文艺出版社1984年版，第541页。

《广陵潮》、逐日在其《大共和日报》与《神州日报》上连载的。连载时间长达11年之久，引起了一股持续的"《广陵潮》热"。李涵秋从此一举成名，就这样打开了上海小说界的局面。李涵秋那时人虽未到上海，作品已经成为《新闻报》《时报》《妇女杂志》《晶报》等众多报刊争相登载的"抢手货"。到1921年李涵秋也应钱芥尘、狄葆贤、沈知方之邀到上海来了。包天笑、周瘦鹃等上海小说名家曾一起热情地欢迎了这位神交已久的大小说家。

不仅这些"兴味派"小说家要到上海来做报人，那些后来成为"新文学家"的人物陈独秀、胡适、刘半农、叶圣陶等也在清末民初纷至沓来。他们在民初上海"文学场"中，或向"兴味派"主持的报刊投稿，或参与"兴味派"报刊的编辑，均或疏或密地织进了当时占主流地位的"兴味派"的关系网络之中。直至1923年以后，"新文学家"才取得文坛话语权，从而建构出新的"文学场"和场上新的关系网络。另外，涌入民初上海"文学场"的还有不少前清遗民，例如显宦大僚陈夔龙、词坛宿老况周颐、骈文名家李详等。他们以及他们的小说作品也并无例外地卷入了追求"兴味化"的时代潮流。概言之，由于民初上海"文学场"上政治资本权力较弱，主倡"兴味"释放出的是多元文化氛围，自然以海纳百川之势集聚着各路文人，他们中的不少人选择了报人这一"现代"新职业，以报刊、雅集（社团）、地缘、亲缘等为关系纽带，形成了"文学场"上传统与现代复杂交织的关系网络。

二、报刊：关系网络生成的中心节点

在民初上海"文学场"上，通过主编各种报刊，报人小说家们迅速积累着自己的人脉关系，在小说界扩大着自己的影响，如包天笑、王钝根就身兼报刊界与小说界领袖的双重身份。民国上海报界的名人张静庐曾回忆说："那时候文坛的领袖者有二大巨头，一位是青浦王钝根先生，一位是吴门包天笑（朗孙）先生，而包天笑的势力似乎不及王先生,因为那时的王先生拥有《申报·自由谈》和《游戏杂志》《礼拜六》周刊三大地盘,我们不能否认周瘦鹃、陈蝶仙(天虚我生)的成名,是经他推荐出来的。"① 这番说法虽颇有可议之处②,但将主编报刊的影响力与文坛影响力成正比例的关系揭示出来无疑是可贵的。作为报人,报馆为他们提供了一份相对稳定的工作,所编报刊不仅为他们提供了赖以成名的传播平台,而且成为其汇聚"文学场"关系网络的中心节点。一份报纸或者一种刊物就联系着编辑者、作者、读者、出版商、广告投资商等各种关系,由他们再发散到全社会中去,形成一个个相互交织的关系网络。其中作者与编者的关系最为特殊,富有"现代性"的特征。我国古代的作者一般都只为打造文学艺术上的精品而努力,较少关注市场的需要。民初小说家却不同,他们总是和某一二种刊物有紧密的私人联系,甚至他们本身就是这些报刊的编辑者(或参与编辑),由此与整个文化市场的供需相连接。

我们首先来看包天笑以《时报》系统为起点编织的关系网络。清民之交,由于包天笑不断地在编刊办报上着意创新,其编辑的报刊以特有的包氏"兴味"吸引着当时广大的读者群体,持续为出版商盈利。因此,他不断被邀请"主任"各种报刊。书局老板看重的当然是他强大的编刊能力和巨大的市场号召力,而对他本人来说,却是拥有了越来越多"自己的园地",凭此可培养出一批与自己小说著、译观念相同的小说界新秀,从而在"文学场"上生成以自己主编的报刊为中心节点的关系网络。包天笑在民初至少主编着 9 种

---

① 张静庐:《在出版界二十年》,上海:上海书店 1984 年版,第 34 页。
② 如果单从 1912—1923 年间的情况来看,他的这番说法颇有可议之处。在这一时段,据《鸳鸯蝴蝶派文学资料》统计,王钝根只主编过 5 种报刊,除了上面提到的之外,还有《心声》(1922.12—1924.8,半月刊)与《社会之花》(1923.11—1925.11,旬刊),明显少于包天笑。若从报刊编辑创新、文学成绩、小说界的影响等方面考察,王钝根则更难与包天笑比肩。至于包天笑扶植周瘦鹃成名则更早于王钝根。

报刊，列表如下：

报刊名称	性质	类别	起止时间	出版发行处
《时报》	日报	报纸	1904.6.12—1939.9.1	有正书局
《小说时报》	月刊	杂志	1909.10—1917.11	有正书局
《妇女时报》	月刊	杂志	1911.6—1917.4	妇女时报社
《小时报》	日报	报纸副刊	1914—?	时报馆
《小说大观》	季刊	杂志	1915.8—1921.6	文明书局、中华书局
《小说画报》	月刊	杂志	1917.1—1920.8	文明书局
《滑稽画报》	月刊	杂志	1922.2—1922.3	大东书局
《星期》	周刊	杂志	1922.3—1923.3	大东书局
《长青》	周刊	杂志	1922	青社

单从数量上讲，在1912—1923年间，包天笑堪称主编文艺报刊第一人。从性质类别上看，则有日报、周刊、月刊、季刊，几乎涉及了民初报刊的所有形式。从社会影响上讲，几乎每种报刊创办都能受到读者欢迎，而引起报业同人的纷纷效仿。这9种报刊中，创刊于清末的有《时报》《小说时报》《妇女时报》，这几种报刊在民初阶段，其"兴味化"特征更加显著。《时报》的文艺副刊花样不断翻新：从《余兴》刊登的小说、诗词等，到《滑稽余谈》的种种滑稽故事、搞笑插画，不久再到《小时报》的"马路电"花边新闻，越来越趋向通俗，迎合大众读者的口味①。《小说时报》《妇女时报》

---

① 沈庆会：《包天笑及其小说研究》，华东师范大学2006届研究生博士学位论文，第35页。

都特别注重杂志封面、插页等的装帧设计,《小说时报》还开启了封面女郎的时代,这种"美术的"兴味自然更能吸引读者购阅杂志;同时为了不打断读者阅读小说的兴趣,《小说时报》每期所刊登的小说均力求完整,还特别注重所载各种小说间的系统性,总是以助读者兴味为宗旨,体现了以读者为本位的编刊思想。这些报刊在当时是作家向往的一流传播平台,通过这些报刊,包天笑广聚各路文人,扶植了一批小说界新秀。

包天笑在民初创办的《小说大观》《小说画报》影响更大,是其主倡"兴味"及进行创作实践的主要平台。《小说大观》是一种大型的文学季刊,1915年8月创刊。从1915—1917年连续出版十二集,之后在1918、1919、1921年各出版一集,整整地出了十五巨册。《小说大观》正式推出了包天笑久欲吐露的"兴味"小说观。他在《〈小说大观〉例言》中明确宣布:"无论文言俗语,一以兴味为主。凡枯燥无味及冗长拖沓者皆不采。"[①] 这个采录小说的新标准是包天笑一直以来以读者为本位的办刊思想的集中体现。它的重大意义在于标志着清末"小说界革命"热潮的最终退却,民初"小说兴味化"高潮的到来。同时也标志着小说界完成了从清末到民初,从关切社会群治到关注个人体验,从重强调思想启蒙到注重生活启蒙,从为救亡图存服务到追求艺术兴味的转型。作为小说大家编辑的小说名刊,《小说大观》始终拥有一支稳定且以小说名家为主的作者队伍。包天笑在谈到编创该刊时,曾经自豪地说:"如叶楚伧、姚鹓雏、陈蝶仙(天虚我生)、范烟桥、周瘦鹃、张毅汉诸君,都是我部下的大将,后来又来这一位毕倚虹,更是我的先锋队,因此我的阵容,也非常整齐,可以算得无懈可击了。"[②] 这些

[①] 《〈小说大观〉例言》,《小说大观》1915年第1集。
[②] 包天笑:《钏影楼回忆录》,香港:大华出版社1971年版,第377页。

作者都是当时一流的小说家,是包天笑以报刊为中心节点编织的关系网络的核心成员。包天笑与他们关系密切,如周瘦鹃是他通过《时报》系统一手扶植起来的,张毅汉、毕倚虹在他的帮助下均由一般投稿者而成为重要合作者,其他几位最初能在小说界崭露头角也都以其主编的报刊为重要发表平台。因此,当包天笑创办《小说大观》时,这些名家、新星都召之即来,迅速集结为一个稳定的作者群体。以某一报刊为中心交织出一个亲疏不同的关系网络——核心作家群、次级作家群、边缘作家群和一般投稿者——这是民初上海"文学场"内的一种常见现象。据笔者统计,在《小说大观》上发表作品的作者一共75位,其中除上述核心作家外,发表作品较多的还有(赵)苕狂、(刘)半侬、(程)小青、毋仇、无愁、(张)碧梧、(陈)小蝶、(陈)翠娜、(闻)野鹤、听鹂等,这形成次级作家群。这些作者多为小说界新锐,能在《小说大观》这一顶级期刊上多发作品可助其快速积累文化资本。还有一些早已成名的作家如林纾、曼殊上人(苏曼殊)、(许)指严、天忏生(贡少芹)、(陆)士谔、(江)山渊等也有少量作品刊载于《小说大观》上。他们虽属边缘作家群,但作为前辈名家,他们的加盟无疑增强了《小说大观》在小说界的影响力,显示了包天笑在当时"文学场"上关系网络之强大。对于一般投稿者而言,能在《小说大观》上刊发作品仿佛一跃龙门,有的作者因此增强了创作信心,随后在小说界站稳了脚跟。

上述关系网络是动态的,还有随刊物进行流动的特点,如包天笑再办《小说画报》时,不仅继续标举所载作品最有"兴味"以招徕读者,还以此召集《小说大观》原有的写作班底,如叶小凤、周瘦鹃、姚鹓雏、刘半侬、张毅汉、毕倚虹、徐卓呆、范烟桥、天虚我生,等等。另外,上述无论是哪一个层级的作家一旦独立编刊,就会形成以此报刊为中心节点的新的关系网络,如后来被称为报界

"一鹃一鹤"的周瘦鹃、严独鹤就各自以其主持的刊物为平台形成了相对独立的关系网络。至包天笑创办《星期》的1920年代初，小说"兴味化"已经退潮，"新""旧"文学正激烈交锋。"一鹃一鹤"那时已成为炙手可热的报人，各自的关系网络已经织就。虽然周瘦鹃、严独鹤仍在包天笑的关系网内，但已非核心成员。"一鹃一鹤"大倡之"消闲风"虽从"兴味化"主潮中生出，但已有很大不同。因此，《星期》的骨干作家变成了毕倚虹和江红蕉，他们那时在小说界还没有形成自己独立的关系网络。就连一些"新文学家"在"新文学革命"之前也曾处于包天笑的关系网络之中，例如陈独秀、刘半农、冰心、叶圣陶等就曾经在包氏主编的报刊上小试牛刀。不过，他们在五四前后纷纷脱离了以追求"兴味化"为主的关系网络，成为进行思想启蒙的"新文学家"。① 这些独特的现象提醒我们，民初上海"文学场"上的关系网络是极为复杂的，在以报刊为中心研究民初报人小说家时一定要注意他们的关系网络往往彼此交织，大网套小网，你中有我，我中有你。

下面再来看同时期的另一巨头王钝根以《申报》系统为起点编织的关系网络。王钝根是在民国成立的前一年进入上海报界的，由担任《申报》经理的同乡席子佩推荐进报馆主编副刊"自由谈"。王钝根时年二十四岁，正处于思想活跃、广泛社交的人生阶段，加之主编"自由谈"不久即迎来民国成立，社会上一片开辟新纪元的景象，这一切使他企望在文艺报刊界大展身手。王钝根的编辑思想能够紧跟时代潮流，所办"自由谈"贴合上海都市市民的阅读需求，又有《申报》的品牌效应与营销系统做市场支持，因此，"自由谈"很快便风行上海乃至全国。王钝根以《申报·自由谈》为中

---

① 关于一些"新文学家"在民初报刊上投稿的情况屡见不鲜，包天笑对此也曾不无得意地说："十年后，再加以检讨，有许多名'新文学家'，也都出身于《余兴》投稿群中。"见包天笑：《我与新闻界（续）》，《万象》1944年第4期。

心节点迅速形成了自己在民初上海"文学场"上的关系网络，拥有了强有力的文化资本。即使后来因同乡席子佩离开《申报》馆，王钝根也不得不随即离开"自由谈"，但其强大的文化资本使他顺利地创刊了《新申报·自由新语》《小申报》和《游戏杂志》《礼拜六》《社会之花》等副刊杂志。这些报刊整体上以游戏消遣为宗旨，刊登的小说作品偏于兴味娱情，在小说艺术技巧上做过不少有价值的尝试。给这些报刊撰稿的作者既有林纾、邹弢等在清末即已著名的前辈小说家，也有陈蝶仙、周瘦鹃、程瞻庐、张春帆等在清民之际刚刚成名的当红小说家，更多的则是吴觉迷、李常觉、陈小蝶、陈翠娜、许瘦蝶、刘豁公、嘉定二我、徐了青等依赖《申报·自由谈》《游戏杂志》《礼拜六》等报刊平台进入小说界的新锐小说家。由于王钝根主持的《申报·自由谈》等报刊有意形成一种自由谈话的公共话语场，其作者队伍的构成变得更加复杂，除上述各类作者以外，一般投稿者、业余投稿者也占了很大比重。在众多作者中，处于王钝根关系网络核心位置的是陈蝶仙、周瘦鹃、吴觉迷、陈小蝶等当红小说家和新锐小说家，他们本身积累了越来越多的文化资本，越来越具有市场号召力，且随王钝根所办报刊的变化而流动。例如，1914年王钝根在创办《礼拜六》周刊时就已非常倚重周瘦鹃在小说界的地位影响及其拥有的文化出版资源，周瘦鹃则因其与王钝根的友好关系也十分卖力地为《礼拜六》做种种编辑、营销的策划，并在《礼拜六》上发表了大量作品，被公认为《礼拜六》的"台柱子"。《礼拜六》的畅销吸引着大量的投稿者，经过优胜劣汰之筛选，形成了一个相对稳定的作者队伍，以致被后起的"新文学家"称为"礼拜六派"。当1915年3月王钝根被迫离开《申报·自由谈》时，正是《礼拜六》很有力地维系着他的关系网络。1916年底，王钝根创办《新申报·自由新语》就是凭着这一比较稳定的关系网络迅速集结起了作者队伍，非常有力地展开了对《申报·自由谈》的竞争，正如郑逸梅所说："一时为《申报·自由谈》执笔者，纷纷贡献于《新申报》，骎骎欲夺《申报》之席。"① 同样的，在王钝根所办报刊的作者名单中，我们可以看到不少作家也属于包天笑的关系网络，体现出二者的交叉重合；其中也有一些作者后来转变为"新文学家"，也有一些终身以清朝遗民自居，体现出王钝根关系网络的多元开放性。

还有一类现象与此相关却稍有区别，就是报馆的掌舵人未必在文学（小说）上有什么成就，或者他办报的本意也并非为了文艺，而客观上却使他所办报刊成为"文学场"关系网络中重要的网结之一，从而促进了小说的繁荣。如主办《民国日报》的于右任、主办《民权报》的周浩等。他们所办的是党派报纸，与商办报刊自有不同，但民初社会权力场的合力却让它们在民初文学史上留下了浓重的一笔。我们以《民权报》为例，做一简单分析。民国元年三月一日周浩在上海江西路创办《民权报》，他在报上刊登征稿启事，征求"冒言无忌"之稿，引起很大反响。周浩何许人也？他曾被姚民哀视作民初小说界"汲引后学"的四大伯乐之一。说他：

> 其为自由党创立《民权报》也，于其本省办报同志汪破园、张挥孙、江季子诸人，力为东南士林介绍外，复广求新进人才，如李定夷、徐枕亚、蒋箸超、吴双热、刘铁冷、胡仪鹣、沈东讷、倪灏森、陈无我、沈肝若、张冥飞、管义华、杨尘因诸先生，皆为周之《民权报》所造成，即现在国民右党要人之戴季陶（天仇），小说界上以专撰倡门小说而著名之何一雁（海鸣），其能卓然见于当世，亦属周君提携之力。迨后邓家彦办《中华民报》，招汪破园（洋）往助，于是间接而引胡

---

① 郑逸梅：《先后两新申报》，《郑逸梅选集（第五卷）》，哈尔滨：黑龙江人民出版社1991年版，第35页。

韫玉（朴庵）、怀琛（寄尘）昆仲以及刘民畏、牛霹生诸人出山。更后，张冥飞、杨尘因介绍向恺然（不肖生）、宋痴萍（忏红）、仇冥鸿诸人于民权出版部。洪宪时代，谷钟秀办《中华民报》，以张季鸾、陈虚白综其成，张陈复招冥飞、尘因赞襄其事，于是小说界上，复有张海沤、王无为诸人出，追源求本，皆属于周之一系。而李定夷君办《小说新报》，若刘哲庐、黄花奴、颍川秋水、顾明道、吴绮缘以及其师许指严先生，尽由是著名。徐枕亚创《小说丛报》，如范烟桥、许廑父、骆无涯、张庆霖、陈莲痕辈，次第露头角，亦皆可归功于《民权》之周也。①

姚民哀的这种追根溯源之法几乎将"兴味派"的半壁江山归入"周门"，这显然是不科学的，但这恰可证明"兴味派"文人群关系网络形成的一个关键节点就是报刊，亦可证明民初上海"文学场"中的各种关系网络互相交织，既相对独立又因共倡"兴味"而粘合在一起。这种状态导致后人将凡在《礼拜六》周刊上发表作品的作家都称作"《礼拜六》派"，将民初主流小说家整体统称为"鸳鸯蝴蝶派"。

由以上关系网络观之，作为出版商代言人的民初报刊编辑（特别是主编），他们既要为市场负责，也有甄选出文学精品的任务。这一切差不多通过他们个人的关系网络即可达到目的。编辑、作者之间的双向需求一般在私人领域里就解决了，这自然形成了以报刊为核心的众多小群体。例如，包天笑在扶植"新人"过程中往往先通过报刊建立"文字缘"，再通过会面、聚餐、游玩、雅集等形式建立"私交"。这种线上线下的交往方式也被王钝根成功运用，线上他曾在"自由谈"上连续刊登了130余位作者的简介（包括通信

---

① 姚民哀：《说林濡染谭》，《红玫瑰》1926年第2卷第40期。

地址等）和铜版相片，曾在其主编的报刊上刊发了大量文人间互相评价和表达友谊的文字；线下则以成立"自由谈话会""俭德会"等组织编创同人定期不定期的聚会，来沟通思想、加强联系。包天笑和王钝根编织个人关系网络的上述方式在民初上海小说界是极为普遍的，叶小凤、徐枕亚、周瘦鹃、严独鹤等有影响力的报人小说家都如此来运作以形成各自的关系网络。这些关系网络在"文学场"中所占位置的重要性则由各自拥有的文化资本所决定，如包天笑自晚清积攒起来的强大的个人文化资本（主要指文坛资历与市场号召力），所服务的《时报》馆、商务印书馆、中华书局等强大的社会文化资本，所主编的《时报》系报刊、《小说大观》《小说画报》《星期》等媒介文化资本，他培养起来的周瘦鹃、徐卓呆、毕倚虹、范烟桥、张毅汉、江红蕉等著名报人小说家所拥有的衍生性文化资本，这些资本的合力使包天笑的个人关系网络在民初上海"文学场"上首屈一指，以他为首的民初报人小说家群体占据了"文学场"的最中心位置。虽然，包天笑也许不是民初小说界文学成就最高的小说家，很多小说家亦非直接出自他的栽培，但由于他热心奖掖扶植新人的美名远播，其文坛号召力极大，其关系网络极广，他便成为当仁不让的"兴味派"盟主。正如小说家王天恨在 1924 年发表的《说海周旋录》中所说："天笑先生是小说界的前辈，差不多人人尊崇。因此我提起笔来也就无意间先写上'包天笑'三字了（非声明无意不可）。"① 可见，他在民初小说界的盟主地位已经成了"兴味派"小说家的集体无意识了。也正由乎此，他被"新文学家"视为"鸳鸯蝴蝶派"（"礼拜六派"）的首席作家，被新时期研究者誉为"通俗文学之王"，也便成了历史的必然。

民初上海小说界以报刊为平台形成了大大小小的作家群体，但

---

① 王天恨：《说海周旋录》，《半月》1924 第 4 卷第 1 号。

综观1920年代之前，这些作家群虽然客观存在着，但具有潜在性，与后起的"新文学"流派泾渭分明的状态截然不同，而且"文学场"中的文人们很少使用"派"话语去故意区隔，而是努力保持"兴味"一家的浑融状态。换句话说，当时各层级的作家群汇聚成一个特定的松散的小说流派"兴味派"，它包括民初"鸳鸯蝴蝶派""礼拜六派"，以及民初上海的一些其他响应小说"兴味化"的作家。到1920年代之后，一种"派"话语开始充斥文坛，如毕倚虹在1923年发表的《婆婆小记》中就列举出周瘦鹃代表的"《半月》杂志派"，沈雁冰、郑振铎代表的"《小说月报》派"，徐枕亚、许廑父代表的"《小说日报》派"，严独鹤、程瞻庐代表的"《红》杂志与《快活林》派"，李涵秋、贡少芹代表的"《小说新报》派"，张枕绿、张舍我代表的"《良晨》派"等诸多派系。这是他在《礼拜六》停刊后，仿"新文学家"划分"《礼拜六》派"的随意做法对当时小说各派的划分。从此文开头第一句话"《礼拜六》已停刊，《礼拜六》派小说，似不能存在矣"[1]就可明白他"划派"的用意。普通读者也纷纷根据自己的判断随意划出各种大大小小的"派"。我们来看《小申报》上的一篇杂文：

> 欲看包天笑、沈家骧之著作者，必须看《星期》。
> 欲看严独鹤、程瞻庐、陆澹盦之著作者，必须看《红》杂志。
> 欲看周瘦鹃之著作者，必须看《紫兰花片》《半月》及《礼拜六》。
> 欲看王钝根之著作者，必须看《心声》及《礼拜六》。
> 欲看李涵秋之著作者，必须看《快活》。

---

[1] 原载《最小》报第20号，参见芮和师、范伯群：《鸳鸯蝴蝶派文学资料（上）》，第184页。

> 欲看贡少芹、李定夷之著作者，必须看《小说新报》。
>
> 欲看赵苕狂之著作者，必须看《游戏世界》。
>
> 欲看许廑父、徐枕亚之著作者，必须看《小说日报》。
>
> 欲看沈雁冰、冰心女士之著作者，必须看《小说月报》。
>
> 欲看江红蕉之著作者，必须看《半月》《星期》及明正出版之《家庭》杂志。①

这篇发表于1923年2月1日的《随便说说》有两点值得注意，一是将沈雁冰、冰心女士作为核心人物把改革后的《小说月报》作者群纳入整个民初"文学场"，视他们为众多"派"中的一个②。实际上，当时"新文学家"已经在文学话语权上占了上风，二者水火不容的态势已经形成。这种划分只能表明"兴味派"还占据着小说市场的主要份额罢了。二是将当时活跃在"文学场"上的作家划分为十个小"派"，虽然仍然将包天笑列于首位，但似乎并没有排名先后的意思，这种划分明显体现出当时文化资本合力的分散与重新整合。实际上，这表明以某一商业报刊为中心，以私人关系网络为基础、以多元文学"兴味"为特征的旧"文学场"的衰亡，代之而起的是以某个文学社团为中心、以社团刊物为主要阵地、以某种文学观念（主义）为基础的新"文学场"的生成。

从表面上看，民初小说家编织人际网络的方式还一如传统，比如利用亲缘、地缘、学缘的关系，实际上由于报刊这一现代媒介成为织网的关键，所形成的关系网络正在迅速由传统向现代转型。这些关系网络面向的是文化市场，其含情脉脉的背后是各种实实在在的利益关系，关系网络中的人互相利用又相互竞争，成名获利都有赖于此。

---

① 韵香阁主：《随便说说》，《新申报·小申报》1923年2月1日。
② 《婆婆小记》也是这样做的。

三、雅集：关系网络生成的特殊形式

民初"兴味派"小说家形成和巩固关系网络的方式多种多样，其中邀约三五圈内人雅叙是其生活日常，毕倚虹的长篇小说《人间地狱》就对此种生活多有摹写，其素材就是他与包天笑、苏曼殊、叶小凤、姚鹓雏等文坛好友的频繁雅叙。规模较大、更有组织性的雅叙就演变为产生较大社会影响的文人雅集，这是中国古代文人喜爱的交游方式。雅集这一形式不像现代文学社团组织的那样严密，略可比拟于近代西方的艺术沙龙，以文艺交流为主要目的，一般选在山水名胜处，还伴有酒肴、乐舞以助兴。历史上有名的如王羲之的兰亭雅集、王诜的西园雅集、顾阿瑛的玉山雅集，等等。发生在元代的玉山雅集对明清时期江南文人的雅集传统影响很大，近代活跃在上海周边的南社、星社、青社等都可看作是这一传统的延续。当然，产生于古今巨变期的南社、星社、青社等也具备了现代文学社团的某些特征，如南社有章程、有刊物、有专书等，是一种杂糅了传统与现代诸因素的文人团体，也是民初小说家关系网络生成的特殊形式。

（一）南社里的小说家

南社是清末民初最有影响的革命文学团体，是以多次雅集的形式运作发展起来的。1909年11月13日，陈去病、柳亚子等十九人以"欲一扫前代结社之弊，以作海内文学之导师"① 为创社宗旨，于苏州虎丘成立南社。南社日后逐渐扩充为一个一千多人的社团，全盛时，定期出版社刊《南社丛刻》、编辑社员通讯、举行雅集，不仅在文学界、新闻界，而且在政界、教育界、南社社员也多居主流地位，无怪柳亚子曾得意地说："先生（曹聚仁）发现近十年来的中国政治，只是陈英士派的武治，南社派的文治，这话倒是很有

---

① 高旭：《南社启》，《民吁日报》1909年10月17日。

趣味。陈英士先生也是南社的老社友,那么,近十年来的中国政治,可说文经武纬,都在南社笼罩之下了。"① 1916年后,南社因唐宋诗之争导致社团内部分化,社务渐趋停顿,至1923年彻底停止活动。南社存在的1909年至1923年与"兴味派"活动的主要轨迹几乎是重合的。"兴味派"小说家中也的确有不少人是南社社员。包天笑早在1910年8月16日南社第三次雅集(在上海的第一次雅集)时就加入了。包天笑还当选为庶务。庶务是个重要的职务,表明他是当时南社的核心成员之一。那次雅集的地点是上海张园,很显然包天笑是带着排满的情绪和复古的情调去的。排满与复古是清末南社活动的两大主题,因为要"驱除鞑虏",所以要"光复旧物"。这"旧物"在南社文人心中自然最主要的就是中国传统文化,尤其是古典文学,高旭在《南社启》中说:"中国国学中之尤为可贵者,端推文学,盖中国文学为世界各国冠,泰西远不逮也。"② 钱基博的《现代中国文学史》里有两句很精彩的评语,他说南社巨子"虽衡政好言革命,而文学依然笃古"③,这是最恰当不过的。包天笑的古体诗词写得很好,诗词酬唱正是南社雅集的重要内容,他一直有政制革新的愿望,南社的几位发起人又都是他的好友,当南社在上海雅集时,他自然参加了。叶楚伧与柳亚子是至交,在同年也入社了。当1911年9月17日在上海愚园南社举行第五次雅集时,主持《小说月报》的王蕴章也来了,他是诗词名家,是一位堪称民国一大家的词人,立即当选为词选的编辑员。民国建立之后,南社雅集均在上海举行,上海的小说家加入的就更多了。姚鹓雏、朱鸳雏、陈蝶仙、徐枕亚、周瘦鹃、王钝根、刘铁

---

① 曹聚仁:《南社纪略·附录·南社与新南社》,《南社纪略》,上海:上海人民出版社1983年版,第251页。
② 高旭:《南社启》,《民吁日报》1909年10月17日。
③ 钱基博:《现代中国文学史》,上海:世界书局1935年版,第264页。

冷、许指严、程善之、姚民哀、赵苕狂、陆澹安、贡少芹、范烟桥、胡寄尘、闻野鹤、谈善吾、戚饭牛、宋痴萍、张冥飞、叶中冷、姜杏痴、郑逸梅等人都是南社社员。包天笑、叶楚伧、姚鹓雏、胡寄尘等还是南社不同时期的领袖人物。

  民初上海有很多私家花园受西方公园的影响，纷纷对市民开放，所谓"卖茶取游资"。逐渐地，私家花园变成了市民们乐于涉足的公共场所①。其中南社第一次在上海雅集的张园是最有名的，其次便是雅集最多的愚园。据郑逸梅介绍，愚园在上海静安寺东北半里左右，和张园同为沪西佳处。张园为西方式的，愚园却为我国传统的东方式。愚园花神阁里有辜鸿铭所书英文诗刻石，还蓄着虎豹、猩猩、孔雀等动物，又备着茶点酒肴，供人饮啖。当时，到上海，游愚园是重要节目②。南社社员雅集时饮酒赋诗乃是展示文人风流的"正事"，因此《南社丛刻》里主要是诗词。据陈匪石描述，这些文人们"既茗话于名园，复飞觞于酒阵。赏心乐事，把酒论文"③，实在是风雅得很！从文学社团角度看南社，它主要是一个谈诗讲词的文人群体。我们上面提到的南社小说家们也均是擅长此道的高手，他们从传统中走来，是当时活跃在中国第一都市上海的高雅之士。过去，大多数研究南社的论著多将目光聚焦在他们的诗词、雅集与革命上。我们不妨打开那部唯一的《南社小说集》一看，里面共收入周瘦鹃的《自由》、成舍我的《黑医生》、程善之的《儿时》、叶小凤的《贼之小说家》、王钝根的《予之鬼友》、赵苕狂的《奇症》、胡寄尘的《黄金》、闻野鹤的《媒毒》、姜杏痴的《蛇齿》、叶中冷的《云》、王大觉的《红爪郎》、孙阿瑛的《伤心人

---

① 熊月之：《上海通史·民国社会（第9卷）》，上海：上海人民出版社，第179页。
② 郑逸梅：《南社丛谈》，上海：上海人民出版社1981年版，第282页。
③ 匪石：《南社第十次雅集纪事》，《南社丛刻》第9集附录，上海：生活日报社1914年版，第1页a面。

语》、贡少芹的《哀川民》13篇小说。无论是作者，还是作品，只需客观去看，就会承认他们坚守小说"兴味化"的同时也注重小说的社会效果、进行"现代"生活启蒙。实际上，他们一面接受域外小说中现代文学观念的影响，一面继承固有的文学传统，他们普遍是"笃古"的趋新派。这从本书后面几章对其小说作品的具体研读中可以看得非常清楚。他们还经常在小说中讲述和南社友人们一起在茶楼、酒楼以及青楼上的故事。笔者认为，将研究的视角伸向"兴味派"的诗词与南社文人的"三楼"生活也将是很有意思的话题。

南社是"兴味派"小说家参加的最大社团，它本身就是一个松散的过渡性质的文学组织，它雅集的观念与运作形式，政治上的"现代性"、文学上的"笃古"与"兴味派"小说家的主流意识是一致的，南社和"兴味派"一样是民初"文学场"的特殊产物。南社成员间的彼此交往构成了"兴味派"小说家的又一个重要的社会关系网络。

（二）最后的星光

郑逸梅这位"民国文坛"的掌故家曾说"民十之际，小说杂志有中兴之象。诸作家有集团之举。杯酒联欢，切磋文艺，法至善也。集团之负声誉者，在苏有星社，在沪则有青社"①"民十之际"即1921年时，那是"新文学家"集中力量批判"黑幕派"和"鸳蝴派"的年头。新文学革命者们将这场批判作为"硬仗"来打，"兴味派"作家也已经身被猛烈的炮火，感到了深重的危机。随着"文学场"的变迁，清末民初成长起来的小说家急剧分化，一些小说家倡导并实践"新文艺小说"，一些小说家由"兴味"走向更为

---

① 原载郑逸梅：《淞云闲话》，参见芮和师、范伯群：《鸳鸯蝴蝶派文学资料（上）》，福州：福建人民出版社1984年版，第227页。

纯粹的"消闲"。前者有"文学研究会""创造社"等新文学社团之创立，后者创立的文学团体则以郑逸梅提到的"星社"与"青社"最为著名，另外还有更加私人化的"狼虎会"，以及未曾引起论者注意的"中国文艺协会"等。较之新文学社团，后者创立的团体整体上并未突破南社的组织形式，仍属于采用了一点"现代"手段的文人雅集。

中国古代文人喜欢雅集结社，特别是明清以来，随着江南城市商业的发展与科举压力的增大，士人在"名利场"之外，更醉心于"游艺场"，结社之风最盛。正如叶中强先生所说："明清之际的秦淮河畔，江南贡院与秦楼楚馆对门而立，构成了两个富于象征意味的社会、人文场域：一为科举正道，一为'艺林之场'，两者各自衍生出不同的文化形式和社会价值。而实际上，两者同构了一个完整的士大夫文化体系。"① 南社的成立是这种古代士人结社传统的自然延续，大批江南文人正是通过这样一种方式在名山胜水间将个体融进集体之中，变成一种文化符号——建构自身的文化精英身份。而"狼虎会"却与此略有不同。1921年，周瘦鹃与天虚我生、王钝根、严独鹤等人组织了一个聚餐会，名为"狼虎会"。此会的特点是十分松散，以"吃"为主，"会员"涉及上海文艺各界，人数不多，以"私交"为纽带。周瘦鹃所谓的"狼虎嚼"实际上打破了传统结社"雅"的特点，具备一点现代性。据说，他们最初组织这会是由看影戏引起的，影戏就是电影，在当时可是现代性十足的"新玩意儿"。原来，周瘦鹃、李常觉、丁慕琴、陈小蝶这四位发起者都是影迷，他们轮流做东看电影，为了不耽误看电影就先聚在小馆子里吃饭，饭后径进电影院。后来小蝶的父亲天虚我生（老蝶）、

---

① 叶中强：《民国上海的"城市空间"与文人转型》，《史林》2009年第6期。

第二章 由传统走向现代的民初上海"文学场"

严独鹤、杨清磬等人加入，慢慢变成了一个周末聚餐会①。周瘦鹃有一篇《记狼虎会》的短文，描述会中"盛况"：

> 饮宴尽欢，酒酣耳热，时江小鹣高歌上天台，铿锵动听；杨清磬与陈小蝶合演南词《断桥》，既毕，杨复戏效"蒋五娘殉情十叹"，自拉弦索，小蝶吹笙，予击脚炉盖和之，一座哗笑。天虚我生即席赋诗，寄拜花余杭（拜花，吾宗，隐居于杭，亦酒阵诗场中一健将也）……②

从中可见，"狼虎会"里充满了"吃""笑""歌""乐""诗"。再结合严独鹤发表在《红杂志》上的《文坛趣话》来看——每次集会，大家饮啖、谐谑、起绰号、谈闲天③——它只是一个文人小圈子的文艺聚会，并无宗旨和"文学场"占位的目的。可是，"狼虎会"却成了苏州"星社"效仿的对象。

"星社"成员徐碧波曾在文章中写道："沪上画家、小说家，遇星期辄聚餐，名其会曰狼虎。苏地诸同志，因亦发起星期茶话会。"④"星社"发起的真正动机当然并非如此简单的模仿，而是苏州文人由于文字的应求因雅集需要而产生。⑤ 其名称的由来则是因第一次雅集时正逢"双星渡河之夕。并且星的象征，是微小而发着灿烂的光芒，正和他们'不贤识小'的襟怀相合"⑥。"星社"是一个类似现代文学社团的文艺团体，因为它有自己的核心人物范烟桥和赵眠云，有比较频繁的集会、有自己的刊物，有自己的成员，还

---

① 陈婕野：《狼虎会的回忆》，《万象》1941 年第 3 期。
② 周瘦鹃：《紫罗兰集》下册，上海：大东书局 1922 年版。见范伯群主编：《周瘦鹃文集（4）》，上海：文汇出版社 2011 年版，第 69—70 页。
③ 严独鹤：《文坛趣话》，《红杂志》1923 年第 64 期。
④ 徐碧波：《星社雅集补记（一）》，《新申报·小申报》1923 年 8 月 9 日。
⑤ 天命：《星社溯往》，见芮和师、范伯群《鸳鸯蝴蝶派文学资料（上）》，福州：福建人民出版社 1984 年版，第 201 页。
⑥ 同上。

有种种主动记录下来的相关文献。这是与"狼虎会"很不同的。但，它只是类似现代文学社团而已，因为它继承的是明末"几、复两社"、近代"南社"文人雅集的传统，它的成立出于"有意无意之间"①，没有宣言，甚至没有"一般结社的组织法"②。因此，它集会的内容也不是探讨文坛的新动向，而是与"狼虎会"相似的"吃""笑""歌""乐""诗"。除此之外，顶多拿报纸副刊上新载的文艺消息随便谈谈。"星社"在成立的时候就确立了"消闲"的总方向，星社中人实际上代表了"兴味派"的落寞与坚守。他们不再是文坛的主流，而是"文坛上的魔君"③；他们虽仍想"分文坛一席地"④，但已被"新文学家"挤掉了文坛话语权；他们原来脉承传统的丰富"兴味"只剩下了"消闲"；他们被视作小市民作家而长期处于新的"文学场"的下层；他们虽然依旧能用精彩的作品调动不少读者的阅读"兴味"，但富有时代过渡性的民初小说"兴味化"再也不可能成为小说界主潮了。他们提不出适应文学发展潮流的新主张，他们的"消闲性"作品与五四前后救亡图存的时代要求亦不相匹配，他们遭遇"新文学家"的批判成为一种历史的必然。

上海"青社"是郑逸梅提到的另一著名团体，他们的第一次雅集在半淞园，第一次聚餐会在"新利查西餐馆"。它较之"星社"显然更趋现代一些。另外，"论起分子来比星社健全，一切组织规模都比星社完备，参加者也比较严格……可是只举行了几次聚餐，和刊行了几期《青报》就无形消灭了。"⑤ 而笔者偶然发现的"中

---

① 范烟桥：《星社感旧录》，见芮和师、范伯群：《鸳鸯蝴蝶派文学资料（上）》，第198页。
② 同上。
③ 范烟桥：《星社十年》，见芮和师、范伯群：《鸳鸯蝴蝶派文学资料（上）》，第197页。
④ 同上。
⑤ 天命：《星社溯往》，见芮和师、范伯群：《鸳鸯蝴蝶派文学资料（上）》，第207页。

国文艺协会",它在 1923 年 10 月 23 日成立,公推袁寒云为主席,包天笑、毕倚虹、严独鹤、周瘦鹃、张枕绿、张舍我等相继发言,并且通过了细分条款的《中国文艺协会简章》,一切都貌似与"新文学"团体一样。而从其在晚餐会上成立,"袁夫人志君女士亦盛装莅止","并约下星期继续开会,选举正式职员。茶点摄影而散"来看,似乎仍未脱文人结社雅集的随意性。① 由于资料缺乏,我们无从得知它成立后的发展情况。不过,有一点可以肯定,即使它一直存在也影响很小,更未曾改变"兴味派"继续向下、向俗发展的趋势。

众所周知,"文学研究会""创造社"等新文学社团都有严肃的公开宣言、鲜明的文学主张,甚至反对的文坛对象,等等。上述希望重振"兴味派"的四个团体虽与其处在同一时空内,却更像是传统文人的雅集。他们也许想赓续南社的风雅,但毕竟已经时移世易,连南社的生命马上就要走到尽头了,他们这些社团又怎能成为文坛的主流呢?虽然,"星社"一直存在了十余年,但在新的"文学场"中,它不过是一个特异的存在,过去的各种《文学史》上很少提及,在现代文学的历史上所起的作用也非常有限。鲁迅在当时的那场"硬仗"中,曾鲜明地指出"'鸳鸯蝴蝶派'借白话和通俗刊物流布,不过是'旧文化小说'的'异样的挣扎'"②。我们从民初"兴味派"流变消亡的历程来看,以"星社"为代表的诸文艺团体的存在,不过是"兴味派"点缀在现代文学天空上的最后几缕星光罢了。

以上,我们粗线条勾勒出"兴味派"小说家因做报人而汇集上海,在民初上海"文学场"中以报刊为中心节点、以雅集为特殊形

---

① 《中国文艺协会成立会记》,《最小》1923 年第 117 号。
② 钱理群等:《中国现代文学三十年(修订版)》,北京:北京大学出版社 1998 年版,第 9 页。

式生成了复杂多元的社会关系网络。这个关系网络是在传统与现代互动中逐步形成的,无论是从这个"网络"中成员的思想意识、审美倾向、生活态度,还是从具体的活动场域来看,都是如此。当你看到他们一会儿雅叙于上海四马路上的茶楼、酒楼与青楼,一会儿又活跃在新世界、大世界等游艺场,接着在东亚酒楼"吃西点",在维多利亚影戏院看电影,在报馆、书局忙忙碌碌,你一定会承认他们是"过渡时代的人物"。若从文化身份着眼,他们乃是一群正由传统走向现代的"江南文人"。

第三节　文化身份:走向现代的"江南文人"

从人文地理上讲,民初"兴味派"小说家多来自"江南"文化区。梁启超曾在比较中指出中国古代南北文学的差别:"燕赵多慷慨悲歌之士,吴楚多放诞纤丽之文,自古亦然。自唐以前,于诗于文于赋,皆南北各为家数;长城饮马,河梁携手,北人之气概也;江南草长,洞庭始波,南人之情怀也。散文之长江大河,一泻千里者,北人为优;骈文之镂云刻月,善移我情者,南人为优。"① 这一论断显明地指出"江南文人"早在六朝时期就在文学史上写下了缘情绮丽的篇章。与此种文学风貌相辅相成的六朝风度至此便成为江南文人品性中千载承传新变的文化基因。那位很早就将"兴味"一词写进"闲适诗"②的唐代诗人白居易在做过苏、杭刺史后,常

---

① 梁启超:《中国地理大势论》,见刘梦溪《中国现代学术经典(梁启超卷)》,石家庄:河北教育出版社 1996 年版,第 707 页。
② 唐代诗人白居易在其"闲适诗"《和杨同州寒食乾坑会后闻杨工部欲到知予与工部有宿酲》与《春日闲居三首》其三中使用了"兴味"一词,分别见(唐)白居易著,顾学颉校点:《白居易集》,北京:中华书局 1979 年版,第 728、813 页。

常梦回江南,写有三首脍炙人口的《忆江南》①:

> 江南好,风景旧曾谙:日出江花红胜火,春来江水绿如蓝。能不忆江南?
> 江南忆,最忆是杭州:山寺月中寻桂子,郡亭枕上看潮头。何日更重游?
> 江南忆,其次是吴宫:吴酒一杯春竹叶,吴娃双舞醉芙蓉。早晚复相逢?

江南的景物佳妙、生活安逸、美酒醉人与女子妩媚,都被这位晚年追求"闲适"的诗人写了出来。随着宋以后全国经济重心南移,江南市民文化更加繁荣起来。这一文化以"消闲"为目的,以艺术为载体,形成了趣味化、艺术化的特征,有着浓重的商业成分。到明清,"江南文人"与发达的市民文化结合得更加紧密,使其文化品性愈发独特:情感细腻、多愁善感、个性飞扬,爱美和艺术,追求闲适兴味,认同"儒士"与"儒商"的双重身份,等等。这些"江南文人"品性在明中期唐寅身上已有所体现,经由掀起晚明文坛个性解放思潮的徐渭、屠隆、陈继儒、袁宏道、冯梦龙等的大力推动而进一步近代化。再经由清代袁枚、云间词派、浙西词派、常州词派以及沈复、龚自珍、王韬、韩邦庆等一脉相传,一直传到民初"兴味派"小说家身上。

一、继承"入仕"与"游艺"的精英意识

我们注意到近代的"江南文人"从小接受传统文化教育和艺术技巧训练并非纯粹为了"游艺",而是为"入仕"做准备。他们一开始是作为统治阶级成员的"儒士"来培养的,科举成功通常是其人生首选,江南子弟在明清两代科举上的辉煌显然为其树

---

① (唐)白居易著,顾学颉校点:《白居易集》,北京:中华书局1979年版,第775页。

立了榜样。可以说，时至近代，"江南文人"仍普遍怀有作为"社会精英"的"文化贵族"心态。这种"精英意识"的强弱与转移是区隔清末文学、民初文学与五四文学各自"文学场域"生成的重要参照。在清末文坛上，"江南文人"也曾响应"小说界革命"的倡导，在原本用于"娱目快心"的小说中注入"新民"的内容、"救国"的思想。很多人还加入了直接进行政治革命的同盟会，更多人参加了进行"排满"宣传的南社。这是其强烈"精英意识"的自然表现。然而，辛亥革命胜而无果，共和政体成为幻象，就连陈其美、宋教仁这样的"革命伟人"也在各派政治力量的激烈斗争中被刺杀，民国的象征孙中山也被迫再度流亡，本来就多愁善感的江南志士们顿感"踢天踏地一身多"①，在"拼痛哭，送悲歌"② 中一下子失去了生命的支点。很快，失路英雄们便无奈地重回旧日文场，在吟风啸月、诗酒风流之都市花间重显其"江南文人"本色。1914年《民权素》上蒋箸超的一首小词恰可作他们当时心态的注脚：

> 东南金粉，本文士女儿撑住。眼见得风云吃紧，河山迟暮。时势不甘刁斗静，文章偏有宰官妒。没奈何低首拜红裙，小青墓。
>
> 挥妙手，珊瑚树，问迷津，鸳鸯渡。且整顿全神，卿卿是注。歌馆当年莺语细，画梁此日燕泥驻。借美人颦笑觅生涯，聪明误。③

这首词从江南文化的"文士女儿"特征说起，言及因民族危机而起的斗争及其失败，并细致刻画了他们在人生的"迷津"中大写"鸳

---

① 枕亚：《鹧鸪天》，《民权素》1915年第5期。
② 同上。
③ 箸超：《满江红·周子瘦鹃以香艳丛话索题，率倚一阕》，《民权素》1914年第3期。

鸳蝴蝶"小说、"借美人颦笑觅生涯"的无奈心态。费振钟先生曾分析传统"江南文人"的品性说:"在正常的时代环境中,会以自己超群出众的才华,睥睨现实,其人生姿态或许相当积极;而环境不好,尤其在发生了纷乱的历史转换时,那个悲世主义就跑出来,把他们拉回到消极放任的老路上去。"① 这番剖析对于民初"兴味派"小说家也是适用的,因为他们正是这些传统"江南文人"的嫡传。

当然,民初"兴味派"小说家中真正参加民族革命的失路英雄居于少数,更多的是早已在上海文化市场上卖文为生、拥护民主革命的作家,同样的文化身份使他们迅速结盟。由于大多数"新小说"作品寡味少趣,不能吸引读者,清末"小说界革命"过于政治化的弊端暴露无遗。在这样的文化境遇中,"江南文人"一脉相传之审美的、"闲适"的兴味便与都市文化市场需要之接受的、"消闲"的兴味亲密结合了。1914年《民权素》创刊号"第二集出版预告"里赫然大字印着"文学的、美术的、滑稽的",这正是民初"兴味派"小说家在文艺上的主要宗旨;1915年《小说大观》则正式打出了"无论文言俗语,一以兴味为主"② 之倡导"兴味"的大旗;一些杂志则更直白地以"游戏""消闲""香艳"相标榜。这一方面确确实实是想打破民初到处充斥着的不快活的空气,一方面也是招徕读者、适应市场的需要。更重要的,它是"江南文人"遭遇历史纷乱后,其"游艺"意识——追求生活的闲适及审美的兴味——在文艺上的自然呈现。同时,面对"江南文人"依赖的文化基础发生空前危机,文人地位迅速跌落、新的政治体制还未真正建立、新的文化格局还未完

---

① 费振钟:《江南士风与江苏文学》,长沙:湖南教育出版社1995年版,第41页。
② 《〈小说大观〉例言》,《小说大观》1915年第1集。

全成型的社会现状，民初"兴味派"小说家中很多人残留的"精英意识"驱使他们还未完全放弃、也有条件参与当时社会主流意识形态的建构。从有关文献来看，民初"兴味派"小说家不少都是社会精英，交游的人物也多是政治、经济、文化、教育各界的上层、主流。可见，他们对当时主流文化的影响实在是举足轻重。然而，当1919年五四运动发生，在"新文学家"——现代知识分子——以凌厉的姿态掌握了中国现代思想建构的话语权之后，这批小说家中的多数人便无奈地将最后一点"精英意识"也丢掉了，成为完全意义上的"市场作家"。

二、脉承"审美"与"闲适"的名士风度

"江南文人"追求之审美的、闲适的兴味实际上就是追求生活的艺术化、精致化。这一文化基因清晰地显现在民初"兴味派"小说家身上。他们多是情感细腻、多愁善感，精通数艺、爱美的才子。包天笑、李涵秋、徐枕亚、周瘦鹃、陈蝶仙等代表作家均以敏感柔顺的女性化性格著称，正是我们印象中传统的"柔弱书生"。这种文化品性让他们多选自然界柔弱且富诗意之物为笔名，比如"小凤""鹓雏""鸳雏""独鹤""秋虫""小蝶""冰蝶""寿菊""碧梧""红蕉""逸梅""眠云""寒云"等等。他们常常兴高采烈地评论这些笔名，蒋吟秋写过《小说家的题名趣谈》、慕芳作有《文苑群芳谱》、可怜虫写了篇《小说界的十二金钗》，都是饶有兴味的。这却引来了鲁迅的辛辣讽刺，专门写了篇短文《名字》发表在《晨报副刊》上。这恰恰体现出当时两派文学家审美趣尚之不同。民初"兴味派"小说家多情感细腻、善感多愁，徐枕亚自命为"多情种"，曾感叹"才美者情必深，情多者愁亦苦"[1]；周瘦鹃这位"小说界的林黛玉"曾坦言说："我的心很脆弱，易动情感，所

---

[1] 徐枕亚：《玉梨魂》，上海：清华书局1929年版，第9页。

以看了任何哀感的作品，都会淌眼抹泪，象娘儿们一样"①；苏曼殊则是一位吟出"袈裟点点疑樱瓣，半是脂痕半泪痕"② 有"难言之恸"的情僧。除了这些长日眼泪汪汪的人物，像李涵秋、包天笑、吴双热、李定夷、叶小凤、朱鸳雏等也多是此类"多情人"。民初"兴味派"小说家情感细腻的另一个表现是对"微物"的喜爱。胡晓真教授曾指出王蕴章和《小说月报》文人圈有一种"微物崇拜"倾向，即对琐碎之事物有着异乎寻常的兴趣和沉迷，她说："杂志不但刊登许多传统笔记小说式的文字，更到处充斥着残、余、碎、零之类的字眼，不断提醒读者这种片断式的美感营造。"③ 更为典型的作家是周瘦鹃，他爱小的对联、小的扇面、小的盆景，主编被称为"顶小"的个人小杂志《紫兰花片》。实际上，这也有"江南文人"传统的基因，代表人物当属《浮生六记》的作者沈复。他是苏州人，曾言及自己的一个癖好："见藐小微物，必细察其纹理，故时有物外之趣。"④ 根据现代美学的说法，美的类型通常划分为优美、壮美、崇高等，优美与形体小常相关联。江南文人最爱阴柔的优美，当然表现出对"微物"的偏嗜。如江南园林就是很好的表征，那是"江南文人"们试图将天下山水搬进家中庭院的产物。园中的花卉、盆景是其中的艺术结晶。据邱仲麟先生介绍，明清江南地区，由于文人、富人、妓女多，加上节庆、交际、休闲活动频繁，对于花卉的需求甚大，形成了以南京、苏州、上海为中心

---

① 周瘦鹃：《红楼琐话》，见《拈花集》，上海：上海文化出版社1983年版，第92—93页。
② 苏曼殊著，柳亚子编：《苏曼殊全集（3）》，北京：当代中国出版社2007年版，第65页。
③ 胡晓真：《知识消费、教化娱乐与微物崇拜——论〈小说月报〉与王蕴章的杂志编辑事业》，《中研院近代史研究所集刊》2006年第51期。
④ （清）沈复著，王稼句编：《浮生六记（典藏插图本）》，北京：北京出版社2003年版，第30页。

的园艺市场①。这是宋元以来，文人园艺趣味在经济刺激下逐渐普及的结果，反过来又加强了文人的这一雅趣。民初"兴味派"小说家普遍有种花植草的爱好，周瘦鹃后来还成为著名的园艺大师，他手下那些灵心独具的盆景正是其生活艺术化、精致化的体现。周瘦鹃曾说："我是一个爱美成癖的人，宇宙间一切天然的美，或人为的美，简直是无所不爱。所以我爱霞，爱虹，爱云，爱月；我也爱花鸟，爱虫鱼，爱山水；我也爱诗词，爱字画，爱金石。因为这一切的一切，都是美的结晶品。"②

实际上，民初"兴味派"小说家普遍具有这种爱美的名士品格，他们精通数艺本身就是对美的追求。陈蝶仙十五岁便创作长篇弹词《桃花影》，他不仅精通当时流行的各种文体，还精通音乐、书法、绘画等，后来，他虽然创办实业，融入了上海现代工业体系，但他始终以名士自居，临终时的遗言是"我以名士身来，还以名士身去"③。他的长子陈小蝶与其有"大小仲马"之称，十几岁便扬名沪上文坛，吹拉弹唱、书画诗文均称擅场。王钝根出身江南文学世家，自幼非常聪慧，十岁时，"凡旧小说，几无不览"④。后为《申报》开辟"自由谈"副刊，创刊标榜"消闲"、实则百味杂陈的《礼拜六》，成为民初"兴味派"小说家群体的重要代表，亦身兼数艺。王西神"中举时还是十六岁的少年。据说喜报到时，他还在城头上放风筝，乡里传为佳话。后来治词章，擅书法，又通英语"⑤。李

---

① 详见邱仲麟：《花园子与花树店——明清江南的花卉种植与园艺市场》，《中研院历史语言研究所集刊》第七十八本，第三分，2007年9月。
② 周瘦鹃：《〈乐观〉发刊辞》，《乐观》1941年第1期。
③ 陈定山：《我的父亲天虚我生——国货之隐者（上）》，《传记文学》（台湾）1978年总第192期。
④ 魏绍昌：《鸳鸯蝴蝶派研究资料》，上海：上海文艺出版社1984年版，第535页。
⑤ 芮和师：《以词章擅场的小说名家——王西神评传》，南京：南京出版社1994年版，第226页。

涵秋、范烟桥等也都被视为早慧、多才的江南名士。实际上，这批文人向往的正是"萧闲如六朝人的生活"①，脉承的正是六朝人的名士风度，延续的还是明清以来"借美人颦笑觅生涯"的才子佳人传统。因此，他们同样具有传统"江南文人"的"三楼"情结。他们在茶楼上谈心，在酒楼上行乐，在青楼上买笑。无论是记录他们民初生活的资料，还是他们笔下的小说，酒会雅集、艳妓佑觞都是最常出现的生活场景。据此，我们也就能理解为什么他们创作那么多"言情小说""社会小说"与"滑稽小说"，原来很大程度上这些正是他们文人生活的实录。

三、传承"儒士"与"儒商"的文化品性

然而，民初上海已经形成了现代都市空间，打破"旧礼教"的呼声也越来越响，以市场为导向的"文学场"也已生成，这一切催促着民初"兴味派"小说家快点走向现代。除了上面我们提到的文人"闲适"与市场"消闲"的结合，在走向现代的过程中，"江南文人"追求自我精神独立的固有品性也起了关键作用。追求自我精神独立这一点从庄子所谓"逍遥游"开始就成为南方文人的胎记，在后来的发展过程中，又结合了孟子所谓"独善其身""不食嗟来之食"等质实性的人格独立，逐渐形成不与政权合作、山林隐逸、放诞任我的六朝风度。这种风度传至明代"江南文人"则再变为阳明心学、李贽"童心"说、三袁"性灵"诗学、汤显祖"唯情"主义、冯梦龙"情教"论等，整体形成晚明人性解放思潮与文学浪漫思潮，其根柢乃在于他们兼容"儒士"与"儒商"的求"通"之士风。他们突破了一般儒士的"穷"—"达"二元框范，或官、或隐、或商，都努力追求一种自由自在的生活状态。清代"江南文人"则顺承此风，至晚清则更炽。

---

① 芮和师等：《鸳鸯蝴蝶派文学资料》，福州：福建人民出版社1984年版，第203页。

民初"兴味派"小说家正是明清"江南文人"的嫡传，他们依靠这些追求自我精神独立的固有资源来理解西方舶来的"个人主义"。刘禾教授曾详细考察过"个人主义话语"在清末民初的跨语际实践，她说："这时期的个人主义观念并不包容多年后新文化运动里涌现的意识形态及情感内涵。对杜亚泉而言，个人主义的意义是模糊的，需要重新界定。'吾侪非个人主义者'，他说，'但吾侪之社会主义当以个人主义发明之。孔子所谓学者为己，孟子所谓独善其身，亦此义也'。而社会主义和儒家思想对于他又是完全兼容的，这是他对个人主义的最有启示的用法。"① 这是就杜亚泉在1914年第12期《东方杂志》上发表的《个人之改革》一文表达的看法。同时，她还通过解读陈独秀的《虚无的个人主义及任自然主义》，指出了陈氏在1920年时对"个人主义"的理解仍未脱道家的色彩②。循此考察，我们发现民初"兴味派"小说家对"个人主义"所作的也多是类似之解读。这批小说家基本上都是"旧礼教"的改良主义者，长期浸润于"儒教"之中，他们完全可能像杜亚泉那样将"个人主义"比附于儒家的"学者为己""独善其身"。同时，他们又有追求人性解放与浪漫文学的精神自由传统，显然也有可能将"个人主义"理解为道家的"任自然主义"。这从当时民初"兴味派"小说家主编的杂志发刊词中即可寻出证据，《〈游戏杂志〉序》一方面将世间万物皆归于游戏，一方面又声明"今日之所谓游戏文字，他日进为规人之必要亦未可知也"③；《〈眉语〉宣言》说"锦心绣口，句香意雅，虽曰游戏文章、荒唐演述，然谲谏微讽，潜移默化于消闲之余，亦未始无感化之功也"④；《〈小说新报〉发

---

① ［美］刘禾：《跨语际实践》，北京：生活・读书・新知三联书店2002年版，第119页。
② 同上书，第129页。
③ 爱楼：《〈游戏杂志〉序》，《游戏杂志》1913年第1期。
④ 《〈眉语〉宣言》，《眉语》1914年第1期。

刊词》则声称"纵豆棚瓜架,小儿女闲话之资;实警世觉民,有心人寄情之作也"①;这些都可看作是儒、道两家思想共同影响下的"个人主义"表述。刘禾教授还指出,近现代中国"个人主义话语"实践导生了一个为实现解放和民族革命而创造个人的工程。② 这一点在民初"兴味派"小说家那里虽然表述较少,但由于他们还有残存的"精英意识",类似表达也出现在了《〈中华小说界〉发刊词》里:"一曰作个人之志气也。《小说界》于教育中为特别队,于文学中为娱乐品。促文明之增进,深性情之戟刺。抗心义侠,要离之断胆何辞;矢志国雠,汪锜之童殇奚恤?有远大之经营,得前事以作师资,而精神自奋;有高尚之理想,见古人已先着手,而诣力益坚。无形之鞭策,胜于有形之督责矣。"③ 当然,还有那些流行一时、数量众多的"哀情小说"也是很好的证据。民初"兴味派"小说家一方面呼唤自由恋爱,要求解除封建礼教的种种束缚,一方面又不敢完全打破,只是摆了一个人性解放的浪漫主义姿态,却最终"发乎情,止乎礼义"了。另外,我们还应认识到"个人主义"毕竟是西方文化的产物,按照五四以来的"'西方文化'优越于'东方文化',一如'现代'胜于'传统'"④ 的惯性思维逻辑,我们从这一兼容中亦能看到这群民初的"江南文人"正在缓步走向"现代"。

由于江南市民文化依赖于都市经济的发展,早在明清时期,在"江南文人"的观念中就不排斥做"儒商"或"文艺商人"。例如,唐寅所在的明代"吴门画派"就已富有浓重的商业色彩,后出的陈

---

① 李定夷:《〈小说新报〉发刊词》,《小说新报》1915年第1期。
② [美]刘禾:《跨语际实践》,北京:生活·读书·新知三联书店2002年版,第122—123页。
③ 瓶庵:《〈中华小说界〉发刊词》,《中华小说界》1914年第1卷第1期。
④ [美]刘禾:《跨语际实践》,北京:生活·读书·新知三联书店2002年版,第112页。

继儒、王稚登辈更是典型的文化商人；到清代"扬州八怪"更是靠书画来谋生了，清代著名文学家袁枚筑随园，成豪富，也与他善于"卖文"有关。余英时教授在《士与中国文化》一书中曾提到"心学"大师王阳明为商人方麟（节庵）所写的一篇墓表，他据此墓表及其他相关文献剖析了王阳明对儒家四民论所提出的新观点，即商人"虽终日作买卖，不害其为圣贤"，"古者四民异业而同道，其尽心焉，一也"。余教授认为"其最为新颖之处是在肯定士、农、工、商在'道'的面前完全处于平等的地位，更不复有高下之分"，并进一步指出王阳明以儒学宗师的身份对商人的社会价值给予这样明确的肯定，是新儒家伦理史上的一件大事①。这一论断，在文化史、思想史上确认了明清"江南文人"兼容"儒士"与"儒商"的文化品性。因为民初"兴味派"小说家脉承了这种文化品性，才顺理成章地成为近代第一批职业作家。包天笑、陈景韩、李涵秋、陈蝶仙、王钝根、周瘦鹃、严独鹤等就是其中的杰出代表。由于这批文人处在民初以经济资本为核心权力的"文学场"中，适应文化市场自然势所难免，他们之所以全力投入著、译"言情小说""社会小说""滑稽小说""武侠小说""侦探小说"，固然有上面提到的种种主观因素，也与迎合市民读者口味紧密相关。这就引发文人固有"兴味"与现代文学市场的冲突与调和，冲突缘于他们来自传统，而调和恰恰证明他们正走向现代。

综上可见，民初"兴味派"小说家真正的文化身份是走向现代的"江南文人"。对这一文化身份的重新确认有助于厘清一些基本史实，从而打破百年来将这批小说家错误定性、进行鞭挞、打入另

---

① 可参看［美］余英时：《士与中国文化》，上海：上海人民出版社1987年版，第525—527页。

册的处置惯性。实际上，不仅继续使用"封建遗老""买办洋少"身份标签进行的所谓"鸳鸯蝴蝶派""礼拜六派"研究，就是那些视其为"市民大众作家"的较为中性的"旧派小说"史论探讨或力图抬升其地位的"近现代通俗文学史"话语建构，在具体论述中仍不免受制于这种强大的惯性。仅以"旧派"这一称呼为例，略窥一斑。当今多数论者仍用"旧派"来称呼民初"兴味派"小说家，这是沿用范烟桥《民国旧派小说史略》《民国旧派文艺期刊丛话》，以及严芙孙等《民国旧派小说名家小史》的习惯用法。其实，"旧派"这个名词，是因"新文学家"的批判而产生。胡适在1918年发表的《建设的文学革命论》中明确使用了"旧派文学"一词，概指与他提倡的"新文学"相对的一切固有文学。其他"新文学家"批判民初"兴味派"小说家时也多指认其"旧"，视其为"旧文学"。后来为了甩掉"鸳鸯蝴蝶派""礼拜六派""黑幕派"这些更富"反动"意味的帽子，范烟桥等便退而求其次，选择了"旧派"这个稍显中性的称谓，以与"新文学家"相区隔。我们只要将范烟桥完成于1927年的《中国小说史》的"最近之十五年"一节与解放后在此基础上增删而成的《民国旧派小说史略》做一比较，这种无奈心理便清晰可见。对民初"兴味派"小说家这一文化身份的重新确认，还可引起当代人注意其如何脉承传统而走向现代，进而重视并借鉴其宝贵遗产。由于今天的整个社会文化基础已与民初更靠近传统的情况大为不同，我们对民初的这批作家，无论读其文，还是识其人，都存在着很大的文化隔膜。读他们写的"滑稽小说"，我们有时觉得并不好笑；读某些"言情小说"也许会感到何必如此；读"社会小说"，有时会因其过分的"现实"主义、过分地暴露社会黑幕与人性弱点而感到愤怒或绝望。不过，假如当代读者有一定的传统文学修养，对民初历史有一定的了解，特别是能够"同情"地去认知这一群无奈的"江南文人"，就一定会发现他们的文化心态并非一直以来反复批判的"复古""保守",而是逐渐走向现代的"多元""开放",就一定能或多或少地借鉴其进行多元文学试验的成果。

第三章
不断自我调适的民初"兴味派"小说家

在以经济资本为核心权力的民初上海"文学场"中,"兴味派"小说家要解决的突出矛盾是"市场法则"与"艺术法则"之间的矛盾。古今巨变的历史语境给他们提供了空前丰富的文学资源、社会素材,让他们有了进行多元文学试验的历史条件。然而,他们所面对和正创造的这个新的文学世界是如此陌生、复杂和多变。在不断的冲突与调和中,他们发现需要解决的问题重大且繁难:作品应该追求传世不朽,还是觉世新民?文学是坚持固有传统,还是全面学习西方?是走民间化、通俗化之路,还是走文人化、典雅化之路?针对这些问题,民初"兴味派"小说家尝试着做出了自己的回答。

第一节 由传世与觉世到娱世的智慧抉择

每当谈到近代文学发生发展的情境和动机时,人们常常拈出"传世"与"觉世"一组矛盾。如袁进先生在《中国小说的近代变革》一书中曾设专章讨论近代小说的"传世与觉世"问题,夏晓虹教授研究梁启超文学道路的专著正标题就叫做"觉世与传世"。这种对"传世与觉世"问题的聚焦反映了两位学者都抓住了近代文学(小说)中的这对主要矛盾。当进一步将目光聚焦到主倡"兴味"的民初小说家身上时,我们便发现,这批小说家除了继续"徘徊于觉世与传世的十字路口"①,更增添了一种"行世"的焦虑,并最终做出了凭"兴味"以"娱世"的抉择。

一、连通觉世新民与传世不朽

所谓"行世"大致包含两个层面,一是付梓问世,一是流行于世,即畅销。在历史上,"行世"之说最早出现在明末市井小说家笔下,如凌濛初在《拍案惊奇序》中曾说:"宋元旧种,亦被搜括殆尽。肆中人见其行世颇捷,意余当别有秘本,图出而衡之。"②"以'捷'(快速)来修饰'行世'",强调的就是其追求畅销的本质特点③。在民初上海"文学场"中,"行世"的关键是掌握文化资本与适应读者市场。当时掌握文化资本的主要是出版商和编辑者(各家报刊与出版机构的编辑)。前者主要从是否盈利的角度去选择要出版行世的作品,也就是包天笑所说的"生意眼"④。后者则一方面充当出版商的"守门人"⑤,帮助拣选那些可能适应市场、能够盈利的作品;另一方面自己又往往身兼撰稿者,具有较高的文学修养,在顾及市场需求的同时,总有一定的审美追求。这

---

① 夏晓虹:《觉世与传世——梁启超的文学道路》,北京:中华书局2006年版,第12页。
② 黄霖编,罗书华撰:《中国历代小说批评史料汇编校释》,南昌:百花洲文艺出版社2009年版,第292—293页。
③ 李桂奎:《士林小说与市井小说比较研究》,北京:华艺出版社2000年版,第21页。
④ 包天笑:《钏影楼回忆录》,香港:大华出版社1971年版,第376页。
⑤ 此处借用库尔特·卢因(Kurt Lewin)提出的"守门人"(或"把关人",The Gatekeeper Theory)这一说法,意在说明民初报刊或出版部门的编辑者对小说文本进入传播渠道具有选择权。

样,编辑者实际上成为民初上海"文学场"上"市场法则"与"艺术法则"的双重立法者。以包天笑为首的民初"兴味派"小说家就多是这种"立法者"。"立法者"的身份意味着他们将引领一个时代的文学走向,其文学主张、实践也必将接受历史的检验。因此,他们虽然出于"卖文为生"的现实需要,可以主动地迎合市场,但固有的"江南文人"品性——残存的"精英意识"与对"纯文学"的自觉追求——又潜在地规定他们始终未能完全放弃作品"传世"与"觉世"的理想。

从先秦儒家"立言"不朽①、司马迁"藏之名山"②,到曹丕"不朽之盛事"③、韩愈"垂诸文而为后世法"④,再到《红楼梦》"披阅十载,增删五次"⑤、《镜花缘》"消磨了三十年层层心血"⑥,创作文学作品力求"传世"的思想在中国古代文人身上一脉传承,绵延不绝。这种文学"传世"思想在近代"救亡图存"的特殊"历史场"中却受到了梁启超为代表的为文"觉世"思想的冲击。在梁启超看来,作"觉世之文"乃是当务之急,梁氏"报章体"、小说"新民说"乃是其为文"觉世"思想的具体实践。这种为文"觉世"的思想在一定程度上被民初"兴味派"小说家所接受,他们大多兼做报人,当然要写一些"时评""社论"等"觉世文"。但他们也看到了"新小说"失败的总根源——不以小说为目的而以之为手段,

---

① 《春秋左传正义》"襄公二十四年",《十三经注疏》本,上海:上海古籍出版社1997年版,第1979页。
② (汉)司马迁:《报任少卿书》,萧统编:《文选》,上海:上海古籍出版社1986年版,第1865页。
③ (魏)曹丕:《典论·论文》,魏宏灿校注:《曹丕集校注》,合肥:安徽大学出版社2009年版,第313页。
④ (唐)韩愈:《答李翊书》,马其昶校注:《韩昌黎文集校注》,上海:上海古籍出版社2014年版,第191页。
⑤ 黄霖编,罗书华撰:《中国历代小说批评史料汇编校释》,南昌:百花洲文艺出版社2009年版,第481页。
⑥ 同上书,第548页。

这种将小说当作政治、思想传声筒的做法已经倒了多数读者的胃口。作为"市场法则"起重大作用的民初"文学场"中的小说家，他们当然明白自己的小说要想"行世"，必须要注意迎合读者的口味，能否畅销、畅销的程度如何都直接影响着每一位小说家在这个"文学场"中的地位。于是，在清末"小说界革命"退潮后，衍生出一股专门迎合社会心理、写作"卑劣浮薄、纤佻媒荡之小说"①的潮流，他们秉持的是赤裸裸的"拜金主义"，只追求作品的"行世"。包天笑为代表的民初"兴味派"小说家们曾对这股潮流大加批评，他们希望通过加强小说的文学"兴味"性来重新形成文坛的新风尚。他们标榜以读者的阅读"兴味"为本位，刊载的都是"最有兴味之作"②"凡枯燥无味及冗长拖沓者皆不采"③，使读者在沉浸其中的同时获得审美愉悦，并寓教于乐，在道德、教育、政治、科学等方面有所获益，他们认为，这样就可以促"群治之进化"④。这种"兴味"小说观实际上是要求小说作品兼具"娱世""觉世"与"传世"的功能，乃是希图以"娱世"来打破清末"小说界革命"以来"传世"与"觉世"的一组矛盾，是在适应市场（"行世"）、进行"觉世"的同时，坚守艺术本位——追求"传世"。

民初"兴味派"小说家强调小说的"兴味"（文学审美性）就是医治"新小说"过于追求"觉世"而出现的乏"味"之病，这固然主要从争取读者市场上着眼，但也有"传世"的考虑。毕竟，他们是历史上那些创作过无数文学传世名作的"江南文人"的嫡系子孙，他们依然怀有创作"传世之文"的旧梦。这一点，我们可以找到很多例证。包天笑晚年还念念不忘他那部未成完璧的《留芳记》，

---

① 天笑生：《〈小说大观〉宣言短引》，《小说大观》1915年第1集。
② 《〈小说画报〉例言》，《小说画报》1917年第1期。
③ 《〈小说大观〉例言》，《小说大观》1915年第1集。
④ 天笑生：《〈小说画报〉短引》，《小说画报》1917年第1期。

原因就在于他写这部小说"下了一番功夫"①。为了写好这部小说,他亲自到北京长时间采访梅兰芳等小说中人,积极搜求各方面资料,写成二十回后,先后向小说大师林纾、"新文学"领袖胡适等请教,可谓煞费苦心。他缘何要下如此一番功夫,目的不就是要写出一部传世名作吗?还有那位被时人称为视小说为"大说"的恽铁樵(树珏),他认为"小说对于社会有直接之关系,对于国家有间接之关系"②,因此当使小说成为永久之书,而非一点钟之书③。这里所谓"永久之书"不正是追求小说"传世"吗?正如姚鹓雏评价他的"矜严一字抵兼金,独有名山万古心"④。民初小说大家李涵秋对以文学"传世"亦曾直言不讳,他说:"天化叠运,万事变迁,独风雅一道,所以摇荡性情,抒写物理,可以至千古而不灭。"⑤

同时,民初"兴味派"小说家重视小说寓教于乐的功能,宣称所作、所载的小说"有益于社会、有功于道德"⑥,可见,他们也未曾放弃以小说"觉世"的思想。不过,他们采用的是以"娱世"来"觉世"的方式罢了。所"觉"之内容较之前后也大不相同,他们以现代生活启蒙置换了清末"新小说家"与五四"新文学家"所进行的政治思想启蒙。这个置换不仅标志着民初小说向传统小说观念——街谈巷语、日常琐屑——的回归,实际上,也进一步真正巩固了小说在"文学场"诸文类中的中心地位。清末"新小说家"抬高小说地位的办法很显然主要是借助外力,通过夸大小说在域外文坛的地位,通过由俗入雅——"新民""救世"诸理论的提倡,等

---

① 包天笑:《钏影楼回忆录续编》,香港:大华出版社1973年版,第1页。
② 《本社函件最录·翰甫君与恽铁樵通信》,《小说月报》1915年第6卷第5号。
③ 铁樵:《编辑余谈》,《小说月报》1914年第5卷第1号。
④ 鹓雏:《小说杂咏》,《小说大观》1921年第15集。
⑤ 李涵秋:《〈双花记〉自序》,《双花记》,上海:国学书室1915年版,第92页。
⑥ 天笑生:《〈小说画报〉短引》,《小说画报》1917年第1期。

等。然而，小说真正稳居文学中心宝座，无疑还要得到文体自身的确证，通过大量的创作实践来获得广大受众的认可，这个工作恰好主要是由民初"兴味派"小说家来完成的。不过，由于民初"兴味派"小说家的现代生活启蒙主要通过日常生活叙事施行，缺乏习惯意义上"启蒙"应有的宏大叙事，所以长期以来不曾引起论者注意，往往将其作为"通俗文学"应有之义对待。其实，他们的现代生活启蒙意识是一种普遍存在，不仅包天笑认为这样做可以促"群治之进化"；童爱楼也期盼"今日之供话柄、驱睡魔之《游戏杂志》，安知他日不进而益上，等诸《诗》《书》《易》《礼》《春秋》宏文之列也哉"①；瓶庵则希望通过小说这种教育中的特别队，鼓舞个人之志气，祛除社会之习染②。就连当时那些直接标榜"消闲"的杂志，也希望能做些生活启蒙的工作，如《〈消闲钟〉发刊词》中说："作者志在劝惩，请自伊始；诸君心存游戏，盍从吾游"③；《〈眉语〉宣言》则说："虽曰游戏文章、荒唐演述，然谲谏微讽，潜移默化于消闲之余，亦未始无感化之功也"④。这些意在"觉世"的声明是不是"卖文"的幌子呢？从这些刊物登载的小说与民初"兴味派"小说家们的著、译作品来看，显然不是。当时这批小说家虽多以"文化精英"自居，但由于他们不能也不愿跻身于统治阶层，很多人疏离政治的同时便自觉选择了进行现代生活启蒙，他们真诚地希望通过自己的作品给茫然的人群带去新知、快乐与警示，帮助他们尽快适应新旧过渡、光怪陆离的历史时段和都市生活。这种选择是历史的必然，也是民初"兴味派"小说家与众不同之处。

---

① 爱楼：《〈游戏杂志〉序》，《游戏杂志》1913年第1期。
② 瓶庵：《〈中华小说界〉发刊词》，《中华小说界》1914年第1卷第1期。
③ 《〈消闲钟〉发刊词》，《消闲钟》1914年第1集第1期。
④ 《〈眉语〉宣言》，《眉语》1914年第1卷第1号。

二、平衡市场需求与艺术本位

在传统文人心中，文学创作乃是高雅之事，应该远离"孔方兄"。因为，文学一旦与"钱"沾边便立即变"俗"了。民初"兴味派"小说家自然明白这个道理。然而，中国近代社会的大转型将传统文人逼进了文化市场，无论是梁启超、鲁迅，还是包天笑，都必须要跟稿费、版税打交道。特别是民初上海"文学场"以经济资本作为核心权力，那些江头卖文、别无依托的"兴味派"小说家就更不得不服从于市场规律的支配了。关于这一点，我们不妨借助法国学者埃斯卡皮在《文学社会学》中的一段话加以理解："在了解作家的时候，下面这一点不能等闲视之：写作，在今天是一种经济体制范围内的职业，或者至少是一种有利可图的活动，而经济体制对创作的影响是不能否认的。在理解作品的时候，下面一点也是要考虑的：书籍是一种工业品，由商品部门分配，因此，受到供求法则的支配。总而言之，必须看到文学无可争辩地是图书出版业的'生产'部门，而阅读则是图书出版业的'消费'部门"①。19世纪晚期的法国著名作家左拉在谈及通过为报刊撰稿来获取高额稿酬并推动自身创作的情形时说："在这方面钱起着一些决定作用，不过我也考虑到为报纸撰文是一种如此有力的手段，所以能定期为数量巨大的读者撰文我毫无遗憾。这种想法正是我为《小报》撰稿的原因。我知道这张报纸在文学方面占据着什么样的地位，而且也知道它使它的编辑们很快就有了名望。"② 左拉的上述想法也可为我们理解民初"兴味派"小说家面对文化市场时的心态提供一种参照。

---

① ［法］埃斯卡皮:《文学社会学》，王美华、于沛译，合肥：安徽文艺出版社1987年版，第32页。
② ［法］左拉:《左拉文学书简》，吴岳添译，合肥：安徽文艺出版社1995年版，第58页。

民初，被纳入上海图书出版业的小说家们已经普遍接受了以稿费制为代表的文学作品货币化的现代酬劳形式。包天笑在其回忆录中就从不讳言"稿酬"问题，并很坦诚地表露他早在清末就因丰厚的稿酬所得而"把考书院博取膏火的观念改为投稿译书的观念了"①。周瘦鹃从最初做"投稿家"到后来甘愿做"文字劳工"，都与从事文学活动可以明显改善物质生活条件有关。他曾在自传体小说《九华帐里》向新婚妻子详述自己通过写作还清父债、改善家庭经济的实情；在《笔墨生涯五十年》中又向女儿讲述因要娶妻而卖《欧美名家短篇小说丛刊》版权给中华书局得四百元、风光办理婚事的往事；当然，他后来之所以能在苏州建起优雅别致的"紫兰小筑"，也纯粹依赖于多年的卖文所得。陈蝶仙不仅通过卖文获得经济来源，还自己创办实业，自觉加入上海工商企业的竞争，从而有经济能力在西湖边上建起"蝶墅"。另外，如王钝根、严独鹤等也都是接受"市场法则"的典型例子。即便如徐枕亚那样缺乏经济头脑的文人，在这样一个以经济资本为核心权力的"文学场"中，也从最初不知索要稿费，到后来用稿费、版税为本钱来创办属于自己的文化企业。

然而，经济资本成为"文学场"的核心权力也必然给小说著、译带来负面影响，马二先生（冯叔鸾）称之为"文艺界的不幸"，他说："出版界却只管把著作家当做机器般看待，著作家为了生活的关系，也只管把上海剧馆排本戏的方法，移用于文艺作品中，东拉西扯，改头换面，□妇女哄小孩的种种方法，都使用出来……拿浅恶的文字，搪塞读者"②。基于此，民初"兴味派"小说家虽依然怀有以文"传世"的旧梦，依然希望自己的文章有

---

① 包天笑：《钏影楼回忆录续编》，香港：大华出版社1973年版，第325页。
② 马二先生：《文艺界的不幸》，《晶报》1922年7月6日。

第三章　不断自我调适的民初"兴味派"小说家

"觉世"的作用，虽也常常撰文规劝那些"投稿家"莫做投机市场的种种行为①，但市场"那只看不见的手"已经牢牢扼住他们的咽喉，他们不得不时时屈从于市场。例如，包天笑虽念念不忘《留芳记》曾有"传世"的可能，但由于他要按时按量交稿（报刊都是定期的），他写小说一般下笔千言立就，并且不加修饰，更不起第二回稿②，这就很难保证作品的质量。即使那部《留芳记》的诞生过程也处处留有市场的印记：（一）由于包天笑有丰富的市场经验，他知道读者的购买力有限，一册小说太厚太贵他们吃不消，这部计划八十回至一百回的长篇小说写完二十回就出版了；（二）他自述这部小说之所以采用"章回体"，是因为"据一般出版家方面说：如果是创作，读者还是喜欢章回体"③；（三）选择出版商，并与出版商"讲起生意经来"，怪不得包天笑要哀叹"我们这一班作家，总逃不出书商之手"④。从中可以看到包天笑心中始终装着作品"行世"的算计，市场也确实处处影响着他的写作，这正是包括包天笑在内的民初"兴味派"小说家群体创作文学精品的重大障碍。李涵秋虽然创作了堪可传世的长篇名作《广陵潮》，但随其名声日大，市场需求量也日大，他后期不得不同时为好几家报刊同时创作好几部长篇小说，其质量就可想而知了。还有那部写得极好的《人间地狱》，据著者毕倚虹所说，"忆余居杭时，湖楼孤寂，篝灯暝写，不间寒暑，罔有脱误。去年来海上，事务较杂，每届黄昏犹未著一

---

① 马二先生在《文艺界的不幸》中说："我希望一般著作家，多下研究的工夫，少出浮泛的作品。出版界的资本家虽然以机器相待，著作家自己切不可便承认是一部机器。文字的代价有限，作品的荣誉难求。慎勿使上海文艺界的著作家，沦于街头拍木板唱'小热昏'之列，则中国文艺界受惠良多矣。"在翻阅报刊过程中，笔者时常看到这类文章，如《申报》上所载《投稿自嘲并质谈君》（1914 年 1 月 14 日）、《投稿苦》（1914 年 10 月 9 日）、《抄袭事件》（1914 年 10 月 26 日）、《投稿先生传》（1915 年 8 月 29 日）、《抄袭先生传》（1915 年 12 月 5 日）之类。
② 包天笑：《钏影楼回忆录续编》，香港：大华出版社 1973 年版，第 326 页。
③ 同上书，第 6 页。
④ 同上书，第 11 页。

字，赖周瘦鹃先生频以电促，使余不能偷懒。是《人狱》之成，瘦鹃实第一功臣。余欣慰之余，不能不感谢瘦鹃也"①。在这里，毕倚虹将"《人狱》之成"归功于《申报·自由谈》的主编周瘦鹃，但也同时暴露了报刊连载导致的"急就章"式的写作状态，这实不利于文学传世之作的产生。无独有偶，姚民哀则将《古戍寒笳记》的匆匆作结归罪于书商，他说："惜因书贾硁硁于论字计值，故而小凤愤而草草作结，中间脱落一大段，致有首尾不相符合处。读者惜之，都投函商榷其实。此中经过不足为外人道。所以小凤后有《小说杂论》之作，自下批语，谓如洋纱厂中放汽，始则声宏势壮，几如黄河之水天上来，汪洋倾洞，真不知有何恣肆泛滥，而后已不料渐响渐细，结果戛然中止……"② 从中可以看出当时上海文化市场对叶小凤小说创作产生的不良影响。就是周瘦鹃本人，也自称是文化市场的"文字劳工"，不仅要从事大量的小说著、译，还要做大量的报刊编辑工作，这必然导致部分小说作品质量不高，正如马二先生所说："他在小说界中，却是一块老牌子，作品极多，有作的，有译的，佳作很多，但可惜不能一律。这却难怪他，我以为这是卖文为活的苦楚，因为要急于凑稿数，供生活上的需要，有时不能不暂屈自己的志气，把次等货拿出来搪塞一下，这种境界，真堪为普天之下的文人一哭啊！"③ 甚至是后来成为"新文学"领袖的刘半农，他在民初也非常注意阅读市场的需要，无论著、译，都选择读者喜欢、市场流行的小说种类。仅从上述几例，我们就能切实感受到"市场"（包括依附文化市场的报载方式）对民初小说创作的重大影响，"新文学家"正是抓住了其"市场性"的特点，痛批他

---

① 婆婆生：《〈人间地狱〉著者赘言》，《人间地狱》第一集，上海：自由杂志社1924年版，第1页。
② 姚民哀：《说林濡染谭》，《红玫瑰》1926年第2卷第40期。
③ 马二先生：《我所佩服的小说家》，《晶报》1922年8月21日。

们的"拜金主义"。

假如民初这批报人小说家有强大的政治资本（必然带来丰厚的经济资本）支持，假如他们有高校、研究院等教育科研机构作依托，我们相信，他们当中很多人的文学风貌都将改写。可惜，他们没有这些资本。由于付给他们报酬的只是出版商，"因此，迅速和丰富便成为最大的经济长处"①，假如放弃市场，他们也就失掉了生活来源。缘乎此，他们必然产生"行世"与"传世""觉世"的焦虑。如何克服这种焦虑？他们选择了凭"兴味"以"娱世"，这既是在继承古代小说"娱目快心"的正宗，也可使小说在艺术本位与娱情功能之间保持一种张力。这是他们作为职业作家面对市场制约自我调适的智慧抉择。这是企望在"传世"与"觉世"之间找到连通处，在"艺术法则"与"市场法则"之间找到平衡点。当然，由于民初"文学场"的经济资本权力非常强大，他们以"兴味"娱世平衡"艺术"与"市场"往往是艰难的，有时明显向"市场"倾斜也是客观存在的。

三、兼顾生活启蒙与形式创新

上海迅速的现代都市化带来了生活的快节奏，广大市民急需在有"情趣"的小说中转移疲劳，舒展身心。为了满足读者的这一阅读需要，民初报刊纷纷祭起了"兴味"（"消闲""游戏""香艳"）的大旗，甚至出现了《〈礼拜六〉出版赘言》那样直接挑明这种阅读需要的文字："晴曦照窗，花香入坐，一编在手，万虑都忘，劳瘁一周，安闲此日，不亦快哉"②！这种"消闲"需要当然无可厚非，更何况在"幌子"背后还有民初"兴味派"小说家对小说本体的文学追求与现代生活启蒙的坚守。

---

① [美]伊恩·P·瓦特：《小说的兴起》，高原、董红钧译，北京：生活·读书·新知三联书店1992年版，第54页。
② 王钝根：《〈礼拜六〉出版赘言》，《礼拜六》1914年第1期。

民初"兴味派"小说家根据读者需要大量著、译"哀情小说""社会小说""家庭小说""滑稽小说""侦探小说"等。这些小说大多聚焦于作家与读者共同生活在其中的大都市,描画一幅幅现代都市生活的"浮世绘",这是读者们喜闻乐见的,必然赢得广大阅读市场。阅读民初小说时,我们经常看到的故事发生地是戏馆、舞厅、西菜馆(含咖啡馆)、电影院、游乐场等,这种熟悉的场景必然可以引起广大市民读者的兴趣,也能引来都市之外更多读者好奇的目光,因为这种小说本来就有"导人游于他境界"① 的魔力。小说里写的那些小儿女情事总会成为读者茶余饭后的谈资,有的人还会为悲剧里的人物洒一回痛泪,兴起改良旧礼教的热望;小说里写的那些烟、赌、毒、娼,贿选、买官、白相人、仙人跳及其他种种社会黑幕总能引起读者的好奇与警戒,甚至有人因此走上改造旧社会的道路;小说里写的女学生及其他"新女性",她们婚恋自主、质疑传统贞操观、从事某种职业、组建"小家庭"的种种做派,在让读者震惊之余,也潜移默化地更新了一些旧有的落后的女性观;小说里写的那些滑稽趣事则常常为读者带来劳累后的欢笑,有时读者还会注意到搞笑背后的寓意和讽刺;小说里写的大侦探福尔摩斯、霍桑、亚森罗萍的神奇破案,让读者读得亦是废寝忘食,有人对其中的侦探术还曾大加试验。再加上小说期刊封面、插图中汇集的全世界的美人图、风景画、名人照片、专题图片,更让读者大开了眼界,饱享视觉盛宴。这一切,都是古代的中国所不曾有的,也是民初中国远离上海的大多数地方所不曾有的,这种小说连同它的载体必然以一种独特的"现代性"吸引来无数读者的目光。正如叶诚生先生所说:"不同于晚清新小说直接参与历史新建构的叙事冲动,民初小说试图在'大叙事'之外寻找自己的言说空间,而且的

---

① 饮冰:《论小说与群治之关系》,《新小说》1902年第1卷第1号。

确找到了这样一种叙事新立场——克服'神圣化'冲动之后的日常生活中的现代性。可以说,这正是民初小说为中国小说现代性的生长寻找到的另一条路径。"① 这种"现代性"不仅表现在文本上那"可以触摸与感知的'现代'"② 生活,还表现为民初"兴味派"小说家从市场出发、"以兴味为主"的读者意识及其文学本体坚守中对小说形式进行的多元革新。

为了适应都市生活快节奏及报刊传播新媒体,短篇小说成为民初作家与读者分享生活"兴味"的轻骑兵。包天笑、周瘦鹃、刘半农等人借鉴西方短篇小说艺术技巧,立足于民初读者的阅读、审美习惯,著、译了大量的短篇小说,不断为短篇小说的现代化探索新路。包天笑、叶小凤、姚鹓雏、许指严、向恺然、吴绮缘、袁克文、程瞻庐、胡寄尘等则力图激活旧有的"传奇体""笔记体""话本体"等短篇小说形式,也取得了不小的成绩。可以说,这批小说家在民初进行的种种短篇小说文体试验为现代短篇小说的繁荣做出了卓越的贡献。为了一新读者耳目,民初"兴味派"小说家还创造性地引进西方日记体、书信体、对话体、游记体、独白体等艺术形式。有的作品非常注意心理描写;有的作品淡化了故事情节,而呈现一种抒情化、诗化、散文化的特征;有的作品出现了"多声口"叙事,增强了作品的"似真"效果。长篇翻译小说已经打破了传统章回体,呈一种向"现代"发展的趋势;长篇创作小说虽仍多采用章回体,但上述西方形式技巧也常被化用其中。为了"粘"住读者,无论长篇、短篇,民初"兴味派"小说家都重视写当代生活,以有"影事"为妙,因为"有影事在后面——读起来有趣一点"③。

民初"兴味派"小说家主倡"兴味",一方面表现为他们重视

---

① 叶诚生:《"越轨"的现代性:民初小说与叙事新伦理》,《文学评论》2008年第4期。
② 同上。
③ 蔡元培:《追悼曾孟朴先生》,《宇宙风》1935年第2期。

小说的文学兴味性，认识到了小说文体的审美独立性，这是一种前所未有的小说观念；另一方面则表现为他们重视小说的兴味娱情性，强调小说对个体情感的宣疏，从而大力提倡小说的娱乐消闲功能，这是对固有小说传统的现代性脉承。这一"兴味"观就是要求小说著、译应以"审美性""娱情化"为旨归，从而使小说既能"行世"畅销，又尽可能"觉世""传世"。它适应了经济资本和文化资本为主导权力的民初上海"文学场"，使小说成为"场"上的中心文类，从而使民初出现了以"小说场"指代"文学场"的前所未有的文学现象。

这一切文学"现代性"的表现，虽然染上了"市场化"的色彩，但也正是民初"兴味派"小说家以"兴味"娱情观沟通了"市场法则"与"艺术法则"的结果。虽然这批小说家受到了来自市场的强大制约，但他们始终坚持艺术本位、坚守社会责任，不懈追求着脉承传统的小说艺术，不断为当时各阶层读者送去快乐与美的享受。

四、遭遇新派挤压与历史遮蔽

进入20世纪20年代，文坛又发生了新的变化。由于五四"新文学家"力夺文坛话语权，"文学场"中各方面资本、权力再度重新整合。近代中国不断落后挨打的历史局面使人们心中形成了一种"'西方文化'优越于'东方文化'，一如'现代'胜于'传统'"[①]的惯性思维，而民初"兴味派"小说家竟然敢于逸出这种思考路径，其创生的本土现代性必然招致来自西方现代性的痛击，也必然作为历史上的"文学逆流"而"失败"。

当"新文学家"占据"文学场"的中心位置之后，民初的这批

---

① ［美］刘禾：《跨语际实践》，宋伟杰等译，北京：生活·读书·新知三联书店2002年版，第112页。

作家就被挤压成了纯粹的"市场作家"。1923年2月27日《小说日报》上有一则题为《作小说的心理一般》的短文,这样写道:

> 因生活的问题,不得不竭力的做作,以谋生活。
>
> 一心一意的要改良社会,转移风俗。
>
> 抱有奇才,不能得志,乃以笔墨发洩其闷气,藉以自娱。
>
> 被什么事所刺激,有所感触,述其事,以畅心怀。
>
> 国学沦亡,惟小说可以启发国人的脑力,提高国人的智识,所以静心竭力的做去,希冀国学尚有复振的一日。
>
> 作篇小说,登出来好出出风头。
>
> 公事完毕,作小说以图得些酬资,贴补零用,或买几本小说书籍阅看。
>
> 希望为一个大小说家。
>
> 大小说家因为要稿的太多,没有功夫去作,但又不能不作,只得胡乱作几篇应酬。
>
> 见猎心喜,人作小说,我也作去。①

这篇短文虽然列举了当时作小说的多种心理,除了改良社会、振兴国学、作文自娱这样的老生常谈外,最本质的乃是"因生活的问题,不得不竭力的做作,以谋生活"。虽然民初"兴味派"小说家从来不避讳"卖文"的写作动机,但在"新文学家"垄断那些崇高的文学理想之前,他们的确还抱持"传世"与"觉世"的心态,企望以"娱世"连通"传世"与"觉世"。如今,他们整体都被"新文学家"贴上了"游戏的、消遣的拜金主义"②的标签。有些民初作家面对如此境况,干脆直接发布卖文的公告,如何海鸣在1922年初就写了篇《求幸福斋主人卖小说的说话》。有意思的是,他在

---

① DG:《作小说的心理一般》,《小说日报》1923年2月27日。
② 沈雁冰:《自然主义与中国现代小说》,《小说月报》1922年第13卷第7号。

文中大谈"我们做小说出卖的人，倘若肯大大的努力，将小说的价值抬高，教国人知道这是一种重要的文学，人生都应该有这种东西来安慰，到那时发生重大的需要，小说的卖价自然也会高起来了"①，除了对"卖价"的坦承外，其主张与"新文学家""文学为人生"的主张竟十分相似，这完全可看作是民初"兴味派"小说家企望以"娱世"来打破"传世"与"觉世"一组矛盾的最后告白。

在逐渐生成的以"新文学家"为主宰的新的"文学场"中，依旧怀着"传世"的旧梦是不合时宜的，那些依旧抱持"文化精英"心态，不能完全融入市场的作家终将被淘汰。如民初小说大家李涵秋虽然长期为上海各大报刊和书局撰写小说，但他是典型的传统江南文人，常居扬州，难得出门，与市场和现代都市生活都很隔膜。当20世纪20年代初，上海同人请他亲临上海编刊著文时，他闹出了不少"刘姥姥进大观园"式的笑话，包天笑、周瘦鹃等人的笔下都有所记录。他由于不适应上海的快节奏与现代化，很快就返回他的扬州去了，后不幸在1923年暴卒。再如在民初以"哀情小说"轰动一时的徐枕亚，虽然办了自己的清华书局，但由于不善经营，不断亏空。还有叶小凤、姚鹓雏那些有经国之志的小说家在20世纪20年代以后便慢慢淡出文坛，进入政坛。只有那些熟悉上海文化市场、完全融进文化市场的小说家，例如包天笑、周瘦鹃、王钝根等顺利实现转型，成为新的"文学场"上的"市场作家"。他们更亲密地与现代传媒体制和大众娱乐接触，逐渐转型为深谙上海都市商业文化的"时尚作家"。然而，这一转型也转掉了他们作为"时代作家"的身份。

至此，曾经掀起民初小说界"兴味化"热潮的这批小说家在"新文学家"担纲主演的新"文学场"上，不仅彻底失去了自我评

---

① 求幸福斋主人：《求幸福斋主人卖小说的说话》，《半月》1921年第1卷第10号。

价的话语权，还被强行戴上了"鸳鸯蝴蝶派"（"礼拜六派""黑幕派""旧派"）的反动帽子，无奈地充当了被压抑、被打倒的"配角儿"。

第二节　从传统至西方与民间的多元面向

民国初年的上海是北洋政府统治时期的全国文化中心，亦是中国当时最大最现代的都市，已经初步形成一个比较成熟的现代市场运作机制下的"文学场"。场中的多数报人小说家既不同于梁启超式的"士大夫文人"，亦非陈独秀式的"现代知识分子"，他们的文化身份恰恰介于两者之间，呈"过渡性"，是由传统走向现代的"江南文人"。因此，他们既割不断与传统文学的血脉联系，又对西方文学发生深深的好奇。这种独特的文化心态决定了他们对中西方文学的态度与"新小说家""新文学家"都大不相同。民国初年是革命低潮、政局混乱的时期，"兴味派"小说家普遍不再相信"小说救国"的神话，为了卖文为生的现实需要，他们必须重视一切能帮助他们著、译出畅销作品的文学资源。虽然由于"兴味派"成员背景复杂，在选择文学资源时各有侧重，但总体上呈现出一种多元面向的开放心态。他们既面向丰富悠久的传统，又面向先进新奇的西方，还面向通俗多趣的民间。他们将杂取的种种资源带入自己的小说实验室，心无旁骛，专注于小说写作，面向自己心目中的"现代小说"不断前进。虽然他们的种种试验在今天看来有很多算不上成功，但至少告诉我们小说"现代化"的道路并非一条。他们那种多元面向的开放心态至今值得我们学习和借鉴。

一、脉承传统

"新文学家"称民初"兴味派"小说家为"旧派"，指的就是该派对"旧"的文学传统的继承。五四前后的"新文学家"是完全向"西"转的,他们多是留学归国人员或接受西方文艺思想的青年知识分子。无论"新文学家"潜在地受到传统文学的多大影响,他们在当时摆出的都是彻底与传统决裂的姿态。例如,鲁迅就说过:"新文学是在外国文学潮流的推动下发生的,从中国古代文学方面,几乎一点遗产也没摄取。"① 周作人希望"真心的先去模仿别人。随后自能从模仿中,蜕化出独创的文学来"。② 经过"新文学家"近十年的努力,郁达夫曾自豪地宣称:"中国现代的小说,实际上是属于欧洲的文学系统的。"③ 于是,当他们看到民初"兴味派"小说家用骈文作章回小说,用古文译域外小说,笔下还充斥着"某生体""聊斋体""章回体"时,自然要猛烈地批判。这些恰恰说明民初"兴味派"是一个以脉承中国古代文学传统为特色的近现代作家群体。民初"兴味派"小说家对文学传统的继承最关键的并非"新文学家"在五四前后指摘的那些"古旧的厉害"的文体形式、叙事方式,更不是"文以载道"——保守旧道德,而是中国积淀了数千年的文学"兴味"传统。

(一) 转化文学"兴味"传统

包天笑标榜所办刊物登载的小说都是"最有兴味之作"④,显然不仅是在强调小说的娱乐功能——有趣、逗乐、消遣,也是追求小说文学艺术美的体现。民初"兴味派"小说家在评论小说时所用的"寄托遥深""说尽与不说尽之间""曲折入妙"等都是属于传统美学体系的诗学话语。他们写作小说时,普遍注意运用传统艺术技巧、自觉追求"小说味"。《〈小说大观〉例言》中说:"无论文言俗

---

① 鲁迅:《鲁迅全集》第8卷,北京:人民文学出版社1981年版,第399页。
② 周作人:《日本近三十年小说之发达》,《新青年》1918年第5卷第1号。
③ 郁达夫:《小说论》,上海光华书局1926年1月初版本,见严家炎编:《二十世纪中国小说理论资料(第二卷)》,北京:北京大学出版社1997年版,第418页。
④ 《〈小说画报〉例言》,《小说画报》1917年第1期。

语，一以兴味为主。凡枯燥无味及冗长拖沓者皆不采"①，很显然就是将能不能引起读者的美感、趣味，有味无味作为采录小说作品的标准。实际上，民初"兴味派"的小说"兴味"观念导源于我国悠久的文学"兴味"传统，是这一传统在古今转型期的发展和转化。

据学者们考证，"兴"的甲骨文为，呈四手合托一物之象，由此所得之本义无论是群众举物时所发出的声音，还是初民合群举物而舞踊，都表明"兴"最基本的含义是托起。《尔雅·释言》训"兴"为"起也"，这是很准确的。陈世骧教授据此断定"兴"是古代歌舞乐即"诗"的原始，并指出"兴"的因素演化出中国诗学理论的基础②。这便再次确认了"兴"作为中国诗学元范畴的地位。虽然后世有关"兴"的解说纷繁且含混，但其"起"之本义与诗学元范畴的地位仍可指引我们探明它向"兴味"演进的大致路径。

孔子提出的"兴于诗""诗可以兴"都是在"起"的本意上用"兴"，强调诗是儒家人格养成的起点、发端，而诗的重要功能是起情、动心。《礼记·乐记》《毛诗序》和孔安国、郑玄的《毛诗》注疏等则循此思路探讨诗（乐）缘何有引发人之思想感情的功能，它们给出了感物兴发的答案，并将"兴"确认为一种艺术表现手法和体式。六朝文论家在此基础上将作为创作发生与审美接受独特生成机制的"兴"阐释得更加清楚。对于创作发生之感物兴发，陆机《文赋》中有"伫中区以玄览，颐情志于典坟。遵四时以叹逝，瞻万物而思纷"③；刘勰说"人禀七情，应物

---

① 《〈小说大观〉例言》，《小说大观》1915年第1集。
② ［美］陈世骧：《原兴：兼论中国文学特质》，《中国文学的抒情传统》，北京：生活·读书·新知三联书店2015年版，第115—118页。
③ （晋）陆机：《文赋》，《文选》（六臣注）卷十七，《四部丛刊》影宋本。

斯感,感物吟志,莫非自然"①,"起情,故兴体以立"②;锺嵘指出:"气之动物,物之感人,故摇荡性情,形诸舞咏"③;挚虞所谓"兴者,有感之辞也"④。从审美接受上看,锺嵘认为因外物感荡心灵而用来展其义、骋其情的诗自然可以群,可以怨,可以"使穷贱易安,幽居靡闷"⑤,而这种审美功能的核心因素就是"兴",所谓"文已尽而意有余"⑥。同时,他又用"滋味"来描述类似的审美感受,并用"味"的多寡来评定诗的优劣。结合其批评玄言诗"理过其辞,淡乎寡味"⑦ 来看,寡味就是没有余意,有滋味就是可以兴,可以起情动心、展开联想,使人品味不尽。再联系到他将《诗经》"六义"说中的"赋、比、兴"改造为"诗有三义"说的"兴、比、赋",对"兴"如此重视正说明其所谓"滋味"实乃感兴之味,指感物动情形诸诗篇而产生的含蓄蕴藉之美。这便连通了"兴"与"味"这两个中国诗学的元范畴。

"味"作为中国诗学的元范畴来源于我国先民的生活实践,各种食物给人的味觉感受显然成为古典"味"论的美学基础。东汉许慎《说文解字》解释"美"说"美,甘也。从羊从大,羊在六畜,主给膳也"⑧,这便在字源学上确证了中国文化"以味为美"的特征。

---

① (南朝梁)刘勰:《文心雕龙·明诗第六》,黄霖:《文心雕龙汇评》,上海:上海古籍出版社2005年版,第27页。
② (南朝梁)刘勰:《文心雕龙·比兴第三十六》,同上书,第121页。
③ (南朝梁)锺嵘:《诗品序》,周振甫译注:《诗品译注》,北京:中华书局1998年版,第15页。
④ (晋)挚虞:《文章流别论》,郑在瀛:《六朝文论讲疏》,武汉:华中理工大学出版社1989年版,第64页。
⑤ (南朝梁)锺嵘:《诗品序》,周振甫译注:《诗品译注》,北京:中华书局1998年版,第21页。
⑥ 同上书,第19页。
⑦ 同上书,第17页。
⑧ (汉)许慎:《说文解字》,北京:中华书局1963年版,第78页。

第三章 不断自我调适的民初"兴味派"小说家

早在先秦时，就出现了以"味"论"乐"的"声亦如味""遗音遗味"诸说。六朝时，"味"论正式进入文学批评领域。如，夏侯湛《张平子碑》曰："若夫巡狩诰颂，所以敷陈主德，《二京》《南都》，所以赞美畿辇者，与雅颂争流，英英乎其有味欤！"① 他指出张衡的《二京》《南都》等大赋之所以能够与《雅》《颂》争流，其原因是"英英乎其有味"，也就是富有美感。陆机提出诗文应具"大羹之遗味"②，则着重强调余味所产生的审美体验。刘勰在《文心雕龙》中多处用"味"衡文，提出了"味""讽味""余味""遗味""义味""辞味""精味"等一系列诗学术语，其核心在于强调文学作品应具"深文隐蔚，余味曲包"③"物色尽而情有余"④ 的美感。他认为这样的美感"使玩之者无穷，味之者不厌"⑤。锺嵘则是六朝以"味"论诗的集大成者，他不仅用"味"指称诗的美感，还将"味"论与"兴"论连通起来，已如前述。这样一来，其"滋味"说便实现了诗学突破。首先是揭示出"兴"具有运思方式、表现手法及美感效果三位一体的特征。其次，更充分地阐明了我国诗歌从创作到鉴赏以"兴"为跳板来连接物我、情景、诗人与读者的民族特性。第三，明确将诗味的多寡规定为品第诗歌优劣的标准，使得辨味论诗成了中国诗学的重要传统。

六朝以后，以"兴"或"味"论诗已蔚为大观。由其演化出的"兴象""兴趣"论，"辨味言诗""味外之味""味外之旨""至味""真味""趣味"诸说都传承了先秦以来"兴"论与"味"论的民族审美基因，大大充实了富有中国特性的"兴""味"诗学批评的理

---

① （清）严可均：《全晋文》卷六十九，北京：商务印书馆1999年版。
② （晋）陆机：《文赋》，《文选》（六臣注）卷十七，《四部丛刊》影宋本。
③ （南朝梁）刘勰：《文心雕龙·隐秀第四十》，黄霖：《文心雕龙汇评》，上海：上海古籍出版社2005年版，第134页。
④ 同上书，第151页。
⑤ 同上书，第132页。

论宝库，进而形成了中国古代文学讲求"兴味"的传统。

宋代以后，中国文人频繁使用"兴味"论诗，强调好诗应该具有一种含蓄蕴藉、富有情趣，意在言外、能引发读者极高兴致，能让读者回味无穷的美感。例如，南宋楼钥在《夜读王承家县丞诗编》一诗中写道："炼句工深兴味长，固知家学富青箱。"① 这显然承传"滋味"说而来，其尾联中"一脔能尝鼎"正是对"味"论诗学传统的注脚，而"锦囊"典说的是李贺通过游览觅诗成诗并藏于锦囊，这种基于感兴的构思方式形成了其歌诗让人玩味不尽的美感。统览全诗，楼钥是在审美接受层面上用"兴味"的，意思是说他这位朋友的诗像李贺歌诗那样具有起情动心、含蓄蕴藉、意味绵长的妙处。元代，刘壎《水云村稿》评九皋和苍山的诗说"皋之诗少于山，而工过之；其清峻不尘大略相似，而风骨劲峭、兴味沉郁，则龙翁铁笛似胜湘灵鼓瑟"②。在这里，"兴味"的内涵正是言尽意远、滋味醇厚之美感，且与重要的诗学范畴"风骨"并提。赵景良也用"兴味"来品鉴鲍輗的诗蕴藉有味，说他"《重到钱塘》五诗，兴味悠长，允为绝唱"③。明代，锺惺用"兴味"去评陈子昂、张九龄、阮籍等人的诗说："予尝谓陈子昂、张九龄《感遇诗》格韵兴味有远出《咏怀》上者，此语不可告千古聩人。"④ 这是看到了陈、张诗歌格高韵远，深蕴滋味的特点，较之阮籍《咏怀诗》那种"百代之下难以情测"⑤ 的乏味晦涩诗风，自然得出陈、张远高于阮的结论。陆时雍在《唐诗镜》中也多处用到"兴味"，其意蕴正是有滋味。清代，曹寅所编《全唐诗》论赵嘏诗云："嘏为诗

---

① （宋）楼钥：《攻媿集》卷十一，清《武英殿聚珍版丛书》本。
② （元）刘壎：《水云村稿》卷七，文渊阁《四库全书》本。
③ （元）赵景良：《忠义集》卷六，文渊阁《四库全书》本。
④ （明）锺惺：《古诗归》卷七，明闵振业三色本。
⑤ （南朝梁）萧统选，（唐）李善注：《文选》卷二三，上海：世界书局1935年版，第359页。

赡美多兴味,杜牧尝爱其'长笛一声人倚楼'之句,吟叹不已。人因目为赵倚楼。"①　很显然,其对笛声的强调意在吸纳"韵外之致"的意蕴,凸显一种有余不尽的声韵美感。宋长白《柳亭诗话》有云:"范致能诗:'一川新涨熨秋光,挂起蓬窗受晚凉。杨柳无穷蝉不断,好风将梦过横塘。'殊有兴味。"②　此处"兴味"即"情景交融"所产生的诗歌意境美。陈衍在《石遗室文集》中提出"所谓有别才者,吐属稳、兴味足耳"③,这里的"兴味足"当然指的还是诗美方面滋味悠长。

综观以上用例,作为诗学范畴的"兴味"是感物兴发诗性思维在文本中的呈现,讲究"直寻""兴会""情景交融""有感而发",强调像品尝美味那样欣赏诗歌中的感兴之味——咸酸之外的、直觉又超越的审美体验。在具体的诗学批评实践中,虽然古人偏于在审美接受一端使用"兴味",实际上从锺嵘的"滋味"说连通"兴"论、"味"论开始,"兴味"范畴便同时指向了创作发生的一端。古代大量关于"兴""感兴""兴体"的理论探索多可看作对"兴味"指向创作发生一端的阐发。譬如明代章潢曾说"《葛覃》首章本是直陈其事,而中涵许多兴味,便是兴之意义"④,这就确证了有一条由"兴"解释"兴味"的路径。再联系那些被"兴味"吸附内蕴的诗学范畴,我们便会发现"兴味"体现的是"兴"与"味"因果一体的关系:有"感兴""兴会",才能"情不可遏"而产生创作冲动和灵感。由此创作出来的诗歌自然能让读者起情动心,动了情的读者必然会进一步去涵泳作品中的寓意和美感——味(味外味)。可见,作为诗学范畴的"兴味"最能凸显中国诗学创作论和鉴赏论

---

① (清)曹寅:《全唐诗》卷五百四十九,文渊阁《四库全书》本。
② (清)宋长白:《柳亭诗话》卷二十七,清康熙天苗园刻本。
③ (清)陈衍:《石遗室文集》卷九,清刻本。
④ (明)章潢:《图书编》卷十一,文渊阁《四库全书》本。

互通互见、合二为一的特点。

除了强调诗要"兴味",古人对各体文学都普遍追求含蓄蕴藉、言尽意远、滋味无穷的美感。因此,除了"辨味言诗",还大谈"词味""文味""曲味"和"小说味",这成为中国传统文学批评突出的民族特性。随手掇拾几例,张炎论词曰"秦少游词,体制淡雅,气骨不衰,清丽中不断意脉,咀嚼无滓,久而知味"①;元好问论文曰"文须字字作,亦要字字读。咀嚼有余味,百过良未足"②;张岱论曲曰"兄看《琵琶》《西厢》有何怪异?布帛菽粟之中,自有许多滋味,咀嚼不尽,传之永远,愈久愈新,愈淡愈远"③;曹雪芹论小说曰"满纸荒唐言,一把辛酸泪。都云作者痴,谁解其中味"④。实际上,针对各种文体的感兴味美特征,古人发明了丰富的文论术语,诸如"兴""味""趣""滋味""味外之味""味外之旨""至味""真味""意味""况味""体味""趣味""感兴""兴象""兴会""兴趣""兴致""旨趣""意境",等等。这些文论术语大多与"兴味"异名而同质,在诗文为中心的中国古代"文学场"中,"兴味"就不免淹没其中。而至清民之际,随着近代世俗化审美性文类小说向"文学场"中心挪移,"兴味派"小说家全面继承固有的文学"兴味"传统,使兼具日常生活化特性的"兴味"⑤从次级文学批评范畴上升为了小说学的主流话语。

下面,我们具体来看中国古代小说"兴味"传统及民初"兴味

---

① (宋)张炎:《词源》卷下,唐圭璋编:《词话丛编》第一册,北京:中华书局1986年版,第267页。
② (金)元好问:《与张仲杰郎中论文》,姚奠中主编:《元好问全集》卷2,太原:山西人民出版社1990年版,第40页。
③ (明)张岱:《答袁箨庵》,刘大杰点校:《琅嬛文集》,上海:上海杂志公司1935年版,第93页。
④ (清)曹雪芹:《红楼梦》上册,北京:人民文学出版社2008年版,第7页。
⑤ 关于"兴味"的日常生活化特性可参阅拙文《释"兴味"》,《文艺理论研究》2018年第3期。

第三章 不断自我调适的民初"兴味派"小说家

派"小说家对它的脉承发展和现代转化。在"始有意为小说"的唐代中期出现了一篇类"传奇体"滑稽小说《毛颖传》,这篇"奇文"让柳宗元尝到了一种"奇味",他认为这是韩愈游戏笔墨产生的艺术效果。他说:"韩子之为也,亦将弛焉而不为虐欤!息焉游焉而有所纵欤!尽六艺之奇味以足其口欤!而不若是,则韩子之辞,若壅大川焉,其必决而放诸陆,不可以不陈也。"① 这里所说的"奇味"与诗文"正味"相对,是指《毛颖传》中的"小说味"。柳宗元很巧妙地将传统诗学的"辨味"批评用于小说,开启了中国古代小说"辨味"批评的先河。此后,很多批评家都曾用"味"来评小说,如,绿天馆主人在《古今小说序》中说"皇明文治既郁,靡流不波;即演义一斑,往往有远过宋人者。而或以为恨乏唐人风致,谬矣。食桃者不费杏,缔縠毳锦,惟时所适"②;夏履先《禅真逸史凡例》中说"清溪道人以此见示,读之如啖哀梨,自不能释"③;许乔林的《镜花缘序》曰"即或阐扬盛节,点缀闲情,又类土饭尘羹,味同嚼蜡"④;吴展成《燕山外史序》中有"今以此编较之,则如胪列大烹,而彼乃不过一脔之味耳"⑤。从中可见,小说有"味"没"味",味道如何也是古人衡量小说好坏的一个重要标准。古人追求的"小说味"显然与"诗味"有别,不仅指小说中的"艺术兴味"——滋味美感,也指小说能"兴味娱情"——引发趣味,能够消闲、遣兴、移情、宣泄。

古人追求的小说艺术"兴味"主要包括故事情节的曲折美、人

---

① (唐)柳宗元:《读韩愈所著毛颖传后题》,《柳宗元集》,北京:中华书局1979年版,第570页。
② 黄霖、韩同文:《中国历代小说论著选(上)》,南昌:江西人民出版社2000年版,第225页。
③ 同上书,第281页。
④ 同上书,第559页。
⑤ 同上书,第536页。

物塑造的传神美以及艺术风格的意境美，等等，对此前人多有探讨，此处不赘。这里重点阐述古人对小说"兴味娱情"功能的追求。古人追求小说"兴味娱情"从其产生时就已开始了，因为小说发源于先民们的街谈巷语、道听途说，是互相消遣娱乐的产物。《汉书·艺文志》说："小说家者流，盖出于稗官，街谈巷语，道听途说者之所造也。"① 鲁迅对先民们为什么需要"街谈巷语"的小说曾做过探讨，他在《中国小说的历史变迁》中说："至于小说，我以为倒是起源于休息的，人在劳动时既用歌吟以自娱，借它忘却劳苦了，则到休息时，亦必要寻一种事情以消遣闲暇。这种事情就是彼此谈论故事，而这谈论故事正是小说的起源。——所以诗歌是韵文，从劳动时发生的；小说是散文，从休息时发生的。"② 胡怀琛在《中国小说概论》中从"小说"的字面意思来分析："'小'就是不重要的意思，'说'字在那时候和'悦'字是不分的，所以有时候'说'字就等于'悦'字。用在此处，'说'字至少涵有'悦'字的意思。小说就是讲些无关紧要的话，或是讲些笑话，供给听者的娱乐，给听者消遣无聊的光阴，或者讨听者的欢喜。这就叫做小说。"③ 这番解释，笔者认为很贴合小说起源的真相，一方面说出了它内容的"无关紧要"——不载大道、不言壮志，一方面点出了它的用处是让听者"娱乐""消遣""欢喜"。小说产生以后，这种"兴味娱情"作用贯穿于中国古代小说的整个发展史中。六朝士人崇尚"休闲"，谈神说怪、臧否人物乃是他们重要的娱乐休闲方式，"志怪""志人"小说正是这类娱乐的产物，又可以用于娱情把玩。唐人小说所叙之事必"奇幻"、所言之情必"奇绝"，其语言既高雅

---

① 《汉书·艺文志》，黄霖编，罗书华撰：《中国历代小说批评史料汇编校释》，南昌：百花洲文艺出版社 2009 年版，第 6 页。
② 鲁迅：《鲁迅全集》第 9 卷，北京：人民文学出版社 1981 年版，第 313 页。
③ 胡怀琛：《中国小说概论》，刘麟生主编：《中国文学八论》，郑州：中州古籍出版社 1991 年版，第 3 页。

又富有谐趣,自然也是"兴味娱情"良品。到了宋元,话本本来就是说书人的底稿,说书的目的当然是为了娱乐听众,只有所讲小说内容富有传奇性、情节曲折多变、人物千古若活、能营构出一个让听众兴味其中的艺术磁场,才能"粘"住听众。

明代前期,瞿佑、李昌祺等人乃以消遣的态度创作传奇小说。如李昌祺在《剪灯余话》自序中说:"若余者,则负谴无聊,姑假此以自遣,初非平居有意为之,以取讥大雅,较诸饱食、博弈,或者其庶乎?……好事者观之,可以一笑而已,又何必泥其事之有无也哉?"[①] 这明确表示了他创作小说是借以自娱,并希望给读者带来快乐。以"四大奇书"为代表的明代长篇章回小说主要也是用来娱情"兴味"。《水浒传》《三国演义》《西游记》的源头显然是那些流传已久的说唱故事,《金瓶梅》极有可能是兰陵笑笑生听了"水浒"故事后引动心思的故事新编,总之,无论文人改编、写定这些小说经典时,准备让它发挥怎样的功用,其"兴味娱情"功能都是很明显的。随着明代文化消费市场进一步成熟,以及阳明心学成为一股强大的思潮,明中后期出现了李贽、袁宏道、叶昼、冯梦龙等一批疏离主流文化、追求心灵自由的新型文人。他们评点小说、整理出版小说、拟写小说、撰写小说,成为明清小说繁荣的重要推手和骨干。他们之所以喜爱小说,为提高小说地位不遗余力,就是因为他们真正发现、并重视小说的"兴味娱情"功能。由于阅读小说让他们心灵愉悦,所以他们要把这种愉悦通过评点传达给别人,一旦认真评点起来,他们就有了一系列有关小说的真知灼见。别人在他们的指点下,阅读得就更有趣味了。同时伴生的其他与小说有关的活动也让晚明小说市场更加活跃起来。明代小说论者常用"趣"

[①] (明)瞿佑等著,周楞伽校注:《剪灯新话(外二种)》,上海:上海古籍出版社1981年版,第122页。

"有趣""遣兴""动人心""动心解颐"等词语来指称小说的"兴味娱情"功能。叶昼评《水浒传》说:"天下文章当以趣为第一。"① 李贽在《忠义水浒全书发凡》中说:"惟周劝惩,兼善戏谑,要使览者动心解颐,不乏咏叹深长之致耳……至字句之隽好,即方言谑詈,足动人心。"② 这里的"使览者动心解颐"就是让读者兴味其中,快乐开心。他认为这种"兴味娱情"功能的产生源自字句隽好、方言谑詈,不乏咏叹深长之致,这正是传统小说作品具有的艺术"兴味"之美。袁宏道在《东西汉通俗演义序》中将这番道理说得很清楚:"予每检《十三经》或《二十一史》,一展卷,即忽忽欲睡去,未有若《水浒》之明白晓畅、语语家常,使我捧玩不能释手者也。"③ 这是将史书与小说做对比,凸显小说具有"兴味娱情"的功能。由于小说"兴味娱情"功能最显层的表现是解闷消闲,明代也有些评论者将"娱情"简单理解为"娱耳目"。这是对古代小说"娱情"功能的浅表化理解,也是迎合读者低层次审美趣味的结果。佚名的《新刻续编三国志引》说:"夫小说者,乃坊间通俗之说,固非国史正纲,无过消遣于长夜永昼,或解闷于烦剧忧态,以豁一时之情怀耳。今世所刻通俗列传并梓《西游》《水浒》等书,皆不过快一时之耳目。"④ 这种将通俗小说的功用概括成"不过快一时之耳目"的观点,与李贽、叶昼等凸显小说"兴味娱情"功能乃为大力提高小说地位的用心不同,透露出对小说的轻视,乃是单纯把小说当作了消遣解闷的工具。对小说持这种功能观的作者很难创作出艺术精品,还有可能滑向低级趣味和庸俗化,导致低

---

① 黄霖、韩同文:《中国历代小说论著选(上)》,南昌:江西人民出版社2000年版,第197页。
② 同上书,第215页。
③ 同上书,第184页。
④ (明)酉阳野史:《新刻续编三国志引》,黄霖编,罗书华撰:《中国历代小说批评史料汇编校释》,南昌:百花洲文艺出版社2009年版,第213页。

第三章 不断自我调适的民初"兴味派"小说家

俗、色情作品的出现。五湖老人(疑为冯梦龙)对此曾有一定认识,其《忠义水浒全传序》指出:"尝见夫《西洋》《平妖》及《痴婆子》《双双小传》,甚者《浪史》诸书,非不纷借其名,人函户缄,滋读而味说之为愉快,不知滥觞启窦,只导人慆淫耳。"① 可见,将小说"兴味娱情"功能单纯理解为消遣解闷的娱乐,不注意其思想性是会导致不良后果的。

实际上,我国古代小说也有一定的认识功能、教育功能、审美功能,乃至宣传功能,古人对这些功能也有所认识,如"羽翼信史"之说、"劝善惩恶"之说、"少不看《水浒》,老不看《三国》"之说,等等。然而,小说的这些功能较之其他文类并不特出,其首要的功能还是"兴味娱情",因为只有先吸引住读者,其他功能才有可能得以实现。一部小说首先要有趣味才能"粘"住读者,才能让读者兴味盎然地沉浸其中,在寻味、解味的过程中自然而然地实现其他功能。甄伟在《西汉通俗演义序》中说:"然好事者或取予书而读之,始而爱乐以遣兴,既而缘史以求义,终而博物以通志,则资读适意,较之稗官小说,此书未必无小补也。"② 这里对小说功能作用于读者的先后顺序作了大致描述:开始,读者由于小说具有"遣兴"——"兴味娱情"功能而被吸引住,之后教化功能——"缘史以求义"和认知功能——"博物以通志"才一步一步得到实现。另外,尤其应该引起注意的是,胡应麟在《少室山房笔丛》中说:"小说者流,或骚人墨客,游戏笔端,或奇事洽人,搜罗宇外,纪述见闻,无所回忌;覃研理道,务极幽深"③,这就从作者角度说明了小说创作具有移情、宣泄的作用;他在《百家异苑》中阐明

---

① 黄霖、韩同文:《中国历代小说论著选(上)》,南昌:江西人民出版社2000年版,第209页。
② 同上书,第207页。
③ (明)胡应麟:《少室山房笔丛》,黄霖编,罗书华撰:《中国历代小说批评史料汇编校释》,南昌:百花洲文艺出版社2009年版,第166页。

其选编动机说:"作劳经史之暇,辄一批阅,当抵掌扪虱之欢"①,这又从接受角度谈到了小说的"兴味娱情"功能。可见,他已经开始注意从创作与接受两个方面对小说的"兴味娱情"功能加以阐释了。

清人继承了前代的小说"兴味娱情"观。烟水散人的《珍珠舶序》说:"至于小说家搜罗闾巷异闻,一切可惊可愕可欣可怖之事,罔不曲描细叙,点缀成帙,俾观者娱目,闻者快心,则与远客贩宝何异?"② 这就指出了古代小说选材的传奇性,叙述的曲折性,说明其产生的功用是娱目快心。锺离睿水在《十二楼序》中也突出强调"兴味"在小说传播中的重要作用,他认为无论小说想传播什么样的思想,实现怎样的创作目的,其首要的是有趣,能引起读者的"兴味"。如果"才不足以达其辞,趣不足以辅其理,块然幽闷,使观者恐卧而听者反走,则天地间又安用此无味之腐谈哉"③!这些言论与前代注重小说的"兴味娱情"功能显然是一脉相承的。《红楼梦》的出现,将中国古代小说的"兴味娱情"功能提高到一个崭新的高度。它将"兴味娱情"寓于艺术意境之中,将娱乐与审美连通了起来。从宏观角度论,《红楼梦》整体是一部悲剧,但其中诗酒风流、弈棋抚琴、酒令灯谜、对联笑话,件件让人觉得有趣;浪漫爱情、婚丧归省、弄权使奸、抄家发配、香消玉殒、出世为僧,处处扣人心弦;富贵盛宴、堂会听曲、打情骂俏、大观园景、豪华摆设,色色让人喜欢;再加上十二金钗的美貌,各样人物的妙语,"千红一窟""万艳同悲"的哀情,这种叙一家写尽天下国家、传一

---

① (明)胡应麟:《〈百家异苑〉序》,见《少室山房笔丛》,《二酉缀遗》中卷,总卷三十六,上海:中华书局上海编辑所1959年版,第447页。
② 黄霖、韩同文:《中国历代小说论著选(上)》,南昌:江西人民出版社2000年版,第329页。
③ 同上书,第363页。

第三章 不断自我调适的民初"兴味派"小说家

人道尽天下众人的巨大艺术含量就使古今各类人等都能在其中找到情的寄托,得到情的宣泄,获取欢乐因子,领悟人生妙谛。当然,《红楼梦》也像其他古代小说一样经常运用悬念、巧合、夸饰、对比等艺术手段编织有趣的故事情节,塑造出幽默逗趣的人物形象,产生出一种比较浅表的娱乐效果。如第四十回刘姥姥在大观园里出丑弄乖就是引人发噱的情节,但《红楼梦》不像有的小说只是引人一笑,它必然要"悲戚欢愉,不啻双管之齐下也"①。贵妇们眼中的刘姥姥村言粗语,十分好玩,读者也常常被她逗乐,但笑乐之余,也往往能体味到身为贫妇的她,为了生计无奈抛弃尊严、主动充当贵族玩物背后的辛酸。《红楼梦》里的戏语笑料就是这样,既风趣有味,起到了调节气氛、增强可读性的作用,又蕴涵深意,成为构成这部涵咏不尽的经典小说的有机组成部分。总之,不管从宏观层面,还是从微观层面审视,《红楼梦》都是古代"兴味"小说的典范之作。因此,《红楼梦》一出,即"遍布海内,家家喜阅,处处争购"②,引来了无数解味人。其他清代小说虽然不能达到《红楼梦》的"兴味"高度,但同样忌讳味同嚼蜡,而努力追求"兴味"。如《儒林外史》,其"若夫词隐而意章,言简而味永,按而不断,弦外有声"③ 的意境之美与婉讽之趣也是足以娱情动心的。

以包天笑为代表的民初"兴味派"小说家大多具有很深的传统文学修养,他们深受中国古代文学"兴味"传统的影响。因此,当他们看到清末"新小说"因缺乏"小说味"而失去读者时,他们便

---

① (清)戚蓼生:《石头记序》,见《国初钞本原本红楼梦》卷首,上海:有正书局 1911—1912 年石印本。
② 梦痴学人:《梦痴说梦》,一粟:《古典文学研究资料汇编红楼梦卷》卷三,北京:中华书局 1963 年版,第 219 页。
③ 李友琴:《〈新上海〉评语》,陈平原、夏晓虹:《二十世纪中国小说理论资料(第一卷)》,北京:北京大学出版社 1997 年版,第 386 页。

强调小说要有"兴味",追求小说的文学艺术美与娱情功能。与此相对应,他们也以"兴味"之有无、多寡来评判小说的优劣。由于民初"兴味派"小说家积极接受传统小说经典的影响,他们对小说美感特征的认识植根于传统。因此,他们写作小说普遍比较注重故事情节的曲折美,人物塑造的传神美,文学风格的意境美,呈现出比较明显的民族美学风格。质言之,他们主倡"兴味"是继承传统美学中从感受的角度评价艺术的倾向,能够集中代表中华民族的审美特点,而强调小说"兴味娱情"功能正是接续古代小说的主流传统。这种继承恰可纠清末"小说界革命"之偏——不重视小说传统的现代转化与小说的审美独立性——是激活小说传统与传统小说中的现代性因子,使之更充分地向现代转型。

(二)接受传统小说作品影响

梁启超在清末提倡"新小说",明确了中国小说向西方学习的主导方向。"小说界革命"的对象就是以《三国演义》《水浒传》《西游记》《红楼梦》等为代表的所谓"旧小说"。一时间,"自西哲学说输入中土,而'改良社会莫过小说'一语,尤为著述家所欢迎。于是人人争取欧西稗官野史家言,译以国文,用饷社会。文言俗语,杂沓并集,风泉发涌,不可遏抑,长编短书,蔚成大观,数年以来,新小说之发见于兹土者,殆不下一、二千种"①。民初"兴味派"小说家由于看到了"新小说"一味学习西方小说、以小说为改良社会之工具出现丢失读者喜闻乐见之"小说味"的弊端,而提出向传统小说学习,向"兴味"传统回归,以纠偏补弊。我们在"兴味派"有关的小说论评及其小说作品中可以清晰地看到传统小说经典对他们的影响。

民初"兴味派"小说家掀起的第一股小说热潮是创作"哀情小

---

① 佚名:《新小说之平议》,《新闻报》1909年3月1日。

说",这类小说的出现固然有其独特的时代背景与借鉴的西方小说资源,但也明显受到明季"才子佳人小说"、《红楼梦》《燕山外史》《花月痕》《品花宝鉴》《海上花列传》等小说的影响。特别是《红楼梦》与《花月痕》是"哀情小说"家们奉为圭臬的名著。《红楼梦》是中国古代少有的"悲剧"小说,其巨大的艺术成就打动着历代读者,自然成为民初"哀情小说"摹仿的范本。《玉梨魂》一类小说的悲剧结尾历来被看作是民初小说打破传统"大团圆"结局的一大新变,实际上,它对《红楼梦》悲剧性的继承是非常明显的。在此类小说的一系列人物的描写里边,往往能够在客观上体现人性与环境的冲突以及人性被压抑的痛苦,这也正是沿着《红楼梦》所开辟的小说新路在前进。至于将诗的意境美渗透进小说之中,形成一种"诗小说",以及其他诸多细节性的摹仿更所在多多。例如,《玉梨魂》中的何梦霞"葬花"正是林黛玉"葬花"的近代翻版;姚鹓雏《燕蹴筝弦录》中的寿姑乃是林黛玉的影子,嫦姑为蘅芜化身,贾宝玉与诸鸳机同为千古情种,诸母之于史太君,于母之于薛姨妈,摹仿痕迹都很重;周瘦鹃的很多"哀情小说"也宛如浓缩版的《红楼梦》,他本人还被称为"小说界的林黛玉"。《红楼梦》在民初的巨大影响,在相关小说评中亦可清晰看到。例如,成之在《小说丛话》中用了三分之一的篇幅来分析《红楼梦》中的十二金钗,以此为例来阐释其重视小说中典型人物的新识见,而且"由于作者受到王国维的人生哲学及其所宣扬的《红楼梦》旨在'描写人生之苦痛与其解脱之道'等影响"[1],他对《红楼梦》人物的解读都指向悲剧性,这对民初小说"哀情潮"而言无疑起着推波助澜的作用。"哀情巨子"周瘦鹃在《说觚》中开头即称赞:"《石头记》允为吾

---

[1] 黄霖:《近代文学批评史》,王运熙、顾易生主编:《中国文学批评通史——近代卷》,上海:上海古籍出版社1996年版,第649页。

国旧小说中第一杰作,其描写细腻处非特绘形绘声而已,直绘及其一毫一发。每写一人,必兼写其声光气。笔笔有神,故幽怨如黛玉,痴顽如宝玉,富丽如宝钗,粗豪如焦大,古拙如刘姥姥。吾人每读一过,即觉诸人憧憧往来于脑府,心坎中不能或忘。一若真有其人而吾曾与之把晤款接者,真神笔也。"① 接着谈及自己因与林黛玉心灵相通,故不能卒读其书,他说:"忆当时尝读《石头记》至九十八回'苦绛珠魂归离恨天',即掩卷不能复读。读时在二十岁之秋。秋声在树,落叶如潮,冻雨敲窗棂,恍闻书中隐隐有咽泣声也。年来,忙里偷闲,每思卒读其书。顾读至九十八回,即复罢去。或曰,君终不善读'《石头记》耳'。斯言也,吾自承之。"② 这里所谓"不善读"实为自谦,周瘦鹃受《红楼梦》影响绝大,乃是不争的事实,我们在其小说作品中常常可看到红楼人物的"影子"。蒋箸超则于"四大奇书"中斥《金瓶梅》而进《红楼梦》。他认为,《红楼梦》为"社会小说也,家庭小说也……而将其全局为言情之正宗"③,其"结尾一味凄凉,尤为说家创例"④,正因看到了这些,他创作的"言情小说"才以《红楼梦》为宗。《金瓶梅》在民初整体评价不高,关键在于它的情色叙事不符合"哀情小说"家们"发乎情而止乎礼义"的创作原则。《花月痕》现在虽然不甚有名,而在民初却是被奉为同《红楼梦》地位相当的名著。在民初言情小说中出现频率很高的"卅六鸳鸯同命鸟,一双蝴蝶可怜虫"⑤ 就是《花月痕》里的诗句,这些小说家被称为"鸳鸯蝴蝶派"也正缘于此。袁进教授曾专门写过一篇探讨《花月痕》对民初小说影响的论文,该文指出"它一度是小说家创作的楷模,开创了

---

① 周瘦鹃、骆无涯编:《小说丛谈》,上海:大东书局1926年版,第58页。
② 同上书,第59页。
③ 冥飞、海鸣等:《古今小说评林》,上海:民权出版部1919年版,第159页。
④ 同上书,第124页。
⑤ (清)魏秀仁:《花月痕》第三十一回,北京:人民文学出版社2006年版,第262页。

一种小说创作的风气,在当时的小说界占据了统治地位"①。根据笔者对民初言情小说的考察,这一判断符合史实。"兴味派"的代表作家叶小凤自述曾以《花月痕》为创作范本,其《小说杂论》云:"小说中有别创一格如《花月痕》者,其白话中每插入文言,且为极高古精妙之文言。如韦、韩、欧、洪,愉园小饮一段,几乎无语不典,而神采奕奕,逼真怀才未遇,衡当世口吻。余偶一学之,亦不觉其甚难。且苟择语相称,自有风流跌宕,顾盼生姿之概。"② 叶氏在民初正遭逢"怀才不遇"的命运,与《花月痕》有情感上的共鸣,他在此时创作的长短篇言情小说都多少留有《花月痕》影响的印记。民初"哀情小说潮"的引领者徐枕亚也借小说人物之口表达对《花月痕》的赞赏,所谓"言情之杰作也,中间叙韦、刘之遭际,呕心作字,濡血成篇"③,其代表作《玉梨魂》无论从情感基调、语言形式,还是雅化倾向都流露出对《花月痕》的明显摹仿。李定夷甚至认为此类"在民初继社会小说而起的排偶小说,词华典赡,文采斐然,与其说是脱胎于《燕山外史》,毋宁说是拾《花月痕》牙慧"④,这是很正确的见解。姚鹓雏也称自己的"长篇未离《花月痕》"⑤,其《恨海孤舟记》无论在人物设置上,还是在内容上,都明显借镜于《花月痕》。以刚称誉《花月痕》"文笔哀艳凄婉,结构亦佳"⑥,这种艺术魅力强烈吸引着民初"兴味派"小说家纷纷以之为范本。

---

① 袁进:《浮沉在社会历史大潮中——论〈花月痕〉的影响》,《社会科学》2005年第4期。
② 叶小凤:《小说杂论》,《小凤杂著》,上海:新民图书馆1919年版,第42页。
③ 徐枕亚:《余之妻》第24章,上海:《小说丛报》社1917年初版,第230页。
④ 李健青:《民初上海文坛》,《上海地方史资料(四)》,上海:上海社会科学院出版社1986年版,第204页。
⑤ 鹓雏:《说部撼谈》,《晶报》1919年11月27日。
⑥ 以刚:《小说杂谈》,《星期》1922年第14号。

《花月痕》与《红楼梦》对民初言情小说创作的影响是叠加的，梳理小说史就会发现，由《红楼梦》到《花月痕》再到民初"哀情小说"的演进轨迹清晰可辨。余英时教授曾指出："曹雪芹在《红楼梦》里创造了两个鲜明而对比的世界。这两个世界，我想分别叫它们作'乌托邦的世界'和'现实的世界'。"① 实际上，类似的两个世界在《花月痕》中也有，最明显的莫过于韦痴珠与韩荷生二人穷达两世界的对比，那正是作者魏子安的"乌托邦"与"现实"。民初"哀情小说"也常常设置类似的两个世界，作者正是在两个世界的激烈对抗中发出呼吁"恋爱婚姻自由"的声音。另外，这种叠加式影响有时也被表述在小说话中。"兴味派"中最有专业水准的翻译家周瘦鹃通过中西小说题目的比较，认为"欧美小说之名称大抵以质直为贵，不加雕琢……盖吾国小说名称率以华缛相尚。如《红楼梦》《花月痕》等，咸带脂粉气，苟能与书中情节相切合，则亦未尝不佳。较之直用书中人姓名，动目多矣"②。可见，由于周氏深受这两部小说的共同影响，因此也十分欣赏它们的名称。除了向传统小说汲取营养外，民初的"哀情小说"还向李商隐、杜牧、李煜、秦观、陆游等的诗词，《西厢记》《牡丹亭》《桃花扇》《长生殿》等戏曲寻找语料与意境，明显呈现出一种雅化的倾向。

　　"社会小说"是民初"兴味派"小说家擅长的另外一种小说类型。他们在清末"谴责小说"③的基础上将婉讽针砭之笔伸向了更加广阔的社会生活。创作于乾隆时期的《儒林外史》是民初"兴味派"小说家公认的"社会小说"典范。管达如在《说小说》中指出："此派小说，以描写社会恶浊风俗，使人读之而知所警为主义，

---

① ［美］余英时：《红楼梦的两个世界》，上海：上海社会科学院出版社2002年版，第36页。
② 周瘦鹃、骆无涯：《小说丛谈》，上海：大东书局1926年版，第70—71页。
③ 在鲁迅提出"谴责小说"的命名之前，清末民初的书籍、报刊实际标示这类小说为"社会小说"。

若《儒林外史》其代表也。"① 成之的《小说丛话》则说:"此种小说,以描写社会上腐败情形为主,使人读之而知所警戒,于趣味之中,兼具教训之目的。如《儒林外史》及近出之《官场现形记》等,其适例也。"② 叶小凤也对《儒林外史》推崇备至,他说《儒林外史》里"包含着多量写实的意味"③,他将《儒林外史》与《水浒传》并称为善于储蓄材料的典范,还一针见血地指出:"《儒林外史》除材料丰富外,那枝笔刻薄得可爱。嬉笑比怒骂更难受,它是专用嬉笑来代怒骂的,所以可爱,也就可怕呀!"④ 姚鹓雏甚至将《儒林外史》推尊为小说中的"神品",而将近代作家公认最好的《水浒传》《红楼梦》等次列为"能品",他还强调说:"《儒林外史》,社会小说之初祖也。描画曲到,而含毫邈然,妙有蕴蓄,我佛山人学之,便稍奔放矣。"⑤ 解弢则指出:"《儒林外史》为吾国社会小说之开山,近人之《二十年目睹之怪现状》《文明小史》及《官场现形记》等,皆传其衣钵。"⑥ 确实的,从《儒林外史》到《官场现形记》《二十年目睹之怪现状》再到民初众多的"社会小说",其演进之迹甚明。

《儒林外史》对江南士林的刻画及其表现出的文人情趣在民初"兴味派"这群正在走向现代的"江南文人"心中具有特别的魅力,其便于操作的以短篇连缀为长篇的结构方式也适合这些谋食于文化市场的作家快速推出作品。民初最有名的几部长篇"社会小说",如《广陵潮》《人间地狱》《如此京华》《恨海孤舟记》《茶寮小史》《留东外史》《歇浦潮》《上海春秋》等都受到《儒林外史》很大的影响。

---

① 管达如:《说小说》,《小说月报》1912年第3卷第7期。
② 成之:《小说丛话》,《中华小说界》1914年第1卷第5期。
③ 叶楚伧:《中国小说谈》,《民国日报·觉悟》1923年7月24日。
④ 同上。
⑤ 鹓雏:《说部摭谈》,《晶报》1919年11月27日。
⑥ 解弢:《小说话》,上海:中华书局1919年版,第2页。

胡适曾站在"新文学"立场上指出《广陵潮》的"体裁仍旧是那没有结构的《儒林外史》式"①。袁寒云称《人间地狱》的"结构衍叙有《儒林外史》《品花宝鉴》《红楼梦》《花月痕》四书之长"②。叶小凤所作《如此京华》比较偏重于写实,善于将储蓄好的材料组织起来,以嬉笑有趣的笔墨嘲弄那些自命风流儒雅的文士,这显然是受了《儒林外史》的影响。姚鹓雏在《恨海孤舟记》"著余杂缀"中坦承该书"大抵步趋《儒林》,间摹《花月》"③。程瞻庐的《茶寮小史》受《儒林外史》的影响最明显不过,它直接继承了将读书人的虚伪、酸丑作为讽刺对象的写法。《留东外史》不仅学《儒林外史》刻薄的讽刺笔墨,讽刺的对象也是"新"儒林中的人物——近代旅日、留日的文人知识分子。成之称《儒林外史》是一部介乎理想与写实之间的小说④。在五四"新文学家"引进真正的西方现实主义创作观念之前,"介乎理想与写实之间"正是民初"兴味派"小说家普遍追求的,他们认为小说以有"影事"为妙,因为"有影事在后面——读起来有趣一点"⑤。上述几部"兴味派"全盛期的作品都是如此。

即使在五四之后,民初"兴味派"小说家所作"社会小说"绝大多数仍旧学习《儒林外史》的写法,拒绝照搬西方现实主义——"作家在理论上像社会学家一样,拥有一种独立的客观视点,通过在读者心中唤起并宣泄恐惧和怜悯的不快情感,达到一

---

① 胡适:《五十年来中国之白话小说》,见申报馆:《最近之五十年(1872—1922)》,上海:上海书店 1987 年影印本,第 18 页。
② 寒云:《〈人间地狱〉序一·附录》,娑婆生:《人间地狱》,上海:自由杂志社 1924 年版,第 1 页。
③ 姚鹓雏:《〈恨海孤舟记〉著余杂缀》,《小说画报》1919 年第 20 号。
④ 成之:《小说丛话》,《中华小说界》1914 年第 1 卷第 4 期。
⑤ 蔡元培:《追悼曾孟朴先生》,《宇宙风》1935 年第 2 期。

种净化作用"①——这种状况一直持续到 20 世纪 20 年代。例如包天笑在 1920 年代出版的《上海春秋》，就仍是一部缺乏"独立的客观视点"，采用《儒林外史》式短篇连缀结构，以劝诫教化为主旨的章回体小说。究其原因，乃在于民初"兴味派"小说家秉持以赓续传统以求创新的观念，而"传统中国文论的核心观念，是将文学当作作家内心情感的自然表现，即便创作中存在观察的视点，它也只被理解为伦理开掘的一个阶段。另外，在中国，没有净化的观念，小说（不是所有的文学），一般要执行教化的功能"②。

解弢在《小说话》中曾说："章回小说，吾推《红楼》第一，《水浒》第二，《儒林外史》第三。"③ 前面已谈及《红楼梦》和《儒林外史》对"兴味派"小说的影响，下面我们来看《水浒传》的影响。虽然《水浒传》在民初小说批评中继续着清末以来的崇高地位，但对小说创作的实际影响要比《红楼梦》《儒林外史》弱一些。出现这一状况的主要原因是民初盛行"言情小说"（"社会言情小说"）与"社会小说"，受《水浒传》直接影响的现代武侠小说在民国中后期才全面繁荣。作为古代一部著名的"英雄传奇"，民初小说批评者对《水浒传》的认识已不同于清末论者将其与"政治"联姻，而更多地关注其白话语言、叙事技巧、人物塑造等属于"艺"的层面。如，解弢高度肯定了《水浒传》的艺术成就，指出"《水浒》之文章，雄厚沉郁之气，磅礴荡漾，酷类史迁"④；他极其欣赏《水浒传》的语言，并举例说："吾颇喜其宋江答蔡京书中

---

① ［美］安敏成：《现实主义的限制》，姜涛译，南京：江苏人民出版社 2001 年版，第 26—27 页。
② 同上书，第 27 页。
③ 解弢：《小说话》，上海：中华书局 1919 年版，第 4 页。
④ 同上。

'漫散儿郎''以太师相戏'二语"①;他认为"中国小说叙战,以《水浒》为第一"②;他指出《水浒传》张图摹像,非常成功地塑造了人物,尤长于叙述人物登场,说该书"出鲁达、林冲、李逵、石秀,不费力而不平庸;出史(时)迁、刘唐、张横突兀而不笨拙"③;他还推崇该书以"水浒"二字为名,"最为新颖贴切",等等④。类似的小说评还有一些,如张冥飞、何海鸣等《古今小说评林》、王大觉《稗屑》里的相关论述也多从艺术角度对《水浒传》加以肯定。民初小说批评中对《水浒传》侧重于艺术的分析很自然地从语言、叙事、写人、定名等诸多方面影响到了民初小说创作。佚名发表在《小说日报》上的《学小说之参考书》就说:"白话一类,则宜观《水浒》及《红楼梦》也。《水浒》之写英雄态度,能按书中人物之性情不同,行事互异,口吻动静,亦多适合。观其书,如能睹其形,闻其言,胆能为之壮,气能为之豪。"⑤《水浒传》在民初"兴味派"小说家眼中正是一本经典的白话小说参考书。在这批作家中,以《水浒传》为宗创作出优秀长篇小说的代表当数叶小凤。叶小凤所作《小说杂论》与《中国小说谈》两篇小说专论对《水浒传》都极为推崇。他认为"《水浒》之妙,在辞微义严……;辞微义严者,必待善读者之探索"⑥,从而指出其富含寓意的艺术特征。他极为赞赏《水浒传》塑造的人物,称其"妩媚便妩媚到十二分。英雄便英雄到十二分"⑦,并以水浒人物作为范例

---

① 解弢:《小说话》,上海:中华书局1919年版,第5—6页。
② 同上书,第3页。
③ 同上书,第34页。
④ 同上书,第61页。
⑤ 佚名:《学小说之参考书》,《小说日报》1923年3月2日。
⑥ 叶小凤:《小说杂论》,《小凤杂著》,上海:新民图书馆1919年版,第2页。
⑦ 同上书,第15页。

第三章　不断自我调适的民初"兴味派"小说家

来论证"曲摹一人之仪容性情,为小说家第一难事"①。他还认为"《水浒》写景有老大不可及处"②,"水浒"作为小说标题是"不衫不履,顾盼伟然之名"③。他还在指出《水浒传》善于储蓄材料、支配材料,代表文学的时代精神之后,总评说:"《水浒》自然是有惊人艺术的,但它底背景,不单是甚么'社会的不平''政治的腐败',我个人底观察,一部七十回的小说,还兼为'酒''色''财''气'四字。《水浒》的文章,有些像《庄子》。它们所采用的材料,都是不经人见的。换一句话说,在这两部书里,都是天地间不必有的事,却是不可无的文。"④ 这一总评乃是在他提出"小说的机能是艺术,小说的灵魂是背景"⑤ 这两大批评小说的标准后说的,据此可见,他认为《水浒传》是符合这两大标准的理想作品。叶小凤不仅对《水浒传》有上述高明的识见,还以《水浒传》为宗写出了民初小说的名著《古戍寒笳记》。正如姚民哀所评:"《古戍寒笳记》一书,述清初明遗民痛史。精力弥满、布局紧严,乃仿施东都《水浒》笔法,而得其神髓者。"⑥

民初"兴味派"小说家的一个基本写作主张就是给沉闷的生活送去快活,为平淡的生活增添兴味。因此,"滑稽小说"继清末吴趼人在《月月小说》上首辟专栏,并大力提倡之后,在民初"文学场"上继续繁荣。"滑稽小说"正是发挥报刊娱乐功能的主要文学类型,与当时流行的"滑稽文""庄谐录""游戏文章""滑稽诗话"等一起构成广大读者喜闻乐见的"滑稽文学"大家庭。实际上,滑稽是中国传统小说的本色之一,从《世说新语》中的滑稽小故事、

---

① 叶小凤:《小说杂论》,《小凤杂著》,上海:新民图书馆1919年版,第6页。
② 同上书,第16页。
③ 同上书,第33页。
④ 叶楚伧:《中国小说谈》,《民国日报·觉悟》1923年7月24日。
⑤ 同上。
⑥ 姚民哀:《说林濡染谭》,《红玫瑰》1926年第2卷第40期。

韩愈滑稽传奇体《毛颖传》到宋仁宗宫廷里所听的诙谐"说话"、神魔小说《西游记》、讽刺小说《儒林外史》等，其主要艺术特色便是滑稽有趣。即使那些不以滑稽为主色调的小说，也常常塑造滑稽人物，如《三国演义》中的张飞、《水浒传》中的李逵、《金瓶梅》中的应伯爵、《红楼梦》中的刘姥姥，他们的插科打诨为整部作品增添了不少滑稽色彩。还有"三言二拍"中的市井细民，《聊斋志异》中的花妖狐媚也能时不时地引发读者的笑噱。这些传统小说中的滑稽资源当然引起了民初"兴味派"小说家的重视，在当时的不少小说评论中都零散谈到。如《古今小说评林》中说："《封神传》之荒谬处，大可引人发笑。其笔墨却不及《西游》之活泼。《后列国志》之荒谬处，不下于《封神》，其最可发笑者，如东方朔之弟为西方朔，孙行者师徒由唐朝时代跳入战国时代，帮南极老人作战……"① 这里所谓的"荒谬处"指的正是小说的"滑稽处"。再如解弢在《小说话》中盛赞《儒林外史》的"滑稽之语，可与迭更司相颉颃者"②。上述文学作品中的滑稽人物甚至完成历史穿越，来到"兴味派"文人笔下继续上演让人忍俊不禁的活剧。如陈冷血著有《新西游记》，吴双热写了《新东游记》，里面的主角就是唐僧师徒与八洞神仙等。上面提到的那些受《儒林外史》影响的"社会小说"自然也充满了滑稽幽默的笔墨。另外，包括笑话在内的民间文学传统对民初"滑稽小说"的创作影响也很大。正是因为我国本身拥有源远流长的滑稽文学传统，当它在近代与西方文学的幽默情趣相结合时，才结出民初"兴味派"滑稽小说的累累硕果。

袁进教授说："侦探小说被介绍进中国时，出现了一个非常奇特的现象，它受到普遍的欢迎，在晚清几乎立即就出现了一个翻译

---

① 冥飞、海鸣等：《古今小说评林》，上海：民权出版部1919年版，第6页。
② 解弢：《小说话》，上海：中华书局1919年版，第70页。

侦探小说的狂潮。"① 在民初,这股"狂潮"继续高涨翻涌。正如不少学者指出的那样,近代国人最初阅读侦探小说多是将其作为熟悉的小说类型公案小说来读的,看的主要是曲折的探案过程,对其中的现代精神是隔膜的。传统公案小说对中国读者接受西方侦探小说确实起过"桥"的作用,它对中国自己的侦探小说创作也产生过一定影响。但侦探小说毕竟是西方特有的小说类型,民初"兴味派"小说家主要从事翻译,创作较少。中国现代侦探小说的繁盛期与武侠小说一样要等到20世纪20年代"文学场"发生质变之后才出现。另外,民初历史演义小说受到以《三国志通俗演义》《东周列国志》为代表的同类传统小说的影响也是显而易见的。在民初"兴味派"的小说批评与小说创作中,历史演义小说的内容和数量并不少,但大多缺乏新意,基本可视作一种传统的小说类型。另外,民初短篇小说的繁荣固然受西方翻译小说的刺激较大,但其自觉接受历代笔记、传奇、话本诸体小说经典作品的影响也是显在的事实。这些在本书后面章节对作品维度的具体探究中会看得更加清楚。

以上主要探讨了民初"兴味派"小说家对中国古代文学"兴味"传统的现代转化以及传统小说作品对其创作的影响。实际上,这批小说家对文学传统与传统文学的继承发展涉及很多方面,过去一些论著已对其在小说理论批评上坚持传统路数、在小说创作上赓续传统手法、在叙事模式上进行传统转化等做过比较深入的论析②。因篇幅所限,本书不再赘述。五四时期,意在与传统彻底决裂的"新文学家"全面否定赓续传统的"兴味派"小说家。不过,

---

① 袁进:《中国文学的近代变革》,桂林:广西师范大学出版社2006年版,第324页。
② 具体可参看黄霖先生的论文《清末民初小说话中的几个理论热点》(《复旦学报(社会科学版)》2009年第1期)、《民国初年"旧派"小说家的声音》(《文学评论》2010年第5期),袁进教授的专著《中国小说的近代变革》《中国文学的近代变革》,陈平原教授的著作《中国小说叙事模式的转变》《中国现代小说的起点——清末民初小说研究》等。

面对民国中后期小说发展的实际，一些"新文学家"已经认识到完全抛开传统的主张过激，过于严肃的文学尺度只会使得所作小说失去广大读者。例如，俞平伯在《谈中国小说》一文中就曾鲜明地指出："中国文学受西洋的影响决不能没有限制。限制非有意的，并非保存国粹之谓，乃是事实上有时过不去，于是限制遂生……创作小说时，这座洋鬼子的靠山有时怕靠不住……古人的滥调固不宜采用，但有许多色彩为中国小说的基本调子，不该完全抛弃。过于忽略历史的背景，易与一般的读者绝缘，而成为少数人的玩意。"① 施蛰存于1937年在《小说的对话》一文中表达了对五四"新文学家"将中国现代小说"过继给西洋的传统"的不满，他从对话与叙述文混合这一点上指出中国传统小说的旧文体比新文体更能表现出本国文字之美②。朱自清的《论严肃》一文则从传统文学观念视文学为小道谈起，指出"文以载道"在中国古代文学史上占着统治地位，因而"在中国文学的传统里，小说和词曲（包括戏曲）更是小道中的小道，就因为是消遣的，不严肃。不严肃也就是不正经；小说通常称为'闲书'，不是正经书"③。据此，他表示"鸳鸯蝴蝶派的小说意在供人们茶余酒后消遣倒是中国小说的正宗"④。他在此文中不仅对"鸳鸯蝴蝶派"的传统继承性给予了一些正面评价，还多次批评了"新文学"过于严肃的"载道"性，他撰写这篇文章的中心目的就是呼吁当时"严肃"的作家不要"只顾人民性，不管艺术性"，从而逼着读者躲向"新鸳鸯蝴蝶派"的刊物中去⑤。朱先生作为五四"新文学革命"的重要倡导者，"新文

---

① 俞平伯：《谈中国小说》，《小说月报》1928年第19卷第2期。
② 施蛰存：《文艺百话》，上海：华东师范大学出版社1994年版，第145—150页。
③ 《论严肃》，《朱自清全集（第八卷）》，南京：江苏教育出版社1993年版，第139页。
④ 同上。
⑤ 同上书，第141页。

学"正典化的功臣①,他的这个正视历史的论断在当时是非常可贵的。除了"新文学家"的反思,当时生活在中国的美国作家赛珍珠也发表了要重视中国传统文学的意见,她认为中国传统小说除了那环绕着一个主要角色(假如有的话)的事情以外,简直没有重要的结构,次要的结构也不一定有,但只要你读惯了,那里就有一件极明显的好处在。因为在这种没有形式的小说里,就特别象征着人生。人生也是没有结构的……这一种断片的感想,是中国小说最先给我们的。她认为如果养成了中国人的口味,再读西洋小说,就明显感到味同嚼蜡了。她甚至批评当时的新小说缺少一种旧小说所固有的那种对于人性或者生命本身所发生的趣味②。对照本书导言中五四"新文学家"对民初"兴味派"小说家继承传统的彻底否定,上述诸人的反思与评论已经很有力地回答了民初"兴味派"继承传统的文学史意义。在今天这个越来越重视传统的创造性转化和创新性发展的时代,民初"兴味派"小说家继承传统的意义必将进一步突显出来。更可贵的是,民初"兴味派"小说家坚持传统却不守旧,坚守传统也注意纳新,他们主动面向西方、面向民间寻找一切可资利用的文学资源,来创作自己的"现代"小说。

二、借镜西方

向西方学习是中国小说现代转型的主导方向,不仅清末"新小说家"如此,五四"新文学家"如此,民初"兴味派"小说家也如此。"兴味派"小说家重视西方小说译介,平等进行西方小说、中西小说比较研究,主动接受西方文学(小说)观念、借鉴西方小说技巧进行创作,这是不争的事实。然而,五四时期"新文学家"在

---

① 朱自清在1929年春首先在清华大学开设"中国新文学研究"课程,其讲义《中国新文学研究纲要》成为中国现代文学史这一新兴学科的奠基之作。
② [美]勃克夫人(赛珍珠):《东方、西方与小说》,小延译,《现代》1933年第2卷第5期。

进行文坛的第二次新与旧的划分时,以全面向"西"转、大力翻译(直译)西方作品、创作欧化式的小说为"新",以中国固有的小说为"旧"。他们笼统地称有赓续传统一面的民初"兴味派"小说家为"旧派",显然遮蔽了该派积极借镜西方文学不断求新求变的本来面目。此后,由于长期受到"晚清小说"与"五四小说"的双重挤压,学界对民初"兴味派"小说家面向西方的开放心态、翻译成就及其创作上所受西方的影响都缺乏应有的关注。笔者将在前面有关民初"兴味派"小说家接受西方某些美学、文体观念的研究基础上,对其面向西方小说资源的诸多具体问题再加以深入辨析。

(一)

民初"兴味派"小说家对待西方小说(文学)大多抱持开放的心态,他们中的很多人都是通过译介西方小说登上文坛的,其中一些人后来还成长为活跃在当时翻译界的名家。被视为该派领军人物的包天笑就是近代最早的小说翻译家之一,早在清末其参与翻译的半部《迦因小传》就震动了文学界。他很早就开始阅读《申报》《新闻报》上传教士翻译的外国小说,自觉接受上海吹来的"西风",并且对于报刊这种西方舶来的新媒体产生了浓厚的趣味。青年时代,他已经开始自觉学习日、英、法等外国文;曾受命到上海创办金粟斋译书处,整理出版严复、叶浩吾的英、日文译著。他在整个近现代翻译了大量外国小说作品,其中不乏世界名著,尤其以教育小说著称。例如,契科夫《六号室》、托尔斯泰《六尺地》、雨果《侠奴血》以及改译自亚米契斯《爱的教育》的《三千里寻亲记》《儿童修身之感情》,等等。在1917年之前,他主要以翻译域外小说为主,正如他自己所说"翻译多而撰述少"①。虽然包天笑的翻

---

① 天笑生:《〈小说画报〉短引》,《小说画报》1917年第1期。

第三章 不断自我调适的民初"兴味派"小说家

译小说以"意译"为主、明显涂抹上了东方色彩,但他对西方小说总体上持一种积极引介和借鉴的态度。与包氏共同称作"冷笑"的陈冷血(陈景韩)也是一位著名的翻译家,他以翻译英、法、日诸国的侦探小说闻名,也翻译过莫泊桑《义勇军》、雨果《卖解女儿》、大仲马《赛雪儿》、堪能《俄国之红狐》等名作。冷血的小说翻译在近代影响很大,我们在鲁迅早期的译作中中还能看到其模仿陈氏翻译小说风格笔调的痕迹。包天笑热情扶植的周瘦鹃在整个近现代译坛上有很高的声誉。他步上文坛之初,也以发表翻译小说为主。他擅长英文,曾以优美的文笔、精审的态度翻译了大量的欧美名家名作,他还是高尔基作品的第一位中译者。他翻译的《欧美名家短篇小说丛刊》在当时即引来鲁迅的奖誉,作为朋友的王钝根也曾对读者赞美说:"渠于欧美著名小说,无所不读。且能闭目背诵诸小说家之行述,历历如数家珍。寝馈既久,选择綦精,盖非率尔操觚者所能梦见也。"① 他参与翻译的《福尔摩斯侦探案全集》一经出版即引起文坛的轰动,这两部书至今仍得到翻译界的极高评价。张毅汉也是以翻译小说起家的,他是包天笑翻译上的合作者,对欧美文学亦有较高的造诣。徐卓呆早年留学日本,精通日语,在文坛起步时期,他经常与包天笑合作翻译外国小说。由徐卓呆引入小说界的刘半侬(农)最初也是以翻译为主,他精选西方名家名作,追求初具现代规范的译作形式,并不断使自己的译法走向成熟。在他成为"新文学"的倡导者与建设者之后,提倡"直译",与周氏兄弟一起成为有自觉翻译理论的翻译家。

除上述几位在"翻译文学史"上有名的译家外,王蕴章、恽铁樵、陈蝶仙、陈小蝶、陈翠娜、李常觉、吴觉迷、程小青、严独

---

① 王钝根:《〈欧美名家短篇小说丛刊〉钝根序》,《欧美名家短篇小说丛刊》,上海:中华书局1918年版,第1页。

鹤、赵苕狂、毕倚虹、张碧梧、张舍我、张枕绿、孙毓修、胡寄尘、闻野鹤、李定夷、吴绮缘等也都是民初"兴味派"小说家中不错的译者。前期《小说月报》的两位主编王蕴章、恽铁樵都曾积极从事西方小说翻译。王蕴章以词章之笔翻译的《妙莲艳谛》《棣萼聊辉》《懦夫立志记》等吸引了当时不少读者。恽铁樵早年即以翻译西方小说蜚声小说界,以致被聘为《小说月报》主编后仍有读者来函希望看到其新的小说译作。他翻译的《与子同仇》《爱国真诠》等"爱国小说",《高丽近状》《沟中金》等"社会小说",《催眠术》《情魔》等"侦探小说",《蓬面画眉录》《情量》等"言情小说",均脍炙人口。陈蝶仙在民初与其子女(陈小蝶、陈翠娜)、朋友(李常觉、吴觉迷)组成了一支重要的翻译小说团队,他们独译、合译了不少西方小说,例如《车窗幻影》《金钱魔力》《魔毯》(蝶仙),《赌灵》(小蝶),《法兰西之魂》《露莳婚史》(翠娜),《壁上奇书》《赤心护主》《雪窖沉冤》(常觉、蝶仙),《骷髅虫》《法官情简》(常觉、觉迷、蝶仙),《彩色带》《红蘩蕗外传》《弃儿》《婚事趣谈》(常觉、小蝶),《商界之贼》《剧场劫案》《亚森罗苹奇案》(常觉、觉迷),等等。这些作品几乎涉及了当时出现的所有小说类型,在读者中产生了广泛影响。程小青、严独鹤翻译较多的是"侦探小说",他们曾与周瘦鹃、刘半侬、陈蝶仙、李常觉、陈小蝶等联手推出了十分热销的《福尔摩斯侦探案全集》(中华书局1916年版)。赵苕狂是一位译作产量较高的译者,所译《飞艇一夕》《弹耶毒耶》《第七人》《噫嘻拿翁》《死死生生》《化妆之学生》等,既有科幻、侦探、言情类,又有历史、军事、学生类,在当时颇受读者欢迎。毕倚虹、张碧梧、张舍我、张枕绿作为民初翻译小说界的后起之秀也译出了不少西方小说佳作,如《检察官之妻》(毕倚虹)、《税潮》(张碧梧)、《难夫难妇》(张舍我)、《林中》(张枕绿),等等。孙毓修当时的翻译主要集中于童话寓言,其《点金术》《海公主》《小铅兵》《伊索寓言演义》等别开生面、令人耳目一新。其他诸如胡寄尘、闻野鹤、李定夷、吴绮缘等虽以小说创作为主,但他们翻译的《赘婿》(胡寄尘)、《鬼史》(闻野鹤)、《辽西梦》(李定夷)、《末路王孙》(吴绮缘)等也各具特色,共同推动着民初翻译小说的繁荣。

就连那些粗通外语的民初"兴味派"小说家基于其向西方文学学习的开放心态也或多或少地"译述"或编译过西方小说。例如,"文宗畏庐(林纾)"的姚鹓雏在民初就以编译欧美小说闻名,据笔者初步统计,姚鹓雏的编译小说作品中长篇有《鸳泪鲸波录》《宾河鹣影》《断雁哀弦记》等,短篇小说则有几十篇之多,这些作品虽多为伪托的编译,但同样得到了时人的称赞和认可,堪称"林译小说"之辅翼①;当时赫赫有名的《礼拜六》周刊主编王钝根不仅加入基督教、为上海基督教杂志设置小说专栏出谋划策,还曾动手翻译了《美人》《爱情之圣》《天真烂漫之公主》等小说;著名报人小说家贡少芹不仅"译述"了《盗盗》《盗花》《变相之宰相》等作品,还与其子芹孙合译了不少西方小说作品。至于那些不懂外文的民初"兴味派"小说家虽不能阅读原文或参与译介,但也大多欢迎西方小说,他们通过研读译本小说来汲取西方小说的营养,用于丰富和改进自己的创作。

另外,民初"兴味派"小说家还大多兼做上海主流文艺报刊的主笔或编辑,他们秉持开放的学习心态和满足读者兴味的编辑宗旨在这些报刊上大量登载西方翻译小说。我们在《申报·自由谈》《小说月报》《小说大观》《礼拜六》《中华小说界》《小说新报》《小说丛报》《小说时报》《游戏杂志》《眉语》《小说海》等众多报刊上不仅可看到"兴味派"小说家的大量译作,也能看到职业翻译家及一些后来转型为"新文学家"译者的译作。有些刊物甚至还开设了翻译小

---

① 详见拙作《论姚鹓雏"文宗畏庐"的编译小说》,《中国文学研究》2014年第1期。

说专栏,例如《小说月报》设有"译丛",《礼拜六》设有"译丛""译乘"等,当时有不少翻译小说佳作就登载于这些专栏之中。例如托尔斯泰《人鬼关头》(林纾、陈家麟)、《黑狱天良》(瘦鹃),都德《小家庭》(旭人),莫泊桑《密罗老人小传》(天虚我生),安特路霍弗《爱国少年传》(瘦鹃),等等。还有一些民初"兴味派"小说家同时兼任着上海各大书局的编译员,经其手编译了不少西方长篇小说和短篇小说集,其中亦不乏精品力作。除上文提到的一些作品外,商务印书馆推出的以收录翻译小说为主的《说部丛书》规模宏大、畅销不衰,可视为代表。

  过往研究总习惯将清末与民初的西方小说翻译放在一起讨论,视后者为前者之附庸,从而忽视了后者的独特贡献及历史成就。这与民初"文学场"的独立性被长期遮蔽有关。实际上,民初的西方小说翻译虽然延续清末而来,但也发生了一些显著变化。其中最重要的有如下三点:一是以兴味为主选择翻译对象,二是重视译介短篇小说,三是对翻译方法进行探讨。由于民初"兴味派"小说家秉持"兴味"小说观,所以在选择翻译对象上以"言情""侦探""社会""滑稽""家庭"等有趣味的小说类型为主。笔者据《清末民初翻译小说目录(1840—1919)》统计,民初在数量上排名前五的小说类型是"言情小说""侦探小说""社会小说""滑稽小说"和"历史小说",与清末相比,"言情""社会"类几乎翻了一番,"侦探"类略有减少,"历史"类略有增加,"滑稽"类增加了近四倍。标注"家庭小说"的译作虽然只排在第九位,但较之晚清数量已翻了一倍①。这种选择体现了身兼翻译家的民初"兴味派"小说家在舆论倡导与翻译实践上的统一,这明显有别于清末小说界占舆论主

---

① 参见陆国飞编著:《清末民初翻译小说目录(1840—1919)》,上海:上海交通大学出版社2018年版。

导的是提倡译印"政治小说",而大为流行的却是"侦探""言情"类小说的状况。五四"新文学家"则因其思想启蒙的新文化旨趣而不满意于民初"兴味派"小说家译介的西方小说类型,他们"选择了另外一批更契合他们文学趣味的外国作家作品作为模仿和借鉴的对象"①。不过,诚如陈平原教授所说:"我们在指出清末民初翻译家在选择译作中体现出来的审美眼光时,虽不无遗憾之感,但并没有、也不可能抹煞他们译介外国小说的功绩。或许,正是这种艺术趣味比较接近中国传统小说的译作,才真正吊起了中国读者的胃口,引起一代读者对西方小说的兴趣,为五四作家对真正的世界名著的翻译培养了读者队伍。倘若一入手就译介契诃夫,起点当然高,但很可能会把读者吓跑,效果适得其反。"② 更何况,民初"兴味派"小说家"以兴味为主"③ 的选材标准决定了他们对契诃夫、托尔斯泰、高尔基、屠格涅夫与柯南道尔、司各特、狄更斯、大小仲马的态度实际上是一视同仁。五四"新文学家"指责他们一味迎合读者而对翻译对象不加拣选或择其二三流者,显然太过绝对且有违事实。

相较于清末译者,民初译者明显扩大了翻译对象,他们不仅继续翻译了大量的西方长篇小说作品,在短篇小说译介上更形成了规模,有导夫先路之功。据统计,仅 1914—1917 年间译介的外国短篇小说数量就是之前 11 年翻译总量的 2.7 倍。民初从事外国短篇小说翻译的主要是"兴味派"小说家,他们的译作以西方作品为主,其中英、美两国的作品最多。其短篇小说翻译在作品选择及译本质

---

① 陈平原:《中国现代小说的起点——清末民初小说研究》,北京:北京大学出版社 2005 年版,第 25 页。
② 同上书,第 45 页。
③ 《〈小说大观〉例言》,《小说大观》1915 年第 1 集。

量上都较清末有了长足进步①。可见,重视译介西方短篇小说是民初小说翻译的一大特色。

为了更好地译介西方小说,民初"兴味派"小说家还对翻译方法进行了初步探讨。他们认识到中西文化与文学的差异是进行小说翻译的重大障碍,因此要求译者不仅应具有较高的中外文水平,还应具备谨慎绵密的心思,以能够辨识出两者差异并给予恰当呈现。例如对于不懂外文的林纾及其译作已有所批评,指出"译者方一意摹古,而原作精英已丧失不少"②,"核之原作,往往发现大相径庭之处,此系林氏译书之短"③,"其病在不以原作为本位,而以译者为本位,此不谙西文之故"④。总体来看,民初"兴味派"小说家大多主张采用忠于原著的意译方法,即姚赓夔所说"译小说,当不背全篇之原意而意译之,不可斤斤于一字一句而直译之也"⑤。为何做如此选择呢?他们认为中西文法不同,按字直译,必会产生钩辀格磔之弊⑥,因此在"我们中国民众学力很浅的底下,决不能用直译法译出来,不但不能使人懂得,反使阅者太觉得烦闷了"⑦。这是比较符合近代读者实际情况的,从事实上看,用古朴文言直译的《域外小说集》当初并没有销路,用欧化语体文直译的小说在20世纪20年代仍有不少读者排斥,而读者普遍欢迎的是不失原文精彩的意译小说。意译自然是那些主张直译的"新文学家"所极力反

---

① 可参看李德超、邓静:《清末民初对外国短篇小说的译介(1898—1919)》(《中国翻译》2003年第6期)一文。据该文研究可知,民初"兴味派"("旧派")小说家扮演了译介和推广域外短篇小说的主要角色,其译介数量占了所有译者所译总数量的70%以上。
② 陈钧:《小说丛谈》,《时报》1922年4月21日。
③ 梅影簃主:《小说闲评》,《申报》1921年4月10日。
④ 滕固:《译小说一席谈》,《申报》1921年4月3日。
⑤ 姚赓夔:《小说杂谈》,《星期》1922年第29号。
⑥ 周瘦鹃:《自由谈之自由谈》,《申报》1921年3月13日。
⑦ 秋月柳影:《小说杂谈》,《小说日报》1923年5月8日。

对的,他们当然看不起那些由意译而来的民初翻译小说、甚至斥责它们是胡译、乱译。对于直译意译孰优孰劣是我国翻译界长期争论不休的话题,我们姑且不论。单凭历史发展的眼光观之,如果没有民初植入固有文化机体的大量意译小说作品被国人喜爱和接受,五四以后新的翻译成就的获得大概还在不可知之列。

综上可见,在对待西方文学(小说)的问题上,民初"兴味派"小说家并不"旧",他们秉持开放学习的心态重视西方小说译介,不断摸索着恰适的翻译方法,不仅将清末"小说界革命"以来翻译西方小说的时潮推得更高,还完成了由清末重视长篇到民初重视短篇的翻译选材转型。据实而言,"兴味派"小说家是民初翻译西方小说的主力军,正是他们的翻译实践为五四"新文学家"更具现代性的翻译探索与实践奠定了基础。

(二)

较之清末,民初"兴味派"小说家开始了比较系统的西方小说研究,并进而及于中西小说比较研究。西方小说引进后,自然免不了对其评说并与本土小说比较,这从晚清就已经开始了,但那时的研究还比较零散幼稚,属于萌芽期。进入民国之后,西方小说的引进已经四十余年[①],数量也很可观,这为系统地进行西方小说研究以及中西小说比较研究准备了条件。民初介绍西方小说及进行中西小说比较研究的论著主要有孙毓修的《欧美小说丛谈》(1913—1914),瘦鹃的《德国最有名之女小说家》(1915)、《小说杂谈》(1919)、《说海珍闻录》(1921),纳川的《小说丛话》(1916),解弢的《小说话》(1919),冥飞、海鸣等的《古今小说评林》(1919),张毅汉的《小说范作》(1919),吴灵园的《小说闲评》(1921)、《茶

---

① 学界比较一致的意见是近代第一部产生较大影响的翻译小说《昕夕闲谈》发表于1872年。

花女丛话》(1922)，梅影簃主的《小说闲评》(1921)，等等。下面对这些论著略加探析，以观民初"兴味派"小说家在西方小说研究以及中西小说比较研究上的不俗成果。

《欧美小说丛谈》1913年4月到1914年12月连载于《小说月报》，后由商务印书馆出版单行本。是书从古希腊的荷马史诗谈起，一直谈到18、19世纪的欧美小说，还兼及戏曲、神话等其他文类，内容十分翔实，对于时人系统了解西方小说有一定帮助。同时，该书也注意进行中西小说比较研究，在比较中为力倡"兴味化"小说创作提供理论依据。例如，孙毓修受西方学者研究中国文学史的启示，较早注意到笑话在中国文学史上的存在和地位，他说："《笑林广记》者，坊本中至劣之书也。英人嘉爱尔氏 Giles 撰《中国文学史》(The History of Chinese Literature) 采录颇多。盖以滑稽家言，于文学史中例占一席，而吾国自周秦以来，未有专书，《笑林》《谐录》今悉不传，通俗之本仅见《笑林广记》耳。既不得分封大国，则据一附庸，亦足自豪，慰情聊胜于无。此嘉爱尔氏所以有取乎尔也。"[①] 这便为当时盛行的"滑稽小说"在理论上争得了一席之地。他在介绍西方神话小说、演义小说的时候也总是观照中国传统的同类型小说，通过中西互证的办法，指出了这些种类的小说具有很高的文学价值，为当时创作同类型小说提供了理论支持。孙毓修与其他民初"兴味派"小说家一样，积极向西方取经，但同时绝不忽视文学传统的力量，在中西小说比较中，他更加坚定了这一文学主张。他曾说："剿袭陈言，不必为莎士比讳。盖不有旧者，何以有新？发朝华于古柯，启夕秀于陈草，古锦于以新裁，旧方可以活用。他山攻玉，异代为师，要非才子不辨耳。今读莎士比之遗曲，运古入化，正如荷花出乎污泥之中，而亭亭玉立，并无土气

[①] 孙毓修：《欧美小说丛谈·神怪小说》，《小说月报》1913年第4卷第4期。

息,泥滋味,吸受泥土之供养,而不染其污滓者也。此则神于学古者也。"① 实际上,他之所以做介绍欧美小说的工作,归根结底还是希望借助于西方文学"使我国别发一种新文学",就仿佛"六朝间之文字所以一新者,皆受佛学之感化"②。因此,他在进行中西文学比较时采用了一种平等眼光,主张对欧美文学进行实事求是的译介与评判。

纳川《小说丛话》的中西小说比较研究则显示出他初步具备了世界文学眼光。例如,他认为"小说进化之迹,必由神话小说渐趋于事实小说,征诸古今中外,莫不皆然"③;"中国之《西游记》,阿拉伯之《天方夜谭》,其体例皆可一不可再,因小说中不可不备此一格,效颦则无谓矣"④。这些都是在世界文学格局中讨论中外文学的一些特点。他还认识到中西文化不同导致了审美趣味不同,比如当时出现了"泰西'笑林'译成中文"不能引起中国人发笑的现象⑤。据此,他认为"读泰西小说,必先明其历史地理、风俗习惯,然后始能贯串,否则不知其妙"⑥。于是,从中国国情出发,他主张对西方小说要有所辨别地吸收,他并不认为所有西方小说对我们都有价值。他说:"泰西小说有不可不读者,如《鲁滨逊漂流记》《黑奴吁天录》《茶花女遗事》之类,余如幽晦冗长之侦探,千人一面之言情,虽终身不看,亦无憾焉。"⑦ 虽然他对不同小说类型的价值认定体现了个人趣味,但对西方小说有区别的借鉴态度较之晚清不加分析的臆断无疑是一种进步,也是五四"新文学家"精

---

① 孙毓修:《欧美小说丛谈·马罗之戏曲》,《小说月报》1913年第4卷第8期。
② 绿天翁(孙毓修):《绿天清话·译文》,《小说月报》1912年第3卷第12期。
③ 纳川:《小说丛话》,《中华小说界》1916年第3卷第6期。
④ 同上。
⑤ 同上。
⑥ 同上。
⑦ 同上。

选世界名著进行翻译的先声。他还在中西小说比较中谈及各自的优点，如他认为中国小说的结尾胜于西方，而西方小说的开头有独特之处，所谓"泰西小说多奇峰突起，令人捉摸不定，渐入渐平，终局则嚼蜡矣；中国小说则重结局，必有'曲终人不见，江上数峰青'之妙，始称合作"①。整体上看，纳川对中西文学的上述见解有利于时人开拓文学视野，加深对二者特点的认识，有一定的积极意义。

解弢《小说话》则将"欧美译书"放在整个中国小说的大家庭里，"别为戊类"，加以论述②，这是相当先进的。要知道，在1920年代"新文学"内部还爆发过与翻译文学有关的"处女、媒婆与奶娘"之争③。直到21世纪初，我们才普遍将翻译文学作为中国整体文学的一部分来看待④。这种将翻译小说作为中国小说总体组成部分的小说观有利于在本土化立场上更加深刻、公允地考察中外小说之短长。例如，评论战争小说，他通过《水浒传》《三国演义》与《金风铁雨录》《战血余腥记》《烟水愁城录》等对比，得出西洋小说"其叙战事也，真切活泼，最为有神，较吾国为胜"⑤的结论，并指出其原因在于"西俗尚武，战争复繁，且行征兵之制，故文人学士亦皆洞悉战阵景象"，故写得逼真，而"中土之文士，率手无缚鸡之力，偶逢战事，则携室而逃"，著书时全凭臆想，或以戏场代

---

① 纳川：《小说丛话》，《中华小说界》1916年第3卷第6期。
② 解弢：《小说话》，上海：中华书局1919年版，第1页。
③ 先是1921年1月15日郭沫若在《时事新报·学灯》上批评当时文学界"只注重媒婆，而不注重处子；只注重翻译，而不注重产生"，从而引起郑振铎的批驳，郑氏先后发表了《处女与媒婆》《翻译与创作》等文章，在《翻译与创作》中，他提出了翻译者即为"奶娘"说。
④ 由孟昭毅、李载道主编的《中国翻译文学史》（北京大学出版社2005年版）认为中国翻译文学"实际上已经属于中国文学的一个特殊而又重要的组成部分"；杨义的《文学翻译与百年中国精神谱系》（《学术界》2008年第1期）也认为"20世纪中国翻译文学，是20世纪中国总体文学的一个独特的组成部分"。
⑤ 解弢：《小说话》，上海：中华书局1919年版，第3页。

战场,自然失真。① 这的确是真正的研究所得。又如,对于小说中的景色描写,他既能看到《红楼梦》《水浒传》的妙处,也能看到《鬼山狼侠传》《旅行述异》的可喜之处②;在谈到"小说中写美人爱情"时,他认为"足为世界美人情种之模范者,吾华则推《红楼梦》之黛玉,欧西则推《茶花女遗事》之马克"③。再如,他也注意到了中西小说所写内容的同质性,他说:"《儒林外史》《怪现状》《块肉余生》皆系作者自述身世,而莫不痛陈其家庭之恶状,足见家庭之间,苦多乐少,忍泪吞声之事,盖有不能对世人言者矣。"④ 在细读"欧美译书"时,他还发现了西人善写"滑稽小说""社会小说""家庭小说"的特点,并对此称赏不已。以上富有创见的论述在文中所在多有,体现出民初中西小说比较研究的进一步深入。稍后出版的《古今小说评林》所评"古今小说"也包括翻译小说在内,作者冥飞、海鸣等普遍对"林译小说"表示赞赏,体现了"林译小说"在那个时代的独特魅力。几位作者中玄甫谈西方小说最多,值得注意的有三个方面。第一,指出"小说有为己作的、为人作的,为世界作的,三种"⑤。他看到了中国小说自娱、娱人的特点,希望通过这一分类,刺激当时的小说家向托尔斯泰、大小仲马、雨果、莫泊桑、狄更斯等享誉世界的作家学习,多写"为世界作的"小说。第二,指出西方侦探小说与逻辑学的关系。这较之以前单纯将侦探小说与公案小说对接的看法是一个飞跃。第三,指出"西籍东译,译本小说佳者固不少,而平淡无奇者亦不知凡几",他希望译者多译有价值的小说,"以发扬吾译界之荣光"⑥。以上观点

---

① 解弢:《小说话》,上海:中华书局1919年版,第8页。
② 同上书,第7—8页。
③ 同上书,第9页。
④ 同上书,第105—106页。
⑤ 冥飞、海鸣等:《古今小说评林》,上海:民权出版部1919年版,第164页。
⑥ 同上书,第181页。

与"新文学家"的翻译主张颇有相合之处。

周瘦鹃作为民初著名的翻译小说家,在翻译对象的选择上具有较强的名家意识,其《德国最有名之女小说家》《小说杂谈》《说海珍闻录》等述评的正是他所熟悉的欧美名家名作,如英国作家狄根司(狄更斯)、谭福(笛福)、菲尔亭(亨利·菲尔丁)、施各德(华特·司各特)、哈代、哈葛德,法国作家嚣俄(雨果)、毛柏桑(莫泊桑)、白尔石克(巴尔扎克)、乔治山德(乔治·桑)、查拉(左拉)、梅立末(梅里美),美国作家欧文(华盛顿·欧文)、霍桑、波(爱伦·坡)、施土活夫人(斯托夫人)、马克·吐温,俄国作家托尔斯泰(列夫·托尔斯泰)、杜瑾纳夫(屠格涅夫)、盎崛列夫(安德烈耶夫),德国作家贵推(歌德)、李楷达罕克(理卡塔尔·胡赫),苏联作家麦克昔姆高甘(高尔基),西班牙作家山尔文咨(塞万提斯),《茶花女》《堂堪克素传》(《堂吉诃德》)、《大卫柯伯菲尔》(《大卫·科波菲尔》)、《九十三年》(《九三年》)、《红礁画桨录》《宇叶尼朗台》(《欧也妮·葛朗台》)、《福尔摩斯侦探案》《黄金岛》,等等。由于周瘦鹃对欧美小说"寝馈既久,选择綦精"①,因此他的述评对于时人了解欧美小说界状况大有裨益。在评述之中,周瘦鹃还将西方名作与《红楼梦》等中国名著加以比较,以阐发其"情文兼茂"的小说创作观。其他人的几篇文章主要是就具体的外国作品展开品评,也同样有助于拓展时人文学视野。例如吴灵园的《小说闲评》②将《红礁画桨录》与《红楼梦》作比较后得出两书不仅人物、情节相似,而且主旨思想也都隐隐以一夫一妇之神圣爱恋为提倡;梅影簃主的《小说闲评》③则比较了《块

---

① 王钝根:《〈欧美名家短篇小说丛刊〉钝根序》,《欧美名家短篇小说丛刊》,上海:中华书局1918年版,第1页。
② 吴灵园:《小说闲评》,《申报》,1921年5月8日。
③ 梅影簃主:《小说闲评》,《申报》,1921年5月1日。

肉余生述》与《水浒传》,认为前者"能一贯到底,无虑委散",实优于后者,这种评析有利于读者理解西方小说,也让读者生出中西文学相通之感。又如吴灵园《茶花女丛话》揭示说"(《茶花女》)打破佳人才子遇合团圆的作法""对于中国小说界,有莫大之影响与变动"①,这既是在陈述一种事实,又是在引导一种创作革新。再如张毅汉的《小说范作》分析莫泊桑的短篇小说《断弦》"本非离奇曲折,而其中自有一种神味,令人心赏者。此无他,在情理之中,而能曲绘入细耳"②,这就引导当时的小说创作者更新头脑中固有的"无奇不传"的选材观念,重视现实题材并进行符合情理的细节描写。

综上可知,民初"兴味派"小说家由西方小说之译介进而及于中西小说比较研究是十分活跃的,已经掀起了我国近现代外国(比较)文学研究的第一次高潮。这种基于史实的新发现可再次确证民初"兴味派"小说家面向西方小说(文学)资源具有开放的心态。

(三)

民初"兴味派"小说家面向西方文学的开放心态不仅表现为他们高度重视西方小说译介,进行了颇有建树的西方小说及中西小说比较研究,还突出地表现为他们积极借鉴西方文学进行小说创作。

这首先表现在之前重点论述的,民初"兴味派"小说家主动接受西方小说(艺术)观念,结合本国小说"兴味"传统观念,形成了追求兴味审美的创作新风尚。

其次,民初"兴味派"小说家广泛借鉴西方小说技巧力促固有小说文体发生新变、并创生出新文体。我国固有的笔记体、传奇体、话本体、章回体等诸体小说在民初都发生了或多或少的新变。

---

① 吴灵园:《茶花女丛话》,《半月》1922年第2卷第6期。
② 张毅汉:《小说范作》,《小说月报》1919年第10卷第1期。

例如，笔记体小说设有标题的单篇作品增多，文学性增强；传奇体小说涌现出大量采用新的叙事技巧和写人方法的新题材（都市、家庭、社会）作品，改变了原有纪事本末体和传记体的形式特征，非情节叙事、场景及心理描写增加；话本体小说普遍地使用第一人称，采用插叙、倒叙、补叙，进行横截面式描写，出现了大段的心理、景物刻画；白话章回体小说在语言上吸收了一些西方小说的词汇及语法，其叙事视角、叙事内容、叙事节奏都在突破传统的叙事成规；文言章回体小说大多运用第一人称限知叙事，重视叙事时序变化，加强场景及心理描写，有的还穿插日记和书信、甚至出现了一些西方名物思想①。这些新变是民初"兴味派"小说家在创作过程中自觉采西方之石来攻东方之玉，融纳外国小说的某些艺术技巧进行现代化革新试验的结果。"兴味派"创作的新体白话短篇小说更是在这一试验过程中结出的硕果。其体式明显受到西方小说的影响，已经完全甩掉了话本体"入话""头回""有话则长，无话则短""话说""听者诸君"等套话和附加物，更关键的是不再借用话本体虚拟情境来叙事写人；以"横截面"式的小说为主，在叙事视角、叙事时间、结构方式上都打破了讲有头有尾故事的传统；同时还普遍加强了人物心理刻画，并呈现出一定的"诗化""散文化"特征。

再次，民初"兴味派"小说家大量吸收西方小说营养，在继承传统的基础上创作出当时最流行的几种类型小说——"言情小说""社会小说""滑稽小说"。袁进教授有篇文章专门探讨了近代翻译小说对民初言情小说的影响，他认为：

> 这种影响可以分为三个方面：首先在价值观念上，它帮助

---

① 详见拙作《论传统小说文体在民初的通变》，《中山大学学报（社会科学版）》2021年第4期。

当时中国正处在朦胧状态的对宗法制的反抗推向明确，开始显示了独立的个性的人的存在，走向正视现实和反抗现实；其次是在人物塑造上，民初小说出现了恋爱的和尚、寡妇等崭新的人物，增加了人物的牺牲精神与忏悔意识，运用写实的方法描绘人物，改变了原先"才子佳人"模式；最后是在叙述方式上，民初小说改变传统叙事方式和结构，接受外来影响，促使小说转型。①

上述论断是符合历史事实的，民初言情小说之所以呈现出新的风貌无疑与翻译小说的影响密切相关。"社会小说"和"滑稽小说"的情况与此非常相似，都是继承传统与借鉴西方的共同结晶。上文曾强调《儒林外史》等传统小说对民初"社会小说"的影响，实际上它受狄更斯等人的西方小说影响可能更大一些。比如解弢就认为"吾国昔无社会小说，故于贫家状况，多未述及……反观迭更司之书，则真可谓穷极色相"②，"日常琐事，俯拾即是，能手拈来，皆成妙谛"③。姚鹓雏曾评"林译小说"云："以余个人之嗜好而言，当以译却而司迭更司诸作为第一。迭更司擅长描画社会情状，谑浪风生，微辞偶见，与林先生笔情为近。"④ 就像民初文人在谈论"言情小说"时总喜欢将《红楼梦》与《茶花女》对举，他们在言及"社会小说"时也总喜欢将吴敬梓与狄更斯并置。民初"社会小说"取材的日常化、语言的滑稽化、情节的繁复性以及其中流露出的一些民主、博爱思想都是与西方小说的影响密不可分的。"滑稽小说"在中国古代从来没有单独成为一类，即使像《西游记》《儒林

---

① 袁进：《试论近代翻译小说对言情小说的影响》，《上海社会科学院学术季刊》1996年第3期。
② 解弢：《小说话》，上海：中华书局1919年版，第48页。
③ 同上书，第60页。
④ 鹓雏：《说部撮谈》，《晶报》1919年11月27日。

外史》这样充满滑稽讽刺笔墨的小说也习惯性地被称为"神魔小说"和"士林小说"。1906年,吴趼人在《月月小说》创刊号上独立设置"滑稽小说"一栏,这正是"西风"席卷下的近代产物。在民初"滑稽小说"的创作中,不仅常见将西方人物请进小说进行调侃的现象,在语言、叙事、形式诸多方面,也积极向西方作家——狄更斯、契诃夫、莫泊桑、马克·吐温等——广泛学习。

最后需要指出的是,民初"兴味派"小说家大量译介西方短篇小说为创作界提供了新的参考对象,不仅推助了民初短篇小说创作的繁荣,也为"五四"短篇小说的崛起准备了条件。"兴味派"小说家借鉴西方短篇小说艺术技巧,立足于民初读者的阅读、审美习惯,创作了大量的短篇小说,不断为短篇小说的现代转型探索新路。他们的作品,有的注意心理描写,有的淡化故事情节,有的呈现出一种抒情化、诗化、散文化的特征,有的出现了"多声口"叙事,有的增强了"似真"效果。为了一新读者耳目,他们还创造性地引进了西方日记体、书信体、对话体、游记体、独白体等艺术形式。可以说,"兴味派"小说家在民初进行的种种短篇小说文体试验为现代短篇小说的兴盛作出了卓越贡献。不过,由于短篇小说是五四"新文学"的标志性文体,"新文学家"曾极力抹杀上述事实,以致其长期遭遇遮蔽。

由以上三方面考察来看,民初"兴味派"小说家面向西方文学(小说)的心态总体上是开放的。他们积极译介西方小说,认真研究比较中西方小说的特点、优劣,主动吸收西方文艺思想来为其"兴味"小说观服务,自觉借鉴西方小说的形式技巧创作小说。然而,他们中的多数人都没有出过国门,外文水平并不高,他们活跃在一个尚未建立"文学上翻译的总标准"[①] 的时代,这一切决定了

---

① 曾朴:《复胡适信》,见《胡适全集(第3卷)》,合肥:安徽教育出版社2003年版,第815页。

他们多数人对西方文化（文学）还多少有些隔膜。于是，当那些"新文学家"留学归来，亲密接触过西方的他们自然不能满意民初翻译界的译风与选材。他们抓住民初"兴味派"小说家不够重视西方文艺理论的缺失，运用已经掌握的西方语言、文学等文化资本批判他们由传统走向现代的渐进式新变，希图通过一场全面向西转的"新文学革命"，完成"文学场"的迁移。以今观昔，我们不能不为五四"新文学家"的一些过激做法感到遗憾，也不能不公正地进行评价：作为过渡性的一代，民初"兴味派"小说家曾经开放地面向西方，他们对西方小说的译介、比较与借鉴在我国小说现代转型期曾作出过自己应有的贡献。认清了这一点，我们就应该为其撕下所谓"旧派"的标签。

三、走近民间

"兴味派"主要活动在民初上海这个比较成熟的市场机制运作下的"文学场"中，"市场"成为决定其写作立场的主导力量。当时文化市场服务的主要对象是都市居民，这就决定了民初"兴味派"小说家必须面向"都市民间"写作。这种民间写作立场促其积极汲取民间文学（文化）营养，采取日常化的民间叙事，写的是"以兴味为主"的小说。

清末发生一系列文学革新以来，整个中国文学转型走的实际就是一条由"庙堂"到"民间"的道路。很显然，正是由于"戊戌变法"惨败才引发了梁启超等士大夫文人对具有巨大民间影响力之小说文类的重视。他们在无法撼动"庙堂"上的主流意识形态、进行变法维新时，主动选择推动小说这种民众喜闻乐见的文类向文学中心挪移，其主观目的显然是想通过小说来启发民智、灌输文明、改良社会。与之相呼应的清末"诗界革命""剧界革命"等，无论是对民间文类的改造，还是主动吸收和化用民间文学、民俗文化，其用心均含有发挥其"新民"之政治启蒙作用的考量。五四"新文学革命"乃是沿着这条道路继续拓展，"新文学家"倡导"建设明了的通俗的社会文学"①"人的文学"②和"平民文学"③，并借用西方人类学、文艺学等理论知识建立起了现代学术意义上的民俗学、民间文艺学等学科。看上去，五四"新文学家"好像深入"民间"了，然究其实，他们发起"新文化运动"旨在进行"科学""民主"等现代西方思想启蒙，他们始终是以现代知识精英心态来面向民间的。可以说，"由于'五四'新文学为'启蒙'而'民间'完全是一种被动行为，那么它就必然会对'民间'提出自己的要求与规范，比如胡适在其《文学改良刍议》一文当中，首先就是强调'思想'对于'文学'的统帅作用，他认为'吾所谓思想，盖兼见地，识力，理想三者而言之。思想不必皆赖文学而传，而文学以有思想而益贵，思想亦以有文学的价值而益贵也'"④。可见，"新文学家"的"民间"意识更多的是一种基于精英意识的"民间想象"。较之清末"新小说家"与五四"新文学家"，民初"兴味派"小说家既沿着"小说界革命"开辟的由"庙堂"到"民间"的道路继续前行，又接受文化市场的导引将面向"民间"的写作立场变为一种源于自身生存的需要，显然更为真实纯粹。但由于"兴味派"保持了"民间"更多的"自由自在"的美学特性，没有使用崇高的启蒙话语将其精心包装，因此长期被评论者所忽视和误读。下面，笔者试着加以探讨。

除了晚清以来的文学发展趋势及民初"文学场"的市场因素

---

① 陈独秀：《文学革命论》，《新青年》1917年第2卷第6号。
② 1918年12月7日周作人写作了《人的文学》一文，在《新青年》第5卷第6号上发表。
③ 1918年12月20日周作人接着写作了《平民文学》一文，在《每周评论》1919年第5期上发表。
④ 宋剑华：《精英话语的另类言说——论20世纪中国文学的"民间立场"与"民间价值"》，《暨南学报（哲学社会科学版）》2011年第2期。

第三章 不断自我调适的民初"兴味派"小说家

外,促使"兴味派"面向"民间"写作的另一个重要因素是它向古代小说传统的回归。前文已谈到,中国古代小说最初只是些民间的"道听途说""街谈巷议",后来始终与"说话"等民间艺术关系密切,是中国传统市民文学的核心文体。从唐代白居易在"新昌宅说'一枝花话'"①,其弟白行简将"一枝花话"改编成《李娃传》;到宋仁宗宫廷中听"说话","瓦市"里流行"说浑话""讲史"等民间艺术,这些后来成为白话章回小说的滥觞;再到明代"话本"对文人"拟话本",清代民间故事对《聊斋志异》《阅微草堂笔记》等的直接影响;我们可以清楚地看到传统小说与生俱来的"民间性"。正因为这种"民间性",小说才一直以来不登大雅之堂,只是一种边缘文类。直到清末"小说界革命"才把它往中心推送。既然民初"兴味派"要回归这一小说传统,必然要脉承这一民间写作立场。特别是他们大多数人自觉地疏离了政治当局,不愿做高居庙堂上的"御用文人",自然要去为民间大众服务。

我们阅读"兴味派"小说,很直观地可以感觉到它所具有的通俗性、民俗性以及日常性特征,这正是他们秉持民间写作立场的结果。通俗性所包含的小说语言的白话化与情节化正是为了满足广大都市居民读者的阅读需要与审美习惯。为了把小说写得通俗易懂,民初"兴味派"小说家积极倡导和实践使用白话写作。例如,"兴味派"的代表作家包天笑在清末即已积极倡导白话文著、译,早在1917年他就在其主编的《小说画报》上公开宣称"本杂志全用白话体"②,这时"新文学家"的"白话文运动"还只是停留在口号上,《新青年》直到1918年4卷1号起才完全改用白话文。由于我国古代传统小说主要是一种市民文学,为了满足市井娱乐的需要自

---

① 《全唐诗》卷四〇五。
② 《〈小说画报〉例言》,《小说画报》1917年第1期。

然形成了重情节的民族特征，这一点被民初"兴味派"继承下来。这些小说家普遍认为"情节离奇是小说的骨子"①，这一点从他们的理论与实践来看都是不争的事实。为了找到能传"奇"兴"味"的素材，民初"兴味派"小说家将艺术的触角伸向了"都市民间"的角角落落。他们的"报人"身份又为其广泛接触社会、进入"都市民间"准备好了便利的职业条件。他们在与三教九流、贩夫走卒的亲密接触中熟悉了都市民间生活，为进行都市日常叙事储备了充足的素材。于是，他们的小说中就出现了血肉丰满、形象生动的小资产者、城市无赖、地痞、恶棍、流氓无产者，封建帮会分子、妓女、军人、学生、教师、工人、商人、洋场买办、官僚、无耻文人、和尚、尼姑、侠士、农民、外国人等各类形象。他们善于"识小"，较少对重大的政治变革、军事动乱、伟大人物等做正面描写，而常常以市井闲人为主要人物，以描写他们的世俗、市井生活为主，有意刻画城市平民的生活琐事和细节。这是与当时大部分"新文学家"将描写"下等社会"看得过于容易的浮躁心态截然不同的。正如刘半农批评"新文学家"的，以为"把我辈文人的思想刻画他（下等社会），万无不象之理。不知心中存了这含有绅士派臭味的念头，他的著作，便万万不能与下等社会的真相符合，真所谓'失之毫厘，谬以千里'"②。实际上，那些住在亭子间里的"新文学家"虽然与他们要启蒙的"民间俗众"近在咫尺，但对"民间俗众"的真实生活、思想的了解却相隔万里之遥，因为他们高高在上的知识精英意识自觉不自觉地已将其区隔于俗众之外。这是当时不少"新文学家"写出的小说不能获得广大市民读者欢迎的关键所在。民初"兴味派"小说之所以能广泛地占有阅读市场，正是因为

---

① 刘半农：《诗与小说精神上之革新》，《新青年》1917年第3卷第5期。
② 同上。

他们描写的都市生活真实生动、活色生香。这种真正与"民间"同构同态的作品在今天看来,艺术上也许略显粗糙、笨拙,但在当时读者的眼里、心中则是堪可迷恋的文学珍品。他们写作的包括"倡门小说""黑幕小说""帮会小说"在内的大量社会小说,由于真实地记录了民初社会形形色色的都市生活,在今天早已成为社会史、城市史研究的重要参考资料。

另外,民初"兴味派"小说家大多长期生活在民俗文化繁荣的江南地区,他们对包括年节祭祖、清明扫墓、中元放灯、龙舟竞渡等民俗仪典及其他民俗文化都十分熟悉,丰富多彩的民俗民情常常被他们写进小说之中。例如,周瘦鹃的短篇小说《先父的遗像》中就写有年节祭祖的情景:

> 每年大除夕,好容易把一切过年的琐事安排好了,就从一只长方形的画箱中取出五幅画像来:祖父祖母咧,姑丈姑母咧,和先父的遗像并挂在一起。点了香烛,供了三盆鲜果和一个果盘,然后上茶上酒上菜上饭,又必恭必敬地向那五幅遗像各叩了一个头。那祖父、祖母和姑丈、姑母,我都没有见过,对他们自也没有多大感情。我的心目之中,自只有父亲的一幅遗像,那张圆圆的大白脸上,似乎布满了笑,眼睁睁地对我瞧着。①

同时小说中还写了清明扫墓、新婚上花坟等民俗。包天笑、姚鹓雏等人的小说中也多次写到清明扫墓的场景。叶小凤的长篇小说《古戍寒笳记》中汾湖义师假"赛龙舟"练习水军的宏大场景显然是从民间龙舟竞渡中化出。民初"兴味派"小说家中还有以写某一城市风土民情著称的名家,比如擅写扬州的李涵秋、擅写苏州的程瞻

---

① 瘦鹃:《先父的遗像》,《半月》1923 年第 2 卷第 11 号。

庐。李涵秋的《广陵潮》就被誉为"清末民初民俗民情的一块'活化石'"①，这部小说对"绣春裹脚""云麟开蒙""教民霸道""病笃冲喜""学叉麻将""云母观音山求子""扬州灯会风情"以及扬州的婚娶风俗等等，都有十分具体详实的描写。程瞻庐是一位喜欢通过"田野调查"收集小说材料的作家，严芙孙曾这样记载："君偶出，见村妇骂街，辄驻足而听，借取小说材料。君得暇，啜茗于肆，闻茶博士之野谈，辄笔之于簿，君之细心又如此。"② 另外，他还喜欢听评弹、听说书、喜闲聊。因此，他的小说中自然充溢着长期生活所居之地苏州的民俗民情。程氏最知名的小说《茶寮小史》就生动地描写了苏州人"孵茶馆"的生活习俗。正如汤哲声教授所说："茶寮就是苏州的特色，苏州的文明，苏州的美德。在程瞻庐心目中，苏州是和茶寮画上等号的。"③

实际上，像程瞻庐这样注意从市井民间收集材料的民初"兴味派"小说家还大有人在，如后来成为"新文学革命"倡导者的刘半农也是有代表性的一位。他十分喜欢收集流行于民间的"下等小说"——大鼓、宝卷、唱本、俚曲等，作为"新文学家"最早研究民间文学的论文《中国之下等小说》就是以其在上海"卖文"时搜集到的二百多种"下等小说"为基本文献撰写的。"下等小说"之所以引起刘半农的研究兴趣，首要原因在于"其销场之大，却非意料所及"④——他所处的"民间写作立场"决定了凡能引起广大读者阅读兴味的文学样式总能引来他关注的目光。刘半农主张学习

---

① 范伯群：《中国近现代通俗文学史》上卷，南京：凤凰出版传媒集团2010年版，第227页。
② 严芙孙：《程瞻庐小传》，魏绍昌编：《鸳鸯蝴蝶派研究资料》上卷，上海：上海文艺出版社1984年版，第534页。
③ 范伯群：《中国近现代通俗文学史》下卷，南京：凤凰出版传媒集团2010年版，第248页。
④ 鲍晶：《刘半农研究资料》，天津：天津人民出版社1985年版，第187页。

"下等小说"滑稽的内容和形式。他在该论文中多次用到"滑稽"二字来指出"下等小说"文笔之活泼有趣,对于一些"在文学上和社会观察上,都没有什么价值"① 的小说,仅由于写得"滑稽",他便给予介绍和肯定,体现出他一以贯之的"兴味"文学观。他强调要注意"下等小说"迎合普通读者心理的"通俗"特性,他在文中甚至称誉此类小说是下等社会的"通俗教科书"。他还号召"新文学家"向描摹社会的"下等小说"取材,以便更真实地描写"下等社会"。从刘半农的上述主张来看,即使摇身变成了"新文学家",他也未曾脱掉"兴味派"文人的底色。他撰写这篇论文时还没有那些留学归来的"新文学家"头脑中的西方文体分类观念,他将大鼓、宝卷、唱本、俚曲等统称为"下等小说",由此可见当时他还秉持与"兴味派"一致的文体观念。该论文的其他主张也基本与"兴味派"的整体认识相吻合。唯一不同的是,他以撰写专题论文的方式对民初"兴味派"已有之"民间文学"认识进行理论总结与提升,这是作为"新文学"学者的做法。美国学者洪长泰曾指出:"刘复不愿有人提起他从前与'鸳鸯蝴蝶派'的瓜葛,极力与之脱离关系。他承认这种文学的有害无益。颇为幽默的是,也许正因为他与'鸳鸯蝴蝶派'的早期姻缘,他后来成了新文学作家中最先留意通俗文学的人,尤其是通俗小说。结果,导致了他对歌谣征集活动的参与首倡。"② 这种对刘半农文学上前后间吊诡(文中称为"幽默")现象的解读简明直截地指出了刘半农在"新文学"中提倡面向民间的心态准备、知识储备都与他早期是"兴味派"的一员密切相关。这与笔者对"兴味派"面向民间的考察所得之认识是颇为一致的。

---

① 鲍晶:《刘半农研究资料》,天津:天津人民出版社1985年版,第187页。
② [美]洪长泰:《到民间去——1918~1937年的中国知识分子与民间文学运动》,董晓萍译,上海:上海文艺出版社1993年版,第56页。

实际上，直接向民间文学（文艺）汲取营养，正是大部分民初"兴味派"小说家的共同创作倾向。比如李涵秋不仅以维扬掌故为《广陵潮》的重要内容，而且明显借鉴了扬州评话的艺术精华。扬州评话在人物上以刻画扬州市井细民为特色，叙述上以描写细致入微、结构严谨、首尾呼应、环环紧扣、头绪纷繁但井然不乱见长，语言上讲求生动有趣，且富有节奏感。《广陵潮》正是以这样的艺术特色引人入胜的，正如张恨水所说："据一个扬州朋友告诉我，扬州说书人，就是这个作风。那末，《广陵潮》的技术方面，还有地方性存在了。"① 无独有偶，程瞻庐写的《葫芦》《茶寮小史》《新旧家庭》等作品也明显有向苏州评弹学习的艺术特色。刘半农的早期小说有的就可能取材于民间故事，如《中华小说界》1914年第8期刊登的《财奴小影》叙述一个一心想发财成为富翁的磨工。他嫌贫爱富，听到邻居因梦境而得金，变成了富翁。他也努力做梦，终于梦到自己磨子石板底下有金刚石和黄金。他和妻子努力挖那石板，石板动了，磨子塌了，金刚石和黄金却并没有，这样一来，他连谋生的基本工具也毁坏了。这个小说的素材很可能来自民间的"发财故事"，也可能是刘半农对其收集到的一则"下等小说"的加工。另外，他的"滑稽小说"经常使用民间口语，这一点，乃是民初"兴味派"所作"滑稽小说"在语言上的普遍现象。他们之所以选择民间口语来写作是因为这些语言既浅显又生动，很符合当时市民大众的阅读口味。如程瞻庐所作《茶寮小史》第十二回中茶博士评论茶客就多用此类语言：评许老头装腔作势假算茶帐"叫做缺嘴咬虱虮，有名无实"；评姓张的真吝啬、假客气"叫做老太婆吃海蜇，嘴里闹忙"；说张家请的西席先生还不如姓张的"叫做一蟹不

---

① 张恨水：《〈广陵潮〉序》，《广陵潮》第一册，上海：百新书店1947年版，第6页。

第三章　不断自我调适的民初"兴味派"小说家

如一蟹"①。这样的语言确实能引发读者的笑噱和回味。这样的例子在同类小说中俯拾皆是，不再赘述。民初"兴味派"中还有一些与"民间"更为亲近的小说家，如许指严，他写的那些掌故小说本身就是对民间野史轶闻的整理加工；如姚民哀，他小说家之外的一个身份是评弹艺人，他长期混迹于民间"党会"之中，后来写了不少"党会武侠"小说。总之，民初"兴味派"小说家作为"都市民间"的一分子，用自己的笔记录下了自己所闻所见所感的都市民间生活。

通过以上考察，我们可以肯定地说民初"兴味派"小说家面向民间的心态是开放的，他们积极汲取民间文学、民俗文化资源用于自己的小说创作，从而更好地为广大生活在都市民间中的读者服务。当然，我们应该注意到，他们从来都不去强调这一民间写作立场，也不去突显民间文学、民俗文化的重要价值。这既与他们缺乏自觉的文艺理论建构意识有关，也与他们还残留着传统"江南文人"的文化精英意识有关。他们虽然已无力像先辈那样跻身现实政治的中心，已被时代逼进了文学市场，面向"民间"写作，但他们在民初的第一个十年间仍然是"文学场"的主角儿，与这种身份相应的精英意识在他们心中是始终存在的。他们由走向民间、走近民间到真正走进民间，是在遭受了"新文学家"20世纪20年代初将其扫除文坛的猛烈攻击之后。民初"兴味派"的很多作家在遭到攻击后，被赶出了"文学场"的中心，但同时由于他们有得天独厚的市场性，无奈中"顺势"就将自己真正地推进了民间。不过，这个民间是"新文学家"有意遮蔽、过去论者较少注意的"都市民间"，这个民间是与后来成为文学史叙述重心的"乡村民间"相互独立的社会存在。完全走进民间与市场的作家当然不再是民初时期的"兴

---

① 程瞻庐：《茶寮小史》，上海：商务印书馆1920年版，第45—46页。

味派",他们已然开始了新的文学史过程。

综观以上民初"兴味派"小说家的多元面向,他们从来都不是保守的,正如其领袖人物包天笑所说"我是不喜欢墨守而喜欢创新的"①。此派作家这种不断趋新的文化品格驱使他们积极面向传统、西方与民间汲取可资利用的各种文学资源,怀揣各自心目中的"现代"进行中国小说的多元化写作试验。他们接续中国古代小说传统,"不在存古而在辟新"②,力图在我国固有小说诸文体的现代转型中有所新变;他们通过接触、翻译西方文学(小说),初步拥有了世界文学眼光,并希图在"旧方活用"的基础上,借西方之石攻东方之玉,"使我国别发一种新文学",就仿佛"六朝间之文字所以一新者,皆受佛学之感化"③;他们立足读者市场,身心沉潜于上海这一现代"都市民间",并广泛向民间文学(文艺)学习,将很多原生态的民俗民情写入小说之中。他们在传统小说作法的基础上,以"兴味"为创作取向,将"短篇小说"作为突破口,借鉴西方的艺术技巧,在写人、叙事及环境描写等方面多有突破与变革,在小说艺术表现技法的现代化进程中取得了长足进步。他们提倡小说语言的白话化,小说内容的日常化,对城市居民进行现代生活启蒙,从而创作出了一大批既符合中国读者"兴味"审美习惯,又和现代都市流行时尚合拍的"新"作品。他们还在小说中高倡爱国主义,鼓舞民族志气;维护传统美德,力图由"旧"出"新"地进行现代道德转化,等等。他们的作品不仅在"新文学革命"之前广受欢迎,主宰文坛,即使在遭到了"新文学家"彻底的否定后,也依然拥有大量读者。对于这些创作实绩和成功,我们将在下面几章关

---

① 包天笑:《钏影楼回忆录》,香港:大华出版社1971年版,第300页。
② 冥飞、海鸣等:《古今小说评林》,上海:民权出版部1919年版,第144页。
③ 绿天翁(孙毓修):《绿天清话·译文》,《小说月报》1912年第3卷第12期。

第三章 不断自我调适的民初"兴味派"小说家

于民初"兴味派"作品和读者的研究中看得十分清楚。不容遮蔽的种种事实将告诉我们,民初"兴味派"是一个面向现代的作家群体,他们为中国小说的现代转型作出了独特的贡献,他们在民初小说界掀起的"兴味化"主潮是中国小说现代转型的重要一环。过去人们之所以漠视这一史实,关键是将西方文学的"现代性"当成了唯一的"现代性",这是五四"新文学家"对文学"现代性"认识上的偏见。这种偏见一直在现当代文学发展历史中占据主导。实际上,"世界上本来就存在着多种现代性"①,中国自然也有中国自己的"现代性",假如站在这一立场上来重新审视民初小说作者,就会发现追求"兴味化"是其主流,追求"现代性"是其方向。

---

① 李欧梵、季进:《现代性的中国面孔》,《文艺理论研究》2003年第6期。

第四章
民初与时流变的通俗白话章回体小说

面对我国几千年固有的文学传统,主倡"兴味"的民初小说家走了一条"不在存古而在辟新"① 的转化传统之路。他们脉承古代小说"兴味"传统,以古代小说经典为范本,创作了大量的章回体、传奇体、笔记体、话本体小说作品。这些作品在民初蔚为大观,由于糅入了时新"兴味"而具有独特的现代品性,颇受广大读者喜爱和欢迎,有力地推动了中国小说的发展演进。让我们首先从与时流变的通俗白话章回体小说谈起。

五四时期,"新文学家"普遍认为"从《官场现形记》起,经过了《怪现状》《老残游记》到现在的《广陵潮》《留东外史》,著作不可谓不多,可只全是一套板"②。这"一套板"指的就是白话章回体,而"章回要限定篇幅,题目须对偶一样的配合,抒写就不能自然满足。即使写得极好如《红楼梦》也只可承认她是旧小说的佳

---

① 冥飞、海鸣等:《古今小说评林》,上海:民权出版部1919年版,第144页。
② 周作人:《日本近三十年小说之发达》,《新青年》1918年第5卷第1号。

作，不是我们现在所需要的新文学……新小说与旧小说的区别，思想果然重要，形式也甚重要，旧小说的不自由的形式，一定装不下新思想；正同旧诗旧词旧曲的形式，装不下诗的新思想一样"①。在这类成见的支配下，"新文学家"不断地否定章回体小说的价值，以致1947年张恨水在《章回小说在中国》一文中感慨说："自五四运动以后，章回小说有了两种身份。一种是古人名著，由不登大雅之堂的角落里，升上文坛，占了一个相当的地位。一种是现代的章回小说，更由不登大雅之堂的角落里，再下去一步，成为不屑及的一种文字。"② 之后他谈到章回小说家经五四"新文学家"批判后被压制到极边缘的地位，而章回小说却依旧被读者热烈欢迎的状况，进而谈到章回小说的历史、魔力和前途。张恨水作为20世纪20年代后崛起的章回小说大家，他的坚持和无奈至今让人动容。

实际上，民初白话章回体小说在叙事写人上既脉承传统又寻求新变，面向都市民间写作，既能满足一般读者的阅读习惯又令人耳目常新，因此占领着广大的读者市场，有着独特的文学价值。它自产生之日起就是面向读者大众来写作的，即以"通俗"为根本属性，以娱目快心为创作宗旨，其读者对象自然就较他种文体的小说为广。也正是由于白话章回体小说具有强大的通俗性，意欲用小说来"新民"的晚清"新小说家"对它才格外重视，而小说史家黄人早在清末就已径称其为"通俗小说"。当代学者借鉴西方的"通俗小说"（Popular Literature）概念在"近现代通俗文学史"视域中研究民初小说，关注最多的自然也是以通俗为艺术生命的白话章回体小说。

下面，笔者就从"与时流变的通俗性"这一核心维度对民初白

---

① 周作人：《日本近三十年小说之发达》，《新青年》1918年第5卷第1号。
② 张恨水：《章回小说在中国》，《文艺》1947年第1期。

话章回体小说加以探讨,以期揭示它对传统的坚守,对时代的回应。

第一节　中式白话：与时流变的通俗性语言

　　民初白话章回体小说与时流变的通俗性首先体现在语言上。近代以来的文学变革总是以语言的白话化为突出的标志,与清末"文学界革命"相联系的是同时期的"白话文运动",与五四"新文学革命"相联系的是推翻了我国几千年文言统治地位的国语运动。过去,由于人们只看到民初文学的复古潮流,而忽视了民初文学家在文学语言的白话化方面所作的特殊贡献。尤其在小说界,民初"兴味派"小说家一方面继承清末"白话文运动"的成果,继续借助报刊号召语体变革;一方面通过大量的著、译实践,摸索出了一条适合广大读者口味的白话化之路。民初"兴味派"小说使用的"中式白话"因其从传统中化出又能与时流变,成为一种各阶层读者均喜闻乐见的小说语言,与五四"新文艺小说"使用的"欧式白话"因水土不服、只能为有限的新知识阶层使用和欣赏截然不同。从清末"小说界革命"、民初"小说界兴味化主潮"到五四"新文学革命",小说理论批评家和小说家们之所以一致追求小说语言的白话化,将其作为中国小说现代转型的必经之路,是因为他们一致抓住了白话小说可"通"于"俗"的文体特性,这种"通俗"特性将有助于他们进行政治启蒙、生活启蒙和思想启蒙,培养出"新民"、现代都市人和改造"国民性"。

　　从宋元话本时代起,"话须通俗方传远"[①] 就已成为主流小说

[①] 语出《清平山堂话本·冯玉梅团圆》,见(明)洪楩等编:《京本通俗小说·清平山堂话本·大宋宣和遗事》,长沙:岳麓书社1993年版,第50页。

第四章 民初与时流变的通俗白话章回体小说

界的共识。明代冯梦龙作为古代通俗小说的提倡者,曾经明确指出了"通俗小说"用白话(俗语)来创作的语言特征。中国古代"通俗小说"无论是章回体还是话本体,所运用的白话(俗语)都努力去逼近生活中"活"的语言,因而随着时代的变化而变化。明清时期的"通俗小说"经典《三国志通俗演义》《水浒传》《西游记》《金瓶梅词话》,"三言""二拍",《儒林外史》《红楼梦》等就全都是用当时的白话写的。民初白话章回体小说与明清白话章回体小说一脉相承,其使用的白话也是与时变迁的,以此来保证其"通俗"的基本属性。让我们以当时脍炙人口的几部典范之作为例,略窥一斑。

首先来看李涵秋耗时十余年精心创作的《广陵潮》。这部小说使用的正是"中式白话",可让读者很直观地感觉到它所具有的通俗性、民俗性以及日常性特征。这是李涵秋秉持民间写作立场、坚守小说"兴味"传统的结果。《广陵潮》的语言无论是叙述语言还是人物语言都是与所描写的时代尽量同步的,同时由于受到扬州评话的影响,这部小说的语言还形成了鲜明的扬州地方风味。书中的叙述语言常采用边叙边议的形式,这是传统章回体小说惯常的做法,再加上对扬州评话叙事技巧的借鉴,这一语言形式的通俗性就显得更为突出。小说这样开头:

> 扬州廿四桥,圮废已久,渐成一小小村落。中有一家农户,黄姓,夫妇两口,种几亩薄田,为人诚朴守分。乡下人不省得表号名字,人见他无兄无弟,顺口呼他为黄大,呼他女人为黄大妈。年纪都在三十以外,自食其力,与世无争,倒也快快活活。谁知世界上大富大贵,固然要有点福泽来消受他,就是这夫耕妇锄,日间相帮着辛苦,夜晚一倒头睡在一张床上,也是不容易的。偏生这一年,由冬徂春,无一点雨泽,田土坼干,眼见不能种麦。等到四月底,才降点雨,合村赶着种了小

> 秧。谁知久晴之后，必有久阴，又接二连三的下了四十五天的大雨，田庐淹在那泽国之中，一年收成，料想无望。乡间风俗，做女人的除农忙时在家，其余都投靠城里人家做生活。今年遭这场天变，都纷纷赶入城去了。黄大夫妇亦商议到这一层……①

这种白话显然来自传统和民间，传统白话小说的语言特点是好用短句、四字短语、成语典故、夹杂文言，而当时的民间说唱和市井白话喜欢用谚语、俗语、歇后语，喜欢评论，这就使得读惯了传统小说、听惯了民间说唱，正在使用这种语言的广大市民读者天然地认同这部小说。

《广陵潮》中的场景和心理描写虽然运用了西方小说的一些技巧，但在叙述语言上并未追求逻辑严密、复杂多变的欧化风格，仍是使用朴实自然、纯净洗练的"中式白话"。例如第三十九回写过年的场景："然而在下说的这一年年景，却是风和日丽。芳草在那冻地上，已渐渐露着绿嘴儿。瓶里的红梅花，探着半边身子，把个头钻出窗外，就着日光开得十分灿烂。这一日黎明，那外面爆竹声煮粥也似的价响，比元旦那一天还利害。东方一片黄云，捧着圆溜溜的红日儿，缓缓地升上来。"② 这样的描写并不严谨，与西方细腻的场景描摹截然不同，但读惯了传统小说的读者却能神会过年的快活热闹，这有类于中国传统的写意画。再如第六十五回写云麟碰到老师何其甫、从而知道几位腐儒将至明伦堂殉大清国的事，他"暗想：天下竟有这一种奇人，做出这一种怪事。蝼蚁尚且贪生，

---

① 李涵秋：《广陵潮（初集）》，上海：震亚图书局1929年版，第1—2页。《广陵潮》从最初（1909年）在汉口《公论新报》上部分连载，到1920年代由上海震亚图书局出版百回足本，再到1946年由上海百新书店重印，再版再印近20次，足见其长期受到广大读者欢迎。
② 李涵秋：《广陵潮（四集）》，上海：震亚图书局1929年版，第193页。

他们竟因为这一个大清国，连自家性命都甘心不要。我转不能不佩服他们这苦心孤诣。我虽然读了几年书，也算身列胶庠，这种事业，便全让他们做了。思量起来，未免惭愧"①。这种对心理的描写，其语言显然也是从传统化出的。

《广陵潮》的人物语言也是毕肖声口的通俗白话，如第六十五回中写腐儒们因一妇人向严大成讨债导致殉清不成之后的对话：

>　　何其甫不由正颜厉色地向着古慕孔说道："一场好好正经事儿，都败坏在你这小古手里，我越想越气。我才知道办大事的人，第一要选择同伴，同伴的不去选择，便是一群龙鲤，内中杂着一条小泥鳅儿，这事再办不好。"古慕孔也气起来，睁圆两眼，瞅了何其甫好一会。他是个口吃的人，经这一激，满肚皮的话，转一句急不出来。走了好半截路，好容易才听见他说道："你们都是龙、龙、龙，是鲤、鲤、鲤，只我、我、我是条小泥、泥、泥鳅儿，这、这、这话究竟怎讲？何、何、何先生你不、不、不还出我个道理，我、我、我同你何、何、何先生在这地方一拼、拼个你死我活、活、活。"何其甫冷笑道："你说这大话吓谁？你舍得死，你早在明伦堂上死了，你到故意的将那个大帽儿跌落在地上了。我千恨万恨，只恨你把大帽子跌落下来，又跳下椅子去取大帽子，又缓缓的带上，又缓缓的扒上椅子，你想我这磋磨的功夫，还久不久？若不因为你这大帽子耽搁工夫，我们同严先生早已三魂渺渺，七魄悠悠，大家跑到鬼门关上已许久了。便是那个泼恶的妇人赶得来，也只好望着严先生死尸叹气，何至闹出这笑话儿来做我们的下场？不责备你，难道还责备我？"古慕孔听着越气，不由得拿着两个指头儿向脸上羞着说道："呸，你不用同我扯、扯、扯

---

① 李涵秋：《广陵潮（七集）》，上海：震亚图书局1929年版，第108页。

谈罢，谁、谁、谁不知道我们是闹、闹、闹着顽的，谁、谁、谁当真去殉、殉、殉大清国呢。你、你、你果然要死，在、在、在你尊府上不、不、不好去寻死，有、有、有一百个都、都、都死了，要、要、要这样天、天、天翻地覆，活、活、活活见鬼，甚么学、学、学宫呢，明、明、明伦堂呢。我、我、我还有一句话请、请、请问你，便、便、便算我、我、我这大帽子不好，不、不、不该掉落下来，你、你、你为甚又分付门、门、门斗要、要、要听你的咳、咳、咳嗽号令？最、最、最好笑不过，有、有、有甚么粪、粪、粪撅子塞、塞、塞住你的喉咙了，左、左、左咳也咳不出，右、右、右咳也咳不出，那、那、那个妇人刚才跳进来，你、你、你方才咳嗽，可、可、可有迟了。你、你、你这不是有心挨命，亏、亏、亏你这副老、老、老脸还、还、还责备我呢。我、我、我是泥鳅，你、你、你便是个大、大、大乌龟……"①

这样的对话使人物活灵活现，是当时的读者最熟悉不过的。这种与描写对象相吻合的白话语言是李涵秋长期向传统小说、民间文艺学习的结果，也是他着意于积累、提炼日常生活语言的结果。李涵秋的好友贡少芹曾在为李氏写的传记中说："其描写社会状态多取材于街谈巷议及茶楼酒肆之琐谈。然一人之闻见有限，因思得一策，凡遇贩夫走卒，黄童白叟，辄与之絮絮谈不止，苟可作为资料，即编入书中。"②

综合来看，《广陵潮》所用白话还夹杂着少量文言，在散体中时见对句，保留着传统说书人口吻，具有鲜明的生活气息和民间色彩，无怪为民初的广大市民读者热爱和追捧。

---

① 李涵秋：《广陵潮（七集）》，上海：震亚图书局1929年版，第119—121页。
② 贡少芹：《李涵秋》，上海：震亚图书局1928年第三版，第25页。

第四章　民初与时流变的通俗白话章回体小说

再来看叶楚伧1914年即已在报刊上连载的代表作《古戍寒笳记》。叶楚伧在小说创作上追求"待善读者之探索"①的含蓄兴味，故而所用白话有别于《广陵潮》那种偏于市井民间的一类，也避免了过于俗化的语言带来小说描写"词气浮露，笔无藏锋"②的弊病。如果说《广陵潮》的语言主要接受了《儒林外史》及晚清谴责小说的影响，《古戍寒笳记》则更多地学习了《水浒传》。叶氏对《水浒传》极为推崇，所用白话也尽力追摹这部古代英雄传奇经典，有一种雅俗共赏的浪漫奇趣。请看第二十七回写鸠儿、吹儿夫妇急驰救援靖西的场景：

> 吹儿在后面马上，觉得鸠儿那匹马如跳丸激矢一般，铁蹄翻飞，轻尘罩地，但见蓬如云起的马尾，趁着顺风，倏忽隐现，渐渐的被尘土罩住看不出了，想自己的马太劣了；张眼望两旁时，见那夹道榆柳，连排倒去，自觉得风飕飕也从耳后过去，那马蹄也一样的云生雾托，却只赶不上鸠儿，便一连加上几鞭，打得那马长嘶乱躐……③

小说紧接着描画鸠儿连杀六十多个强盗后的场景："这时月儿已上，雪白的月光照着新红的鲜血，越样娇娇欲滴。那未烤熟的雁儿，横卧在血泊里，连那几根燃着的树枝，也被鲜血浸透，烟消火灭了。只留个怪鸮在树林中见了月色血痕，格格乱叫。"④ 这些场景描写所用白话以短句、四字词及成语为突出特征，是从古代章回体小说中学来的语言。这部小说也常常使用古代章回小说的套话、惯用

---

① 叶小凤：《小说杂论》，《小凤杂著》，上海：新民图书馆1919年版，第2页。
② 鲁迅：《中国小说史略》，北京：人民文学出版社1973年版，第252页。
③ 叶小凤：《古戍寒笳记》，上海：《小说丛报》社1917年版，第115页。
④ 同上书，第119页。

语，如"骂道：'何物狂奴，敢来扰人清梦！'"①"闲话慢表。且说……"②"看官，你道这……"③"天有不测风云，人有旦夕祸福，那里料得定！"④"推金山倒玉柱的拜了下来"⑤"他们怎地会到沧州，暂且不表"⑥，等等，这些都是为喜读章回体小说的读者所熟识的。

《古戍寒笳记》中人物的语言也独具特色，比如写两个押送杨春华的公差商量交差后回家的对话：

> 一个公人笑道："我真忘了，趁他没醒，我们计算个行程罢。今天过红花集，再隔五天，便是宁古塔汛地。挤三天担搁，总搭得着个回头车。十二月中旬，准赶得到京，等年夜饭吃哩。"一个公人笑道："你也望得够了，莫过了年，嫂子生气说：'死不回来的，早丢着哩。'"一个公人一面理着春华的梳洗物道："你莫说违心话罢。还来到京里时，东安门外胡同里一钻，搂着玉儿睡觉，又认识谁是宁古塔旧伴呢。"一个公人直笑起来道："说起玉儿，我真有些对不住他哩。他这几日正不知骂了几千百遍忘恩负义的哩。老兄弟，这次还了京，也算是个患难中的朋友，总得领你去见见，包你见了也要替做哥哥的肉麻呢。"一个公人笑道："我原准备见嫂子去，所以前天在蓟州早买了盒香粉儿做见仪哩。"一个公人又笑道："老兄弟，你又说着顽了，谁又做了你的嫂子呢?"⑦

---

① 叶小凤：《古戍寒笳记》第二回，上海：《小说丛报》社1917年版，第3页。
② 同上书，第5页。
③ 同上书，第七回，第23页。
④ 同上书，第八回，第25页。
⑤ 同上书，第二十六回，第112页。
⑥ 同上书，第三十一回，第137页。
⑦ 同上书，第八回，第26—27页。

第四章　民初与时流变的通俗白话章回体小说

这种市井语言与所写人物的身份正相吻合，写出了处于社会下层的差役的世俗形象和生活品味。再如描写整部小说的领袖人物古凝神：

> 傩礼已毕，只见庙门上簇拥出一面大旗来，旗影里边，古凝神缓带轻裘而出，向着一万八千屯户道："辛苦了！要快乐啊！应该各自还里去，只我们的乡里，不是淮左右，便是江南北，重关隔绝，难道便老死关中不成？"屯户齐声道："祖宗坟墓，妻子家室，都在关中，怎便肯不还关东去！"凝神道："我也想到关东去哩，只清室大臣说关中屯户有古凝神指挥着，都是明朝遗民，不许出关，要见一个杀一个哩。"一万八千人磨拳擦掌道："他不要我们出关么？我们却要驱逐他出境哩！"凝神见人心可用，便道："这不是我们应说的话，还来看机会再定罢。"说完，自进去了。①

这番对话不仅符合古凝神与各屯户的身份，作者还通过这番对话举重若轻地写出了古凝神面对紧张局势指挥若定的大儒风度。

相较于《广陵潮》使用的白话，《古戍寒笳记》要雅驯得多，不仅以意境高妙的诗歌起首，通篇还穿插了不少艺术水准较高的诗文，喜用成语、对句，富有古典韵味。这些语言的特点都是在继承古代经典章回体小说的基础上形成的，同时保留着传统说书人的口吻和娱目快心的诙谐。这正是处在新旧过渡时期的民初读者所喜闻乐见的语言形式，不仅受到市民大众读者的欢迎，也受到了从传统中走来的文人阶层的欢迎。

另一部可作分析样本的是毕倚虹1920年代初期所著《人间地狱》。毕倚虹接受过新式教育，还做过律师，其思想能够紧跟时代。

---

① 叶小凤：《古戍寒笳记》第三十五回，上海：《小说丛报》社1917年版，第161—162页。

不过，毕氏在小说创作上选择了继承传统，其章回体白话也是中国式的。《人间地狱》是描写上海长三堂子妓女生活的一部"倡门小说"，其所用白话与此题材内容正相吻合。它与《广陵潮》《古戍寒笳记》虽同用"中式白话"，但追求的是一种更加现代性的表述。请看第一回开头所写：

> 话说天堂、地狱这两个名词原是佛教中劝惩人类的一句话。究竟天堂是怎样的快乐？地狱是怎样的痛苦？释家经典中虽有不少的记载，但是也没有游历回来的人做个报告书，证明天堂、地狱究竟在一个什么场所，也没人能指出它的地点，难免有许多人对这问题抱了些怀疑观念。有一种绝顶聪明人，下了一个解释，他说："天堂，地狱原不必在什么极乐世界、阴曹地府；天堂、地狱的滋味也不必人到死后方能领略。古语说得好：'地狱即在人间。'"这说可算透彻极了。从这句话参考起来，凡世人所受用的苦恼即是地狱，快乐就是天堂。地狱、天堂不过是苦乐的一种代名词，何必胶柱鼓瑟求它的地点所在呢……在下人世偷生，饱经忧患，尝用冷眼在静处看人……那显而易见的自不消说得，即如最热闹的功名富贵，也不知包含了多少铜柱油锅；最旖旎的酒阵歌场，也不知埋伏了多少刀山剑树；交际场中，也不知混杂了多少牛头马面；绮罗队里，也不知安排了多少猛兽毒蛇……①

这样的白话一方面保留了来自传统的词汇、套话，一方面已做了一定改变，诸如使用新词汇、长句子，甚至形成富有逻辑且结构严密的句群。即使今天的读者对这样的白话也不会感到过于陈旧和陌生。这再次说明章回体小说所用白话为确保通俗性而与时流变的

---

① 娑婆生：《人间地狱（第一集）》第一回，上海：自由杂志社 1924 年版，第 1 页。

第四章　民初与时流变的通俗白话章回体小说

特点。

《人间地狱》精于写上海五方杂处、新旧并存、畸形繁荣的都会风俗，它采用了写实性的白话语言。例如第七回写买办林瑞斋因生意上失利向老板徐和卿下跪求救的情景——目的是讥讽商界丑恶——其所用白话无论是叙述还是对话都非常鲜活生动，那一帧尴尬场面跃然纸上：

> ……徐和卿冷笑了一声道："死也无益，跪着更无道理。"林瑞斋道："除掉了老板，没第二个人能救我。"说着那声音便低下去，头也抬不起来。这个时候，这种情形慢说林瑞斋惨不忍睹，便是徐和卿也难以为情。客厅上那一班没下跪的客人瞧着也都局促不安……亏得天上掉下来一个解厄星君，徐和卿的仆人忽走过来道："刚刚商会里来电话，说今日开会改在早上十点钟，请老板早点去。"徐和卿点了一点头，一看林瑞斋仍是跪着不起，徐和卿道："事体此刻也无从解决，下半天还是到公司里再谈吧。"林瑞斋趁势道："只要老板答应肯救我，我就此磕头谢谢老板了。"说罢连叩了两个头立起来。头筋虽涨得红紫，那右手还夹着没吃完的半截雪茄烟，左手无名指上却套着一只大钻戒指，兀自闪烁有光。①

在人物描写上，《人间地狱》也力求工笔细绘、口吻毕肖，将人写"活"。例如第二十回写姚啸秋、柯莲荪、苏玄曼和赵栖梧四人雅集时的一场花酒：

> ……果然见一个十三四岁窈窕流丽的女郎，脸上含着笑容，带一半矜持，一半娇羞的样子走了进来。一双晶莹如露如

---

① 娑婆生：《人间地狱（第一集）》第七回，上海：自由杂志社1924年版，第50页。

电的眼波向四座一射，盈盈地向玄曼身旁一坐，叫了一声苏老。玄曼笑道："你怎么又叫我苏老了呢？"秋波忙浅笑道："我又忘记脱哉，和……尚。"玄曼也笑着答应了一声。秋波道："划一，我要问你，你也不是和尚，为什么大家叫你和尚？也要叫我喊你和尚，是什么道理？"玄曼道："我真是和尚，不过不是在中国出家的。"秋波道："哦！原来你是外国的和尚，所以能叫局吃花酒。"苏玄曼也笑道："其实外国的和尚也不许吃花酒叫局的，我这种和尚是特别的罢了。"秋波道："你既然要白相，不做和尚就是了，何必还要掮着和尚招牌？"苏玄曼道："有这块和尚招牌好得多呢，顶多不过吃吃花酒，叫两个局罢了，别样念头，我们做和尚的不会转的。"说着指指隔座的柯莲荪道："秋波你瞧瞧，像柯三少这样漂亮的人，白相起来，一肚皮的念头要转不清爽呢，不能像我们做和尚的这般规矩了。"秋波听苏玄曼这一说，忙对柯莲荪仔细一瞧，这时候柯莲荪也正目不转睛的餐那秋波的秀色。四目相射，忽地一碰，柯莲荪顿时觉得秋波光艳逼人，不敢平视。秋波也觉得莲荪丰神潇洒，刚隽独标，这一瞧事小，不知不觉粉靥微红，轻轻的拍了苏玄曼肩上一下道："你自家做和尚，还要管到别人家的闲事，你怎么晓得人家肚皮里转念头。"苏玄曼忙道："咦，奇怪极了！你与柯三少没有一些瓜葛，我说他，他并没开口，怎么你倒这样的帮着他派我的不是？"莲荪插嘴道："这叫做不平则鸣。"赵栖梧笑道："不是不平之鸣，恐怕是有为而发。"苏玄曼点头道："老僧明白了，我来撮合你们的姻缘吧。"说着，回过头来向茶几上取过纸笔来，替莲荪写了一张转秋波的局票，写好了交给秋波。莲荪瞧见忙立起来，隔着桌子假意要来抢这张局票。谁知早给姚啸秋拦住道："这是大师的慈悲，你莫辜负了。"那边秋波心意也并不拒绝，但是一时也不好伸

第四章　民初与时流变的通俗白话章回体小说

手接过来。①

这样一种纯然来自真实生活的白话，不仅写出了四位"看花客"的名士风采，其中富有个性的人物语言将各自的心理也自然牵引了出来。"小先生"秋心夹杂着苏白的话语和天真烂漫的举止也令人回味悠长。这样的白话绵密精炼，显然经过了作者的艺术加工，但又恰如其分地呈现出民初文人叫局"赏花"的生活实态。以至于笔者在引用这段文字时欲行省略而无处措手。像这样牢牢黏住读者的语言在《人间地狱》这部小说中俯拾皆是，是其大获成功的关键因素之一。

相较于《广陵潮》使用的白话向俗，《古戍寒笳记》使用的白话尚雅，《人间地狱》使用的白话可称趋新。它的叙述语言假如抛开"话说""有话便长无话便短""正说之间""且听下回分解"一类的章回体套话，简直可以当作"新文艺小说"来读。它的人物语言则各符其身份，以真实为旨归，"掩卷以思，即觉其人跃然纸上，栩栩欲活"②。这些语言的特点是时代赋予的，五四"新文学革命"对"旧白话"的冲击，让不断趋新求变的毕倚虹主动革新了来自传统的白话语言，以适应新的时风流俗之需要，结果是他的小说"脍炙人口"，毕氏也"名闻全国"。

以上我们以《广陵潮》《古戍寒笳记》和《人间地狱》为例比较详细地探讨了民初白话章回体小说"通俗化"的语言层面——使用白话的情况，无论是向俗、尚雅，还是趋新，这些小说所用的白话都能与时与俗流变，满足各阶层读者的不同需要，体现了民初"兴味派"小说家对白话语言多元的现代性追求。当然，这种多元的追求涌现出的成果十分丰富，整体上都可视作民初既雅又俗、新旧化

---

① 娑婆生：《人间地狱（第二集）》，上海：自由杂志社1924年版，第47—48页。
② 周瘦鹃：《哭倚虹老友》，《紫罗兰》1926年第1卷第13期。

合而成的"中式白话"——从传统白话中化出,以当时普通社会流行的白话为根本,积极吸收民间俗语和域外小说的某些语法及词汇。对民初小说的受众而言,过于高古的文言和过于欧化的白话显然都只能局限于某些读者层面,而"中式白话"倒最是能够雅俗共赏的。这一点,从此后"新文学家"内部对语言问题的论争和调整,从白话章回体小说在民初十余年间读者数量之大和读者层次之广都可以得到确证。这种白话随后为张恨水为代表的20世纪20年代中后期崛起的章回体小说家所继承和革新,也深刻影响了兼容雅俗中西的张爱玲,甚至影响到20世纪30、40年代一些"新文学家""解放区作家"创作的章回体小说的语言。

第二节 现代报刊:推动文体形态转型的大众传媒

民初小说首要的传播载体是报刊,报刊作为大众传媒天然地要求所登载的文章通俗易懂。从中国近代西方人创办的第一张报纸《察世俗每月统记传》(1815)到清末维新派、革命派的报刊都想办成通俗的能够吸引人的媒体。民初上海"文学场"上的数百种报刊由于受到市场机制的制约更以吸引最广大的读者为目标,以通俗为根本属性的白话章回体小说自然受到报刊界的热烈欢迎。

通俗文体与通俗载体在近代上海"文学场"的合目的性结合,促成了白话章回体小说的繁荣,这种繁荣一直持续到20世纪中叶。民初白话章回体小说大多先经报刊连载,然后再以单行本的形式出版发行。其中不乏在当时和小说史上产生较大影响的名作,如《广陵潮》《战地莺花录》《古戍寒笳记》《如此京华》《留东外史》《江湖奇侠传》《近代侠义英雄传》《茶寮小史》《新旧家庭》《人间地狱》《傻儿游沪记》《尘海燃犀录》《歇浦潮》《交易所现形记》《山东响马传》,

等等。当然,还有为数众多的白话章回体作品迄今还尘封在发黄变脆的旧报刊中等待着有心人的发掘。

在民初,报刊这种既具现代性又富通俗性的载体实际上对白话章回体小说起了直接的塑形作用,换句话说,报刊有力地推动着这种有着数百年传统的文体向现代的通俗小说形态转型。最显在的影响有如下几点:

一、连载方式的影响

如果说晚清报刊发现了章回体小说分章列回、篇幅蔓长的文体特点适于报刊连载——分期刊登(或附张派送),每期以一定篇幅刊登一回或半回相对独立的内容——而努力去适应章回体制;民初报刊则俨然成了"主子",章回体小说要想登上报刊,必须经过报刊的拣选和改造。这也是民初章回体小说较之晚清同文体作品在语言、结构、风格,甚至品质上更加多样复杂的一个重要原因。

报刊的大众传播属性使白话成为首选语体。虽然民初前几年小说界一度流行文言章回体,从而形成章回小说史上昙花一现的独特现象,每每为研究者所聚焦,但相较于同时期的白话章回体,其影响的持久性最终落在下风,五四以后小说界已是白话章回体的天下。报刊连载方式要求作者在规定的时间连续不断地交出拟刊登的稿子,这就使得多数民初白话章回体小说是以边写边登的方式在创作。这种创作方式给予作者随时调整笔触的机会,其作品往往能够捕捉到社会最新的动态、一般大众的心理,及时去回应社会关切的热点问题。这样的作品当然是与世俗相通的,民初的读者爱读"社会小说",甚至是"黑幕小说",其原因正在于此。报刊连载方式将长篇的章回小说切割成一个个相对独立的片段,这对于陷入越来越繁忙都市生活的市民大众而言是便利的,他们不但可以在很短的时间内将定期刊出的片段读完,还能获得阅读大部头小说所没有的独特兴味。郑逸梅曾描述这种兴味说:"时留有余未尽之意,引人入胜，耐人寻思。如十三四好女儿，姗姗来迟，欲前仍却，不肯遽以正面向人也……日阅一页，恰到好处……惟因去路之不明，乃觉来境之可快。若得一书，而终日伏案，手不停披，目无旁瞬，不数时已终卷，图穷而匕首见。大嚼之后，觉其无味。"① 这种报刊连载的方式对喜阅某部小说的读者而言确乎是一种强大的诱惑，它和白话章回体小说故意设置悬念的技巧一道生出叠加效用，比起和盘托出整部小说来别有一种魔力。这由不少白话章回体小说在报刊上甫一登出，就受到热烈追捧即可见出。《广陵潮》《古戍寒笳记》《留东外史》《江湖奇侠传》《人间地狱》《茶寮小史》《交易所现形记》等在报刊上连载时都曾红极一时，成为市民大众消遣、闲谈的热门对象。这种现象正如毕倚虹所描述《人间地狱》的景况，"乃《申报》刊布后，友朋知好，盛加推许；艺林评论，时致褒词；更有友人辗转告语，谓时流席上，每以人狱为樽边谈片"②。

通过以上分析可见，报刊连载使白话章回体小说在民初充分发挥了它通于时俗、世俗的文体优势。

二、新闻意识的影响

中国报学史的奠基人戈公振为报纸下定义曰："报纸者，报告新闻，揭载评论，定期为公众而刊行者也。"③ 他突出强调公布新闻是报纸的首要功能，认为"报纸之原质，直可谓为新闻"④。他着眼于新闻的"一般抽象的性质"和"具体的特别性质"，指出新闻"不可不令一般人引起兴味，不可不得时"，包括新闻事件、新

---

① 郑逸梅：《报纸刊载长篇小说之创始》，《淞云闲话》，上海：日新出版社1947年版，转引自芮和师、范伯群编《鸳鸯蝴蝶派文学资料（上）》，北京：知识产权出版社2010年版，第265页。
② 娑婆生：《著者赘言》，《人间地狱（第一集）》，上海：自由杂志社1924年版，第1页。
③ 戈公振：《中国报学史》，上海：上海古籍出版社2014年版，第7页。
④ 同上书，第17页。

闻评论及其他一切相关事物①。这种新闻意识强调事件的公共属性及其时效性、强调新闻事件之间的关联性。对于新闻材料的获得，戈氏认为"由各方面搜集而来"，且"在登载以前，不能无去取"，由此而产生新闻事实、新闻评论和公共舆论②。不仅民初上海的主流报纸以戈公振上述新闻性为宗旨，就连上海的小报"仍然以新闻为主干，或者说依托新闻而存在"③。登载于报纸上的文字多多少少都染上了上述新闻性，白话章回体小说作为最能增人兴味的文体受新闻意识的影响尤为显著。

民初"兴味派"小说家多数为报人，他们一方面到处搜集新闻材料，为报刊写着新闻稿和社会时评，一方面为报纸撰写小说。这样一来，他们撰写的一些白话章回体小说明显带有新闻性。在题材内容的选择上跳脱传统的讲史、神魔、传奇等，而更倾向于写社会时事，及时将新闻融入小说，如《山东响马传》《人间地狱》《广陵潮》《茶寮小史》《新旧家庭》《交易所现形记》等皆是富有新闻性的著名小说。其中《山东响马传》就是据当时刚刚发生的"孙美瑶临城劫车案"这件爆炸性社会新闻创作的。作者姚民哀其时正在上海主编《世界小报》，他以记者灵敏的社会嗅觉和超强的"线人"团队很快就收集到了与此案相关的种种素材，快速写出了新闻化的白话章回体作品，时差仅有三个月。另外，江红蕉所作《交易所现形记》也是据发生不久的上海"信交风潮"创作的白话章回体小说。江红蕉既是报人，又是熟悉商界情况的当事人，了解这场金融灾难的来龙去脉，故而像一位成熟的记者一样迅速且忠实地将其记录下来。从1921年秋间事件发生到《星期》杂志1922年第1期开始连

---

① 戈公振：《中国报学史》，上海：上海古籍出版社2014年版，第15—16页。
② 同上书，第13页。
③ 秦绍德：《上海近代报刊史论》，上海：复旦大学出版社1993年版，第134页。

载,时间相隔也非常之短。而这些小说的取材方法、讲求时效以及强调"兴味"都明显受到当时新闻意识的影响。

这种新闻意识还直接影响了民初白话章回体小说的结构形态。报刊新闻由于受版面和时效的限制,传播新闻要用大众最快接受的语言和形式,要求简洁明白。这一要求就迫使白话章回体制由古代的"说书场"传统向现代的"新闻舆论场"转变。因此,除了题材内容发生关注时事的变化外,其结构也普遍采用《儒林外史》式短篇连缀的结构。这种结构的好处是一个个相对独立的叙事单元便于最高效的讲故事,并且可以根据时风流俗时时调整叙事视角、叙事内容和叙事节奏等,适应舆论或形成新的舆论。从这个角度来看,商伟先生对《儒林外史》"过去、现在与叙述的当下性"的分析恰如其分,他指出:"这一叙述形式所呈现的齐头并进的同时性是没法儿用传统叙述人'花开两朵,各表一枝'的方式来处理的,因为后者是单线性的叙述,在叙述的单位时间内,只能讲述一件事情,哪怕这'花开两朵'是同时发生的,或者在时间上部分重叠。不仅如此,从这些口头报道和评论的片断中,我们也得知这些人物退场后的动向如何充满了突变和转折,几乎无法从前面的叙述中推导出来,因此也一再让我们错愕惊异,甚至有些无所适从。"① 这番阐释提示我们看清《儒林外史》的叙述结构算得上是近代小说新闻化的先驱。由此,我们也更加赞同阿英的观点:晚清小说之所以较多采用《儒林外史》的叙述结构,是这种结构适用于新闻纸连续发表和处理繁复的题材与复杂的生活内容②。

新闻意识强调引起读者的兴味,强调叙述的当下性、时效性,受到这一意识强烈影响的民初白话章回体小说必然更加主动地与世

---

① [美]商伟:《礼与十八世纪的文化转折:〈儒林外史〉研究》,北京:生活·读书·新知三联书店 2012 年版,第 202 页。
② 阿英:《晚清小说史》,北京:人民文学出版社 1980 年版,第 5 页。

俗、时俗相通。

三、分类设置的影响

报刊作为大众传媒总是及时发现、记录、评析最新的社会情态，在回应社会关切的同时形成舆论导向、推助着时代前行。民初报刊尤其具有这种功能。登载在报刊上的各种小说除了连载形式、新闻意识之外，还受到分类设置的影响。

梁启超翻译的《佳人奇遇》在1898年12月23日《清议报》上登载时即被标注为"政治小说"。梁启超在1902年创办《新小说》时，又设置了"历史小说""政治小说""哲理科学小说""军事小说""冒险小说""侦探小说""写情小说""语怪小说""札记体小说""传奇体小说"等类别。以上从题材或文体角度所作的分类，一方面存着编辑者的引导之意，一方面也存着对各类小说的定型之意。此后诸如《绣像小说》《月月小说》《小说林》等众多杂志纷纷仿效，将小说或按文体、或按内容、或按主题、或按性质、或按领域，甚至按思想倾向、感情色彩分成了五花八门的各种类别。这种分类设置（标注）的情况在民初报刊中继续流行，分类依旧没有形成统一标准，且又增添了不少新的类别。随便翻看《申报》《小说月报》《小说大观》《中华小说界》《小说季报》等民初著名报刊，我们就会看到诸如"奇情小说""哀情小说""言情小说""艳情小说""苦情小说""怨情小说""忏情小说""惨情小说""侠情小说""义侠小说""武侠小说""科学小说""离奇小说""迷信小说""怪异小说""社会小说""国事小说""爱国小说""战争小说""军事小说""外交小说""商业小说""历史小说""笔记小说""章回小说""传奇小说""侦探小说""立志小说""滑稽小说""醒世小说""警世小说""教育小说""纪事小说""家庭小说""伦理小说""节烈小说"等分类设置（标注）。从报刊上标注这些类别的小说作品看，有著有译，有白话有文言，有长篇有短篇，使用得非常泛化。

从主题内容来看，民初小说由言情（哀情）、历史到社会、滑稽再到家庭、武侠，有一种与时流变的通于时俗的特征。这些类别特征的形成固然与时代思潮密切相关，也与民初报刊分类设置（标注）的影响密不可分。比如民初开端"言情小说潮"（以文言为主）与民初末端"武侠小说热"（以白话为主）的形成，就与上海"文学场"中主流的、众多的报刊前后相继、不断推动大有关系。因为作者投稿要想成功必然要看所投刊物的分类设置（标注）情况，读者阅读也必然受到刊物分类设置（标注）的限制影响，从而形成某种类型化的阅读品味。

可以说，在报刊为首选传播载体的民初小说界，报刊的小说分类设置加速了白话章回体小说现代通俗化和类型化特征的形成。

第三节 都市百态：摹写·聚焦·写当下

民初白话章回体小说的题材内容体现出明显的与时流变的通俗性，及时捕捉社会热门话题，迎合社会一般心理，满足市民大众阅读兴味。在与五四"新文艺小说"进行比较时，这一通俗化特征更为明显。过去，"通俗文学史家"将民初"兴味派"纳入"近现代通俗文学史"的主要依据就是该派小说家撰著的小说题材内容的通俗性。就白话章回体小说而言，这一论断无疑是符合事实的。而文言章回体小说却是民初小说界兼容雅俗之"兴味化"潮流中的特创别体，不宜放入"近现代通俗文学史"中来讨论，拟于下一章详述。民初白话章回体小说扎根的土壤是向"现代"转型的都市，它的通俗性就集中表现在对都市日常百态广泛细致真实地摹写；就聚焦于市民大众喜闻乐见的婚恋家庭题材；就突出地体现为都市人"现代性"时间观念影响下"写当下"的选材倾向。

第四章　民初与时流变的通俗白话章回体小说

一

民初白话章回体小说对都市日常百态进行了广泛细致真实地摹写，为当时和今天的读者绘出了新旧过渡时代以上海为代表的都市中形形色色的社会风俗画卷。这批力求逼真而又充满兴味的都市小说可以算是我国现代"都市文学"精彩的开场，只可惜因为受时势与政治的影响没能被很好地被继承和发展，以至于我国"都市文学"直到今天仍处于不够发达的境地，远远跟不上我国当下快速发展的城市化进程。

民初，都市相对于乡村来说代表着变化、繁华、现代和神秘，是文明之渊、罪恶之薮，可以触摸，可以进入，但不能像乡村那样植根其中。"都市是一种奇特的秩序，也是一个众生喧哗的生活空间和混杂多元的文化空间。"① 民初白话章回体小说正是这种秩序和空间的真实记录。那些描写上海都市风俗的作品真是光怪陆离，令人目为之眩。在民初一度与李涵秋并称的扬州籍作家贡少芹写的《傻儿游沪记》值得注意。这部小说写江北盐城傻少爷邵一樵游历大都会上海被骗子团伙设局坑陷的故事。民初上海是全国最典型的西方文明飞地，又是华洋杂处、新旧交汇的繁华都市，自然吸引着城外的人来开眼界、长见识。邵一樵作为"乡愚"的代表，初入上海既被大都市新奇、摩登的事物和人物弄得意乱情迷，又显得那样格格不入。他看见马路上印度巡捕头裹红布以为是出天花，对着新世界哈哈镜里变形的自己又骂又打，听电话以为是鬼叫，把文明戏舞台当成床，抬头看高楼丢了帽子，逛动物园被猴子抓破了手，吃牛排被餐刀割破了嘴，乱动汽车方向盘撞翻了烟纸户，因不能在租界马路大小便而在马车上拉了一裤裆……他轻信陌生人，与白相人

---

① 杨剑龙：《都市上海的发展与上海文化的嬗变》，上海：上海文化出版社2012年版，第281页。

邵伯尧推心置腹，一步步陷入他精心设置的圈套，最后流落街头险些病饿而死；与倌人胡丽卿一见倾心、费钞约婚；误认野鸡蓝雪鸿是良家小姐；沉迷在妓女高比兰的虚情假意中不能自拔，真可谓对都市欢场规则一窍不通。这部小说写出了民初上海的畸形"现代性"，写出了"钱"是上海都市化的表征，写出了都市见不得光的黑暗处，写出了在充满"高鼻子的骄气，富人的铜臭气""买办的洋气，女人的骚气"①的繁华都市中人性的堕落。这部小说不仅"可以作为了解上海都市发展过程的课本来读"，更有价值的是"提出了怎样才能适应城市都市化的问题"②。贡少芹在小说中给出了一种答案：用法律手段惩罚欺诈行为，这是富有现代启示性的。但无论对当时还是今天的读者而言，解决问题之道显然没有如此简单，这是一个仍具现实意义、亟待解决的社会问题。

描写上海都市百态的名作还有海上说梦人（朱瘦菊）的《歇浦潮》、江红蕉的《交易所现形记》等。《歇浦潮》找到的焦点是上海新兴的保险业、律师业、租界的"缝隙效应"、日趋堕落的文明戏等，所写内容更富"现代性"，见解更是与当时的世情相通——"喝了黄浦江内的水，人人要浑淘淘了"③。《交易所现形记》则专注于描摹上海金融业、特别是交易所的情况。交易所是一种完全从西方舶来的"现代"事物，1920年7月1日在上海正式开幕，惯于逐利的上海人和来上海投资的外地人对它趋之若鹜。可由于行业内投机风行，不久就爆发了金融风潮。小说揭露了交易所从一开始就进行投机炒作，导致股价暴涨暴跌；也写出了这一舶来品水土不服，在中西错位和唯利是图中导致了种种奇事发生；最终受害股民

---

① 语出张秋虫《海上莺花》。
② 范伯群主编：《淮扬社会小说泰斗——李涵秋附贡少芹评传及代表作》，南京：南京出版社1994年版，第259页。
③ 海上说梦人：《歇浦潮（1）》第三回，上海：世界书局1928年版，第9页。

第四章　民初与时流变的通俗白话章回体小说

破产、举债、自杀,上海经济受到重创,造成社会一片混乱。这部小说算得上是对当时"一场浩劫化云烟,无人不说交易所"的"焦点访谈",作者署名"老主顾"的用意正是要现身说法。写上海都市生活的作品还有不少,此处不再赘述。

再说写扬州。奠定李涵秋民初"第一小说名家"地位的《广陵潮》,写鸦片战争以迄五四运动前夕扬州这座都市的社会风貌,小说以多情才子云麟为主角,以其与伍淑仪、柳氏、红珠等人的情感纠葛为主线,通过描述云、伍、田、柳、富等家族的荣辱盛衰,痴男怨女的悲欢离合,将晚清民初扬州的政治风云、社会变迁、文化转向及其过渡特征活画镜照出来。由于李涵秋善于将街谈巷语、道听途说、遗闻掌故、闾里风俗等穿插其中,《广陵潮》写活了扬州的都市日常和奇特秩序。难怪民国中后期擅写天津风情的小说名家刘云若要说"泊余涉世日深,阅人日多,所遇之奇形怪状,滔滔者皆《广陵潮》中人也"[1];在上海起步、在北京成名、声震全国的章回小说大家张恨水直到20世纪中叶还高度肯定这部小说,他说"我们若肯研究三十年前的社会,在这里一定可以获得许多材料"[2];这种纪实性,李涵秋自己也有告白:"诸君须知道这部《广陵潮》小说并不是凭空结撰,可随意颠倒着说去的。在先的事迹本见如此,作者也不过就这实事演说出来。"[3]

我们再看描写苏州和北京的两部作品《茶寮小史》和《如此京华》。《茶寮小史》的作者程瞻庐曾受命撰写《新广陵潮》,不过他最熟悉的是苏州城市生活,只能硬生生地将故事发生地由扬州搬到了苏州。《茶寮小史》写的正是苏州风情,写的那些旧名士和新教

---

[1] 刘云若:《广陵潮·序》,转引自范伯群主编:《淮扬社会小说泰斗——李涵秋 附贡少芹评传及代表作》,南京:南京出版社1994年版,第25页。
[2] 张恨水:《广陵潮·序》,上海:百新书店1946年版,第5页。
[3] 李涵秋:《广陵潮(三集)》第三十回,上海:震亚图书局1929年版,第182页。

育家都染着苏州地方色彩。整部小说扑面而来的是苏州这座江南名城在现代转型过程中生发出来的既熟悉又陌生的世俗气。所谓"小小一个茶寮,倒是人海的照妖镜,社会的写真箱"①,茶寮是苏州日常生活的典型场所,人们于此聚散,消息由此流通,茶寮的小史实际上正是苏州城市生活的小史。叶小凤的《如此京华》则写袁世凯统治时期的北京城市生活,虽然以讽刺袁世凯称帝为主旨,但由于是以京城老名士老翰林李伯纯、少名士前清首辅公子长鹤山与名妓沈挹芳三者的花间游戏、情场纠葛为主线,中间穿插着众多北京上层社会滑官僚、假名士、书呆子的种种丑态,实际绘制的是京官名士的现形图。小说描写的官僚嫖妓、龟奴卖官、选猪仔议员等都是当时北京这座"皇城"(京城)的特产。

二

民初白话章回体小说也像下一章将要探讨的文言章回体小说一样热烈回应了时人关心的婚恋现代转型话题。白话章回体小说选取的是民间立场,讲述的是市井故事,满足的是世俗心理,其品格显然是通俗的。《九尾龟》是早期的代表作。在文言章回体小说(包括其他诸体)大写"哀情""至情"、叩问如何解决"爱情"与"礼教"的矛盾时,《九尾龟》却不断推出嫖界恶少章秋谷"才子+流氓"式的"嫖经"。在推动现代恋爱观念的形成上,这部小说不仅与《断鸿零雁记》《玉梨魂》《賈玉怨》《孽冤镜》等文言章回体小说背道而驰,与后期的《人间地狱》《恨海孤舟记》《战地莺花录》《侠凤奇缘》等同体小说也大异其趣。不过,《九尾龟》在民初却很轰动,报纸上不断连载,相关评论也纷纷而出,最终完书时竟长达192回。这恰恰反映了大众读者市场对小说通俗性的要求,也反映出时人对娼妓干扰正常婚恋家庭这一社会问题的高度关注。

---

① 程瞻庐:《茶寮小史》第一回,上海:商务印书馆1920年版,第1页。

第四章　民初与时流变的通俗白话章回体小说

　　整体来看，民初写婚恋家庭的白话章回体小说精品并不算多，在思想性、文学性上远不及同时期的文言小说，这些小说的婚恋观大致与大众保持着同一水平，一般读者阅读就宛若市井闲聊，虽然是谈兴不减，但终是缺乏新意，大多以消遣为主。翻开当时登载小说的主流报刊，这一感觉尤其明显。例如《小说月报》《小说大观》《中华小说界》上的长篇说部都以译作为主，偶尔刊登的白话章回体小说就多是些通俗消遣的作品。这种现象直到民初时段的后期才在李涵秋、姚鹓雏、毕倚虹、程瞻庐等人的创作实践中得到改变，涌现出《还娇记》《战地莺花录》《侠凤奇缘》《人间地狱》《恨海孤舟记》《新旧家庭》等佳作。下面，我们试举几例，以窥一斑。

　　李涵秋的《战地莺花录》较早地使用了"革命"加"恋爱"的创作模式，以三对男女青年林赛姑与赵瑜、赵珏与刘秀珊、缪芷芬与方钧的婚恋故事为主线，再现了民初青年男女新旧婚恋观的矛盾冲突，也描写了在军阀混战、国难当头的情况下，青年学生们投身革命的爱国行动。虽然整部小说未脱通俗消遣的风格，但在思想性和文学性上都有较高的追求，展演战地逸闻、情场韵事，紧扣时代脉搏，阐扬爱国宏旨，并以李涵秋擅长的稗官笔墨巧以布局，曲折叙事，从而受到当时读者的广泛欢迎，在小说界产生了很大影响。尤其值得一提的是，《战地莺花录》中塑造的爱国青年男女已初具时代新人的典型特征，这不仅直接影响了以张恨水为代表的 20 世纪 20 年代中期以后言情小说之创作，对"新文学"中革命爱情小说的创作也不无启示意义。姚鹓雏的《恨海孤舟记》从其《序言》可知主要就作者工愁善感的心灵立论，作者自比恨海之孤舟，声明记载的是其本人的"悲欢离合之情"。它直承苏曼殊《断鸿零雁记》的精神血脉，又影响到毕倚虹《人间地狱》的叙事风格。苏、姚、毕是民初"兴味派"小说家中过从甚密的好友，这种创作上的相互影响应当是很自然的。特别是《人间地狱》与《恨海孤舟记》都是通俗的白话章回体，两部小说不仅有很多共同的人物原型，其内容也都以写民初名士与青楼女子的感情生活为主，而且都以本人的亲身经历为素材，写得风光旖旎、引人情动，穿插时事、让人动容。《恨海孤舟记》以赵栖桐先后两堕"恨海"为主线，浓墨重彩地描写了他与妓女花云仙、灵芝的相知、相爱、死别与生离。最后，他在男女的"恨海"中宛如一叶孤舟无法自渡，最终选择弃家访道，成为了一个社会"边缘人"。这部小说在处理婚恋问题上并没有很高明的见解，解决之道甚至回到《红楼梦》般借助于宗教来解脱。其可贵价值乃在于以通俗白话章回体来表现对"爱情"的坚守，让民初文言小说中以爱情对抗旧礼教旧婚制的理想向更广泛的读者层传播。

三

民初白话章回体小说与时流变的通俗性在题材内容上还突出地体现为现代都市人时间观念影响下的"写当下"倾向。这一点可看作是其"现代性"标识之一。我国古代章回体小说由于受到"讲史""稗史"传统的影响多写"过去"的故事。就拿明清六大部小说来说，《三国志演义》是历史小说；《水浒传》是前朝的英雄传奇；《西游记》虽是神魔小说，依托的却是唐朝玄奘西游的史事；《金瓶梅》实是"写当下"的世情小说，可偏要托宋写明，也仿佛是陈年旧事；《红楼梦》也是写现实的，却也不坦诚地说破，而是装在一个属于过去的神话寓言的套子里；《儒林外史》算是留下了不少"写当下"的印记，但同样也要借元代的隐者王冕开头，要借明代的时空因文生事。清末"小说界革命"以后，由于西方线性时间观的引入，这一叙事惯例被打破了，"四大谴责小说"的出现标志着"写当下"时代的到来。民初通俗白话章回体小说与时流变，这种"写当下"的选材倾向更为明显。除了蔡东藩的《历代通俗演义》是专门的历史通俗化小说，叶楚伧的《古戍寒笳记》属于历史侠义传奇，民初白话章回体的名作很多都是"写当下"的。前面提到的《广陵潮》《茶寮小史》《如此京华》《留东外史》《交易所现形记》《人间地狱》《歇浦潮》等都是如此。既使过去被划入"历史小说"的《新华春梦记》记录的也是刚刚发生的历史,其新鲜感和创作指向显然也是"写当下"。这一选材倾向大大增强了小说的通俗性、时代感,为民初的广大读者所欢迎。

实际上,"写当下"在民初不单单是白话章回体的选择,也是其他小说诸体在现代转型过程中共同的创作倾向。进入1920年代,无论是"新文学家"追求的现实主义创作,还是张恨水、刘云若等的新章回体小说,究其实质就是要求"写当下"。张恨水曾在20世纪40年代末总结说:五四运动以后被压抑的章回小说创作之所以继续畅销、占据着最广大的读者市场,一方面是因为这种通俗的民族文艺形式为大众喜闻乐见,另一方面就是它能不断地适应时代,为反映时代而"写当下"、写现代事物①。

第四节　类型创作:满足读者的多元兴味

民初"兴味派"小说家基于对读者市场的观察,基于满足各层次读者的需要,在清末"新小说家"借鉴西方小说分类方法为我国小说初步分类的基础上,对小说进行了更加细致的分门别类,创造出数十种类别名称。这种分类命名方式在民初各种文体小说中都很普遍,对读者而言提供了选择性阅读的便利,对市场而言提高了服务的精准度、加速了以读者分层为主要特征的现代阅读市场的形成。当今文化创意产业市场已推出文艺产品的"私人订制",我们

---

① 参阅张恨水:《章回小说在中国》,《文艺》1947年第6卷第1期。恨水:《总答谢——并自我检讨》,《新民报》1944年5月20—22日,载张占国、魏守忠编《张恨水研究资料》,天津:天津人民出版社1986年版,第279—280页。

追溯历史，应该看到民初"兴味派"小说家最初所作的探索和努力。在这种大背景下，民初白话章回体小说的类型化创作也势在必然。在已有讨论到民初白话章回体小说的著作中基本都采用了分类型的写作体例，如张赣生先生的《民国通俗小说论稿》在介绍作家作品时注明"花界小说""社会小说""历史小说""滑稽小说""武侠小说""倡门小说""会党小说""历史武侠小说""社会言情小说""言情小说""梨园小说""神怪武侠小说""社会武侠小说""言情武侠小说""技击武侠小说""掌故小说"等；秦和鸣先生主编的《民国章回小说大观》分为"语怪小说""义侠小说""讲史小说""言情小说""社会小说""侦探小说"等。他们基本上是在尊重小说本来标注的类别基础上按主题题材来命名的。范伯群教授主编的《中国近现代通俗文学史》则采用了综合归纳的命名方式，分类型为"社会言情小说""武侠会党小说""侦探推理小说""历史演义小说"和"滑稽幽默小说"。这一类型划分主要从主题题材入手，同时整合进了滑稽幽默等其他因素，视作范先生所谓的不同"板块"似更适宜。由于现有分类针对的或为清末民初，或为整个民国，对民初这一短时段的白话章回体小说并不完全适用。笔者依据民初白话章回体小说作品主题题材实际，以前人分类为参照，将其大致分为"社会小说""社会言情小说""历史小说"和"武侠小说"四种类型。下面，我们对这四种类型小说略加探讨，以确定其在近现代通俗小说史上的奠基地位。

一

民初"社会小说"从数量上看应居各类型小说之首，就白话章回体而言情况同样如此，就连下文讨论的"社会言情小说"在当时也被认为是其中之一种。这一繁荣现象的出现首要原因是民初"兴味派"小说家在以"谴责小说"为代表的众多晚清"社会小说"开辟的方向上接着写的结果。众所周知，"社会小说"是清末梁启超等倡导"小说界革命"的产物,其中贯彻着借助小说"救国""新民"的创作宗旨。因此,从这一小说类型产生之初便具有鲜明的现实性和功利性。清末"社会小说"要求现实性是引导小说界关注眼前世界、指摘时弊,而过于功利性则必然导致"开口便见喉咙"①。对此,鲁迅曾针对"谴责小说"有过一段经典论述:

> 群乃知政府不足与图治,顿有掊击之意矣。其在小说,则揭发伏藏,显其弊恶,而于时政,严加纠弹,或更扩充,并及风俗。虽命意在于匡世,似与讽刺小说同伦,而辞气浮露,笔无藏锋,甚且过甚其辞,以合时人嗜好,则其度量技术之相去亦远矣,故别谓之谴责小说。②

由于清末"社会小说"成为民初"社会小说"直接继承的对象,上述清末"社会小说"的现实性与功利性及其种种弊病像胎记一样鲜明地印刻在民初"社会小说"身上。时风激荡之下,甚至一度衍生出"新文学家"痛诋的"黑幕小说"末流。

较之清末"社会小说",民初"社会小说"将婉讽针砭之笔伸向了更加广阔的社会生活,名家不少,佳作不断,诸如叶小凤的《如此京华》(1915),不肖生的《留东外史》(1915),杨尘因的《新华春梦记》(1916)、《神州新泪痕》(1918)、《儒林新史》(1919),贡少芹的《新社会现形记》(1917)、《傻儿游沪记》(1917)、《尘海燃犀录》(1921),李涵秋的《爱克司光录》(1919)、《活现形》(1921)、《怪家庭》(1922)、《近十年目睹之怪现状》(1923),程瞻庐的《茶寮小史》(1919)、《新旧家庭》(1920),胡寄尘的《最近二十年目睹之社会怪现状》(1921),江红蕉的《交易所现形记》(1922),等等。

---

① 公奴:《金陵卖书记》,上海:开明书店1902年版。见陈平原、夏晓虹:《二十世纪中国小说理论资料(第一卷)》,北京:北京大学出版社1997年版,第65页。
② 鲁迅:《中国小说史略》,北京:人民文学出版社1973年版,第252页。

这些作品较之清末"社会小说"专注于"新民""救国"一元化的现代政治启蒙,其叙事旨趣趋于多元,越往后来越侧重于进行现代生活启蒙。

　　民初"社会小说"的早期作品多聚焦于袁世凯复辟前后的社会百态,表达的是一种既激愤又无奈的爱国情绪和社会批判。叶小凤的《如此京华》就以讽刺袁世凯称帝为主旨。小说没有从正面去写袁世凯称帝,而是较好地发挥了传统章回体情节曲折、穿插有序的长处,叙写袁氏影响下的北京城中那些名士、名妓、官僚、书呆子的种种丑态,真正做到了"刻薄得可爱"①。如,写李伯纯因爱妾装神弄鬼与人私奔,羞愤之余的假出家;写长鹤山为了沈挹芳与新夫人的几番斗智斗勇、最终被囚禁;写帮闲郑甘棠因常做长鹤山与沈挹芳之间的青鸟使而遭到鹤山夫人组织的女婢狗屎扫帚军的围攻。这些描写让阅者开怀一笑之余,对表面高高在上的名士、官僚顿生鄙视之心,达到了"用嬉笑来代怒骂的"② 艺术效果。这种笔墨对当时被嘲讽的对象而言实在是可怕极了,但也"往往口角笔锋流于尖薄,无当惩劝,只成笑谈"③,从而减弱了作品的社会批判性。杨尘因《新华春梦记》的创作目标是成为"洪宪纪元的写真片"④。作者基本照搬了"谴责小说"的叙述技法,极力丑化讥讽袁世凯,以夸张的笔墨描述他根深蒂固的"皇帝情结"。《新社会现形记》对"议员""伟人""名士""显宦""律师""洋奴""主笔""知事"等均痛下针砭,揭示出"大号共和谁知是梦"的主题。

　　民初"社会小说"的后期作品使用了全面扫描社会的广角镜

---

① 叶楚伧:《中国小说谈》,《民国日报·觉悟》1923年7月24日。
② 同上。
③ 管达如:《说小说》,《小说月报》1912年第3卷第7期。
④ 杨尘因:《新华春梦记(第一卷)》第一回,上海:泰东图书局1916年版,第7页。

头,叙述视野更为广阔。《神州新泪痕》《尘海燃犀录》揭示军界、政界的混乱、堕落;《留东外史》《儒林新史》《茶寮小史》实写留学生、教育界种种黑幕;《傻儿游沪记》《爱克司光录》《最近二十年目睹之社会怪现状》《交易所现形记》描写都市社会的商业繁华,揭露都市社会的种种罪恶陷阱。进入1920年代,"社会小说"还将笔触伸向"家庭"这一社会的基本组织,描摹家庭的日常生活,由家庭连接个人与社会,呈现独特视角下的社会观察。正如李涵秋所说:"要整顿一国,必先整顿社会,要整顿社会,必先整顿家庭。"① 这是他本人将"社会小说"的叙事场景由市井社会转向士绅家庭的宣言。然而,作者"修齐治平"的传统理念早已落后于时代的要求,在回应当时广大读者热烈关注的"家庭问题"时,单凭这枚"古时丹"显然不能奏效,留给读者的只能是对旧式家庭中种种龌龊怪象的展览。程瞻庐的《新旧家庭》《新广陵潮》等将叙事集中于展示封建大家庭过渡到新式小家庭过程中出现的种种肮脏和丑陋,秉持的同样是市民知识人普通的价值观,所谓"著者握着一枝笔,彰善瘅恶,凭着良心上的驱遣"②。

整体来看,民初白话章回体"社会小说"的叙事场景遍布社会的各个角落;叙事结构一般采用《儒林外史》式的"短篇连缀"或《孽海花》式的"串珠花";叙事焦点与时流变,从北京到上海,从总统府到小家庭;叙事关节则是其中的"怪现状""活现形"。这种"社会小说"的叙事模式不仅对之后的张恨水、刘云若们有直接影响,对当下的网络社会小说也有很大影响。另外,民初"兴味派"小说家撰写"社会小说"很注重收集材料,很注意运用写实笔法去记录社会的真相,严芙孙为程瞻庐作传说他"见村妇骂街,辄驻足

---

① 李涵秋:《怪家庭》,赵苕狂编,上海:世界书局1924年版,第1页。
② 程瞻庐:《新广陵潮》第五十回,上海:世界书局1929年版,第23页。

而听,借取小说材料……闻茶博士之野谈,辄笔之于簿"①。贡少芹则直认李涵秋的"《怪家庭》一书,完全实事"②。这就为后世留下了一笔非常宝贵的文化(文学)遗产。民初白话章回体"社会小说"所取得的成就是多方面的,无怪乎至20世纪30、40年代论者谈及社会小说依旧以李涵秋作品为典范。可见,这批小说在现代"社会小说"类型定型过程中的贡献是不容忽视的。

二

由于过去很少有人从文体角度系统研究民初小说,故而在通俗文学研究视域中笼统地提出"民初哀情小说潮""民初言情小说热"等论断,究其实际,这些判断并不完全适用于民初白话章回体小说。从笔者所见的民初白话章回体小说作品来看,言情小说(艳情小说、侠情小说、奇情小说等)充其量算是当时流行的文言言情小说的附庸。实际上,对现代小说类型之形成有影响的基本上都属于"社会言情小说"。"社会言情小说"不同于"言情小说"。"言情小说"以写男女情感生活为主,其主旨始终在一个"情"字;而"社会言情小说"以社会现状为经,以男女婚恋为纬,其叙述重心即使偏于言情,但其本质仍在于描摹社会百态、反映社会问题,甚至揭露社会黑幕。在民初的小说分类中还没有"社会言情小说",像李涵秋的《广陵潮》《战地莺花录》《好青年》等最初在报刊上发表时都标为"社会小说",相关广告也称其为"社会小说",读者也都把这类小说当作庞杂的"社会小说"之一种来阅读。由今天的眼光来看,这类小说与一般"社会小说"的区别在于以言情为纬、言情作为叙事结构线索明晰,言情的成分很大,故而专门别出一类。其源

---

① 严芙孙:《民国旧派小说名家小史·程瞻庐》,见魏绍昌编:《鸳鸯蝴蝶派研究资料》上卷,上海:上海文艺出版社1984年版,第550页。
② 贡少芹:《〈怪家庭〉序》,赵苕狂编:《怪家庭》,上海:世界书局1924年版,第1页。

出于晚清谴责小说，同时吸收了狭邪小说的一些营养，不像民初言情小说那样直接继承的是狭邪小说。

《广陵潮》被公认为民初"社会言情小说"的典范之作，初名"过渡镜"，意图以稗官体例采录民俗风情来再现过渡时代之中国社会，作者所谓把那社会的形状拉拉杂杂写来，"叫诸君仿佛将这书当一面镜子，没有要紧事的时辰，走过去照一照，或者改悔得一二，大家齐心竭力，另造成一个簇新世界"①。可见，它的叙事主旨是反映社会、改造社会。书中浓墨重彩的男女情爱虽构成整体叙事不可分割的有机部分，但言情之于社会毕竟还是次一级的，换句话说，言情乃是为了更好地言社会。让言情与社会紧紧捆绑在一起，确是《广陵潮》成功的要诀所在，它在民初一片"哀情""至情"之声中另外开辟出一条社会言情的新路。民初白话章回体的"社会言情小说"绝大多数作品都产生于 1915 年以后，这里还有一个时代的背景。那就是 1915 年上海小说界的文言言情小说潮已开始出现落潮之势，时任《小说月报》主编的恽铁樵在《答刘幼新论言情小说书》中曾针对此现象说："爱情小说所以不为识者所欢迎，因出版太多，陈陈相因，遂无足观也。"② 他认为要想革新言情小说，需将其纳入社会小说，使二者合流产生社会言情小说，他说："言情不能不言社会，是言情亦可谓言社会。且世界者，人类之世界，即男女之世界。男女有爱力，而有夫妇。夫妇，最亲者也。爱不能无差等。以亲亲之义推之，夫妇之情厚者，于爱国、爱群之情亦厚。"③ 以当时《小说月报》在上海小说界举足轻重的地位，恽铁樵的上述改革方案必然引起创作上的巨大反响。果然，《广陵潮》在此之后更加大红大紫，一直续写到 1919 年才最终完成。这部名

---

① 李涵秋：《广陵潮（六集）》第五十一回，上海：震亚图书局 1929 年版，第 1 页。
② 恽铁樵：《答刘幼新论言情小说书》，《小说月报》1915 年第 6 卷第 4 号。
③ 同上。

著巨大的示范效应也迅速推动着"社会言情小说"的发展、定型,仅以"潮"命名的"社会言情小说"作品在民国时期就出现了不下几十部。到 20 世纪 20 年代中期以后"社会言情小说"已成为通俗小说中最为重要的类型之一。李涵秋是民初"社会言情小说"的第一名家,除《广陵潮》外,还创作了《战地莺花录》(1918)、《侠凤奇缘》(1918)、《好青年》(1921)、《魅镜》(1922)、《自由花范》(1923) 等近十部白话章回长篇。

另外,在民初比较有名的作品还有姚鹓雏的《恨海孤舟记》、毕倚虹的《人间地狱》、朱寿菊的《歇浦潮》、许廑父的《沪江风月传》等。这些小说使得现代"社会言情小说"的基本叙事模式趋于定型:其叙事场景是充满"怪现状"的世俗社会;叙事结构是在这一广阔的社会时空中展现一对或几对青年男女曲折复杂的婚恋过程,由这些青年男女联系到几个家族(家庭)的状况,再进一步辐射到与其相关联的整个社会百态;言情与言社会成为此类型小说叙事的双焦点,但言社会居于更主要的地位;其叙事关节是言情——男女情感婚恋作为叙事的主要线索贯穿整部小说,虽然小说有时会散漫地叙述大量的社会轶闻,但只有在言情这一叙事关节进行屈伸时,整部小说的主要情节才会向前行进,主要人物才会塑造得更加丰满。当然,从类型发展角度看,民初白话章回体的"社会言情小说"还不够成熟,正如范伯群教授所说:"通俗社会言情小说真正成熟,大概要等到张恨水、刘云若等人手中,才得以出现经典之作。"①

三

民初白话章回体历史小说是在传统"演义体"小说基础上形成的,同时又借鉴了西方历史小说的观念和技巧。"历史小说"的名

---

① 范伯群主编:《中国近现代通俗文学史》,南京:江苏教育出版社 1999 年版,第 17 页。

称是清末维新派从域外借来的,但给予它的定义又是中国式的,《中国唯一之文学报〈新小说〉》中说:"历史小说者,专以历史上事实为材料,而用演义体叙述之。盖读正史则易生厌,读演义则易生感。"①维新派看到《三国志通俗演义》一类演义体小说很受读者欢迎,探究其受欢迎的原因认为是这类小说容易引起读者的阅读兴味。这一判断显然符合事实,因此"历史小说"这一命名很快就被小说界接受了。例如吴趼人在《〈两晋演义〉自序》中说"自《三国演义》行世之后,历史小说,层出不穷",声明创作的目的是"使今日读小说者,明日读正史如见故人;昨日读正史而不得入者,今日读小说而如身亲其境"②。概言之,清末的所谓"历史小说"就是正史的通俗小说化。此类小说在民初蔡东藩手中走向定型成熟,极大地影响了许慕羲、许啸天、胡憨珠、徐哲身等同时和稍后的作家。蔡东藩历史演义小说以朝代更迭为序,将中国两千多年的正史一一加以演义,形成了独特的类型特征。

蔡东藩有严格的正史小说观,认为写历史小说不必"凭空架饰",只需"就事叙事",这样一来"褒不虚褒,贬不妄贬,足与良史同传不朽"③。他严判小说与正史之别,指出:"夫正史尚直笔,小说尚曲笔,体裁原是不同,而世人之厌阅正史,乐观小说,亦即于此分之。"④蔡东藩强调小说曲折叙事即认识到了小说的文学审美性,他指出小说具备此种属性才"能令阅者兴味不穷,是即历史小说之特长也"⑤。由于认识到了小说叙事的独特性,蔡东藩比较

---

① 《新小说》报社:《中国唯一之文学报〈新小说〉》,《新民丛报》1902年第14号。
② 我佛山人(吴趼人):《两晋演义自序》,转引自黄霖、韩同文:《中国历代小说论著选》,南昌:江西人民出版社2000年版,第237页。
③ 蔡东帆(蔡东藩):《绘图宋史通俗演义(卷三)》第二十四回回评,上海:会文堂书局1923年版。
④ 蔡东藩:《前汉通俗演义(第1册)》第二十五回回评,上海:会文堂新记书局1935年版,第160页。
⑤ 同上。

注意叙事焦点的选择，叙事技巧的运用。他对叙事焦点的选择总是透露出其"以史为鉴"的创作宗旨，如在《西太后演义·叙言》中说"要旨在防范女权，唤醒世梦，以人为鉴，即劝即惩，阅者得是编以证之"①，其叙事焦点是慈禧专权；再如《清史通俗演义》是要"把清朝的兴亡细细考察，择善而从，不善则改"②，其叙事焦点自然选择的是清朝的兴亡。蔡东藩虽然是一位严肃的历史小说家，但为了增强小说作品的兴味性以吸引读者，他也运用了一些增强文学性的叙事技巧，诸如范伯群先生主编的《中国近现代通俗文学史》中总结的"叙事视点集中法""倒戟法""分合法""销纳法"等③。蔡东藩的历史小说在叙事结构上没有太多创新，早期学习《三国志通俗演义》，后期学习《东周列国志》。然而这种复古的结撰方式与当时流行的"社会小说"叙事模式有很大不同，也引起了民初不少读者的阅读兴趣。加之这些小说"事依正史"，在当时对于普及历史知识而言的确起了不小的作用。

四

民初白话章回体武侠小说是在晚清侠义（公案、儿女、神怪）小说的基础上形成的小说新类型。我之所以认定武侠小说是属于现代小说的新类型，而不赞同陈平原先生"把清代侠义小说作为武侠小说类型真正成形的标志"之主张④，是因为武侠小说的定型要到1920年代初期，之前只能算是类型生成期。这一点，我们从民初报刊及单行本说部标注的"侠义小说""技击小说""侠情小说"

---

① 东帆：《西太后演义·叙言》，《西太后演义（卷1）》，上海：会文堂书局1919年版，第1—2页。
② 蔡东帆：《清史通俗演义（第1册）》第一回，上海：会文堂新记书局1925年版，第1叶a面。
③ 详见范伯群主编：《中国近现代通俗文学史》下卷，南京：江苏教育出版社2010年版，第73页。
④ 陈平原：《文人千古侠客梦：武侠小说类型研究》，天津：百花文艺出版社2009年版，第46页。

"奇侠小说""剑侠小说""武侠小说"等繁多的名目就可见出端倪。

"武侠"一词大概舶自日本,最早出现在1903年梁启超等人所作的《小说丛话》中,定一论《水浒传》说:"遗武侠之模范,使社会受其余赐,实施耐庵之功也。"① 1908年觉我所作《余之小说观》则指出:"日本蕞尔三岛,其国民咸以武侠自命……若《武侠之日本》则十九版……"② 1915年上海小说界著名期刊《礼拜六》在第38期刊出小草所作《武侠鸳鸯》,另一个名刊《小说大观》在第三集标注林纾短篇《傅眉史》为"武侠小说"。此后冷风汇编笔记小说集《武侠丛谈》(1916),唐熊撰作《武侠异闻录》(1918)。不久又用于期刊名,有平襟亚所编《武侠世界》(约1921—1922)。"武侠小说"这一专称遂为人们普遍使用③。

民初白话章回体武侠小说虽脉承晚清侠义小说而来,但逐渐在摆脱公案、儿女、神怪的陈套,而形成一种新的类型模式。1912年由上海中新书局出版的病瘿《宵光剑》塑造了一个帮助王子排忧解难的女侠古隐,小说主旨是影射晚清政治的腐败,指出拯救的出路在学习西方。这应该还是清末"新小说家"的作品,侠仍是为官家、为政治服务的。至1915年上面提到的《武侠鸳鸯》《傅眉史》等武侠短篇,叙述重点开始转向个体的"侠"和高超的"武"本身,再佐以一定的言情描写,逐渐在为生成一种新的叙事模式做量的积累。同一时期的白话章回体小说也开始发生同样的转向,如叶小凤《古戍寒笳记》(1914—1917)叙事的立场显然已从官家转到了民间,完全摆脱了侠义公案皈依朝廷的叙事成规,也淡化了儿女、神怪的传统色彩,尤其强调打斗场面的"武"与义薄云天的"侠"。

---

① 《小说丛话》,黄霖、韩同文:《中国历代小说论著选》(下),南昌:江西人民出版社2000年版,第69页。
② 觉我:《余之小说观》,《小说林》1908年第9期。
③ 关于"武侠"一词在民初的使用情况多引用张赣生《民国通俗小说论稿》第338页的论述,纠正了一处时间错误。

在国民党和南社中，叶小凤都是元老，面对民初袁世凯复辟和北洋军阀统治下的混乱政局，这位充满侠气，善写"梦话""酒话"的失路英雄抛开清末侠义小说的叙事成规，直接向"遗武侠之模范"的《水浒传》学习。他极为赞赏《水浒传》里塑造的人物，称其"妩媚便妩媚到十二分。英雄便英雄到十二分"[1]；总评说："《水浒》自然是有惊人艺术的，但它底背景，不单是甚么'社会的不平''政治的腐败'，我个人底观察，一部七十回的小说，还兼为'酒''色''财''气'四字。《水浒》的文章，有些像《庄子》。它们所采用的材料，都是不经人见的。换一句话说，在这两部书里，都是天地间不必有的事，却是不可无的文"[2]。结合《古戍寒笳记》文本来看，它显然主要以"英雄传奇"《水浒传》为宗，以历史上的一点"影事"为料，意在为那些"呼灯市楼，手抱美人谈天下事"[3]的爱国英雄、江湖豪客立传，并兼采唐人"传奇体"的诗意品格、明清"演义体"的讲史技巧等，以"神气"行文，使整部小说充满了浪漫的奇趣。正如姚民哀在当时所评："《古戍寒笳记》一书，述清初明遗民痛史。精力弥满、布局紧严，乃仿施东都水浒笔法，而得其神髓者。"[4]《古戍寒笳记》不仅着力于侠风、侠骨的刻画，还巧妙地在叙述侠行中插入情史，写杨春华与五儿、涵碧及名妓赵桐先的风流缠绵，写古凝神的坐怀不乱等，以美人柔情来烘托英雄襟怀、侠士风流。同时又着力于写意与写实之间的武功描写。这部小说中的人物多身怀飞檐走壁、点穴伤人的绝技。孔庆东教授指出："第十五回所写的点穴，第三十一回所写的'内功'，都是此

---

[1] 叶小凤：《小说杂论》，《小凤杂著》，上海：新民图书馆1919年版，第15页。
[2] 叶楚伧：《中国小说谈》，《民国日报·觉悟》1923年7月24日。
[3] 王大觉：《古戍寒笳记·序一》，《古戍寒笳记》，上海：小说丛报社1917年版，第1页。
[4] 姚民哀：《说林濡染谭》，《红玫瑰》1926年第2卷第40期。

前的武侠小说中罕见的。"① 实际上点穴在书中多处出现，竟连小孩也会，第三十一回就写了五儿的孩子莺儿用点穴手制服能敌百人的吉尔杭，书中说"向他脊梁上轻轻一点，便全身麻木，挣扎不来，白着眼，只倒着看着哼着"②，这真是神乎其技，写意的成分很大！与之匹配的则是十分精彩的武打场面描写。这部小说的主要人物袁灵芝、古凝神和杨春华都是有独立人格和远大抱负的侠之大者，其所思所行规定了这部小说具有不同于 1920 年代之后专注于市场写作的武侠小说的审美品格。不过，从跳脱侠义小说叙事成规到"武侠"新叙事模式生成的历史过程来看，《古戍寒笳记》算得上是一部关键性作品，它的大受欢迎在读者和作者两个方面都产生了巨大影响，从而有力地推动了晚清侠义小说向现代武侠小说的类型转变。此后，顾明道《侠骨恩仇记》(1916)、徐吁公《双城女子》(1916)、陆士谔《八大剑侠传》(1917)、《血滴子》(1921)、《七剑三奇》(1922)、李蝶庄《雍正剑侠奇观》(1921)、少林僧《白泰官演义》(1922) 等小说主要在个体的快意恩仇上下功夫，进一步追求兴味娱情的消遣性。这些小说所涉武技更为高妙，情感更加缠绵，思想更是奇特，且进一步世俗化，以满足文化市场的消费需求。

至 1920 年代初，现代武侠小说类型趋于定型，其标志是 1923 年 1 月《江湖奇侠传》在《红》杂志上开始连载。据包天笑回忆，这部小说是世界书局老板沈知方登门约的稿，其时向恺然因发表题材独特的《留东外史》和《猎人偶记》而小有名气，但沈氏对市场变化向来敏感，未让他继续原来的题材，而是邀他专门写武侠小说。可见《江湖奇侠传》有与生俱来的市场性。在相隔不到半年，向恺然又在《侦探世界》连载《近代侠义英雄传》，同样是冲着市

---

① 孔庆东：《试论叶小凤的小说创作》，《涪陵师范学院学报》2003 年第 6 期。
② 叶小凤：《古戍寒笳记》，上海：小说丛报社 1917 年版，第 137 页。

场的热度而迅速推出。如果说 1920 年代以前民初"兴味派"小说家还普遍坚守艺术与市场的双重法则，至此在"新文学"的压抑之下，向恺然已完全变成了市场作家。将之与叶小凤创作《古戍寒笳记》的情形稍加比较，其市场性便一目了然。《古戍寒笳记》有一个长期酝酿构思的过程，是借"英雄轶史"来浇自家块垒，其草草作结乃是因"书贾硁硁于论字计值"[①]让叶小凤愤怒而产生的恶果。而现代武侠之所以成为通俗小说的主要类型则正因其具有基于市场的消遣娱乐价值。《江湖奇侠传》和《近代侠义英雄传》是现代武侠的奠基之作，它们以掀起阅读狂潮的方式开辟了现代武侠的两大基本叙事模式。前者的叙事场景是富有民俗性的"江湖"，这是一个亦真亦幻、极其复杂的艺术空间，这个空间里充斥着种种秘密社会的亚文化，又活跃着作者驰骋想象力的产物——仙、侠、道术、法术、巫术与武功。这样的场景设置为此后的现代武侠有选择性的继承，比如郑证因武侠里的江湖恩怨，姚民哀武侠里的江湖帮会。后者的叙事场景是真实历史性的"近代"，在这一历史画卷上作者意图抒展的是家国情怀和豪侠气概。这样的场景设置上承《古戍寒笳记》，下启顾明道《草莽奇人传》、金庸《射雕英雄传》等。《江湖奇侠传》的叙事焦点是"奇侠"，所写人物包括剑仙、侠客、乞丐、僧尼、巫师、盐枭、猎户、法师、道士等等，三教九流，无所不包，总的特点是"奇"，甚至"怪异"。《近代侠义英雄传》的叙事焦点则是"英雄"，从王五到霍元甲、农劲荪等，他们都是属于民族脊梁式的人物。"奇侠"和"英雄"始终是现代武侠中的主角。两部小说的叙事结构各自匹配亦真亦幻之虚构性的"江湖"和某段特定的"历史"，这种只求自圆其说的叙事逻辑带有某种"童话"色彩，成为现代武侠的重要类型特征。两部小说都以"尚武"

---

① 姚民哀：《说林濡染谭》，《红玫瑰》1926 年第 2 卷第 40 期。

和"侠义"为叙事关节,影响到现代武侠均绘声绘色地描写侠客神奇高妙的武术和义薄云天的侠气。另外,在写"武"写"侠"的同时也写"情",奇侠奇武奇情、英雄武功美人不正是现代武侠鼎足而立的三个支柱吗?

除上述四种类型之外,民初白话章回体小说还有其他一些类别,不过都还处在走向定型的路上。譬如侦探小说仍是以翻译为主,创作上的成熟要等到20世纪20、30年代。因此,我们选择"社会小说""社会言情小说""历史小说""武侠小说"来加以探讨。目的是从中看到类型之于通俗小说的意义。在当代,我们一提类型化或类型小说往往首先就会想到通俗小说。通俗小说与类型小说在很多人心目中可以划等号。通俗小说天然的属性是要满足读者的多元兴味,读者的阅读兴味是与时流变的,类型作为一种叙事成规恰恰连接着业已形成的阅读习惯和正在生成的阅读需要。葛红兵教授借鉴荷兰学者D.W.佛克马在《文学理论中的成规概念与经验研究》①一文中阐释的相关理论指出"在小说的阅读和写作的时候,依托一定的成规,这不是什么坏事,成规不会使我们一事无成,相反成规是一切创造性的出发点"②。与之相呼应的是张赣生先生曾指出章回小说具有程式化的民族特色,认为程式化作为规范化的形式应该灵活运用在小说创作之中。这里所谓"程式化"就是叙事成规,所谓"灵活运用"就是在成规上创造。若用民初"兴味派"小说家自己的话说就是"不在存古而在辟新"③。叙事程式化或曰叙事成规实质上是民族文化心理的叙事性呈现,基于此,张赣生先生提出阅读中国小说的正确方法是意会、神遇和解味。沿此路

---

① [荷兰]D.W.佛克马:《文学理论中的成规概念与经验研究》,斯义宁、薛载斌译,《文艺研究》1987年第6期。
② 葛红兵:《论小说成规》,《山西大学学报(哲学社会科学版)》2012年第3期。
③ 冥飞、海鸣等:《古今小说评林》,上海:民权出版部1919年版,第144页。

径去找寻五四时期"新""旧"两派不可调和矛盾产生的根本原因,笔者认为其中的一个关键点是两者文学兴味截然不同,一个继承传统,一个反传统,必然要爆发战争。

综上,民初白话章回体小说以切近大众生活的"中式白话"在富有现代性的报刊上叙写他们喜闻乐见的主题题材,在大量创作实践的基础上形成了现代小说的四种基本类型,整体呈现出满足广大读者多元兴味、与时流变的通俗性。在五四"新文学革命"后形成的以"白话""通俗"为主要特征的现代文学场域中,民初白话章回体小说虽然被极端压抑,但却以另类"白话""通俗"特征征服了文化市场和市民大众。在文化产业市场大力发展的当代中国,这批小说正发挥着不可替代的作用,其文学史地位正在不断上升。

第五章
民初风靡一时的雅化文言章回体小说

　　文言章回体小说是民初上海小说界"兴味化"主潮中独领风骚的特创，其根深植于传统文学，又明显受到翻译文学影响。称其为特创并非无视此前已有文言章回体小说作品存在的事实，但那宛若寥落晨星，在明清小说星空中并不起眼，而民初的文言章回体小说灿若星河，成为民初小说星空中最引人瞩目的所在。它曾在中国小说现代转型期试图化古以辟新，进行过艰难而又成功的探索。不过，它在风靡一时后很快就遭遇灭顶之灾，五四和后五四文坛给它贴上了"旧派""鸳鸯蝴蝶派"的落后反动标签，贬斥它"古旧得厉害"[①]，认定它缘于所谓"旧派""吟风弄月文人风流的素志"[②]，是一种奉行"游戏的消遣的金钱主义"[③] 的市场文学，势必要打倒、要消灭。上述论断打上了五四"新文学革命"特殊时代的鲜明烙印，其影响十分深远，长期遮蔽了民初文言章回体小说的独创性

---

① 周作人：《日本近三十年小说之发达》，《新青年》1918年第5卷第1号。
② 沈雁冰：《自然主义与中国现代小说》，《小说月报》1922年第13卷第7号。
③ 同上。

和时代性。

现有论著或将其纳入近现代通俗社会言情小说史中考察，或将其径称"骈文小说"（"骈文支派"）与"古文小说"（"史汉支派"）分置讨论①，或者仅就某（几）部名著进行个案研究，从而导致其独创性、时代性继续被遮蔽，整体性被忽视。可以说，目前研究还未曾深入其文体流变本身加以系统探讨，而整体将其误读为"通俗小说"则会引发文白雅俗观念的混乱。实际上，在以诗文为中心的中国古代"文学场"，用文言撰写的笔记体、传奇体小说虽为"小道"，但仍属于雅文学，而白话的章回体和话本体小说则一律被视为俗文学。直到清末维新派瞩目小说界，并提出"小说为文学之最上乘"②的"革命性"观念，典雅的文言才尝试性地大量用于著、译被极力宣称是最上乘文学的"新小说"。在清末由传统向现代蜕变的文人心中，最上乘的文学自然可以用雅的文言来写，他们擅长的也正是文言写作。缘乎此，自觉以文言撰、译小说才渐趋盛行，从此开始了小说雅化的现代转型历程。清末文言小说多是翻译作品和短篇作品。以文言翻译域外小说可以给一般读者带来语言和内容的双重陌生化，满足他们的好奇心，又适合"出于旧学界而输入新学说者"③的阅读兴味；短篇小说则有笔记体、传奇体等创作传统可以继承，同时借鉴西方小说技巧，适应报刊载体，自能生出不少新变，这大概是清末"新小说家"选择这两种小说做雅化之开路先锋的主要原因。进入民国，小说界则开始使用文言大量地创作章回体小说，这便打破了一直以来在章回小说世界里"白话"一

---

① "古文小说"与"骈文小说"是陈平原先生在《二十世纪中国小说史》（第一卷）中对近代借鉴古文、骈文艺术技巧和审美旨趣创作的长短篇文言小说的命名；"史汉支派"与"骈文支派"是杨义先生在《中国现代小说史》中对大致相同对象的命名。不过，两人的观测点有很大不同。
② 饮冰：《论小说与群治之关系》，《新小说》1902年第1卷第1号。
③ 觉我：《余之小说观》，《小说林》1908年第10期。

统的局面,实在算得上是一种特创。

本章拟从小说雅化的现代转型历程着眼,深入其文体流变本身,描述民初两类文言章回体小说双流并发、风靡一时的现象,分析这些伤春悲秋的作品如何娱情造美、化古生新,以期揭示其历史原貌、进而探讨其在五四以后黯然退场的深层原因。

第一节 易代之际的特创别体

中国古代的小说以语言载体不同明显划分为文言和白话两大系统。文言小说无论是传奇体还是笔记体均受史传传统的深刻影响而形成书面文学的风格;白话的话本体、章回体小说则因"说话""俗讲"的盛行而发达,自然带着口头文学的特征。二者"各有各的表现天地,各有各的作者队伍,也各有各的读者群"[①],分属士大夫阶层的雅文化与市民大众阶层的俗文化。明清以来,文言小说的俗化与白话小说的雅化都在"好事"文人的手中得到加强,但其不同的文化属性依旧泾渭分明。直到清末出现以下诸种因素:"小说界革命"促成小说文体地位空前上升、富有现代性的报刊出版业趋于繁荣、林纾用古文译小说大受欢迎,以及科举制度衰落直至废除,等等,二者发展的轨迹才由原本的平行线迅速变为相交线。民元以后,文人士大夫更加大量地涌入小说界,一向用白话来创作的章回体小说猛地爆发出一股文言潮。

民初文言章回体小说不是笔记体和传奇体的拉长版。它保留了章回体的基本特征,诸如分章列回、篇幅蔓衍、注意谋篇布局、关切世俗民风,等等。同时在章回体基础上它又兼采骈散文、传奇体

[①] 陈平原:《中国现代小说的起点——清末民初小说研究》,北京:北京大学出版社2005年版,第164页。

小说及诗词的艺术技巧和审美旨趣,使用外国小说技法,镶嵌西方名物思想,从而形成了两类崭新面目的特创别体——诗骈化章回体与古文化章回体。

先说民初诗骈化章回体小说。民国元年,《太平洋报》推出《断鸿零雁记》、《民权报》推出《玉梨魂》《䕺玉怨》《孽冤镜》等诗骈化章回体哀情小说,因其体式风格特别,回应社会热点关切,从而迅速获得了广大读者的热烈欢迎。随后这类作品不断出现,在民初风行了七八年,在当时掀起了"哀情小说潮",也形成了所谓的"鸳鸯蝴蝶体"。以徐枕亚、苏曼殊为代表的一批作家之所以被戏称为"鸳鸯蝴蝶派",正是缘于他们擅用诗骈化章回体写言情小说。

民初诗骈化章回体小说受骈文的影响显而易见,有些学者甚至径称其为"骈文小说"或"骈文支派"。骈文,又称骈俪(文),在六朝时期正式形成,其特点是讲究对偶和声韵,强调藻饰与用典。它由汉赋演变而来,与诗歌相亲,在形式与意涵上均具有动人的美感。骈文长于铺排、善于写景、妙于言情,巧于说理,如江淹的《恨赋》《别赋》、庾信的《哀江南赋》、丘迟的《与陈伯之书》等都是这方面脍炙人口的名篇。这些作品有一种缘情绮丽的六朝风度,奠定了骈文情景理交融、辞韵典皆胜的基本美学风格和哀婉凄迷的情感基调。这对民初诗骈化章回体小说文体风格的生成产生了深刻的影响。骈文在民初曾绽放出最后的华彩。政府公文用骈体,事务文书用骈体,报刊发刊词用骈体,日常应用文用骈体,正如刘纳教授所说:"在那年代,会写骈文能作大总统府秘书,也能入都督幕,时尚使然","骈文在1912—1919年间成为社会性的嗜好,其例不胜枚举"[①]。在骈文如此

---

① 刘纳:《民初文学的一个奇景——骈文的兴盛》,《郑州大学学报(哲学社会科学版)》1996年第5期。

第五章　民初风靡一时的雅化文言章回体小说

兴盛的时代，这种传统"美文"① 恰好与刚刚上升为"文学之最上乘"的小说相遇，于是便划出了章回小说历史天空中一道美丽而哀愁的彩虹。

从小说文体自身的演进来看，唐初传奇《游仙窟》是首先引诗骈入小说的作品。它的主要文本形式是骈文和五言诗，中间夹杂民间口语和俗语，内容是青年男女的风流艳遇，文辞华美、情调凄迷。郑振铎称其为"我们文学史上的第一部有趣的恋爱小说"②，走的是兴味娱情、通于世俗之路。可惜后来的唐传奇并未完全沿此道路发展，使之晦而不彰，加之《游仙窟》在我国长期失传、直到20世纪初才从日本回归，其对民初诗骈化章回体小说的影响目前尚难确定。不过，唐传奇骈散结合的形式，对诗化之美的追求，对真爱精神的礼赞确乎是其后诗骈化爱情小说的滥觞。清代的《红楼梦》《燕山外史》和《花月痕》对民初诗骈化章回体小说产生了更为直接的影响。它们都是章回体，都是言情题材，都歌咏纯情至情，都有悲哀的调子，都有反礼教的意味。创作于乾隆朝的《红楼梦》将诗的意境美渗透进小说之中，是一部"诗小说"，其叙述的宝黛爱情悲剧打破了传统的"大团圆"结局，使章回小说创作跨入了一个新境界。产生于清中期的《燕山外史》是纯粹的四六骈体，作者陈球所谓"自我作古"③，吴展成赞其"稗史家无此才力，骈俪家无此结构"④，算是一种创体。清末的《花月痕》充斥着大量诗词，

---

① 如瞿兑之在《中国骈文概论》中说："骈偶是天赋予中国文字的特点，利用这特点，方才有许多美文。"见该书世界书局1934年版，第2页。
② 郑振铎：《传奇文的兴起》，《插图本中国文学史》，北京：北京出版社1999年版，第385页。
③ 陈球：《燕山外史·凡例》，《孤山再梦·燕山外史》，沈阳：春风文艺出版社1987年版，第153页。
④ 吴展成：《燕山外史·序》，陈球：《燕山外史》，上海：新文化书社1933年版，第2页。

形成一种"典雅之极的浪漫修辞"①,是一部诗化小说,在小说文本形式上又是一变。民初诗骈化章回体小说正是沿着它们开辟的方向在中西古今的交汇点上再次嬗变。

这次嬗变是一部分民初"兴味派"文人充满时代色彩的集体选择,其主要倾向是向古代文学抒情传统回归。中华民国的突然建立及中华大地迅速陷入北洋军阀统治的乱世,让在辛亥革命时期充满民主革命激情、向往外来政治文化的先进文人受到了无与伦比的精神打击,呈现出一种歌哭无端的精神状态,正如苏曼殊所说"无端狂笑无端哭,纵有欢畅已似冰"②。他们曾为民主共和奔走呼号、为民族革命随时等待流血捐躯,也曾响应清末"小说界革命"的倡导,在原本用于"娱目快心"的小说中注入"新民"的内容、"救国"的思想。当他们面对只剩下名字的民国和无以复加的乱局时,这批本来就多愁善感的志文士人顿感"跼天蹐地一身多"③,在"荆地棘天,人间何世""逻骑如林,谁非刀俎中物"④ 中"拼痛哭,送悲歌"⑤,在"同声一哭"⑥ 后无奈地重回海上旧日文场,在吟风啸月、诗酒风流、都市花间重显其传统文人本色。1914 年《民权素》上蒋箸超的一首小词恰可作他们当时心态的注脚:

> 东南金粉,本文士女儿撑住。眼见得风云吃紧,河山迟暮。时势不甘刁斗静,文章偏有宰官妒。没奈何低首拜红裙,

---

① [美]王德威:《被压抑的现代性——晚清小说新论》,宋伟杰译,北京:北京大学出版社 2005 年版,第 73 页。
② 苏曼殊:《过若松町有感示仲兄》,《曼殊诗集》,上海:光华书局 1931 年版,第 11 页。
③ 枕亚:《鹧鸪天》,《民权素》1915 年第 5 期。
④ 黄忏华:《与柳亚子书》,胡朴安编:《南社文选》,上海:国学社 1936 年版,第 192 页。
⑤ 枕亚:《鹧鸪天》,《民权素》1915 年第 5 期。
⑥ 黄忏华:《与柳亚子书》,胡朴安编:《南社文选》,上海:国学社 1936 年版,第 192 页。

第五章　民初风靡一时的雅化文言章回体小说

小青墓。

　　挥妙手，珊瑚树，问迷津，鸳鸯渡。且整顿全神，卿卿是注。歌馆当年莺语细，画梁此日燕泥驻。借美人颦笑觅生涯，聪明误。①

这首词从江南文化的"文士女儿"特征说起，言及因民族危机而起的革命及其失败，并细致刻画了他们在人生的"迷津"中"借美人颦笑觅生涯"的无奈心态。他们有一种空前的自娱宣泄的需要——"盈天塞地，悉是可哭之事，将从何处哭起也……我辈生当今日，除饮酒外不复有事业，除作稗官书外不复有文章"②——用诗词美文来写伤心的言情小说成为他们不约而同的集体选择。

　　作为中国小说现代转型的推动者，徐枕亚及其同道认为对于小说而言，诗骈化也算得上是一种创新，他们常常标榜这类小说是"新体""别体"，是化古生新的美的有个性的创造。这批作家引诗骈之法入小说，一是出于他们从传统中走来、擅弄诗文的文人习性，一是清末"小说界革命"以来小说被视为"文学之最上乘"③的时代风气使然，还有一个重要因素是以读者为重心的现代文化市场业已形成。正是基于上述原因，民初诗骈化章回体小说回溯的不仅是古代小说的诗骈化传统，而且是整个古代诗文的抒情传统，正如夏志清教授在《为鸳鸯蝴蝶派请命——〈玉梨魂〉新论》一文中所说："徐枕亚充分利用并发挥中国文学史上的'言情传统'（the sentimental erotic tradition），这个光辉的传统囊括了李商隐、杜牧、李后主的诗词之作，并《西厢记》《牡丹亭》《桃花扇》《长生殿》《红楼梦》等戏曲说部名著。我以为《玉梨魂》正代表了这个传

---

① 箬超：《满江红·周子瘦鹃以香艳丛话索题，率倚一阕》，《民权素》1914年第3期。
② 胡韫玉：《与柳亚子书》，柳亚子编：《南社丛刻》，北京：社会科学文献出版社1994年版，第12集。
③ 饮冰：《论小说与群治之关系》，《新小说》1902年第1卷第1号。

统的最终发展,少了那部《玉梨魂》,我们会感到这个传统有所欠缺。"① 此一论断启示我们不能拘泥于小说传统本身来看以《玉梨魂》为代表的民初诗骈化章回小说,应该看到它背后的整个文学史上的诗文抒情传统。这一脉承与当时确立小说审美独立性的时代要求正相匹配,徐枕亚、张冥飞、蒋箸超等一代文人都认为自己是在努力创作具有审美兴味的"新"小说。因要适应上海初具现代性的文化市场、满足当时读者兴味娱情的需要,民初诗骈化章回体小说的文体试验也必然要借鉴时新的西洋文学技巧、名物和思想。这样一来,它就呈现为半新半旧的形式和风格,小说中叙事与抒情的文本冲突,落后和先进的思想矛盾艺术地象征着如麻如猬的民初文人心态。这却不期然而然地适应了民初那个新旧杂糅的过渡时代,因而风行一时——有人玩味其中绮丽香艳的辞章,有人叹赏其中中西合璧的浪漫,有人沉迷其中伤心伤逝的氛围,有人在其中觅得坚守旧道德的偶像,有人却恰恰由此产生反抗封建礼教的愿望。

下面来看民初古文化章回体小说,该体作品同样富有创新性。"散文这个称号,本是对骈文而称的。论其本体,即是不受一切句调声律之羁束,而散行以达意的文章。"② 清代盛行的散文是桐城派古文,它讲究严格的"义法",但近代落后挨打的时局逼着古文在曾国藩革新廓大的基础上一步一步"开放"。清末,林纾用古文成功地翻译了大量的外国长篇小说,在小说界刮起了林译小说旋风,这大大拓展了古文使用的疆域。民初,林纾在经历了十余年的翻译生涯之后,开始尝试创作古文化的章回体小说,不期又有了化古生新的文体贡献。林纾所作《金陵秋》《剑腥录》《冤海灵光》等

---

① [美]夏志清:《为鸳鸯蝴蝶派请命——〈玉梨魂〉新论》,《中国时报》(台湾)副刊,1981年3月17日—19日。
② 方孝岳:《中国散文概论》,上海:世界书局1935年版,第1页。

文言章回小说重视"小说味",在运用古文上明显放宽了尺度,并且自觉采用了一些西方小说技巧,故而在当时受到了一部分读者的喜爱。

林纾创作古文化章回体小说始于民国二年,何诹在清民之交就创作了古文化章回体小说《碎琴楼》。不过,该书明显受到了林译小说的影响。相较于林纾的古文化章回体作品,《碎琴楼》使用的古文更加灵活,叙事技巧也十分新颖高超,言男女之情恳挚动人,在民初赢得了不少读者,被视为文言章回小说的杰作。除此之外,民初风行一时的古文化章回体小说作品还有姚鹓雏的《燕蹴筝弦录》、叶小凤的《蒙边鸣筑记》、章士钊的《双坪记》等,这些小说在文本形态上各有创新,或在回目,或在结构,或在修辞,均有特出之处。

第二节 伤春悲秋的主题表现与娱情造美的文体优势

民初文言章回体小说大多热衷于言情题材,或在摹写青年男女不幸的婚恋中流露"伤春"无奈的悲美,或将青年男女的欢戚离合放置于纷乱时局中抒发"悲秋"难言的痛楚。总体来看,无论是诗骈化,还是古文化,民初文言章回体小说的体式风格与"伤春""悲秋"的主题表现正相吻合,极大地满足了当时读者审美、娱情的双重需要。

民初诗骈化章回体小说尤其善言"哀情"。民国元年的上海小说界震撼于一部言和尚恋爱的《断鸿零雁记》和一部言寡妇恋爱的《玉梨魂》。这两部小说以惊世骇俗的题材,缠绵悱恻的情爱,典雅绮丽的文笔以及一悲到底的结局,让当时的读者为之惊艳沉迷并在心底产生强烈的共鸣。自此以后,民初上海小说界便刮起了一股专用诗骈化章回体言哀情的旋风。

　　苏曼殊是民初小说界的独特存在,他的成名作《断鸿零雁记》被视为"天才式"的创作,共二十七章,不设回目,虽使用文言,但又深受外国小说的影响,是传统章回小说遭遇现代语境的变体。它是一部带有自叙传性质的小说,写"余"(三郎)所经历的爱情悲剧。三郎身世可怜,是日人之子,生父早亡,生母欲其"离绝岛民根性","长进为人中龙"①,故携其入中国,给人做义子。三年后,生母东归。三郎即遭家人厌弃,又因家贫而遭悔婚,不得已落发为僧。后得乳媪相助,并获痴情的未婚妻雪梅赠金,得与生母在日本相聚。他在逗子樱山村首次享受人间温暖,并获得表姐静子的倾心相许。静子秀外慧中、知书识礼、善画能文,让三郎屡屡意动神迷,但惧于佛法戒律,"已绝意于人世"② 的三郎只得迅速逃离。回国后,闻听雪梅抗婚绝食而逝,遂千里返乡凭吊,却"踏遍北邙三十里,不知何处葬卿卿"③! 最终,心灰意冷的三郎真正遁入了空门。《断鸿零雁记》作为我国第一本写和尚恋爱的悲剧小说,它既反映了旧的家族制度对青年男女恋爱婚姻的压迫,也传示出三郎在恋爱与佛法间抉择的无所适从与痛苦万分。

　　《玉梨魂》写家庭教师何梦霞与年轻寡妇白梨影相知相爱却又不该爱恋的情感悲剧,悲剧的根源是当时普遍奉行的封建礼教不允许寡妇自由恋爱。发乎情使得年轻的才子佳人不能不爱,男女真挚的情感相惜相引让梦霞与梨娘难以自拔、如痴如醉。可一旦碰触现实,沸腾的爱恋便立即归于止礼的凄凉,各自的身份规约了浪漫情事的结局——抑郁的梨娘伤心而逝,李代桃僵的小姑筠倩因不满无爱的婚姻亦伤心离世,伤心的梦霞奔赴革命前线而阵亡。有论者批

---

① 苏曼殊:《断鸿零雁记》第三章,上海:启智书局1934年版,第7—8页。
② 同上书,第十九章,第70页。
③ 同上书,第二十七章,第96页。

第五章　民初风靡一时的雅化文言章回体小说

评《玉梨魂》保守旧道德的落后性，殊不知它正是在一种情感突破与道德退守中生发出独特的思想魅力。它突破了晚清小说家主张言情小说不能写男女之情的限制，专写堕入儿女私情的痴魔。其写痴魔的程度越深，描写越细，叙述越婉转浪漫，越能让读者在男女主人公退回礼教囚笼而受难时伤心不已。在当时读者心中这样的悲情事件如此真实又如此无奈，自然引出了是打破礼教束缚，还是继续遵奉礼教的时代之问。联系《玉梨魂》本事，现实中的徐枕亚与陈佩芬实已度越了礼教划出的楚河汉界，远比小说中的何、白解放和现代。联系《玉梨魂》以爱情为基础的婚姻观，我们不能因其用文言、用诗骈、用章回的形式就误读其为"旧思想"。由此观之，我们不能不佩服徐枕亚在《玉梨魂》中使用的叙事策略。

与《玉梨魂》相间登载于《民权报》、同样大受欢迎的《孽冤镜》"欲鼓吹真确的自由结婚"①，解救普天下的多情儿女，然而它的思想并未超越所处的时代，其解决之道乃是向父母乞怜请命，与徐枕亚的发情止礼实际上是相通的。从《孽冤镜》中我们看到男主角王可青听从父母之命而惨遭婚姻生活的折磨，第一次婚姻结束后自己觅得的良缘最终在父亲的一再干扰下化为孽冤。他倾向于西方的自由结婚，但这只停留在了发牢骚的层面。他同样陷入尊情与守礼的矛盾，一面控诉："误煞千百辈青年儿女，父母之命，媒妁之言，实婚姻问题上之大恶魔也。"② 一转身他又无奈地向父母摇尾乞怜，希望父母能了解他因婚姻不幸一伤再伤的内心世界。女主角环娘因爱情受阻触壁而逝，知心爱人的死终于让王可青心中的情远远超过礼的力量而殉情自缢。这样的"哀情小说"作品让当时的读者禁不住一哭再哭，也禁不住去质疑封建礼教的合理性，进而呼唤

---

① 吴双热：《孽冤镜·自序》，《孽冤镜》，上海：民权出版部1915年版，第1页。
② 同上书，第五章，第39页。

以爱情为基础的婚姻自由。与《玉梨魂》《孽冤镜》一道被视为诗骈化章回体小说代表作的《賈玉怨》稍早在《民权报》上刊出。这部小说以男主角刘绮斋在公园中听到女主角史霞卿与同学讨论"不自由毋宁死"这一新思想开场,主要叙述二人有爱情之花无爱情之果的悲剧。造成悲剧的原因仍然是传统礼教的"父母之命",霞卿庶母是刘、史婚恋的最大障碍。虽然《賈玉怨》的悲剧结局出于意外事故,但彻底的哀伤基调和对旧礼教的不满与《玉梨魂》《孽冤镜》如出一辙。当时还有一部张冥飞所著《十五度中秋》很值得关注,叶楚伧赞其写人穷形极相①,杨尘因誉其为有志之作②,而作者连撰三篇自序来剖白生逢乱世的悲观以及欲以此书阻遏淫荡龌龊之风的动机。小说讲述劫后余生的萧铁云与陆梦琬的婚恋故事。萧、陆在京时青梅竹马,后遭遇义和拳,两家避祸侨沪。萧铁云考中副贡后,顺应时代潮流留学日本。清廷腐败,铁云毅然参加革命。梦琬连遭丧母失父之痛,且遭冤狱,巧遇铁云才脱离困境。铁云入京刺杀良弼,被捕入狱。出狱后四处寻找梦琬,二人最终虽然团聚,但因对现实绝望而选择去国远行。这部小说以义和拳、广州起义、辛亥革命等诸多重大历史事件为纬,而以萧陆婚恋的悲欢离合为经,艺术化地展现了易代之际的风云奇诡和令人窒息的时代空气。小说行文典丽,穿插诗词非常考究,情节曲折,是一部典型的"伤春""悲秋"之作。另外,当时流行的《兰娘哀史》《双鬟记》《同命鸟》《断肠花》《湘娥泪》等一批作品都属此类。

  民初诗骈化章回体小说的体式风格与其哀情主题可谓相得益彰,故而造出一种低徊千转的诗意之美。有研究者指出"'四六调'

---

① 叶楚伧:《十五度中秋·叶序》,张冥飞:《十五度中秋》,上海:民权出版部1916年版,第4—5页。
② 杨尘因:《十五度中秋·杨序》,张冥飞:《十五度中秋》,上海:民权出版部1916年版,第5—6页。

第五章　民初风靡一时的雅化文言章回体小说

在作品中主要起着渲染情绪、烘托氛围的作用。这种调子特别适合铺陈伤惨情境"①。以景写情正是骈文的长处，这被民初"兴味派"小说家用于章回小说创作，使场景描写显著增强且有助于作品整体呈现出诗词般的意境。

《断鸿零雁记》就是一部情景交融的诗小说，其一开篇即景中含情：

> 百越有金瓯山者，滨海之南，巍然矗立。每值天朗无云，山麓葱翠间，红瓦鳞鳞，隐约可辨，盖海云古刹在焉。相传宋亡之际，陆秀夫既抱幼帝殉国崖山，有遗老遁迹于斯，祝发为僧，昼夜向天呼号，冀招大行皇帝之灵。故至今日，遥望山岭，云气葱郁；或时闻潮水悲嘶，尤使人欷歔凭吊，不堪回首。②

所含之情正是"余"之哀情。因"余"实乃"其哀在心，其艳在骨"③的曼殊化身，故开篇之后满纸海山云水皆染哀艳之色，正合王国维所说"以我观物，故物皆著我之色彩"④。如写"一日凌晨，钟声徐发。余倚刹角危楼，看天际沙鸥明灭"⑤，多么孤独；如写"一时雁影横空，蝉声四彻。余垂首环行于姨氏庭苑鱼塘堤畔，盈眸廓落，沦漪泠然。余默念晨间，余母言明朝将余兄妹遣归，则此地白云红树，不无恋恋于怀。忽有风声过余耳，瑟瑟作响。余乃仰空，但见宿叶脆枝，萧萧下堕，心始耸然知清秋亦垂尽矣。遂不觉中怀悒悒，一若重愁在抱"⑥，多么烦忧；如写"余在月色溟濛之

---

① 刘纳：《嬗变》，北京：中国人民大学出版社2010年版，第163页。
② 苏曼殊：《断鸿零雁记》第一章，上海：启智书局1934年版，第1页。
③ 天梅：《愿无尽庐诗话》，《曼殊全集》第5册，北京：北新书局1928年版，第234页。
④ 王国维：《人间词话》，徐调孚校注，上海：开明书店1940年版，第1页。
⑤ 苏曼殊：《断鸿零雁记》第一章，上海：启智书局1934年版，第1页。
⑥ 同上书，第十二章，第38页。

下,凝神静观其脸,横云斜月,殊胜端丽。此际万籁都寂,余心不自镇;既而昂首瞩天,则又乌云弥布,只余残星数点,空摇明灭"①,多么压抑。惟有写"余"得到生母照顾时,才偶有"时正崦嵫落日,渔父归舟,海光山色,果然清丽"②之景。苏曼殊真不愧是灵性天赋的画家诗人,用典雅词章巧设场景,渲染着情感氛围。可与之媲美的是《玉梨魂》,其第十九章"秋心"开头写道:"黄叶声多,苍苔色死。海棠开后,鸿雁来时。雨雨风风,催遍几番秋信;凄凄切切,送来一片秋声。秋馆空空,秋燕已为秋客;秋窗寂寂,秋虫偏恼秋魂。秋色荒凉,秋容惨淡,秋情绵邈,秋兴阑珊。此日秋闺,独寻秋梦,何时秋月,双照秋人。秋愁叠叠,并为秋恨绵绵;秋景匆匆,恼煞秋期负负。尽无限风光到眼,阿侬总觉魂销;最难堪节序催人,客子能无感集?"③ 这番对萧瑟秋景的描写正渲染出梦霞、梨影之恋情为小人拨乱,二人心惊对泣后的凄凉心境。其中"黄叶""秋声""秋虫""秋闺""秋月"等传统意象所蕴含的"秋恨""秋愁"等典型化情感以排比对偶的韵文形式传达给民初读者时产生出既熟悉又陌生的艺术效果——读者和作者一样熟悉骈文体式和清秋意象,但在小说中见到它却又如此新鲜。这一恰当的审美距离让读者在小说中体验到诗意的哀婉,从而为作品里不幸的男女哭泣,同时也为生活在相似境遇中的自己感伤。再如《十五度中秋》第一章开头写道:"长堤烟雨,红树凄迷,山色溟濛,荻花萧瑟。若耶溪畔,方有一叶扁舟,中流回溯,打头风劲,容与不前,柔舻声声,侵入劳人心坎"④,这样凄清的景色铺陈在小说中非常普遍,与其黏连一起的是伤感至极的情绪,小说接着写

---

① 苏曼殊:《断鸿零雁记》第十六章,上海:启智书局1934年版,第57页。
② 同上书,第八章,第29页。
③ 徐枕亚:《玉梨魂》第十九章,上海:民权出版部1913年版,第101页。
④ 张冥飞:《十五度中秋》,上海:民权出版部1916年版,第1页。

道:"劫后余生蜷伏短蓬中,愁镌骨瘦,怨入秋深。感身世之飘零,嗟美人之迟暮。坠欢欲拾,旧梦难寻。咫尺乡关,心恝如捣。重以蓬窗溜雨,蒲苁战风,一片幽凉凄怨之音。触耳回肠,憔悴欲绝"①。

民初诗骈化章回体小说的主人公情到急处、深处、哀处往往就要吟诗填词,《玉梨魂》里就穿插了一百余首诗词。《断鸿零雁记》《赏玉怨》《孽冤镜》《十五度中秋》等作品中诗词也所在多是。这些诗词多承担着重要的抒情功能,与白话章回小说中议论性、程式化的诗词功用迥异。比如上引《十五度中秋》"憔悴欲绝"后紧接着写道:

> 乃谱《玉蝴蝶》一解以写恨:
> 一霎风风雨雨,萧萧瑟瑟,渐渐飕飕。知我近乡情怯,故阻归舟。痛连枝,霜摧花萼;悲宿草,鬼泣松楸。怎凝眸,东南废垒,西北高楼。
> 休休。非朝非暮,非醒非醉,非喜非愁。迁客归来,孤帆江上度中秋。黯销魂,当年南浦,寻离梦;今夜郴州,笛声幽。层云吹破,放月当头。②

插入的这首词正是劫后余生的自我抒怀,与下文"倚枕微吟,声泪俱下……"③ 浑然一体。民初诗骈化章回体小说整体骈俪化加穿插诗词的文本形式,情景理交融的叙事抒情方式,使其呈现出诗词美文般的审美效果。这恰恰契合了正从诗文抒情传统走出的民初读者兴味,也在一定程度上消解了读者难以名状的时代苦闷。

另外,诗骈化叙述在增强小说场景化、抒情性的同时还有效调

---

① 张冥飞:《十五度中秋》,上海:民权出版部1916年版,第1页。
② 同上。
③ 同上。

控着叙事节奏，使情节推进放慢，以塑造理想的浪漫人物为中心，让读者籍之以兴味娱情。比如《玉梨魂》写何、白之恋注重的就是场景展演、情绪皴染。小说以梨花纷落的场景开篇渲染感伤情境，进而聚焦何梦霞这一惜花人形象："上抚空枝，下临残雪，不觉肠回九折，喉咽三声，急泪连绵，与碎琼俱下。大声呼曰：'奈何！奈何！'花真有知，闻梦霞哭声，魂为之醒矣……"①。然后全书浓墨重彩地描摹何、白恋爱的经过。与之相关的人物仅仅几个，涉及的情节也不复杂，若按白话章回体的叙事节奏，其内容不过数回便结束了。可诗骈化叙述调控着叙事节奏，尤其是插入的一百余首诗词使本来就缓慢的情节发展变得更慢，有时就像电影中的特写镜头。我们来看《玉梨魂》"对泣"一章中的细节描写：

> 梦霞闻言，心怦然惊。念梨娘既自怨，则己乌能不自愧。一念难安，如芒刺背，恍惚间如见梨娘之夫之魂，现形于灯光之下，怒目而相视。而鹏郎之鼾声与梨娘之泣声，声声刺耳，益觉魂悸神伤，举动改其常度。天下最难安之事，生平最难处之境，实无有逾于此时者。既而曰："余误卿，余误卿，愿卿恕余，并愿卿绝余，勿再恋恋于余。一重公案乘此可以了结，还卿冰清玉洁之身，安卿慰死抚生之素，而余亦从此逝矣。"梨娘止泣言曰："霞郎，霞郎，若意殆怨余乎？余言非怨君，幸君恕余。"梨娘泣，梦霞亦泣曰："非也，余亦自怨耳。然两情至于如此，欲决撒也难矣。天乎无情，既合之矣，复多方以为之障碍，俾恶魔得遂其谋，后此之磨折，正未有穷期也。"继又作恨声曰："余与此贼誓不两立，余必去此眼中钉，以免后来之再陷。"②

---

① 徐枕亚:《玉梨魂》第一章，上海：民权出版部1913年版，第4页。
② 同上书，第十八章，第98页。

第五章　民初风靡一时的雅化文言章回体小说

这样写不仅画出跃然纸上的场景、生发出撩人心弦的哀情，还将梦霞的惊愧和梨娘的不舍刻画得入木三分。随之而来的吟诗填词则是在反复咏叹刚刚用骈文叙述过的愁眉泪眼。于是，一位"痛哭唐衢心迹晦，更抛血泪为卿卿"①，有"难言之隐"的"情种"形象就从诗境走向了读者。徐枕亚一贯认为"欢娱之词难工，愁苦之音易好。诗文如是，小说亦然"②，他一直把小说当诗文写，常常发其"愁苦之音"。读者很容易被这种反复渲染的情感氛围所笼罩，一咏三叹，竟至几乎辨识不清是在读诗词、读文章、读小说，只觉得情移意动，心中无限感伤。又如《断鸿零雁记》的情节推进也几乎完全依靠意象和情感的变化，在诗情画意中缓缓讲述一段浪漫感伤的爱情往事，用诗性修辞成功地刻画出一个断鸿零雁般的畸零人形象。其"自叙传"的性质又使这一形象与曼殊合体，从而摇荡着数代读者的心灵，甚至成为一些青年读者的精神偶像，正如郁达夫所说，他们"起了狂妄的热诚，盲目地崇拜他"③。其他几部为读者喜欢的同类作品也无不具备这种兴味娱情的功能，正因这些小说能够满足读者寻味、解味、移情、宣泄的需要，故而得到他们的热烈追捧。

除上述继承传统文学资源伤春悲秋、造美娱情外，民初诗骈化章回体小说还积极吸收西方文学营养。在该体小说的内容中已经或镶嵌或融入西方的名物或思想。比如《断鸿零雁记》沿三郎足迹渲染出异国情调，他在太平洋上即兴译的《大海》乃是拜伦长诗《恰尔德·哈洛尔德游记》中的片段；《玉梨魂》中梨娘在送别梦霞时唱的是莎翁《罗密欧与朱丽叶》中的诗句；《霣玉怨》中史霞卿大

---

① 徐枕亚：《雪鸿泪史》，上海：清华书局1922年版，第39页。
② 徐枕亚：《茜窗泪影序》，李定夷：《茜窗泪影》，上海：国华书局1914年版，第1页。
③ 郁达夫：《杂评曼殊的作品》，《郁达夫文集》第五卷，广州：花城出版社1982年版，第256页。

谈西方激进的"不自由毋宁死"言论;《孽冤镜》中王可青引欧西自由婚恋思想来控诉旧式婚制的罪恶,等等。民初诗骈化章回体小说在叙事方式上也大胆借鉴西方小说技巧来革新旧章回体,如用第一人称限知叙事,由此形成浓郁抒情的自叙传风格;运用倒叙法,形成强烈的悬念以吸引读者;着意于场景(风景)刻画,形成了开头一大段景物描摹的叙述模式;效仿《巴黎茶花女遗事》《鱼雁抉微》等西方小说,在叙事中穿插日记和书信,等等。《断鸿零雁记》可作为恰适的例证,这部小说意欲将章回演述、传奇笔法,以及外国小说技巧融为一体,形成了中西合璧的心理描写、浪漫色彩和抒情风格。由于过去学术界普遍以西方现代性为鹄的,对这些叙事方式上的现代性呈现已有不少探讨,从而揭橥了这一现象的丰富性。在此需另外说明的是民初诗骈化章回体小说运用中西方文学资源进行的小说文体试验注重情感描摹、氛围渲染,使得情节趋于淡化,抒情性和场景化加强,形成了浪漫诗化的文体特色。这便打破了传统白话章回小说以情节为中心的叙事成规,而与五四"新文艺小说"追求的某些现代性殊途同归。其中西杂糅的体式与新旧夹缠的思想是匹配的,这些作品实际是民初乱世哀史的文学表征。因此该体小说受到当时读者的热烈欢迎,也必将在今天得到重新估价。

与上述诗骈化章回体作品文体与主题相得益彰不同,林纾所作的古文化章回体小说呈现出主题思想与文体形式之间的吊诡。通过全面研读这些小说,笔者认为其间的吊诡源于作者独特的思想和匠心。本来建基于林氏丰富多彩的翻译实践基础上的古文化章回体小说创作理应更胜一筹,但在文学史上却评价不高,有论者甚至认为这些作品在思想与形式两方面都在"退步"。实际上,五四以后的论者未能真正理解这种主题与文体对立统一的吊诡。林纾既是狂生又是信士,清末曾支持变法维新,民国初造也曾赞同共和政体,为人慷慨任气,对人扶危济困,但随着袁氏复辟、二次革命等事件使

第五章 民初风靡一时的雅化文言章回体小说

国事日非、民不聊生,他对现实政治失去信心,转而躲进传统的废墟,一步步趋于保守。他曾夫子自道:"余,伤心人也,毫末无益于社会,但能于笔中时时为匡正之言;且小说一道,不述男女之情,人亦弃置不观,今亦仅能于叙情处,得情之正,稍稍涉于自由,狥时尚也。……"① 可见,林氏古文化章回体也与民初诗骈化章回体一样,选择了时代赋予的主题——"伤春""悲秋"——借言男女之情发抒心中无奈及难言的悲慨。不过略有不同的是,林纾凭吊的是逝去的清朝,而徐枕亚、苏曼殊辈咏叹的是甫一成立即遭荼毒的民国。他们都试图借男女情爱之酒杯浇内心苦闷之块垒,不过"借用"的程度不同,《玉梨魂》《断鸿零雁记》等诗骈化章回体作品以言情为主体,辛亥革命等"时事"不过是一抹淡远的背景,而《庚辛剑腥录》(《京华碧血录》)《金陵秋》等古文化章回体作品则仿佛是"时事"与"言情"的拼图。在林氏古文化章回体小说中有浓烈的末世悲情、乱世离丧,镶嵌在文本中的男女婚恋故事虽是大团圆结局,但一样不能给读者明亮的喜悦。如《庚辛剑腥录》一面要通过再现戊戌变法、庚子事变的历史惨况、社会乱象来凭吊亡了的清王朝,一面还要歌咏邴仲光、刘丽琼因恪守礼仪而最终美满的婚恋;《金陵秋》既想通过再现辛亥革命南京战事之惨烈、将领一心缔造共和国而最终英雄失路的史事来抒发不平、无奈的情绪,又想指明英雄美人获得甜蜜婚姻的正确道路。林氏其他古文化章回体作品《官场新现形记》(《巾帼阳秋》)《劫外昙花》等也是如此,意欲"以国事为经,而以爱情为纬"拼合一段史事与一段情史,实现其"桃花描扇,云亭自写风怀;桂林陨霜,藏园兼贻史料"的"作者之意"②。这种"作者之意"形成两个地位相当的作品主题,

---

① 林纾:《馨云》,《畏庐漫录(三)》,上海:商务印书馆1926年版,第189页。
② 林纾:《〈剑腥录〉序》,《剑腥录》,上海:商务印书馆1923年版,第1页。

从而使任何一个都未能深入，加之在文体上更加恪守古文"义法"，并未完全采用林译笔法，使得形式本身似乎也在"退步"。

这两方面的"退步"常常引来诟病，如郑振铎说"他的自作小说实不能算是成功。我们或者可以称这一类的小说为'长篇的笔记'，因为他们极类他的笔记，而绝无所译的狄更司诸人的小说的气氛"①；周剑云则认为"他拿桐城派的古文来做小说，我总觉得吃力不讨好"②。这类批评在20世纪八九十年代陈平原、杨义诸先生重新论评以前是文学史的主流看法。而陈、杨二先生的论述启发我们去看清林纾古文化章回体在小说文体创新上的独特意义。例如，陈平原先生指出："或许正是这么一种不算高古艰涩，也不算浅陋近俗的文体，最便于调适古文与小说之间的距离，也最便于一般读者的阅读接受，故林纾的小说文体在清末民初独步一时。"③ 这一论断显然是以林译小说为主要依据的，实际上林著小说明显要逊色许多。杨义先生则指出林氏古文章回体作品是"把清末'政治小说'关心时局的特点，'言情小说'叙写男女柔情的特点，和古文家讲究伏线、接笋、变调、过脉之义法的特点糅合在一起，'经以国事，纬以爱情'，形成一种'四不象'的时事小说"④。这些前辈的论述揭示了林纾用古文改造章回体的独特用心，其"四不象"的特征正是林纾求新求变的结果。除此之外，其"四不象"特征的形成也与这些小说借鉴了西方小说倒叙笔法、注意场景和心理描写等有关。这种文体上的"四不象"与主题上的"拼图式"恰

---

① 郑振铎：《林琴南先生》，薛绥之、张俊才：《林纾研究资料》，福州：福建人民出版社1983年版，第152页。
② 寒光：《林琴南》，薛绥之、张俊才：《林纾研究资料》，福州：福建人民出版社1983年版，第206页。
③ 陈平原：《中国现代小说的起点——清末民初小说研究》，北京：北京大学出版社2005年版，第185页。
④ 杨义：《中国现代小说史（上）》，《杨义文存（第二卷）》，北京：人民出版社1998年版，第39页。

相吻合，从而生成林氏古文化章回体小说的独特"意境"。林纾论古文首重意境，尝云："境者，意境也。文章唯能立意，方能造境。"① 他强调的"立意"是确立文章主题的意思，其宗旨不脱古文推奉的道统之诗教观。林纾在译介外国文学时由于要传达出原著的思想主题，故而虽以古文化章回体译述，仍然新奇可爱、摇曳多姿，富有异域色彩；而当自己撰著小说时必然要贯彻自己的"立意"（主旨），作品的"意境"显现的乃是林氏自身矛盾的思想、暴露的乃是古文与小说在文体上的难以调和。他创作的几部古文化章回体小说在思想上是明显偏于保守的，宣扬的是儒家一贯的伦理道德观，而在文体上虽与同时期出现的诗骈化章回体小说一道强劲冲击了传统章回的陈旧格套，但相较于他的翻译小说而言，其"意境"杂糅而且晦暗。这些在思想与形式上的"退步"是林纾有意为之的，其吊诡之处在于它一方面客观限制了自身想象力的发挥、呈现出陈旧的思想观念，一方面又用老套的情节、旧日的情怀杂糅一些时代的因子来表征民初不少文人如"雾里看花，既看不出近景，也看不出远景"② 的绝望心态。其好处是以伤春悲秋宣泄胸中郁积，以"古文形式弥补时代喧嚣，缝合人们的破碎关系"③。可以说，林氏古文化章回体小说回应了民初那个错乱的时代，对后世文学产生了相当复杂的影响，但并不符合后来文学发展的趋势，而最终不免要归于淘汰。

虽然林纾自著的古文化章回体小说总体成就不高，但由于他运用古文化章回体翻译的外国小说风靡近代小说界，这就共同引发了清末民初以古文著、译小说的热潮。1925年《新月》第3期刊登了

---

① 林纾：《吴孝女》，《畏庐漫录（四）》，上海：商务印书馆1926年版，第324页。
② 曹聚仁：《文坛五十年》，上海：东方出版中心2006年版，第97页。
③ ［美］孙康宜等：《剑桥中国文学史（下卷）》，刘倩等译，北京：生活·读书·新知三联书店2013年版，第515—516页。

一篇署名为说中人的《小说杂谈》，其中谈到文言小说在林纾死后渐趋衰微，也谈到了他的几位传人姚鹓雏、闻野鹤、沈禹钟、吴灵园、钱释云、孙了红、陶寒翠、张慧剑等。其中姚鹓雏创作的文言章回体小说既师宗畏庐又自具特色，值得重视。姚鹓雏创作的此体小说主要有《燕蹴筝弦录》《风飐芙蓉记》和《春宵艳影》三部，皆为"言情小说"，当时以单行本形式出版，20世纪二三十年代均曾再版，是民初此类作品的上乘之作。我们以《燕蹴筝弦录》为例略窥一斑。这部小说1915年初版时标为"哀情小说"，与《玉梨魂》风格类似。从姚氏自述来看，这部小说写于1913年冬，正是应"哀情巨子"徐枕亚之邀所作，是他最早的一部长篇。其文体是偏于古文的，亦有一定的骈文特征，其精致的回目最引人注意，范烟桥曾说："《燕蹴筝弦录》三十章，其回目成一五言排律，想见其制作之煞费功夫。"① 它以清代著名文学家朱彝尊《风怀二百韵》本事为素材，发挥作者想象，写江南才子鸳机与其妻妹寿姑之间刻骨铭心的精神恋爱。这部小说构思奇特，正如张恨水所言"姚鹓雏造意不凡，喜辟奇境"②，乃以男主角鸳机一个美妙的梦开篇："梦见飞燕二，乌领红襟，穿帘而入，翩翩下上，飞傍案头。恍然间有一银筝，玉柱朱弦，陈之案侧。双燕斜掠而过，足蹴筝弦，铮然作响。少年遽然醒……"这一段是梦境，又是诗境，为整部作品奠定了情感与风格的浪漫基调，也很好地起到了点题的作用，十分巧妙。梦中无秽思，笔下无亵语，小说虽然将鸳机与寿姑的爱情写得荡气回肠，但始终"靳靳于发情止礼之义"③，这是和当时"哀情小说"的主流特征一致的。当时以《玉梨魂》为代表的"哀情小

---

① 范烟桥：《中国小说史》，苏州：秋叶社1927年版，第275页。
② 恨水：《今小说家与古人孰似》，《申报·自由谈》1921年2月20日。
③ 姚鹓雏：《记作说部》，杨纪璋编：《姚鹓雏剩墨》，北京：社会科学文献出版社1994年版，第27页。

第五章　民初风靡一时的雅化文言章回体小说

说""既强调'情'的'合理',与'圣洁',又在'礼'的屏障前望而却步,因此,作品中的爱情悲剧多带有相当浓郁的心灵悲剧色彩,从而反映出中国在现代化的过程中文化选择的焦灼与困惑"①。《燕蹴筝弦录》受《红楼梦》《花月痕》《巴黎茶花女遗事》及《玉梨魂》的影响很大,作者又是南社诗人眉目,形成了兴味娱情的诗化特征。在语言上以散文为主,也兼用骈俪,并在文中镶嵌不少诗词。相较于《庚辛剑腥录》《断鸿零雁记》《玉梨魂》诸作,《燕蹴筝弦录》有着自己的特色。除了开篇新奇外,还表现在取材上,《玉梨魂》等小说或取材于亲身经历,或取材于当时社会,而《燕蹴筝弦录》则就前朝词章名士的韵史演绎说部。这就使得《燕蹴筝弦录》的叙事风格与叙述内容相契合,表达情感的方式与尺度也与朱彝尊这位康熙朝的大词章家与经学家的身份相吻合,这的确是很巧妙的。姚鹓雏本人乃林纾嫡传,又是诗骈高手,这一选材恰恰使他有了展示才华的广阔空间。在这部小说中,姚鹓雏还发挥自己娴于文史的特长,活灵活现地描写了鸳机(原型朱彝尊)与道子(原型王士禛)等人的诗酒交游,中间又穿插些名士名妓的艳情别绪,使其呈现出糅虚构、史料、诗词、议论于一体的艺术风格。当然,由于演绎的是别人情事,《燕蹴筝弦录》的情感力量远不及《玉梨魂》《断鸿零雁记》为大;由于塑造的是"发乎情,止乎礼义"的前朝人物,甚至连呼唤自由恋爱、个性解放的声音也变得极其微弱,思想力量也无法与《玉梨魂》相比,更没法与《红楼梦》媲美,这是它的致命伤。一旦脱离民初时代的特殊阅读背景,它的价值自然就缩小了。

另外,还有一部古文化章回体作品《双坪记》值得一提。该小

---

① 谢庆立:《中国近现代通俗社会言情小说史》,北京:群众出版社 2002 年版,第 70 页。

说是1914年章士钊为他和苏曼殊共同的亡友何梅士而作,三人曾共事于《国民日日报》,赁屋同居,相交甚欢。小说讲述何靡施(原型何梅士)与沈棋卿的恋爱悲剧。1901年上海泥城公学成立,该校群贤毕至,有教国文的吴紫晖(原型吴稚晖),教伦理学的蔡民父(原型蔡元培),教政治的章炎叔(原型章太炎)等等,何靡施也是其中一员。一日,风采俊逸的何靡施与友人伍天笴到曹家渡游览,遇到洋人骚扰一位少女,他仗义出手,打跑了洋人。后来,何靡施在张园演讲会上又与这位少女沈棋卿相遇。不久,由黄身毒出面相邀,二人在黄家见面谈话。数度见面后,何靡施与沈棋卿产生恋爱,但沈母和沈兄都反对这样的自由恋爱。很快,由于政治斗争牵连,泥城公学解散,沈家避祸回浙。何靡施决定赴日寻找救国方略,临行时,陈独秀、章士钊、伍天笴等人都来送他。没料到,何靡施在轮船离神户数英里处,在黑夜中跳海死了。只留下一方绸巾和一幅日本地图。该小说文辞雅洁,文气畅达,充满了民国初年特殊时代的悲凉氛围,虽同是写哀情,却流露出一股英雄失路的愤慨。

综上可见,民初文言章回体小说在固有文学传统的基础上借鉴西方小说观念与叙事技巧,在主题内容与文体形式上都有了明显的新变。民初"兴味派"小说家遭逢时代巨变而汇聚各种文学资源来改造传统章回小说文体,着意抒写其"伤春""悲秋"之情,这成为民初"前不见古人,后不见来者。念天地之悠悠,独怆然而涕下"① 之时代苦闷的文学象征。这种文学作品不仅满足了民初作者自娱娱人的创作兴味,也满足了民初读者的阅读兴味,故能风靡一时。不过,这种狭窄的、软弱的、个人化的兴味满足虽可视作一种别样的"现代性",但终究不能与五四及后五四的时代要求合拍,

---

① (唐)陈子昂:《登幽州台歌》,《陈子昂集》,北京:中华书局1960年版,第232页。

必定黯然退场。

第三节　风靡一时后的黯然退场

　　文言章回体小说在民初风靡一时的盛况屡见于五四前后"新文学家"与"兴味派"作家的笔端。不过,"新文学家"谈它的盛行,是视之为强大"逆流",斥之为"鸳鸯蝴蝶派",以之为"革命"对象①。"兴味派"作家则大多对其具体流行情况加以描述和评价。如范烟桥在《民国旧派小说史略》中就曾明确地说:"这里说的民国小说,是指的旧派小说,主要又是章回体的小说。这种小说在民国初年的一段时期,呈现了极其繁荣的景象。"② 范先生虽将文言、白话章回体小说打成一片,但从其具体论述中亦足见文言章回体作品所受欢迎的热度。他还进一步指出:民初言情小说之所以流行,是因为辛亥革命以后社会上产生了自由婚恋与遵奉礼教的激烈冲突,青年男女为此苦闷异常。这些侧重写哀情的小说容易引起共鸣③。对于民初第一畅销小说《玉梨魂》,范烟桥称其为"当时的代表作"④。郑逸梅说:"《玉梨魂》一书,既轰动社会,上海明星影片公司把这部小说,由郑正秋加以改编,搬上银幕,摄成十本。……且请枕亚亲题数诗,映诸银幕上,女观众有为之搵涕。即而又编为新剧,演于舞台,吸引力很大。那《玉梨魂》一书,再版三版至无数版,竟销至三十万册左右。"⑤ 余人未赞其"谱孤鸾之

---

① 详见本书"导言"第一节。
② 范烟桥:《民国旧派小说史略》,魏绍昌:《鸳鸯蝴蝶派研究资料》上卷,上海:上海文艺出版社1984年版,第268页。
③ 同上书,第272页。
④ 同上。
⑤ 郑逸梅:《我所知道的徐枕亚》,《大成》(香港)1986年总第154期。

曲,玉梨离魂;悲锦瑟之年,银筝咽泪",称徐枕亚为"泰斗"①。澹庐评其"文章凄凉,情节悲哀,读之令人泪下,洵佳构也"②。再如评论《断鸿零雁记》,范烟桥说:"屡经重版,拥有大量读者。"③顾醉萸说:"虽零缣断纨,而读者靡不珍如拱璧","其叙事之宛转,章法之贯串,读之令人爱不忍释。"④对于林纾的文言章回体小说,论者多将著、译混在一起讨论,故而林著章回的身价也提高了。如大觉在《稗屑》中评曰:"林琴南小说,当得起缜密醇雅四字"⑤,就是不分著与译的。民国初年以林纾古文化小说为师者所在多是,所谓"林琴南氏,以古文为小说,海内宗之"⑥,不仅姚鹓雏、沈禹钟、陈寒翠、钱释云、张慧剑等"兴味派"文人承传其笔墨意趣,就连胡适、周作人、郑振铎等"新文学"领袖也不得不承认林氏的巨大影响。至于在徐枕亚、苏曼殊、林纾等人上述作品影响下形成的民初诗骈化、古文化章回小说体、言情小说潮乃至扩大的所谓"鸳鸯蝴蝶派",更体现出文言章回体小说在民初的繁荣程度和主流地位。

然而,好景不长,一经五四"新文学革命"猛烈冲击,文言章回体小说就很快黯然退场。作者刚刚还被誉为"海内文宗""大小说家",转瞬却被斥为"桐城谬种""小说匠";作品刚刚还"风行""轰动""靡不珍如拱璧",转瞬却被视为"顽固守旧""小说界中的洪水猛兽""小说中之魔道"者⑦。其中原因,值得探究。

---

① 余人未:《小说家之我观》,《紫兰画报》1925年第4号。
② 澹庐:《小说杂评》,《新世界》1925年1月29日。
③ 范烟桥:《民国旧派小说史略》,魏绍昌:《鸳鸯蝴蝶派研究资料》上卷,上海:上海文艺出版社1984年版,第277页。
④ 顾醉萸:《小说杂谈》,《联益之友》1926年第29期。
⑤ 大觉:《稗屑》,《民国日报》1919年4月6日。
⑥ 说中人:《小说杂谈》,《新月》1925年第3期。
⑦ 所引是时人或褒或贬的常用语,见于五四前后的小说话、批评文章。

第五章 民初风靡一时的雅化文言章回体小说

结合相关文献细读作品，大致可看到民初文言章回体小说之所以黯然退场有如下原因：

其一，五四"新文学家"倡白话反文言，随后政府教育部门削弱、废除文言教育，使文言文体生长的土壤不复存在，这导致包括文言章回体小说在内的所有文言文学走向衰亡。众所周知，五四"新文学革命"的最大革新成果是"废文言兴白话"。胡适提出文学改革的程序是首先革除文言这一落后的语文工具，然后才能革新体裁和思想，他认定"先要做到文学体裁的大解放。方才可以用来做新思想新精神的运输品"①。因此，他标举"白话正宗论"，提出"八不主义"：

> 一曰，不用典。
> 二曰，不用陈套语。
> 三曰，不讲对仗。（文当废骈，诗当废律。）
> 四曰，不避俗字俗语。（不嫌以白话作诗词。）
> 五曰，须讲求文法之结构。
> 　　此皆形式上之革命也。
> 六曰，不作无病之呻吟。
> 七曰，不摹仿古人，语语须有个我在。
> 八曰，须言之有物。
> 　　此皆精神上之革命也。②

陈独秀与之相配合，提出"推倒雕琢的阿谀的贵族文学，推倒陈腐的铺张的古典文学"③。上述主张意欲彻底消灭文言写作，件件刺

---

① 胡适：《〈尝试集〉自序》，《容忍与自由》，郑州：河南文艺出版社2016年版，第128页。
② 胡适：《寄陈独秀》，《胡适全集》第1卷，合肥：安徽教育出版社2003年版，第3页。
③ 陈独秀：《文学革命论》，《新青年》1917年第2卷第6号。

向以全副精神运用古代文学遗产写最上乘文学的民初文言章回体小说。徐枕亚、苏曼殊、吴双热、李定夷、张冥飞、林纾、姚鹓雏、章士钊等小说家原以为趟出了化古生新的古今转型之路，本自诩著作堪能与古之作家相颉颃，堪与世界文豪竞短长，没料到竟成为陈腐的典型、革命的对象。

在"新文学家"的大力推动下，政府教育主管部门顺应时势行政性地支持"废文言兴白话"。他们公布"注音字母"，开办"国语讲习所"，推行新式标点符号，通令全国小学废除文言而改为白话文（国语）教学①。这样一来，文言失去了标准"书面文字"的地位，文言文学的作者自然后继无人，作为文言章回体小说主要阅读群体的青年和学生自然也与白话亲近，以至于读不懂文言文学。因此，在一场扫荡旧语言、旧文体、旧思想的"新文学革命"之后，民初特创的文言章回体小说忽焉而亡。吴曰法在《小说家言》中说："以俗言道俗情者，正格也；以文言道俗情者，变格也"②，作为变格的文言章回体开辟出的化古生新路径终难走通，不像白话章回体在五四之后仍能吸收"新文学"的营养继续在压抑中前行。可以说，"废文言兴白话"是五四后文言章回体小说衰落和消失的根本原因。

其二，"伤春""悲秋"的主题表现已与新的时代氛围格格不入。如前所述，文言章回体小说在民初的勃兴得自于时代的推助，是充满凭吊与感伤之苦闷时代的象征。至"新文化运动"兴起，特别是五四运动爆发，新的时代已厌弃了软性陈腐、摇摆于自由婚恋与遵奉礼教之间的诗骈化言情，对林纾"遗老气味"浓重的古文化书写同样弃之如遗。

---

① 详情可参阅朱文华：《中国近代教育、文学的联动与互动》，上海：复旦大学出版社2015年版，第344—347页。
② 吴曰法：《小说家言》，《小说月报》1915年第6卷第6号。

第五章　民初风靡一时的雅化文言章回体小说

实际上，早在1910年代中期诗骈化言情小说最流行之际，就出现过一些反对声音。恽铁樵持古文家立场认为骈文"断不可施之小说"，"就适者生存之公例言之，必归淘汰"①。他还从通俗教育角度痛陈言情小说败坏社会风气，导致读者不正当的情欲泛滥②。范烟桥则表示"余于言情小说恶之如蔓草，去之唯恐不速"，因为这些小说"自命为伤心人别有怀抱，借他人酒杯浇自己块垒，不意其潜力乃渐渐及乎新学界之少年。彼行文作书，此等绮语含毫可得，不綦成儿女国乎！"③ 其着眼点在于这种小说对好绮语的青年有思想上的危害。然而在当时此类小说仍有瓦解旧婚制、渲疏极端压抑之个体情感的功效，因此仍然赚着不少读者的眼泪。就连范烟桥十年后著《中国小说史》虽仍有批评之词，但也不得不承认此类小说其"作意在婚姻制度之呻吟，却与当时社会心理相近，故颇得一部分之信仰"④。反对声浪在"新文化运动"兴起之后越来越高，在"新文学家"眼里，诗骈化言情作品肉麻、无聊、古旧，是其"革命"的主要对象。五四"新文艺小说"追求彻底的个性和肉体解放，自然要扫除尚不敢真正打破封建婚制并仍讲节烈观的所谓"鸳蝴派"小说。同时有"兴味派"作家也提出了严厉批评，如落华通过与西方言情小说比较，不仅认为我国"哀情言情诸作"远逊之，而且"盖自四六派言情小说问世，小说之道遂受一劫"⑤；刘恨我认为"哀情小说大多无痛呻吟，矫柔造作"⑥。再加上五四以后婚姻自主已成社会主流思想，民初文言章回体言情小说里写的那

---

① 恽铁樵：《答刘幼新论言情小说书》，《小说月报》1915年第6卷第4号。
② 详见恽铁樵的《论言情小说撰不如译》《答某君书》《再答某君书》等，载《小说月报》1915年第6卷第7号，1916年第7卷第2、3号。
③ 烟桥：《小说话》，《益世报》1916年9月22日。转引自黄霖：《历代小说话》第8册，南京：凤凰出版社2018年版，第3078—3079页。
④ 范烟桥：《中国小说史》，苏州：秋叶社1927年版，第268页。
⑤ 落华：《小说小说》，《礼拜六》1921年第102期。
⑥ 刘恨我：《小说小说》，《青友》1923年第11号。

类哀情故事已在现实中逐渐消失，不再是时代关切的热点话题。因此，五四以后文言章回体言情小说虽偶有出现，但已不再受时代欢迎。另外，林纾《庚辛剑腥录》为代表的古文化章回体小说虽因林译小说的巨大影响而在五四前获得一部分读者青睐，但其言情与历史杂糅的题材以及保守的立场，同样不符合新时代之所需，因而很快便在一片"桐城谬种"的讨伐声中退场。

其三，由天才式创作而流于千篇一律的模式化创作，不再能适应五四后的读者市场。民初小说界涌现出的最初几部文言章回体作品都算得上是天才式创作。之所以称其为天才式创作，基于徐枕亚、苏曼殊、林纾等都具天赋的文学才华，都是章回体小说新疆域的开辟者。对苏曼殊，柳亚子认为是"不可无一，不可有二"① 的文学家；顾醉萸赞美他"畸零身世，盖代才华，词章绘事之外，复工法卢文，旁及梵文释典，亦无不精通，足迹几遍国内，中年又东渡扶桑，西涉重洋，忽而皈依三宝，忽而游戏人间，情场佛国，离合悲欢，无不躬尝，洵稗苑之冠军，亦天地之奇人也"②；今人武润婷教授则赞美说"他的天分，他那'落叶寒蝉'般的身世，和他具有浓郁悲剧意味和浪漫色彩的个性，融汇交织，形成了他独特的审美个性和艺术思维方式，使他写起作品来往往语出惊人"③。三人的赞美都旨在说明苏曼殊其人非同凡响，其作乃是天才的创作。徐枕亚自幼被称为"神童"，后成为公认的"才子"，《玉梨魂》正是一部横空出世的天才之作，恰如 1920 年代初文言章回体小说衰落之际，织孙总结所说"四六小说肇自徐枕亚之《玉梨魂》，骈散兼行，自成创格，后之作者靡然宗之"④。林纾以偶然机会用古文

---

① 柳亚子：《曼殊大师纪念集序》，柳无忌编：《曼殊大师纪念集》，重庆：正风出版社 1949 年版，第 1 页。
② 顾醉萸：《小说杂谈》，《联益之友》1926 年第 29 期。
③ 武润婷：《中国近代小说演变史》，济南：山东人民出版社 2000 年版，第 230 页。
④ 织孙：《（碎玉）小说话》，《十日》1922 年第 2 期。

第五章　民初风靡一时的雅化文言章回体小说

从事西方小说翻译，立即形成"可怜一卷《茶花女》，断尽支那荡子肠"①的林译旋风，之后其翻译作品深刻影响近现代文学界几十年。林氏终生未脱才子名士气，晚年以古文笔法创作文言章回体小说，力图以复古姿态表达对现实的不满。其所作《剑腥录》诸作虽整体成就不高，但仍具林氏充满个性的神理趣味，所谓"谋篇布局，超越群流，非独以文胜也"②。《玉梨魂》《断鸿零雁记》《剑腥录》等民初文言章回体小说的开山之作都富有自叙传性质，都是作家情感和人生经历的文学性呈现，在当时其主题内容、词章文采及运用的一些西方创作技巧都能弹拨读者的心弦，让他们觉得既新鲜又合意，自然引发了强烈共鸣。

然而，由于小说已是民初上海文化市场上的主要文学商品，作品一旦风行，作家立刻走红，接踵而至的是市场化的必然命运。市场化要求小说家多出快出作品，但小说创作有其自身固有的规律，往往不能一蹴而就。于是，当红的小说家无奈中只能自我重复，宗之者更是刻意模仿其外部形式而缺乏丰富的情感内蕴，最终形成陈陈相因、千篇一律的状况。徐枕亚的创作每况愈下就是一个显例，在经济利益的刺激下，他创作日繁，后期的一些作品只剩下香艳的文字，其思想内容已乏善可陈。至于诗骈化言情作品整体的堕落，不仅"新文学家"大加鞭挞，就连曾与徐枕亚、李定夷等同为《民权报》编辑的何海鸣也痛批曰："学之者才且不及枕亚，偏欲以其拙笔写一对无双之才子佳人，甚至以歪诗劣句污之，使天下人疑才子佳人乃专作此等歪诗者，宁非至可痛心之事耶！"③ 沈家骧更是一针见血地指出"徐枕亚、李定夷之四六小说，行文不为不美，雕

---

① 严复：《甲辰出都呈同里诸公》，《严复集（第二册）》，北京：中华书局1986年版，第365页。
② 织孙：《〈碎玉〉小说话》，《十日》1922年第2期。
③ 冥飞、海鸣等：《古今小说评林》，上海：民权出版部1919年版，第106页。

镂不为不工,惟其美惟其工,益见其市侩烟火气"①。对于当时无行文人专写"卑劣浮薄、纤佻媟荡之小说"②的现象更是遭到来自"新""旧"两派文学家的一致斥责。读者也对于动辄"嗟乎,伤心人也""我生不辰"一类的哀伤调子感到厌弃,对于"笔头已深浸于花露水中,惟求其无句无字不芬芳"③的词章点染也不再欣赏。正如落华所说:"致以骈四俪六,浓词艳语,一如圬工之筑墙,红黑之砖,间隔以砌之,千篇一律。行见其淘汰而无人顾问,移风易俗则瞠乎后矣。"④古文化章回体小说也犯了同样的毛病,林纾的思想愈加保守陈旧,严守古文"义法"以致斤斤计较于形式规范而限制了文学想象的发挥,最终本人成为五四"新文学家"打击所谓"旧文学"的"活靶子"。那些"效颦者都画虎成了狗"⑤,五四后便逐渐为读者市场所排斥。

综上可见,经由五四"新文学革命"的抨击,特别是"国语运动"的釜底抽薪,包括古文化、诗骈化两类的文言章回体小说都失了势。由于五四以后基础教育兴白话而废文言,随着时间的推移能够进行文言创阅的新生代就愈见稀缺,文言小说的市场便自然迅速萎缩。加之文言章回体小说"伤春悲秋"的主题表现、千篇一律的创作模式都已跟不上时代步伐,读者也明显降低了阅读的兴味。更致命的是,文言章回体小说家继承古代文学遗产、力图化古生新的现代转型之路,在完全以外国文学为师的"新文学家"取得文坛话语权后,被彻底否定了。这让我们不禁感慨近代以来时势之于文学

---

① 沈家骥:《佛头著粪录》,《新月》1926年第5期。
② 天笑生:《〈小说大观〉宣言短引》,《小说大观》1915年第1集。
③ 烟桥:《小说话》,《益世报》1916年9月24日。转引自黄霖:《历代小说话》第8册,南京:凤凰出版社2018年版,第3079—3080页。
④ 落华:《小说小说》,《礼拜六》1921年第102期。
⑤ 朱天石:《小说正宗》,《良晨》1922年第3期。

的影响真是既深且巨！不过，我们应该看到在中国文学古今转型之际，民初以文言写章回的文体试验及其试图以中化西的写作实践对于章回体小说的雅化及对新文学的孕育曾作出过一定贡献。客观上，它进一步提高了小说地位，试探出了小说文体革新的限度，同时也为继续向外国文学学习提供了"另类"依据。正如1930年代有人总结林译贡献时所说："过去小说受到国人的鄙视，林纾以古文名家而倾动公卿的资格，运用他的史、汉妙笔来做翻译文章，所以才大受欢迎，所以才引起上中级社会读外洋小说的兴趣，并且因此而抬高小说的价值和小说家的身价。"① 徐枕亚及其同道在翻译文学的影响下以诗骈化章回加入，与古文派合力推动了章回体小说的"雅化"，形成了范烟桥所谓维新以来小说文体演变中重词采华美与词章点染的时期②。在"新文化运动"中，林纾是作为"旧文化"的代表被批判的，但其运用古文大量译介西方小说在客观上强烈刺激了近代文化界以西方为师——这是中国文化现代转型的主方向，其文学创作与文学教育同样在近代产生了很大影响，其贡献不可磨灭。而苏曼殊在新文学家的眼里虽然属于"鸳鸯蝴蝶派"，但"如儒教里的孔仲尼，给他的徒弟们带累了"③，其"所为小说，描写人生真处，足为新文学之始基"④；其《断鸿零雁记》在五四后继续流行，就连郁达夫、张资平等新作家的言情小说也无法与之相比⑤。即使被"新文学家"极力否定的《玉梨魂》，不仅早在五四

---

① 寒光：《林琴南》，薛绥之、张俊才：《林纾研究资料》，福州：福建人民出版社1983年版，第207页。
② 范烟桥：《小说话》，《半月》1923年第3卷第7号。
③ 周作人：《答芸深先生》，柳亚子编：《苏曼殊全集》第五册，上海：北新书局1929年版，第128页。
④ 钱玄同：《钱玄同致陈独秀》，《新青年》1917年第3卷第1号。
⑤ 见柳无忌：《苏曼殊传》，王晶垚译，北京：生活·读书·新知三联书店1992年版，第119页。

时期周作人就不得不承认书中所记的婚恋悲剧"可算是一个问题"①，章培恒先生甚至认为《玉梨魂》这一类的小说是"新文学"以个人为本位的人性解放要求的滥觞②。除此之外，我们还发现这部小说首创的"恋爱＋革命"模式影响深广，不仅被其他章回作品所用，还启发了"新文学"中"革命＋恋爱"小说的产生。总之，在今天这个强调传统文化创造性转化、创新性发展，倡导中华美学精神复兴的新时代，我们确实有必要重估民初文言章回体小说的历史价值，学习其善于继承传统、化古生新的特创精神，来彰显中华文化的精神内涵和审美风范，来满足当代读者娱情与审美的精神需要。

---

① 周作人:《中国小说里的男女问题》,《每周评论》1919 年第 7 号。
② 详见章培恒:《关于中国现代文学的开端——兼及"近代文学"问题》,《不京不海集》,上海:复旦大学出版社 2012 年版,第 598—600 页。

第六章
民初作意好奇以"兴味"的传奇体小说

在上一章讨论民初文言章回体小说时,我们已初步揭示了民初文言小说繁荣的现象。民初文言小说中的笔记体、传奇体也相当繁荣,它们不仅使我国古代文言小说的固有传统得以延续,在域外文学的刺激下整体上也呈现出一些新变。不过,在五四"新文学家"的眼中这类"某生者体""聊斋体"的小说古旧得厉害,只可用来抹桌子①,它们"只会记'某时到,某地遇,某人作某事'的死账,毫不懂状物写情是全靠琐屑节目的"②;这种小说的"第一大毛病,是无思想"③,要么说才子佳人,要么讲朝野掌故,甚至流于腐败荒谬、诲淫诲盗,成为贻毒于青年之书。④ 这些论断指出了当时小说家创作的传奇体、笔记体小说,特别是其末流作品在形式

---

① 见于周作人《日本近三十年小说之发达》、胡适《建设的文学革命论》等文。
② 胡适:《论短篇小说》,黄霖、韩同文:《中国历代小说论著选(下)》,南昌:江西人民出版社2000年版,第527页。
③ 志希:《今日中国之小说界》,黄霖、韩同文:《中国历代小说论著选(下)》,南昌:江西人民出版社2000年版,第572页。
④ 见于仲密《论"黑幕"》、钱玄同、宋云彬《"黑幕"书》等文。

与内容上的一些弊病，揭示了传统文言小说进入"现代"后出现的一些不适应症候及不良倾向，曾经起到了一定的积极作用。然而，其完全以西方短篇小说观念例律我国传统文言小说，彻底将其打倒的做法也导致了严重遮蔽，以致学界迄今未能给予民初传统文言小说以深入之研究、并作出中肯之评价。面对民初小说界"兴味化"主潮中数量极大且不乏佳作，在延续传统、孕育新体白话短篇小说①过程中起过独特作用的传奇体、笔记体小说，我们理应扔掉"有色眼镜"，在民初具体的"文学场"中观其本相，并正确估定其历史价值。

本章先来看民初传奇体小说，它是民初"兴味派"小说家运用我国古代传奇小说体式撰著的，用文言叙事、文辞华艳、叙述婉转、篇幅曼衍，有意幻设、主要传述奇人异事，可以兴味娱情、传播奇异、劝善惩恶、增人美感的一种小说。此体小说师法的中心对象是唐传奇，唐传奇所叙之事必"奇幻"、所言之情必"奇绝"，形式骈散结合，具有诗化之美，这就形成了影响深远的所谓"传奇体""传奇性"和"传奇笔法"。但由于"传奇"一词具有传播奇闻异事的意涵及与生俱来的浪漫情调，明清以后"传奇体"的文体命名很泛化地用在了话本小说、章回小说以及戏曲身上，导致以唐传奇为中心建构出的"传奇体小说"观念隐而不彰。至近代情况依然如此，因此民初"兴味派"小说家创作的传奇体作品只是偶尔称"传奇小说"，有时称"效唐人体"，更多的是混同于笔记体小说各类型，在五四"新文学家"那里则常常被称为"聊斋体""某生者体"或径称为"笔记体"。后经鲁迅于 20 世纪 20、30 年代系统的整理和阐发，唐宋以来的"传奇文"才在中国小说史上获得极为重

---

① 新体白话短篇小说是指民初作家在西方文学影响下创作的既有别于固有话本体小说，也有别于五四新文艺短篇小说的一种现代白话短篇小说。详见本书第九章。

第六章　民初作意好奇以"兴味"的传奇体小说

要的地位。再经同时和稍后的庐隐、郑振铎、谭正璧、汪辟疆、胡怀琛、胡伦清、卢冀野、冯沅君等人进一步做文献整理和理论建构，"传奇体小说"才慢慢作为一种唐宋以来有别于笔记体的文言小说之文体命名确立起来。

传奇体小说创作在民初小说界主倡"兴味"的潮流中曾一度繁荣，涌现出不少名家名作，它既能满足作者、读者兴味娱情的心理需要，又吻合了小说为文学之一种、应具备审美特质的现代性诉求。从当时的具体创作情况来看，民初"兴味派"小说家一面师法传统体式，努力效仿古代名篇佳什，使唐传奇—宋明传奇—《聊斋志异》之一脉得以继续传承；一面大胆吸纳域外小说观念和技巧，使传奇体小说呈现新变以更好地适应当时读者的阅读需要。虽然民初"兴味派"小说家努力地推动着传奇体的现代转型，但由于五四"新文学革命"彻底转向全面学习西方，随着全面推行"废文言兴白话"，继承传统、使用文言的传奇体小说在20世纪20年代以后就不得不退到新"文学场"的边缘而最终消失。然而，传奇体小说"作意好奇"的书写本质及其浪漫品格——传奇性——并未随着文言传奇体小说的衰落而消失，而是以新的样态和意蕴转化到了现当代小说文本之中，这已被相关研究所揭示。[①]　以下具言之。

第一节　"兴味"的双重指向催生传奇体小说的民初繁荣

传奇体小说由唐传奇接近史传散文并插入诗赋的雅文学到宋明

[①] 可参看吴福辉：《新市民传奇：海派小说文体与大众文化姿态》，《东方论坛》1994年第4期；逄增玉：《志怪、传奇传统与中国现代文学》，《齐鲁学刊》2002年第5期；闫立飞：《中国现代历史小说中的"传奇体"》，《南京社会科学》2009年第8期；李遇春：《"传奇"与中国当代小说文体演变趋势》，《文学评论》2016年第2期等论文。

传奇受勃兴的俗文学影响而不断俗化，再到《聊斋志异》兼容雅俗形成特别的"聊斋体"，其发展演变的脉络十分清楚。清末的传奇体小说创作正是接续《聊斋志异》开辟的路径前行，同时由于受到域外文学的强势影响也开始自觉吸纳融合异域因素。时届民初，面对北洋政府在共和政体下的厉行复古，面对西方文化持续不断地猛烈刺激，当时有志之士的民族国家意识上升而以倡国学、存国粹相号召，整个小说界用文言写小说之风更炽。加之还要适应正在兴起的现代文化市场，处在古今中西小说观念大交锋时代的民初"兴味派"小说家在回归传统的同时回应时代，从本土小说发展的立场着眼选择主倡"兴味"，一方面强调小说的兴味娱情功能，一方面凸显小说兴味审美的文学独立性，这种双重指向进一步催生了民初传奇体小说创作的繁荣。

在中国古代小说诸文体中，富有幻设性、文辞性、情趣性的传奇体在民初"兴味派"小说家眼中是应该继承和发展的小说文体，因为它吻合其娱目快心、发抒性情及审美独立的"兴味化"追求。传奇体小说在唐代创始之初便具有传播奇异、兴味娱情、劝善惩恶的功能。例如元稹所著《传奇》（《莺莺传》）就是在传述一个令人称奇的爱情故事，同时意图警醒世人不要为"尤物"所惑，要"善补过"。而唐传奇的创作又往往与文人士大夫谈论相关话题来消闲遣兴有关，形成的相关作品自然具有很强的兴味娱情功能。这一点尤为论者所瞩目，如元代夏庭芝所说："唐时有传奇，皆文人所编，犹野史也，但资谐笑耳。"[①] 石昌渝先生在系统考察了唐传奇创作和流传的情况后明确指出："士大夫讲说和写作传奇小说是一种高雅的消遣。"[②] 此后的宋代传奇体小说偏于劝惩，元明传奇体小说

[①] （元）夏庭芝：《青楼集》，《中国古典戏曲论著集成（二）》，北京：中国戏剧出版社1959年版，第7页。
[②] 石昌渝：《中国小说源流论》，北京：生活・读书・新知三联书店2015年版，第152页。

第六章 民初作意好奇以"兴味"的传奇体小说

则偏于娱乐,清代的《聊斋志异》及其影响下产生的传奇体小说在文学功能上则兼顾娱情和劝惩。这样的小说文体功能正是民初"兴味派"小说家所欢迎的,与其"提倡新政制,保守旧道德"[1]的思想状态及追求小说"兴味化"(包含"消闲性")的创作主张特别合拍。另外,传奇体小说有意幻设、强调文采,已具有了相对独立的审美特性。鲁迅在《中国小说史略》中指出唐传奇"始有意为小说","其云'作意',云'幻设'者,则即意识之创造矣"[2]。这一论断在前人的基础上揭破了唐传奇的虚构特征,此后的学者不断将唐传奇与西方 novel、fiction("虚构之叙事散文")相印证,将其推尊为中国小说的真正开端。唐传奇的有意幻设使文言小说跳脱了笔记体的实录原则,作为有意识创造的产物,传奇体作者带着丰沛之情感进行自由想象,在纸上展演如真似幻的场景、事件,写活了熟悉又陌生的人物,形成了我国古代小说植根于华夏民族诗性文化的艺术真实——传奇性。这种因虚构而生之传奇性成为它区别于笔记体小说之关键,也是其生成独立审美价值的基础。由此,传奇体小说就走上了因文生事的文学性创造,自然形成了独特的叙事风格。这种风格整体而言是诗意之美和繁缛文风。语辞上华艳柔丽,骈散有致,形成一种辞章化的、富有节奏的语言美。叙述上婉转曲折、别具匠心,布局之完整、剪裁之得法,已远非随笔杂录的笔记体小说可比,而接近于现代意义上的短篇小说。这种独特的传奇性、审美性与近代引入的西方小说及小说观念颇多相合之处,也与民初"兴味派"小说家追求的兴味审美相一致。

民初传奇体小说创作的繁荣主要表现为如下几个方面:

第一,作者人数众多,不乏小说界的耆宿名家。既然如上文所

---

[1] 包天笑:《钏影楼回忆录》,香港:大华出版社1971年版,第391页。
[2] 鲁迅:《中国小说史略》,北京:人民文学出版社1973年版,第54页。

述，传奇体小说吻合民初小说界的"兴味化"追求，自然受到当时主流小说家的青睐。据刘永文教授《民国小说目录》（1912—1920）载录及笔者检索各大图书馆书目及数据库所知，民初创作传奇体小说的作者至少在百人以上，其中有名的职业小说家就有数十位。如以古文翻译外国小说闻名于近代小说界的林纾，被誉为民国第一小说名家的李涵秋，民初上海报人小说界执牛耳的包天笑，在新旧文学界均享盛誉的苏曼殊，被视为"鸳鸯蝴蝶派"代表人物的徐枕亚、李定夷，在民国文化宣传领域有举足轻重地位的叶楚伧，以"掌故小说"闻名的许指严，从京师大学堂走出的小说名家姚鹓雏，民初报人小说界的明星人物周瘦鹃，以"江湖会党小说"当红的姚民哀，等等。

第二，作品层出不穷，刊载传播方式多种多样。民初传奇体小说以首发于报刊者为多，仅就《小说月报》《礼拜六》《小说时报》《民权素》《中华小说界》《小说大观》《小说画报》《春声》《双星杂志》《小说新报》《民国汇报》《民国日报》等十数家主流报刊统计，其数量已在 200 篇以上。另外，收录民初传奇体小说的各类集子也有不少，其中较有代表性的有：文言小说别集《畏庐漫录》《涵秋笔记（上）》《指严小说精华》《定夷小说精华》《反聊斋》《铁冷丛谈》《民哀说集》等，文言小说选集《黛痕剑影录》《客中消遣录》《爱国英雄小史》等，文白小说合集《楚伧文存》《瞻庐小说集》《何海鸣说集》等，各类文章杂集《铁冷碎墨》《枕亚浪墨》《紫兰花片》，等等。

第三，题材更趋多元，着意于书写都市日常与底层生活。中国古代传奇体小说主要有婚恋、侠义、神怪（包括梦幻）三大题材，民初"兴味派"小说家一方面继续创作这些传统题材作品，一方面拓展新题材，创作了一些公案、家庭和社会题材的作品，梦幻题材则向玄（科）幻题材转变。这种题材的扩大和变化很明显受到白话小说和外国小说的影响。另外，民初传奇体小说尤其注意对都市日常与底层生活的书写,这缘于传奇体一直以来注重描述生活细节的传统,同时也受到时代尚"通俗"的影响。

第四,娱情与审美兼备,广受读者欢迎。民初"兴味派"小说家创作的传奇体小说或者以唐人为宗,或者接续《聊斋志异》形成的新风,或者兼学二者,其作品往往兼具兴味娱情和增人美感的文学魅力。同时这些作品又受西方小说影响,一方面注意辞章之美,一方面注意结构之巧,形成了不少新的艺术审美特征。这正符合处在新旧过渡时期的民初读者口味,故而受到他们热烈的欢迎。

第二节 尊体意识影响下的民初传奇体小说创作

一部分民初小说家创作传奇体小说具有明确的尊体意识。林纾虽以翻译西方小说蜚声小说界,但在创作传奇体小说时是比较固守传统的,他在《畏庐漫录·自序》中声明其"着意为小说","特重段柯古"[①],显然意欲承续唐人小说笔法而作传奇体。叶小凤在当时也旗帜鲜明地提倡师宗唐人小说,有的作品直接标明"效唐人体"。他在《小说杂论》中说:

> 以小凤近来颇以摹抚唐小说自勉也。唐人自有唐人之小说,文不可假于父兄,而小凤独可假诸唐人乎?小凤曰:是有说也。畅发好恶,钩稽性情,乃天地造化之功;如我陋劣,何敢以此自期。然俯视斯世,凡作文言小说者,或斜阳画图,秋风庭院,为辞胜于意、臃肿拳曲之文;或碧璃红瓦,苗歌蛮妇,稗贩自西之语;其最高者,则亦拾《聊斋》之唾余,奉

---

① 林纾:《畏庐漫录·自序》,林薇选编:《畏庐小品》,北京:北京出版社1998年版,第231页。

> 《板桥》为圭臬……蒲留仙、余澹心等不过如小家碧玉，一花一钿，偶然得态耳。在彼犹在摹抚官样之中，何足为吾之师？直窥虞初谈天之奥，固吾所弗能……此小凤摹抚唐人之所由来，而非即以是遂足千古也。①

在这段话中，叶小凤自述了学习"唐人小说"的缘由：其一，他认为小说的功能在于"畅发好恶，钩稽性情"，即抒情写意，与诗相通，故学唐人小说。唐人小说正是一种富有诗意美的小说类型，洪迈《唐人说荟·凡例》云："唐人小说，不可不熟，小小情事，凄惋欲绝，洵有神遇而不自知者，与诗律可称一代之奇"②，这点出了唐人小说诗意化的审美形态。叶小凤对这种"神遇而不自知"的美学境界有很深的体味，他称之为"神趣"或"神气"。《民国日报》曾载其《神气》短文云："文以神行。秦汉而后，作者各有至神。法律可规范，而神不能假。读书有得、自识既熟，乃可与言摭弃古人。若有强为者，不必上稽秦汉，即六朝诸作亦自有运化。仅为浮丽，直为庾鲍罪人耳。"③ 小凤的"神气"说大致可理解为"神韵""意境""兴味"等所指的美学意蕴，而特别强调作者本身之"神"的修养，修养的途径是向有"神"的古人古体学习，所谓"运用自己底天才，吸收和支配古代的宝气"④。他自述在学习唐人小说的过程中，"无心得一句两句神趣略似之作，则窃然以为喜"⑤。这种"神趣""神气"——"兴味"——正是叶小凤创作小说的美学追求，于是，他自然选择"唐人小说"作为学习对象。其二，叶小凤认为写作文言小说要取法乎上，唐人小说是最佳范本。

---

① 叶小凤：《小说杂论》，《小凤杂著》，上海：新民图书馆1919年版，第40—41页。
② 黄霖编，罗书见华撰：《中国历代小说批评史资料汇编校释》，南昌：百花洲文艺出版社2009年版，第84—85页。
③ 小凤：《神气》，《民国日报》1917年1月18日，登"艺文屑"栏。
④ 叶楚伧：《中国小说谈》，《民国日报·觉悟》1923年7月24日。
⑤ 叶小凤：《小说杂论》，《小凤杂著》，上海：新民图书馆1919年版，第41页。

他指出时人写作文言小说要么"辞胜于意",要么有西化倾向,最高明的亦不过奉《聊斋志异》《板桥杂记》为圭臬。他认为应该径自跳过《聊斋》《板桥》,直接取法于"唐人小说"。姚鹓雏非常赞同叶小凤的上述看法,曾在《焚芝记·跋语》中说:"丁巳除夕,偶与友论说部,友谓近人撰述,每病凡下。能师法蒲留仙已为仅见,下者乃并王紫铨残墨,而亦摹仿之。若唐人小说之格高韵古,真成广陵散矣。余心然之,退成此篇,诚未敢希唐贤于万一,或庶几不落蒲、王窠臼耳。"① 姚氏口中的友人正是叶小凤。姚鹓雏作为著名的词章家、小说家,认为小说与词章一样本乎"性情",应该富有诗意与兴味,因此对于富有诗意美、讲求"虚构的""文的""情趣的"唐传奇②自然非常推崇,提倡大力摹仿。以上小说界耆宿名家强调直接师法唐传奇体现出了很强的尊体意识,在他们的号召与示范下,民初传奇体小说宗唐之风兴起。而民初小说界以《聊斋》为模仿对象的传奇体作品也为数不少,诸如徐枕亚的一些作品题目之上标注的便是"新聊斋",吴绮缘将其文言小说专集命名为《反聊斋》,古吴靓芬女史贾茗所辑传奇小说集题名为《女聊斋志异》。实际上,站在民初那个中西文化激烈交锋的时间点上观之,当时的小说家主要以西方小说为比照对象,他们无论是以唐人小说为师,还是以《聊斋志异》为范,都是继承和转化固有小说文体的一种尊体表现。

在上述尊体意识的影响下,民初产生了大量的在题材、笔法和创作旨趣上都脉承传统而来的传奇体小说作品。在题材上,婚恋、侠义和神怪依然是三足鼎立;在笔法上多采用纪事本末体和传记体的形式,讲求辞章和结构;在创作旨趣上作意好奇,注意

---

① 鹓雏:《焚芝记》,《小说大观》1917 年第 11 集。
② 对唐传奇这一文体特征的认识可参看陈文新:《文言小说审美发展史》,武汉:武汉大学出版社 2007 年版,第 23 页。

畅发性情和发挥想象，追求一种诗意之美。下面结合具体作品来看。

一、婚恋传奇

首先来看婚恋题材的作品。在上文对章回体小说的讨论中，我们提到在民初小说界有一股言情小说潮，实际上，当时创作的不少婚恋题材的传奇体小说也属于这一潮流的重要组成部分。民初创作婚恋传奇具有代表性的小说家有林纾、叶小凤、姚鹓雏、李涵秋、许指严、徐枕亚、李定夷、吴绮缘、姚民哀等人，我们以他们的作品为样本略加分析。

林纾所作婚恋传奇体作品有《纤琼》《柳亭亭》《玉纤》《醒云》《蝉翼彩丝》等。《纤琼》写赵东觉与表妹纤琼婚恋事，小说将乩仙解梦而成就一段美好姻缘写得恍惚迷离，颇富传奇性。小说中扶乩供奉之仙正是唐传奇中著名的女性人物霍小玉，此乃其承续古体的一个明显标识。《柳亭亭》叙述秦淮名妓柳亭亭与其意中人姜瑰百折千回的生死恋情，尤其值得注意的是该小说成功塑造了一位切实为儿女婚姻幸福着想的开明父亲形象，在林纾偏于保守的创作类小说作品中这一人物显得较为独特。《玉纤》写渔家女玉纤与宦家子吴明羽奇特的婚恋故事；《醒云》叙满族小姐醒云与汉族青年元舒在辛亥革命时期特殊的婚恋传奇；《蝉翼彩丝》以李萍与蝉瑛婚恋事为线索宣讲传统的忠义美德。这些传奇体小说均采用人物传记形式，文辞典雅、偶尔插入诗词韵语，追求情节的离奇，文末有"畏庐曰"的议论，是典型的传统文体。不过，有的作品因写得过于离奇，作者不得不自我圆场，如《玉纤》的文末：

> 畏庐曰：天下有奇巧之遇如是耶！吾年将七十，初未闻渔人之子能通文者。酉山或有其人，月纹于闺秀中，亦不为少见。独能不妒，此所以类于小说家之言……若以叟为妄言……

第六章　民初作意好奇以"兴味"的传奇体小说

不妄言何能动听。若以为所言皆妄……实则小说如眩人奏技，虚实皆具，不能均斥其妄也。①

从中可见林纾自觉写得不够真实而以小说"虚实皆具"的文体特性加以辩护，但这种在传奇体中普遍存在的过于离奇的弊病在五四"新文学"兴起后便招致猛烈的抨击。同时遭到批评的还有这些小说倡导的发情止礼、忠孝节义等传统思想观念。

叶小凤是民初创作婚恋传奇最富代表性的作家，其作品主要分为纯情和奇情两类。纯情类如《石女》《塔溪歌》《阿琴妹》等，歌颂男女间纯洁美好的情感。《塔溪歌》②中的"四儿"生长于庐山之麓，其貌如"浣纱美人"，其"歌最妙"。当蔡老春告诉她为其携婿来时，"四儿目瞪突视二郎，倚蔡怀曰：'前属爹携山东嫩水梨来，而爹易以婿。婿美艳足看而已，何能吃也？'""四儿见二郎无语，忽退于室隅，愠曰：'个郎乃不能言者。前闻阿爷言媳妇，今又闻蔡爹言婿，天地间有几许闷葫芦，乃皆来欺侬。'"当其父告诉她已将其许配给二郎时，"四儿不解所语，曰：'爷何为以儿许秋家郎者？儿已许身于爹娘矣。'"待到下聘，"四儿"亦不知羞，阿娘教她如何做作，她入户自语曰："掩护避人不大难，独难于强颜为羞耳。"且时时于"门隙窥人"。这样的言行描写使其天真未凿之态活现纸上，与《聊斋志异》中的"婴宁"如出一辙，也有人赞其"效为唐人小说，弥有风韵"，为言情小说的典范③。《阿琴妹》④中的"阿琴妹"与"四儿"一样也是山间纯洁天真的少女，她"乱头粗服，载斧入山。朝阳下溪，辄临水梳理。晓风吹发，散为异香。碧波照影，仙乎欲流。汲水醺凝脂之靥，则赤鳞潜波，翠羽移枝，

---

① 林纾：《玉纤》，《中央》1923年第28期。
② 《塔溪歌》，《小凤杂著》，上海：新民图书馆1919年版。
③ 恽秋星：《小说闲评》，《民国日报》1919年4月7日。
④ 《阿琴妹》，《小凤杂著》，上海：新民图书馆1919年版。

山色水光,乃为琴妹占尽矣",且亦善歌。后来,阿琴妹在山上失踪,其母以为她死了。过了五六天,她竟与一位美少年一同归来。原来阿琴妹与少年在山涧边眉目传情已久。这一天,少年终于向阿琴妹吐露衷肠,正在二人谈话时,风雨突来,二人被困于古刹之中。奇事接着发生,刹中贼人留下男女婚嫁衣各一袭而去。少年劝说阿琴妹脱掉湿衣、换上新衣以御寒。自己则甘愿受冻,而不愿穿上新衣,以让阿琴妹受窘。后来,少年冻僵,阿琴妹果断地为其更衣。经过一番周折,有情人终成眷属,小说最后以大团圆结局。《石女》[①] 是一篇典型的"某生者体",开头即是:"张生,湘人,年二十未娶。"小说讲述张生信奉爱情主义,在黄鹤楼头与李氏女因联诗而结情缘,且如愿成为夫妇。然而,女身与常人不同,但张生不但不嫌弃,且"每语人曰:'夫妇之爱在性情,彼事肉欲者,禽兽也'"。作者在这篇小说中正是借张生之口来宣讲其重情感而轻色欲,严情淫之辨的言情小说创作观。综合考察这类小说,无论在艺术上,还是在歌颂"真爱精神"上都明显承续古代传奇体一脉而来,虽由于受民初发情止礼言情观念影响故意规避性欲显得有些迂腐而不近情理,但歌颂"纯情至爱"无论在当时还是在当下都还有其必要的积极意义。

奇情类则有《忘忧》《嫂嫂》《男尼姑》《卖花女儿》《电话司机女》《贾宝玉》《阿春》《清河生》《博爱》《张五宝》等,这些作品叙奇人、奇事、奇情,似幻似梦。《忘忧》写冯生在杭州的一次艳遇,小说中的仙婢"忘忧"误投函于冯生。次日,冯生还书主婢。仙主预言冯生将得婢为慧侍者,后来果然应验。这则"获美"传奇从小说谱系上看,显然继承了唐人小说"仙凡遇合"的主题,显然是男性性欲望的想象性满足,是作者的"白日梦"。同时,从行文中也

[①] 《石女》,《小凤杂著》,上海:新民图书馆1919年版。

可见其沾染了当时一些"鸳鸯蝴蝶"的色彩,如文中描写冯生思考是否启函偷看时说:"本来情海多波,何苦自吾造孽,一旦因嫌生魔,令三十六鸳鸯竟成并命,一双蝴蝶或化冤虫。"① 《卖花女儿》《阿春》《张五宝》等也是这种"白日梦"般的"获美"小说。《嫂嫂》② 以金陵秦淮为背景,似乎在讲一个曾经发生的真事,且在男女艳事中糅入太平天国的往事,使故事产生了真实性效果。小说的女主角嫂嫂是"煤痕西施",男主角则"不啻侯、冒",而最奇者乃在"少年微腻嫂嫂身次"时,骤然于镜中发现二人原来是兄妹,且为太平天国北府旧帅之后。这种急转直下之笔,将原本一段艳迹化为一种奇情。《男尼姑》③ 写潮州普济庵的妙姑色相为一时之冠,某绅与太守都欲谋占,而妙姑惟重感情,设计将二者聚拢庵内,在三人半醉半醒中吐露自己乃男伶假扮之尼姑,并告之"家原在吴下,不日将去此,求得一山塘佳人为拈花悟彻之侣矣"。小说结尾虚实兼半,一边写果然如妙姑之言寄来署名"绮梦"的书信,一边写太守调往吴地,"问'绮梦'名,无有知者"。还有一种叙写"奇情"的小说恰如《〈牡丹亭〉题词》所说:"情不知所起,一往而深。"④《贾宝玉》⑤ 写洛中富家子潘生"风采丽都""才质敏慧",本有大好前途。后因看了《红楼梦》而痴迷于贾宝玉,渐以贾宝玉自居而发狂疾。有一天,发狂去城外寻林妹妹,遇一女郎徘徊于海棠花下,"跽而前曰:愿乞妹一笑,证神瑛绛珠之缘"。女郎惊愕避走,潘生用其遗落之针在海棠树上刻下"怡红主人访前缘于海棠花下,归遂死"的留言。归后不久,跳楼而死。故事至此,已令人拍案称奇,更奇的是接着写女郎阿云因见到海棠树上所刻之字,懊悔

---

① 《忘忧》,《楚伦文存》,上海:正中书局1944年版。
② 《嫂嫂》,《楚伦文存》,上海:正中书局1944年版。
③ 《男尼姑》,《楚伦文存》,上海:正中书局1944年版。
④ (明)汤显祖:《〈牡丹亭〉题词》,《牡丹亭》,济南:齐鲁书社2004年版,第1页。
⑤ 《贾宝玉》,《楚伦文存》,上海:正中书局1944年版。

"世有才子，而我阿云杀之"。遂后，陷入情网，郁郁而终，临死前说"儿自不知情自何生，第觉才子如个郎，而以'死'字凿诸海棠花间，寥寥十五字，非死不能去怀耳"，这正是作者刻意渲染的少女情怀。《电话司机女》①是一篇可与《贾宝玉》对读的小说，此篇写的是女电话接线员因轻薄少年在电话中的绵绵情语所惑而生病殆死，幸有接替她工作的一寡妇了解到内中秘密，去女郎家开解，女郎遂摆脱厄运。这显然是一个借外国背景，西洋女郎写中国式"小姑居处，今尚无郎"的怀春故事。这些"奇情"故事读来均如"幻梦"，多是作者自己的"白日梦"，思想意义不大，主要是男性性欲望在小说中的艺术化呈现，但这些小说并不涉淫邪，语词华美，今天作为美文来读还有一定价值。

叶小凤奇情类传奇体小说的集大成之作是《萧引楼传艳》。这组小说一共有8篇，陆续于1917年4月至8月间在《民国日报》第53—57号上发表，分别是《画师女》《阿七》《衣师》《青凤》《紫罗兰水》《梳佣阿珍》《兄妹婚》《玉婕妤》。这些小说明确的创作宗旨是"传艳"，内容自然是写男女间的情事。这些情事都是畸恋奇情，符合传奇体小说"无奇不传"的特征。小凤以顽艳之笔，恍惚之辞叙之，主要是供读者茶余饭后的谈资，其思想价值并不高。《画师女》写一位擅画仕女图的画师，常常以其妻为模特，闭门作画。其女小琴好奇相问，其妻以实相告。后来，小琴同学郑缜告知学校将开绘画课的消息，小琴便联想到父母闭门作画，并问郑缜是不是这样。郑缜闻言即得相思之病，恹恹欲死。幸好二人在双方家长的帮助下结成夫妻，终获团圆。《阿七》讲述卖鱼人祁老丁捡到一个女弃婴。女婴五岁时，老丁妻儿相继死去。他辛苦将名为阿七的女孩养大。待到花容月貌年华，老丁生出邪念，欲霸占此女以娱晚景。

---

① 《电话司机女》，《楚伧文存》，上海：正中书局1944年版。

一夜，老丁酒醉，欲施暴行，女挣扎中落水。后来为人所救，救者竟是其亲母。但其母之夫非其生父，却是"前夕画船中问讯老人也"。这篇小说的创作手法显然来自传统的"无巧不成书"。《衣师》讲述一个将丑女变美女的神奇故事。《青凤》《玉婕妤》两篇则以写梦取胜，前者乃从唐传奇的"仙妓一体"类型故事化出，后者则属于唐传奇中与艳鬼美妖遇合的故事类型，二者都是男性作者"白日梦"的变形呈现，主要是满足文人的性幻想与虚荣心。《紫罗兰水》《兄妹婚》记述两段"畸情"。前者写钱塘名妓赵秋纹一心寻找有情人，一日江头见一位叫珍的少年，心驰神往，并拾到珍遗落的汗巾。因为汗巾上有紫罗兰香水味，于是花费"美金十元"购来，遂日日沉迷于紫罗兰香水中，相思几欲断肠。而汗巾为珍之表姐所送，珍与表姐本是一对有情人。因珍丢失了汗巾，表姐郁结生病，珍亦病。后来，赵秋纹思极绝望而死。珍与表姐明白了事情真相后，二人即病愈，并亲到赵秋纹坟前凭吊。后者《兄妹婚》讲述丹阳教谕俞广文亲女与养子间由两小无猜到情窦初开，再到拘于人伦礼法、爱而不能、郁结患病，最终亲女死去、养子不娶的悲惨故事。这实际是一桩人为造成的畸情惨事。《梳佣阿珍》与上述小说稍有不同，主要是通过阿珍之口讲了三个婚姻不幸的小故事，针砭婚姻中的感情欺骗、金钱主义与男人负心，这在当时有一定的社会价值，但其主旨是拒绝婚姻，观点显得过于偏激。总体来看，这组小说无论从意境风格到主题选材都受到唐传奇的影响。

姚鹓雏创作的婚恋传奇与叶小凤的同类作品风格相似，其代表作是《焚芝记》和《梦棠小传》。《焚芝记》写明末余生与秦淮名妓李芝仙性情投契、坠入爱河；后因战乱，芝仙为史可法部下将领高杰所获；虽后为定慧僧所救，但与余生尘缘已尽，最终香消玉殒，余生也不知所终。这篇小说充分发挥了姚鹓雏善于摹拟的特长，不仅故事内容糅入了唐传奇《柳氏传》《昆仑奴》等的情节要素，其风格、神韵、意境也十分相似。在人物设置上,他又将当时的名士侯朝宗、冒巢民、方密之、陈定生、杨龙友辅翼其间,将历史上著名事件左良玉起兵"清君侧"作为情节突转的背景,这就使得整篇小说诗意中镶嵌着史实,产生了亦假亦真的艺术效果。《梦棠小传》整体上是一篇尊体佳作,但继承中又有不少新变。小说讲述吴振盦与多情且擅词章的妓女梦棠间一段缠绵悱恻、哀婉凄绝的情事。其开头有小序,文末引用梦棠日记、中间阑入多篇诗词,都体现出尊体基础上的创新。其中,小序的作用是揭示小说主旨,即写梦棠"去则弱絮风中,住则幽兰霜里,生前悲惋,遗响凄然"①。日记和诗词则起到连续情节、加强抒情的作用,特别是日记的使用更增强了小说的真实性效果,让人读罢,为之泪下。

徐枕亚、李定夷、姚民哀、吴绮缘等创作的不少婚恋传奇也刻意规摹唐传奇与《聊斋志异》等经典作品。徐枕亚的《箫史》②写落魄文人萧啸秋与客舍主人的侄女小娥之间因箫声相知、相恋,最终亦因箫而双双殉情的故事。二人虽始终未曾谋面,但彼此已将对方当作了知心爱人。二人皆以箫为命,又均不惜毁箫为对方殒命,是一篇典型的奇情小说。从文体上看,这篇小说显然刻意规摹唐传奇。传示奇异之外,追求浓烈的诗意氛围,叙事婉转,抒情缠绵。形式上夹杂诗词,使用丽词藻句,兼有"文备众体"之妙。更明显的模仿痕迹是作者将故事发生地设置在长安,借小说中人物之口表示其以啸秋、小娥、客舍主人来比拟《虬髯客传》中的李靖、红拂、虬髯客。这篇小说展现的理想爱情、感伤笔调和诗般意境颇能吸引读者,是当时同类作品中的上乘之作。另外,徐枕亚的《碎画》《芙蓉扇》《孽债》写了三种不同关系和不同结局的男女哀情故

---

① 鹓雏:《梦棠小传》,《小说大观》1917年第10集。
② 徐枕亚:《箫史》,《小说月报》1913年第4卷第6号。

第六章　民初作意好奇以"兴味"的传奇体小说

事,皆情节曲折,词采华美,将受制于传统婚姻种种约束而酿成的时代悲剧搬演到读者面前。李定夷创作的传奇体小说多以男女恋情为题材,以歌咏真爱精神为旨归,可为之辅翼。如其《冤禽泪》写的就是受制于传统婚姻种种约束而有情人难成眷属的婚恋悲剧。徐、李的这类婚恋传奇像其创作的文言章回体小说一样写的多是哀情,是民初伤心伤逝之时代氛围的艺术化折射。姚民哀创作的传奇体小说也以言情题材为主,如《绮宛》《侬是情场失意人》《敦煌生》等皆写名士美人之局,其语言笔法、写人叙事、宗旨体制等均依传奇体小说成法,创新略显不足。吴绮缘1917、1918年连载于《小说丛报》第4卷第1—6期的《忆红楼记艳》可与叶小凤的《箫引楼传艳》相媲美,共计12篇传奇体小说。另外,吴绮缘创作的《反聊斋》则极力模仿《聊斋志异》,初读亦是恍惚迷离、说鬼谈狐之稗语,但故事叙述到后来就慢慢打破神秘莫测的气氛而趋于明朗,原来所谓狐鬼怪异皆人为所致。这就较一般作品多了些现代和科学的气息,为时人所称赞。如《棠仙》写晋陵李生颇有才华,为求幽静,迁入一废园中,与邻居少女棠姑结识热恋的故事。棠姑初为棠仙,写得神异迷人,正与蒲松龄笔下的花妖狐媚一般;而到后半部则披露棠姑乃是一孤女,不仅寄人篱下、身世可怜,还被迫婚嫁。最后,棠姑因不能与李生结成眷属而自戕,李生了解真相后,悲痛欲绝,竟不知所终。这就将现实中孤女的惨况以特殊的表现形式呈现在读者面前。《反聊斋》中这样写爱情的作品还有《梅婢》《天台艳迹》《林下美人》《笑姻缘》《碧海奇缘》《画里真真》《楼头盼盼》,等等。

过去文学史上一般视许指严为笔记掌故小说家,实际上他也创作了不少传奇体小说,多数为传统题材,其中婚恋传奇写得颇有特色。这些婚恋传奇中的女性人物大多命运凄惨,但均能在恶劣的环境中求生存、守坚贞。如批判"童养媳"这种旧婚制的两篇作品

《齐妇冤狱》[①] 和《琼儿曲本事》[②] 就是其中的代表。前者写二姑是贫民老憨的二女儿，被迫嫁入郭家为童养媳，其婆婆蔡氏好淫狠毒，因二姑不愿与其同流合污，故多次加以虐待、陷害，而二姑始终坚贞不屈。后二姑陷入蔡氏及其情人珠生布设的凶杀案中，差一点冤死狱中。最后案情大白，善恶终有报。后者写的琼儿是一个贫苦无父之渔家女，嫁给某媪作童养媳。某媪并非善类，拟将其训练为欢场之"钱树子"。在平康北里纸醉金迷、污浊不堪的成长环境中，琼儿不为利诱威逼所动摇，坚贞自守。某媪无奈，令其为杂佣苦役，其心不改。后琼儿与某媪之子互生情愫，在种种抗争失败后慨然自杀。读这两篇作品，无论是二姑，还是琼儿，二人的悲惨遭遇和坚贞品格都让人唏嘘感叹。两篇小说的文末都有作者的评论，所谓"甦庵曰""指严曰"，明确将批判的矛头指向"童养媳"这一旧婚制，对女性的不幸命运给予了一份同情。虽然其批判还比较表面化，但在当时具有一定进步意义。对于旧婚制的批判实际上是民初社会的一个普遍现象，因为随着西方民主和自由婚姻观念的涌入，家庭专制和传统婚姻观念已经受到强烈冲击，包括许指严婚恋传奇小说在内的不少作品不仅是旧婚制逐步瓦解的文学表现，也是瓦解旧婚制的一股重要力量。另外，李涵秋虽以创作白话章回体社会言情小说闻名，但也写了一些婚恋传奇作品，比如《赭云》通过写爱情婚姻来反映当时清民易代之际的社会乱况，揭示出辛亥革命的不彻底性。作为一篇真正的悲剧作品，读之令人扼腕。再如《怀宁冤狱》采用倒叙手法讲述姐弟恋故事，在当时不仅形式结构颇为新颖，内容主旨也有一定的现实针对性。

综上可见，民初婚恋传奇小说脉承了唐传奇以来的传奇笔法和

[①] 甦庵：《齐妇冤狱》，《小说月报》1912 年第 3 卷第 5 号。
[②] 指严：《琼儿曲本事》，《小说月报》1915 第 6 卷第 3 号。

传奇性,意在传播爱情奇闻、理想婚恋和真爱精神,也注意将诗意根植于现实之中,在作品中通过叙述婚恋故事抨击旧的婚姻观念,引导一些时代新风。虽然由于创作者自身思想新旧杂糅,未能挣脱旧礼教的束缚,未能像之后的五四"新文学家"那样发出个体解放、婚姻自由的明确呼声,但其对美好婚恋的歌咏,对旧婚制的不满,使民初婚恋传奇在当时受到了读者的广泛欢迎。

二、侠义传奇

自古文人爱做侠客之梦,加之近代救亡图存的时局催发了尚武慕侠的时代风气,不仅在上述章回体小说中出现了武侠小说类型,传奇、笔记诸体小说中写侠义的作品也蔚为大观。民初侠义传奇作品一面携着来自《虬髯客传》《昆仑奴》《谢小娥传》《聂隐娘》《红线》《侠女》《商三官》等的传统基因,一面也受着域外小说和时代精神的影响,呈现出一些新变。一般认为唐传奇小说是我国古代侠义小说的第一座高峰,其塑造的侠客形象,书写的行侠主题,歌咏的侠义精神都成为后世侠义小说之楷范。民初侠义传奇主要继承的就是这样一些传统基因。其中有些作品精于描写高超的武技,以尚武精神鼓动国民斗志;有些作品则倾心于显现理想的侠义人格,以侠义精神砥砺民族士气;还有一些作品将英雄与儿女合为一体,以侠风奇情娱目快心。在行侠主题上也多沿袭传统,或言复仇,或写报恩,或书救厄济困。同时,有的作品也借鉴了一些域外小说的描写技法,甚至吸收了一些西方侠客的精神气质,使得传统色彩浓重的侠义传奇慢慢地发生着现代转型。下面,我们以民初代表作家的代表作品为例略加探讨。

林纾本人善武术,在看到祖国被外敌欺侮时常常有一种侠士般的不平之气,他曾在《〈剑底鸳鸯〉序》中说道:"余之译此,冀天下尚武也……究武而暴,则当范之以文;好文而衰,则又振之以武。今日之中国,衰耗之中国也。恨余无学,不能著书以勉我国人,则但有多译西产英雄之外传,俾吾种亦去倦敝之习,追躐于猛敌之后,老怀其以此少慰乎!"① 林纾不仅翻译了不少西方英雄小说,也创作了不少侠义小说,章回体者如上述《剑腥录》,笔记体有下一章要讨论的《技击余闻》,传奇体则有《畏庐漫录》中的《程拳师》《庄豫》《裘稚兰》等。《程拳师》写争强斗狠的凶险武林;《庄豫》写一侠盗,渲染其急人所急、大义凛然之侠义精神;《裘稚兰》则写出侠女的绝技奇情。林纾所作侠义传奇总体上以描写技击为长,文笔较为朴质,给读者一种真实感,这是与其希望国人能振之以武的创作目的相一致的。民初侠义传奇也有不写武而倡侠风的作品,如李定夷的《鸰原双义记》。这篇小说标"义侠小说",写兄弟幕僚为有知遇之恩的长官出生入死、甘心受屈受辱。小说的主角徐瑨、徐琨兄弟并不拥有高超武艺,但其言行正如朱家、郭解一流侠义中人,救人于困急。文末有"定夷曰:观大徐所为光明磊落,自是义侠男儿。虽面斥奸佞,顿忘忌器,然而正谊明道,正在谔谔之言。若小徐奋不顾身,远戍服役所,尝之辛苦艰难亦不在大徐下。难兄难弟当并传矣"②,这一段论赞正是司马迁所谓侠者"其言必信,其行必果,已诺必诚,不爱其躯"③ 之千载以下的回响,乃是对古代侠文化传统的再确认。

民初侠义传奇中有不少写的是复仇故事,这是唐传奇以来侠义传奇的重要主题。李定夷的《女儿剑》④ 就标为"复仇小说",写女剑侠沈兰仙历尽艰难为父复仇的故事。兰仙剑术精妙,行事果敢周密,终报大仇。此篇传奇既传女侠之奇,又昌言孝道,实不脱《谢小娥传》窠臼,惟行文中揭出其为清民鼎革时事迹才表明其为时新创

---

① 林纾:《〈剑底鸳鸯〉序》,《剑底鸳鸯》,上海:商务印书馆1914年版,第2—3页。
② 李定夷:《定夷小说精华》,上海:国华(新记)书局1935年版,第38页。
③ (汉)司马迁:《游侠列传第六十四》,《史记》卷一百二十四,北京:中华书局2006年版,第722页。
④ 李定夷:《女儿剑》,《定夷丛刊》1915年第2集。

作。张冥飞《雪衣女》① 叙皖南歙县木工俞某有老妻幼孙、儿子儿媳与十七岁之女。秋儿为歙县武孝廉王某娈童,欲讨俞某之女为妻,俞某不允而酿成大祸。俞某入狱,儿子被杀,老妻被毒死,其媳知将被转嫁而自杀。正当俞某之女独对弱侄,悲哭无助时,天降雪衣女,以极其酷辣手段杀死仇人,救出俞某。原来雪衣女亦遭际惨烈,故为无告之民雪其冤愤。此文全仿唐传奇而作,文中出现"见东壁悬谢小娥杀申春申兰图"和随老尼学剑术等细节,显然其源出于《谢小娥传》《聂隐娘》等。许指严的《于湖尼侠》② 《虎儿复仇记》③ 《卖鱼娘》④ 《鱼壳外传》⑤ 等写的也是传统的复仇主题,其特点是将其擅长的外史秘闻与当时流行的武侠技击结合起来,形成了独特的小说风貌。李涵秋的《侠女》⑥ 则别出心裁,寓谐于庄,是对《聊斋志异》中《侠女》为父报仇故事和《儒林外史》中张铁臂人头会情节的戏仿,辛辣地讽刺了一位吝啬且爱做白日梦的书生。

民初侠义传奇也塑造了一些知恩图报、救厄济困的豪侠形象。例如姚鹓雏所作《觚棱梦影》⑦ 和《犉鼻侠》⑧。这两篇小说明显模仿唐传奇《昆仑奴》。《犉鼻侠》简直就是民国版的《昆仑奴》,不过犉鼻侠比昆仑奴更为刚烈侠义罢了。譬如他在救人之后主动前去自首并自杀、以报贾子潇救命之恩,而昆仑奴则选择了逃跑。《觚棱梦影》描写一位武艺超群、有爱国之志的老人,帮助某公子窃取某王福晋,成全一对青年男女爱情的故事,亦与《昆仑奴》所叙故

---

① 冥飞:《雪衣女》,《民权素》1915 年第 8 期。
② 许指严:《于湖尼侠》,《繁华杂志》1914 年第 3 期。
③ 许指严:《虎儿复仇记》,《小说月报》1914 年第 5 卷第 5 号。
④ 许指严:《卖鱼娘》,《小说月报》1914 年第 5 卷第 5 号。
⑤ 许指严:《鱼壳外传》,《礼拜六》1915 年第 31 期。
⑥ 涵秋:《侠女》,《新闻报》1915 年 12 月 11—13 日、15 日。
⑦ 鹓雏:《觚棱梦影》,《小说月报》1915 年第 6 卷第 12 号。
⑧ 鹓雏:《犉鼻侠》,《小说画报》1917 年第 3 期。

事相仿佛。从结构上看，二文亦极相似。《觚棱梦影》开头写道："清嘉道间，有某公子者，故世家裔"，而《昆仑奴》开头则为"大历中有崔生者，其父为显僚"①。两篇小说中间部分都婉转叙事，而结尾复相同。《昆仑奴》文末说："后十余年，崔家有人见磨勒卖药于洛阳市，容颜如旧耳。"② 而《觚棱梦影》则写道："事隔十年，某王亦前卒，公子复游淮上……公子审其年貌，知为老人也，急命驾至其处访之。寒鸦数点，流水孤村，草庐犹未圮也，而人邈矣。"其不同处在于《觚棱梦影》叙事更为细腻曲折，言情的成分增加，并且加入了排满反清的时代因子，特别是福晋心腹紫绡这一人物的设置，使得情节更加炫人心目。吴绮缘在《绿林尚义》③ 中塑造的豪侠则自述"因慕虬髯豪爽，故亦虬名"，其救助云翔、锦屏之言行与唐传奇中之侠客如出一辙。徐枕亚《红豆庄盗劫案》④ 表面上是写明末柳如是和钱谦益的情史，但笔墨却叠彩重染钱家食客周翁之豪侠正义，以之与柳如是劝钱谦益殉明、救夫、殉节等义举相表里，讥刺钱氏无骨气、无节操。

  民初侠义传奇作品在行侠主题中往往又夹以言情，形成了有别于传统的侠情小说。叶小凤创作的那些"剑光花影"类小说可为代表，它们以唐传奇中诸如《虬髯客传》为文本范式，而于其中贯注了作者自身独特的个人体验。《云回夫人》讲述一位类似"红拂妓"的女侠。她与情郎白虹，一位是绝世美人，一位是无双名俊，情趣相投，且均擅武艺。小说将他们的爱情故事放置在明末李闯王农民起义的历史背景中，使这个充满"奇味"的故事呈现为介于现实与超现实之间的审美状态，这显然是继承了唐传奇的艺术表现手法。

---

① 汪辟疆校录：《唐人小说》，上海：上海古籍出版社 1978 年版，第 268 页。
② 同上书，第 269 页。
③ 吴绮缘：《反聊斋》，上海：清华书局 1918 年版。
④ 徐枕亚：《枕亚浪墨续集》，上海：清华书局 1919 年版。

第六章 民初作意好奇以"兴味"的传奇体小说

赵彦卫在《云麓漫钞》卷八中概括"传奇体"曰:"盖此等文备众体,可以见史才、诗笔、议论。"① 叶小凤本人精通历史,具备"史才",无论长篇短制,他笔下的小说多涵历史意味。当然,在短篇中,最突出的是其抒情特质,呈现出一种诗意美。在《云回夫人》中,无论是情侣间花影中比剑,还是被诬为"闯贼"奸细后,云回女扮男装到前线以计谋击败闯王军队拜为将军的奇事;无论是侠侣夜入衙门,窃听县令与妻私语,显露可操生杀之权的神功,还是云回将将印转给白虹,夜训县令,令其放归老母;这一切无不充满了诗意的浪漫色彩,令阅者不禁心驰神往。尤其值得注意的是,与一般小说及唐传奇不同,小凤本其英雄本色,在此类小说中自然流露其爱国情怀。这种爱国情怀的表述可视为传奇体中的"议论",叶氏较少使用叙述者口吻,而是巧妙地通过小说中人物的对话来实现,这是一种新变。《云回夫人》中,白虹斥责县令时说:"自分驰马试戟当不让人,而此心耿耿,未尝忘朝廷。汝就守土命,何得萌异志?曩夜对妻一语,良心何在?今不悔过,仍当移芙蓉树上十字纹于汝颈。区区个人恩怨,非某所记也。"② 这几句话,在对比中宣扬了一种爱国大义③。《遗恨》也是一篇值得讨论的代表作。这篇小说的背景是英德战争,但并未具体指实,只是有一个历史的轮廓而已。在民初,有很多小说家喜欢假借西洋背景展开叙事,这种小说有人误以为是翻译,努力求索其原著,往往不可得。《遗恨》应该就是这种小说。小说讲述英军乔奇队长与德国爱人曼丽在英德战争中的生死遗恨。一对有情人各为自己的祖国奔命,却又情牵彼此,作者就在这种矛盾交织中推演故事。故事情节曲折突兀,却又

---

① 黄霖编,罗书华撰:《中国历代小说批评史资料汇编校释》,南昌:百花洲文艺出版社 2009 年版,第 87 页。
② 《云回夫人》,《楚伧文存》,上海:正中书局 1944 年版,第 94—95 页。
③ 由于站在明王朝立场,此篇小说对明末农民起义有一定的偏见,这体现出叶小凤的历史局限。

尽在情理之中。如小说开场即为乔奇救护曼丽，曼丽在英军医院养伤，其一言一行皆似为爱情抛弃了祖国，并前来助情郎作战。直到小说最后，读者才恍然觉悟曼丽乃是德国打入英军内部的奸细，在最终完成了爱国使命后，她以自杀的方式来保全乔奇的爱国大义。这是叶氏短篇中很少的"哀情小说"，但它和民初流行的大多数"哀情小说"在主题内容、美学风格与艺术效果上均有一些不同，这主要是叶小凤刻意求奇，冶言情、爱国、侠义于一炉的结果。

三、神怪传奇

魏晋志怪小说是我国古代传奇体小说的一个源头，从唐传奇以迄《聊斋志异》写神仙鬼怪、花妖狐媚的作品层出不穷。这类神怪小说存在的民族文化心理基础是宗教信仰和迷信观念，二者在近代受到了西方科学文明的强烈冲击。随着西方自然科学知识思想被纷纷译介进来，清末兴起了颇具声势的反迷信运动，昌言所谓"二十世纪哲理大明，地狱天堂特古人神道设教之意，用以劝善而儆恶，乌得有所谓鬼者"①。神怪一类超现实形象在科学实证的认知方式渐为国人接受的时代语境下变得更加"荒诞无稽"，神怪小说创作在清末进入衰落期。五四以后，由于"赛先生"（科学）成为中国追求西方现代性的偶像之一，神怪小说创作差不多完全失去了存在空间。不过，在民初这一特殊时段，神怪小说却呈现出一些"回光返照"的迹象，不仅有关神怪奇异的描写在当时各体小说中都有出现，神怪传奇体小说更是大量涌现。之所以如此，既与民初小说界的作者与读者宗教迷信与科学实证观念杂糅的思想状态有关，又与民初"兴味派"小说家试图推动固有小说文体进行现代转型的努力有关，更与神怪小说"姑妄言之"的消遣功能及"能引人之心思，

---

① 梦：《绛衣女》，《小说时报》1909 年第 3 期。

第六章　民初作意好奇以"兴味"的传奇体小说

使入于恢奇之域"① 的审美功能有关——这吻合了民初小说界主倡"兴味"的潮流。

民初神怪传奇大致可分为三类，一是借写神怪来讥刺现实中种种之丑恶、人性之弱点；一是借写神怪来张扬现实或理想中种种之美好；一是借写神怪使读者从中得到消遣。以下分述之。

第一类作品首推许指严的《喇嘛革命》和《九日龙旗》。这两篇小说以大胆的想象、恍惚迷离的情节曲折地反映清末民初的历史和世相。《喇嘛革命》② 叙川边某地以活佛为首施行宗教统治，后有一世佛出而倡导"活佛非天授，人人可以本能得之"，他在神虎和女菩萨襄助之下成功创建了"平权"政府。然而，一世佛无政治才能，其权不久即为二世佛所夺。二世佛恢复旧制，重用齐天圣、柳树精、海里跳、六奇神、火居和尚、野狐禅、满地金等神怪、仙佛。后有擅六通术的木公子起而反抗二世佛，在斗智斗法后拥戴三世佛荣登大位。然而三世佛过于仁慈，未能听从木公子的建议诛灭二世佛的残余势力，最终导致大喇嘛纠结各方力量并挟境外战事逼迫三世佛退位。三世佛欲用猪精化身的黑莽将军抵御大喇嘛等人的进攻，未料到黑莽将军竟拥立旧活佛之孙为新一代活佛。最后黑莽将军战败，川边某地继续陷入你争我夺的混乱中。这篇小说标为"寓言"，乃是清朝覆灭后民国初年共和革命、帝制复辟等前后相继之乱局的变相，其中活跃着的佛仙神怪乃是争斗各方的象征。《九日龙旗》③ 与之相得益彰，写京师前门一擅制龙旗的店肆因民国建立而生意冷清，店主乞求供奉之狐仙佑其生意发达。一日得狐仙秘嘱制作黄龙旗万幅以助龙王复辟，并嘱其特制一幅九日龙旗以邀

---

① 成之：《小说丛话》，黄霖、韩同文：《中国历代小说论著选（下）》，南昌：江西人民出版社 2000 年版，第 373 页。
② 收入许指严：《指严小说精华》，上海：光华书局 1936 年版。
③ 指严：《九日龙旗》，《小说新报》1917 年第 3 卷第 6 期。

赏。在复辟时期，店主果然获得护龙军二万巨赏，但仅过九日复辟即告失败。店主在狐仙指导下声称已预知这一结果，故而特制九日龙旗以昭示。就这样，店主两面讨好，名利双获。一店伙妒其所获利丰，而嫌其所惠太薄，故设计诳其逃入乡间避祸。待店主两手空空返回后才发现，其财产居所已被该店伙巧夺而去，就连自己长期供奉的狐仙也因店伙是"五色旗下漂亮人物"而主动易主了。这篇小说标为"滑稽"，充分发挥了神怪小说"姑妄言之"的趣味，欲使闻者"绝倒""尽欢"，但它并非纯粹的消遣之作，而同样是一篇寓言。它一方面通过恍惚迷离的叙述揭示出民初"国变无常，朝更夕改"的世相，一面又对乱世中首尾两端、投机取巧之人进行了诙谐辛辣的讽刺。这两篇小说均语言优美，描写细腻，人物形象跃然纸上，富有文学性和浪漫色彩。

  叶小凤与姚鹓雏的神怪传奇则在嬉笑怒骂中揭露丑恶社会中的人性弱点。王大觉《稗屑》云："箫引楼主，谓不具刻薄之笔，不能作小说，真一拳打在库门也。"[①] 叶小凤的神怪传奇的确"具刻薄之笔"，能发奸摘伏、振聋发聩。《海淫小说家》[②] 描写了色情小说家紫阳生的一场梦境，梦中他遭到自己笔下女性人物的辱骂、唾弃，甚至拟将其喂虎狼，就此惊醒，而不敢再操淫笔。小说极尽讽刺之能事，对紫阳生一类下流文人予以痛快地针砭，希望他们觉醒，有很强的现实针对性。《蝇语》[③] 堪称新《毛颖传》。小说分为"第一步"与"第二步"。"第一步"写很多苍蝇都想往玻璃窗上钻。虽然钻进来"比没钻进窗时还要不得开交"，但一扇玻璃窗却把苍蝇们分作了几个阶层，不钻窗的自然程度最低，"在窗外乱钻乱碰的算是有志上进"的，"这进窗里的算是得意人物了"。"第二步"

[①] 大觉：《稗屑》，《民国日报》1919年4月9日。
[②] 《海淫小说家》，《楚伧文存》，上海：正中书局1944年版。
[③] 《蝇语》，收入叶元编：《叶楚伧诗文集》，上海：三联书店1988年版。

写那只得意苍蝇的下场,它吃着"雪白洋糖","正唱到得意"时,"不防脚下一个不稳,身子一沉,直颠落一泓水里去了"。这篇小说用辛辣幽默之笔讽刺那些到处钻营、贪得无厌的人,这种人的下场正如篇末另一只苍蝇所哀叹的:"快活得太过头了,才身试这杀机呢!"姚鹓雏创作的神怪传奇则如叶小凤所评"往往即物摅情,深刻入微,草木花鸟,皆能开口,衣履几席,不难作语"①。姚鹓雏认为这样的笔法可以达到"奇恣诙谐"② 的艺术效果,这既源于庄周"谬悠之说,荒唐之言,无端崖之辞"③ 开启的神怪小说传统,也借镜于英国文学家却尔司迭更司氏(狄更斯)之小说④。如《帕语》⑤ 以一方丝帕的口吻叙述"余"跟随主人赴宴,回家后主人虽对主妇百般逢迎,主妇仍然因帕而疑心主人有外遇,对"余"与主人皆施以酷刑。后来,"余"陪着主人密会女郎,并被主人作为信物赠予女郎。女郎作为"余"之新主人,对"余"百般呵护。不料,女郎旋即被"余"之旧主人抛弃,抑郁而亡。"余"则作为罪魁被女郎母亲掷于腐草之中,却为女郎婢女小怜所得。此篇小说滑稽中寓有深意,从李香君、林黛玉等薄命红颜与"冰绡"之"帕史"写起,以女郎被情所困、恹恹而终为故事高潮,以丝帕"文理破碎、彩绣浪藉"告终,阐释的是"色衰爱弛,今古之常例"的道理。这篇小说对当时那些身当妙龄的女郎在恋爱择偶问题上有一定的警示作用。其受西方小说影响而通篇采用第一称叙事无疑是一种进步,其独特的以物拟人的艺术表现手法也值得注意。

---

① 《凤飐芙蓉记》第三章评语,《姚鹓雏文集·小说卷(上)》,上海:上海古籍出版社 2008 年版,第 314 页。
② 同上。
③ 《庄子·天下篇》,陈鼓应译:《庄子今注今译》,北京:中华书局 1983 年版,第 884 页。
④ 《凤飐芙蓉记》第三章评语,《姚鹓雏文集·小说卷(上)》,上海:上海古籍出版社 2008 年版,第 313—314 页。
⑤ 《帕语》,《双星杂志》1915 年第 2 期。

第二类作品写得也颇有特色。如林纾的《吴生》《薛五小姐》《钏声》①，吴绮缘的《棠仙》《林下美人》《笑姻缘》②，程瞻庐的《婴宁第二》③ 等借异物与人相恋、歌咏美好的爱情。此类小说当然亦可划入婚恋传奇，已如前述。再如借鬼神来礼赞"生而为英、死而为灵"的传奇英雄，徐枕亚的《石人流血》④ 就是通过叙述石人重获生命以助恩人杀敌的故事来为英雄招魂。

第三类作品数量较少，整体质量不是太高，主要意在满足当时读者猎奇、消遣的阅读需要。如徐枕亚的《黄山遇仙记》、阿蒙的《冢中人》⑤、聊摄的《甘后墓》⑥ 等。

通过以上分析，我们大致可以得出如下结论：在尊体意识指引下创作的民初传奇体小说脉承了古代传奇体小说的传统，其围绕婚恋、侠义、神怪等传统题材传示奇异，同时以传奇体固有的幻设性、辞章化和诗意风格连通正汹涌而入之西方小说的虚构性、结构化和浪漫风格，以回应时代的要求，来推动我国固有小说文体的现代转型。在易代之际，在乱世之中，在传统与现代两端茫茫皆不见之时，这些传奇体小说"用美丽的理想去代替那不足的真实"⑦，契合了民初读者内心的需要。在艺术上，这些小说布局精严，情节曲折，富有"奇趣""奇味"；人物形象塑造不重精描细刻，更重传神得态，这种诗化形象更耐咀嚼品味；营构出诗般意境之美，召唤读者走进一个美妙的艺术空间，含蕴"神趣""神气"；可以起到

---

① 《钏声》《吴生》收入《畏庐漫录（一）》、《薛五小姐》收入《畏庐漫录（二）》，上海：商务印书馆1926年版。
② 吴绮缘：《反聊斋》，上海：清华书局1918年版。
③ 程瞻庐：《婴宁第二》，《中华小说界》1915年第2卷第2期。
④ 徐枕亚：《石人流血》，《小说丛报》1914年第1期。
⑤ 阿蒙：《冢中人》，《礼拜六》1914年第26期。
⑥ 聊摄：《甘后墓》，《双星杂志》1915年第3期。
⑦ ［德］席勒：《致威廉·封·韩保尔特的信》(1790年3月21日)，［德］弗理德伦代尔编：《席勒评传》，傅韦译，北京：作家出版社1955年版，第56页。

"娱情"的作用,是作者"畅发好恶"的抒情载体(寄味、造味),亦是阅者"钩稽性情"的移情媒介(寻味、解味)。清人黄越有段话可以比较恰当地概括此种"兴味"效果,其言曰:"且夫传奇之作也,骚人韵士以锦绣之心,风雷之笔,涵天地于掌中,舒造化于指下,无者造之而使有,有者化之而使无,不惟不必有其事,亦竟不必有其人,所谓空中之楼阁,海外之三山,倏有无,令阅者惊风云之变态而已耳,安所规规于或有或无而始措笔而摘词耶!"① 虽然如此,尊体的传奇还是未能跟上时代前进的步伐,在遭到五四"新文学家"猛烈抨击后,便一蹶不振了。

第三节 破体意识影响下的民初传奇体小说创作

还有一些民初传奇体小说作品走在了破体的路上。它们虽然与尊体意识影响下的作品一样希图"运用自己底天才,吸收和支配古代的宝气"②,但是更希望在旧底子上绣出新花样。它们自觉采西方之石来攻东方之玉,在写人、叙事及环境、心理描写等方面积极进行创作试验。这就拓展了传奇体小说的主题题材,形成了新的叙事模式和创作旨趣。

一、主题题材的拓展

民初传奇体小说在主题题材等创作内涵上有较大拓展,举凡具有传奇性的题材多被纳入笔端。当时作品数量较多、较有影响的有都市情感传奇、家庭传奇社会传奇和公案传奇等。

都市情感传奇在民初流行一时,这种小说源于正体的婚恋传

---

① (清)黄越:《第九才子书平鬼传序》,黄霖编,罗书华撰:《中国历代小说批评史资料汇编校释》,南昌:百花洲文艺出版社2009年版,第453页。
② 叶楚伧:《中国小说谈》,《民国日报·觉悟》1923年7月24日。

奇，是其富有现代性的变体。民初趋新求变的小说家如苏曼殊、包天笑、周瘦鹃等都创作了一些都市情感传奇佳作。他们活跃在繁华的都市上海，面向西方文化一直持开放心态，对欧美小说积极译介传播和借鉴吸收，这就使他们有条件突破传奇体固有的主题题材范围，采用新的叙事技巧来呈现"现代"都市男女的情感世界。苏曼殊所作《焚剑记》①《绛纱记》②《碎簪记》③ 和《非梦记》④ 揭露封建礼教和金钱势力对都市青年爱情的破坏，具有明显的进步意义。例如，《绛纱记》中两个华侨资本家出于互相利用而为儿女订姻，当一方破产则婚约立即被另一方解除，足见金钱在婚姻中的决定力量。《碎簪记》中的封建家长则反对子女婚姻自主，认为"自由恋爱是蛮夷之风，不可学也"，从而导致三个男女青年都殉情而死。《非梦记》叙述一个因长辈嫌贫爱富酿成的婚恋惨剧，小说的男主角迫于婶母的威逼不得不与贫穷画师的女儿分手，另娶了一位"家累千金"的小姐，结果女主角投水自杀，男主角入了佛门出家。这些作品均在积极回应民初婚制变革这一社会热点问题，虽叙之以传奇笔法，但又确如钱玄同所说其"描写人生真处""足为新文学之始基"⑤。包天笑在民初报刊上发表的都市情感传奇更具当下性和真实感，如《电话》⑥《牛棚絮语》⑦ 等小说写当时妓女的情海沉浮，试图引发读者对妓女归宿问题的思考。《泪点》叙"飘渺生"与其表妹的一段情缘，其纯洁真挚中的淡淡哀伤让读者也不禁扼腕兴叹。这些小说多有"影事"，并非"向壁虚造"，如《电话》篇，不仅周瘦鹃

---

① 昙鸾（苏曼殊）：《焚剑记》，《甲寅》1915 年第 1 卷第 8 号。
② 昙鸾：《绛纱记》，《甲寅》1915 年第 1 卷第 7 号。
③ 苏曼殊：《碎簪记》，《新青年》1916 年第 2 卷第 3 号。
④ 曼殊上人：《非梦记》，《小说大观》1917 年第 12 集。
⑤ 钱玄同：《致陈独秀信》，《新青年》1917 年第 3 卷第 3 期。
⑥ 包天笑：《电话》，《中华小说界》1914 年第 1 卷第 1 期。
⑦ 包天笑：《牛棚絮语》，《小说大观》1915 年第 3 集。

说"微闻《电话》之作，实有影事云"①，包氏本人也在《牛棚絮语》中给予证实。关于《泪点》，包天笑在回忆录中亦点明是一段真实的情感经历。正因为包天笑都市情感传奇创作的材料来源于自身的经历和周围人的生活，其表现的广度才比较有限。也正因为他看到民初社会因超越时代国情、过度提倡"恋爱自由"导致了男女"性自由"的严重社会问题，他才向传统寻求拯救资源，试图以传统道德"药"之。同时，作为不断趋新、走向"现代"的江南文人，他也真诚地欢迎健康的生活新方式、新思想，反对"盲婚哑嫁"、束缚人性自由和阻碍妇女解放的传统礼教。这就使得他的作品纠结着一种既渴望自由又害怕过度自由的矛盾，始终未能给现代式爱情找到出路和前途，呈现出一种徘徊在新旧之间的过渡性特征。但，这是时代的局限，包天笑并不能超越这个似新还旧的时代。

周瘦鹃创作的都市情感传奇有三类。一类是作者本人恋爱生活的艺术化呈现，代表作是《恨不相逢未嫁时》和《午夜鹃声》。《恨不相逢未嫁时》②可视作瘦鹃当时苦痛心灵的自况。这年春天，他痴恋着的"紫罗兰"周吟萍在父母的威逼下"含泪嫁给一个巨商之子、庸碌无为的'富二代'。这给周瘦鹃以巨大的打击，留下无法弥合的心灵创伤"③。周瘦鹃在八月里发表的这篇小说从标题、主题到人物、情节处处都印刻着他自己的影子。小说男主角儿辛惕十龄丧父、瘦鹃六岁父死；辛惕是画家，瘦鹃是才兼多艺的文艺家；辛惕的家庭成员与生活状况和瘦鹃的情况相似；特别是小说对辛惕迷恋崔氏女的痴态、痴情之细腻描摹简直就是瘦鹃自己"紫罗兰之恋"的翻版；辛惕"求之不得，寤寐思服"，只能以绘彼美之像来排解心中苦闷，而瘦鹃

---

① 周瘦鹃、骆无涯：《小说丛谈》，上海：大东书局1926年版，第60页。
② 瘦鹃：《恨不相逢未嫁时》，《礼拜六》1914年第9期。
③ 范伯群：《周瘦鹃文集（4）》，上海：文汇出版社2011年版，第461页。

则以著言情小说为手段寄寓"紫罗兰情结",二者实为殊途同归;文末崔氏女的"侬自恨薄命耳",道出了与"紫罗兰"一样的所遇非人;最后那句恻恻断肠的"恨不相逢未嫁时"——这"爱而不能"的心碎之声——仿佛就是从"紫罗兰"口中发出的。天生多愁多感的性情在这段伤心情事的催化下形成了周瘦鹃写作"哀情小说"的"泪泉",他用小说向"紫罗兰"传递着终生不减的痴恋,也用小说控诉着封建礼教对"情"的虐杀,宣传着他奉行一生的"唯情主义"。而《午夜鹃声》① 则是融合了作者的这段"影事",以"唯情主义"控诉封建礼教的典范之作。这篇小说以恨恨生的心灵独白为主体,讲述了恨恨生与意中人纯洁美好的精神之恋,描画了恨恨生得知意中人自小即由父母之命订婚,明年八月就要出嫁的情况后,似痴欲狂、肝肠寸断、呕心吐血、悲观厌世的极度绝望状态,将一个"哀"字写到了极点。从中可见,过去普遍认为民初"哀情小说"属于无病呻吟并不符合事实,其中不少作品都寄寓着作者的真情实感。

另一类是在言情中贯注着爱国观念,如《此恨绵绵无绝期》② 以未亡人纫芳的口吻叙述了其夫宗雄战后负伤回家后,夫妻二人的最后缠绵时光。纫芳对爱国男儿宗雄的爱是感天动地的,宗雄对自己妻子的爱也是真挚深沉的。二者最终聚焦在处理纫芳与宗雄密友洪秋塘的感情问题上。宗雄自知死期将近,拟将爱妻托付洪秋塘,使二人结为连理;纫芳则表示"生为陈氏之人,死亦作陈氏之鬼"。文末一段曰:

> 宗朗宗朗!汝闻侬声乎?侬归矣!新月娟娟,已破云幕而出,清光徐入碧纱之窗,照郎面上,郎趣醒,侬当为郎歌《吾爱,吾爱汝!》之歌,郎欲听之否?嘻!宗朗!汝何事伴作酣

---

① 瘦鹃:《午夜鹃声》,《礼拜六》1915 年第 38 期。
② 周瘦鹃:《此恨绵绵无绝期》,《礼拜六》1914 年第 16 期。

睡，故故不无答？侬且呵汝痒，看汝……天乎天乎！吾宗朗死矣！嗟夫！天长地久有时尽，此恨绵绵无绝期！

读罢，让人不禁掩卷心恸。有人说，这篇小说意在宣扬封建"贞节观"，我们则认为它主要是周瘦鹃"唯情主义"的表现，并且其中还掺杂着他独特的爱国情愫。《一诺》①是一篇包含时事的哀情小说，发表在复活后的第一期《礼拜六》杂志上。1915年5月9日，袁世凯不顾全国人民反对，接受了日本提出旨在灭亡中国的"二十一条"。从此，5月9日便被民国国民称为"国耻日"，日本也成为中国人最大的仇敌。这篇小说正是以此为背景，描写一对未成眷属的有情人之间的"一诺"。这"一诺"的内容是待秦一志当上东海之东岛国的皇帝，林映华便愿做他的皇后。此后，秦一志日日想着践此诺言，竟思极成梦，梦中果然率军攻上了贫士山，成了东国的皇帝，林映华也践行诺言成了他的皇后。可是梦终是梦，秦一志发了狂。临终前，与林映华相对泣下，因不能履约而死不瞑目。豁安在《小说偶谈》中曾说"《礼拜六》瘦鹃之《一诺》借痴情儿女之心，作救国英雄之气，抑何风云壮阔、花月迷离乃尔。且不特此，即富士山易贫士山，区区一字，亦有用心，不徒滑稽可喜，信夫其足为复活《礼拜六》开宗明义"②，这的确是中的之论。《私愿》则借爱国亡魂之口向情人及天下妇女宣讲爱国思想。整体来说，由于这些小说主要意在"使人读而下泪"③，所以爱国之情并非主体，多是淡淡地融在其中了。

还有一类写的是富有现代意味的至情、畸恋，代表作有《阿郎安在》④《遥指红楼是妾家》《画里真真》《西子湖底》等。《阿郎安在》写一位少妇日夜思念亡夫，终而自杀以殉情的悲凉故事。《遥

---

① 周瘦鹃：《一诺》，《礼拜六》1921年第101期。
② 豁安：《小说偶谈》，《申报·自由谈·小说特刊》1921年7月3日。
③ 许廑父：《言情小说谈》，《小说日报》1923年2月16日。
④ 周瘦鹃：《阿郎安在》，《礼拜六》1914年第19期。

指红楼是妾家》①　写一少年在火车上遇到一位美丽少妇后，相思不已，在得知对方已婚后，痴情卧轨的单恋故事。《画里真真》②　讲述一个十五岁的中学生秦云在美术馆橱窗中偶尔看到一幅美人图，内心恋恋不舍。由"遇美"到"思美"，再至"偷美"，结果画未偷成、反遭毒打。后秦云相思成病，恹恹殆死，店主闻讯遂将美人图相赠。秦云临终遗愿是请求母亲将此画与自己"同时入棺"。而"画中人"林宛若听说此一段痴情事后，不仅到秦云家中大哭哀悼，"晕而复苏者再"，而且还"矢志不嫁"，"每值星期六日必一归，摘花至秦云墓上，洒数行情泪，越十余稔"。《西子湖底》③　写西湖舟子老桨在拯救一次沉船事故时于湖底巧遇自己一直暗恋的美丽女郎，为能与她长相厮守，以其主人所谓人居水下与世上无异且能长生不老为心理支撑，未救那一息尚存之女郎出水。之后，老桨打扮一新，连续五日潜入湖底与已死去的女郎相会。在女郎尸体被潮水卷走后，老桨连续三十年日日以湖水和眼泪浇灌从女郎发髻上摘取的玫瑰花，希望真如梦中心上人所预言的枯花蓓蕾之日乃是二人团圆之期。小说以枯花再开，老桨沉湖赴约结束。这篇作品所写老桨真是一位"畸异怪特之人"，所言之情乃是一种变态之情，故事算得上神秘奇绝。

像上述"奇情""痴情""至情"在周瘦鹃的小说中在在不少。这类小说明显继承了晚明以来追求人性解放的思潮，可谓"情不知所起，一往而深，生者可以死，死可以生。生而不可与死，死而不可复生者，皆非情之至也"④。同时，由于周氏大量翻译西方爱情小说，也自觉汲取了西方自由恋爱的思想资源。若从反映民初青年

---

①　周瘦鹃：《遥指红楼是妾家》，《礼拜六》1914 年第 13 期。
②　周瘦鹃：《画里真真》，《礼拜六》1914 年第 29 期。
③　周瘦鹃：《西子湖底》，《小说大观》1916 年第 7 集。
④　（明）汤显祖：《〈牡丹亭〉题词》，《牡丹亭》，济南：齐鲁书社 2004 年版，第 1 页。

男女的婚恋苦闷状况、宣扬恋爱的纯洁性与自由性的新风气讲，这类小说有一定的价值，但将一个"情"字推到个人主体性的峰巅而玩味畸形的恋爱则容易让青年男女沉迷其中、不能自拔，进而去寻找一种脱离现实世界的"至情真爱"，这种弊端必然会遭到五四"新文学家"的强烈批评。

民初"兴味派"小说家还将传奇触角伸向了一般认为平淡无奇的家庭生活，展现过渡时代新旧家庭观念的激烈碰撞及家庭生活新气象。具有代表性的作品是周瘦鹃所作《冷与热》和程瞻庐的《七夕之家庭特刊》《但求化作女儿身》。《冷与热》[①]在形式、思想上都富有现代性。小说由三个片断组成，分别题为"冷""热""冷与热"。在第一个片段"冷"中，写少妇胡静珠垂暮时分精心装扮后静待丈夫王仲平归来、共度结婚纪念日，但没想到迎来的却是丈夫恶言讥讽之冷遇，面对丈夫的百般挑剔，静珠委顺之，希图能与丈夫共进晚餐，而丈夫坦言已约好为情人湘云庆祝生日，不顾而去。在第二个片段"热"中，写王仲平热火火去赴湘云之约，没想到兜头迎来的却是湘云将赴别人之约，且将嫁别人的"冷水"。在湘云的一连串冷语中，王仲平的心也冷却下来。在第三个片段"冷与热"中，写王仲平回到家中对其妻静珠百般体贴，充满热情，但得来的是静珠心灰意冷的表示。文末王仲平仰天言曰："其希马拉亚山头不消之积雪耶？其维苏维亚火山中喷出之余烬耶？一刹那间，冷与热乃立变。"三个片断联袂读来，在冷热对比中、小说本身即已回答了王仲平的疑问，正是他自己忽冷忽热的态度导致了静珠的忽冷忽热。一个移情别恋，以及在人格上对自己妻子毫不尊重的男子怎能希图获得妻子真正的爱情呢？面对当下"婚外恋"现象严重的社会现实，我们在这篇小说中也许仍能获得某种启示。《七夕之

---

① 周瘦鹃：《冷与热》，《礼拜六》1914年第13期。

家庭特刊》①写报界文豪章警庸的子女以办"家庭特刊"的独特方式度过七夕，小说主要内容是连缀他们的文学作品，文笔优美，富有生活趣味，展现出了新式家庭的新生活、新趣味。《但求化作女儿身》②写作者的好友刘廷玉初号"雄飞"，有大男子主义倾向。婚后却改号"雌伏"，且"但求化作女儿身"的奇事。起初，他支持其妻在"女权萌芽时代""扩张女权"。后其妻因性别优势留学日本，归国后受到各界热捧，很快被选为省议员。刘廷玉看到"群雌飞天，诸雄扫地；女权膨胀，男阀推翻"的社会现状，不禁衷心希望自己能化作女儿身，改变被压抑的状态。这篇小说成功地镜像出特殊时代女子的特别成名史及男子内心的隐痛，揭示的是过渡时代新旧家庭观念、性别观念的激烈矛盾冲突。

民初"兴味派"小说家也将可作奇谈的社会现象笔之于传奇体小说。如杨尘因的《锻蠹机》③写创作者东抄西凑、剿袭古籍的文坛乱象，语言诙谐中富蕴讥刺，有力地抨击了社会时弊。如许指严的《秘密外交》《女苏秦》《武员丑史》《秘密谈》④等则以传奇笔法揭露政府内政外交的种种黑幕，让读者惊叹之余顿兴掊击腐败统治之意。如何海鸣的《大沧二沧》⑤叙大沧二沧兄弟以戏班为掩护组织盗匪团伙行劫行盗的江湖传奇，为读者揭开了秘密社会的一角。至于恽铁樵所作《工人小史》《村老妪》等更关注底层社会，已脱离传奇体的固有轨道，形成了更富现代性的创作面向。

公案传奇作品在清末即受公案章回体小说和域外侦探小说的影响而出现，它在民初得到进一步发展，并在后来与本土侦探小说创

---

① 见程瞻庐：《瞻庐小说集》，上海：世界书局1924年版。
② 同上。
③ 杨尘因：《锻蠹机》，《礼拜六》1915年第38期。
④ 见许指严：《指严小说精华》，上海：光华书局1936年版。
⑤ 求幸福斋主（何海鸣）：《大沧二沧》，《星期》1923年第50号。

作合流。比较有代表性的作品有杨尘因的《女彗星》、剑痴的《茉莉根》和包柚斧的《毒药案》等。《女彗星》① 是以张人虎遭遇后母陷害为中心情节的公案传奇,结构曲折,人物鲜活,重申了善恶终有报的民间信条。《茉莉根》② 标为"侦探小说",叙作者伯祖醒夷公侦破的新建县僧人净根盗尸冤案。小说一开头就申明欧西盛行侦探术,我国亦有,不过不为世人所重,作者特作此"人将咋舌,惊为神奇"的公案传奇以揭示之。小说以破案为中心情节,虽未尽脱旧小说窠臼,但已呈现出人物塑造、叙事技巧上的一些新意。无独有偶,《毒药案》③ 叙述三件毒药案,虽采用古代传奇体制笔法,但亦明显受到《福尔摩斯探案集》等西方侦探小说影响,有一定的推理性。小说又标为"折狱小说",正体现出作者杂糅新旧中西之意图。民初此类公案传奇虽有所创新,但真正富有现代性的本土侦探小说创作的繁荣要等到五四以后。

二、叙事模式的新变

进入近代,由于域外文体和语体承载着西方文化强势侵入,中国文学发生着或激变或渐变的现代转型,破体创新成为当时文学演变之必然趋势。传奇体小说在民初不仅表现为主题题材的拓展,更显著的变化是出现了新的叙事模式。那些借鉴外国小说的形式技巧打破古代传奇体写法的作品在叙事结构、叙事时间、叙事角度和非情节化叙事等方面进行了自觉的变革,呈现出了迥异于传统的现代性特征。

整体来看,这些变体的传奇体小说多是截取一个生活"断片",而非纪事本末体和传记体。例如,包天笑的《电话》④ 写忆英生与

---

① 杨尘因:《女彗星》,《民权素》1915 年第 8 集。
② 剑痴:《茉莉根》,《小说新报》1917 年第 5 期。
③ 包柚斧:《毒药案》,《礼拜六》1914 年第 7 期。
④ 包天笑:《电话》,《中华小说界》1914 年第 1 卷第 1 期。

旧日情人蕊云的一次电话通话,除开头与结尾外,通篇皆是对话。开头直接以忆英生思念蕊云写起,描写了他居处的环境、思绪的起落,为正文接电话蓄势。在对话中,蕊云解除了忆英生的误会,原来她身在"金槛玉笈、雕笼翠柙"中,难得有机会与忆英生互通款曲。并告知三年来曾借机打过两次电话,却均未能与情郎说上话。接着,蕊云要求忆英生答应不要因思念的冲动而拨打她的电话,这样会祸及其身。这个要求将蕊云的处境及恐惧心理自然逼真地刻画了出来。正当忆英生问及蕊云旧疴,二人格外缠绵,蕊云语及指环之际,蕊云一端的电话戛然而止。最后,以"月影""花影""邻笛一声作幽凄之三弄"等淡淡且富有诗意的一笔环境描写结束全文。周瘦鹃曾就此篇发表评论说:"言情小说布局绝难,短篇尤不易作。予颇赏天笑先生《电话》篇,别创一格。篇言二情人未缔鸳盟,暌隔已久。偶尔聚合,因借电话以通辞,所谓'飞来天外缠绵意,诉尽人间宛转心'者,正可为此咏也。结尾语及指环,戛然而止,颇有画龙点睛意。"[①] 这真是知音之论,也足见这篇小说因其形式创新在当时引起的巨大反响。又如周瘦鹃的《午夜鹃声》[②] 采用自述体反复渲染失恋时的悲伤情绪;《阿郎安在》采用自述体反复抒发对亡夫痛彻心扉的思念;《冷与热》已如前述截取的是夫妻家庭生活中冷—热—冷的三个片段;《一诺》从情人的一次约会写起,写男主角因一诺成梦而发狂致死的一段奇事;《画里真真》劈头就写男主角观看美人画而引发单相思、思极而殁的一段奇情。再如许指严的《女苏秦》以旅途中谈话起首写一个独立的事件,《秘密谈》写的就纯是一段男女对话。从小说文体演变史的角度看,这些小说都有向现代新体短篇小说转型的明显痕迹,对民初读者而言确实是

---

① 周瘦鹃:《说瓠》,周瘦鹃、骆无涯:《小说丛谈》,上海:大东书局 1926 年版,第 60 页。
② 瘦鹃:《午夜鹃声》,《礼拜六》1915 年第 38 期。

第六章　民初作意好奇以"兴味"的传奇体小说

新奇有趣的。

民初变体传奇小说更普遍地使用第一称叙事，形成限知视角，增强真实性效果，以配合其直接描摹读者熟悉的都市生活的创作需要。有些作品还有意打破传统小说的时序模式来形成陌生化叙事以满足读者的好奇心理。我们以包天笑的《牛棚絮语》①和周瘦鹃的《西子湖底》②为例略窥一斑。《牛棚絮语》写"余"回苏州扫墓过程中与昔日相熟妓女碧梧的三次巧遇。重点写第三次在牛棚相遇时"余"听其讲述情天恨海中的欢欣悲戚，及终嫁白发知己的惺惺相惜。从叙事角度看，此文直接使用第一称"余"叙事。"余"既是小说家，又是碧梧的旧相识，而且"余"之朋友曾是"拂拭"碧梧的"赏花人"。这样，叙事者也成了小说中人，他的倾听、感受、抒情就变得真实、自然，他对妓女的"人道主义"关怀以一种微妙的方式流露出来，悄然潜入读者的脑蒂，比传统的说教高明得多。从叙事时间看它已经不再是传统意义上故事首尾相接的正叙法，而是倒叙、正叙穿插使用。在交代小说创作背景后，展开情节叙事，这一过程可视作回忆式倒叙。主要情节整体上以"余"回苏州扫墓的时间为序，而在"牛棚絮语"部分则通过对话的方式破坏了这种时序，让文本的正叙时间暂停，变为先追叙往事、续谈时下处境，最后将叙事时间拉回现实之中，"余与碧梧珍重而别"。以上突破传统的叙事方式不仅使这篇小说充满现代性因子，从而发挥短篇小说"效果或印象的统一"③的优势，且在当时起了相当强的示范作用。当然，这篇小说的变创仍以固有传奇体为基础。整篇小说可分为三个情节单元：火车相遇—邻舟相视—牛棚絮语，而第三个情节单元

---

① 包天笑：《牛棚絮语》，《小说大观》1915年第3集。
② 周瘦鹃：《西子湖底》，《小说大观》1916年第7集。
③ [美]爱伦·坡语，见[美]华莱士·马丁著《当代叙事学》，伍晓明译，北京：北京大学出版社2005年版，第74页。

又可细分为：陷入爱河—白发看花—遭遇抛弃—白发援手—红颜适翁等情节次单元，仍然以传示奇异的情节取胜。该篇小说尤为重视营造情景交融的诗般意境，人物活动的环境仿佛是一帧淡笔写意的苏州郊景图，所谈往事也已淡化为一种"怨而不怒"的幽幽情绪。特别是巧妙的人物修辞，它借用了传统绘画中的白描法，通过三次巧遇时忆英生眼中的碧梧，将一位有情爱、有襟怀、知恩图报的北里中人活画了出来。另外，它在叙事上"同时继承有古代文言小说中'叙事人在某一特定情景下听某一人物讲述他自己或别人过去的故事这一模式'"①，但听讲人在小说中的作用已经发生了质的变化。可见，这篇小说还是在继承传统的基础上借鉴西方小说叙事技巧来进行创新的。周瘦鹃的《西子湖底》恰可与之对读，它首先以一段恍惚迷离的月下殉情开篇，此实为这一畸恋悲剧的结局。接着以传统的第三人称全知叙事介绍老桨的神秘身世和怪异行为。然后又采用第一人称叙述"予"与老桨的相识及交情日厚。小说的主体部分则又回到传统的叙事人听故事的模式，老桨自述其三十年来作为秘密保守的诡异畸恋。小说末尾又回到"予"的视角，写"予"眼中的老桨沉湖，以呼应小说的开头。整个文本的叙事视角多次转换，大段的叙事时间停滞在老桨的自叙中，仿佛文艺片中的镜头切换和长镜头，使叙事更加婉转曲折，使老桨这一"畸异怪特之人"得到更加精细的刻画。单纯从艺术技巧上来看，这已经是一篇很"现代"的小说了。

民初不少变体传奇作品还很注重非情节叙事，在传统叙事基础上加强了场景及心理描写。周瘦鹃的不少小说就常以景色描写开篇，包天笑的作品则常常穿插大段的环境描写，这大大改变了古代

---

① 沈庆会：《包天笑及其小说研究》，华东师范大学 2006 届研究生博士学位论文，第 130 页。

第六章 民初作意好奇以"兴味"的传奇体小说

传奇体小说以情节为中心的叙事模式，且增添了更多诗意。另外，包天笑、周瘦鹃、刘铁冷的变体传奇作品还常常直接描写人物隐秘的内心世界，甚至完全以人物抒情和心理剖白为主体内容，这种"心理化"叙事更接近现代小说，而与古代小说渐行渐远。为避免与后文重复，我们此处仅以刘铁冷的两篇小说为例略作分析。刘铁冷的《血鸳鸯》①与《莫是蘧砧归》②都是"哀情小说"，《血鸳鸯》反复皴染未亡人哭夫的场景以写其哀，《莫是蘧砧归》精描细绘少妇思夫的痴态以写闺怨，二者都淡化了情节，其写作重心都转到了伤感的氛围及人物的心理上了。

三、创作旨趣的现代转型

民初传奇体小说在破体意识影响下的内涵拓展和叙事新变与作者的创作旨趣发生现代转型关系密切。其创作旨趣的现代转型主要体现为由注重群治伦理到满足个体兴味，由专注情节到形成诗化、心理化的风格。这就要求运用新的叙事方式来表现新的主题题材，传奇体的叙事成规自然被打破，进而形成新的审美风格。

清末民初，随着西方以个人主义为内核的现代民主逐渐深入人心，个人在空间上、经济上、精神上确实正在越出原有所属关系的界限，打破群治伦理，发现自我、强调个性自由成为一种普遍的现代性诉求。个体的生成被视为现代性的标志③，民初"兴味派"小说家十分重视对个人情感体验的抒写与对个体价值的张扬，进而形成强调创作从个体"兴味"出发，追求小说"娱情"的小说观。古代的传奇体小说在张扬人性方面已经走出了可贵的一步，特别是那些礼赞真爱精神的作品至今仍闪耀着反抗封建礼教的光芒，但整体还是受到了注重群治伦理这一社会主流文化的规约。民初的一些传

---

① 刘铁冷:《血鸳鸯》,《小说丛报》1914年第1期。
② 刘铁冷:《莫是蘧砧归》,《小说丛报》1915年第7期。
③ 刘小枫:《现代性社会理论绪论》,上海：三联书店1998年版,第22页。

奇体小说与之有质的不同，它们大胆吸收了西方个人主义思想，以满足个体兴味为旨归，淡化了劝惩教化的功能。如上面提到的《西子湖底》，完全抛弃了群治伦理的社会规则，将个人情感及个体价值推向了极端，甚至在玩味一种畸形的变态性心理。若将老桨的行为放在传统道德的天平上去衡量，那是极端自私的。再如上文分析的包天笑所作《电话》写的也是违背一般家庭道德的不伦恋，其着力点只在男女情感本身而不及其余。民初的这类都市情感传奇多属畸情、奇情，虽然不是健康的情感，但它们在客观上张大了个性自由、强调了个体价值，与当时的时代风尚相吻合，满足了读者的个人化阅读兴味。

由于民初"兴味派"小说家重视对个人情感体验的抒写与对个体价值的张扬，一些传奇体小说作品就形成了与之相匹配的散文诗化、心理化的审美风格。传奇体小说本是古代小说诸体中最富诗意个性和抒情特质的体式，因而受到民初"兴味派"小说家的重视，不仅本身得以继续发展、转型，还渗透进章回体和笔记体之中、推动了它们的现代转型。在传奇体的现代转型过程中，尊体与破体互动，一些作品已不再满足于情节的传奇性，而要传示那些非情节的奇异，以此形成新的审美风格，以满足民初读者的阅读需求。我们以包天笑的《牛棚絮语》①为例简单谈一下民初传奇体小说的诗化、散文化特征。请看该小说的环境描写：

> 春三月，天气初晴，晨寒犹恻恻中人，可御轻棉。余乘早行火车赴吴门。车厢中士女喧哗，甚济济也。余以贪观野景，就车窗坐。近揽洲渚，远瞩村落。以宿雨初霁，觉林墅参差似晓妆初竟，都呈媚态。而汽笛呜呜，曳此残声于绿杨风里，似鸣其迅捷者……

---

① 包天笑：《牛棚絮语》，《小说大观》1915年第3集。

第六章 民初作意好奇以"兴味"的传奇体小说

  车抵吴门,城垛在望。宏硕巍峨之保恩寺塔掩映于车窗,似故乡一老友专迎送人于此者……晨起。虽晓日当窗而云幕重重、渐积渐厚……船出阊关,心目为之一爽。荡舟中流,和风拂面。别故乡未及三月,而草长莺飞,又是一番天气。两岸时见柳阴,柳阴中则有稚子弄波为戏。而一株两株之桃花则掩映于颓垣断壁之次。此所谓:古屋贮秾春者,非耶……舟过枫桥,遥望寒山寺,想见月落乌啼、江枫渔火之胜景……

  舟抵环龙桥已有雨意……祭毕,白雨跳珠已乱落吾襟……斜风急雨,虽持盖无用也。前行一小溪,舆夫言有一水车棚,可稍憩暂避风雨……

  时则云破天晴,斜阳暮画于远山,向人欲笑。林鸟弄晴,似有求友之乐。而溪边流水淙淙。闻远远作歌声者,一渔妇正撒网鼓棹来也……

之所以将小说中所有的环境描写都按行文顺序摘录下来,原因有二:一是让读者通过阅读这些文字切实感受到包天笑写景状物的独特语言魅力以及鲜明的抒情诗色彩。二是这四百余字的环境描写在短篇小说中并不算短,而且贯穿全文,并和小说的主体内容所传达的情感配合巧妙,表现出明显的抒情散文倾向。这种诗化、散文化乃是包天笑都市情感传奇小说的一个突出特色,亦是五四"新文学家"所着意追求的文学"现代性"特征之一。实际上,二者实有异曲同工之妙。

  在心理化方面,我们以周瘦鹃的《午夜鹃声》[①]为例略作分析。《午夜鹃声》的主要内容是细腻刻画恨恨生独特的失恋体验,当他听到意中人"八月出阁"时产生了如下心理反应:"只那'八月'两字跳进吾的耳朵时分外的清朗。那'八'字好似一把叉,叉

---

① 瘦鹃:《午夜鹃声》,《礼拜六》1915年第38期。

断吾的肠;那'月'字好似一把刀,斩碎吾的心。咳,'八月'、'八月',你可是来宣告吾死刑么?"① 接下来是一段更为奇特、类似当代意识流小说的心理描写:

> 这一天晚上,吾辗转难宁,不能入睡,竟眼睁睁的捱到天明。心里有一种说不出的苦味,又似乎夹着一种说不出的甜味,搅在一块儿也不知道到底是甜,是苦。眼中只见那雪白的帐顶上写着"八月"两个黑黑的擘窠大字,笔划煞是清明。吾瞧得十分难堪,即忙揭开了帐儿,把眼儿移到那沙发上去。却见沙发上也写着"八月"两个黑黑的擘窠大字,吾即忙把眼儿移到别处去。说也奇怪,那写字桌上唎、安乐椅上唎、书橱上唎,画架上唎,都有这"八月"两字。一会儿,却散了开来,化做千千万万无数的"八"字"月"字,满地里乱跳乱舞,兀是不休。吾恨极,便把眼儿紧紧的闭了拢来,不去瞧他。谁也知道那许多的"八"字"月"字插了翼似的,一个个飞进吾两眼,渐渐儿下去,直到胸中。不道到了胸中,又似化做了无数的小针,刺得吾满腔子都作痛。怎么一痛,那两包子的泪珠儿就不约而同的斩关夺门而去,把枕函湿透了一半。

在这段引人泪下的描述之后,恨恨生(周瘦鹃的影子)的善良本性便被顺势带了出来,他虽然经历着"失恋"的悲痛,但依旧真心地祝福意中人嫁后有一个幸福的生活。通过这篇小说,周瘦鹃将其"唯情主义"表述到了极致,他借恨恨生之口说:"吾薄命人的一缕幽魂也须永远依着他。他到天涯,吾飘到天涯;他到地角,吾飘到地角;他冷时,吾便化做火炉替他消寒;他热时,吾便化做电扇,替他驱暑;他饥时,吾便化做玉食疗他的饥;他渴时,吾便化做甘

---

① 瘦鹃:《午夜鹃声》,《礼拜六》1915年第38期。

第六章　民初作意好奇以"兴味"的传奇体小说

泉解他的渴；他忧时，吾便化做插科打诨的小丑，使他忘忧；他闷时，吾便化做文情并茂的小说供他排闷。天或能坍，地或能陷，海或能枯，石或能烂。吾的魂儿终依着他；吾的心儿终向着他。"同时，周瘦鹃在小说中还借恨恨生之口解释了他缘何如此痴情的原因：世界上的"情"字具有最大魔力，既逃不脱、亦忘不了，他只能以情丝作茧自缚终生。这完全可视为一篇富有现代意味的心理探索小说。这种以哀情、死亡为主调的小说直接影响了张爱玲的都市传奇，二者风格上的诡异与病态确实有着相通之处。

　　综合以上分析来看，民初"兴味派"小说家秉持破体革新的意识创作的变体传奇小说已形成了比较显著的文体特色，有力地推动着这一古代小说文体向现代转型。凭实而论，这一转型与现代白话短篇小说（包括"兴味派"所作新体及五四短篇小说）探索的方向是一致的。不过由于五四"新文学革命"成功后白话语体胜出，用文言写作的民初传奇体小说就不得不整体退场，但其传承的"传奇"性及其探索出的新方向并未真正退场，而是化为可吸收的营养哺育着现代小说。

第七章
民初沿传统轨辙书写的笔记体小说

本章讨论民初笔记体小说,它是民初小说家运用古代笔记小说体式撰著的,用文言叙事、文笔简约、随意杂录、篇幅短小,讲求实录、内容广博,可以供消遣、广见闻、存史料、寓劝惩的一种小说。民初笔记体小说既有别于那些有意幻设、文辞华艳、篇幅曼衍、尤擅言情的传奇体小说,也有别于同时期存在的非小说的笔记体作品①。笔记体小说源远流长,一直是我国古代文人笔记的一部分,而文人们的笔记又是其知识生活的一种本然呈现。古人撰写笔记常常是随意杂录,故笔记近于"合残丛小语"②、集"街谈巷语,道听途说"③的小说家言而渐与"小说"联言;又因古人撰写笔记

---

① 对于笔记体小说,纳川在1916年的《小说丛话》中曾说:"笔记小说,以专载狐鬼神怪、遗闻轶事者为正。若或言诗词,或谈经史,或考订字句之异同,如阮葵生《茶余客话》、梁绍壬《两般秋雨庵随笔》等书,皆杂考,非小说也。"可见民初已有人受西方小说观念影响而欲将其从笔记中独立出来,并初步进行了辨体。
② 黄霖、韩同文:《中国历代小说论著选(上)》,南昌:江西人民出版社2000年版,第1页。
③ 同上书,第3页。

讲求实录，故笔记又近于史传而被视为"史余""野史"和"杂史"等。可以说，笔记体小说自产生之日起即在"随意杂录"与"讲求实录"的书写双轨上前行。清末民初，由于受到域外小说观念和翻译小说的强烈冲击，中国人的小说观念及固有小说文体都面临在现代性追求境遇中如何延续和转化的问题。笔记体小说也不例外，其文体功能和叙事技巧也随之发生了一些合时代的变化，但其书写双轨依然规定着、保持着它最富民族性的基本文体特征。因此，在五四"新文学家"眼中它既不合现代短篇小说的体制（虚构等），也无什么思想（主题等），应该加以彻底批判和抛弃。不过，从民初的具体创作情况来看，笔记体小说一度十分繁荣，不仅顺应了当时小说"兴味化"的潮流，还客观上保存了大量具有一定文学性的珍贵史料。虽然五四"白话文运动"的胜利直接导致文言笔记体小说在20世纪20年代以后日趋衰落，但其"随意杂录""讲求实录"的书写双轨及其相关现代性探索被现当代文学不同的文类所吸收，尤其表现在隔代遗传的当代"新笔记小说"之中。

第一节　四重时代语境与笔记体小说繁荣

民初笔记体小说的繁荣产生于当时复古思潮、乱世伤怀、历史写真及市场行销四重时代语境交织的独特"文学场"之中。

一、复古思潮

在中国古代"文学场"中复古常常意味着纠时下文坛之弊，是一种富有民族特点的文学革新方式。活跃在民初上海现代"文学场"上的小说家面对西风渐有压倒东风的形势，试图通过全面继承和转化固有小说资源来走出中国小说现代转型之路。当时弥漫全国的复古思潮为古代诸体小说延续生命与进行现代转化提供了社会文化契机。晚清以来的国学倡导,文言所处的官方地位,政府鼓吹的保存国粹,使民初小说界普遍认为复古式"进化"是"循自然之趋势"①。清末民初林译小说的风行则进一步强化了小说界的这一认识,在厉行复古的时代语境中文言空前强势地进入了小说创作领域。不仅一直用文言写作的笔记体、传奇体小说大受欢迎,还出现了盛行一时的文言章回体小说②。用文言写小说在民初成为一种时尚,许指严曾以自己的创作经历为例对此加以说明,他说:"不才弄翰三十余年,为制艺、经说、史考、诗古文辞十之四,为小说、笔记十之六。而小说中又为短篇文言者十之八,长篇章回白话者十之二……顾环视社会中识字者且不多,何论文言,且呕心沥血,其如人之不解何?彼《三国演义》《水浒传》《七侠五义》之类,久已衣被社会,则以白话之效力,比较上不止倍蓰也。乃亦试为章回白话体,而每一稿出,则为前辈所诃,又不敢自申其说,说亦恐无效……其欲以白话小说启迪社会而为文学界树一新帜之厦,竟成虚语矣。待客秋得读北京大学之《新青年》刊著物,中载诸名流之绪论,始服其肝胆过人,而益怅触不才之前尘往事,其犹豫狐疑之状态,可笑亦复可怜也。"③ 从中可见民初小说界对小说雅化的普遍追求令文言短篇(包括笔记体、传奇体小说)地位空前高涨,而白话章回体相对受到冷落,甚至"每一稿出,则为前辈所诃"。正是在这一复古思潮相激荡、文言小说大流行的时代语境中,历史悠久且有保存国故朝章之用的文言笔记体小说繁荣起来。

二、乱世伤怀

辛亥革命成功地推翻了清帝国,建立了共和体制的民国,这让"大多数革命党人一时都沉浸在胜利的狂欢中,以为中国已跨入一

---

① 树钰:《本社函件最录》,《小说月报》1916年第7卷第1号。
② 详见本书第五章。
③ 许指严:《说林扬觯》,《小说新报》1919年第5卷第4期。

第七章　民初沿传统轨辙书写的笔记体小说

个新的时期，建设新中国的理想即将次第实现"①，当时的国人普遍感到了万象更新的希望。可是民国总统袁世凯的独裁统治很快就使民国社会退步且全面陷入混乱，这一急遽变化让献身、拥护革命的仁人志士痛感"无量金钱无量血，可怜购得假共和。早知今日如斯苦，反悔当年种恶因"②。这种理想政治与现实政治之间的巨大反差随着袁世凯称帝而达至极点，乱世伤怀也便成为一种普遍存在的时代语境。袁世凯死后接着是十二年的军阀统治时期，"北京的中央政府始终动荡不定，变动无常；前后共有 7 人任国家总统或临时执政……还有一次满族皇帝短命 12 日的复辟……在此时期内，人物，机关，以及法律上和政治上的变化，更是数不胜数，令人眼花缭乱"③。这样的乱世处境，令正在走向现代的传统文人发出万般感慨。钱基博说当时"民不见德，唯乱是闻"④；徐枕亚深感"踢天踏地一身多"⑤；孙璞有句云"痛哭对苍天，萧疏还自怜"⑥。不少文人无奈地重回旧日文场，甚至自认为"我辈生当今日，除饮酒外不复有事业，除作稗官书外不复有文章"⑦。乱世伤怀的民初文人有的将感伤直接写进小说以宣泄苦闷的情绪，如以刊载文言章回体、传奇体"哀情小说"为特色的《民权素》，其《序言》云："抚兹一编，不禁伤心夫舆论之摧残殆尽，感喟夫民党之流连颠沛，深虑夫共和国之危急将坠。亡国哀者，万愁交集，如箕子过殷墟而

---

① 金冲及：《辛亥革命研究》，上海：上海辞书出版社 2011 年版，第 167 页。
② 蔡济民：《书愤》，《民立报》1912 年 9 月 13 日。
③ [美] 费正清编：《剑桥中华民国史（1912—1949 年）》上卷，杨品泉等译，北京：中国社会科学出版社 1994 年版，第 300 页。
④ 钱基博：《现代中国文学史（四版）》增订识语，《现代中国文学史》，长沙：岳麓书社 1986 年版，第 510 页。
⑤ 枕亚：《鹧鸪天》，《民权素》1915 年第 5 期。
⑥ 孙璞：《除夕》，柳亚子编：《南社丛刻》第 16 集，扬州：江苏广陵古籍刻印社 1996 年版。
⑦ 胡韫玉：《与柳亚子书》，柳亚子编：《南社丛刻》第 12 集，北京：社会科学文献出版社 1994 年版。

作麦秀之歌，令人潸然零涕也。夫各国革命，大抵流血，然往往获政治上改革之益，而吾国独不然。昙花一现，幻影泡成，徒留兹《民权素》一编以供世之伤心人凭吊。"① 有的则试图借小说书写来消遣这难熬的岁月，《〈小说旬报〉宣言》可作注脚："时当大陆风云，千变万化，神州妖雾，惨淡弥漫。本同人哀国土之沦丧，痛人心之坠落，恨无缚鸡之力，挽救狂澜，愧无诸葛之才，振兹危局。整顿乾坤，且让贤者，品评花月，遮莫我侪，清谈误国，甘尸其咎。结缘秃友，编集稗乘，步武苏公，妄谈鬼籍。聊遣斋房寂寞，免教岁月蹉跎。"② 其中"编集稗乘"显然主要指编著笔记体小说。笔记体小说自古就有供消遣之功能，唐宋论者称其"助谈笑"③、"供谈笑"④，从苏轼谈鬼的"姑妄言之"⑤ 到纪昀创作《阅微草堂笔记》来"消遣岁月"⑥ 则进一步强化凸显了这一功能。不少民初文人在极度苦闷和百无聊赖中热衷于创作笔记体小说正缘于它可以供消遣，而且它既可以自娱又可以娱人，这也正吻合民初小说界主倡"兴味"的宗旨，故出现前所未有的繁荣局面。

三、历史写真

中华民国的建立标志着清朝的灭亡，也标志着持续数千年之帝制的终结。民初强大的复古思潮和乱世境况共同推助当时的各路文人或追寻前朝旧梦、或保存革命陈迹。长期被视为"史余""野史"和"杂史"的笔记体小说自然成为民初文人溯流而上的一叶轻舟。前清的王公重臣或翰林词客（包括与他们亲近的人）作为遗老遗少，一方面亲历亲闻过不少历史大事、朝野秘辛，一方面又怀有为

---

① 沈东讷：《序言》，《民权素》1914 年第 1 集。
② 羽白：《〈小说旬报〉宣言》，《小说旬报》1914 年第 1 期。
③ （唐）李肇：《唐国史补》，上海：上海古籍出版社 1979 年版，卷首。
④ （宋）曾慥：《类说》，北京：北京图书馆出版社 1988 年版，第 6 页。
⑤ 语出《东坡事类》。
⑥ 语出《〈姑妄听之〉自序》。

第七章　民初沿传统轨辙书写的笔记体小说

清朝存史的强烈动机,所谓"有清纪元,逮于逊政,顺、康——光、宣,历垂三百。其政治之嬗变,朝野之得失,虽钟簴既移,简册犹秘,今已无讳,可得言焉……驯至今日,虽有以术柔民之感痛,而吾人此二百八十余年之遭际,系诸历史,不可忘也"①,但他们多已丧失撰著正史的资格,这样的身份处境使他们倍加热衷于讲求随笔实录的笔记体著述,因而成为推动历史琐闻及人物轶事类笔记体小说繁荣的重要力量。其他刚刚从传统中走来的文人、学者对历史琐闻及人物轶事类笔记体小说也有一种天然的亲近感,对他们而言,凡历年之耳闻目睹亦不妨一一载录于笔下。正如林纾在《〈践卓翁短篇小说〉自序》中所期待的"盖小说一道,虽别于史传,然间有纪实之作,转可备史家之采摭"②;又如朱涤秋序《东华琐录》所断定的"无论贤不肖臧否,悉搜罗其中,琐录云者,亦野史之一耳"③。另外,还有那些因袁氏独裁、军阀残暴而深感民国之"国命不辰,迭遭颠沛"的革命"伤心人",意欲于乱世中为民国存一段真实历史而积极撰写历史琐闻及人物轶事类笔记体小说,希望将来能"辑入正史,而传诸万禩"④。可见,民初小说界出于多样动机为历史写真之时代语境有力地推助着笔记体小说创作走向繁荣。

四、市场行销

民初上海富含"现代性"的经济资本、文化资本生成了一个以报刊出版业为中心的"文学场",而经济资本成为该"文学场"运

---

① 诸宗元:《清稗类钞序》,徐珂:《清稗类钞(第一册)》,北京:中华书局1984年版,第5页。
② 林纾:《践卓翁短篇小说(第一集)》,北京:都门印书局1913年版,第1页。
③ 何刚德:《话梦集　春明梦录　东华琐录》,北京:北京古籍出版社1995年版,第152页。
④ 见于许指严《新华秘记》自序和吴绮缘序,《新华秘记(前编)》,上海:清华书局1918年版,第5—7页。

作的核心权力。在古代作为文人知识生活本然呈现的笔记类作品在这样的"文学场"中要行世传播，自然也毫不例外地受制于文化市场运行的规律。更何况当时创作笔记体小说的一大部分作者正是在江头卖文的职业小说家。因为要接受市场的检验，他们选择的小说文体当然应该是畅销好卖的。笔记体小说正是这样一种文体。在复古思潮的影响下，民初小说观念正在经历古今中西的激烈碰撞，混乱的时局则导致民初国人思想愈发多样化。题材丰富，内容广驳，可以供消遣、广见闻、存史料、寓劝惩，又具有传统气息的笔记体小说恰能满足当时不少读者的阅读需要。民初的小说读者除了专读白话小说的部分市民和醉心欧化的部分青年学生外，大部分都是喜爱阅读笔记体小说的。随便翻开当时的报刊就能得到这一明确的答案。例如，当时影响力巨大的《小说月报》《小说大观》《礼拜六》等杂志都登载了大量的笔记体小说；有时因供不应求，小说杂志还刊载古人的笔记小说以飨读者，如《小说丛报》就曾连载清初钱谦益的《养疴客谈》，并称誉它"皆极有趣味之作，洵艺林珍品也"①。由于大受市场欢迎，古人的笔记小说在民初也被不断地整理出版出来。例如，在讨论"笔记小说"时常常被提到的《笔记小说大观》就是民初汇辑前人笔记而成的著名大型丛书，共35卷220种，持续十余年、分多辑发行。我们从当时的一则广告便可略窥其受欢迎的程度，其文云：

> 全八十册，价洋八元。本局《笔记小说大观》第一、二辑出版以来，辱蒙各界欢迎，争先购阅。第三辑选辑尤精，均为艺林罕见之本，不日出版。兹将内容列下，爱读诸君想当以先睹为快也……②

---

① 徐枕亚语，见《小说丛报》1915 年第 11 期。
② 《新刊绍介：笔记小说大观（第三辑）》，《小说大观》1915 年第 4 集。

第七章　民初沿传统轨辙书写的笔记体小说

由于文化市场欢迎笔记体小说，那些本与市场关系不大的遗老遗少的笔记类作品也得以公开出版发行。不仅民初各大书局将这些作品结集单行、编入丛书发行，各种报刊也纷纷给予刊载。例如，柴小梵的《红冰馆笔记》就曾在包天笑主编的《小说时报》上刊登过；沈宗畸的《东华琐录》的"若干则"也曾由朱涤秋转给毕倚虹主编的上海报刊发表，沈氏欲以此襄助老友毕倚虹振起上海文艺颓风，而倚虹也对这些笔记作品"深加赞评"[1]。可见，民初"文学场"的市场化语境也是笔记体小说一度繁荣的重要因素。

在上述四重时代语境交织的民初"文学场"中，笔记体小说创造了最后的辉煌，其创作繁荣主要表现为如下几个方面：

第一，作者人数众多，且来自社会的各个领域。在中国古代小说诸体中，笔记体是唯一能入正史"艺文志""经籍志"和入选《四库全书》的一种，这实际上形成一个在经国文章之外的雅小说书写传统。缘于这一传统，加之清末"小说界革命"后小说地位的空前提高，民初文人著述笔记体小说倍加热情。据初步统计，民初笔记体小说的作者多达两百人以上。这些作者有前清官吏，如朝廷重臣陈夔龙，翰林学士胡思敬，苏州府知府何刚德等；有宿儒学者，如精于音韵训诂考据之学的刘体智，精于文献档案学的金梁，精于版本目录学的李详等；有革命志士，如在"二次革命"中被杀害的宁调元，因反对袁世凯称帝被暗杀的黄远庸，曾任孙中山大元帅府顾问的刘成禺等；有小说名家，如林纾、李涵秋、许指严、孙玉声、叶小凤、吴绮缘、胡寄尘，等等。可以说，相较于其他小说文体的作者，笔记体小说作者的身份是最多样，也是最复杂的。

第二，作品数量庞大，行世传播方式新旧兼行。据初步统计，

---

[1] 朱涤秋：《朱序》，沈宗畸：《话梦集　春明梦录　东华琐录》，北京：北京古籍出版社1995年版，第152页。

民初著述的笔记小说集有120余部①，发表于报刊的笔记体小说有550余篇（部），被收入各类文集、小说选集的作品亦为数不少。这些作品行世传播的方式新旧兼用，有的按传统方式汇辑成书，以稿本、刻本和排印本等文本形态传播，较有代表性的如张祖翼的《清代野记》、徐珂的《清稗类钞》、许指严的《新华秘记》（前后编）、陈夔龙的《梦蕉亭杂记》等；有的在报刊上登载，如钱基博的《〈技击余闻〉补》初刊于《小说月报》，汪辟疆的《小奢摩馆脞录》初刊于《小说海》，袁克文的《辛丙秘苑》初刊于《晶报》；有的先后或同时通过报刊发表和结集单行，如沈宗畸的《东华琐录》、李涵秋的《涵秋笔记》、王伯恭的《蜷庐随笔》、姚民哀的《民哀说集》等；有的收入各类文章杂集，如徐枕亚的《枕亚浪墨续集》、周瘦鹃的《紫兰花片》等。特别要指出的是报载方式有其他传播方式无法比拟的优势，报刊是民初读者获取信息和消遣娱乐的主渠道，笔记体小说一经其刊发，传播速度之快、效果之佳真是前所未有。笔记体一事一记，篇幅短小的形式符合报刊的版式要求，可连载可补白；其五花八门的内容，随便谈谈的态度也符合民初主流报刊追求"兴味"的办刊宗旨。正因如此，民初报刊设置了很多专栏来发表笔记类作品，或曰"笔记""札记"，或曰"杂俎""杂录""谭丛"，名目繁多，成为笔记体小说繁荣的重要园地。

第三，题材内容丰富多样，几乎无所不谈。钏影（包天笑）在《笔记小说》一文中曾说："前清的所谓笔记小说者，专谈鬼狐，最著名的要算蒲松龄的《聊斋志异》与纪昀的《阅微草堂笔记》了。"② 中国古代的笔记体小说确乎以记录鬼神怪异之事的所谓

---

① 据《民国时期总书目（1911—1949）文学理论·世界文学·中国文学》（北京图书馆出版社1992年版）《民国小说目录（1912—1920）》（上海古籍出版社2011年版），"民国图书数据库"等统计。

② 钏影：《笔记小说》，《小说月报》1941年第14期。

第七章 民初沿传统轨辙书写的笔记体小说

"志异""志怪""语怪""异闻""杂记"类为一大宗,另外一大宗为记录历史琐闻及人物轶事的"杂事""杂录""琐言""逸事"类。民国以后,由于科学逐渐昌明,专谈鬼狐的笔记体小说虽仍时有出现,但已不再盛行了。民初最为流行的是记录历史琐闻及人物轶事的作品,这正是上述为历史存真的时代语境和小说界主倡"兴味"的潮流使然。具体而言,民初小说家在笔记体小说中记录历史见闻、闲谈人物逸事、揭露社会黑幕、传播江湖奇闻、追记当代掌故、追踪新闻热点、畅叙海外趣闻、叙说风俗民情,等等,使笔记体小说的题材更加广泛驳杂了。

第四,多样功能满足了读者的多元阅读需求,成为文化市场畅销品。笔记体小说因其随笔杂录的写作旨趣故而可供消遣、广见闻、寓劝惩,这在一定程度上慰藉了民初读者的苦闷心灵、满足了他们多元的知识趣味,并帮助他们形成了当时一般认为"正确"的价值观。民初"兴味派"小说家在创作笔记体小说时总是不断申明并落实这些文体功能,如蔡东藩在《〈客中消遣录〉序》中说:"夫小说之作,劝善惩恶,所以补圣经贤传之未逮。读圣经贤传往往未终篇而即倦,读小说则虽一知半解之徒亦且醰醰乎有味也……阅者神游目想于卷帙间,探盈虚之理,达祸福之源。"① 周瘦鹃在《香艳丛话》卷一的"弁言"中则宣称著、阅笔记小说是"茶熟香温之候,乃于无可消遣中寻一消遣法"②。这些观念与民初小说界的"兴味化"追求正相吻合,他们创作的自娱娱人、寓教于乐的笔记体小说自然成为文化市场上的畅销品。另外,笔记体小说因其讲求实录的创作原则而有保存史料的文学功能,这对那些怀着各种动机力图为历史写真的作者而言是非常恰适的文体,而以史为鉴、探索

---

① 蔡东藩:《客中消遣录》,上海:会文堂新记书局1934年版,第1页。
② 周瘦鹃:《香艳丛话》,上海:中华图书馆1914年版,第1页。

秘史轶闻本是我国读者的一大爱好，因此，民初记录历史琐闻及人物轶事的笔记体小说亦层出不穷，繁盛一时。

第二节　书写双轨与多样功能

民初笔记体小说在体式风格上基本延续古代书写传统，这在古今文化文学巨变的易代之际显得特别异类，而其在已初具"现代性"的上海文化市场上大受欢迎则更让人费解。如何看待这一异类？如何解除对其畅销的困惑？大概必须同时从文本内外寻找答案。上文已从文本外部探讨了民初四重时代语境之于笔记体小说繁荣的关系，下面拟将目光聚焦于具体文本，来观其如何沿固有轨辙缓慢前行，又如何以多样功能来满足民初读者的阅读需要？

一、书写双轨：随意杂录与讲求实录

"在各体各类古典小说中，笔记小说最早出现，并贯串于中国古典小说发展的全过程，是最古老、最基本的形式，作品数量也最为庞大。其他各类小说，如文言小说中的传奇小说、白话小说中的章回小说和拟话本，都直接或间接地受其影响，有的还在其基础上产生、发展，并且又翻转来影响笔记小说。"[①] 如上文所述，民初时代语境为笔记体小说的繁荣准备了充分的条件，然而文学文体的古今裂变自晚清起已在追求"现代性"的快车道上加速，古代小说文体的形式、题材、风格和旨趣有多少能够被原汁原味地运输至现代小说，是处在转型期的民初小说家所思考所实践的。古人的笔记、笔谈、随笔、笔丛、笔余、杂录、杂记、杂志、漫录、谈丛、丛说等笔记类作品中的笔记体小说虽然内容驳杂、形制有异，但民初小说家很精确地确定了它的书写双轨——随意杂录与讲求实

---

① 苗壮：《笔记小说史》，杭州：浙江古籍出版社1998年版，第1页。

第七章　民初沿传统轨辙书写的笔记体小说

录——沿此双轨调适与"现代"、与文化市场的关系,并希图最大限度地运用这一最古老、最基本的小说体式来表现"新"的内容,使其成为众多"现代"小说中的一种。

六朝时期的文笔之辨奠定了笔记以散行文字随意杂录的撰述方式,并为历代笔记体作品所传承,刘叶秋先生曾在《历代笔记概述》中概括说:"一切用散文所写零星琐碎的随笔、杂录统名之为'笔记'。"[①] 这种随意杂录的撰述方式形成了古代笔记一般一事一记,且每篇(则、条)的篇幅比较短小,集腋成裘式地汇集为卷册的形式特点。笔记体小说是采用笔记之体创作的小说,自然采用"笔记"的撰述方式、具备"笔记"的形式特征。清末梁启超称之为"札记小说",曾举《聊斋志异》《阅微草堂笔记》为代表,并着意强调其随意杂录的特点。[②] 民初的笔记体小说也多遵从此例,从理论到作品全面继承。对于随笔杂录及由其生成之形式特点,民初笔记体小说的序跋中多有表述,例如,何刚德在《〈平斋家言〉序》中说"夜窗默坐,影事上心,偶得一鳞半爪,辄琐琐记之,留示家人。自丁巳迄去秋,裒然成帙"[③];王揖唐序《梵天庐丛录》曰"此书乃其平日搜讨所得,随时掇述者"[④];徐珂自序其《清稗类钞》云"辄笔之于册,以备遗忘,积久盈箧,乃参仿《宋稗类钞》之例,辑为是编"[⑤];陈瀛一在《〈睇向斋秘录〉弁言》中解密创作过程说"比来常叩长老先生与闻达之士、博雅之友,以故所得益多。性好弄翰,辄笔之于纸,日久积稿盈寸。长日无事,润色成

[①] 刘叶秋:《历代笔记概述》,北京:北京出版社2003年版,第1页。
[②] 《新小说》报社:《中国唯一之文学报〈新小说〉》,《新民丛报》1902年第14号。
[③] 何刚德:《春明梦录》,北京:北京古籍出版社1995年版,第57页。
[④] 王揖唐:《王序》,柴小梵:《梵天庐丛录》,太原:山西古籍出版社1999年版,第7页。
[⑤] 徐珂:《清稗类钞(第一册)》,北京:中华书局1984年版,第485页。

篇"①。从"偶得""随时""辄笔"一类字眼清晰可辨民初笔记体小说作者的撰述方式一如传统的随意杂录，从"一鳞半爪""琐琐记之"到"衰然成帙""积久盈箧""积稿盈寸"等表述足见其由断缣零璧之短章而积成包罗万有之巨编的汇集方式。对于笔记体小说一事一记的特点，管达如在《说小说》中说得明确，所谓"此体之特质，在于据事直书，各事自为起讫"②；对于包罗万有之特征当时也认识一致，蔡东藩称其《客中消遣录》"立说无方，不拘一格。举所谓社会、时事、历史、人情、侦探、寓言、哀感顽艳诸说体备见一斑"③；胡文璐称誉《梵天庐丛录》"上而朝廷之掌故，下而里巷之隐微，纵而经史之异同，横而华夷之利病，无不能说，说之无不能详"④。对于全面继承古代笔记小说的体式特征，民初文人常常表而彰之，如，冯煦在《〈梦蕉亭杂记〉序》中说"其体与欧阳公《归田录》，苏颖滨《龙川略志》、邵伯温《闻见前录》为近"⑤；王揖唐《〈梵天庐丛录〉序》云"衡其体例，盖与潘永因之《宋稗类钞》、郎瑛之《七修类略》等书相近"⑥；易宗夔在《〈新世说〉自序》中直承"仿临川王《世说新语》体例"⑦；吴绮缘认为许指严的《新华秘记》"体仿《秘辛》《说苑》"⑧，等等。研阅民初各家笔记小说集，便知以上序说乃是据实而论。这些小说大多摇笔成

---

① 陈瀣一：《睇向斋秘录》，上海：文明书局1922年版，第1页。
② 管达如：《说小说》，《小说月报》1912年第3卷第7期。管达如的论述也涉及了笔记体小说文体的第三个特征。
③ 蔡东藩：《客中消遣录》，上海：会文堂新记书局1934年版，第2页。
④ 胡文璐：《胡序》，柴小梵：《梵天庐丛录》，太原：山西古籍出版社1999年版，第8页。
⑤ 冯煦：《梦蕉亭杂记·序》，陈夔龙：《梦蕉亭杂记》，太原：山西古籍出版社1996年版，第1页。
⑥ 王揖唐：《王序》，柴小梵：《梵天庐丛录》，太原：山西古籍出版社1999年版，第7页。
⑦ 易宗夔：《新世说》，上海：上海古籍书店1982年版，第1页。
⑧ 吴绮缘：《吴序》，许指严：《新华秘记》（前编），上海：清华书局1918年版，第6页。

文,每条(则、篇)往往不设题目,一事一记。整体而言,民初笔记体小说所记之事往往相对独立,单记一事而成篇者自不必说,就是那些合集众事而成编者,事与事之间往往既无意义上的关联,也无结构上的联系。因此,从单条(则、篇)来看,其篇幅短小,从数十字到数百、数千字不等,合观则又卷帙浩繁。相较而言,民初发表在报刊上的笔记体小说体式稍有变异,减少了对以书为载体的"笔记(集)"之依赖,单篇作品为数甚夥,一般设有篇名。

在古代,笔记类作品长期被视为野史杂史,其中的小说更被视为"杂史之流"。唐代刘𬣙在《〈隋唐嘉话〉序》中说:"余自龆龀之年,便多闻往说;不足备之大典,故系之小说之末。"① 清末天僇生在《中国历代小说史论》中也曾说"记事体者,为史家之支流"②,其论所指大概包括今日所谓笔记体和传奇体。在长期的演变过程中,笔记体小说的实录原则始终保持不变,这规定了它追求史著般的品格:不重修饰,崇尚简约,这也使其与有意幻设、追求辞采的传奇体区别开来。纪昀所谓"小说既述见闻,即属叙事,不比戏场关目,随意装点"③,强调的就是笔记体小说的实录原则和朴质风格。"在纪昀看来,所谓笔记体小说之'叙事'即为'不作点染的记录见闻'"④。民初的笔记体小说与此一脉相承,理论与实践皆沿实录旧轨而行。管达如曾用准现代的小说观念重新阐释说:"此体之所长,在其文字甚自由,不必构思组织,蒐集多数之材料,意有所得,纵笔疾书,即可成篇。"⑤ 这就重申了笔记体小说应"据见闻实录",指出其优点是叙事自由,没有固定的结构,

---

① 侯忠义:《中国文言小说参考资料》,北京:北京大学出版社1985年版,第13页。
② 天僇生:《中国历代小说史论》,《月月小说》1907年第1卷第11期。
③ (清)纪昀:《阅微草堂笔记》卷十八,南京:江苏古籍出版社1998年版,第372页。
④ 谭帆:《叙事语义源流考——兼论中国古代小说的叙事传统》,《文学遗产》2018年第3期。
⑤ 管达如:《说小说》,《小说月报》1912年第3卷第7期。

甚至无需细致的环境、人物、情节描写，只需收集材料，兴之所至，摇笔书写即可。民初笔记体小说的作者对实录原则亦普遍重视，并时而重申古人"杂史之流"的观念。例如，蔡东藩于《〈客中消遣录〉序》中声明"于目所睹者择而辑之，于耳所闻者又酌而记之"①，无非想告诉读者书中所记无一不是来自耳闻目见的实录；孙家振在其《〈退醒庐笔记〉自序》中也谈到同样的意思，他说"吾犹将萃吾之才之学之识仿史家传记体裁将平生所闻见著笔记若干万字"②；蒋箸超称誉许指严"久客春明，搜罗以富"基础上撰著的《新华秘记》"事事得诸实在，不涉荒诞"③，而吴绮缘认为它"虽属野史，而即以当洪宪一代之信史观亦无不可也"④。易宗夔在《新世说》的例言与自序中重点谈了实录原则及由其生成的文体风格和驳杂内容，他声明"纪载之事，虽不能一一标明其来历，要皆具有本末之言，其言之繁冗而芜杂者，悉剪裁而修饰之，以归于简雅"⑤，所记为前清"政俗之嬗变，朝野之得失，轶事遗闻，更仆难数……迨鼎革以后，当代执政，革命伟人……"，著述的目的是希图成"野史一家之言"、能像《世说新语》那样传世⑥。这种"一代微言存野史"⑦的创作诉求普遍存在于民初记录历史琐闻及人物轶事的笔记体小说之中，当时作者都企望能为历史留下一鳞半爪的"真迹"。阅读民初笔记体小说作品，无论是以笔记集行世，还是单篇登载于报端，大多遵循着实录的创作原则、追求朴质自

---

① 蔡东藩：《客中消遣录》，上海：会文堂新记书局1934年版，第2页。
② 颍川秋水：《退醒庐笔记》，民国十四年石印线装本，第2页。
③ 蒋箸超：《蒋序》，许指严：《新华秘记（前编）》，上海：清华书局1918年版，第1页。
④ 吴绮缘：《吴序》，许指严：《新华秘记（前编）》，上海：清华书局1918年版，第6页。
⑤ 易宗夔：《〈新世说〉例言》，《新世说》，北京：北京印刷局1918年版，第2页。
⑥ 易宗夔：《〈新世说〉自序》，《新世说》，北京：北京印刷局1918年版，第2页。
⑦ 王大觉：《〈箫引楼稗钞〉题词》，叶小凤：《箫引楼稗钞》，上海：文明书局1919年版，第1页。

然、简洁雅致、含蓄有味的风格。也有一些作品由于受到《聊斋志异》和现代小说观念的影响，开始喜装点、重修辞，呈现出与传奇体合流的趋向。

综上可见，民初笔记体小说非常自觉地沿着随笔杂录与讲求实录的固有轨辙前行，在走向现代"文学场"的过程中，它的变化比起其他传统文体小说明显要小得多。在复古思潮、历史写真的时代语境中，民初小说界以古代笔记体小说经典为范本进行创作成为一时风气。例如，易宗夔仿《世说新语》而作《新世说》，陈灝一效《语林》而作《新语林》，徐珂参《宋稗类钞》而作《清稗类钞》，等等。上文提到的所谓体近某某书者亦属此类，数量更多。当时还出现了为新旧经典笔记作品续书的现象，如金楚青著有《板桥杂志补》[1]、姜泣群辑有《虞初广志》[2]。林纾的《技击余闻》在清末走红后，陆续出现了钱基博的《技击余闻补》、雪岑的《技击余闻补》、江山渊的《续技击余闻》和朱鸿寿的《技击余闻补》[3] 等续作。上述现象证明了民初文人不遗余力地延续了古代笔记体小说世代承递、不断续作仿写的传统。乱世伤怀的民初文人重回旧日文场后多以报人身份从事新兴的文化产业，他们是正在走向现代的传统文人。这一文化身份决定其在传世与觉世之外走出了立足传统的娱世之路，他们主张小说"无论文言俗语，一以兴味为主"[4]。传统的随兴的知识性的人文化的、能充分代表文人群体趣味的笔记体正是他们进行多元书写的重要文体，包括"遗老遗少"撰述的笔记体小说在内的这类作品在他们眼中都是能为其主持的报刊、书局谋利

---

[1] 金楚青：《板桥杂志补》，《小说月报》1917 年第 8 卷第 1—12 号。
[2] 姜泣群辑：《虞初广志》，上海：光华编译社 1914 年版。
[3] 钱作刊于《小说月报》1914 年第 5 卷第 1—12 号；雪作刊于《娱闲录》1915 年第 2—23 期；江作刊于《小说月报》1916 年第 7 卷第 11—12 期；朱作刊于《小说新报》1916 年第 2 卷第 1—12 期。
[4] 《〈小说大观〉例言》，《小说大观》1915 年第 1 集。

的文化商品。众所周知,变革大多是因为不能适应当下的需要而发生。民初读者身在复古的社会思潮中,又大多具有或深或浅的旧学根底,他们仍然喜欢阅读传统的笔记体小说,对该文体还未产生强烈的变革要求。基于读者市场的这一状况,以尊重读者兴味为编创基点的民初"兴味派"小说家自然选择沿固有书写轨辙缓慢前行。

二、多样功能:供消遣—存史料—广见闻—寓劝惩

民初笔记体小说既然仍沿随意杂录与讲求实录的固有书写轨辙前行,势必保持古代笔记小说内容广博、功能多样的文体特点。时代的变迁成为体制风格稳定的笔记体小说不断发展的源头活水,每一时代的书写者摇笔杂录其时代或其自身感兴趣的内容,而这些驳杂内容给作者和读者带来的多种功用使其长盛不衰。这种情况直至五四以后才随着以白话为中心语体的新"文学场"之形成而发生根本性变化。

我国古人对笔记小说的功用阐述颇多。唐代李肇在《〈唐国史补〉序》中说:其书旨在"纪事实,探物理,辨疑惑,示劝戒,采风俗,助谈笑"[1]。宋代曾慥的《〈类说〉序》则云:"可以资治体,助名教,供谈笑,广见闻。"[2] 明代胡应麟的《〈少室山房笔丛·九流〉绪论》指出:"其善者足以备经解之异同,存史官之讨核。"[3]《四库全书总目》言其有"寓劝戒、广见闻、资考证"之用[4]。明清时期也不乏突出强调其自娱消遣用途的论调。如,明人张志淳云"取杂说如《容斋随笔》者数十家以消日"[5];陆灼编纂《艾子后语》坦承"岁丙子,游戏金陵,客居无聊,因取其尤雅者,

---

[1] (唐)李肇:《唐国史补》,上海:上海古籍出版社1979年版,卷首。
[2] (宋)曾慥:《类说》,北京:北京图书馆出版社1988年版,第6页。
[3] (明)胡应麟:《少室山房笔丛》,上海:上海书店出版社2009年版,第283页。
[4] (清)永瑢等:《四库全书总目》,北京:中华书局1997年版,第1834页。
[5] (明)张志淳:《〈南园漫录〉自序》,《南园漫录校注》,昆明:云南民族出版社1999年版,第18页。

纂而成编，以附于坡翁之后，直用为戏耳，若谓其意有所寓者，则吾岂敢"①；华淑自序《闲情小品》说："长夏草庐，随兴抽检，得古人佳言韵事，复随意摘录，适意而止，聊以伴我闲日，命曰《闲情》。"② 清人纪昀著《阅微草堂笔记》尤喜其可供消遣，他说"今老矣，无复当年之意兴，惟时拈纸墨，追录旧闻，姑以消遣岁月而已"③；雪坡撰《旅居笔记》声明纯是自娱，其题识曰"今老矣，文笔愈荒。旅居鲜事，时撰小说以自娱，追录旧闻，中无寄托"④；袁祖志在《〈匏园掌录〉序》中提出其有"驱睡魔"的功能，他说："《匏园掌录》两卷，名言卓论，隽语微词，足以增阅历，足以启愚蒙，足以驱睡魔，足以悟妙境，非读破万卷深造有得者，不能道只字。"⑤ 概言之，古人认为笔记小说具有供消遣、广见闻、存史料和寓劝惩的多样功能，明清以降的文人尤重其消遣娱情的作用。

民初文人基本沿袭了古人对笔记小说功能的上述看法并将其落实在创作上。不过，基于民初特殊的时代语境，民初小说界"兴味化"主潮中涌现出的笔记体小说作品更注重供消遣和存史料，而广见闻与寓劝惩自然附着其上。纵观我国笔记体小说发展的历史，这也算得上是一种比较明显的变化。下面，我们就依据主要功能将民初笔记体小说作品大致分为两种来进行讨论，一种以兴味消遣为主，一种以补史存真为主，两中作品皆或多或少能够增广见闻、寄寓劝惩。

（一）以兴味消遣为主的笔记体小说

民初笔记体小说的作者在小说界"兴味化"主潮中特别重视发

---

① （明）陆灼：《〈艾子后语〉自序》，雪涛《谐史》本。
② （明）华淑：《闲情小品》，明刻本，国家图书馆藏。
③ （清）纪昀：《〈姑妄听之〉自序》，《阅微草堂笔记》，上海：上海古籍出版社1980年版，第359页。
④ （清）雪坡：《旅居笔记》，清刻本。
⑤ （清）杨夔生：《匏园掌录》，《丛书集成续编》，上海：上海书店出版社1994年版，第91册，第503页。

挥其娱情作用，创作了大量以兴味消遣为主的作品。

五四新文化运动中被视为"遗老"代表的林纾，著有笔记体小说《技击余闻》《铁笛亭琐记》《林琴南笔记》等。《技击余闻》1908年由上海商务印书馆出版行世后，引出不少仿作，已如前述。这部笔记以精武爱国相号召，所记皆作者耳闻目睹之侠士异行，其以简净实录文字记叙神奇高超武艺，让当时的读者感到震撼和畅意，故而流行一时。民元以后林纾所作笔记小说更重兴味，如其友臧荫松评《铁笛亭琐记》（又名《畏庐琐记》）云："今先生所记多趣语，又多征引故实，可资谈助者。"① 该书杂记朝野逸闻轶事，如写泉州海盗因酣睡而丧命，某茂才戏耍某僧之滑稽，巴黎食客之狡狯，左宗棠强食糯米丸之偏执，赵亮熙行事之狂愚可笑等。每则篇幅短小，笔墨超妙，足供消遣。请观一则：

> 余友周辛仲广文，在台湾时，以旌表节孝为事。台湾风俗靡，广文欲振刷女界，使之励节。门斗纪某，见而心艳之。一日，忽入长跽言曰："请官为小人妻请旌奖。"广文曰："若妻行孝乎？"曰："否。为夫守节耳。"广文曰："汝在，若妻安云守节？"门斗曰："及小人未死而请旌；小人死后，或不失节。"广文大笑，斥去之。

《林琴南笔记》②（又名《畏庐笔记》）所记多奇人异事，事涉中外，也以娱情畅意为旨趣。如写德国大英雄红髯大王，台湾巾帼草莽元帅娘，番禺故家女李云西，神行侠士李明甫，辛亥革命奇女子崔影及古宅灵异，青帮剧盗，等等。篇幅均较一般笔记长些，叙述婉转有致，初步呈现出近代文言小说笔记体与传奇体合流的趋势。

---

① 臧荫松：《〈铁笛亭琐记〉序》，林纾：《铁笛亭琐记》，北京：都门印书局1916年版，卷首。

② 林纾：《林琴南笔记》，中华图书馆1918年版。

第七章　民初沿传统轨辙书写的笔记体小说

姚鹓雏师宗畏庐，所作《记湖杭异人事》①《峨嵋老人》②《嵩山五僧》③等记江湖侠客异人，笔法遒劲，增人兴味，颇得林纾《技击余闻》真传。钱基博所作《技击余闻补》则与林纾的《技击余闻》齐名，所记多为实有人物，除列名于《清史稿》的窦荣光、甘凤池、白太官这些有名的侠士外，大多是活跃在作者家乡江南地区的武侠。作者在每则文末还要一一言明故事之所由来，足见其谨守着笔记的实录原则。同时，也可窥见作者以侠气技击来鼓舞民族士气之用心。所记共26篇，内容涉及行侠仗义、江湖比武、武德武训、内功外力、抵抗外侮、以及各种技击格斗之术。文笔朴实，叙述简洁有味，写人白描传神，令人读之不厌。虽为补作，但似乎青出于蓝而胜于蓝，无怪钱氏亦"私自谓佳者绝不让侯官出人头地也"④。二者前后辉映，成为现代武侠小说之前驱。我们举一例略窥一斑：

邹　姓

距无锡县五十里而南，有乡曰新安，邹姓者，佚其名字，乡之人也。乡故滨运河而居，当日河运未废，岁漕东南粟给京师，舳舻什伯衔接，无不出其地者，谓之南漕。漕卒凤多魁硕怙气力者，横甚。一日，有一卒挟妇人登岸游于市。市少年谐呼曰："好娇娇！"群噪而和之，卒惭怒，搏擒少年归，缚身柱，褫其衣，裸身而浇以冷水，骂曰："若欲好浇浇乎？吾兹偿汝志矣！"土语"浇、娇"二字音似也，故云。少年骤彻骨寒噤，号救不成声，众随环岸观者数百辈，群为不平，哗骂声若殷雷，若无敢撄救者；卒亦应骂，益以水沃少年顶，淋漓下

---

① 鹓雏：《记湖杭异人事》，《春声》1916年第1集。
② 鹓雏：《峨嵋老人》，《小说大观》1917年第12集。
③ 收入周瘦鹃编《武侠小说集》，上海：大东书局1926年版。
④ 钱基博：《技击余闻补·自序》，《小说月报》1914年第5卷第1号。

濡至踵，众相顾无谁何。邹姓适以事过之，排众入，睹状，心则大怒，一跃登其身，挥右肱仆卒堕水，而用左掌力擘少年缚柱绳，绳断，挟少年反跃上岸。傍卒汹汹取械逐邹夺少年。邹亟以付众，挥手使速退，曰："去，去，毋混我！"植立俟，一卒骤进，持械拄其胸，邹徒手无以御，佯为倾跌仆地者，诱之益进，突起一足蹴之颠，乃得夺其械与持。久之，虽众械环进如风雨，邹常有以格之，无能损一毫毛者。然邹用力久，少惰，而卒进者方益众，势不支矣。有游僧荷担自远方至，觇斗，目睹卒怙众暴寡，心不胜愤，乃舍担挥杖大呼入搏，与邹并力，亟以背就邹，邹亦以背应之，两人背相合，乃各持械当一面击敌，败走之。邹方欲驱敌，忽觉背无所附，回视僧不见，急舍敌觅僧，已荷担走，不知何往矣。自是邹以技击有闻于世，然世之隆技击者，每好角技相凌出人上，闻邹能，慕之，辄有以尝焉。一日，夜二鼓，寝方酣，忽室门戛戛有声，知有盗。起辟门出视，惧盗伺门外伏，暗中袭击之。左手披闩，横右肱作势外格。闩去，门骤辟。举肱一挥，忽大声崩腾发庭中，地震响如山坼裂然者。盖其先盗移石桓三拄其门，门重，闩不任，欲折，故戛戛作声。及门辟，邹横格以肱，石桓反掷数尺外，仆庭，故震响也。既睹庭中一盗距跃屋脊，邹腾身随上，盗再跃，已去已十丈许矣。邹视盗趫捷甚，勿敢逐也。返视，偃地径数寸石桓三，断为六矣，初不自意其腕力乃健绝若是。顾不以自喜，弥恂恂畏人勿敢校，知天下健者匪一也。市有大盗，白昼只身劫质肆，负重金遁，肆中武力士数十，操戈扬声逐之，无敢迫击盗。主计者素稔邹勇，亟飞使走告，请间道遮出盗前邀之。邹如言遮出盗前，侧身斜伸一足俟道旁，意态萧闲，若无意于止盗者。盗飞逃间，忽见一人道旁侧立有势，知匪善敌，立垂右手下抵地，疾转其掌向邹扬之，

> 有风着体若飙,邹不觉嗫颤,自知不敌,亟敛手纵使逸去。里人周君同愈言之。
>
> 潜夫曰:余闻之周君曰:"邹有子曰拱之,邑秀才也,今犹在,尝语人曰:'吾父其有以诏我矣,曰:技击,搏技也,能是不足以自卫,徒贾祸;其技弥能,见嫉于人弥众,人必争与我角,角之不丧躯,必人为我戕,是两人者必丧其一,匪仁术也。'"其言类有道者,故志之。①

此则笔记中的技击场面写得具体生动,对话各符人物身份,叙事节奏张弛有度,文气贯通,读之扣人心弦,很有吸引力。文末所发议论寓意劝惩,让读者在兴味娱情之余不禁产生深思。

胡寄尘的笔记小说集《黛痕剑影录》②亦以兴味消遣为创作旨趣。所收作品篇幅均短小,各自成篇,不相联贯。所记内容涉及广泛,既有名人轶事,如《我佛山人遗事》《蜕老遗事》;也有志怪传闻,如《杨叟》《冷光先生》《猿二则》《武彝僧》;还有写各类女子的《余小霞》《甄素琼》《大脚小姐》《盲女》《红姑娘》;另有写侠客异士的篇什。其语言平实,对话生动,叙述明白,如话家常,颇有六朝志人志怪小说之风。李定夷的《民国趣史》记录"官场琐细""试院现形""裙钗韵语"以及"社会杂谈"等,所写奇闻逸事,总是凸显一个"趣"字,正如倪承灿所说"一编供捧腹谐谭"③。孙玉声的《退醒庐笔记》所记既有近代文人轶事,又有近代上海的种种社会现象,而且尤其注意记录日常生活琐屑(如雪茄烟、灰烟叶之妙用、水蜜桃之佳、自制新酒令、食谱等)。有人认为该书是"具体了解清末民初士林风尚的第一手资料"④,这实际是从后人和学

---

① 钱基博:《技击余闻补·邹姓》,《小说月报》1914年第5卷第2号。
② 胡寄尘:《黛痕剑影录》,上海:广益书局1914年版。
③ 李定夷:《民国趣史》,上海:国华书局1915年版。
④ 《退醒庐笔记·出版说明》,上海:上海书店出版社1997年版,第1页。

术的角度去看，在当时以新兴市民为主体的广大读者眼中它大概更是一册"消遣岁月"的闲书。如写王韬的《天南遁叟轶事》仅以其每餐后必携剩下的外国馒头返家这一细节就生动地再现了王韬惧内的情况，同时这一极简笔墨还把这位最早踏入"夷场"的报人喜食西餐、好游北里且多弄狡狯的生活习惯、性格特征等叙述了出来。精炼的语言、丰富的意涵让人印象深刻。再如《某相士》通过记述自己对某相士"相术"的观察，揭破其施行江湖骗术的真相，提醒读者谨防上当，具有很好的社会意义。该篇娓娓道来，不露声色，颇得古代笔记小说行文之妙。又如《咒蛇》《笆斗仙》《樟柳人》《狐祟二》等篇"志怪"，似有聊斋先生相助，非常吸引读者。那些写上海滩上人与事的篇目则如话家常，如，《浆糊起家》写在上海商界能抓住商机的商人大发其财的故事，《吴趼人》写这位晚清大小说家生平几件逸事，让读者几欲亲见趼人其人。这些作品给日益繁忙的都市读者带来了轻松的趣味，同时让他们在消遣中增广见闻、得到教育。李涵秋《涵秋笔记（下册）》①中的《庸医杀人》《肉飞行》《尸媾》等篇写奇闻，让人可惊可怖；而《袁子才先生轶事》《陈邵平》《陈若木先生轶事》《温令》《李石泉德政》诸篇叙轶事，使人增广见闻。这些奇闻轶事能够满足民初读者的好奇心，使其获得消遣。向恺然的《变色谈》②共收录笔记体小说五则，皆以虎命名，题为《争虎》《闭虎》《驱虎》《狎虎》《死虎》。它抓住一般人"谈虎色变"的心理，记录江湖异士斗虎杀虎的奇闻，有的还杂以神异色彩。例如《狎虎》一则写三岁小儿视虎为狗而全然无畏的民间传闻：

> 阳明先生谪居龙场时，尝有诗曰："东邻老翁防虎患，虎

---

① 李涵秋：《涵秋笔记（下册）》，上海：国学书室1923年版。
② 恺然：《变色谈》，《民权素》1916年第16期。

夜入室衔其头。西邻小儿不识虎，持竿驱虎如驱牛。"岂《列子》所谓"得全于天"者耶？新宁一农家，曝纱十余竿，方食，天忽欲雨，家人尽出收纱，三岁小儿独留。比返，一虎立小儿旁，俯首食小儿所遗饭，家人不敢入，亦不敢声。虎忽仰首欲食小儿碗中饭，小儿以箸击其头有声，则仍俯其首。小儿食如故，家人骇极。有黠者，故击猪令叫，虎即奔去。问小儿，谓为狗也。

这样的笔记寥寥笔墨，却真能让读者为之色变，为之转换心情。

民初也有一些硕儒学人著述的笔记，其中很多作品旨在辨章学术、考辨名物，并非小说。不过，书中那些可视为小说者亦往往以兴味消遣为主。李详是清末民初著名的版本目录学家、骈文家。所著《药裹慵谈》是记述当代轶闻掌故之笔记。据其子李稚甫所言"凡学术风会之升沉，朝野俊逸之轶事，俱可于此得之"，而且"书中所述，语必有征，非出之臆造。其学术参考价值，时人拟之为薛庸庵之笔记云"①。此言非虚。全书六卷，共计205则。书中所记不少旨在考辨名物、钩稽史料，不是小说。书中收录的笔记体小说坚守传统实录原则，文笔虽比较平实，但多能在片段记事中闪现人物性格，以文学性愉悦读者。如卷一《谢先生轶事》写谢庭兰甘守清贫而不接受老同学魁若时将军照顾的一则轶事，读其文字，可见谢庭兰的书生傲骨。《孔东塘桃花扇》则以疏疏几笔写出孔尚任指导戏班演出名剧《桃花扇》的盛况。再如卷二《汪梅村先生》通过叙述三个故事来写晚清史地学家汪梅村有"季常癖"，小说中的悍妇形象可以说是跃然纸上，读罢让人忍俊不禁。卷三《俞曲园先生遗命》写晚清名士俞樾从容辞世的言行，足资谈屑。又如卷四《周宝

---

① 李稚甫：《药裹慵谈·出版说明》，李详：《药裹慵谈》，南京：江苏古籍出版社2000年版，第1页。

绪先生文武全才》一则所记奇人周济文能立言，武能安邦，见义勇为，颇有侠士之风，读之令人快意。卷五《沈乙庵述李若农善相》记载善相术的李文田相梁启超为扰乱天下的耗子精，又相杨士骧将来要做总督。寥寥数语，引人遐思。近代著名词人况周颐晚年也以著述笔记为消遣，上海广智书局 1912 年出版的《眉庐丛话》是其代表作。该书所记内容颇为广博，既有清代宫廷轶闻、朝野逸话、典章制度，又有诗文掌故、人物轶事，涉及晚清政坛、文坛人物尤多。如刚毅、翁同龢、曾国藩、李鸿章、张之洞、何绍基、李莲英、赛金花等。其中的笔记体小说善于叙事、文笔生动，富有文学价值。例如：《张船山之妒妇》以铁线白描勾勒，妒妇形象跃然纸上；《某知县鲁莽》《入御室吸烟》《李莲英藐视福相》等条以简洁笔墨写出了晚清宫廷、官场的特殊政治生态；《为俄兵辟地纳妓》《赛金花义保琉璃厂》《李鸿章遭日相侮辱》等条则将晚清在军事、外交上的惨痛失败化为文学性的谈屑，让人增广见闻的同时生发爱国之情。文史学者汪辟疆所著《小奢摩馆脞录》，为传统笔记集，初刊于《小说海》1915 年第 1 卷第 1—12 期，共 26 则。所记内容既有考辩学术，又有名胜风俗，还有野史轶事。其中人物轶事多为风趣可读的笔记体小说，如《赵㧑叔受骗》讽刺学者的考证癖颇为辛辣；《王湘绮为绝代佳人》讽刺王闿运泥古不化也风趣可赏；《陈宏谋轶事》写清代廉吏陈宏谋题无字春联的趣事。这些笔记文笔雅洁，风格诙谐。抄录《宋板四库全书》一则以观一斑，其文云：

> 前清显官，如翁叔平、张孝达、端午桥辈，颇好古学，喜收藏，一时都中古籍、金石、碑刻搜罗殆尽。外省属吏欲藉内僚为援引，往往以金石书翰代土仪，颇投时好。闻某太守至京师，携《钦定四库全书提要》一部送某相国，外自署"宋板四库全书"六字付琉璃厂装潢。及呈时，某相国笑曰："《提要》

为本朝著作,君从何得此宋板也?此乃无价瑰宝,实不敢收。"某大惭而出,一时传为笑谭。①

这则笔记体小说讽刺不学无术之某太守向某相国行贿"宋板四库全书"而自招其辱,读之,真让人忍俊不禁。

如上所见,撰述笔记体小说突出强调消遣功能成了民初小说界的一种风气,这既缘于当时追求小说"兴味化"的说坛潮流,又缘于将"小说"独立为"文学之一种"的现代诉求。民初笔记体小说的作者普遍以奇闻趣事来满足读者的消遣需要,并注意增强其作品的文学审美性。周瘦鹃在《〈香艳丛话〉弁言》中称著、阅笔记小说是"茶熟香温之候,乃于无可消遣中寻一消遣法"②,考察书中作品记述的多是充满情趣的香艳故事,在艺术上则于雅洁中蕴着美感。试观第二卷第一则:

> 裘丽亚者,法兰西芳名籍甚之美人也。富于爱情。尔时瑞典王迦达锐司称雄于日耳曼。雄才大略,蜚声全欧。裘丽亚企慕之,颇有买丝绣平原之概。特悬此骁勇英主之小影于香闺中玉镜台前。朝夕相对,用表其钦佩之诚。未几,遂为瑞典王所闻。王固亦一多情之英雄也,心殊恋恋于裘丽亚,弗能自已。时欲一睹芳姿,以慰相思,愿好事多磨。不久,便撒手人天。裘丽亚闻之,芳心如割。每对此影里情郎,偷弹红泪。久之,哀思乃少杀。时有孟德耶亚公爵者即乘隙而入,专心致志,沽裘丽亚欢心。会新岁,特制华笺十幅,图以爱神之像并手录所作艳诗于其上。举以赠诸裘丽亚。裘丽亚得笺大欢忭,对于孟德耶亚公爵颇垂青眼。乃红丝未缔,芳魂旋化,埋香有冢,续命无汤。公爵悲痛至不欲生。然而残脂剩粉之价值益珍重矣。

---

① 汪国垣:《小奢摩馆脞录·宋板四库全书》,《小说海》1915年第1卷第2期。
② 周瘦鹃:《香艳丛话》,上海:中华图书馆1914年版,第1页。

> 一千七百八十四年，维利爱公爵之图书室拍卖，忽捡得孟德耶亚赠裴丽亚诗笺之一《咏堇花》一首，惜上下已缺，仅剩数句云："灿烂其色，尔恋爱之花兮。吾其乞恋爱之土而护尔，滴恋爱之水而灌尔。花愁月病，独赖尔以增光兮。倩君鬓云堆里以发幽馨。"尔时拍卖之价值仅三百元。后陈列于博物院，索价至五千八百余元。及大革命时，国中鼎沸，此诗笺忽发现于英伦一古董肆中。一日，来一少年，赠主人五千金，强索去。嗟夫，美人一颦一笑足以倾国倾城，而身后遗物仅值五千金，亦云廉矣。①

这则笔记体小说贯彻了作者认为"小说为美文之一"② 的现代文学观念，其随笔摘录、连缀成篇采用的则是传统笔记成法，整体可谓"情文兼茂"，是周氏所希望的"有实事而含小说的意味者"③。这便坚守了笔记体小说讲求实录的创作原则，而有别于以幻设为能的传奇体小说，但其讲述情感故事的效果、对纯情至情的歌咏则与其所作传奇体爱情小说有异曲同工之妙。"有人喻之为：如'十七妙年华之女郎，偶于绮罗屏障间，吐露一二情致语，令人销魂无已。'"④ 从这则小说中我们还可以清楚地看到，其笔触已伸向了现代和域外，拓展了笔记体小说涉及的领域。《香艳丛话》作为笔记集，其体式古色古香，一则一则随意地排着，仿佛是积多成编，其意趣也显得很传统，但实际已被现代印刷文化与现代文学观念共同改造过了。它在当时受到不少读者喜欢，开辟了笔记体小说现代转型的一条路径。周瘦鹃在五四以后还一直坚持走这条路，他编辑

---

① 周瘦鹃：《香艳丛话》第二卷，上海：中华图书馆1914年版，第1—2页。
② 鹃：《自由谈之自由谈》，《申报》1921年2月13日。
③ 周瘦鹃：《说觚》，周瘦鹃、骆无涯：《小说丛谈》，上海：大东书局1926年版，第73页。
④ 郑逸梅：《民国笔记概观》，上海：上海书店1991年版，第101页。

第七章　民初沿传统轨辙书写的笔记体小说

的《紫兰花片》《半月》《紫罗兰》等杂志上还刊有这类作品，而且还拥有一定数量的读者，这个现象值得我们作进一步的思考。

徐枕亚、许指严、李定夷、朱鸳雏、姚民哀等小说家也意图增强笔记体小说的文学性，在突出强调消遣功能的同时揉进了传奇体因素。

徐枕亚的《枕亚浪墨续集》是一部文章杂集，分"说部""绮谈""笔记""杂纂"四卷，其中笔记体小说多收在第三卷"笔记"中。这些小说所记皆道听途说，内容比较驳杂，偏于搜奇述异，属于游戏消遣笔墨。陈惜誓《序》称"枕亚愿以消遣自托"，以东涂西抹为消遣法，其撰述《浪墨》即为一种"消遣"。[①] 整体观之，这些作品文笔流畅，叙事生动，讲究塑造人物，富有小说意味，体现出一定的传奇化倾向。如《钱甦》《记王节妇钱锡之狱事》《柳夫人金圣叹传》诸篇记述历史上的实有人物，所记事核，所叙婉转，以歌咏正气和正义为旨归。而搜奇述异的作品如《吴越两异人》《陈叶二道士事》《蛇丐》《无常鬼两则》《沈浩》等叙述恍惚迷离，辞藻趋于华美。

许指严以创作"掌故小说"闻名，范烟桥称"历史小说允推指严"[②]，他自己曾坦承以聆听"野老放言"、编撰"掌故野史"为乐[③]。一般论者多重视其掌故作品的史料价值，但他的这类作品虽多来自耳目闻见，有一定的史料价值，但明显进行了文学加工，所谓"采撷已征夫传信，演述奚病其穷形"[④]，他希望在实录传信的基础上能演述得穷形尽相。因此，他的笔记体小说揉入了传奇笔法，明显增强了兴味娱情功能。《南巡秘记》是其掌故笔记的定型

[①] 徐枕亚：《枕亚浪墨初集·卷七》，上海：清华书局1915年版，第7页。
[②] 范烟桥：《小说话》，《商旅友报》1925年第20期。
[③] 参见许指严的《〈十叶野闻〉自叙》《〈近十年之怪现状〉序》等文。
[④] 许指严：《〈泣路记〉自叙》，上海：《小说丛报》社1915年版，第1页。

之作，专记乾隆巡幸江浙逸事。从此书开始他形成了"述历史国情，本极助兴趣之事"的看法，从而确定了将闻见与稗乘相发明的创作方法①。郑逸梅曾回忆说："所记《幻桃》及《一夜喇嘛塔》，光怪陆离，不可方物，给我印象很深，迄今数十年，犹萦脑幕。"② 笔者读之，果然生出同感，所记之事多选秘极奇极的，以便添枝加叶、甚至随意装点，趋近传奇体。《十叶野闻》是其笔记掌故的代表作，全书不分卷，共计43则，就清代十世杂史进行文学加工，特点是从宫廷日常生活入手揭开清史一角，富有传奇性。作者自闯王进京、崇祯自杀的《奉安故事》起笔，至预兆清廷灭亡的《流星有声》而止。笔触所及以渲染清室趣事秘闻来勾勒历史脉络，可读性很强。如《下嫁拾遗》，写清之开国太后下嫁多尔衮之奇闻，文笔侧出，重点写婚礼筹备中的细事，读之兴味盎然。联系之前数则，又获知此为清史之一大关掖。又如《董妃秘史》中写清世祖对董妃的一往情深，其事虽奇，其情却真。再如《夺嫡妖乱志》《垂帘波影录》《控鹤珍闻》《瀛台起居注》等写宫廷争斗，情节跌宕起伏，人物跃然纸上。另外，书中还对清朝皇族、巨宦名臣的艳史进行了添油加醋的演述，如《四春琐谈》揭秘清文宗与暗藏圆明园的牡丹春、海棠春、杏花春、陀罗春行乐之隐事；《垂帘波影录》记叙慈禧心腹重臣荣禄与同治遗妃懿妃淫乱宫闱之秘闻；《拾明珠相国秘事》写明珠秘密培养秀女姊妹花以备进献以固宠的丑事；《香厂惊艳》渲染晚清轰动一时的龚定庵与西林春的绯闻。这种猎艳倾向是其重消遣的表现，意图满足大众读者对深宫禁地男女私生活的窥探欲，明显有别于遗民学士旨在为历史写真的作品。当然，许指严笔记掌故也想为历史"存真"，但又追求写人绘景"穷

---

① 许指严：《〈南巡秘记〉自序》，上海：国华书局1915年版，卷首。
② 郑逸梅：《民国笔记概观》，上海：上海书店1991年版，第100页。

形尽相"、叙事"必竟其委",最终还是兴味消遣功能占了上风,因此更接近现代意义上的小说创作。《新华秘记(前后编)》是其宣称"求真"的力作,记录袁世凯复辟前后的历史。其中对袁世凯为人老谋深算、行事残忍恶毒而又醉心于龙椅皇位多方渲染,在冷嘲热讽中揭露一段历史隐秘。书中故事写得多兼具文学性与史料性,如《瘦马阴谋》写清末袁世凯竭意延揽留学生、革命者坐收渔利、夺取辛亥革命果实;而《修改新华宫》《筹安会里幕》《七十万金之龙袍》《六君子》等篇巧妙揭露了袁世凯急于称帝,众幕僚争先抬轿子的丑恶嘴脸;《魏文帝与陈思王》在对比中写出了袁世凯长子克定和次子克文面对袁氏称帝不同的心理状态与处理方式。另外,《干儿孽》《手刃爱妾》《谋杀黑幕四则》等篇则将袁世凯的残暴恶毒及失却常态刻画得入木三分。相较于上述几部笔记小说,它的可信度似乎更高些,以至于吴绮缘认为可作"洪宪一代信史观"①,但其所记并非作者亲睹的内幕②,而仍是道听途说的小说家言,且涂抹了一些文学色彩。整体观之,许指严的笔记体小说在秉承古代笔记体小说实录原则的基础上融入了传奇笔法,"因文生情,极能铺张"③,增强了文学魅力,"有羚羊挂角之妙"④,吸引了大量读者。但同时也引起一些质疑,有人认为这种随意渲染、追求文学性的做法会导致所写"奇诡过常情"⑤,而与史实不符。对于指严笔记体小说的这种新变现象,同样值得进一步思考。

　　许指严的学生李定夷撰述的笔记体小说颇类其师,亦以写史为主,语含微讽,有特定的政治性和现实针对性。行文多曲折有致,

---

① 吴绮缘:《吴序》,许指严:《新华秘记(前编)》,上海:清华书局1918年版,第6页。
② 许指严:《自序》,《新华秘记(前编)》,上海:清华书局1918年版,第7页。
③ 凤兮:《海上小说家漫评》,《申报·自由谈·小说特刊》1921年1月23日。
④ 范烟桥:《小说话》,《商旅友报》1925年第20期。
⑤ 同上。

辞藻较华美，体现出一定的传奇化倾向。如《定夷小说精华》中收录的《两杯茶》记叙两杯茶教揭竿起义以响应太平军抗清的故事，所记事核，所叙婉转；《缥缈乡》则记清宫秘闻艳史，叙述生动，人物栩栩如生。叶楚伧所作《金昌三月记》记述作者在苏州的逸乐冶游生活，笔法顽艳奇绝，以辞章胜，体现出笔记传奇化的特色。朱鸳雏的《红蚕茧集》收录其初刊于《申报》副刊《自由谈》上的数十篇笔记体小说，如《画心记》《坠玉记》《趟札记》《珰札记》《投荒记》《卧雪记》《散学记》等。这些作品短小精致，饶富趣味，且多文学的描写和虚构，已是传奇化的笔记体小说。其中《珰札记》通过邮递员寿根之口叙述女子一鹓陷入爱河由痴而狂终至殒命的过程，描写生动，对礼教造成男女不能自由恋爱的悲剧有微妙的揭示，堪称代表。姚民哀撰述的笔记体小说或记清代轶闻，或记革命外史，或记家庭琐屑，也有传奇化的倾向。如《银妃》《白鸽峰》，前者记乾隆朝银妃由民女入宫得宠到失宠事，后者记翁同龢隐居常熟白鸽峰时的一次奇异会客。这两则清代轶闻叙事详核，富有文采，扑朔迷离中偶露清史一鳞半爪，让人读之，兴味津津。又如《成败英雄》记革命风云底下掩盖的一点个人恩仇，同样能生动再现人物事件，其中惨案骇人听闻。再如《切肤之痛》写杨氏妇事，意在宣扬贞节及传后观念；《刲臂记》叙优等生蒋长庚割臂肉以疗亲事，意在宣教孝亲观念，此等小说虽在思想上偏于保守，但运用传奇笔法，叙事曲折婉转，颇有文学意味。由以上诸例可见，笔记体的传奇化在民国初年的小说界是一股不小的潮流。

（二）以补史存真为主的笔记体小说

正如上文所分析的，古老的笔记体小说具有保存史料的功能。这一功能在清代受到很大削弱，一直到清末，影响最大的都是《聊斋志异》《阅微草堂笔记》一类志怪小说，记录历史琐闻及人物轶事的笔记体小说明显式微。有些学者认为之所以如此，一个重要的原

第七章 民初沿传统轨辙书写的笔记体小说

因就是清代文人要躲避残酷的文字狱。民初文人对此也有揭示,所谓"不便明言则假诸狐鬼以为词"①,"若稍涉时政,族矣"②。民国的建立解除了这一专制统治的枷锁,共和政体规定国民有充分的言论自由,民初的乱世境况又刺激文人学士积极以笔记野史的形式保留历史的"真迹",故而以补史存真为主的笔记体小说纷纷涌现。

纵观我国的笔记小说发展史,民初作品以补史存真为主的特点非常突出。当时从事笔记著述的作者不少是清末民初重大历史事件的亲历亲闻者,他们作为见证人力图将某段史事实录下来以存真相,以备将来正史之采撷。近代著名文学家、学者王闿运在咸丰三年中举后,曾为权倾一时的肃顺推重。肃顺败,他伏匿不出。王闿运晚年以第一手资料撰著《王湘绮先生录祺祥故事》一篇谈祺祥政变,最初刊登于《东方杂志》1917年第14卷第12期上。该篇记录咸丰驾崩前后的清宫秘史甚详,特别是对帝后亲王及王公大臣之间的错综复杂关系梳理叙述得十分清楚,具有较高的史料价值,故而广为引用。故事中的人物,如咸丰、奕䜣、肃顺等形象比较鲜明,语言也较为生动,亦具有一定的文学价值。翰林学士王照是戊戌变法的积极支持者,曾与顽固派坚决斗争,亦曾建议皇帝、皇太后出洋考察,得光绪帝激赏,赐三品顶戴,以四品京堂候补,用昭激励。变法失败后,王照流亡日本,与革命派和保皇派均有联系。王照晚年以这段经历为素材著有笔记《德宗遗事》(由其友王树枏记录)和《方家园杂咏纪事》,二者内容多有重合,主要记述戊戌变法和庚子事变前后史事,笔墨集中于光绪帝(庙号德宗)。其中对光绪帝与慈禧太后之间的矛盾斗争所记尤详,颂扬光绪,对慈禧擅

---

① 蔡东藩:《客中消遣录·序》,上海:会文堂新记书局1934年版,第1页。
② 臧荫松:《铁笛亭琐记·序》,北京:都门印书局1916年版,卷首。

权误国多所针砭。由于这些笔记"皆实录所不敢言者"①，故有较高的历史参考价值。书中所记清末宫廷轶闻又多具小说风味，叙事写人历历在目，对话口吻毕肖，有较强的可读性。如记慈禧亲伐醇贤亲王墓道白果树一则：

> 醇贤亲王墓道前有白果树一株，其树八九合抱，高数十丈，盖万年之物。英年诣事太后；谓皇家风水全被此支占去，请伐之以利本支。太后大喜，然未敢轻动，因奏闻于德宗。德宗大怒，并严敕曰："尔等谁敢伐此树者，请先砍我头。"乃又求太后，太后坚执益烈，相持月余。
>
> 一日上退朝，闻内侍言，太后于黎明带内务府人往贤王园寝矣。上亟命驾出城，至红山口，于舆中号咷大哭，因往时到此，即遥见亭亭如盖之白果树，今已无之也。连哭二十里，至园，太后已去，树身倒卧，数百人方砍其根，周环十余丈，挖成大池，以千余袋石灰沃水灌其根，虑其复生芽蘖也。诸臣奏云："太后亲执斧先砍三下，始令诸人伐之，故不敢违也。"上无语，步行绕墓三匝，顿足拭泪而归。此光绪二十二年事也。二十六年，英年因庇拳匪斩于西安。二十八年壬寅春，余潜伏汤山，诡称赵举人，每日出游各村，皆以赵先生为佳客。一日，短衣草笠，漫游而西，过醇贤亲王墓道山下，与村夫野老负曝，谈及白果树事，各道见闻，相与欷叹。村人并言，挖根时出大小蛇数百千条，蛇身大者径尺余，长数丈，佥曰："义和团即蛇之转世报仇者。"小航谓当日之佷戾伐树，用心实同巫蛊，长舌之毒，乃最大之蛇也。
>
> 树枏案：醇亲王之后相继为皇帝者，已传两代，皆太后所

---

① 语出王树枏。王小航述、王树枏记：《德宗遗事》，无出版地、出版时间，北京师范大学藏本，第1页。

亲立,不知如此之忌害,果何意也。①

慈禧妒妇之泼毒,光绪受辱之无奈,从中清晰可见,读之让人不禁唏嘘感叹。

　　近代著名的《时报》报系创办人狄保贤著有《平等阁笔记》,记述他于光绪二十五年赴京鉴赏孙毓汶等京官收藏的古代书画后遇庚子义和团运动,由日本至朝鲜,经辽沈而再至北京的见闻。该书具有较高的文史价值,所记既有对八国联军入侵北京情况的生动记述,亦有对书画鉴赏中逸闻轶事的精彩记录,写人形象生动,叙事注重细节,既能满足读者觅史之趣,又能提供读者观文之乐。国民党元老叶楚伧在民国元年(1912)9月10日至10月22日曾游览故都北京,很快即将其所见所闻所感随笔札记为《辛亥宫驼记》(又名《壬子宫驼记》),旨在"索靖宫门,感怀荆棘"②,抒发面对袁世凯窃夺革命果实、践踏"共和"的迷惘情绪。该小说在实录见闻中注意修辞之美,具有史料与文学的双重价值。有"皇二子"之称的袁克文曾为《晶报》撰《辛丙秘苑》,作为袁世凯的次子,由其笔记辛亥(1911)至丙辰(1915)六年间袁世凯及其周围人物的掌故轶闻,自然有得天独厚的条件。虽然有人批评该书因"既以存先公之苦心,且以矫外间之浮议"③,故子为父讳之处甚多,但作者的特殊身份决定了其所记多为难得的第一手史料,弥足珍贵。如写张振武之死:

　　　　张振武之毙,知之者不敢言,而言者多不知。张,武汉首义者也,黎以副总统督湖北,张初与有力焉。乃渐不逊,且临

---

① 王小航述、王树枏记:《德宗遗事·其一》,无出版地、出版时间,北京师范大学藏本,第1—5页。
② 叶小凤:《箫引楼稗钞》,上海:文明书局1919年版,第15页。
③ 寒云:《〈辛丙秘苑〉序》,上海:上海书店出版社2000年版,第1页。

> 事骄而贪,黎欲罪之而有所虑,乃使入觐,潜令人监之。
>
> 张至京,放言无忌,且有代黎之谋。未几,黎密电至,请中央立正典刑,历陈张在湖北谋叛、贪掠诸罪证,并恳先公勿宣此电,恐张之旧部为之复仇,则大不利于黎也。先公始欲付诫,而黎续请之电文至,且谓如不立杀张,恐湖北即有危患,杀之亡首而乱不成矣。先公乃密谕陆建章如黎电处置。时张赴宴归,擒于车中,即送执法处,毙之院庭。闻死状甚惨,予未忍详诘也。
>
> 张至京之始,京津党会多集会迎之。津中某协会宴之于德义楼,陪者孙发绪及数议员,予亦在座。张目耗神离,趾高言大,予退谓颜世清曰:"以张为人,能保首领于乱世,幸矣!而狼视枭声,恐终非安守者也。"颜曰:"纯斋偕来者,黎公使之监视其行止,张之入觐,黎公已解其兵,兵解,祸可免矣。"纯斋孙发绪也,颜某协会之干事也,岂知张竟不获善其终耶!①

另如记录北京兵变、袁克定之受惑谋帝制、筹安会中之杨度、段芝贵兵围蔡松坡寓,等等,皆从儿子的角度来写袁世凯,为读者提供了不同于一般史家稗官的视角,补充了对历史上真实的袁世凯的认识。加之书中多数篇章是饶有趣味的小说,故受到了当时读者的热捧。综观之,上述笔记体小说虽以存史料为主,但叙事写人足以兴味起情,让读者获得读"史"之真趣、赏"文"之雅趣,情感也偶尔被荡起波澜。

民初更多的是内容驳杂的杂史杂传类笔记体小说,这些小说虽也以补史存真为主,但其功能价值较之那些专记一时一事者要丰富得多。民初在"遗老"中有很高地位的陈夔龙撰写的《梦蕉亭杂

---

① 寒云:《辛丙秘苑》,上海:上海书店出版社2000年版,第7页。

记》主要记录陈氏一生的见闻。作为清末"巧宦"和重臣,他亲历了戊戌变法、义和团运动、八国联军入侵北京、《辛丑条约》签订、慈禧携光绪西逃与回京、辛亥革命等众多重大历史事件。由于所记多为作者亲身经历,其史料价值颇高,成为研究清末民初历史、政治、文化、社会诸方面的重要资料。同时由于作者有意识要把故事讲得精彩,精心结撰之下,文笔自然生动有趣。如《端邸倚势欺凌大臣》写端王载漪刚愎自用、盛气凌人,在义和团进入北京时决策失当却又杀戮与自己持异议的汉大臣许景澄、袁昶的史事,小说通过人物对话、举止等写出了许景澄、袁昶的通时务与尽忠心,同时也塑造了载漪等清末权贵闭目塞听且忌刻狠毒的形象。又如《督部吞金自尽》讲述了督部李鉴堂在八国联军入侵北京时大言主战而终不能战,无奈在阵前吞金自尽的故事。再如《袁世凯二三事》记载袁世凯小站练兵、奉密旨诛杀荣禄,最终出卖光绪帝和维新派的几个故事,小说描写的袁世凯存心叵测、机巧善变,与老奸巨猾的荣禄沆瀣一气,互相辉映。同时也在平实的叙述中给出百日维新必然失败的历史原因。

　　近代学者、书画家、官吏张祖翼所著《清代野记》所记以咸丰、同治、光绪、宣统四朝之事为主。其"例言"云:"凡朝廷社会京师外省,事无大小,皆据所闻所见录之,不为凿空之谈,不作理想之语","所闻之事,必书明闻于某人或某人云。"① 其创作态度秉持实录,一事一题,全书共记事一百二十六则。其所叙内容极为驳杂,对晚清的政治状况、市井百态均有所反映,有一定的史料参考价值。其中《皇帝扮剧之贤否》《肃顺轶事》《词臣骄慢》《词臣导淫》《权相预知死期》《李文忠致谤之由》等作品文学化地展示了宫廷、朝廷里的斗争,塑造了慈禧、肃顺、胡林翼、穆彰阿、李鸿

---

① 坐观老人:《清代野记》,上海:文明书局1915年版,卷首。

章等具有个性的政治人物形象;《满臣之懵懂》《载潋之淫恶》《慈禧之滥赏》《亲贵诱抢族姑》《旗主旗奴三则》等作品描画清末满族统治阶级无知愚蠢、骄奢淫逸的情形甚为细腻,人物形象生动;《琉球贡使》《疆臣擅杀洋人》等作品记录清末外交上的见闻,具体呈现了衰世图景。另外,作者笔下的京城市井人物写得尤其精彩,如《琴工张春圃》《优伶侠义》《要钱不要命》《京师志盗五则》《赌棍姚四宝》《诬妻得财》《海王村人物》等既有述异之趣,亦形象化地传达出市井细民的生活辛酸和可贵品质。录《优伶侠义》如下:

> 咸丰季年,京伶胖巧玲者,江苏泰州人,年十七八,姓梅。面如银盆,肌肤细白为若辈冠,不甚妩媚而落落大方。喜结交文人,好谈史事,《纲鉴会纂》及《易知录》等书不去手。桐城方朝觐字子观,己未会试入京,一见器之。自是无日不见,非巧玲则食不甘卧不安也。其年,方之妻弟光熙亦赴会试,同住前门内西城根试馆。方则风雨无阻,日必往巧玲处。虽无大糜费,然条子酒饭之费亦不免。寒士所携无多,试资尽赋梅花矣。不足,则以长生库为后盾。始巧玲以为贵公子,继乃知为寒畯,又知其衣服皆磬,遂力阻其游,不听,然思有以报之。会试入场后,巧玲驱车至试馆觅方。方仆大骂曰:"我主身家性命,送了一半与兔子了,尔来何为?"巧玲曰:"尔无秽言詈我,我来为尔主计。闻尔主衣服皆入质库,然否?"仆悻悻曰:"尚何言,都为你。"巧玲曰:"质券何在?"仆曰:"尔贪心不足,尚思攫其当票耶?"巧玲曰:"非也,趁尔主此时入场,尔将当票检齐,携空箱随我往可也。"于是以四百余金全赎之,送其仆返试馆而别。次日,方出闱,仆告之,感激至于涕零。及启筒,则更大骇。除衣服外,更一函盛零星银券二百两,縢以一书云:"留为旅费,如报捷后,一切费用当再

为设法。场事毕,务须用心写殿试策,俟馆选后再相见。此时若来,当以闭门羹相待,勿怪也。"方阅竟,涕不可抑。同试者皆眲咄称怪事,即其仆亦胎愕不知所云,第云:"真耶?真耶?真有此好兔子耶?"方大怒曰:"如此仗义,虽朋友犹难,尔尚呼为兔子耶!"场事毕,方造访,果不见。无如何,遂闭户定课程,日作楷书数百字而已。榜发中式,日未暮,巧玲盛服至,跪拜称贺,复致二百金。谓方曰:"明日谒座师房师,及一切赏号,已代为预备矣。"方不肯受,巧玲曰:"尔不受,是侮我也,侮我当绝交。"乃受之。方仆一见巧玲。大叩其头,口称:"梅老爷,小的该死!小的以先把尔当个坏兔子,那晓得你比老爷们还大方。"巧玲闻之,笑与怒莫知所可也。及馆选,巧玲又以二百金为贺。方曰:"今真不能再领矣。且既入词林,吾乡有公费可用,不必再费尔资。"始罢。孰知馆选后未匝月即病故。巧玲闻之,白衣冠来吊,抚棺痛哭失声,复致二百金为赗,且为之持服二十七日。人问之曰:"尔之客亦多矣,何独于方加厚?"巧玲曰:"我之客皆以优伶待我,虽与我厚,狎侮不免。惟方谓我不似优伶,且谓我如能读书应试,当不在人下。相交半年,未尝出一狎语,我平生第一知己也。不此之报。而谁报哉!"从此胖巧玲之名震京师,王公大人皆以得接一谈为幸,遂积资数十万,设商业无数,温饱以终。子乳名大锁者,京师胡琴第一也。谭鑫培登台,非大锁胡琴不能唱,月俸至三百金,亦奇矣哉。方之仆名方小,族人之为农者,乡愚也,故出言无状如是。①

这则笔记记载梅兰芳祖父胖巧玲早年一段具有侠肝义胆精神的轶事,通过简洁叙述和生动对话白描出了这位晚清京城名伶的独特风

---

① 坐观老人:《清代野记》卷上,上海:文明书局1915年版,第49—51页。

神,至今读来,仍让人叹愕之间想见其人。我们从中不仅可以了解到清末菊坛的史料旧闻,同时也能感受到文学的动人魅力。

沈宗畸则以小京官的视角来记录历史,由于他擅长文学,所撰笔记别具面目。其《东华琐录》记述同治、光绪间朝野轶事,官场秘闻、社会琐事。整体观之,这些小说既具有较大的史料价值,又具有较高的文学价值。尤以记述北京故都景物历历在目,文笔雅洁,生动有趣。如写京城盗窃事活灵活现:

> 琉璃厂厂甸,每岁正月,自元旦至元宵,例有会市。一岁之中,仅此数日,故游人之繁,远胜各处庙会,而剪绺之流益夥。某岁,有大僚往游:失去瓜皮便帽,上嵌碧霞犀,值巨万,遂饬金吾追索甚急。金吾畏势严饬,窃知之,匿名告捕,言当于某庙会还之。某大僚如期往:姑觇其异。至期竟日无睹,比归,则帽沿嵌犀如故,盖某窃初以他帽易之,至是仍还之,主仆均未知也。更有某庙画像,值甚巨,某窃乘人众之际卷之去,而庙主忽归,遇于门,窃者急向前白之曰:"小人得画,愿献方丈,随意付值可矣。"庙主笑挥之去,曰:"吾庙不需此!"比入,则此轴已失,向所遇者窃也,竟面失之。如此剪窃,固蒙庄《胠箧》一篇所不能详者。①

出身文化官僚世家的陈灏一所著《睇向斋秘录》记述近代上至宫廷下至民间众多人物的轶事逸闻。在创作上秉持笔记实录见闻的原则,篇末常常强调其闻见出处。每篇文字虽不多,但多数斐然可观,富含趣味,是上佳的笔记体小说。如《德宗轶事三则》:

> 清德宗(载湉)聪颖好读书,尤留心外事,顾受制于慈禧,计不得逞。翁常熟、孙寿州同为师傅,谂帝有改革政治之

---

① 沈太侔:《东华琐录》,《时报》1924年1月14日。

决心，频以强邻阴谋、生民疾苦上达睿听。德宗长太息曰："朕岂为亡国之君哉！朕岂为亡国之君哉！"

德宗于师傅中，最善翁常熟。瓶相美须髯，两乳毛长五寸许。德宗幼时，尝捋其须，并伸手入怀，抚其乳以为笑乐。

英日同盟之约成，德亲闻而叹曰："此非吾福也。"慈禧叱止之曰："外交问题，不宜妄发议论，尔不虞墙外有耳耶？"德宗曰："斯语即传于外，容何伤？"慈禧举杖作欲击状，德宗急跪曰："吾不复言矣。"①

这组笔记写光绪忧国的几次表现，从细节上显示了他在宫廷和政治上的可悲地位。对读叶晓青先生撰写的《光绪帝最后的阅读书目》② 一文，深感这类笔记确能为历史留下虽一鳞半爪，但较之鸿篇正史更加可感可信的"真迹"。叶先生在该文后记里很动情地说"光绪直到最后还没放弃他的政治抱负，这是历史学家所不知道也不关心的"，"我当时想我一定要告诉世人，光绪皇帝是死不瞑目的"③。实际上，像《德宗轶事》这类的笔记文字也是在动情地告诉读者光绪是一个让人同情的悲剧皇帝。《孝钦轶事二则》写慈禧临终安排溥仪即位及其秽乱传闻，微言大义，语含讽刺；《奕譞轶事》写醇亲王因受慈禧猜忌而被以医病之名毒死的秘闻，指出了在一种特殊的政治处境下为臣者的无可奈何。《李鸿章使美之轶闻二则》《王文韶不辨国名》《吕海寰之胆怯》《戴鸿慈之失言》诸篇则从不同角度记录清末外交的情况，以细节琐事取胜，既发人兴味，又让人唏嘘感慨。《马玉崑之敢战》写八国联军侵略之时马玉崑勇敢作战，虽败犹荣；《朱祖谋直言极谏》写直臣冒死进谏，赤胆忠

---

① 陈灨一：《睇向斋秘录》，上海：文明书局1922年版，第7页。
② 叶晓青：《西学输入与近代城市》，北京：北京大学出版社2012年版，第159—167页。
③ 同上书，第167页。

心;《蔡儒楷之慰留司员》写蔡元培之大度胸襟,一心为国;《吴禄贞割日人耳朵》写吴禄贞为维护国家尊严而怒割日使车夫左耳,大快人心。另外,还有不少篇章写清末王公名宦百态,揭露晚清官场腐败,亦有笔墨触及断案、民生一类。

  在政治上忠于清廷的胡思敬所著《国闻备乘》,内容驳杂,涉及政治制度、皇室内幕、宫廷斗争、满汉矛盾、名臣事迹、文苑掌故等诸多方面。胡思敬是晚清官场上有独立见解的官员,又曾做京官多年,不仅熟悉清末官场掌故,而且有其特别的观察视角。其中诸如《盛杏荪办洋务》等有关洋务运动,《何小宋贻误军事》等有关中法战争,《名流误国》等有关中日甲午战争,《保皇党》等有关戊戌变法,《兵变》则叙清末新军起义事等皆有重要的史学价值,足可"备异时史官采择"①。是书作者虽以"补史"自命,所记又以清末朝章时事、政要秘辛为主,但有些篇章仍具笔记小说风味,叙事翔实、语言精粹。如,《文宗遗命得人》以简洁之笔描画出咸丰临终遗命情状;《李文忠滥用乡人》写李鸿章得势之时滥用乡人故事,通过与刘铭传对比描写,既凸显了李鸿章任人唯亲的性格特征,又彰显了刘铭传客观清醒的卓越识见;《梁启超乙未会试被黜》揭露梁启超乙未会试被黜内幕甚详,几位主考官各人心事、神态如画;《辜鸿铭坚拒袁党》则通过颇具个性的对话表现了辜鸿铭不与袁党同流合污、倜傥高奇的君子人格。出身官宦世家的收藏家,文史学家刘体智所著《异辞录》,杂记晚清重要史事而常常与"正史"相异辞,以示作者揭破真相之态度,具有较大的史料价值。同时,书中有些篇目也注意描写人物对话,人物比较生动,叙事较为可读。如《李鸿章初入曾军》《李鸿章遥执朝政》《李鸿章蔑视党案》等篇刻画不同历史阶段的李鸿章兼传形神,表现出了这位晚清重臣

---

① 胡思敬:《〈国闻备乘〉自序》,《国闻备乘》,1924年版刻印本。

始终屹立不倒的独特形象。又如《潘鼎新赠李慈铭金》写出了李慈铭的狂态,《李世忠之死》写出了退居乡里的昔日战将的狂横之态,均具一定的文学性。

另外,还有几部有名的仿作是"世说""类钞"类笔记的最后代表。易宗夔所著《新世说》,仿刘义庆《世说新语》体例而分"言语""文学""德行"等三十六门。其创作宗旨是"本春秋三世之义,成野史一家之言"①,作者作为活跃在清末民初政界、学界的重要人物,与维新派、革命派都有比较密切的交往,所记多为实录,故有很高的史料价值。书中所记近代各类人物言行事迹一千余则,上至皇帝,下至百姓,涉及范围极广。其中着墨最多的是名宦权臣、维新志士、革命斗士、鸿儒学士、军人武士、文人骚客、商贾医家等。特别值得一提的是作者对湘军首领与革命人物多赞美之词,体现了他的乡土情怀和政治倾向。该书文风典雅,辞句清丽,富有文学性,读来隽永生动、亲切有味。如写王夫之、施闰章、方苞、纳兰性德、纪昀、林则徐、左宗棠、张之洞、张謇、袁世凯、孙中山、蔡锷、吴趼人等皆能抓住人物的独特处落笔,以对话、细节取胜,让读者在获得历史秘闻的同时兼得审美之兴味。试看写孙中山的一则:

> 孙中山既由十七省代表举为民国第一任大总统,置酒高会于金陵,东南贤豪,莫不来萃。孙既素有雄情爽气,加尔日音调英发,叙古今成败炯鉴,世界民族潮流,其状磊落,一坐叹赏。②

如此简洁的文字之中蕴含着十分丰富的历史信息,革命志士荟萃云集、共享革命胜利果实的喜悦之情扑面而来,孙中山初任大总统时

---

① 易宗夔:《〈新世说〉自序》,《新世说》,北京:北京印刷局1918年版,第2页。
② 同上书,第49页。

的意气风发、指点江山之态跃然纸上。整体来看,《新世说》在民初诸多笔记中是很有小说味的一部,很好地继承了《世说新语》志人小说的宝贵传统。陈赣一所作之《新语林》为之辅翼,分"德行""言语""政事"等三十六门。其故事之下附记人物传略。所记均为清末闻人名宦,有品第同时代人物之意。书中所记多据闻见实录,多独得之秘,有较高的历史文献价值。同时由于作者文笔极佳,叙事自然生动,富有文学性。如《假谲》卷中写袁世凯少时设计趁火劫画轶事,寥寥数语便刻画出袁氏的狡黠性格。实际上,书中从多方面记述了袁世凯不少轶事,合而读之,袁氏的种种嘴脸和奸雄个性就如在目前了。又如《德行》卷中写著名文学家林纾少时怕见妇人,在简短两句话中便将其绝妙态度写了出来。再如《豪爽》卷中写汪精卫早年刺杀摄政王载沣事,以简短对话为主,汪氏"慷慨歌燕市,不负少年头"的英雄豪气非常具体可感,对比其后来竟甘作汉奸的政治选择,真让人唏嘘不已。诸如此类,所在多有。难怪有人赞其"几无一字无来历,无一词无兴味"①。徐珂编著的《清稗类钞》是关于清代掌故遗闻的笔记汇编。其材料来源虽有些是作者所历见闻,但大多来自前人的稗史笔记、诗文集和新闻报刊,所谓纂抄而成。全书所记贯穿清代二百八十余年历史,分时令、地理、外交、风俗、工艺、文学等九十二类,一万三千五百余条,约三百余万字。其内容涉及军国大事、典章制度、社会经济、学术文化、名臣硕儒、疾病灾害、盗贼流氓、民情风俗、古迹名胜,真可谓包罗万象。由于编者态度认真,其中保存了不少珍贵史料,对于研究清史有一定的参考价值。其中不少篇目是兼具史料价值和文学价值的笔记体小说,文字简约流畅,比较可读。如,《努

---

① 黄鼎元:《〈新语林〉序三》,陈灏一:《新语林》,上海:文明书局1922年版,第2页。

尔哈赤败叶赫哈达》寥寥几笔即将清代开创者的开阔胸襟及自信精神叙述出来;《冯宛贞胜英人于谢庄》以比较细致的笔墨描画出近代一个有勇有谋的抗英女英雄;《胡雪岩纵欲无度》叙事层次分明、细节刻画精准,使一个纵欲无度、最终衰败的红顶商人跃然纸上。另外,《吏部索贿》《胥役贪索》《皖抚司阍索门包》诸篇叙述了朝廷由上至下的全面贪腐,让读者不禁感叹它走向灭亡的必然。

以上我们从以兴味消遣为主和以补史存真为主两个角度大致勾勒了民初笔记体小说的概貌。从中可知,这些小说大多兼具劝善惩恶、增广见闻的功能。这些多样功能满足了民初读者的多元阅读需要,有的以此寻觅史趣,有的以此消遣娱情,有的以此收获知识见闻,有的以此领受启示教化。笔记体小说正是因为具有这些多样功能而在古代"文学场"长盛不衰,形成了一个传承有序的谱系,但五四前后的一系列文化、文学、语言的激烈变革,使这种黏附着太多传统文化基因、用文言写作的小说文体难以为继、迅速衰落了。

第三节　民初笔记体小说的衰落及其影响

民初笔记体小说与传统文化捆绑得最紧,五四前后一系列文化、文学、语言的激烈变革都以彻底反传统为鹄的,传统语境的消失使该体小说迅速丧失现代转型活力,逐步走向衰落。具体的情形与其他文言文体小说大致相同,但源远流长的书写惯性使其一直到20世纪中叶以后才彻底消亡。需要特别注意的是,笔记体小说的随笔杂录与讲求实录及由此生发的文体特点似乎都与讲究结构技巧、虚构的、情感的、审美的西方小说大异其趣。那么,民初笔记体小说坚守的传统书写范式及有限的现代性探索——周瘦鹃式的或与传奇体合流的——是否在中国现当代小说中得到了延续呢?据实来说，其文言笔记体的形式虽被淘汰，但其随意杂录与讲求实录的书写轨辙一直延伸到现当代，尤其是以新的样态和意蕴转化到了当代"新笔记小说"之中。

首先，当代"新笔记小说"依然是在"随意杂录"与"讲求实录"的书写双轨上前行，不过它已着新装、戴新帽，完全是"新"的了。五四以后的"新文艺小说"以西方小说为师，讲究各种艺术创造的规律，注意人物、情节、环境的科学配比。新中国成立后，追求所谓典型环境中的典型人物、奉行"现实主义"创作教条，一度束缚了作家活跃的创造力。新时期，孙犁、汪曾祺、林斤澜等具有传统文化修养的老作家开始重新学习创作历代不绝如缕的笔记体小说，并向整个古代文学传统回归，摸索实践出了一条独特且具深远影响的"新笔记小说"之路。他们是在中断几十年后重续笔记体小说书写传统的，在此之前，他们已经接受过形形色色的崭新理论并据之进行过某些"成功"实践，因此他们选择了对笔记体小说传统的局部回归。具体来说，他们有意识地继承了笔记体小说以散行文字随意杂录的撰述方式，讲求实录的创作原则，追求朴质自然、简洁雅致、含蓄有味的艺术风格。林斤澜将其表述为："一是不端架子，轻松自然；二是不矫情，以白描为主；三是不作无味之语言。"[①] 他的《矮凳桥风情》追求的就是笔记体的这些特质。孙犁、汪曾祺的同类作品也是如此。孙犁的"新笔记小说"被公认为以真实见长，其"芸斋小说"全部取材于作者熟悉的真人真事，是一部记录"文革"期间历史琐闻及人物轶事的笔记体小说。这些小说没有对书写对象做典型化的抽象，没有过多的艺术加工，保留着一种自然的"真相"，能够给读者一些"原生"的真实感。孙犁写得仿

---

① 林斤澜：《短中之短》，《林斤澜文集（六）》，北京：北京师范大学出版社2000年版，第6页。

第七章 民初沿传统轨辙书写的笔记体小说

佛很随意,效果却很好,简洁有力,生动传神,背后是其一贯的真诚态度。他曾对《文艺报》的记者说:"真正想成为一个艺术家,必须保持一种单纯的心,所谓'赤子之心'。有这种心就是诗人,把这种心丢了,就是妄人,说谎话的人。保持这种心地,可以听到天籁地籁的声音。"① 这种说法提示我们,孙犁之所以要延续笔记体小说的传统,是因他真正懂得其中三昧。由此可知,民初繁多的笔记体小说在今天看来也许立场各异、思想保守,但当时的多数作者都是在真诚地实录一己之见闻,与孙犁如出一辙。汪曾祺的笔记体小说写得真实自然、雅致脱俗,简洁有味,这是此体小说上佳的境界。之所以有如此境界,是因为汪曾祺同时抓住了笔记体小说讲求实录和摇笔随录的特点。对于后者,他在与林斤澜对谈小说的结构时说"结构的原则:随便",后又在林斤澜的追问下补充说是"苦心经营的随便"②。实际上,笔记体小说的精品,无论古今,都像皎然论诗境创造所要求的"应当由人工之至极而达到天工之至妙"③,而其花费人工最多的应该是语言的淬炼。

其次,当代"新笔记小说"以单篇为主,一般篇幅短小,有的篇尾还有一段"某某曰"的议论,这种体式显然承袭民初笔记体小说而来。由于依赖报刊传播,笔记体小说发展至民初已初步打破古代以若干则汇为一帙的"笔丛""丛语"形式,而出现了大量独立的单篇。"新笔记小说"的形式是与其撰述方式、创作原则和风格追求相一致的。碎片化的现实生活被挪移到纸上自然是片段式的,而实录不允许过多的渲染,这就注定笔记体小说的篇幅要短小,且不能注重情节与结构,以免破坏摇笔为文的书写趣味。这样一来,

---

① 孙犁:《文学和生活的路——同〈文艺报〉记者谈话》,《孙犁文集》(补丁版)第5卷,天津:百花文艺出版社2013年版,第567页。
② 黄子平:《汪曾祺林斤澜论小说》,《上海文化》2019年5月号,第37页。
③ 张少康:《中国文学理论批评史教程》,北京:北京大学出版社1999年版,第121页。

短小的篇幅要能吸引人,要雅致有味,必然要在语言上下功夫。无怪汪曾祺说:"语言的粗俗就是思想的粗俗,语言的鄙陋就是内容的鄙陋。想得好,才写得好。闻一多先生在《庄子》一文中说:他的文字不仅是表现思想的工具,似乎也是一种目的。我把它发展了一下:写小说就是写语言。"① 在"新笔记小说"的作者心中,好作品都是精炼含蓄的。我们先来看孙犁和汪曾祺作品里的一些精粹的叙述语言:"我们住宅后面就是南市,解放初期,那里的街道两旁,有很多小摊。每到晚上没事,我好到那里逛逛,有时也买几件旧货,价钱都是很便宜的"②;"致秋家贫,少孤。他家原先开一个小杂货铺,不是唱戏的,是外行"③;"二师父仁海。他是有老婆的。他老婆每年夏秋之间来住几个月,因为庵里凉快。庵里有六个人,其中之一,就是这位和尚的家眷。仁山、仁渡叫她嫂子,明海叫她师娘。这两口子都很爱干净,整天的洗涮。傍晚的时候,坐在天井里乘凉。白天,闷在屋里不出来"④。这种语言自然而然,与生活实态一点都不隔。再看对话,如孙犁的《女相士》中的一个片段:

> 有一天,又剩了我们两个人。我实在烦闷极了,说:
> "杨秀玉,你给我相个面好吗?"
> "好。"她过去把菜窖的草帘子揭开说,"你站到这里来!"
> 在从外面透进来的一线阳光里,她认真地端详着我的面孔,好像从来没有见过我似的。
> "你的眉和眼距离太近,这主忧伤!"她说。
> "是,"我说,"我有幽忧之疾。"
> "你的声音好。"杨秀玉说,"有流水之音,这主女孩子多,

---
① 汪曾祺:《晚翠文谈新编》,北京:生活·读书·新知三联书店2002年版,第83页。
② 孙犁:《鸡缸》,《芸斋小说》,天津:天津人民出版社2011年版,第3页。
③ 汪曾祺:《云致秋行状》,《汪曾祺小说》,杭州:浙江文艺出版社2009年版,第317页。
④ 汪曾祺:《受戒》,《汪曾祺小说》,杭州:浙江文艺出版社2009年版,第112页。

而且聪明。"

"对，我有一男三女。"我回答，"女孩子功课比男孩子好。"

"你眼上的白圈，实在不好。"她叹了一口气，"我和你第一次见面，就注意到了。这叫破相。长了这个，如果你当时没死，一定有亲人亡故了。"

"是这样。我母亲就在那一年去世了，我也得了一场大病。"我说，"不过这都是过去的事，无关紧要了。大相士，你相相我目前的生死存亡大关吧。我们的情况，会有好转吗？"

"四月份。"她满有信心地说，"四月份会有好消息。"

正在这时，听到了那一位女同志的脚步声，她赶紧向我示意，我们就又都站到白菜垛跟前工作去了。①

这是一种多么自然的叙述啊！将"文革"牛棚中的实际情形白描了出来，作者所谓人心浮动、彷徨无主，毫不造作地被寄寓于简短的文字之中。又如汪曾祺的《受戒》结尾处的对话片段：

小英子忽然把桨放下，走到船尾，趴在明子的耳朵旁边，小声地说：

"我给你当老婆，你要不要？"

明子眼睛鼓得大大的。

"你说话呀！"

明子说："嗯。"

"什么叫'嗯'呀！要不要，要不要？"

明子大声地说："要！"

"你喊什么！"

---

① 孙犁：《女相士》，《芸斋小说》，天津：天津人民出版社2011年版，第9—10页。

> 明子小小声说："要——！"
> "快点划！"①

对话的男女是两小无猜成长起来的小英子与明子，其间一种纯乎天然的情感力量动人心弦，语言朴素的不能再朴素，可生发出来的审美效果却"真"的妙不可言。再如《大淖记事》里的一个片段：

> 十一子能进一点饮食，能说话了。巧云问他：
> "他们打你，你只要说不再进我家的门，就不打你了，你就不会吃这样大的苦了。你为什么不说？"
> "你要我说么？"
> "不要。"
> "我知道你不要。"
> "你值么。"
> "我值。"
> "十一子，你真好！我喜欢你！你快点好。"
> "你亲我一下，我就好得快。"
> "好，亲你！"②

这些短句由真实生活淬炼出的字眼组成，十分亲切和传神，用它们来演绎人性的美好、爱情的真挚是如此得恰如其分。"新笔记小说"的形式与风格相得益彰，迥然不同于同时代的其他小说，曾一度让人十分惊异。殊不知其关键所在即其承续了笔记体小说注重修辞的传统，从而使这一文言古体在当代白话小说中开出了香远益清的雅致之花。

---

① 汪曾祺：《受戒》，《汪曾祺小说》，杭州：浙江文艺出版社2009年版，第124—125页。
② 汪曾祺：《大淖记事》，《汪曾祺小说》，杭州：浙江文艺出版社2009年版，第161页。

第三,整体来看,当代"新笔记小说"是向古代文学传统全面回归的当代小说类型。我们在前面说到民初是文体大试验的时代,也说到文言章回体小说对我国全部文学遗产的吸纳和运用,"新笔记小说"与此类似,而它最核心的特质是由笔记体与传奇体合流而形成的,亦即在以笔记体为尊的同时追求意象、意境之营造,时而也流露出《聊斋志异》般随意装点的兴趣。《聊斋志异》是一书而兼二体,而到了林纾、许指严、徐枕亚那里,笔记体与传奇体合流已成一时之潮流,算得上是当代"新笔记小说"的前驱。不过必须承认的是,五四中断了民初笔记体小说开启的这次试验,从事"新笔记小说"创作的作家是在几十年之后才接着走下去的。孙犁、汪曾祺等人在其文章和不同的场合中谈起他们所读之书,总是最钟爱笔记。孙犁是藏书家,其近半藏书是《世说新语》《太平广记》《聊斋志异》《阅微草堂笔记》《新世说》一类的笔记文学,其跨度自魏晋至民初,乃是其师法的范本。汪曾祺与其相类,推崇的是《世说新语》为代表的笔记文学,曾多次说"我爱读宋人的笔记甚于唐人传奇"①。他们在笔记文学这一固有传统基础上向传奇体、诗文、词曲等所有文学遗产汲取养分,并糅合现代、西方的一些小说因子创生出了"新笔记小说"。此种小说迅速成熟,曾掀起过一股文坛热潮,至今不衰,光是知名的作者就可以拉出一串很长的名单:贾平凹、何立伟、阿城、韩少功、孙方友、莫言、李庆西、聂鑫森、矫健、赵长天、高晓声、范若丁、公衡、侯贺林、张曰凯……

最后,笔者还想进一步放开眼光,从"新笔记小说"回望乡土味的沈从文、牛油味的林语堂以及冲淡无味的周作人,总觉得包括民初笔记体小说在内的传统笔记文学与这些"新文学家"的小说、

---

① 汪曾祺:《〈晚饭花集〉自序》,《汪曾祺全集》(三),北京:北京师范大学出版社1998年版,第324页。

小品文、随笔、杂文等有着扯不断的联系。这到底是一种什么样的联系呢？笔者认为想要搞清楚沈从文、林语堂、周作人等现代知识分子如何转化了悠久的笔记书写传统，需要一体通观的意识。只有在将来填平了人为设置的"新""旧"文学鸿沟，才能理清楚其间的真实联系。对当代学者来说，这将是一个新的课题。

第八章
民初保留"说话人声口"的话本体小说

今人一般将话本体小说的消亡时间断定在清代,最迟推至《跻春台》刊行的光绪末年(1899)。① 事实上,该体小说在1902年"小说界革命"发起后的二十余年间仍在持续创作,尤其是在民初复古思潮与现代性追求的矛盾交织中,"兴味派"小说家希望更充分地运用好这一传统文体,一度使该体小说创作呈现出复振之象。只是这些小说通过报载行世且多文体变异,以致过去很少有人注意其话本小说体制。本章拟由话本体小说概念的形成切入,对民初话本体小说的文体身份、主题题材、文体特征等展开初步探讨,使其重新浮出历史地表,以期得到学术界的进一步关注和研究。

---

① 鲁迅《中国小说史略》论述宋之话本以及后来的拟话本只到明末清初为止。此后郑振铎在《明清二代的平话集》一文中则将话本小说的消亡时间推至清中叶,他说:"及乾隆间《娱目醒心编》刊行,而话本制作正式结束,作者亦由是绝迹。"当代学者由于对话本小说之变体的看法不同,对其消亡时间则有不同论定。石昌渝先生在《中国小说源流论》中说"中国白话短篇小说如果在《豆棚闲话》的起点上再向前迈进,那就要走进近代小说的范畴。可惜豆棚连棚带柱一齐倒下,白话短篇小说文体也就画了一个句号,《豆棚闲话》竟成绝响","乾隆以后文人不再参与话本小说";而欧阳代发教授判定我国最后一本拟话本小说集是刊于光绪末年的《跻春台》。

第一节　民初话本体小说
　　　　文体身份确认

"话本（体）小说"作为小说文体概念出现于 1920 年代初，鲁迅在 1923 年出版的《中国小说史略》中说："说话之事，虽在说话人各运匠心，随时生发，而仍有底本以作凭依，是为'话本'。"① 该书第十二篇"宋之话本"，第十三篇"宋元之拟话本"和第二十一篇"明之拟宋市人小说及后来选本"大致勾勒出中国古代话本小说的概貌。此后，经郑振铎、孙楷第、谭正璧、赵景深、叶德均、吕叔湘等不断进行建构与使用，"话本（体）小说"概念逐在学术界确立。作为小说文体概念，1931 年郑振铎在《明清二代的平话集》一文中所作界定得到比较一致的认同，他说："'话本'为中国短篇小说的重要体裁的一种，其与笔记体及'传奇'体的短篇故事的区别，在于：她是用国语或白话写成的，而笔记体及传奇体的短篇则俱系出之以文言。"② 20 世纪中期以后，这一文体概念继续演进并进一步定型。现在一般所谓话本体小说是指传统白话短篇小说，它是一种"源于'说话'伎艺并且仍然保持着'说话'的叙事方式的小说"③。由此概念判断，清末民初报载的白话短篇小说中仍有一些作品属于话本体，当时有人称之为"平话短篇"④。

据笔者所见，清末报载话本体小说有 10 余篇，作者既有吴趼人、包天笑这样的当红作家，也有徐卓呆、胡适这样的文坛新秀，还有今天已不清楚其生平的闾异、侬更有情等。这些作品还在模拟

---
① 鲁迅：《中国小说史略》，北京：人民文学出版社 1973 年版，第 90 页。
② 郑振铎：《明清二代的平话集（上）》，《小说月报》1931 年第 22 卷 7 月号。
③ 石昌渝：《中国小说源流论（修订版）》，北京：生活・读书・新知三联书店 2015 年版，第 228 页。
④ 详见凤兮《海上小说家漫评》，《申报・自由谈・小说特刊》1921 年 1 月 16 日。

第八章　民初保留"说话人声口"的话本体小说

"说话人声口"讲短篇故事,都保留着"话说""却说""且说""单说""单表""诸公""列位""看官""诸君""闲话休提""有事话长,无事话短""说时迟,那时快"等话本体小说标识词。有的作品还具有比较完整的话本小说体制,例如吴趼人发表在《月月小说》1906年第1卷第4期上的《黑籍冤魂》,就由入话(用叙述文,而不用诗词)、头回(一则年羹尧化佛身铸钱以充军饷、因其身死未还债的相关故事)、正话("我"巧遇倒毙路边的鸦片烟鬼、得其一本残缺的小册子,并以此册所记惨史劝人戒烟)和篇尾(总结全篇,做出劝诫)等构成。不过,清末的报载话本体小说是在"新小说"观念影响下产生的,其文体变异很大,绝大多数作品打破了传统话本小说的体式规范,只保留了由"说话人声口"形成的说话虚拟情境①。甚至出现了侬更有情刊于《杭州白话报》1902年第2卷第21期的《儿女英雄》那样古代话本与现代演讲杂糅的混合体,包天笑刊于《广益杂志》1911年第7期的《刘竟成》那样去掉"看官"即变为新体白话短篇小说的作品。

民初"兴味派"小说家接续这一演变趋势,同时希图更充分地运用好这一具有鲜明民族特色的小说文体。因而,不少小说名家,如包天笑、程瞻庐、徐卓呆、胡寄尘、姚鹓雏、周瘦鹃、吴双热、许廑父、刘半农等,积极进行话本体小说创作,曾使之一度复振。据笔者统计,仅在《小说月报》《礼拜六》《中华小说界》《民权素》《小说画报》《春声》《妇女杂志》《红玫瑰》《半月》《快活》《民国日报》等民初主流报刊上就登载了50余篇话本体小说作品。

民初话本体小说明显赓续古代"说话"传统,"是以说话人的

---

① 哈佛大学韩南教授曾将古典白话小说模拟"说话人"声口称为"虚拟情境"(simulated context),意谓"假称一部作品于现场传颂的情境",另一位哈佛大学教授王德威沿此思路曾作《"说话"与中国白话小说叙事模式的关系》一文来论述说话的虚拟情境是促使中国古典小说"似真"(verisimilitude)效果发展的主要叙事法则,他主要是以长篇白话小说为例。本文讨论民初话本体小说受到他们相关研究的启发。

口气写的"①,"作者始终站在故事与读者之间,扮演着说故事的角色"②,作品中的"诸位""看官""列位看官""读者诸君""在下""你道""他道""你想""却说""话说""我今且说""如今且说""看官听着"等修辞套语正是其显著的文体标识。在语体上,民初报载话本体小说沿袭传统,基本上用白话讲述,并夹杂着少量文言词汇。在体式上,则接续清末话本体小说出现的变异继续演化。诸如多数作品不再使用入话,而直接进入故事主体;基本不再使用叙事韵文,叙事完全散文化;一般篇幅不大,叙事模式和具体描写都呈现出现代性新变,等等。当然,也有少量民初报载话本体小说还保留了入话和韵文套语,但一般入话较短,韵文套语也比较简单。如半侬(刘半农)的《奴才》③,开头引述梁启超的曲词《皂罗袍》入话,并接着有一番简短议论,但正话中却已无韵文套语。

整体观之,民初话本体小说是古代话本小说向现代转型的一种变体,其创新的叙事模式、新旧杂糅的形式,以及独特的描写技巧和说话虚拟情境富有古今转型期的特点。这批作品承袭古代话本小说为市井细民写心、注重发挥娱乐和教化功能的传统,总体上以表现市民生活为主,写的是家庭生活、滑稽故事、社会现象等内容,充满了世俗性和娱乐性。

第二节 演述家庭生活、滑稽故事与社会现象

民初的话本体小说主题题材比较集中,以演述家庭生活、滑稽

---

① 程毅中:《宋元小说研究》,南京:江苏古籍出版社1998年版,第242页。
② 石昌渝:《中国小说源流论(修订版)》,北京:生活·读书·新知三联书店2015年版,第264页。
③ 半侬:《奴才》,《小说画报》1917年第4期。

故事与社会现象为主。大致可以分为如下几类：家庭小说、滑稽小说和社会小说。

一、家庭小说

由于"小说界革命"强调群治，要求书写"公性情"，清末以男女婚恋为中心的话本体家庭小说难得一见。时至民初，由于受到西方自由婚恋及小家庭观念的强烈冲击，用话本体讲述家庭生活的小说不断出现于报端。其中最为精彩的是表现青年男女婚恋生活的作品。徐卓呆发表在《小说月报》上的《死后》《微笑》堪称杰作。《死后》[①] 讲述女子中学第一名卒业的碧云嫁给邬子良后不甘心做丈夫及家庭生活的附属物，在偶然获知心仪的小说家孤帆租住在娘家隔壁后，通过借书还书与孤帆建立起了微妙的关系。没有爱情的寄生性婚姻差点毁了碧云的梦想，"他本想在文坛上开一朵女著作家的花，他本想靠着自己的臂腕独立生活"。如今她全力以赴地完成了一部小说，并希望得到孤帆指点。然而孤帆不辞而别后自杀了。碧云在病中产下男婴后也死去了。三年后，邬子良偶然发现妻子遗物中的孤帆小说，看着扉页上的孤帆肖像，再看看眼前的三岁男孩，他恍惚间明白了一切。该小说对女性爱情婚姻观的发掘很富"现代性"，碧云所追求的自我价值实现和人格独立自由超越了同时期大多数作品，即使与十年后的五四"新文艺小说"相比也毫不逊色。《微笑》[②] 讲述一对青年男女因在路上常常相遇而日渐熟稔，由行注目礼到微笑再到脱帽致意，二人心中暗生情愫，却始终没有交谈。正当男子设想如何表白时，却发生了误会。二人都以为对方已有配偶而大失所望。最后，女子抑郁自杀，男子知情后陷入了更大的痛苦之中。这是一个令读者扼腕的爱情悲剧，无论是对纯洁爱

---

① 卓呆：《死后》，《小说月报》1911 第 2 卷第 11—12 期。
② 卓呆：《微笑》，《小说月报》1913 年第 3 卷第 11 期。

情的细致描写，还是对人物心理的真切刻画在当时都非常独特和现代。

《小说画报》上包天笑的《友人之妻》① 也是一组佳作，共 4 篇，写了 4 位"友人之妻"，多角度地演述了在社会新旧转型期婚姻家庭中的诸多问题。第一篇讲述留学生赵伯先与两任妻子钱玉美、孙玉辉的婚姻故事。以钱玉美产后生病为转折点，之前写赵、钱新式婚姻的美满，之后写孙玉辉如何以其勤恳言行取得同学钱玉美信任并在钱氏病殁后成为赵伯先的后妻，结尾讲的却是钱玉美所遗子受到了孙玉辉的虐待。第二篇讲述新学堂校长陈佩青与妻子周小姐的家庭生活，其重点是写由新式女子教育引起的一些家庭小矛盾，是作者所谓"欢乐的"家庭轻喜剧，反映的是青年夫妻对现代新生事物不同的认知。第三篇讲述留学生冯侠心与大户人家小姐方惠贞的婚姻家庭故事。这个故事是个彻头彻尾的悲剧，一个年轻有为的丈夫每天都要承担过劳的工作，一个贤惠的妻子时而要与娘家亲朋进行高额花费的应酬，而丈夫过劳的工作在很大程度上正是为了应付妻子高额的消费。后来，丈夫得了肺痨，妻子典当首饰、悉心照顾，但终究不能挽回丈夫的生命。第四篇讲述留学生何茗士与日本妻子巧结良缘的故事。俗话说无巧不成书，一日骑"自由车"的松子意外撞翻了何茗士，从此，两人交往起来，最终成就百年之好，如今已儿女绕膝。

姚鹓雏的《焚笔》《姹女》也颇具代表性。《焚笔》② 写毕业于北京大学的吴先生面对只懂操持家务、不通笔墨、不懂浪漫的妻子，感觉家庭生活实在乏味。因此，在收到女学生李碧绡的情诗后，他深感其诗风华绝代，立即想约见"玉人"。在约见时，他发

---

① 天笑：《友人之妻》，《小说画报》1917 年第 1、4、8、12 期。
② 鹓雏：《焚笔》，《小说画报》1917 年第 6 期。

现李碧绡竟然是自己夫人。吴先生惭愧骇异之余，便向夫人焚笔明志。从而揭示"乏味"的家庭生活才是生活的常态，奉劝诸君切勿想入非非。《姹女》①则写婚姻中妻子红杏出墙的烦恼事，出墙的原因正在于"金钱万恶"。小说在妻子"放出十二分的媚态"、邀着丈夫睡觉中不结而结。周瘦鹃的作品则将爱情与爱国冶于一炉，其《真假爱情》②讲述了最初陈秀英与郑亮恋爱，而当郑亮参军后，她便与郑亮的同学张伯琴订婚。没想到，后来张伯琴也从军且壮烈牺牲，陈秀英竟成了寡妇。小说同时讲述陈秀英的表妹李淑娟与郑亮的爱情故事。当郑亮因从军失去了陈秀英的爱恋之后，亦有报国心的李淑娟以女性特有的温柔安慰他，当郑亮随学生军出发时，她亲自去车站送行。就这样，郑亮与李淑娟相爱并最终成为被人艳羡的"神仙眷侣"。江红蕉的《造币厂》③将社会热议的金融事件糅入男女婚恋故事之中，令人耳目一新。该小说讲述何伯仁与章佩霞、章涵如之间友谊与爱情交杂的故事。小说写得曲折有致，以美貌之佩霞突然出现在章家，成为涵如的姐姐来设置第一层悬疑；以伯仁与佩霞相爱、但求婚却遭佩霞拒绝，同时佩霞又许诺待伯仁有一定商业基础便提供父亲的商业计划以助其商业发达来设置第二层悬疑；最终谜团揭破，原来佩霞是涵如父亲战友的女儿，她在伯仁求婚前一天收到了律师送来的父亲遗嘱，大意是已将自己许配给涵如为妻，并留下一笔遗产。

除了婚恋题材，民初话本体小说还涉及一些其他家庭话题。如包天笑的《富家之车》④围绕着某富翁、儿子、孙子用车的问题展开，反映的是创业者勤俭持家、积累财富，而守业者一辈比一辈挥

---

① 鸦雏：《姹女》，《民国日报》1917年4月16—25日。
② 瘦鹃：《真假爱情》，《礼拜六》1914年第5、6期。
③ 红蕉：《造币厂》，《礼拜六》1921年第103期。
④ 天笑：《富家之车》，《小说画报》1917年第10期。

霍浪费的现象，意在提醒读者"莫为儿孙作马牛"。胡寄尘所作《爱儿》① 独辟蹊径，在演述青年夫妇育儿的琐屑烦恼中表现现代知识分子夫妻之间的包容与互爱，并由此生发出对传统孝道的由衷推崇。小说结尾处说道：

> 看官至此，必疑心瓶居怕老婆，只猜着他是感激松雪的厚意，故跪下谢她。岂知也不然，原来瓶居抬头向壁上一望，忽看见他父母的照片，高高悬在壁上。这回因自己和松雪爱惜琪儿的事，并自己教育儿子的辛苦，忽想起他父母当年待自己的情形，所以禁不住双泪长流，深深跪下。当时他跪在他父母照片之下，一面向松雪说道："松雪，今日亲做人家父母，方知当年父母待我的好处了。"

姚鹓雏的《纪念画》② 给读者贡献了四帧"纪念画"：一是在外婆家安适顽皮的童年生活；二是少年时在外祖母疼爱中的刻苦读书生活；三是外祖母逝世，弥留之际的特别关爱；四是出国前，到外祖母坟前拜别。四帧画片接连放映，按照时间顺序依次展演了外祖母与"我"的情感故事，"我"对外祖母的无限感激与深切怀念在疏朗的笔墨中自然流泻，让观者为之感动。

二、滑稽小说

滑稽小说是民初话本体小说的另一大宗，这类作品大多在兴味消遣中贯彻醒世警世的宗旨。

民初话本体滑稽小说的代表作家是程瞻庐和姚鹓雏。程瞻庐是民初小说界有名的"笑匠"，之前我们在他所作白话章回体小说中已经见识过程氏特有的滑稽幽默。他的话本体小说作品以世俗生活

---

① 胡寄尘：《爱儿》，《妇女杂志》1916 年第 12 期。
② 鹓雏：《纪念画》，《小说月报》1919 年第 10 卷第 8 号。

第八章　民初保留"说话人声口"的话本体小说

为内容,以滑稽诙谐为特色,以醒世警世为宗旨,同样受到了当时广大读者的欢迎。如《快活之福》① 通过写三兄弟对快活生活的实践,展示了作者对快活真谛的理解;《鬼趣》② 通过写鬼世界里的趣事来讽刺人世界的无聊;《夫妻小说迷》③ 通过讲述作者拜会一对夫妻小说迷的趣事冷嘲热讽当时仍抱守"旧小说"观念的人物;《月光底下的大宅子》④ 滑稽演述中秋明月照临下一所大宅子里不同身份、不同年龄、不同阶层的家庭和个人不同的生活和思想;《预言家》⑤ 则围绕城隍庙里新来的算命先生刘再温讲述市井中各色人物上当受骗的趣事。姚鹓雏的此类小说写得也很有趣,如刊于《民国日报》的《眼镜谈话会》⑥ 通过一次眼镜们的谈话写了当时社会上几种有特色的人物:迂腐可笑的"大近视"、善吊膀子的"时髦人物"、爱发牢骚的"老先生"、想着行乐消遣的"我",等等。其语言诙谐、逗人发笑,如写"大近视"的一段:

> 当时便有一位白胖胖亮晶晶的同辈开谭道:"我今天总算乐极了。我那主人是一个大近视,每天总得要和我厮伴着。因为他除去了我,一尺以外,便辨不出东西南北,真可算得目光如豆呢。有一回,他去赴一个亲戚家的筵席。那天恰好我没同他去,他仓皇之间,也没想到,大概是五藏神催逼得厉害,忍耐不住了。直到入席之后,方才想起我来,然而一时间竟没法想。客齐入坐,水陆杂陈,他瞧见前面一只碟子里,乌黑的当是瓜子,便用手去抓,却不道是一碟子的松花,闹得满手黄的黑的,还尽着往嘴里送呢。当时大家哄堂大笑。他急愤不过,

---

① 瞻庐:《快活之福》,《快活》1922 年第 1 期。
② 瞻庐:《鬼趣》,《快活》1922 年第 16 期。
③ 瞻庐:《夫妻小说迷》,《快活》1922 年第 17 期。
④ 瞻庐:《月光底下的大宅子》,《快活》1922 年第 19 期。
⑤ 瞻庐:《预言家》,《红玫瑰》1924 年第 11 期。
⑥ 鹓雏:《眼镜谈话会》,《民国日报》1916 年 10 月 18—25 日。

赶忙回到家里来，向抽屉中找出了我，便狠命的往地下一掼，把我的一只腿跌断了。我虽然觉得痛，但是想倒很可借着这个伤，让我休息几个月。果然不出所料，他好像是和我有不共戴天之仇一般，掼伤了我，也一点不晓得怜恤，竟丢开了。倒是一个姨太太房里用的毛丫头，拾起我来，把我放在此处，便过了好几个月，直到现在。

这一段很好地体现了姚氏此类小说的特色，即抓住事物的功用、特点运用拟人手法使其大类人情，以它之口进行滑稽婉讽，达到特殊的艺术效果。《蚊雷》①则以滑稽夸张之笔写一位体态面貌如蚊，发声"志小言大"如蚊雷的读书人被友人整蛊的故事。原来"蚊"有"拜贵之癖"，其友抓住此点让他转送一函"致苏州阊门外同春坊某大人"。他不知是计，还"窃喜自负"。抵苏后，一大清早就赶忙送信至"同春坊"——妓院，闹出了一个大笑话。这篇小说对那些有"拜贵之癖"、喜欢夸夸其谈、自我吹嘘的人极尽针砭讽刺之能事。由上可见，他的这种滑稽话本体小说多含寓意，并非仅仅逗人无意识的一笑。

凭实来说，民初话本体滑稽小说流于油腔滑调、纯供消遣的作品也不少。譬如，张冥飞刊于《民权素》的《粉骷髅》②演述武则天死后纠集鬼姊妹吕雉、贾南风、徵侧、徵贰等设立机关，吸引各路女子为开辟独霸称尊的女子世界而斗争的荒诞故事。吴双热刊于《民权素》的《雀声》③讲述苏州某少年设计报复巡警阿四，诱使他抓赌而犯了私闯民宅的错误。恨水刊于《民国日报》的《真假宝玉》④由宝玉烦闷而到潇湘馆闲游写起，一路上遇到好几位林妹

---

① 鹓雏：《蚊雷》，赵苕狂编：《滑稽小说大观（上册）》，上海：大东书局1921年版。
② 张冥飞：《粉骷髅》，《民权素》1915年第13集。
③ 吴双热：《雀声》，《民权素》1914年第2集。
④ 恨水：《真假宝玉》，《民国日报》1919年3月10—16日。

妹，也遇到好几位假宝玉。他疑心是梦，而芳官却告诉他那些都是伶人扮演的，比如扮演林黛玉的有欧阳予倩、梅兰芳、小桂红等，扮演贾宝玉的有查天影、姜妙香、陈嘉祥、麒麟童、小月红等。该小说并无深意，不过是将时下剧场中扮演的宝玉、黛玉与原型人物做比较来产生滑稽效果罢了。

三、社会小说

民初话本体小说延续了话本体小说重视演述各类社会现象的传统，尤其关注底层社会民众的生活。如包天笑所作《云霞出海记》①通过讲述上海两个名妓的葬礼来探讨所谓人生"荣耀"问题。两个妓女同一个堂子出来，同一天出丧。一个仪仗显赫，在旁人看来荣耀无比；而另一个白棺一具，十分冷清可怜。作者给出的答案是上海的"大出丧"十分荒谬，实为当时一种社会乱象。江红蕉所作《电车司机人》②以前年哈尔滨电车工人大罢工取得圆满结果为叙述起点，重点讲述了复工后不久一位老年电车司机因生活所迫、带病坚持上班而导致严重车祸的故事。小说中间穿插了卖票人与无理乘客的争吵，关于卖票人揩油问题的争辩，以及人们对于大罢工的议论，等等。这篇小说是较早反映以电车司机、售票员为代表的工人阶级备受压迫、生活痛苦的文学作品，表达了作者对受难工人的同情。

另外，民初还出现了一些表彰良好人际关系的话本体社会小说。如许廑父刊于《小说季报》的《车笠遗风》③，讲述李介卿幼年丧父，由其父好友徐干臣教养成才，后官居江西首府；徐干臣病逝后，无人教养其子徐惟贤，李介卿则辞官返回徐家担当处理家政、教育顽弟之职，最终使惟贤中举并做高官。该小说一方面赞扬

---

① 天笑：《云霞出海记》，《半月》1921年第1卷第4号。
② 红蕉：《电车司机人》，《礼拜六》1921年第118期。
③ 廑父：《车笠遗风》，《小说季报》1918年第1期。

了徐惟贤为代表的传统友道之车笠之交,一方面颂美了李介卿为代表的传统美德之感恩图报。又如周瘦鹃刊于《小说月报》的《良心》、刊于《小说画报》的《最后之铜元》、刊于《礼拜六》的《嚏之尾声——嚏,病矣》《汽车之怨》等,或讲良心①,或赞诚信②,或劝人工作勤恳③,或褒扬要善待别人④。在民初上海这个被称为文明窗口、罪恶渊薮的中国第一大都市,这些作品实有利于引导广大市民形成新型的都市公共德行。

第三节　现代新变、虚拟情境与"说话人"隐形

作为传统话本小说的变体,民初话本体小说已呈现出不少"现代性"特征:更普遍地使用第一人称叙事,讲谈时新对象,关注热点话题;采用插叙、倒叙、补叙,进行横截面式的断片描写;注重心理和景物刻画,等等。

古代的话本小说叙事模式往往采用第三人称,以全知视角演述过往旧事,而清末开始出现采用第一人称叙事的话本体小说作品,以限制性视角讲述近今时事。比如吴趼人的《预备立宪》《大改革》都使用"我",讲谈的是正在发生的清廷立宪改革。民初使用第一人称叙事的话本体小说作品更多,例如,包天笑所作《友人之妻》⑤演述的是"我"的友人之妻,谈论的对象是受到西学熏染的留学生和新派人物,关注的是现代小家庭建设这一社会热门话题;

---

① 瘦鹃:《良心》,《小说月报》1918年第9卷第5期。
② 瘦鹃:《最后之铜圆》,《小说画报》1917年第3期。
③ 瘦鹃:《嚏之尾声——嚏,病矣》,《礼拜六》1915年第67期。
④ 瘦鹃:《汽车之怨》,《礼拜六》1922年第157期。
⑤ 天笑:《友人之妻》,《小说画报》1917年第1、4、8、12期。

第八章　民初保留"说话人声口"的话本体小说

姚鹓雏所作《纪念画》①展演的是"我"与外祖母的情感故事；周瘦鹃所作《噫之尾声——噫，病矣》②讲述的是"我"因笔墨生涯过劳而生病的事情。

　　古代的话本小说往往采用由头至尾的顺序叙事模式，清末话本体小说开始将其打破。例如吴趼人的《黑籍冤魂》③通过第一人称和第三人称视角的转换插叙虚构的康熙时年羹尧旧事及眼前无名鸦片烟鬼的近事。民初话本体小说承接这一变异趋势，叙述的方式更加多样。如包天天笑的《富家之车》④聚焦于某富翁、儿子、孙子用车的问题做横截面式描写；姚鹓雏的《姹女》⑤截取妻子出轨的那一夜来讲述；周瘦鹃的《最后之铜元》⑥演述赤贫的"我"一天觅食的遭遇，《噫之尾声——噫，病矣》⑦是一种类似于意识流的叙述；江红蕉的《电车司机人》《造币厂》采用的都是倒叙法。

　　古代的话本小说往往缺少直接的人物心理描写，清末吴趼人的话本体小说作品《大改革》《黑籍冤魂》《平步青云》等开始改变通过外部言行来展现人物心理的传统做法，而是用"暗想""想着""呆想"等领起对人物心理活动的直接描写。民初话本体小说这一现代新变更加普遍。例如，徐卓呆的《微笑》《死后》便以富有"现代性"的心理摹写见长。《微笑》⑧的叙述主线是男青年的心理活动，小说的情节推进与其心理活动相辅而行。当他误会了美人已为人妇时，"把一切希望都消灭得踪影全无……宛如掘得了宝玉被人

---

① 鹓雏：《纪念画》，《小说月报》1919年第10卷第8号。
② 瘦鹃：《噫之尾声——噫，病矣》，《礼拜六》1915年第67期。
③ 趼：《黑籍冤魂》，《月月小说》1906年第1卷第4期。
④ 天笑：《富家之车》，《小说画报》1917年第10期。
⑤ 鹓雏：《姹女》，《民国日报》1917年4月16—25日。
⑥ 瘦鹃：《最后之铜元》，《小说画报》1917年第3期。
⑦ 瘦鹃：《噫之尾声——噫，病矣》，《礼拜六》1915年第67期。
⑧ 卓呆：《微笑》，《小说月报》1913年第3卷第11期。

夺去了一般，又怒又悲。身体仿佛成了一个荷兰水瓶，血液只管向上涌起来。暗道那女子不应如此戏弄我，好不叫我痛恨，以后永不愿再见他了。若可自由谈话，我必畅骂千遍万遍，方泄我心头之恨。愈不能开口恨得愈深"。那位美人的心理虽未写出，从情节的推演来看当与男青年相同，正因其一往情深，才会由误会而致绝望自杀。《死后》① 则将一个不安于做家庭主妇的知识女性如何追求人格独立、如何成就文学梦的心理过程真实地描摹出来，其中对碧云遇到小说家孤帆前后的心理变化刻画得尤为细腻。

　　同样的，古代话本小说对环境景物也缺乏直接细致的描摹，这一情况到民初才发生改变。有关新颖的景色描摹可举周瘦鹃和姚鹓雏的作品为例，如周瘦鹃的《良心》② 开头就是一段景物细描："话说上海城内有一个小小儿的礼拜堂。这礼拜堂在一条很寂寞的小街上，是一座四五十年的建筑物。檐牙黑黑的，好似涂着墨，两边粉墙，白垩都已剥落，露着观木，长满了绿苔，彷佛一个脱皮露骨的老头儿，巍颤颤立在那里的一般。两面有两扇百叶窗，本是红漆的，这时却变了色，白白的甚是难看。"再如姚鹓雏的《纪念画》③ 中有这样的景色描写："靠河边十亩广场，场边几株杨柳树儿，从那丝丝金缕之中，漏出一片斜阳，直射到河面上，反映过来，便觉那河波闪闪霍霍的腾碧翻金，耀的人眼花。晚风过处，柳梢头一派蝉声，像笙簧般聒耳。河滨一根木桩上系着一条牛，那牛只顾低着头吃青草，却不防草堆里有无数的马蚊子，飞作一团，来叮那牛。"前者恰好配合着下面的现代都市叙事，后者与乡村叙事正相吻合，这样细致的环境景物描摹在传统话本小说中是难以寻觅的。

---

① 卓呆：《死后》，《小说月报》1911年第2卷第11—12期。
② 瘦鹃：《良心》，《小说月报》1918年第9卷第5期。
③ 鹓雏：《纪念画》，《小说月报》1919年第10卷第8号。

第八章　民初保留"说话人声口"的话本体小说

上述现代性新变是民初"兴味派"小说家主动学习域外小说的结果,其目的是探索我国固有小说文体的现代转型之路。不过,正如本章第一部分言及这些小说保留了"说话人声口",具有话本体特有的说话虚拟情境,并未从根本上改变话本小说的文体体制。这便形成了一种新旧杂糅的文体面貌,恰也契合了古今转型期一部分读者的阅读兴味,正如凤兮所说"尤能曲写半开化社会状态,读之无不发生感想者"①。

民初话本体小说的现代新变令读者耳目一新,固有的说话虚拟情境也继续"粘住"读者。这种熟悉的"说—听"虚拟情境带来了小说人物言语毕肖的"似真"效果,让正由传统走向现代的读者产生一种亲切的在场感。比如包天笑笔下学生闺蜜之间的对话:

> 钱玉美叹口气道:"妹妹,我现在觉悟世界上终没有美满的事儿,回想我初嫁的时候,哪一样不如人意。就是他……"说到那里,不觉得眼圈儿一红,又便往下说道:"待我可也算到了十二分了。到如今我过来有两年多,从来也不曾面红颈赤,有一句半句话争论。我从前性格还好,如今有了病,免不得心中有些焦躁。瞎生气!言语之间无端挺撞他也是有的。他却可怜我是个病人,从来不和我争执。皱皱眉头,便是走开了。我满意成一个最有幸福的家庭,只是我自己身体不争气,偏偏累了一身病。这又怪谁呢?"孙玉辉道:"姐姐别说这样悲观的话。年灾月晦,谁没个病儿、痛儿的。哪里就说起这些话来呢?从来病是要养的。古语说得好,病来似箭,病去似线。你别只管胡思乱想,心上把喜欢的事儿想想,能够一天一天的硬朗起来。我们依旧出去游玩。岂不好呢?"……②

---

① 凤兮:《我国现在之创作小说》,《申报·自由谈·小说特刊》1921年2月27日。
② 天笑:《友人之妻》,《小说画报》1917年第1期。

读这样的文字如聆其声，如睹其面，钱玉美的病况愁心引动读者不由得同情扼腕。这正是话本体的长处。再看胡寄尘《爱儿》中的一段：

> 这时瓶居夫妇二人饭都吃完，只有琪儿还没吃完，忽听得瓶居说要出外游玩，便丢下勺箸，连声说道："爹爹！我也要去。"琪儿方在学着吃饭，凡是用勺箸不能送入嘴里的，都用五指相助，大块肥肉又往往误送在两腮上。这时正吃得油腻满面，听他父亲要出外游玩，连忙走过去，一把拖住他的衣角。瓶居新的洋装燕尾衣，竟做了琪儿抹油脸的毛巾，虽然连忙让避，却已弄腻了一大块。幸松雪忙将琪儿拖过去，拿毛巾将他揩抹，琪儿还抵死的不肯，因此又哭了一回，待松雪替他揩完，他才止哭。瓶居道："要同我出去也不妨，只不许见了物件，便嚷着要买。你刚才一个皮球，去三角洋钱买的，不知可能玩得三天。"松雪插言道："这是你爱惜儿子太过，教我便不买给他，看他怎样。他一个皮球，便要耗你一点钟教书的薪水，你还供给得他起么？"瓶居道："他要别的东西，我都不给他，这球虽然是玩意儿，却也是有益的游戏，我怎能爱惜区区小费。"松雪将琪儿往瓶居身边一推，说道："琪儿，你爹爹欢喜你，你只管跟他出去，要什么东西，只管向他要。"……①

读这样的小说，仿佛观赏一集名为"成长之烦恼"的情景剧，更有趣的，听到作者的一声"看官"，读者也仿佛走入剧中来。另外，还有古装剧，试看许廑父《车笠遗风》中的一段：

> 介卿见了惟贤，也不开口，吩咐摆起香烛，供着干臣神主，痛哭下拜，道侄儿受老伯厚恩，满意教训兄弟，培植成

---

① 胡寄尘：《爱儿》，《妇女杂志》1916 年第 12 期。

人，只恨自己才德不足，反把兄弟学业都耽误了。侄儿之罪，擢发难数，今当自杀，以谢老伯。言已大哭，掣刀在手，便欲自刎。这时惟贤天良发现，悔心大生，见介卿待要自杀，也便大哭，上前抱住介卿，顿首说道："大哥切莫如此，小弟从今改过了。"介卿不觉回嗔为喜道："贤弟真个改过么？"惟贤涕泣发誓道："小弟若再不听大哥教训，便是禽兽不食的畜类。"介卿大喜道："兄弟真肯改过，这正是老伯大人在天之灵，阴中佑护，愚兄亦对得住老伯了。"回头命请出彩娟和周夫人，诉说其事，二人亦都大喜。惟贤自觉惭愧，转身向周夫人及他娘一一谢罪，又述悔过之忱。介卿又命治筵相庆，为惟贤洗心革面的纪念日，亦便为惟贤后日高发的预贺。是日，众人尽欢而散。①

虽然已过百年，今天的阅者诸君读到这样的文字一般仍能感知到说话虚拟情境带来的"似真"效果。

然而，对比古代话本小说，民初话本体小说虽然还能借助虚拟情境来"建立起真实客观的幻影"②，但这些作品已不能通过"说话人"之口讲出"一种集体的社会意识"③。原因在于我国古代相对稳定的道德伦理及善恶观念可以推出"说话人"作代言，而民初思想混乱、道德重构的现实使"说话人"失掉了集体代言的资格，只能作为某一个体发声。民初凡是坚持集体代言的话本体作品其思想力量都很微弱，只有那些个性化演述才拥有一定的动人力量。因此，我们看到包天笑、徐卓呆、胡适、周瘦鹃、姚鹓雏、胡寄尘等的话本体作品在说话虚拟情境里大胆革新，不再通过"说话人"的

---

① 廑父：《车笠遗风》，《小说季报》1918年第1期。
② ［美］王德威：《想象中国的方法：历史·小说·叙事》，天津：百花文艺出版社2016年版，第84页。
③ 同上书，第86页。

评议进行跳出情节以外的劝惩教化、抒情言志，而是借助情节自身的推动力量，自然流露出个人对于演述事件的态度。如包天笑的《富家之车》，结尾是顺着之前的情节自然讲述下去：

> 从此他老子坐了一辆旧式汽车，儿子坐了一辆新式汽车，天天在马路上出风头。只是那老太爷虽然有了一辆包车，他还说："你们这些人，得福不知。上海地方，马路如此阔，街道如此清洁，两边司门汀铺得齐平，在大马路上真和家里大厅上一样，何必还要坐车子？"所以他时常还是在大马路上踱方步。可是前几天，那汽车常常碾毙行人，家里人都劝老太爷坐了车子出去。又吩咐旧汽车新汽车的汽车夫，出出进进要留心老太爷在马路上踱方步，不要把老太爷撞倒了。闹出什么大笑话来，可不是玩的事啊！①

这就通过讲述祖孙三代不同的出行方式不露声色地传达出作者的褒贬态度。再如姚鹓雏《纪念画》的结尾是两首诗，形式类似于古代话本体的下场诗，可不同的是那诗是顺着小说情节自然生发的，是"我"为外祖母扫墓之后和在远赴外洋的轮船之上两次万感如潮而作的。它比例合宜地涂抹在"纪念画"上，言说的是非常个人化的情感。又如周瘦鹃的《良心》② 通篇是一种类西方短篇小说的结构，故事也在情节叙述中自然收束，并借梅神父的态度传达作者对小说中追求至情真爱的赞赏。对此，包天笑在《友人之妻》中曾表示其追求的是"只把每段故事说明罢了"，至于能否起到劝惩作用则交给读者自己感悟③。实际上，这样做产生了很好的艺术效果，当读者读到钱玉美缠绵于病榻而无力振作的惨况时，当读者读到钱

---

① 天笑：《富家之车》，《小说画报》1917 年第 10 期。
② 瘦鹃：《良心》，《小说月报》1918 年第 9 卷第 5 期。
③ 天笑：《友人之妻》，《小说画报》1917 年第 1 期。

第八章 民初保留"说话人声口"的话本体小说

玉美慨叹世界上没有美满之事的感言时,当读者读到孙玉辉自己生了女儿后对钱玉美所托之子施行虐待时,读者心中往往会五味杂陈,灵魂深处也同时受到强烈的触动。对于民初读者而言,这比起直露的议论、说教要进步得多。不过,上述带着个人色彩的评判采用话本体显然是内设了理想读者,但同样显著的事实是:在民初混乱的思想状态中,赞同的读者会与反对的读者一样多,大概还有些读者会不置可否。这样一来,保留原为集体代言的"说话人声口"以设置虚拟情境变得越来越没有必要,用之为个体发声最终成为赘疣。随着现代白话短篇小说的兴起,"说话人"完全隐形成为小说发展之必然。正如王德威教授所说:"必然的,在作家强调抒发个人欲望及企图的冲动下,说话传统无可避免地被贬抑甚至消失。"[1]

综合来看,话本体小说之所以在民初留下最后一抹浅淡的余晖,一是因"撰平话短篇,尤能曲写半开化社会状态"[2],一是复古、试验、转型的时代语境使然。实际上,话本体小说在民初发展的空间已经变得非常逼仄,不仅白话章回体这种同源的小说几乎完全遮住了它,笔记体、传奇体等文言短篇小说的繁荣也挤占着有限的阅读市场,还有代表短篇小说现代走向的新体短篇小说、五四短篇小说更是势不可挡地要将其淘汰。随着民初话本体小说偏重于技巧方面的某些文体变革成果被现代白话短篇小说吸收,1920年代中期以后,话本体小说已难觅踪迹,我国短篇白话小说基本完成了由"说—听"虚拟情境到"写—读"创阅模式的现代转型。

---

[1] [美]王德威:《想象中国的方法:历史·小说·叙事》,天津:百花文艺出版社2016年版,第93页。
[2] 凤兮:《我国现在之创作小说》,《申报·自由谈·小说特刊》1921年2月27日。

第九章
充满现代都市"兴味"的民初新体白话短篇小说

民初主流小说家在"兴味化"主潮中继承传统,积极推动我国固有的章回体、笔记体、传奇体与话本体向现代转型,使其染世情、生新变,呈现出有别于之前同体作品的丰富现代性。然而,正如刘勰所谓"兴废系乎时序"①,由于五四"白话文运动"在1920年代初即获得政治、教育和文化体制的全方位支持,"废文言兴白话"的直接结果即导致以文言为语体的诸种传统小说文体的断崖式衰落。② 用白话写作的章回体虽然在五四后被视为"旧形式""旧思想"的代表,但语体的一致性及其不断拓展的现代性保障了它在"新文学"为主导的"文学场"上继续在压抑中流行。这大概是胡适等人在倡导"白话文运动"之初所未能料及的。同样用白话写作的话本体小说则在五四后逐渐被一种新体白话短篇小说所取代,我

---

① (梁)刘勰:《时序》,《文心雕龙》卷九,北京:中华书局1985年版,第61页。
② 参阅本书第五章第三节的论述。

国短篇白话小说现代转型的路径正式由"说—听"虚拟情境转到了"写—读"创阅模式。民初这种新生的白话小说文体滥觞于清末"新体短篇小说",在五四之前即以丰富的创作实践坐实了清末"新小说家"提出的由文言而至白话演进的设想,非但形式上不是曾被"新文学家"批评的只是"字数上的短篇小说",在艺术上也绝非"'记账式'的报告"①,它是民初"兴味派"小说家积极开掘西方和民间资源,在求新求变的现代意识驱动下产生的崭新文体。该体小说的大部分作品都属于现代都市文学的范畴,主题题材实与当时上海都市发展进程同步,是当时小说界进行现代生活启蒙与都市兴味娱情的轻骑兵,为我国现当代都市文学的发展确立了光辉的起点。为了重新理清以上史实,进而确认民初"兴味派"创作的新体白话短篇小说亦是现代短篇小说的重要一脉,我们有必要对该体小说展开客观全面、系统深入的研究。

第一节 由"新体短篇小说"到新体白话短篇小说

对于中国短篇小说的现代演进轨迹,凤兮(疑为魏金枝)在1921年2月27日《申报·自由谈》上发表的《我国现在之创作小说》曾描述说:"以体例言,我国近代小说初期发达时代(在清光绪二十八年后,吴趼人辑《月月小说》时),已有一种平话,或文言之短篇之创作,又有一种表示各个性之剧本小说,此两种迄今人都为之。"② 这一描述的可贵之处是揭示了从1902年到1921年,中国短篇小说由清末"新体短篇小说"到民初新体白话短篇小说和

---

① 沈雁冰:《自然主义与中国现代小说》,《小说月报》1922年第13卷第7号。
② 凤兮:《我国现在之创作小说》,《申报·自由谈·小说特刊》1921年3月6日。

"五四短篇小说"不断向现代演进的真实过程。对于这一史实,多数"新文学家"出于"自我作古"的现实需要而选择了遗忘。即使比较客观的胡适,也只是在1921年10月10日的《时报》上发表了《十七年的回顾》来谈《时报》的一点影响,其文曰:

> 《时报》出世以后,每日登载"冷"或"笑"译著的小说,有时每日有两种。冷血先生的白话小说,在当时译界中确要算很好的译笔;他有时自己也做一两篇短篇小说,如《福尔摩斯来华侦探案》等,也是中国人做新体短篇小说最早的一段历史。①

此文将陈景韩(冷,冷血)为代表作家的《时报》短篇小说视作"新体短篇小说"生成的起始阶段。这个判断虽大致不错,但问题在于这个起始阶段之后怎样?"五四短篇小说"与之关系如何?这些问题都是"新文学家"及后来的相关文学史家未曾述及或有意遮蔽的。笔者认为由于学界对民初新体白话短篇小说研究长期缺位,现有中国现代短篇小说兴起的相关史述是不完整、不真实的,应该重新进行勘察和梳理。

首先来看清末"新体短篇小说"的情况。我国古人对于小说原没有文体上的长短篇之分,更无明确之命名。直至清末"小说界革命"时期报刊上始有以"长篇"指称章回小说②之谓,并有"短篇小说"栏目之设、"短篇小说"征文之举③。不过,这一时期的"短篇小说"还偏重在指篇幅短小的小说,往往与章回小说并举,包括了笔记体、传奇体、话本体及"新体短篇小说"等多种体式。

---

① 胡适:《十七年的回顾》,《时报》1921年10月10日。
② 如新小说报社:《中国惟一之文学报新小说》所设条例有"本报所登各书,其属长篇者,每号或登一回二三回不等。"《〈时报〉发刊例》云:"本报每张附印小说两种,或自撰或翻译,或章回或短篇,以助兴味而资多闻。惟小说非有益于社会者不录。"
③ 如《时报》《月月小说》《小说林》上的相关栏目设置与征文。

第九章　充满现代都市"兴味"的民初新体白话短篇小说

这种含混指称的状态直到 1918 年胡适在《新青年》上发表了《论短篇小说》才逐渐被打破。

由于以梁启超为首的"新小说"倡导者对于小说形式上的革新并未特别关注,出现在清末报刊上的"新体短篇小说"实未引起时人的文体自觉,反而是进一步退两步,最终仍回到含混的状态中去。例如,《时报》主笔陈景韩创作的《刀余生传》(1904)、《马贼》(1904)、《路毙》(1904)、《卖国奴》(1904)、《催醒术》(1909),另一主笔包天笑(笑,天笑生)所作的《张天师》(1904)、《卢生》(1906)、《诸神大会议》(1908),以及二人轮流创作的"歇洛克来华"系列小说(1904—1907)等。这些"新体短篇小说"作品首发于《新新小说》《时报》《月月小说》《小说时报》等报刊,其形式与意蕴在当时可谓一新读者之耳目。范烟桥在 1927 年出版的《中国小说史》中论曰:"日报附刊小说,始于《时报》。陈冷血、包天笑主之……其时为光绪三十年。有短篇小说,其章句之构成,与意思之表示,在中国为首创。盖已受域外小说之激刺,而打破从来小说之传统规律。"① 从下文的分析中我们将看到这些作品已有一定的文体现代性,可惜它们只是零星的试验品,缺乏民初新体白话短篇小说和"五四短篇小说"的规模和稳定性。范烟桥紧接着指出的"然其作风,屡有变迁"② 正是切中要害之论。陈、包二氏在清末并没有及时巩固革新成果,使之定型,反而向传统笔记体致意,自失面目。据《现代中国"短篇小说"的兴起——以文类形构为视角》一书的研究,"从总体上看,《时报》中所刊出的短篇小说作品仍然在很大程度上延续着传统笔记的以题材聚合的方式……陈冷血所喜爱的'谈'体,以及脱胎于侦探小说的'歇洛克来华'系列,

---

① 范烟桥:《中国小说史》,苏州:秋叶社 1927 年版,第 259 页。
② 同上。

都在一定程度上留存着这一笔记的表意传统"①。陈景韩如此,包天笑亦如此,他在一些短篇小说作品上还特意标注上"秋星阁笔记"的字样。整体上看,我们应该承认陈、包二氏都是清末小说形式技巧革新的先锋,至于他们在当时遵从"新小说"新民救国的文体功能观,不能完全摆脱固有小说文体的形式束缚等表现实是时势使然。当时《阅微草堂笔记》《聊斋志异》等古代小说的影响依然很大,笔记体等传统小说创作正居于短篇小说主流,只重社会政治功用不重形式革新的"小说界革命"方兴未艾,这一时势不仅让主持《时报》的陈、包二氏的"新体短篇小说"创作始终处在各种束缚之中,呈现为不稳定的试验状态,就是受其影响的《小说林》《月月小说》上刊载的那些"新体短篇小说"作品也只能是昙花一现,其数量不多,影响力也不大。

　　清末"新体短篇小说"对传统的突破主要体现为如下几点:一、以报刊这一新兴媒体为土壤。《现代中国"短篇小说"的兴起——以文类形构为视角》一书第二章对此做了比较细致的分析。需要补充说明的是,中国固有的"短篇小说"笔记体、传奇体、话本体作品同时也在报刊上登载,而且数量及影响力远远大于"新体",但只有"新体"因报刊这一现代传媒而生,生成之后也几乎完全受制于这一载体。这种与报刊的紧密关系一方面提供了打破传统小说固有体式的契机,让"新体短篇小说"随报刊之变而变;另一方面形成了小说社会新闻时事化的整体倾向,改变了短篇小说多讲旧事、谈鬼说狐的惯例,但也同时生出了只重时下传播、觉世新民的弊端。二、域外小说是其形式技巧面貌一新的催化剂。关于此点,陈平原、王德威、袁进诸位先生曾做出了高水平的研究。这里

---

① 张丽华:《现代中国"短篇小说"的兴起——以文类形构为视角》,北京:北京大学出版社2011年版,第33—34页。

第九章　充满现代都市"兴味"的民初新体白话短篇小说

要特别强调的是，陈景韩、包天笑、徐卓呆等作者都是清末有名的翻译小说家，他们的"新体"创作与翻译活动是共时性交织的，体现出很强的共同体式特征。三、运用独特且多样的形式技巧概念化地表征时代之"变"，进行宣传教育。陈景韩的《刀余生传》首刊于《新新小说》1904年第1、2号，小说之前有《叙言》自叙其写作旨趣、文体特点。小说开头就仿佛从半空之中跳出，还用了新式标点"！"（见图1）。此后主要用盗首和刀余生的对话连缀全文，叙述了盗窟的情形、盗首为盗的经历以及其对强盗集团的苦心经营。文中运用了"？""！""、""『』"等新式标点，还兼用传统的圈点符号（见图2）。其中对盗窟中各个石室的展示介绍是小说的主体，通过盗首对诸如"第三石室杀人库""第四石室货币库"及某石室中"牺牲部""营业部""考察部""游学部"等的详细说明表露其

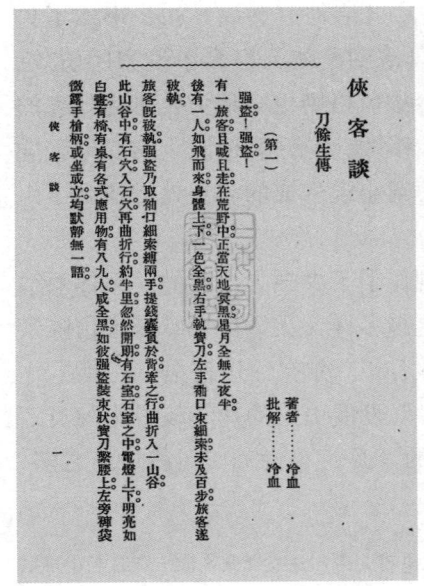

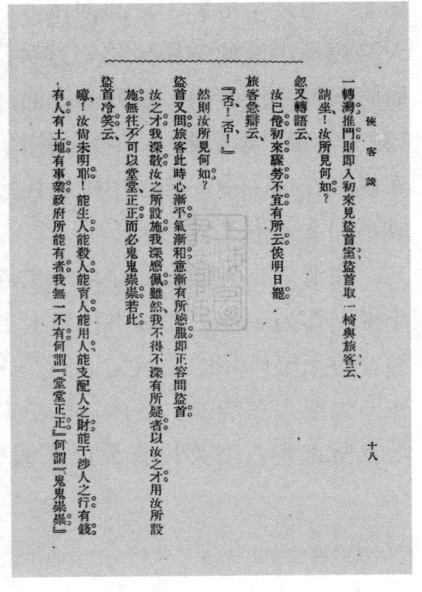

图1　　　　　　图2

对社会腐败的痛恨、扫除腐败的决心。整部小说缺乏形象性和故事性，实可看作陈景韩革命观念的小说化陈述，特别是文末他自己所作之批解更充斥着一种按捺不住的革命激情。而这一批解在文体功能上显然是传统短篇小说文末"异史氏曰"（某某曰）的回响，其后陈氏所作《马贼》文末之"著者曰"，包天笑所作《张天师》文末之"谐史氏曰"都属此类。

包天笑的《诸神大会议》分上、下两部分，首刊于《月月小说》1908年第1期、第5期，标"滑稽小说"。这篇小说是对议会政治的戏仿，也像《刀余生传》一样打破了传统小说以情节取胜的特点，也没有塑造出什么像样的人物形象，通篇是诸神对国族大事的讨论，涉及清末社会、政治、经济、教育、外交等多个领域。这样假托读者熟悉的诸神来宣讲作者对于时事政局的种种看法，实与梁启超所提倡的"政治小说"（如《新中国未来记》）同调，呈现出与《刀余生传》一致的创作方向。《诸神大会议》初步形成了包天笑短篇小说的滑稽风格，这种风格到民初为很多小说家所仿效。而陈景韩"侠客谈"系列小说的冷峻风格则更多地为鲁迅为代表的"新文学家"所吸收，二者堪称清末"新体短篇小说"的双璧。凭实说来，这一冷一笑在中国现代短篇小说生成的起点处已播下了生成不同文体形态的种子。

在清末，吴趼人、徐卓呆也创作了不少颇为出色的"新体短篇小说"作品。他们在叙事技巧上更趋多样，在语体上既有模仿陈景韩、包天笑作品的"不文不俗"之作①，亦有纯用俗语（白话）之作。吴趼人在清末"新体短篇小说"发展史上的功绩较早为阿英等学者所肯定。阿英称誉吴氏主编的《月月小说》"刊载短篇之多，

---

① 陈景韩特别以这种"不文不俗"的小说语言为得，他在《侠客谈·叙言》中声明说："侠客谈之作，为少年而作也……少年之通方言者少，故不用俗语；少年之读古书者少，故不用典语。"

第九章　充满现代都市"兴味"的民初新体白话短篇小说

开前此未有之局"①，发表于该刊的短篇作品"可以说是当时中国新的短篇小说的发轫，一种新的尝试"②。时萌说："中国具有现代文学特征的短篇小说，由吴趼人肇其端绪，初步展现了二十世纪开头中西文化交汇的痕迹。"③ 随着研究的深入，我们发现吴趼人的短篇小说实践虽晚于陈、包二氏，但其形式创新确有突破传统的导向意义。吴趼人在《月月小说》上总共发表了13个短篇小说，其中用白话写作的有8篇，虽然其中不少是模拟"说话人声口"讲故事的话本体小说，但即使采用了话本体、其创新之处也是显而易见的，呈现出向"现代短篇小说"过渡的特征④。其纯用白话写作的《庆祝立宪》(1906)、《平步青云》(1906)、《查功课》(1907) 尤其值得关注，因为这些作品在文言短篇居于主流的清末，不仅在尝试坐实"新小说革命"所倡导的文学之进化，"即由古语之文学变为俗语之文学"⑤，还为民初、五四的小说家沿此轨道摸索中国小说现代转型作出了难能可贵的示范。《庆祝立宪》⑥ 是吴趼人系列"新体短篇小说"最早发表的，只截取庆祝会场上的一个片断，以简短的环境描写开头，明显采用了"一起之突兀"⑦ 的西洋结构。小说的主体内容是一位名为"莽夫"之人在立宪庆祝会上的演讲，发表的是对于清政府"预备立宪"的看法。这在体式与意蕴上与前面介绍的包天笑《诸神大会议》相似，代表着清末"新小说"以议论来

---

① 阿英：《晚清文艺报刊述略》，上海：古典文学出版社1958年版，第25页。
② 同上书，第26页。
③ 时萌：《吴趼人短篇小说的开拓意义》，《镇江师专学报（社会科学版）》1988年第1期。
④ 参见本书第八章的相关论述。
⑤ 饮冰等：《小说丛话（节录）》，黄霖、韩同文：《中国历代小说论著选（下）》，南昌：江西人民出版社1985年版，第52页。
⑥ 趼：《庆祝立宪》，《月月小说》1906年第1卷第1期。
⑦ 少年中国之少年：《〈十五小豪杰〉译后语》，《新民丛报》1902年第2号。

代替叙事写人的时代潮流。《平步青云》① 发挥了吴趼人善于夸张的讽刺技巧，用大红缎子小幔罩着被供奉之物来设置悬念，用龌龊下贱的西洋溺器成为官僚的供奉之物极尽讽刺之能事。小说中虽还用了两次"看官"，但只是为提请读者注意，并非意在设置虚拟情境。该小说写的是"我"到友人府上拜年的见闻片段，"我"的限制视角贯彻到底，白话用得也很自然，是同时期难得的新体讽刺短篇佳作。《查功课》② 几乎通篇都是人物对话，这在当时是极为新颖的体式，与之相匹配的是清廷迫害进步学生的崭新题材。这种对话体小说的产生很可能受到当时新剧的影响，与陈景韩的"侠客谈"系列小说、包天笑及吴氏本人的"谈话会"式的小说是同一革新的方向，都有意识地学习外国文学。吴趼人同时发表的那些"不文不俗"（浅近文言或文白杂糅）的新体短篇作品，在结构上也均呈横截面式，叙事视角、叙事时间及具体的描写技巧都呈现出新颖的多样性。如《人镜学社鬼哭传》③（1907）叙写了当时发生在上海的一场欢迎会，通过宴会上执事者的宣言，美利坚兵部大臣达孚特的颂辞及"君子"的评论来结构全篇，小说充满反语与讥讽，抨击美国霸权欺凌，暴露上海部分绅商的软骨病。再如《光绪万年》④（1908）从光绪三十二年预备立宪写至"光绪万年"，想象"光绪万年"时发生的彗星撞地球事件是小说的主体部分。这篇小说拟仿笔记的实录叙写传奇般的幻设之事，挪用"有事话长，无事话短"的话本程式将笔墨浓缩在片段化的彗星撞地球事件之上，而在这一主体事件的叙述中穿插了大量的分析、议论、呼号和舶自西方的"科学"术语，形成了一种杂糅而新颖的体式。小说最后以中

---

① 趼：《平步青云》，《月月小说》1907年第1卷第5期。
② 趼：《查功课》，《月月小说》1907年第1卷第8期。
③ 趼人：《人镜学社鬼哭传》，《月月小说》1907年第1卷第10期。
④ 我佛山人：《光绪万年》，《月月小说》1908年第2卷第1期。

国实行了立宪结尾,虽出人意料但亦合乎情理,使整篇小说呈现为一种首尾呼应的完整结构。该篇小说意在反讽,旨在向民众传达清廷的预备立宪是个骗局。试问光绪何能万年?作者意在告诉读者:除非北极真的变成南极,否则万年以后实行立宪都只能是个空想!

徐卓呆在清末《小说林》杂志上发表的多篇"新体短篇小说"作品使陈、包二氏开辟的革新方向得到显著发展。《入场券》和《买路钱》分别发表在《小说林》1907年第1、3期上,它们都用白话写成,无论是语言风格,还是结构方式、叙事方式都没有了话本体的痕迹,这显然得益于徐卓呆留日学习的经历,是濡染外国小说的结果。《小说林》主编徐念慈曾发表"我国小说,起笔多平铺,结笔多圆满;西国小说,起笔多突兀,结笔多洒脱"[①] 的新见。这两篇小说显然都是起笔突兀、结笔洒脱的类型。《入场券》[②] 这样开头"开运动会的那一天,风和日暖,扯起了各国的国旗";《买路钱》[③] 的开头是"寒风凛凛,天色将晚。深山之中,万籁无声"。《入场券》写至甲、乙学生冒领钞票走出运动场戛然而止:"一出了门口,只听得一人道:'凭空送来十元,我们昨夜的一台花酒,仿佛是人家请我的,竟不作我请人家的了!'"这为读者留下余味;《买路钱》则以强盗头目与被劫贪官的对话结尾,最后一句是贪官的话:"江苏大人卖过铁路,有六十万到手哩,请大王问他要罢。"这让读者产生悬想。《入场券》的主体内容是甲、乙学生、收券员之间的对话及各自的言行,以第三人称限制视角、通过多处对比式叙述形成运动场上"似真"的短暂片段,以简洁的外部描写传示甲、乙学生与收券员或龌龊或高尚的内在精神世界。《买路钱》选取的是贪官被强盗打劫的一个横截面,以双方的对话为主,揭示清

---

① 徐念慈:《电冠·赘语》,《小说林》1908年第8期。
② 卓呆:《入场券》,《小说林》1907年第1期。
③ 卓呆:《买路钱》,《小说林》1907年第3期。

末遍地贪腐的黑暗现实。这两篇小说都不足千字，短小精悍，很适应在报刊上发表，所选题材也很新奇，能够吸引读者。卓呆发表在《小说林》1907年第7期上的《温泉浴》同样也不满千字，整体上继续了上述文体风格，不过改用了文言。小说开头也很新颖："酷暑逼人，汗流竟体，乃作箱根之行，以为消夏计。"这样就自然引出了"余"到箱根洗温泉浴过程中的一闻一见两个生活片断。小说通篇以第一人称"余"进行限知叙事，"似真"效果很强，这种逼真且明快的方式更有力地暴露出一些留日"改良家""教育家"的丑态。

总的来看，清末"新体短篇小说"打破了传统短篇的固有体制，其文本形式、结构方式、叙事方式及修辞技巧等都发生了新变，呈现出比较明显的"现代性"。受"小说界革命"影响，这些作品瞩目时事、抨击时弊，进行政治启蒙，意图发挥新民救国的文体功能，这迥异于写奇人轶事、灵怪妖魅、市井俗情，以娱乐劝惩为旨趣的传统短篇小说。同时由于我国固有的文言短篇小说文体在"小说界革命"之后也在积极进行现代转化，并居于主流地位，"新体短篇小说"呈现为文白并用的语体样态，在语言上还没有确定明确的革新方向。由陈景韩、包天笑向传统的笔记体致意，到吴趼人对话本体小说的改造，再到徐卓呆退回文言语体以适应时代潮流等现象观之，"新体短篇小说"的发展在当时有相当大的阻力。特别是该体小说新民救国的文体功能过于单一，进入民国后它便不能适应日趋多元、主倡"兴味"的文学场域了。再加上民国成立后的最初几年涌现出了强大的复古思潮，传统小说文体得到了更多现代转化的机会，而"新体短篇小说"的发展几乎停顿下来。直到1915年包天笑创刊《小说大观》，"新体短篇小说"向新体白话短篇小说演进才有了新的契机。

"辛亥革命"后，社会虽经历了民主共和国建立所带来的短暂

第九章　充满现代都市"兴味"的民初新体白话短篇小说

新气象,但随即笼罩于强大的复古思潮之中,小说界盛行的是文言小说。据现有研究所知,清末民初文言小说的繁荣在 1914—1915 年间达到了前所未有的沸点。当时出现的《小说大观》实亦笼罩于此文言小说的大潮中——仍以刊登文言的著、译小说为主,但也刊发了一些白话短篇小说作品,特别是该刊宣布的种种革新举措已开始悄然改变着文言小说的强势地位,重新开启了对于"短篇小说"现代发展方向的探索。《小说大观》是一种"迟来"的刊物,据包天笑回忆,在辛亥革命前夕就已经酝酿创办,而实际出版发行却延迟至 1915 年 8 月。这一延迟使其办刊宗旨既能针对清末"小说界革命"不重视小说文学审美性的流弊而发,亦能为纠正当时文坛的一股专门写作"卑劣浮薄、纤佻媟荡之小说"[①] 的歪风而设。这在其《例言》《宣言短引》中明确宣布,在其刊登的作品中也有准确落实。也许在包天笑本来的计划中,拟创刊于清民之交的《小说大观》就是一个与《小说时报》[②] 一道共同推动小说文体革新的刊物。1909 年 10 月创刊的《小说时报》在第一期"本报通告"中宣称:"每期小说每种首尾完全,即有过长不能完全之作,每期不得过一种,每种连续不得过二次,以矫他报东鳞西爪之弊。"[③] 缘于此,"短篇小说"因其篇幅短小最适宜一次登完而倍受编者青睐,于是第一次作为"头牌"栏目被置于每期目录之首。《小说大观》同样秉承这一办刊方针,亦沿用了这一编排体例[④]。《小说时报》的创新在清末产生了很大的影响,次年 8 月创刊的《小说月报》也

[①] 天笑生:《〈小说大观〉宣言短引》,《小说大观》1915 年第 1 集。
[②] 该刊起初由陈景韩、包天笑轮流主编,实际编辑工作多由天笑一人完成;在 1912 年陈景韩离开《时报》去做《申报》总主笔后,则完全由天笑来主持。
[③] 《本报通告》,《小说时报》1909 年第 1 期。
[④] 这一体例后由包天笑主编的《小说画报》《星期》等沿用下来,体现出包氏一贯重视短篇小说的态度。

在其创刊号的"征文通告"中表示"短篇小说尤所欢迎"①,并分别设置了"长篇小说""短篇小说"栏目。可见小说的长、短篇之分已成当时小说界的共识,"短篇小说"日益为报刊所重视②。如此一来,"短篇小说"继续兴盛起来。清民之际有不少刊物都设置了"短篇小说"栏目,或刊登短篇的小说。不过,这些报刊上登载的"短篇小说"多是带着革新意味的笔记体、传奇体作品。包天笑当时脍炙人口的《一缕麻》③,许指严糅传奇与笔记为一体的掌故小说就是其中的代表。"新体短篇小说"的革新脚步似乎停滞了。《小说大观》为"短篇小说"发展提供的契机主要是改变了民初小说界对小说艺术意蕴和文体功能的认识,同时试图引导小说界重视使用白话。《〈小说大观〉宣言短引》通过反思"小说界革命"因过分强调小说的工具性而忽视小说的艺术性,最终因失掉"小说味"而失去读者的失败教训,强调应重视小说的形式技巧和艺术意蕴,强调小说应具多元的文体功能。《例言》则在声明"所载小说,均选择精严,宗旨纯正,有益于社会,有功于道德之作"后,突出强调"无论文言俗语,一以兴味为主,凡枯燥无味及冗长拖沓者皆不采"④。这些改革倡议和用稿标准乃是针对当时小说界的现状而发,客观上开启了"短篇小说"从清末到民初的演进方向:从为救亡图存服务到追求艺术兴味;从关切社会群治到关注个人体验,从注重强调思想启蒙到注重生活启蒙;从以使用文言为主到以运用白话为尚。为将《小说大观》打造成当时小说杂志之"弁冕"⑤,包天笑

---

① 《征文通告》,《小说月报》1910年第1卷第1期。
② 在胡适《论短篇小说》一文出现之前,涉及"短篇小说"的研究著作、文章、评点、小说话及其他杂论多停留在对小说篇幅的长、短认识上,与文体性质有关的讨论极少且很不稳定,同一作者的论述尚处于不断变化之中。
③ 《征文通告》,《小说时报》1909年第2期。
④ 《〈小说大观〉例言》,《小说大观》1915年第1集。
⑤ 语出《小说画报》上有关《小说大观》的广告,见《小说画报》1917年第2期。

第九章　充满现代都市"兴味"的民初新体白话短篇小说

组织了一个以民初小说名家和新星为主的作者队伍，其中包天笑、徐卓呆、叶小凤、姚鹓雏、范烟桥、周瘦鹃、张毅汉、毕倚虹等均擅撰、译短篇小说，这支队伍的集结标志着民初新体白话短篇小说核心创作团队的初步形成。作为主编，包天笑还率先垂范，每期都发表一个高质量的短篇作品①；就整本杂志而言，"每集短篇小说，均登十篇以上"②，而且多数是精心撰、译之作。透过十五集刊登的全部作品来看，《小说大观》上的短篇小说虽文言多、翻译夥，但数量不多的新体白话作品不仅延续了清末"新体短篇小说"的求变精神，而且在结构方式、叙事模式、艺术技巧及语言载体、文体功能上都开辟了新的方向。

由于当时文言在小说上的势力还很强大，《小说大观》对"短篇小说"发展在语体上的推动还停留在从文白杂糅到文白分途的阶段，所谓"无论文言俗语，一以兴味为主"③。在民国成立后的三、四年间，晚清以来的国学倡导，文言所处的官方地位，政府鼓吹的保存国粹，使当时的小说界普遍认为复古式"进化"是"循自然之趋势"④。清末以来林译小说的风行则进一步强化了小说界的这一认识，在厉行复古的时代语境中文言空前强势地进入了小说创作领域。不仅一直用文言写作的笔记体、传奇体小说大受欢迎，还出现了盛行一时的文言章回体小说。用文言写小说在民初成为一种时尚。后来的"新文学家"鲁迅、刘半农、叶圣陶等在当时创作的也多是文言小说。不仅被指为"旧派"代表作家的许指严在"新文学革命"期间曾以自己的创作经历对此做注，就连被树为"新文学革命"领袖的周作人在当时也极力倡导用文言撰作小说。许指严说：

---

① 这些作品多数属于都市情感传奇，可视作民初传奇体的变体之作，呈现出丰富的创新特征。详见本书第六章。
② 《〈小说大观〉例言》，《小说大观》1915年第1集。
③ 同上。
④ 树钰：《本社函件最录》，《小说月报》1916年第7卷第1号。

"不才弄翰三十余年,为制艺、经说、史考、诗古文辞十之四,为小说、笔记十之六。而小说中又为短篇文言者十之八,长篇章回白话者十之二……乃亦试为章回白话体,而每一稿出,则为前辈所诃,又不敢自申其说,说亦恐无效……其欲以白话小说启迪社会而为文学界树一新帜之厦,竟成虚语矣。"① 周作人则态度鲜明地呼吁:"若在方来,当别辟道涂,以雅正为归,易俗语而为文言,勿复执著社会,使艺术之境萧然独立。斯则文虽离社会,而其有益于人间甚多。"② 不过,这一时尚非但有违于清末"小说界革命"指明的"由古语之文学变为俗语之文学"③ 的进化轨道,也与宋元以来白话小说大发展的趋势相乖。这势必引起小说界对于文白小说孰为正宗,小说应该如何向前发展的论争。成之在《小说丛话》(1914)中指出:"故以文言俗语二体比较之,又无宁以俗语为正格。吾国小说之势力,所以弥漫于社会者,皆此种小说之为之也。"④ 当初,梁启超等正是因看到小说(主要是白话章回小说)的势力弥漫于社会才意欲借提倡"新小说"以达其政治上新民启蒙之目的。未料想,因其"小说为文学之最上乘"⑤ 的号召,涌入清末小说界的文人士大夫作者和读者共同促成了文言小说的繁荣。这正是清末"小说界革命"在理论与实践上的吊诡之处。所谓物极必反,在文言小说鼎盛的 1914—1915 年间已出现了一些倡导白话小说之声,如梦生说:"小说最好用白话体,以用白话方能描写得尽情尽致。之乎也哉,一些也用不着。……小说之为好小说,全在结

---

① 许指严:《说林扬觯》,《小说新报》1919 年第 5 卷第 4 期。
② 启明:《小说与社会》,《绍兴县教育会月刊》1914 年第 5 号。
③ 饮冰等:《小说丛话(节录)》,黄霖、韩同文:《中国历代小说论著选(下)》,南昌:江西人民出版社 1985 年版,第 52 页。
④ 成:《小说丛话》,《中华小说界》1914 年第 1 卷第 3 期。
⑤ 饮冰:《论小说与群治之关系》,《新小说》1902 年第 1 卷第 1 号。

第九章　充满现代都市"兴味"的民初新体白话短篇小说

构严密,描写逼真。能如此者,虽白话,亦是天造地设之佳文"①;吴曰法径称"自吾论之,以俗言道俗情者,正格也;以文言道俗情者,变格也"②。基于这样的历史语境,《小说大观》设置"无论文言俗语"的采录标准有利于引导民初小说家积极使用俗语(白话)去撰、译小说,结合发表在该杂志上的小说作品及主编包天笑接下来的改革来看,这应该是确定无疑的③。

《小说大观》一经推出便大获欢迎,可谓名利双收,成为民初上海文学场上平衡"艺术法则"与"市场法则"的典范。从1915年至1917年连续出版十二集,之后在1918、1919、1921年各出版一集,整整地出了十五巨册。可以说,这本雅俗共赏的大型小说季刊是民初短篇小说现代转型的风向标。此后,随着新体白话短篇小说在各种报刊上不断涌现,其文体形态也越来越趋于稳定,其富有"现代性"的意味也为越来越多的读者接受和欢迎。

1917年1月,包天笑通过创刊《小说画报》突破性地提出了"小说以白话为正宗,本杂志全用白话体";"本杂志以自行撰述为大宗";"所撰小说均关于道德、教育、政治、科学等最益身心、最有兴味之作";"每期有短篇四五篇,长篇三四种"④。这便以民初小说界领袖的地位进一步明确了小说界的革新走向,对新体白话短篇小说的发展起了关键性作用。白话写作一直被"新文学家"视为"新文学革命"之根本,对清末民初的白话文学探索,他们总是有意无意地遮蔽与贬低,至于包天笑所办《小说画报》"全用白话体"的创举更极少为过往的文学史述及。实际上,包天笑对于白话文学

---

① 梦生:《小说丛话》,《雅言》1914年第1卷第7期。
② 吴曰法:《小说家言》,《小说月报》1915年第6卷第6号。
③ 实际上,当时刊登新体白话短篇小说作品的刊物很少,很多作家正热心于改造文言的笔记体和传奇体小说。直到1920年代以后仍有不少作家认为"小说以造意为主,措辞为副,文言白话初无优劣也"(徐絮:《小说琐话》,《良友》1926年第6期)。
④ 《〈小说画报〉例言》,《小说画报》1917年第1期。

的提倡可以追溯到清末维新时期主办《苏州白话报》，其撰、译小说也由浅近文言不断向白话文努力，他在《小说画报》上的"白话体"改革很显然是其长期艰苦摸索实践之后所确定的方向，也是力图将"小说界革命"时期梁启超确立的中国文学发展路径"由古语之文学变为俗语之文学"①的观念变为现实。与之同时提倡白话文的"新文学革命"其实与之同源而异流，而且这时"新文学家"的"白话文运动"还只停留在口号上，《新青年》直到1918年4卷1号起才完全改用白话文。总体来看，《新青年》开辟的白话小说之路是"拿来"西方的文学理论、作品来创造新的中国文学，语言呈现"欧化"；而《小说画报》走的是原创之路②，希望在固有传统的基础上"化用"西方某些文学资源来进行创新，语言仍为"中式"。这实际是中国小说现代转型所走的两条相对独立的道路，在五四以后各自发展，亦相互影响。《小说画报》（月刊）作为我国第一份白话文学杂志在1917年连续出版12期，之后1918年6至10月出版5期，1918年12月至1919年2月出版3期，1919年9月、1920年8月各出版1期，一共出版了22期。由发表在《小说画报》上的短篇小说作品观之，其演进之迹甚明，不仅"全用白话体"，而且除一些是时新的话本体外，其余均是新体的白话短篇小说。这些作品多数都是艺术性、思想性、趣味性俱佳之作，继续贯彻了包天笑倡导的小说"兴味化"观念，追求兴味娱情与审美兴味，在形式技巧上颇多新变，也愈加成熟。

《小说画报》与《新青年》在提倡短篇白话小说创作上不谋而

---

① 这是梁启超1903年在《小说丛话》劈头所下的判断，包天笑在《〈小说画报〉短引》中重申说："盖文学进化之轨道，必由古语之文学变而为俗语之文学。"
② 包天笑在《〈小说画报〉短引》中总结自己清末民初十余年的小说撰、译经历时，清醒地认识到"翻译多而撰述少，文言夥而俗语鲜"，他对此"颇以为病"，进而指出"吾国小说家不乏思想敏妙之士，奚必定欲借材异域，求群治之进化非求诸吾自撰述之小说不可"。

第九章　充满现代都市"兴味"的民初新体白话短篇小说

合,二者共同形成的白话文学潮流,加速了新体白话短篇小说的发展。特别是随着 1920 年代初期"废文言兴白话"从口号变为现实,新体白话短篇小说曾一度出现过繁荣局面。在接踵而来的"新""旧"文学之争中,包天笑还通过创办《星期》周刊意图调和"新""旧",期待白话短篇小说能有新的发展。

《星期》周刊没有发刊词,从其《投稿简章》和《编辑室余墨》来看,它继续了《小说画报》"以白话为正宗"①的倡导;"欢迎投稿,文体以白话为主"②,但也刊登少量文言的作品③,传达出之于"新""旧"文学折衷的态度。主编包天笑还在《星期》上登载"灵蛇"的《小说谈》,以一个小说界前辈的身份,诚恳地希望"旧体小说家,也要稍依潮流,改革一下子。新体小说家,也不要对于不用新标点的小说,一味排斥。大家和衷共济,商榷商榷,倒是艺术上可以放些光明的机会啊"④。当时"新文学家"坚决要将所谓"旧文学"驱逐出文学场,而民元以来主倡"兴味"的文学场亦随之发生剧烈变化,"一鹃一鹤"(周瘦鹃、严独鹤)凭借他们所掌握的报刊出版资源正倡导一股"消闲风",文坛上最流行的是《快活林》和"复活"的《礼拜六》。主倡"兴味"的民初上海小说界对于小说"消闲"的功能一直持肯定的态度,因为小说"兴味化"本身就有满足读者"消闲"的一面。不过,将多元"兴味"简化为一味"消闲",便与追求小说的文学审美独立性、强调小说满足读者各种"兴味"(阅读需要)的宗旨不符了。"新文学家"抓住不放的就是当时文坛泛滥的"消闲风",斥责其"商女不知亡国恨,隔江

---

① 记者:《编辑室余墨》,《星期》1922 年第 1 号。
② 《投稿简章》,《星期》1922 年第 1 号。
③ 星期创刊号的《编辑室余墨》与《投稿简章》分别说:"偶然也有几篇文言的作品,不过比较的少数罢了","笔记小品亦酌用文言之稿"。
④ 灵蛇:《小说谈》,《星期》1922 年第 16 号。

犹唱后庭花"①。包天笑作为从清末"小说界革命"中走出来的"兴味"老将,他始终贯彻"雅俗共赏"的编刊宗旨,并且热衷宣传传统美德、传播有益、有趣的新思想、新的生活方式——进行现代生活启蒙。面对"新""旧"两方面"严肃"与"消闲"形同水火的对立之势,包天笑仓促创办《星期》,就是希图通过这本杂志的示范力量和自己真诚的规劝,引导大家和衷共济,使艺术放出光明。《星期》的封面是凤竹手绘的充满着生活趣味的滑稽漫画。这些漫画本身画得非常传神有趣,能把某种生活哲理、社会现象巧妙地传达出来,更有意味的是这些漫画完全配合每一期的主题内容而设计。这一方面是包天笑办刊一直重视图画"兴味"作用使然,另一面也因新文学"问题"意识、专题讨论在刊物上出现而生发。《星期》不仅出现了像"婚姻号""生育号"这样的特刊,而且每一期几乎都贯串着比较强烈的主题意识、问题意识。不过,与"新文学家"所办刊物不同的是,《星期》所关注的全是日常生活中的问题,正好与"新文学家"的思想启蒙相补充。我们以第十三号"婚姻号"的封面为例,上面画着一位时髦女士手执扫把将一群头戴礼帽的男人扫地出门,充满了谐趣和寓意。结合本期作品《爱情的弹力》《傀儡婚姻》《维系》《抱牌位做亲的离婚广告》《郎曼婚姻》《离婚后之环境》《婚后》《婚约》《车夫新婚记》《一只红宝石戒指》《爱情实验表》《多妻者之烦恼》《婚后》等来看,它从新旧恋爱、新旧婚姻、结婚前后的感情变化、不同阶层人的婚姻、婚姻中的物质生活与感情生活等诸多方面对婚姻这一"终身大事"进行了种种展示和探讨,的确有进行现代生活启蒙的作用。整体来看《星期》上刊发的作品,以新体白话短篇小说为主,涌现出了不少艺术性与思想性俱

---

① 郑振铎曾引用它来批判当时文坛的"消闲风",见西:《消闲?!》,《文学旬刊》1921年第9号。

第九章 充满现代都市"兴味"的民初新体白话短篇小说

佳的精品——有很强的问题意识,艺术上愈臻成熟。

然而,"新文学家"的态度是决绝的,他们早已把眼中的"旧派小说家"当成不可救药的群体,准备扫出文坛了。新体白话短篇小说自 1920 年代开始被打入文学史的另册已成历史之必然。虽然如郑逸梅评《星期》所说:"短篇小说如天笑《堕落之窟》《爱神之模型》,海鸣《倡门送嫁录》,隽美极了!倚虹也有多篇聚精会神的杰作……"①虽然《星期》封面上依旧标着"天笑主任"作为招牌,其选稿依然秉持严谨的作风,"兴味派"名家们依然听他的"将令"——将其小说精品投到《星期》上发表,包天笑依然每期首篇都用自己的白话短篇小说与芸芸众生分享他对生活的最新感悟。但是,《星期》出版了整一年(1922 年 3 月—1923 年 3 月)共 50 期后,还是戛然停刊了。毕竟,民初小说"兴味化"的热潮已经过去了,以他为盟主的"兴味派"小说家们越来越向更通俗的方向滑落,他们已经完全失掉了上层文学场域的话语权,他们被迫走上了一条长期被"新文学家"、文学史家目为"等而下之"的另一条文学之路。

第二节 现代都市兴味娱情与 生活启蒙的轻骑兵

徐卓呆在《小说月报》1911 年第 2 卷第 1 号上发表的《卖药童》可视作民初新体白话短篇小说兴起的起点。这篇小说较之作者之前的作品,篇幅明显加长了,这是因为作者要做更为细致的情节叙述,在特定的情境中塑造更为毕肖的人物,希图通过更艺术地展演一出都市社会惨剧来表达一种人道主义关怀。这样的作品富有

---

① 郑逸梅:《小说杂志丛话》,《半月》1924 年第 3 卷第 20 号。

"小说味",又富有"现代性",它用中式白话和崭新体式吸引着读者,以艺术的力量打动读者的内心,激起他们的正义感和仁爱心。这篇小说只截取了与卖药童有关的两三天的生活片段,也是他活在世上的最后时光,聚焦的人物也只有卖药童、母亲、警察长和邻家的老翁等寥寥数个。当读者从开头"今天朝晨,下了一回雨,立刻停了……忽然跑出一个十二三岁的男孩来"读到"阿祥两只眼睛,恶狠狠的向众人看着,把第二包吃完了,于是三包、四包、五包、六包、七包、八包,到了九包,他眼睛发白,呻吟起来……九包、十包、十五包、十六包、十七包,竟一齐吃了下去,塞得声音也发不出来,好不容易说一声道:'如此,好了么?'说罢,大哭"!此时,一般读者的脑海中都会浮现出一个被侮辱、被虐待的卖药童形象。再读下去,读者大多会因有感于卖药童母子凄苦无依、挣扎在死亡线上的惨况而生出极大的悲悯和愤怒。小说以卖药童纵火复仇和惨死结尾,使读者的悲悯和愤怒得到强化并进而引发反抗和改变社会现状的意识。这篇小说的讽刺意味很强烈:名为阿祥的卖药童是不祥的,他作为城市中新一代的贫民,天生就处在被压迫的地位;那个将他推向死亡的地方叫做"慈照寺",现场的僧侣、妇女、婢女们正是他遭受警察长虐待的帮凶,他们一毫不懂"慈悲"二字的含义;真正懂得"慈悲"、无私帮助这对可怜母子的不是"慈照寺"里的警察、僧人和女人,而是和卖药童一样处在社会底层的邻家老翁及其他好心邻居们,这无疑加强了小说的讽刺力量。可见,这篇小说不像以往的"新小说"作品那样"开口便见喉咙"①,而是以独特的艺术意蕴震撼着读者,控诉着社会的黑暗和人心的丑陋。可以说,《卖药童》是清末"新体短篇小说"转向民初新体白

---

① 公奴:《金陵卖书记》,开明书店1902年版。见陈平原、夏晓虹:《二十世纪中国小说理论资料(第一卷)》,北京:北京大学出版社1997年版,第65页。

第九章 充满现代都市"兴味"的民初新体白话短篇小说

话短篇小说的标志之作。虽然它代表的用白话艺术化地描写当代都市生活片段的发展方向在民国建立后的最初几年被文言小说潮所压抑,但随着满足现代都市市民日趋多元的阅读"兴味"成为民初小说界的主流追求,以描写都市万象为主体的民初新体白话短篇小说便迅速发展繁荣起来。

民初新体白话短篇小说数量繁多,据笔者统计,仅上述包天笑主编的三种重要刊物上就登载了 420 篇之多,其中《小说大观》10 篇,《小说画报》62 篇,《星期》348 篇。同时期其他刊物如《礼拜六》《眉语》《小说新报》《红杂志》《小说世界》《半月》《快活》《游戏世界》等也纷纷刊登新体白话短篇小说,在数量上形成了较大的规模。在包天笑、徐卓呆的引领、示范之下,民初"兴味派"的名家新秀积极从事新体白话短篇小说的创作,形成了一个人数众多的作者队伍,其中作品较多、成绩较大的有周瘦鹃、张毅汉、毕倚虹、江红蕉、何海鸣(求幸福斋主)、叶小凤、姚鹓雏、半侬(刘半农)、范烟桥、姚民哀、张碧梧、张枕绿、张舍我、严独鹤、顾明道、冯叔鸾(马二先生)、严芙孙、胡寄尘、王钝根、程小青、李涵秋、赵苕狂、徐哲身、汪仲贤(UU),等等。在民初以古文或骈文、词章入小说的名家恽铁樵、吴灵园、俞天愤、沈禹钟、吴双热、许指严、王蕴章等也创作了不少新体白话短篇作品。另外,一些女性作家和新生代作家也成为新体白话短篇小说创作的重要力量,前者如高剑华、黄翠凝、徐赋灵、黄璧魂等,后者如重远、勗哉、延陵、后哲、吴羽白、姚赓夔、蒋吟秋、戴梦鸥、杨声远等。新体白话短篇小说作为一种蓬勃发展的都市文学新文体,还吸引了不少业余作者的投入,甚至连一些在校学生也热情地向报刊投稿。以《星期》周刊为例,几乎每一期都刊登有业余作者的新作,第 17、21、30、32、36、38、43、46 号上还开设了一个名为"我之试作"的专栏来发表业余作者和学生的作品,在其《编辑室余墨》

中还多次对众多"投稿家"表达感谢和褒奖。

由于短篇小说篇幅有限,为了向读者传达更多的艺术、情感、思想信息,民初新体白话短篇小说在语体、体式、风格、题材、内容和功能等诸多方面都趋新求变,以满足都市文化消费并试图引领现代城市生活,加之其具有轻巧、灵活、自由的特征,它很快便成为现代都市居民兴味娱情与生活启蒙的轻骑兵。

我们首先来看民初新体白话短篇小说在语体、体式方面的新变。该体小说所用的白话不同于后起的五四短篇小说所用之"欧化白话",而是与同时期章回体、话本体小说一样使用"中式白话"。"中式白话"从传统中化出又能与时流变,是民初各阶层读者均喜闻乐见的小说语言,与五四小说使用的"欧式白话"因水土不服、只能为有限的新知识阶层使用和欣赏截然不同[①]。整体上看,民初新体白话短篇小说所用的白话因不受章回体、话本体程式的束缚变得更为灵活,因受域外文学语言的影响变得更加丰富,因描写对象的多姿多彩变得更为复杂。例如,包天笑所用白话显然从传统话本语言脱出,直至《小说画报》时期,他还一直在推动话本体小说的现代转化,他的那些抹去话本套话的小说则向更为现代的白话发展,至《星期》周刊时期,他的白话短篇小说已成为小说界的典范。周瘦鹃、张毅汉、毕倚虹、严独鹤等稍为后起的短篇小说名家都以其为宗。徐卓呆的民初短篇作品在白话语言的使用上新颖独特又不失本土风味,这是他自清末即受域外文学很深濡染,又自觉继承传统白话的结果。这种白话引领着民初小说界不断趋"洋"出新。许指严、叶小凤、姚鹓雏、恽铁樵、王蕴章等在民初以创作文

[①] 反对用"欧式白话"写作小说是民初"兴味派"小说家一致的主张,在"新文学"的强烈刺激之下,"中式白话"又向前发展,希望"用中国极自然的语言,写中国的人情风俗,不可染旧文学装饰雕琢的恶习,也不可染新文学生硬噜哧的恶习。"(胡寄尘语,出自范烟桥《中国小说史》,第 326 页)

第九章 充满现代都市"兴味"的民初新体白话短篇小说

言短篇小说著称,他们笔下的白话比较雅致;而许啸天、高剑华、王钝根、吴双热、勖哉等追求口语化,使用了更为通俗的当代都市白话;半侬(刘半农)、重远等则积极向民间学习,所用白话富有民俗色彩。从这些有限的举例中,我们已能感受到其白话语言的丰富多彩。这样的白话努力去逼近生活中"活"的语言——当时人们的日常用语和习惯接受的语言——自然容易被以都市居民为主体的广大读者所喜爱,从而在文化市场上流行起来。正因如此,用这样的白话写作的小说不但在五四后未被赶出文学界,反而倒逼着"新文学"在1920年代后期开始不断地在语言上做出调整。

民初新体白话短篇小说广泛吸收域外文学和民间文学的营养,在小说叙事艺术上颇下功夫,使这些小说呈现出丰富多样、新颖活泼的体式。新体白话短篇小说已经完全脱离了话本体"入话""头回""有话则长,无话则短""话说""听者诸君"等套话和附加物,更关键的是不再借用话本体虚拟情境来叙事写人。这种体式的白话短篇小说虽在清末吴趼人、徐卓呆的笔下已经零星出现,[①] 但主要是在包括徐卓呆、包天笑在内的民初"兴味派"小说家手中逐渐发展壮大的。民初新体白话短篇小说以"横截面"式的小说为主,这种由陈景韩、包天笑、吴趼人、徐卓呆在清末偶一为之的小说新体在民初成为短篇小说的主要体式之一,并与"新文学"提倡的短篇小说在体式上相呼应。对于这种体式,民初"兴味派"小说家已有比较清晰的认识,例如,徐卓呆指出"小说是描写人生断片为主,所以既不必有始有终,又无须装头装脚,能够写实,当然最好,最容易达到目的,不消说了,自然是短篇小说"[②];范烟桥则说:"短

[①] 由上一节的分析来看,吴趼人以西方体式改造话本体,有的作品虽打破了"说书"虚拟情境,但仍残留了少许套话旧痕;徐卓呆一踏入小说界就贡献了有别于话本体的、摹仿西方近代短篇的新体式。吴趼人1910年突然去世,他本人的文体试验也戛然而止。

[②] 徐卓呆:《小说无题录》,《小说世界》1923年第1卷第7期。

篇小说为近代文学家所风尚，犹之剧本尚独幕也。惟其短也，结构密，背景足，其兴奋性亦倍有力。"① 这些论断显然是建立在民初短篇小说长期创作实践基础上的。民初时段，无论文言俗语，"横截面"式的小说所在多有，尤其在新体白话短篇小说中使用得更为普遍。可"新文学家"却视而不见，断定"兴味派"的短篇小说只会从头到尾地记账，若用新体白话短篇小说为例来反驳，则可以拉出一个很长很长的名单，因为不用"横截面"式的作品反而是很少的。

与"横截面"式的体式相匹配，民初新体白话短篇小说在叙事视角、叙事时间、结构方式等方面进行了更加自觉的变革。传统短篇小说多用第三人称全知视角展开叙事，在清末已被"新体短篇小说"给突破了。到民初各种叙事视角的使用已非常普遍，如第一人称限知、人物有限视角、戏剧方式、摄像方式等②，而且有些作品的叙述视角在短小的篇幅中还存在转换，简直让人眼花缭乱。我们略举几例以窥一斑。瓶葊所作《噩梦》③ 使用了"我"和"丸三"的双视角叙事，为了使这种视角贯彻下去，中间部分使用了对话体，最后以"我"的视角揭示原来上面叙述的是一场噩梦。这是一个典型的叙事革新试验品。半侬创作的侦探小说《假发》④ 以第一人称"我"叙述探案过程，从而打破了传统公案小说的全知叙事，增强了真实感。张舍我的《五十封信》⑤ 以小说中的主要人物李庭卿的视角展开叙事，这是一种人物有限视角，同样比传统的全知视

---

① 范烟桥：《小说话》，《商旅友报》1925年第20期。
② 西方叙事学和文体学有关这种叙述视角的划分相当复杂，此处参考了申丹教授著《叙述学与小说文体学研究》（北京大学出版社2019年版）一书中相关章节的讨论，旨在借以说明民初新体白话短篇小说在叙事视角上的新变。
③ 瓶葊：《噩梦》，《中华小说界》1914年第1卷第1期。
④ 半侬：《假发》，《小说月报》1913年第4卷第4号。
⑤ 张舍我：《五十封信》，《礼拜六》1921年第110期。

角显得真实。许啸天《怎不回过脸儿来》①、张舍我《我的新婚》②、周瘦鹃《亡国奴家里的燕子》③ 都是运用"我"的限知视角叙事抒情。周瘦鹃的《檐下》④ 借鉴了独幕剧的写法，其时间、地点、人物符合戏剧的"三一律"，在工人吃饭的短暂时间里，主要在展演一对贫苦夫妻的恩爱对话，末尾插入了富家夫妇反目打闹的简短剧情，在对比中凸显了爱情比金钱宝贵的主题。卓呆创作的《遗言》⑤ 通篇由临终母亲的告白组成，只在结尾用寥寥数笔写出了一个不满三周岁的孩子看到母亲咽气时的反应，这显然采用了如实记录的摄像方式叙事。民初新体白话短篇小说在叙事时间上也常常将故事发生发展的自然时序打破，插叙、倒叙、补叙等已成为惯用的手段。例如，周瘦鹃的《十年守寡》⑥ 从王君荣出殡，王夫人痛不欲生写起，然后倒叙王君荣与夫人生前的生活情形，这种叙事时间的变化自然打断了故事的叙事节奏，接着再写王夫人十年守寡的情况，从而增强了小说的悲情意蕴；《留声机片》⑦ 先以留声机片碾碎一个女孩子的芳心设置悬念吸引读者，接着插叙恨岛上情劫生的生活以及如何将遗言灌制到了留声机片，最后接续开头叙述倩玉收到留声机片后的伤心惨死。姚民哀的《无情弹》⑧ 则先叙述邮差五全当下送信的情形，然后大段补叙五全的身世来历，通过补叙，读者了解到他是一位武力非凡、热血多情的侠士，然后再正叙其参加秘密会党及铲除奸恶的正义活动。民初新体白话短篇小说在结构方

---

① 许啸天：《怎不回过脸儿来》，《眉语》1915年第1卷第3号。
② 张舍我：《我的新婚》，《快活》1923年第14期。
③ 周瘦鹃：《亡国奴家里的燕子》，《半月》1923年第2卷第17期。
④ 瘦鹃：《檐下》，《小说画报》1917年第1期。
⑤ 卓呆：《遗言》，《小说新报》1919年第5卷第6期。
⑥ 瘦鹃：《十年守寡》，《礼拜六》1921年第112期。
⑦ 瘦鹃：《留声机片》，《礼拜六》1921年第108期。
⑧ 民哀：《无情弹》，《半月》1923年第2卷第12—13期。

式上也颇具匠心，形成了不少令读者耳目一新的文本形式，还引入了"日记体""书信体""对话体""独（告）白体""自述体"等新形式。例如，周瘦鹃的《亡国奴之日记》①《卖国奴之日记》②、张碧梧的《疆场日记》③、钮醒我的《一个新郎的自述》④ 等都是假托"日记"所作的小说。毕倚虹的《离婚后的三封信》⑤ 用"书信体"叙事写人。勖哉的《我的肉》⑥　《梨花海棠谱》⑦、重远的《怀儿》⑧ 都是纯粹的对话体小说。卓呆的《遗言》⑨、周瘦鹃的《九华帐里》⑩ 用的是"独（告）白体"。周瘦鹃所作《先父的遗像》⑪ 用的则是"自述体"。以上叙事视角、叙事时间、结构方式上的变化不仅带来民初新体白话短篇小说体式上的新变，也使其中一部分作品呈现出迥异于传统的艺术特征——"散文化""诗化""心理化"——不再完全以情节为中心。

由于受到我国古代文学讲求"兴味"和西方近代文学强调"审美"的双重影响，与上述体式变化同步，民初新体白话短篇小说佳作往往蕴含诗般余味、意境，又具散文（小品文）的灵动、风趣，还加强了人物心理刻画，具有较高的审美价值。陈平原教授曾经将小说的"诗化"与"心理化"归结为五四作家淡化小说情节，实现中国小说结构重心转移的主要向度⑫。实际上，民初"兴味派"小

---

① 收入周瘦鹃：《瘦鹃短篇小说》，上海：中华书局1918年版。
② 由紫兰编译社于1919年出版。
③ 张碧梧：《疆场日记》，《星期》1922年第11号。
④ 钮醒我：《一个新郎的自述》，《星期》1922年第13号。
⑤ 毕倚虹：《离婚后的三封信》，《星期》1922年第27号。
⑥ 勖哉：《我的肉》，《小说画报》1917年第10期。
⑦ 勖哉：《梨花海棠谱》，《小说画报》1917年第12期。
⑧ 重远：《怀儿》，《小说画报》1917年第10期。
⑨ 卓呆：《遗言》，《小说新报》1919年第5卷第6期。
⑩ 瘦鹃：《九华帐里》，《小说画报》1917年第6期。
⑪ 瘦鹃：《先父的遗像》，《半月》1923年第2卷第11期。
⑫ 陈平原：《中国小说叙事模式的转变》，北京：北京大学出版社2003年版，第124页。

说家在这两方面的探索实践都早在五四之前展开,而且还要加上"散文化"。本书前面几章讨论其他小说文体时均有所涉及。在新体白话短篇小说中,同样不乏其例。这些作品"诗化"的特征首先体现在环境描写的诗情画意,且有浓厚的抒情色彩上。例如,包天笑在《星期》上发表的《活动的家》①《三十年后之西湖》②《沧州道中》③《小公园》④ 等都有精彩的片段。其"诗化"特征还表现为整篇小说所表现出的诗般意境之美。如严独鹤所作《月夜箫声》⑤ 情景交融、营造出了很美妙的意境,先来看小说第一次出现的"月夜箫声"意象:

> 那时正是二月天气,寒意未消,晋卿望着这九冷月,又勾起了思乡的心,夜深人静,不觉有些凄惶起来,正在呆呆的出神。忽听得一片箫声,从水面上直送过来,那声调非常幽雅。急忙回头一看,只见邻近一只大船的船头上有两个女郎,一个坐着在那里品箫,一个站在旁边凝神细听。那立着的像是个丫鬟,相貌也很平常,那坐着品箫的女郎,年纪不过十六七岁,却是风神秀逸,意态娴雅,真是个绝世之姿。晋卿这时从月光下看美人,格外觉得妍丽,便目不转睛的只管向她望着。

晋卿迷恋上了女郎,可命运却牵引着他亲眼见证了这位月下美人惨遭军阀霸占侮辱的可怜遭遇。最后在西湖边再次出现了"月夜箫声"这一意象:

> 碧澄澄的湖水,映着月光,真和明镜一般,十分皎洁。晋卿、涵尘两人高起兴来,各自拿了一把桨,拨那湖中的月影。

---

① 天笑:《活动的家》,《星期》1922 年第 3 号。
② 天笑:《三十年后之西湖》,《星期》1922 年第 8 号。
③ 天笑:《沧州道中》,《星期》1922 年第 10 号。
④ 天笑:《小公园》,《星期》1922 年第 20 号。
⑤ 严独鹤:《月夜箫声》,《红杂志》1922 年第 6 期。

> 那时夜已静了,一阵阵的凉风吹过来,真令人飘飘欲仙……忽然微风过处,隐隐听得有吹箫之声,非常幽细。

这正是那曾令晋卿魂牵梦绕的箫声,在这个更美的月夜里已"物是人非事事休,欲语泪先流"① 了。小说最后写道:"晋卿听了半天,一语不发,那眼泪却和断线珍珠般续续的流将下来,一件长衫,胸前湿透了一大片。"读罢全篇,余味悠长,其韵外之致让人不禁感慨万端。姚鹓雏的《风云情话》② 则是两篇由诗境化出来的小说。第一篇小说营构的是"月上柳梢头,人约黄昏后"③ 的意境。第二篇呈现的则是"闻逐樵夫闲看棋"④ 的闲适之境。两篇小说均淡化了情节,以写景抒情为主。两篇中,单写景的部分都几乎占了全文的一半,如《风云情话(二)》中写道:

> 春风一至,那卵色天上散着鱼鳞断锦,觉得软暖之气便从这里面散将出来。道傍野草开着娇小疏艳的花儿,似乎向人微微展笑。我那一天偶然郊行,走的乏了,便在一个村落茶店中歇了下来。这村落不知叫什么名字,疏疏落落的,也不满十来家人家,倒一面临着大湖,那绿波千顷,掩映上来,逼的人衣袂须眉都成了绿色。茶店傍边有几棵合抱不来的桧树,树枝上一只黄莺儿,叫个不住。低头一看,树底下还有二个老者坐着围棋消遣呢。

这样的写法出现在 1916 年,应当算是新颖别致的创造了,它与五四"新文学家"所追求的小说散文化、意境化也颇有共通之处。周

---

① (宋)李清照:《武陵春》,《漱玉词》,上海:文艺小丛书社 1933 年版,第 57 页。
② 鹓雏的《风云情话》两则分载于《民国日报》1916 年 4 月 13、14 日。
③ (宋)欧阳修:《生查子》,唐圭璋:《全宋词简编》,上海:上海古籍出版社 1986 年版,第 78 页。
④ (唐)卢纶:《酬畅当寻嵩岳麻道士见寄》,刘初棠:《卢纶诗集校注》,上海:上海古籍出版社 1989 年版,第 124 页。

第九章　充满现代都市"兴味"的民初新体白话短篇小说

瘦鹃的《九华帐里》被陈建华教授视作现代文学主体形成之经典，他在《现代文学的主体形成——以周瘦鹃〈九华帐里〉为中心》一文的结语中说：虽然无意称《九华帐里》为"散文"，但"如果像郁达夫或周作人所声称的那样，散文是一种最能体现现代主体的文类，那么在周瘦鹃的《九华帐里》，我们可看到无论在主观文体的运用和主体的建构方面，文学现代性已得到相当精彩的表演，事实上这样一种白话的实践，为'五四'的语言转折起了铺路的作用"①。笔者觉得这个判断是正确的。据此可补充的是像《九华帐里》这样具有"现代散文"特征的小说在民初新体白话短篇中不乏其例，有的小说还进一步染上了抒情诗的色调。民初新体白话短篇小说中对于人物心理的直接描写已很常见，"某某想""某某暗想""某某痴痴地想"等提示语不时出现于文本之中。最后，笔者想通过包天笑的《小公园》②来结束有关民初新体白话短篇小说艺术风格新变的探讨。这篇小说基本没有什么情节，而是以细腻的环境描写和心理描写为主体内容，中间穿插几句对话以推动叙事。小说开头用了大量的篇幅描写"我"的朋友妙因家昔日的环境。单门前的一棵梧桐树就用了整整一大段的笔墨，从长夏描写到深秋，"如此便一年容易地过去了"，巧妙且富有诗意地将一个僻静的、脏乱的、似乎永远不变的地方摹画出来。然后笔锋一转"到了今年五月，妙因归去宁家，顿觉眼前一清爽，几乎不认得家门"。原来，门前的"瓦砾粪秽之场"变成了环境优美、适宜休憩的免费"小公园"了。接下去是一大段富有诗情画意、细腻精致的环境描写。这个巨变引起了"我"连续的心理活动："当时很觉得满意，想南京地方上人自治程度竟如此之高吗？不是地方人办的，也定是官厅中人办的。

---

① 陈建华：《从革命到共和：清末至民国时期文学、电影与文化的转型》，桂林：广西师范大学出版社 2009 年版，第 340 页。
② 天笑：《小公园》，《星期》1922 年第 20 号。

我想……我又想这个小公园不但可以为一个地方的模范,实在可以为全国的模范。地方自治就在这极狭小极浅近的地方着手……"然后写"我"和妙因讨论到底是谁建了这样一个"于精神上、卫生上,都有些利益"的小公园。最后一个花白头发的美国女教士的出现给出了一个令人出乎意料的答案,小说也就此结束了。这篇小说的"诗化"与"心理化"特征都是非常显著的,其中大段的心理独白"无疑是对以情节为中心的传统小说叙事结构的最强烈冲击"[①],而同样大段的环境描摹也起了这样的作用。从而使得整篇小说几乎可以当作一篇现代散文来读。

下面,我们来探讨民初新体白话短篇小说题材、内容和功能方面的特点。该体小说题材多样,有社会小说、言情小说、家庭小说、问题小说、爱国小说、战事小说、滑稽(寓言)小说、传记小说、教育小说、哲理小说,等等。各种题材中数量最多,影响最大的是那些描写当代都市生活万象的小说。这些作品或写都市底层社会人们的真实生活,或写都市男女的情感婚姻,或写都市家庭的日常琐屑,或写都市霓虹灯外的娼妓生涯,或写都市人变幻莫测的人生遭际,或写都市社会中的种种问题,或写都市文学界里的复杂生态,写都市里的各类人、各种事,将笔触伸向了城市的各个角落,留下了大量的都市"写真",涌现出了不少充满现代都市"兴味"的佳作。

过去我们普遍认为民初小说全是消闲的、香艳的,实际仅就新体白话短篇小说而言,就有不少像《卖药童》那样关注都市底层生活的作品。张毅汉的《罢工人》[②]叙述上海工人举行罢工后,几位罢工工人在电车上与一位老者相遇并展开对话的生活片段。小说最

[①] 陈平原:《中国小说叙事模式的转变》,北京:北京大学出版社2003年版,第125页。
[②] 毅汉:《罢工人》,《小说画报》1917年第7期。

第九章 充满现代都市"兴味"的民初新体白话短篇小说

后,这几位工人听从老者的建议请求工会设立工人夜学。该小说反映了上海市民对工人罢工的理性支持,也反映了工人由反抗剥削到自觉提高工作技能的进步。上海作为我国现代工业最发达的都市,工人阶层在民初已成为城市居民中的重要组成部分,他们的生活自然也引来了"兴味派"小说家的目光和思考。假如说恽铁樵的《工人小史》①是这一题材文言小说的代表,张毅汉的《罢工人》则算得上是新体白话短篇的代表,前者主要在写工人生活的苦难,后者则试着为工人摆脱这种苦难支招。无独有偶,何海鸣的《脚之爱情》②也是一篇描写工人生活的力作。小说叙述在地下室的小工场里少年阿发每日忙碌地做着鞋子,借着临近地下室的小窗,他日日观看着来来往往的各种各样的脚。有一天,他竟迷恋上了一双少女的脚,并因这种不同寻常的爱恋励志图强。十年以后,他由小鞋匠变成了大工商业者,并且娶了那双脚的主人。这篇小说为到上海这样的大都市闯生活的青年人指出了一条以勤勉获得事业成功的奋斗之路,这本身属于上海现代工商界传奇的一部分。小说中尤其引人注目的是对工人工作环境和内心活动的精微刻画,小说写道:

> 他一面每日的做着印板生活,以极小的人处这极小的屋子,用极小的手做那极小的工作。环顾他身旁的桌椅板凳,以及各种工具,无一不小。恍如在另一阳光稀小的世界之中,倒也小得甚有秩序。一面便分出一部分工余的心神,睁开他那双向来很难见着天日的小眼珠子,似有意又似无意的,不住的向临街小窗以外偷看……
>
> 他暗暗想道……这许多的脚不知是些什么人的。怎么如此游荡,如此了无羁绊,能终日在外边乱跑咧……哎……我也有

---

① 焦木:《工人小史》,《小说月报》1913年第4卷第7号。
② 何海鸣:《脚之爱情》,《红杂志》1923年第25期。

> 一双脚，为什么便应该终日蜷伏在这小室之中，丝毫不许乱动咧……①

当他疯狂地爱上了那双脚，甚至那脚的主人时，他的思想里产生了这样的斗争：

> 伊席丰履厚，是何等有钱人家的女儿；你衣衫褴褛，不过是一个乞丐式的小皮匠。你能和伊攀亲吗……哎……我为什么生出来就是穷孩子咧……再一想……不对……我和伊做的是一样的人②……

这样的细节刻画和心理描写是可与同时期的任何一篇"五四短篇小说"相媲美的。当时的读者读到这些，也必定对小皮匠产生深深的同情。

民初在上海做工的底层贫民除了产业工人以外，还有仆人、婢女、挑工、铁匠、车夫、各类学徒等等，这些人的生活在新体白话短篇小说中都能找到艺术化的"标本"。例如，朱鸳的《媪变》③是写仆妇辛酸的生活。毕倚虹的《吃人家饭的第一天》④和黄璧魂女士的《沉珠》⑤两篇都写了幼小婢女可怜的遭遇。周瘦鹃的《挑夫之肩》⑥写黄浦滩码头上一个挑夫惨痛的人生简史，揭露了黑暗社会中人与人之间的倾轧，尤其注目于象征着挑夫苦难生活的血花模糊的肩头。他写的《血》⑦和《脚》⑧两篇更让人感到悲伤，《血》讲述了一个十四岁的小铁匠在安装电梯时不慎从三楼上

---

① 原文即有代表省略号的"…"。
② 原文即有代表省略号的"…"，着重号为笔者所加。
③ 朱鸳：《媪变》，《小说画报》1919 年第 21 期。
④ 倚红：《吃人家饭的第一天》，《半月》1922 年第 2 卷第 1 期。
⑤ 黄璧魂女士：《沉珠》，《小说画报》1918 年第 17 期。
⑥ 周瘦鹃：《挑夫之肩》，《半月》1923 年第 3 卷第 5 期。
⑦ 周瘦鹃：《血》，《礼拜六》1921 年第 102 期。
⑧ 周瘦鹃：《脚》，《礼拜六》1921 年第 114 期。

第九章 充满现代都市"兴味"的民初新体白话短篇小说

掉下摔死的惨事。结尾作者哀叹:"哎,以后升降机造成时,大家坐着上下,须记着这下边水泥上染着一大抹血,一大抹鲜红的血,是一个十四岁小铁匠的血!"《脚》写了两个关于"脚"的故事。一个写跛脚的黄包车夫哀求路人坐车的惨景,他减价拉车,还常常受到乘客半路下车不给钱的损失。作者不由感叹:"可怜他一身的血汗,不过和那车轮下的泥沙一样价值!"另一个写玻璃店学徒王狗儿送玻璃时被电车碾断了一只脚,因无钱医治而惨死。结尾说:"狗儿母亲哭得死去活来,不上一个月,竟发了疯,镇日价抱着一只破凳子脚,在门前哭,说是她儿子的脚。"包天笑所撰《在夹层里》① 描写都市底层人民的困难生活尤其入木三分。小说讲述了在上海行医的留德博士龙医生到"垃圾码头臭粉弄撒尿弄堂第一百二十三号"的夹层里给贫民朱小二之妻看病的故事。我们来看其中精彩的描写:"好不容易寻到一百二十三号,推门进去把个龙医生吓了一跳。原来一个低而浅的客堂,满座着许多赤膊的人。屋子既小,人又太挤,望去宛如一座肉山。"在进门之前,他已经走过了一个充满臭气的弄堂,进门之后的庭心只容他一个身子,且脏乱到极点。当朱小二引他到病人处时,"只见在黑暗中,左首扶梯栏杆那边,开了约有三尺多高一扇小门。这小门里面,隐约点了一盏煤油灯。蠕蠕然好像有个人睡在里面。"当他站在半扶梯思考如何诊病时,"只见蠕蠕然动的还有两个小孩子。一大一小,在那病母的身边";"医生临走的时候,把这个屋子细细端详了一回。原来这屋子本来是一楼一底,大概这二房东租的人家太多了,就想出一个法子来,在楼下搭了一个搁楼,租与人家。……可是这高不过三尺多的夹层楼,只好蛇行而入,怎么可以住得人呢"?读至此,我们不禁深感小说中的一家真是悲惨可怜!小说对无钱治病、居住在脏、

---

① 天笑:《在夹层里》,《星期》1922 年第 28 号。

· 425 ·

乱、狭小空间里的穷人表达了深刻的同情,最后充满讽刺地说:"可惜穷人的身体,还是和那些富人一般大小,要是穷人身体小的和鼠子一般大小,这个一楼一底的房子,可做好几个夹层咧。"上海的贫民很多,沉沦堕落的也有不少,但在民初"兴味派"小说家的笔下总希望在苦难污浊的生活描摹中给读者留下一丝希望。比如卓呆所作《老牧师》[①] 里曾经做贼的三毛,在老牧师感化下经历着反复的内心挣扎,经历着弃恶从善的蜕变;周瘦鹃所作《圣贼》[②] 讲述从中学起就做贼的陈德怀洗心革面后为报恩而替人顶罪的故事;严独鹤所作《干净的心》[③] 里的樱姑娘本是城市贫民的女儿,被迫在上海游戏场里唱大鼓讨生活,她因年轻貌美不断被卷入生活世界里的各种陷阱,但始终保持着一颗干净的心。上述关注都市底层的小说艺术化地再现了民初上海社会贫富等级悬殊、工人倍受压迫、妇女地位悲惨、城市住房困难等真实生活片段,这是弥足珍贵的。这些小说写出了城市贫民的悲惨生活,表达着作者朴素的人道主义关怀,希望能够引起疗救者的注意,但由于时代局限,还未能开出解决的"药方"。对民初多数读者而言,这些作品题材新鲜、故事动人、情感真挚,能够引发他们阅读的极高兴味。也许在他们了解了这些城市贫民的苦难生活,感知到他们也是与自己一样的人之后,一股革新社会的热情就由此而生。

民初是言情小说极盛的时代,对"至情真爱"的推崇达到了沸点。这是在西方自由婚恋思想的刺激下,民初小说界对我国新旧过渡时期婚恋问题的积极回应,是个体解放的重要表征。这些小说给当时陷入婚恋苦闷的青年男女一种情感宣疏,为形成自由的婚恋观和宣扬恋爱的纯洁性起过相当重要的作用。这种小说在新体白话短

---

① 卓呆:《老牧师》,《星期》1922 年第 1 号。
② 周瘦鹃:《圣贼》,《礼拜六》1921 年第 134 期。
③ 严独鹤:《干净的心》,《红杂志》1922 年第 35 期。

第九章　充满现代都市"兴味"的民初新体白话短篇小说

篇中也有一些作品,我们以徐枕亚和周瘦鹃的两篇小说为例略窥一斑。徐枕亚的《毒》①与其章回体的名作《玉梨魂》一样是个哀情小说,开头颇新颖,文末插入文言书信以示写实,结尾自然收束,是一篇值得重视的言情之作。小说开头这样写道:

> 怪事……怪事……暗杀……暗杀……中毒……中毒……②这一片声浪如雷霆乍惊,如江潮怒沸……原来是簇簇新新少年夫妇第一夜的洞房。

这显然引入了侦探小说的艺术技巧,通过设置悬念吸引读者。小说的主体部分由两次毒杀奇案的双重悬念相连接,奇案也最终由杀人和自杀的女主角冰华留下的遗书所破解,侦探味道实足。这篇小说的主旨是言情,而且所言之情正是徐枕亚一味推崇的"至情",冰华两次投毒都是为了这爱情,新郎人骏读罢遗书自杀身亡也是为了这爱情。这样的情感书写亦出现在另一位言情圣手周瘦鹃的《留声机片》中,情劫生因情场失意"逃情"至恨岛,然而,情丝已缚、终难解脱。他在病中以鲜血书写情人林倩玉的名字。临终时,以当时的高科技手段灌制了一张留声机片寄给昔日的情人。林倩玉收到后,边听边流泪,后来则日日以泪洗面,最终芳心碎尽,死在留声机畔。这样的小说显然能以人类亘古不变的爱情动人,特别是能让青春期的少男少女沉迷其中,故一直有一定的读者市场,但也确实存在与社会一般状态脱节的弊端。民初新体白话短篇小说崇尚写实,婚恋小说不再以这类言情为主,而是以反映都市情感问题为主,希图进行现代生活启蒙。例如徐卓呆所作《石佛》③借破庙中石佛之口写一对城市男女浮浪的恋爱行为及一对贫穷男女互敬的安

---

① 枕亚:《毒》,《中华小说界》1914 年第 1 卷第 6 期。
② 原文即有代表省略号的"…"。
③ 卓呆:《石佛》,《小说画报》1917 年第 3 期。

然同眠，小说对二者进行平行客观的叙述，直到结尾才表明态度："与其插花的一男一女来作践污秽我的庙宇，我到底还是爱那后来的一男一女"，因为"他们的志气比我身体还坚硬"。民初随着城市自由恋爱风气的高涨滋生出借恋爱之名行淫乱之实的现象，城市郊野的公园、夜花园、甚至这篇小说中的庙宇都成了男女幽会之所，严重败坏了社会风气。卓呆正是对这一丑恶现象进行了针砭。徐赋灵女士所作《桃花人面》[1] 写的是一位时髦女郎的罗曼史。这位受过良好教育的新女性几段婚姻都很不幸，作者作为她的同窗，曾从她一面之词中获悉她的首任丈夫有李益疾，没想到她竟是个屡次婚内出轨者。这显然也是针对当时都市男女婚姻出现的问题而写的。严独鹤所作《恋爱之镜》[2] 能够比较辩证地看待婚恋自由问题。该小说讲述医生王子群挽救了一位服毒自杀的女学生丽瑛，后与丽瑛结为夫妻的故事。故事里的故事是少女丽瑛曾被英国留学生张悔初所惑而自由恋爱，不顾家庭反对与之同赴上海，旋即被抛弃，因此自杀。作者并不反对自由恋爱，只是希望读者能以此恋爱之镜照出谁是诱人的魔鬼，谁是可托付终身的良配？其间判断的标准是"以真爱情相结合"。

金钱是都市的活力之源，都市男女的婚恋自然也受到金钱势力的强大干扰，金钱与爱情孰重是都市人的一个现实问题。周瘦鹃的《千钧一发》[3]《檐下》[4] 两篇小说给出了作者的答案。前者讲述小学教员之妻黄静一感情生活中的一次"千钧一发"。当一心恋着静一的傅家驹看到旧爱生活窘困时，问她为何愿意嫁一个穷书生？她说："吾从前读书时代，就抱着一个志愿，不嫁则已，若要嫁，总

---

[1] 徐赋灵：《桃花人面》，《小说画报》1918年第13期。
[2] 严独鹤：《恋爱之镜》，《红杂志》1922年第16—17期。
[3] 周瘦鹃：《千钧一发》，《礼拜六》1914年第24期。
[4] 瘦鹃：《檐下》，《小说画报》1917年第1期。

要嫁'人',不要嫁'钱'。"这是第一次点题。而当傅家驹请她吃大餐、看大戏时,她的心里充满了快乐,当傅家驹向她示爱时,她的内心也泛起了波澜,正在她犹豫不决的千钧一发之际,失业回家的丈夫汪俊才打破了这一僵局。故事以黄静一拒绝傅家驹,无限柔情地安慰自己的丈夫结束。文末再一次点题:"静一含笑答道:'吾夫,吾终是你的人,你便是沿门托钵做化子去,吾也愿意跟着一同去的。'"《檐下》好像是《千钧一发》的续篇,意在明确告诉读者爱情之价值远高于金钱。小说细致描写贫苦工人阿根爷与其妻深挚朴素的爱情,篇末又画龙点睛地插入富人夫妻反目争吵的小片段,在两相对比之下,让读者深刻地感受到:"他们虽是穷人,其实到好算得是个大富豪。因为他们心坎中贮着黄金买不到的爱情";"家庭间既被那势利的钱神占据了去,哪里还有余地容那爱神"。这两篇小说不仅在当时物欲横流的大都市上海给男女青年们以警醒,在"拜金主义"普遍流行的今日中国也有相当重要的启示价值。民初正是传统宗法制大家庭向现代一夫一妻制小家庭转型的时期,很多都市青年都在初尝着小家庭带来的憧憬和苦乐,因此聚焦于"婚姻"本身的新体白话短篇小说也特别多,比如张毅汉的《再嫁》①《理想夫妇》②、徐赋灵女士的《德国诗集》③、朱鸳的《结婚之滋味》④、周瘦鹃的《不实行的离婚》⑤《娶后》⑥ 等都是此类题材。《星期》周刊还出过一期"婚姻号",刊登了天笑的《爱情之弹力》、倚虹的《傀儡婚姻》、卓呆的《抱牌位做亲的离婚广告》、红蕉的《郎曼婚姻》、马二先生的《离婚后之环境》、清波的《婚后的

---

① 毅汉:《再嫁》,《小说画报》1919年第22期。
② 毅汉:《理想夫妇》,《小说画报》1918年第16期。
③ 徐赋灵:《德国诗集》,《小说画报》1918年第16期。
④ 朱鸳:《结婚之滋味》,《小说画报》1919年第22期。
⑤ 周瘦鹃:《不实行的离婚》,《半月》1923年第2卷第24号。
⑥ 瘦鹃:《娶后》,《小说画报》1917年第2期。

弟兄》等专门"研究婚姻"的小说。在众多的同类作品中，周瘦鹃的《酒徒之妻》尤其值得重视。它通过一位女士之口讲述她与郎君的恩爱，郎君的温存体贴让她沉浸在幸福之中。可是，她的郎君却嗜酒如命，她因溺爱郎君而一任其沉醉酒国。当她发现嗜酒的郎君身体、人品每下愈况时，特别是听了王医生有关饮酒致死的危害时，她坚决要求郎君戒酒。可是，更糟的事情发生了，他们的孩子一出生就脑袋发育不全，是个痴呆儿。原来这都是郎君嗜酒的危害。最终，郎君不能自拔，因嗜酒而殒命。这篇小说的妙处是写出了女士因溺爱丈夫而包容其酒瘾恶嗜的无奈，小说中反复出现这样的话："……但他的身儿是吾灵魂中无价之宝。见他这样被麴娘子旦旦而伐，未免有些疼惜。只吾又不敢劝他不喝，因为吾很爱吾郎君。怕一劝他，他心里难免不快。对于吾一方面的爱情或者因此减少。"这实际上提出了一个问题：对于爱人嗜酒要不要规劝？延伸开去，即对爱人的不良嗜好要不要包容？小说的结局告诉我们显然是不能够包容的，这会导致悲剧发生。这种小说显然有很好的生活启蒙价值，不只在当时，即使在今日，仍有一定的现实意义。

　　在民初，持续了千百年的封建家族制度受到了来自西方小家庭制度的强烈冲击，现代中国的家庭体制正处在不断建构之中。当时各派争论非常激烈，从改良旧式家庭的种种弊端到完全照搬西方家庭的新模式，从"回家"到"离家"，甚至是"毁家"，各种主张层出不穷。民初"兴味派"继清末"新小说家"提倡政治启蒙之后践行生活启蒙，他们把关注的重心由国转向了家，由群治转向了个人；他们主编的报刊实际为中国婚恋、家庭之现代转型提供了早期传播媒介；他们著、译的大量以婚恋、家庭为主题的各体小说不仅让当时的读者获得消遣和慰藉，同时给予他们有关婚恋、家庭的有益启示。与文言小说偏重言情不同，新体白话短篇小说更侧重于叙写鸡毛蒜皮的家庭琐事，旨在提供文学乐趣的同时进行现代家庭生活启蒙,助力都市居民思考、解决种种家庭问题。处理家庭问题,民初"兴味派"小说家采取的是务实态度,思想无论新旧,办法无论中西,凡有利于家庭和睦幸福的,都可以吸收利用。因此,当五四"新文学家"猛烈抨击旧礼教、宗法制,主张"非孝"、鼓动娜拉式的"离家"时,他们依然提倡家庭成员间的互爱互信,建设好各自的家庭。像包天笑、周瘦鹃、徐卓呆这些长期生活在上海这座早已很西化的大都市里的报人小说家,他们对新式家庭的接受是一种现实中的自然状态,他们对家庭道德之新陈代谢的看法比较温和,这就注定了他们笔下的小说不可能像丁玲、巴金的作品那样反叛、告别家庭,也不会像张爱玲的作品那样只写窒息、颓废的家庭生活,而是非常多元地写他们耳目之中的家庭,或者他们所欣赏向往的家庭生活。

民初新体白话短篇小说中还有一些歌咏、呼唤父母之爱的作品。例如,卓呆所作《病儿》[1]对母亲如何照顾病儿作了极为细致的描写,虽然病儿最终病重不治,母亲也发了疯,但读者能够从中真切地感到母爱的伟大。黄翠凝所作《离雏记》[2]则通过细致描写暂时离开母亲怀抱之儿童的痛苦遭遇和感受来"敬告世之有母之儿当知无母之惨凄"。也有如张枕绿《呜呼后母》[3]那样写遭受后母虐待的作品,虽然小说给读者留了一个后母良心发现的暖色结尾,但通篇还是在呼唤着无私的母爱。直接以表现父爱为中心的作品虽不多,但在上海的小家庭里照顾、教育子女的新式父亲却也不乏其例。父母之爱如斯,儿女自当孝顺,张碧梧在《乌哺语》[4]中通过一对母子的对话将儿女应该向父母尽孝的道理娓娓说来。在五四后

---

[1] 卓呆:《病儿》,《小说画报》1918年第15期。
[2] 黄翠凝:《离雏记》,《小说画报》1917年第7期。
[3] 张枕绿:《呜呼后母》,《小说新报》1919年第5期。
[4] 张碧梧:《乌哺语》,《小说新报》1919年第2期。

流行"非孝"思想的时代语境中,周瘦鹃还专门写下了过去常被"新文学家"批判为"愚孝"典型的小说《父子》①。今天读来,我们在一个讲述儿子为抢救父亲输血而意外死亡的故事里并不能找到"愚孝"的成分,读后留下的是对那位优秀孝顺儿子之死的遗憾,对老年丧子父亲的同情。通过细读,笔者发现这篇小说实际上反映的是现代都市家庭中一种互亲互爱的新型父子关系:父亲对于儿子的精心培养充满了爱意,儿子对于父亲的真诚孝敬同样充满了爱意。这种父子关系在古代小说中是很少见到的,古代家庭奉行"父为子纲",父亲在小说中往往成为威权的象征,如《红楼梦》中的贾政就是这种父亲的典型,宝玉和他的关系是很紧张的。对于"非孝"行为,民初新体白话短篇小说常痛下针砭,姚鹓雏的《父孝》②、李涵秋的《暮境痛语》③ 都是这一题材的佳作。前者聚焦于父母对子女的骄纵问题。在幽默诙谐、极度嘲讽中将一个教育失败的老父、一个任性妄为的女儿活画出来。让读者在啼笑皆非中认识到教育要归于"正"的道理。后者将视线移向了年轻子女的新式家庭生活与父母旧式家庭生活之间的激烈冲突,在细致的"非孝"行为描写中反映着世风的颓丧。这些小说至今读来,不仅因其文笔诙谐而颇有趣味,其中所写所议的孝与非孝的问题至今仍具现实意义。正如范伯群先生所说:"'孝'的品质并不会随着乳汁的哺入而自然产生。由于中断了中国传统美德的教育,使'老无所养'成了一个严重的社会问题……"④ 这是对当下一些"非孝"现实的有感而发。可见,讲究"孝道"在今天仍然非常必要。

民初新体白话短篇小说也常常表现都市夫妇家庭生活中的新现

---

① 周瘦鹃:《父子》,《礼拜六》1921 年第 110 期。
② 鹓雏:《父孝》,《春声》1916 年第 2 集。
③ 涵秋:《暮境痛语》,《民众文学》1923 年第 1 卷第 1 期。
④ 范伯群:《中国现代通俗文学史》,北京:北京大学出版社 2007 年版,第 12 页。

第九章　充满现代都市"兴味"的民初新体白话短篇小说

象,启蒙大众形成现代家庭新伦理。姚鹓雏所作《蔷薇花》[①] 写少年律师王志琴与妻子素秋的婚姻生活。这是一篇富有时代感的作品,小说的男女主角都受过新式教育,其律师和报人的职业也都是近代的产物。小说通过有趣的家庭琐事及素秋的前后变化,将二人积极健康的生活态度展现了出来。这种态度无疑是富有现代启示性的,较之当时过于泛滥的写男女间卿卿我我、哭哭啼啼的小说,无疑充满了亮色。包天笑的《猩红》[②] 写身处生活困境中感人的夫妇之爱。在妻子感染传染病猩红热的紧急时刻,丈夫沈芙孙急得手足冰冷,带着病妻辗转求救。在妻子进入医院后,由于伉俪情深,沈芙孙完全忘记了务必隔离的提醒,在医院里常常相伴着。结果沈芙孙也被传染,竟早一步离开了心爱的妻子,而妻子在得知丈夫去世后,因悲伤加重病情也很快离世了。小说写沈芙孙夫妇在患难中相依相守纯用白描,感人至深。而他的《爱情之弹力》[③] 从人物设置、行文叙事到语言、意境全都是现代的了。小说中的丈夫高子玉是工程师、妻子江婉珍是音乐家。二人自由恋爱、自由结婚,是新时代的幸运儿。不过他们婚后同样出现了几次家庭不和睦的小插曲,但每次吵闹后很快便恩爱如初了。这样的作品对当时那些被旧式婚恋观束缚的青年男女有一定的启示作用,引领了一种婚姻新风尚。家庭生活既有其温馨的一面,亦有其无聊烦心的一面。卓呆、天笑合著的《小学教员之妻》[④] 写小学教员崔小梅因妻子睡懒觉未准备早餐而与之怄气,故意在外面吃得饱饱的,直到晚上九点才回家。没想到妻子哄睡了孩子,还一直等着自己吃晚饭。小梅看着为己为家辛苦操劳的妻子顿生怜惜之情。最后二人在吃夜饭、互谅互

[①] 鹓雏:《蔷薇花》,《妇女杂志》1917 年第 3 卷第 2 期。
[②] 天笑:《猩红》,《星期》1922 年第 6 号。
[③] 天笑:《爱情之弹力》,《星期》1922 年第 13 号。
[④] 呆、笑:《小学教员之妻》,《小说时报》1911 年第 11 期。

爱中抛掉烦恼、重回往日温馨。姚鹓雏所作《电子发射器》[1] 写了一位因孩子哭啼等家庭琐屑烦心不已的学者伍先生。伍妻在看到一则有关"能治一切烦恼忧闷等杂症"之电子发射器的广告后，将其推荐给丈夫。伍先生接受妻子建议，拟用电子发射器祛除烦恼。于是，他遵医嘱，首先勇敢面对婴儿啼哭等家庭烦恼事。神奇的是没用电子发射器，他的病在五六个星期后也慢慢痊愈了。姚鹓雏深谙禅理，善于为世人说法，此篇小说即为一明证。

民初都市家庭里丑恶、畸形的一面也常常被写入新体白话短篇小说之中。张碧梧所作《朱公馆的包车夫》[2] 是一篇针砭不顾家庭伦理、男女偷情的作品。小说借包车夫之口揭露朱公馆的少爷、少奶奶常常各自秘密出门去寻欢作乐，这在作者眼里已是上海家庭的普遍现象，应该引起警惕。包天笑所作《绿毛》[3] 讲述世家大族陆公馆里有一位出身青楼的妾，在她影响下，陆家家风日渐堕落，最后连太太都与之一起投资妓院、做起了卖淫的生意。因此，这家的家长陆子和被冠上绿毛龟的丑名，两位清白的小姐也无人愿娶了。王钝根所作的《四少奶奶》[4] 则是一个因享乐主义腐蚀人性导致家庭易主的丑剧。小说里的四少奶奶一心贪图享乐，因碍于四位少爷的约束就怂恿另外三位少奶奶一起设计弄哑了各自的丈夫，并欲以管家曹先生全权处理家庭事务为幌子纵情享乐，不成想终被得了家庭大权的管家害死。上述小说以情节为中心，以白描为主要手法，以趣味取胜，虽意在劝善惩恶，但由于作者本身没有先进的思想武器，普遍缺乏批判力量。大概当时读者更多的是把它们视作他人家庭的隐私、奇观来欣赏和消遣。

---

[1] 鹓雏：《电子发射器》，《星期》1922 年第 22 号。
[2] 张碧梧：《朱公馆的包车夫》，《心声》1923 年第 1 卷第 4 号。
[3] 天笑：《绿毛》，《小说画报》1917 年第 6 期。
[4] 钝根：《四少奶奶》，《礼拜六》1915 年第 77 期。

第九章　充满现代都市"兴味"的民初新体白话短篇小说

民初新体白话短篇小说中也有狭邪题材的作品，有的仍然描写嫖客与妓女间的尔虞我诈，如朱瘦菊的《柔乡苦海录》①、王西神的《友人之妾》②、张舍我的《黄金美色》③ 等；有的则侧重于讲述都市霓虹灯外娼妓的苦难，如求幸福斋主的《老琴师》④、毕倚虹的《北里婴儿》⑤、包天笑的《妓之节操》⑥、UU 的《妓女嫁后的心》⑦、卓呆的《妓女嫁后的心》⑧ 等。这些小说崇尚写实，能在短小的篇幅里绘声绘色地揭开上海娼妓业的秘密。较之其他文体的同题材作品，这些小说具有更强烈的问题意识，解决问题之道普遍充满人道主义关怀，写作重心转到了描写娼妓的苦难上，并试图为其找到新生的出路。

1920 年代初期被称为"倡门小说家"的何海鸣（求幸福斋主）就创作了不少这类"倡门小说"，除了上面提到的《老琴师》外，还有《倡门之子》⑨《倡门之母》⑩《倡门送嫁录》⑪《嫁后》⑫《逃妾》⑬《妓债》⑭《妓之初恋》⑮《倡门教育》⑯《红倌人》⑰《私娼日记（上、下）》⑱ 等等。我们仅从题目上就可看出这些小说涉及了

---

① 朱瘦菊：《柔乡苦海录》，《礼拜六》1914 年第 9 期。
② 王西神：《友人之妾》，《半月》1921 年第 1 卷第 8 期。
③ 张舍我：《黄金美色》，《礼拜六》1921 年第 134 期。
④ 求幸福斋主：《老琴师》，《半月》1921 年第 1 卷第 7 期。
⑤ 毕倚虹：《北里婴儿》，《半月》1922 年第 1 卷第 18 期。
⑥ 天笑：《妓之节操》，《星期》1922 年第 21 号。
⑦ UU：《妓女嫁后的心》，《星期》1922 年第 28 号。
⑧ 卓呆：《妓女嫁后的心》，《星期》1922 年第 38 号。
⑨ 求幸福斋主：《倡门之子》，《半月》1922 年第 1 卷第 14 期。
⑩ 求幸福斋主：《倡门之母》，《半月》1922 年第 1 卷第 22 期。
⑪ 求幸福斋主：《倡门送嫁录》，《星期》1922 年第 2 号。
⑫ 求幸福斋主：《嫁后》，《星期》1922 年第 9 号。
⑬ 求幸福斋主：《逃妾》，《星期》1922 年第 24 号。
⑭ 求幸福斋主：《妓债》，《快活》1922 年第 10 期。
⑮ 求幸福斋主：《妓之初恋》，《游戏世界》1922 年第 14 期。
⑯ 求幸福斋主：《倡门教育》，《心声》1922 年第 1 卷第 1 期。
⑰ 求幸福斋主：《红倌人》，《快活》1922 年第 1 卷第 16 期。
⑱ 求幸福斋主：《私娼日记（上、下）》，《心声》1923 年第 1 卷第 8、9 期。

娼妓生活的很多方面。据何氏自述，他"颇思于社会小说上多费力气，间及于军事、言情、侦探诸作。如倡门小说，惟于主编指定征集时，始一为之"①。可见，娼妓问题是当时社会讨论的热门话题②，故刊物主动征求。在此时代背景下，社会学家王无为就曾在1920年《新人》月刊上发表题为《上海淫业问题》的长篇调查报告，何海鸣也在1922年的《晶报》、1924年的《半月》上发表了《"妓债"余言》③《论嫖学著作》④《嫖著之余波》⑤《废娼的我见》⑥《从良的教训》⑦等相关言论。"倡门小说"在1920年代初集中出现正缘于此。范伯群教授说："《老琴师》是以美的毁灭为主题的倡门小说。"⑧ 小说在描述阿媛被迫出卖初夜而遭一夜蹂躏、倒了嗓后，作者感慨道："咳！这天生的女艺术家，给昨夜一宵轻轻地毁了。可怜她人生问题中两大部分——贞操与艺术，都被万恶的金钱断送给那军官大爷了。"不仅如此，她的卖淫须兼着卖艺，于是就有了下面一幕："阿媛刚刚唱了一句，在那尾音上一口气接不上来，心里一急，哇的一声吐出一口鲜血来。"就这样，可怜的老琴师眼睁睁看着自己精心培养的艺术家被彻底毁灭，读者也在老琴师撕心裂肺的抗议声中受到巨大的心灵震撼。其实"美的毁灭"还只是何海鸣"倡门小说"的表层主题，深层且普遍的主题是：妓女也是和我们一样的人，她们新生的出路在哪里？老琴师是把阿媛当"人"看的，他看着阿媛被虐待，他说："这是要人性命的勾当，我

---

① 何海鸣：《我写小说之经过》，《红玫瑰》1925年第2卷第40期。
② 例如有关"废娼"的话题就常常见诸这一时期的《新闻报》《晶报》《新世界》《先施乐园日报》《妇女杂志》《东方杂志》《半月》等大小报刊。
③ 求幸福斋主人：《"妓债"余言》，《晶报》1922年10月3日。
④ 求幸福斋主人：《论嫖学著作》，《晶报》1922年7月27日。
⑤ 求幸福斋主人：《嫖著之余波》，《晶报》1922年8月9日。
⑥ 何海鸣：《废娼的我见》，《半月》1924年第3卷第16期。
⑦ 何海鸣：《从良的教训》，《半月》1924年第3卷第20期。
⑧ 范伯群：《中国市民大众文学百年回眸》，南京：江苏凤凰教育出版社2014年版，第284页。

老头子不干了。"《倡门之子》① 里妓女阿珍在奉献初夜的当口儿，因嫖客王一庸的甜言蜜语也做过玫瑰色的梦，甚至在怀孕后因王一庸会接她回家的哄骗而对未来生活充满了美好的希冀，但现实将她的美梦击得粉碎。她也曾通过奋斗一度脱离倡门而生子，可经济的逼迫又让她不得不重操贱业。她虽然用心抚育儿子，但污浊的成长环境让儿子长大后变成了被枪毙的强盗。作者在思索：妓女除了被玩弄、被坑害，到底有没有新出路？何海鸣在《倡门送嫁录》② 里似乎在作一种回答：从良。他在这篇小说中展现了"我"和妓女阿红的精神恋爱。"我"是把妓女阿红当"人"看的，时常劝她早日嫁人，待她真要嫁人时，很不舍地说出："我既爱你，又不能娶你，就不忍糟蹋你，并不敢耽误你一生的事。你如今好生嫁人。"何海鸣在多篇"倡门小说"里都把妓女描写得如良家女子一般，甚至更可爱、更纯洁，这基于他对妓女人格的尊重，他曾坦言："予流落江湖二十年，惟妓中尚遇好人。"③ 不过，我们从《倡门送嫁录》的续篇《嫁后》④ 中看到阿红很快从初嫁时的快乐陷入了家庭生活平淡乏味及丈夫猜疑的危机。到第三篇《逃妾》⑤，读者就明确知道作者并不能指出一条妓女求得幸福的正确道路。阿红在丈夫前妻、新宠及其丈夫本人的联合攻击下，走投无路，不得不做了逃妾。何海鸣虽不能为妓女新生找到正确的出路，但他对妓女的人道主义关怀是一贯的，是真诚的，他曾在《小说话》中说："我深夜握笔作小说时，宛如有许多娼妓冤魂，奔赴腕底；又好像是有许多娼妓的泪血，化成墨汁，在我笔上滴沥下来。这也是一种被压抑的

---

① 求幸福斋主：《倡门之子》，《半月》1922年第1卷第14期。
② 求幸福斋主：《倡门送嫁录》，《星期》1922年第2号。
③ 何海鸣：《求幸福斋随笔》，上海：民权出版社1917年版，第10页。
④ 求幸福斋主：《嫁后》，《星期》1922年第9号。
⑤ 求幸福斋主：《逃妾》，《星期》1922年第24号。

人类呼声,和黑奴吁天一样,只要我这支拙笔能写得出万分之一,我却也不辞辛劳的。"① 毕倚虹也是当时有名的"倡门小说家",他的章回体名著《人间地狱》在前面已详细介绍过,他的短篇《北里婴儿》② 也很有特色,据作者说是看了何海鸣的《倡门之子》有感而作,除了何海鸣所评的"留下无限凄惶供阅者的咀嚼"③ 外,这篇小说最具特色的是写出了老鸨对妓女蕙娟的精神虐待:让蕙娟与亲生儿子姐弟相称,在儿子死时还逼着她做生意。UU 的《妓女嫁后的心》重点在强调妓女回归正常家庭生活应达到情感与肉体的统一。卓呆同题小说则呼吁社会要接受从良的妓女。包天笑的《妓之节操》则赞美有情有义的妓女。综观同时期的"倡门小说"大多与此同调,或同情、赞美妓女、或诅咒娼妓制度,但都不能为妓女们指出获取幸福的光明之路,未能如王无为那样提出彻底废娼。如今娼妓制度早已废除,这类小说所针对的问题已经不复存在,但它们当时的社会意义却是不容小觑的。

在北洋政府统治的混乱时期,"兴味派"小说家凭借上海在全国的特殊地位,运用民初新体白话短篇小说发出了都市大众爱国救国、反对腐败吏治、革除国民劣根性的呼声。例如,五四运动爆发之际,周瘦鹃激于全国人民要求"内惩国贼,外争国权"的义愤创作了《卖国奴之日记》④。由于此书在冷嘲热骂中对卖国奴的嘴脸、行径、末路揭露无遗,虽未指名道姓,但时人对书中人物一索便知。因此,当时没有书局敢印,他便自费出版。这篇小说当时成为痛斥国贼、激励民气的畅销读物。周瘦鹃一直是一位真诚的爱国者,早年曾因震怒于袁世凯接受了日本提出的旨在灭亡中国的"二

---

① 求幸福斋主人:《小说话》,《晶报》1922 年 4 月 18 日。
② 毕倚虹:《北里婴儿》,《半月》1922 年第 1 卷第 18 期。
③ 何海鸣:《评倚虹所撰的〈北里婴儿〉》,《半月》1922 年第 1 卷第 20 期。
④ 周瘦鹃:《卖国奴之日记》,上海:紫兰编译社 1919 年版。

十一条"而创作文言爱国小说《亡国奴之日记》,该小说当时即受到国人的热烈欢迎。瘦鹃还创作了一篇《亡国奴家里的燕子》①,借燕子之口讲述亡国家庭的惨况,一旦亡国,甚至连在此筑巢的燕子也不能幸免巢破燕亡的结局。这些小说写得都极为认真、极其沉痛,有很大的警示作用,强烈地激励了国人的爱国心。姚鹓雏所作《牺牲一切》②是一篇纪实作品,它将刚发生的五四运动融入进来。小说写留学生徐惠如与"圣母会女学"毕业的妻子及守旧的老母之间因五四而起的矛盾。小说塑造的徐妻是一位现代知识女性。她起初不善家务,只重读书、教书,后来五四运动爆发,她果断地支持丈夫辞掉洋行工作配合运动,并为丈夫谋好了母校的教职,且不辞劳苦地操持校务与家务。最后,就连她的婆婆也点头支持他们的"牺牲一切"。这篇小说借小说人物的言行明确表达了支持五四爱国运动的态度。爱国是每个国家人们千百年来积累起的对自己祖国的天然深情。中华民族传统的爱国观念有两大基本特色,一是"家国一体",二是"天下兴亡、匹夫有责"。从传统走向现代的"兴味派"小说家创作的爱国小说充分体现了这些特点。他们那些暴露官场腐败的小说亦由这种爱国心而起。许指严的《强盗式的绅士》③叙述官员大发国难财的故事。在这篇小说中,发国难财的人不仅没有受到惩罚还步步春风,成为地方上有名的绅士。即使东窗事发,也用金钱买通了官员,从而逃脱。天笑的《绕个圈子》④揭露官员家庭巧取豪夺公共资产的内幕。青凤的《心照不宣》⑤写主管行政的县知事和主管司法的承审员之间的斗法,暴露了他们为金钱和女人可以胡乱施政、亵渎法律的丑态。马二(冯叔鸾)的《秘

---

① 瘦鹃:《亡国奴家里的燕子》,《半月》1923年第2卷第17期。
② 鹓雏:《牺牲一切》,《小说画报》1919年第21号。
③ 许指严:《强盗式的绅士》,《礼拜六》1921年第101期。
④ 天笑:《绕个圈子》,《小说画报》1917年第5期。
⑤ 青凤:《心照不宣》,《小说画报》1917年第11期。

书长的三个问题》①写了一位军阀的秘书长在友人的帮助下先后解决了如何逢迎上司、如何要巧兼职、如何包养妓女的问题，小说对这些政界、军界的普遍现象作了较为生动的描写。他的《孽海红筹》②则专写高官与情人间的一种隐晦交际，身居要职的李总裁通过打牌抽头相赠的方式来还四小姐的情债。天笑的《军阀家之狗》③写军阀对百姓生活的祸害，针砭社会失序，痛陈"他们所称为国民的，还不及军阀家一只狗咧"。革除国民劣根性是鲁迅为代表的"新文学家"在小说创作中所追求的，鲁迅曾解释自己之所以弃医从文因有一次看到银幕上中国人围观自己的同胞被杀头却麻木不仁④。鲁迅看到的这一幕，何海鸣也多次看到了，对于精神麻木的同胞，他也心生感慨。前面我们谈到的《倡门之子》⑤，刑场上的倡门之子正是鲁迅所谓示众的材料，而他周围同样挤满了鉴赏杀人的看客。他所作的《一个枪毙的人》⑥更平实深刻地挖掘着国民的这一劣根性。小说首先通过写少年、店户人家、妇女、小孩等涌到大马路看枪毙人的盛况，来讽刺国民喜欢看热闹的劣根性。随后在貌似新闻记者、哲学家、法律家、社会学者等人关于枪毙犯人的辩论中凸显国民的思想混乱。然后在"枪毙犯人""送殡出丧""送亲出嫁"三个队伍挤在十字路口无法通行的大乱阵中让被枪毙的人发表慷慨激昂的演讲，痛陈礼教的虚伪、盲婚哑嫁的残酷。最后则再刺一剑，写国民看过热闹后，"一窝蜂似的纷纷散了开去，各忙各的名利功罪，又何尝有什么了不得的生气咧！"可见，当时国民的生活是多么盲目，多么自私，又多么无聊，这正是作者要指给读

---

① 马二：《秘书长的三个问题》，《星期》1922年第4号。
② 冯叔鸾：《孽海红筹》，《红杂志》1922年第14期。
③ 天笑：《军阀家之狗》，《星期》1922年第4号。
④ 见鲁迅：《呐喊·自序》，《呐喊》，北京：新潮社1923年版。
⑤ 求幸福斋主：《倡门之子》，《半月》1922年第1卷第14期。
⑥ 何海鸣：《一个枪毙的人》，《红杂志》1922年第5期。

者看的。另外，严芙孙所作《二十八岁》① 对国民迷信算命进行了辛辣的讽刺。徐卓呆所作《古代奇病》② 抨击旧礼教封锁下青年男女因不能正常交际而患上的相思病。吴双热的《学时髦》③ 通过描写阿鼠进入上海这座大都市学时髦表现出的种种丑态，讥讽国民喜欢装面子的弊病。张舍我的《父子欤夫妇欤》④ 一方面对国人堕落的嫖娼行为进行针砭，一方面揭破父辈假道学的真面孔。

民初新体白话短篇小说还写了都市里的各类人、各种事，甚至去写作者理想中的现代都市生活，这些小说让读者在短短的阅读过程中就轻松获得生活启蒙、满足多元兴味。包天笑所作《爱神之模型》⑤ 讲述一个方姓画师想画一副名为《爱神》的图画，他先是想让自己的夫人做裸体的模型，可是夫人是旧礼教人家女子，无论如何不肯；接着他试探同样学美术的妹子，妹子也不同意。他只能在妓女中寻找模型。屡经碰壁后，终于找到了下等妓女阿四做模型，完成了一幅美人裸体的杰作。结尾处，作者意味深长地让荡妇阿四来评赏这幅绘画："（阿四）瞧见了心中暗暗好笑，他说这是我的一幅裸体写真，想不到他们却如此崇拜咧。一会儿又自己发呆道：'怎么我一个活的裸体人，远不及那画上死的裸体人尊贵呢？怪事，怪事'！"这样就画龙点睛地指出了当时国人对于"现代艺术"的无知，也再一次深化了无知保守是中国社会进步障碍这一主旨，起到了很好的启蒙作用。他的《堕落之窟》⑥ 发表之初即被视为杰作，其情节极为淡化，通过"我"的视觉、嗅觉、触觉、听觉和心理活动摄录下一个都市生活片段：一群"洋场恶少"黑白颠倒、醉生梦

---

① 严芙孙：《二十八岁》，《红杂志》1922年第35期。
② 卓呆：《古代奇病》，《民众文学》1923年第1卷第4期。
③ 吴双热：《学时髦》，《小说丛报》1914年第4期。
④ 张舍我：《父子欤夫妇欤》，《半月》1921年第1卷第1期。
⑤ 天笑：《爱神之模型》，《星期》1922年第5号。
⑥ 天笑：《堕落之窟》，《星期》1922年第11号。

死的颓废生活。读者阅读本文就仿佛在看一段稍作剪辑的视频，跟着小说的镜头目睹了"堕落之窟"中混乱、肮脏、色情、荒唐、颓废的一幕，不仅看到鸦片烟具、化妆品瓶子、涂满肥皂的保安剃刀、女式丝袜、药水瓶、画了秽亵图案的局票、请客票、空酒瓶、香烟罐，充满果皮和尿的痰盂、痰盂旁的菜盘、酒杯和饭碗，满地的香烟头、瓜子壳、妇女擦面的粉纸、包裹陈皮梅南华李的花纸，甚至可以闻到这种特殊场所中"又热又腥又香又臭的气息"。作者通过"我"的心理活动和行为赋予这种貌似不动声色的自然拍摄以褒贬，"这时我再也不能站在这屋子里了。我只得慢慢儿轻轻儿的走出去。我实在耐不住这屋子里的气息……"。最后，小说通过汽车夫和茶房有关"这种少爷"债务问题的谈话，引起读者对这种生活的警戒。王钝根所作《黄钟怨》① 讲述留德工科博士于质人在上海倒霉运的故事。从他回国之初沉睡美貌妻子温柔乡里不思进取，到妻子因其"床头金尽"弃他而去；从到处求职碰壁到差点成为"男公关"；从被洋人汽车撞成重伤到最后因顶撞工业厅长受杖刑后气愤而死，很真实地揭露了当时"黄钟毁弃、瓦缶雷鸣"的乱世现实。张舍我的《五十封信》② 写丈夫忘恩负义，妻子发奋图强成为小学校长的故事，塑造了一位独立自主的都市新女性形象。顾明道的《救火钟》③ 写到了都市中消防员这一新职业。李涵秋的《可怜一个小学教师》④ 写兢兢业业的小学教师危景祥因贫致死的悲惨生活。恽铁樵的《无名女士》⑤ 写现代都市里因同学建立起来的新型人际关系，无名女士受同学托孤后费尽千辛万苦抚养两个儿子成

---

① 钝根：《黄钟怨》，《礼拜六》1921年第109期。
② 张舍我：《五十封信》，《礼拜六》1921年第110期。
③ 顾明道：《救火钟》，《红杂志》1923年第3卷第5期。
④ 涵秋：《可怜一个小学教师》，《民众文学》1923年第1卷第8期。
⑤ 恽铁樵：《无名女士》，《半月》1921年第1卷第5期。

第九章　充满现代都市"兴味"的民初新体白话短篇小说

人,实在难能可贵,受到作者赞扬。勖哉所作《我的肉》①《补心丹》②讲述新式学堂里学生的生活。赵苕狂的《典当》③通过当铺头柜朝奉(店员)的眼展现一个都市家庭如何因男主人生活腐化一步步走向破落。毕倚虹的《一星期的买办》④描述了上海洋行的欺骗行为。张毅汉所作《金钱就是职业吗》⑤讲述上海青年学生的就业及其在洋行里受外国人欺压的情况。吴灵园的《上海人到乡下》⑥借上海人和乡下人的对话来展现上海的都市先进性。包天笑所作《沧州道中》⑦写都市人乘火车旅行途中看到的灾民及一片混乱景象。

民初上海小说界是一个以经济资本为核心权力的"文学场",有着十分复杂的场域生态,新体白话短篇小说对此也有所触及。例如,针对一些"黑幕小说"专门迎合百姓心理、纯粹为了大赚其钱,不仅不顾艺术性,也完全不顾社会效果的现象,包天笑创作了题为《黑幕》⑧的小说来曝光"黑幕小说"末流制造精神"毒品"的罪恶。徐卓呆所作《小说材料批发所》⑨《洋装的抄袭家》⑩《告发抄袭》⑪等针对小说界的抄袭之风发声,对那些巧于抄袭还自鸣得意的人用嬉笑给予怒骂。范烟桥所作《小说家之烦恼》⑫通过东方莎在生活中因搜集小说材料遭遇的困难到发表写实小说引来各种

---

① 勖哉:《我的肉》,《小说画报》1917年第10期。
② 勖哉:《补心丹》,《小说画报》1917年第12期。
③ 赵苕狂:《典当》,《小说世界》1923年第2卷第1期。
④ 倚虹:《一星期的买办》,《星期》1922年第31号。
⑤ 毅汉:《金钱就是职业吗》,《星期》1923年第2号。
⑥ 吴灵园:《上海人到乡下》,《星期》1923年第47号。
⑦ 天笑:《沧州道中》,《星期》1922年第10号。
⑧ 天笑:《黑幕》,《小说画报》1918年第14期。
⑨ 卓呆:《小说材料批发所》,《半月》1921年第1卷第3期。
⑩ 卓呆:《洋装的抄袭家》,《红杂志》1922年第33期。
⑪ 卓呆:《告发抄袭》,《红杂志》1922年第34期。
⑫ 范烟桥:《小说家之烦恼》,《小说世界》1923年第1卷第5期。

人的责难来诉说小说家的烦恼。小说描写虽较夸张，但这些烦恼在当时实是带有普遍性的存在。王仲贤（UU）的《言情小说家之奇遇》[1] 叙述言情小说家嫩红所作《爱神》"有字皆香，无句不艳"，读者的"骨头都被他迷酥了"。其中迷恋他的就有《爱神》责编瘦绿的夫人。在各方面都不知情的情况下，嫩红和瘦绿的夫人享受着这份精神的婚外恋情。当真相揭开时，瘦绿的三口之家破碎了，他与嫩红的莫逆之交也决裂了。正在嫩红准备逃离上海之际，又收到了读者示爱的来信，这次示爱的竟然是他自己的亲妹妹。这篇小说巧妙地批评了那些脱离现实生活的言情小说对现实生活产生了极其恶劣的影响，应该得到纠正。包天笑所作《活动的家》[2]《三十年后之西湖》[3]《废止婢妾大运动》[4] 等均是生活理想小说，体现了他一贯的生活启蒙"兴味"。戴梦鸥在《星期》杂志的《小说杂谈》中说："社会小说，是描写社会的污浊，人情的冷暖，善善恶恶，形形色色，都加以针砭，自然是名贵得很。不过这些作品，是治标，不是治本。讲到治本，最好是那些理想和未来的小说。那些小说能够开社会文化的先声，暗暗的指导社会，改良社会。本刊第三期《活动的家》，第八期《三十年后之西湖》，都是寓有改造社会的意思，实是有价值的作品。"[5] 这里所谓的"治标"是指社会小说通过描摹社会百态揭露社会之病，以引起疗救者的注意；而"治本"则是指通过在小说中绘出种种理想的蓝图指导着人们努力建设出那样美好的未来。《活动的家》开头就说："'中华民国'四十年，各省的道路都修得整整齐齐。"该小说发表时间是民国十一年（1922），很显然是一篇理想小说。小说讲述了自动车厂的总工程师

---

[1]　UU：《言情小说家之奇遇》，《半月》1922 年第 2 卷第 2 期。
[2]　天笑：《活动的家》，《星期》1922 年第 3 号。
[3]　天笑：《三十年后之西湖》，《星期》1922 年第 8 号。
[4]　天笑：《废止婢妾大运动》，《星期》1922 年第 41 号。
[5]　戴梦鸥：《小说杂谈》，《星期》1922 年第 36 号。

孙华阳在结婚前造成了一种家宅自动车，带着新婚妻子蜜月旅行的故事。小说中家宅自动车的人性化设计是非常精妙的。特别是孙华阳夫妇沿途种种所见所闻都充满了人文关怀、环境意识、生活情趣，颇富现代生活启蒙价值。其中对人际关系的描写也充满了新意，同学关系成为小说中交际的主要关系，这也是一种现代性的表现。《三十年后之西湖》是《活动的家》的续编，主要描写孙华阳夫妇在杭州的见闻。《废止婢妾大运动》设想废止婢妾，"也是篇理想小说。笔很流利生动"①。

民初新体白话短篇小说中也有一些比较纯粹用来满足都市居民"消闲"的作品，比如姚鹓雏《他＝勃拉克》②、钏影《蜘蛛吃苍蝇》③、胡寄尘《抄袭的爱情》④ 这类滑稽小说；程小青《一只鞋（霍桑探案）》⑤ 这类侦探小说；姚民哀《无情弹》⑥、徐哲身：《恩……仇》⑦ 这类武侠会党小说；天笑、毅汉《指环》⑧、华杰《女间谍》⑨、碧梧《劫复余生》⑩ 这类战事小说；小凤《蛮殿仙踪》⑪、重远的《老貔狐》⑫、半侬的《催租叟》⑬、重远的《回家》⑭ 这类民间故事、民间风情小说，等等。总体来看，上述类型的小说在民初更多地使用文言书写，直至 1920 年代中期以后新体白话短

---

① 范菊高：《小说评话》，《半月》1923 年第 2 卷第 8 号。
② 鹓雏：《他＝勃拉克》，《小说大观》1920 年第 15 期。
③ 钏影：《蜘蛛吃苍蝇》，《小说画报》1918 年第 18 期。
④ 胡寄尘：《抄袭的爱情》，《游戏世界》1922 年第 8 期。
⑤ 程小青：《一只鞋（霍桑探案）》，《快活》1923 年第 8 期。
⑥ 姚民哀：《无情弹》，《半月》1923 年第 2 卷第 12 期。
⑦ 徐哲身：《恩……仇》，《小说世界》1923 年第 1 卷第 13 期。
⑧ 天笑、毅汉：《指环》，《小说画报》1917 年第 11 期。
⑨ 华杰《女间谍》，《小说画报》1918 年第 18 期。
⑩ 碧梧：《劫复余生》，《小说画报》1919 年第 20 期。
⑪ 小凤：《蛮殿仙踪》，《小说大观》1918 年第 13 期。
⑫ 重远：《老貔狐》，《小说画报》1917 年第 2 期。
⑬ 半侬：《催租叟》，《小说画报》1917 年第 2 期。
⑭ 重远：《回家》，《小说画报》1917 年第 8 期。

篇作品才多了起来。

另外，民初新体白话短篇小说中还有一些作品具有独特的先锋性。例如，徐卓呆在《小说大观》上发表的几篇似作似译的作品，它们很少引起论者的注意，也许有外国文学的蓝本，但又不像其他的翻译作品那样清楚地注明是译作。这样的作品带来了不好归类的麻烦，但之于文体的发展则有特别的价值。它们当时被点缀在文言的小说丛林里显得特别突兀，白话成熟得惊人，体式和意蕴也新得惊人。比如刊于《小说大观》1916年第8期的《梦中之秘密》，通篇写"我"梦境内外的秘密，分了18个小节，每节都设了小标题，文本形式很特别。开头不去写梦，先用两节篇幅来描述"我母"和"我"的特性，第一节这样写道：

一　我母之特性

那时节，我与母亲住在海滨的某街。我正当十七岁。母亲还不过三十五岁，已经是寡妇了。父亲去世之时，我只有七岁。然而父亲的面貌却还记得。我母亲生得面目秀丽，身材温雅。年轻时，人家都称他美人。不过我母亲终日面色冷静，沉默寡言，举动又很不活泼。但是我极孝敬我母亲。我母亲也极爱我。然而母亲平日总不快活，宛如自己有什么罪孽，恐怕被人家知道似的。

与同时期无论文言还是白话的小说相比较，这样的开头都显得那么突兀，那么"洋"，给民初读者设置了很大的悬念，很有力地破坏着他们的阅读习惯。小说叙述的视角是第一人称限知的，读者必须跟着"我"去经历奇怪的梦境，醒来后诡异的见闻，母亲受刺激后的呓语，丑恶生父离奇的死亡，等等。小说最后又是"我"的一个怪梦：

远远听得有很悲的泣声，如怨如诉。这泣声与我之间隔着

第九章　充满现代都市"兴味"的民初新体白话短篇小说

一层不可逾越的极高墙壁。我听了此声，心为之碎、肠为之断。自己也呜呜哭着。停了一回，声音渐次更变，有时像病人呻吟，有时像海中波涛，最后如怪兽狂吼。我心中一怕，便突然惊醒咧。（完）

小说就在这样诡异的氛围中结束，读者大概还没有回神就开始回味了。这是一篇耐读的小说——悬念、梦境、生父、男爵、美洲、黑人、凶手、长街、木匠、死骸、海岸——读者跟着"我"在一步步探查梦中之秘密，似乎揭开了一些真相，但梦起梦结的结构设计，又让这一切变得虚幻起来。同样的题材，假如用笔记体来写，也许会成为一则新妇蜜月遭遇强奸而产子的轶闻；假如用传奇体来写，可能类似于《补江总白猿传》；假如用话本体来写，在"说话人"讲述一个家庭悲剧之后定会提醒听者诸君"恶人终有恶报"。《梦中之秘密》所采用的新体式则带来了新意蕴，它深入人的内心去提炼一种无法消解的恐惧，读者也能感受得到。这种对人之精神世界的探索，让笔者想起 1910 年包天笑翻译的《六号室》[1]、陈景韩翻译的《心》[2]，以及鲁迅 1918 年发表的《狂人日记》。若将这几篇小说连起来看，也许会进一步看清"五四短篇小说"之所以能够产生并被接受的"草蛇灰线"。徐卓呆此后在《小说大观》上发表的《青猫》[3] 和《铜圆》[4] 同属叙述外国故事的小说，它们在语体、体式和意蕴上也都是新的，前者展示监狱这种极端环境里真实的人性，后者表达对农人的真切同情，题材在当时的短篇作品中也很新鲜。当然，《梦中之秘密》这类小说在意蕴和题材上的影响在当时应该

---

[1] 俄国文豪奇霍夫原著，吴门天笑生译：《六号室》，《小说时报》1910 年第 1 卷第 4 期。
[2] 俄国痕苔原著，冷译：《心》，《小说时报》1910 年第 1 卷第 6 期。
[3] 卓呆：《青猫》，《小说大观》1917 年第 10 集。
[4] 卓呆：《铜圆》，《小说大观》1918 年第 13 集。

还比较潜隐，而在语体、体式上的示范作用则比较显豁。姚鹓雏的几篇小说也值得注意，《奢》① 是哲理小说，以一位高僧与一位书生的答辩为主要内容，阐释聪明人为"妄想"——精神上的奢——蛊惑终身的道理。《本能》② 是对话体的问题小说，红豆先生思考的是人的"本能"问题，小说含有人人平等的现代思想。《几园》③ 是"自叙传"小说，记述"余"与松江名士杨了公等人的交游，主要是为杨了公立传。此篇之散文化、非小说化的特征更加显著，在当时实验性更强。《童话》④ 是我国早期难得的童话佳作，写的是一个男孩眼中的世界，充满了童趣，从语言到内容都非常贴合儿童的心理。这些小说的出现有力地推进了中国小说的现代转型，陈平原先生认为现代小说发展趋向的一个重要表现是非情节因素的崛起与情节功能的削弱⑤，姚氏上述小说的突出特征正是运用环境描写、心理描写，以及穿插对话的方式，来有意削弱传统小说那种以情节为中心的叙述结构，呈现出了比较鲜明的现代色彩。

综上所述，民初新体白话短篇小说适应了报刊传播新媒体及都市生活快节奏，成为民初"兴味派"小说家与读者分享艺术兴味、进行现代生活启蒙的轻骑兵。该体小说立足于民初读者的阅读、审美习惯，借鉴西方短篇小说艺术技巧，进行了大量的创作实践，在语体、体式、风格、题材、内容和功能等方面都呈现出了多元创新，已迥异于我国固有的"传奇体""笔记体""话本体"等短篇小说。该体小说运用民初都市大众普遍接受的"中式白话"，以多样的体式风格、丰富的题材内容满足了广大读者的多元阅读兴味，展

---

① 鹓雏：《奢》，《晶报》第74—76号，1919年10月12—18日。
② 鹓雏：《本能》，《晶报》第63—66号，1919年9月9—18日。
③ 鹓雏：《几园》，《游戏世界》1921年第2期。
④ 鹓雏：《童话》，《晶报》第86—88号，1919年11月18—24日。
⑤ 陈平原：《二十世纪中国小说史（第一卷）》，北京：北京大学出版社，1989年版，第181页。

现了都市市民阶层的现代思想意识和生活趣味。这些小说大多聚焦于作家与读者共同生活在其中的大都市，描画一幅幅现代都市生活的"浮世绘"，这是读者们喜闻乐见的，必然赢得广大阅读市场。阅读这些小说时，我们经常看到的故事发生地是公馆、戏馆、舞厅、报馆、洋行、学校、旅馆、妓馆、西菜馆（含咖啡馆）、电影院、游乐场、大马路等等，这种熟悉的场景必然可以引起广大市民读者的兴趣，也能引来都市之外更多读者好奇的目光。小说里写的那些城市底层生活、婚恋家庭万象、都市人生百态、社会种种黑幕总是成为读者茶余饭后的谈资，有的人还会为悲惨世界里的人物洒一回痛泪，兴起改造社会的热望；有的人会因此产生警戒，避免掉入现代都市的陷阱；有的人潜移默化地更新了一些旧有的落后观念；有的人增强了对生活的热爱。这些小说总是能为读者快速带来劳累后的艺术享受、身体放松，帮他们消除琐碎日常带来的无聊、乏味。该体小说具有非常丰富复杂的现代性，不仅有与某些民初其他文体小说作品那样异于"五四短篇小说"的现代性，亦有与之趋同的现代性。相较于后起的"五四短篇小说"，它不仅在数量、艺术、受众上更胜一筹，其主题、题材、功能也更为丰富。然而，在过去的文学史述中民初新体白话短篇小说非但不被视为现代短篇小说，还与民初其他诸体小说一道被斥为落后腐朽的"旧文学"，这必然遮蔽了该体小说在我国小说现代转型过程中的真实贡献，有必要重新估价和定位。

第三节　现代短篇小说的重要一脉

通过上文顺着历史之流的细致梳理，我们清楚地看到具有文体现代性的短篇小说产生于清末，繁盛自民初，并非过去文学史述所谓全由"新文学家"移植自西方而兴起。

从历时性上看，清末"新体短篇小说"已呈现出一定的文体现代性，但仍然与我国古代固有短篇小说文体相纠缠，且数量不多。民初新体白话短篇小说由其发展而来，形成了一种崭新的文体，且形成了较大的规模。它不像同时期的笔记体、传奇体、话本体生长在古代短篇小说的延长线上。它不仅跳脱话本体虚拟情境及叙事程式之束缚，形成了现代短篇小说的叙事模式，还广泛吸收中外各体文学的长处，形成了稳定的语体、文体形态，丰富的主题内容和多元的文体功能。它是民初上海现代"文学场"的产物，有赖于报刊出版业、都市新生活提供发表平台、经济资本、素材来源和广大消费者。

　　从共时性上看，在清末"新体短篇小说"的影响下，民初产生了两种属于现代文体的短篇小说，一种是稍早产生的新体白话短篇小说，一种是"五四短篇小说"。这两种小说虽有共同源头，但各自形成了新的河流。"新文学革命"前的鲁迅、胡适、刘半农等文学观念尚不成熟，对于短篇小说的摸索，他们明显受到了《时报》主笔陈景韩、包天笑和徐卓呆等先行者的影响，这些影响正逐渐被研究者所揭示。鲁迅后来虽创作了《狂人日记》等"新文学史"上第一批短篇小说经典，但他在此之前的短篇小说著、译基本上可看作是清末民初小说文体试验的一部分，是当时多元探索中的一元，而且是影响较弱的一元。可以说是"新文学革命"为这较弱一元的小说探索提供了迅速成长的契机。"五四短篇小说"与新体白话短篇小说虽同出一源，但取径同中有异。以《狂人日记》为代表的"五四短篇小说"采用的是"拿来主义"，是在完全模仿西方文学的基础上产生的新文体，"欧式白话"、"表现的深切和格式的特

第九章　充满现代都市"兴味"的民初新体白话短篇小说

别"① 是其突出的文体特征，西化追求所带来的陌生化及深刻凝练的思想性让其在求新求变、救亡启蒙的时代语境中脱颖而出。以《卖药童》为代表的新体白话短篇小说在借鉴外国文学经验、追求小说现代化的过程中注意本土性化用，以"中式白话"为语言载体，在新体中保留了不少传统文学、民间文学的艺术精华，易于被广大读者接受，迅速成为现代都市兴味娱情与生活启蒙的轻骑兵。"新文学革命"以后，居小说界主流的仍是"兴味派"，他们创作的新体白话短篇小说愈加繁荣起来，可谓名家荟萃、名作迭出，为广大读者所欢迎。而"新文学"的短篇小说那时还只有鲁迅一枝独秀，其读者局限于热衷"新文化"的不大的圈子。② 面对"新文学"的兴起，起初一些"兴味派"作家并不排斥，如包天笑、胡寄尘曾试图调和"新""旧"文学，希望走出和衷共济的新路③；叶小凤（楚伧）还曾公开表示支持，甚至一度被目为"新文学家"④；刘半农则摇身一变成为"新文学"斗士，在《新青年》上发文声明"不认今日流行之红男绿女之小说为文学"⑤。然而，"新文学家"秉持的是一元文学观，信奉思想启蒙，认为对"旧派"的"'迁就'

---

① 鲁迅：《〈中国新文学大系〉小说二集序》，《鲁迅全集（第6卷）》，上海：光华书店1948年版，第246页。
② 直至经过了一个新的十年建设，增添了郁达夫、叶圣陶、茅盾、冰心、许地山、凌叔华、王统照、王鲁彦、台静农、冯文炳等人的创作实绩，"五四短篇小说"才真正形成规模，产生了创作上的更大影响力。
③ 包天笑的相关言论已见前述，胡寄尘在1920年前后创作新诗、在"新""旧"两派的杂志上同时发表小说，正如其所说既可视为《礼拜六》派，又可视为改版后的《小说月报》派，恰如凤兮所评"力为新文学张目"（《我国现在之创作小说》，载《申报·自由谈·小说特刊》1921年3月6日）。
④ 如凤兮的《海上小说家漫评》（载《申报·自由谈·小说特刊》1921年1月16日）称"（小凤）近以效力新文化，少作小说。然《新中国杂志》中《牛》一篇，则代表中国劳工之声也，亦即中国短篇小说之代表也"。又在其《我国现在之创作小说》（载《申报·自由谈·小说特刊》1921年3月6日）中将叶楚伧所作《牛》与鲁迅《狂人日记》、陈衡哲的《老夫妻》等一同视为"新文学"作品。
⑤ 刘半农：《我之文学改良观》，《新青年》1917年第3卷第3号。

就是堕落"①。加之要争夺更多的读者（消费者），以获得文化市场上的生存权，1920年前后"新文学"对"旧文学"发起了全盘否定、彻底驱逐的攻击。这就导致了包括民初新体白话短篇小说在内的"兴味派"小说遭遇了长达百年的遮蔽。

相较于民初章回体、笔记体、传奇体和话本体小说，新体白话短篇小说在语体、体式、意蕴、题材、功能等方面与"五四短篇小说"有很多趋同相通之处。因此，当"五四短篇小说"确认"他者"以凸显自身"新文学"的主体性时，其矛头主要指向了古已有之的章回体、笔记体、传奇体和话本体，因为这些文体确实是"旧"的。对于白话短篇小说新体，"新文学"一方面与之在"白话"上求异②，一方面又不得不与之共享西方文学资源，于是只能将其与"旧体"捆绑起来，以整体的名义指责其思想陈旧、艺术粗

---

① 西谛：《新旧文学果可调和吗？》，《文学旬刊》1921年第6号。
② 对于提倡白话文，学界已经普遍认识到晚清白话文运动及民初白话文实践之于五四白话文运动的重要意义，如黄霖先生在《近代文学批评史》中对晚清白话文运动评价说："它作为维新派领导的'文界革命'的一部分，虽然存在着种种局限，最后也没有完成白话文替代文言文的目标……为以后'五四'白话文运动扫清了道路，积累了经验。"（上海古籍出版社1993年版，第417—418页）黄修己教授主编的《二十世纪中国文学史（上卷）》写道："五四时期之所以能确立白话文学的地位，除了新文学运动的先驱以优秀的作品树立了典范外，也是与在此之前经过了十多年的宣传、实践、探索分不开的。"（中山大学出版社1998年版，第26—27页）胡全章教授所著《清末白话文运动》对此做了专门系统的考察，认为"五四"白话文运动的"语言观念、社会基础和白话书写经验，是清末民初20余年间逐步培育起来的"。（中国社会科学出版社2015年版，第190页）实际上，早在1926年包天笑就曾以当事人的身份对此作过揭示："倡白话文，今人均知为胡适之。其实奔走南北，创国语研究会有远在胡适之前者……故《小说画报》开风气之先，纯粹用白话也。时胡适之先生，方为章秋桐之《甲寅》杂志译短篇小说曰《柏林之围》，则纯用文言体；而创'她'字之刘半侬先生，佐余《小说画报》中撰一章回小说曰《歇浦陆沉记》也。数年来，诸公之思想，丕然一变矣。"（《钏影楼笔记——白话文之始》，《上海画报》1926年第115期）其1971年出版的《钏影楼回忆录》又补充说："提倡白话文，在清季光绪年间，颇已盛行，比了胡适之等那时还早几十年呢。"以上包天笑所说是属实的，可由当代相关研究印证。不仅如此，它还传达出这样一种信息：在民初文坛上，"兴味派"小说家对白话文的倡导不仅早于"新文学家"，而且二者你中有我，相似相通。

第九章　充满现代都市"兴味"的民初新体白话短篇小说

糙。从上文的分析来看,这种指责显然并非事实,但二者的差异确实存在。其最主要差异体现在不同的白话语体和主题题材上。从语体上看,新体白话短篇小说用的是"中式白话","五四短篇小说"用的是"欧式白话"。"中式白话"是在中国传统文学中的白话、当时普通社会流行的白话基础上吸收外国文化(文学)的某些语法、词汇而形成的白话。通过上文细读作品,我们看到新体白话短篇小说所用白话的具体情况虽丰富复杂,但其句法、词汇的基础都是传统白话,兼采民间口语和方言,同时使用外来词,亦有长句出现,一些虚词的使用也显现出不同于传统的特点。"欧式白话"用傅斯年的话"就是直用西洋文的款式,文法,词法,句法,章法,词枝(Figure of Speech)……一切修辞学上的方法,造成一种超于现在的国语,欧化的国语"①,可见,这是一种极力摆脱已有书面白话、日常白话,以"西洋文"为标准造出来的白话。"五四短篇小说"使用这种白话,是希望从欧化的文字表达开始,全面模仿西方文学。从主题题材上看,新体白话短篇小说主要描写以上海为主的都市生活,成为我国现代都市小说的起点;"五四短篇小说"则主要描写故乡农村(包括乡镇)的生活,形成现代乡土小说②。上海以其先进的都市文化向周边乃至全国辐射特殊的现代性,新体白话短篇小说正是城外人窥看和感受这一现代性的一个窗口。民初上海半殖民地半封建的社会形态决定了该体小说丰富复杂的题材内容和都市大主题下的多元意旨。"五四短篇小说"用回忆重组故乡的人和事,随着写作者的增多,不同的人写出了不同的故乡,那是上海之外更广大的空间,因而也更能表现整个中国的社会状态。本来民初的乡村大多像鲁迅笔下的未庄一样落后、腐朽,生活循环往复,住

---

① 傅斯年:《怎样做白话文》,《新潮》1919 年第 1 卷第 2 号。
② 参见钱理群等:《中国现代文学三十年(修订本)》第三章,北京:北京大学出版社 1998 年版。

在乡村的人也大多像阿Q一样自轻自贱、自欺欺人，自私狭隘。然而作者将其与国民的病态和现代思想启蒙巧妙地联系了起来，在启蒙与乡愁的双重主题变奏中不仅《阿Q正传》轰动中国文坛，紧跟其步伐的一批乡土小说作品还在1920年代中期汇成了一股持久的创作潮流。

　　虽然1920年代中期以后，民初新体白话短篇小说也受到了"五四短篇小说"的"他者"压抑，创新意义被其抹杀，但是它仍然为社会所需要。因为它所践行的现代生活启蒙，重视传播现代生活知识，正是倡导现代思想启蒙的"五四短篇小说"所欠缺的，二者实际构成了中国社会现代启蒙的一体两面。既然被需要，自然有作家进行创作，以其为起点形成了中国现代短篇小说的重要一脉。在随后数十年中，不仅包天笑、徐卓呆、周瘦鹃、张毅汉等一批从民初走来的上海作家继续创作该体小说，它还直接影响、刺激了以写现代都市生活为特色的海派短篇小说的形成。我们不难从"新感觉派"的作品中找到民初新体白话短篇小说"进化"的版本，其书写的都市景观、都市男女、都市泛滥的物质和欲望显然能勾起读者对包天笑《堕落之窟》、周瘦鹃《留声机片》、何海鸣"倡门小说"、张碧梧《朱公馆的包车夫》一类小说的回忆。不过，与"新感觉派"不同的是，民初新体白话短篇小说还未受制于国外文学界的某一主义、某一派别，因而呈现出多元的文体形态和思想旨趣。本书第三章曾谈到民初"兴味派"小说家以娱世消解了近代以来小说界觉世与传世的一组矛盾，走出了一条平衡各种二元对立之路，这是与五四以后各种文学流派和思潮的根本不同之处。从这个层面上说，民初"兴味派"小说家遭遇百年遮蔽有其历史必然性，毕竟五四之后小说界走的是由一个极端取代另一个极端的一元化道路，提倡多元共生自然被视为敌对的"他者"。由此观之，20世纪40年代红极一时的独立小说家张爱玲的小说倒算是民初新体白话短篇小说的嫡传,她的成名作《沉香屑·第二炉香》就发表在周瘦鹃主编的《紫罗兰》上,她经常发表作品的《万象》是典型的海派刊物,周瘦鹃、徐卓呆、郑逸梅也是该刊重要的作者。张爱玲小说极致地发展了民初新体白话短篇小说写都市家庭病态生活的一元。她的小说世界中全是委琐、自私、卑污的灰色人物,远没有民初新体白话短篇小说里人物的斑斓色彩,而其奉行的日常生活逻辑显然是由民初新体白话短篇小说一路发展下来的。

从我国当代小说回望民初新体白话短篇小说,不难发现随着改革开放后市场经济的复苏,都市日常生活重现于作家笔端。从池莉《烦恼人生》、刘震云《一地鸡毛》、方方《风景》等作品即可见一斑。其写实理念也有几分相似。民初"兴味派"小说家撰社会小说重视写实,如摄影,认为无一事一语不真,方有价值;若参以理想,加以揣测,就变成画儿了①。当代"新写实小说"主张"零度写作","'只作拼版工作,而不是剪辑,不动剪刀,不添油加醋'(池莉语),使'当下此时的真实'凸现出来"②。当然,纯粹的日常写实是不可能的,这只不过是作家抗拒宏大政治叙事、主观抒情叙事的一种理想。它的好处是用生活真实来引发身处其中的读者产生共鸣,待到时过境迁,还具有补史的作用;其坏处也显而易见,容易写成"流水账",有可能导致读者丢掉浪漫与理想、掉入庸俗琐碎的"日常生活"陷阱。新世纪以来我国小说发展的现状提醒我们:当"日常生活"与"个人性"及"市场性"联姻而走向极端时,就会出现卫慧、棉棉那样极端物质机械、极端纤佻蹀荡的"身体写作",也会出现很多庸俗无聊的网络小说。随着我国市场经济体制的成熟,城镇化速度加快,生活越来越全媒体化,一个多元化

---

① 毕倚虹:《半月一谈》,《半月》1921年第1卷第8期。
② 李杨:《文学史写作中的现代性问题》,北京:北京大学出版社,第306—307页。

的都市文学时代已然到来。这本是短篇小说繁荣的时代,然而事实却是短篇小说极度弱势[①]、不能快速满足时代和读者之需。面对这一现状,如何从包括民初新体白话短篇小说在内的百年现代短篇小说中汲取营养、创作出不愧时代的作品,已成为摆在当代作家面前的重要使命。

---

① 贺绍俊:《短篇小说对于当代文学的意义》,《文艺争鸣》2019年第8期。

第十章
民初上海小说界的阅读文化与读者反应

在本书导言中我曾初步讨论过构成民初上海小说界的读者维度，指出这一维度同样遭遇了百年遮蔽与误读。一般认为民初小说的读者主要是近代都市化产生的大量市民，然而论者对"市民"大多缺乏具体界定，大多指那些处在中下阶层的"小市民"①，有的泛指城市里的所有居民②。迄今为止，由于多数研究受"通俗文学史"视角影响，为了将"近代""现代""当代""通俗文学史"打成一片，又重新回到"新文学家"论定的"小市民"群体，甚至仅指城市中的各类职员和工厂工人③，这显然并不符合实情。实际上，民初小说的读者正像它的作者一样复杂。到底是哪些人在读民初小说？他们身处于怎样的一种阅读文化之中？他们有哪些具体的阅读反应？这些反应对中国小说的现代转型产生了怎样的影响？本

---

① 这是五四"新文学革命"以来学界的主流看法。
② 详见袁进《从传统到现代——中国近代文学的历史轨迹》（东方出版中心 2018 年版）第三编之二"市民读者与通俗小说的崛起"。
③ 范伯群：《形象教材：市民大众文学——"乡民市民化"形象启蒙教科书》，《中国市民大众文学百年回眸》，南京：江苏教育出版社 2014 年版，第 156—157 页。

章拟尝试回答这些问题。

第一节 满足各阶层读者的多元兴味

小说由不登大雅之堂到"为文学之最上乘"① 是清末"小说界革命"以后才逐渐变为现实的事。这一事实的形成既基于"新小说"理念之倡导和作者著、译之实绩,亦有赖于读者的购买、阅读和接受。如果将"晚清—民初—五四"作为中国小说现代转型的完整过程来看,这四分之一世纪里的小说作品主要是以"古代小说"("旧小说")为他者的"新小说"。这三个时段的"新小说"均希望借助小说的"通俗性"进行"现代性"启蒙。无论是政治的,还是生活的,抑或是思想的启蒙都将对象直接指向了广大读者。可以说,近现代小说地位的提升与读者地位的凸显是同步的,这成为古今文学的一个重要分水岭。毕竟"诗言志""诗缘情""文以载道""义理、考据、词章"等古代文论的核心观念都透露出诗文为中心的古代文学侧重于作者一维。若将晚清、民初、五四分开来看,晚清"新小说"兴起的"文学场"上文化权力、政治权力与经济权力势均力敌,其中经济权力正在迅速壮大②。至民初以上海为中心形成了以经济权力为主导,文化权力与之相博弈,而政治权力较弱的"文学场",撰译小说不再以佐助政治为动机,而是以服务城市"日常生活"为重心,"兴味化小说"因此而繁荣。五四"新文学革命"勃兴后,不仅文化权力在"文学场"上跃升,而且政治权力也在增强,经济权力在场上虽然仍发挥较大的制约作用,但较之民初已呈现此消彼长之势,五四"新文艺小说"随之发生而发展,形成了相

---

① 饮冰:《论小说与群治之关系》,《新小说》1902 年第 1 卷第 1 号。
② 其中的一个显例是以陈景韩、包天笑为主笔的《时报》系在报馆主人狄楚青的支持下凭借经济之独立很快摆脱了康、梁政治力量的控制。

对独立于市场的先锋性。缘乎此,三者真正将读者放在首要位置的是民初,当时"兴味派"小说家主倡"兴味"就意在打造一种满足各阶层读者多元兴味的阅读文化——运用其手中掌握的大量报刊出版资源开拓富有"现代性"的言论自由空间。

从拥有读者的实际情况来看,晚清的小说读者对"新小说"还存在着一个逐渐接受的过程,如公奴所说在"新小说"出现之初因其"开口便见喉咙""于小说体裁多不合"而销售不良①,显然当时不少读者更愿意看原有体制的小说作品。在"新小说"发展了几年之后,情况有所好转,但据徐念慈1908年统计,"今之购小说者,其百分之九十出于旧学界而输入新学说者,其百分之九出于普通之人物,其真受学校教育而有思想、有才力、欢迎新小说者,未知满百分之一否也?"②这一统计显示出当时"新小说"的阅读主体是趋新的士大夫文人阶层。老棣在1907年的一篇文章中亦说:"自文明东渡,而吾国人亦知小说之重要,不可以等闲观也,乃易其浸淫'四书五经'者,变而为购阅新小说。"③对此,袁进先生有过比较详细的考察,他指出"从1900年到1912年,又是士大夫大批移居上海的时期,先是庚子事变,后是辛亥革命,上海的租界成为士大夫避难的庇护所,从而扩大了小说市场"④。

至民初,上海现代文化市场的进一步成熟要求小说作家兼顾"市场法则"与"艺术法则",在补"新小说"辞气浮露、寡味少趣之弊,纠时下小说卑劣浮薄、纤佻媟荡之偏的过程中,民初小说界形成了小说"兴味化"主潮,以满足读者的多元兴味为著、译宗

---

① 公奴:《金陵卖书记》,上海:开明书店1902年版。见陈平原、夏晓虹:《二十世纪中国小说理论资料(第一卷)》,北京:北京大学出版社1997年版,第65页。
② 觉我:《余之小说观》,《小说林》1908年第10期。
③ 老棣:《文风之变迁与小说将来之位置》,《中外小说林》1907年第6期。
④ 袁进:《从传统到现代——中国近代文学的历史轨迹》,上海:东方出版中心2018年版,第304页。

旨，从而使读者的范围空前扩大，引发了小说前所未有的繁荣。居住在上海及其周边城市的那些正由传统走向现代的士大夫文人在此时已变成读一写"兴味化小说"的主导力量。他们编辑报刊、撰译小说，将目标读者由本阶层扩大到社会各阶层。如，《小说月报》1912年第3卷第7期曾刊登《本社特别广告》将目标读者定位在士大夫文人、新兴市民及学生等阶层，其所谓"故能雅驯而不艰深，浅显而不俚俗。可供公暇遣兴之需，亦资课余补助之用"[1]；该卷第12期又刊登《本社特别广告》宣布"发行以来，颇蒙各界欢迎。迩来销数日增，每期达一万以上……兹从四卷一号起，凡长篇小说，每四期作一结束；短篇每期四篇以上。情节则择其最离奇而最有趣味者，材料则特别丰富，文字力求妩媚。文言、白话，兼擅其长"[2]，明显扩大了目标读者群。《礼拜六》则将目标读者锁定为从事于各类职业的传统文人及市民阶层，声明之所以将刊物命名为"礼拜六"，是因他们"惟礼拜六与礼拜日乃得暇读小说也"[3]。《眉语》在将目标读者定位为"雅人韵士"的同时，着意强调为才媛服务[4]。《〈小说画报〉例言》宣称"本杂志全用白话体，取其雅俗共赏。凡闺秀、学生、商界、工人无不咸宜"[5]，登载其上的《小说大观》广告则盛赞"本杂志由著名小说家包天笑主任，奄有时下之众长，佐以一己之杰作。词华典雅，趣味浓深，首尾完全，体格美备。海内欢迎，推为杂志中之弁冕"[6]，大有供当时小说界所有读者阅读欣赏之意。从现存小说话、编后记、小说广告、发刊词、小说序跋、小说评点、当事人日记及其他史料来看，民初小说的实际

---

[1] 《本社特别广告》，《小说月报》1912年第3卷第7期。
[2] 《本社特别广告》，《小说月报》1913年第3卷第12期。
[3] 王钝根：《〈礼拜六〉出版赘言》，《礼拜六》1914年第1期。
[4] 见《〈眉语〉宣言》，《眉语》1914年第1卷第1号。
[5] 《〈小说画报〉例言》，《小说画报》1917年第1期。
[6] 该广告自《小说画报》第2期开始一直刊登至第19期。

读者主要是早先"进城"的士大夫文人(正在市民化)、新兴都市市民(各类职员、产业工人、商人、医生、律师、教师、及其家属等)、各级各类学生,此外还包括民主革命者、政府人员、前清遗民、军人,后来成为"新文学家"的一批人、部分识字农民和少量外国人,等等。特别需要指出的是:在五四"新文学革命"前,中国小说界新出的作品只有这些"兴味化"的小说,别无分店,可见它的读者群应囊括当时所有阅读新出小说者。

五四"新文学革命"兴起后,一批热爱"新文学"的读者逐渐分化出去。据五四运动后一位名为颖水的读者所说,"我国自去年来文化运动,蓬蓬勃勃,一日千里,各种杂志周刊,出者日多,购者亦日众。差不多无论何种新杂志,他的销路,总在千份以上"①。不过,由于五四"新文艺小说"过于欧化,直到20世纪20年代中后期这种分化还是非常有限的,用瞿秋白的话说,他们"几乎完全只限于新式知识阶级——欧化的知识阶级"②。

由以上简单梳理可见,与晚清"新小说"、五四"新文艺小说"相比,民初"兴味化小说"的读者最为广泛,分布在当时社会的各个阶层,过去认定的"小市民"只是其中一个比较重要的组成部分而已。学术界之所以长期将民初小说的读者视为"小市民",主要是由于未从近现代中国社会各阶层剧烈变动的实际过程着眼来加以具体分析,不但忽视了民初阶段传统士大夫文人仍在向现代城市居民转变这一事实,还习惯性地将1920年代及其以后崛起的所谓"小市民"读者群错认为阅读主体。

民初"兴味派"小说家身处传统文化解构、各种文化混杂、中西思想交锋、政局十分混乱的时代语境中,他们所面对的读者,其

---

① 颖水:《文化运动与辞典》,《时事新报》1920年5月20日。
② 瞿秋白:《鬼门关以外的战争》,《瞿秋白文集(三)》,北京:人民文学出版社1953年版,第629页。

思想、文化及政治立场都非常复杂多样,要想最大范围地占领市场,主张"以兴味为主"[1]的确是一种上佳策略。毕竟一篇(部)小说首先要能够引起读者的兴味,才能让读者进入实际的阅读过程,否则根本谈不上获得什么思想、文化、道德等等的教益。实际上,民初社会任何阶层的读者无论出于何种动机来阅读小说,都有娱乐消闲、情感宣疏以及文学审美的需要,民初"兴味派"小说家针对这些需要而主倡"兴味"自然能够抓住最广大的读者。翻检民初主要的小说报刊,其发刊词、广告语、编后记等无不彰显以读者为本位的"兴味化"编刊宗旨,例如,《民权素》创刊号"第二集出版预告"里赫然大字印着"文学的、美术的、滑稽的"[2],《〈礼拜六〉出版赘言》宣称:"晴曦照窗,花香入座,一编在手,万虑都忘,劳瘵一周,安闲此日"[3];《〈小说大观〉例言》则明确宣布:"无论文言俗语,一以兴味为主。凡枯燥无味及冗长拖沓者皆不采"[4];《〈小说新报〉发刊词》声明:"东方曼倩,说来开笑口胡卢;西土文章,绎出少蟹行鹡突。重翻趣史,吹皱春池"[5];《星期》为增强读者兴味还专设"谈话会"一栏,其缘起中说:"办杂志者仅刊刻几个社员之稿件,杂志必无持久之精神。必吸引阅者之意思,为之发表于杂志,则阅者之兴味浓厚,而杂志之价值增高。余蓄此念久矣。天笑创办《星期》,余请于天笑。特开是栏。"[6] 在民初小说报刊上,与这些力倡"兴味"的主张相配套的是发挥小说的通俗教育功能、文言白话兼用、撰著翻译并重以及雅俗共赏等主流表述。这便形成了多元开放的编辑旨趣,从而改变了清末"小说

---

[1] 《〈小说大观〉例言》,《小说大观》1915年第1集。
[2] 《第二集出版预告》,《民权素》1914年第1期。
[3] 王钝根:《〈礼拜六〉出版赘言》,《礼拜六》1914年第1期。
[4] 《〈小说大观〉例言》,《小说大观》1915年第1集。
[5] 李定夷:《〈小说新报〉发刊词》,《小说新报》1915年第1期。
[6] 倚虹:《〈星期谈话会〉缘起》,《星期》1922年第1号。

界革命"强调小说为"群治""国家""思想启蒙"服务的单一色调，与读者共同打造出了一种注重娱情审美、寓教于乐，关注"个体""家庭""生活启蒙"的多彩阅读文化。

第二节 读者—编者—作者的互动转换

民初读者对那些富有"兴味"的新出小说普遍欢迎，上至士大夫文人阶层，下至城市底层民众，纷纷购阅。小说成为他们茶余饭后的重要谈资，成为他们接受通俗教育的重要渠道，成为他们文化商品消费的重要部分。他们的兴味所在，他们的阅读反应正是本章关注的重点。不过，不是所有阶层的读者都能在历史上留下他们的"读后感"，特别是那些读书识字阶层以外的读者，他们的阅读情况往往缺乏直接的文字记录，这给研究读者维度带来了一定困难。对于这一困难，我们不妨转换视角，借助编者、作者和其他"能文"读者的记录来认识和体会。民初小说界的特殊之处乃是以满足读者的多元兴味为宗旨，这就要求小说报刊的编者和小说作者特别关注读者的反应。缘乎此，民初"兴味派"小说家在其主持的报刊上常常设置与读者互动的专栏，刊登与读者往复的信函，发表分享阅读感受的小说话。这些材料是当时读者、编者、作者频繁互动的记录，能够帮助我们把握当时广大读者比较真实的阅读情况和直接反应。

先来看民初上海主要报刊设置与读者互动之专栏的情况。早在小说"兴味化"潮流初起的清民之交，包天笑与陈景韩在创刊《妇女时报》时就声明拟设置"读者俱乐部"栏目，希望"与爱读诸君相切磋"①。在1911年第3期、1912年第7期推出两期后，改设

---

① 载《编辑室》，《妇女时报》1911年第1期。

"妇女谈话会",连刊多期。这两个栏目开启了民初报刊编创者与读者频繁互动的时风。此后,王钝根主编的《申报·自由谈》副刊推出了"自由谈话会"专栏。该栏目从 1912 年 10 月 23 日开始一直持续到 1914 年 9 月 29 日为止,为《申报·自由谈》赢得广大读者的同时,还进一步形成了编创者与读者互动研讨的现代都市阅读场域。1918 年王蕴章重新主持《小说月报》时,为"鼓励小说家之兴会,增进阅者诸君之趣味",从第 9 卷第 4 号开始设立"小说俱乐部",这一举措有效地加强了编者、读者与作者的互动,培养了一批忠实读者。进入 1920 年代,在新的办报热潮中涌现出的《半月》《星期》《小说日报》《游戏世界》等刊物也纷纷开设这类栏目,吸引读者参与,在满足读者兴味的同时也积极引导他们的阅读品味,从而形成自家刊物的忠实读者群。下面,我们通过考察《星期》周刊上的"星期谈话会"栏目来进一步认识读者与编创者的互动及向作者身份的转换。

《星期》一共出刊 50 期,"星期谈话会"从第 1 期开设一直持续到 31 期,共刊登 20 期,是同类栏目的佼佼者。编者设置"星期谈话会"这一栏目的核心意图是让读者产生这是自家刊物的意识,吸引他们来参与刊物建设,从而成为忠实读者。其具体方法是"吸引阅者之意思,为之发表于杂志"①,这确实能激发一般读者的浓厚兴味,毕竟由读者转换为作者是当时不少人的梦想。由于该栏目声明"阅者如有所闻见,有所感想,咸可于是栏发表。文字不必长,每条百余字,或数十字足矣"②,这就让读者有话可说,仿佛是开了一个纸上读者聊天室。从撰稿者来看,除主持"谈话会"的毕倚虹及马二(冯叔鸾)、(蒋)吟秋等少数人是成名的作家外,诸

---

① 倚虹:《〈星期谈话会〉缘起》,《星期》1922 年第 1 号。
② 同上。

如静年、圣劳、天聪、春雪、传信、妙芬等多数是来自社会各界的普通读者,有一期的作者还全部是女性读者①。该栏目所谈内容五花八门,并不限于小说文艺。有的是对时事热点、社会问题发表看法,如讽刺军阀政府卖国②,感慨军阀混战导致民不聊生③,介绍直奉战争的情况④;讽刺资本家喜人奉承,强调无产阶级也有自己的做人原则⑤;谈由香港禁止蓄奴引发的思考⑥;谈儿童公育的实践问题⑦;介绍刚刚在罗马召开的国际劳动组合同盟大会盛况⑧,等等。有的谈论各种生活知识及相关问题,如介绍欧战中集邮的知识⑨,欧洲科学家对钱币上病菌微生物的发现⑩,上海流行的各式妇女发髻发型⑪,中国最大面额的钞票⑫;谈及爱尔兰政治家伯纳尔拒收绿帽子的民俗⑬,古董收藏的得失⑭,电线杆设置不当会导致社会治安问题⑮,等等。有的闲谈各界消息和趣闻,如谈论中西方当红童星的高额收入现象⑯,梅兰芳日本演出引发的趣闻⑰;谈交易所自日本引入前,上海工商各界均以茶会形式进行交易的情

---

① 见《星期》1923 年第 30 号编者按。
② 作者蓴波,见《星期》1922 年第 2 号。
③ 作者清波,见《星期》1922 年第 2 号。
④ 作者吟秋,见《星期》1922 年第 28 号。
⑤ 作者春雪,见《星期》1922 年第 2 号。
⑥ 作者芸芸,见《星期》1922 年第 11 号。
⑦ 作者圣劳,见《星期》1922 年第 11 号。
⑧ 作者圣劳,见《星期》1922 年第 28 号。
⑨ 作者邮痴,见《星期》1922 年第 2 号。
⑩ 作者芸芸,见《星期》1922 年第 3 号。
⑪ 作者西泠过客,见《星期》1922 年第 24 号。
⑫ 作者偶拾,见《星期》1922 年第 4 号。
⑬ 作者天聪,见《星期》1922 年第 10 号。
⑭ 作者太息,见《星期》1922 年第 3 号。
⑮ 作者无虚,见《星期》1922 年第 17 号。
⑯ 作者无虚生,见《星期》1922 年第 23 号。
⑰ 作者虎头等,见《星期》1922 年第 3 号。

形①;谈美国杂志广告与国内杂志广告刊登价格的巨大悬殊②;谈西洋利用海滨旧船开报馆③;谈论上海的各类休闲文化④,等等。有的则是记录读者自己的日常悲欣,如第20期所载吟秋之《一星期之恨事》,第24期西泠过客与之互动的《一星期之乐事》等。这类杂谈虽然琐碎,甚至无聊,但大大激发了读者购阅《星期》的热情。

当然,"星期谈话会"中对于我们了解当时读者反应最有价值的还是那些闲谈小说的短文,即小说话。这些小说话涉及小说作者、小说作品、小说杂志及其编者,偶尔也会谈到一些理论问题和小说界时尚。"星期谈话会"打头炮的就是毕倚虹所撰小说话,他想告诉小说作者闭门造车肯定不能写出好小说,接着以讽刺口吻谈论民国以来的社会黑暗导致了小说材料层出不穷,并谈及当时文坛以引用外国名家学说、嵌入外国原文为贵的创作新时尚等⑤。对于闭门造车之弊,读者品品也向小说家忠告:不能闭着眼睛写作,要"对于近来的社会思潮,世界近状,见识见识"⑥;天聪则认为作社会小说要亲历亲闻,否则便会失真。天聪还进一步指出新剧、影戏和小说一样,要讲究入情入理,现在的影戏和戏剧作品有很多不合情理,应该改良⑦;圣劳则认为写下流社会的小说只能偶用下流社会的口吻⑧。有些小说话还真诚地表达了对《星期》及其所刊作品的赞美。例如,梦兰说"星期日由礼拜堂出,每苦无事消遣。《星

---

① 作者桂华,见《星期》1922年第2号。
② 作者微倩,见《星期》1922年第8号。
③ 作者无虚,见《星期》1922年第12号。
④ 作者西清,见《星期》1922年第8号。
⑤ 作者倚虹,见《星期》1922年第1号。
⑥ 见《星期》1922年第7号。
⑦ 见《星期》1922年第3号。
⑧ 见《星期》1922年第10号。

期》既出,可以把晤,而不复叹怎么生矣"①;羽白对《星期》上刊发的倚虹、卓呆的作品进行中肯评价后,表示十分赞赏。对于编辑部和卖文者,读者们也有话要说。比如拈花谈编者看到投稿中的坏小说和好小说肯定会有苦乐两重天的感觉②;无虚生借范烟桥小说《灯下》里的话指出"投稿家"卖文有无尽辛酸③,借何海鸣《卖小说的说话》里的自誓对作者提出不要为卖文强凑敷衍的要求④;天聪则直斥按字计酬的资本主义将小说家逼成了小说匠,甚至是小说佣⑤。针对"新文学家"的一些言论,不少读者也发表了自己的意见。其中有不少反对之声,如静年反对直译,反对语体文欧化;也有人对"新文学家"使用新式标点、用"她"字、写别字等大加讥讽⑥;但他们也并非一味否定,如耐冬就赞同胡适认定《西游记》"不过是一部很有趣味的滑稽小说、神话小说"的观点⑦;还有人认为"新""旧"两派不要意气之争,应该取长补短,如伊凉说:"现在中国新旧文坛如同南北对垒,各不相下,其实都各有是各有不是。我欢(迎)⑧两方面不要盛气,各研究人家的是与自己的不是出来,更望中立的学者来舍短补长,产出一个调查派来"⑨。另外,对于当时中外小说界的其他情况,这些小说话也有零星反映。例如,无虚谈到去年《自由谈·小说特刊》吴灵园所辑的"诗的小说"深契其心⑩;玄华对《佛学丛刊》停刊导致小说

---

① 见《星期》1922年第6号。
② 同上。
③ 见《星期》1922年第23号。
④ 见《星期》1922年第7号。
⑤ 见《星期》1922年第11号。
⑥ 见《星期》1922年第12号。
⑦ 见《星期》1922年第5号。
⑧ 此处疑漏印"迎"字。
⑨ 见《星期》1922年第12号。
⑩ 见《星期》1922年第7号。

《串珠记》连载中止而叹惜①；无净认为当时自著的侦探小说很少，而译作有好有歹②；清波谈及美国前总统威尔逊的夫人嗜读侦探小说③；等等。整体来看，上述小说话发挥了资闲谈的文类优势，虽为三言两语、不够深入，但却能为我们了解当时读者的真实反应提供弥足珍贵的第一手资料。

民初上海小说界早期最有名的通信事件大概要属《小说月报》主编恽铁樵（树钰）在该刊上设立"本社函件最录"栏目了。这一栏目从《小说月报》1915年6卷3号始至1916年7卷3号止，持续时间长达1年，共刊登了8期，与陈光辉、刘幼新、许与澄等读者展开了直接对话，从中可以看到编者、作者与读者的真实互动。从该栏目的说明来看，当时有读者为改良《小说月报》来信建言，编者乘机设置此栏目来吸引更多读者参与刊物建设的讨论。刊登的读者来信及复函大多涉及当时小说界的热点问题，诸如编辑旨趣、小说题材、语体改革等，也有少数内容是针对译本小说、某些作家作品及具体编辑体例的。

恽铁樵接编《小说月报》后尚"雅正"，减少了消闲和言情之作，这引起了一些读者的不满。陈光辉来信说："《小说月报》自先生主持笔政后，文调忽然一变。窥先生之意，似欲引观者渐有高尚文学之思想，以救垂倒之文风于小说之中。意弥苦矣，不知其大谬也……盖观者之心理，本以消闲助兴为主……凡百小说，以有兴味而用意正当者为上，其余均不足取也。"④ 许与澄则在信中直接批评恽铁樵的改革有矫枉过正之弊，"致令程度浅薄者，阅之索然无味"。他建议："宜增设狭义的言情小说也……宜创设别体之言情小

---

① 见《星期》1922年第4号。
② 见《星期》1922年第28号。
③ 见《星期》1922年第6号。
④ 陈光辉：《陈光辉君来函》，《小说月报》1916年第7卷第1号。

说,务在救正流行诸本之弊";"宜注重国学的科学小说也……要以滑稽为主,不如此则不能引人兴味也";"宜增设滑稽史也……近时各报馆类有滑稽文墨,俚俗可哂,然以为小说报中必不可少者,以能助阅者兴味,并能供谈话之助,虽小道有未可偏废者。"① 也有读者在批评第六卷较第五卷"减人兴致多矣"的同时,要求将令英雄气短的言情小说一律除去②。从中可见当时读者对小说助兴味、供消闲的一致拥护,对言情小说的态度则两极分化。恽铁樵面对读者上述的尖锐批评和不同意见,给予了谨慎、坦诚的答复。他一面坚持认为"小说对于社会有直接之关系,对于国家有间接之关系"③,因此当使小说成为永久之书,而非一点钟之书④,表明自己"雅正"的立场;一面也表明对小说"兴味"的认同,他深知小说是为中下社会说法,同意读者所谓"浇漓之俗难与庄论,宜先之以诱导;小说非讲学,最忌头巾气"⑤。作为当时颇受欢迎的报人小说家,无论撰译,恽铁樵也是注重"兴味"的,他所反对的是一味消闲的低俗之作。不过,对于有读者提出在《小说月报》上增加言情小说的建议,恽铁樵显然不能赞同。他之所以减少刊登言情小说,是因当时言情小说泛滥,纤佻媟荡之作不断涌现,他要大张异帜,遏制这股潮流。这和同时期包天笑办《小说大观》的主张是一致的。职是之故,恽铁樵对有读者所说"爱情小说所以不为识者所欢迎,因出版太多,陈陈相因,遂无足观也"⑥;"今青年子弟,多半误于不良小说。学校百日教修身,不敌言情小说数百字"⑦ 等观

---

① 许与澄:《节录许与澄先生来函》,《小说月报》1915年第6卷第12号。
② 翰甫:《翰甫君致本社记者书》,《小说月报》1915年第6卷第5号。
③ 树钰:《答翰甫君》,《小说月报》1915年第6卷第5号。
④ 铁樵:《编辑余谈》,《小说月报》1914年第5卷第1号。
⑤ 树钰:《再答某君书》,《小说月报》1916年第7卷第3号。
⑥ 铁樵:《答刘幼新论言情小说书》,《小说月报》1915年第6卷第4号。
⑦ 铁樵:《论言情小说撰不如译》,《小说月报》1915年第6卷第7号。

点大加赞赏,并在与读者的通信中多次批评市面上流行的言情小说。他认为用骈体写言情小说是错会了"小说即文学"的意思,"僻典非小说所宜,雅言不能状琐屑事物",假若作者专在雕琢词章上下功夫,"就适者生存之公例言之,必归淘汰"①。他还从通俗教育的角度痛陈本国言情小说败坏社会风气,只专注于男女婚前私情,而不像西方小说那样写婚后家庭生活,致使读者不正当的情欲泛滥,因而提出言情小说撰不如译,认为写言情小说应着眼于促社会之进步②。除此之外,有些读者对《小说月报》以文字高古为尚也发表了异议,以当时世人公认的"小说为通俗教育之一"为据,提出好小说不应以文字是否高古为标准,甚至有人还提出了小说应言文一致。③恽铁樵对这些意见也很重视,一面对小说语言应具通俗性表示认可,一面表示"今日骤强言文一致必不可。盖凡事蝉蜕,循自然之趋势"④。他之所以有此判断,固然基于其古文家的立场,也是基于当时读者主体的实际情况——阅读《小说月报》的主要是"林下诸公""世家子女之通文理者""男女学校青年",而非"商界农界读者"⑤。恽铁樵虽然最终还是坚持使用隽雅有味的文言,但也部分地听从了读者的意见,拟将《小说月报》的语言变得"稍浅易"、以争取更多读者。⑥

对于《小说月报》上刊登的译本小说,读者也提出了一些意见。比如许与澄提出译本应广采各国作品,注明译自何国,并介绍该国特有的风俗、政治,以满足读者了解世界情形的需要。⑦ 对

---

① 铁樵:《答刘幼新论言情小说书》,《小说月报》1915年第6卷第4号。
② 详见铁樵《论言情小说撰不如译》《答某君书》《再答某君书》(《小说月报》1916年第7卷第3号)等。
③ 详见《陈光辉君来函》《复陈光辉君函》《答某君书》等。
④ 树钰:《复陈光辉君函》,《小说月报》1916年第7卷第1号。
⑤ 恽铁樵:《答某君书》,《小说月报》1916年第7卷第2号。
⑥ 详见恽铁樵:《答某君书》。
⑦ 许与澄:《节录许与澄先生来函》,《小说月报》1915年第6卷第12号。

此，编者表示"酌量改良"①。陈光辉因不满意译本中人名、地名不易辨别、称谓无意义等问题，而提出种种完善举措；对刊登过于高深的 Bacon's Essays 表示批评。对此，铁樵以编者兼译者的身份指出陈氏所谓 Irving、Scott、Hawthorne 的著作不如 Bacon's Essays 高深并不准确，对其完善译名与称谓问题的举措或赞或否也一一作答。对于涉及具体作家作品的来信，铁樵处理的也十分慎重。例如，陈通甫的来信是质疑钱基博所著笔记小说《技击余闻补》的，该信在指出其中的官名人名错误后，进而责问《小说月报》编者为何放着商务印书馆同人许指严"详且赅，秘而实，近世无出其右"的笔记不用，而选钱氏这种"为谋利计""纰漏若此"的作品，这让其"不禁为上海杂志前途悲矣"！② 收到这样明显"挑刺"的读者来信，恽铁樵非常重视，请作者亲自作答。钱基博针对信中所说问题，从自身的写作动机说起，旁征博引，进行了严谨有力的回应③。另外，对于读者提出的诸如"贵报所谓萧山者必为常山之误"④，"《月报》分类较少，病在忽登忽辍，归束无期，且无一定规则"⑤ 一类的批评指谬，对于读者提出的期待多揭载包括铁樵在内的某些名家作品的要求等⑥，编者都一一据实作答和说明。

通过对《小说月报》"本社函件最录"栏目的考察，我们能真切地感受到当时读者就自己所关心的问题与编者和作者自由讨论的

---

① 铁樵：《节录许与澄先生来函·铁樵附注》，《小说月报》1915 年第 6 卷第 12 号。
② 陈通甫：《陈通甫君来函》（原无标题，笔者代拟），《小说月报》1915 年第 6 卷第 3 号。
③ 钱基博：《钱基博答陈通甫君书》（原无标题，笔者代拟），《小说月报》1915 年第 6 卷第 3 号。
④ 醒吾：《醒吾君致本社记者书》，《小说月报》1915 年第 6 卷第 5 号。
⑤ 铁樵：《节录许与澄先生来函·铁樵附注》，《小说月报》1915 年第 6 卷第 12 号。
⑥ 见树钰：《复茅塞先生书》，《小说月报》1915 年第 6 卷第 12 号。

氛围。在这种氛围中各方坦承地亮明自己的立场、观点，编者真正践行了"本栏以讨论攻错为限，其一味过奖及徒事慢（谩）骂者，恕不登录"①的原则，确实有效地校正着中国小说现代转型的方向。恽铁樵设置"本社函件最录"栏目在近现代文学史上产生了极为深远的影响，后来陈独秀办《新青年》就借鉴此法开设"通讯"栏，不仅"新文学家"的一些具体主张借此传播，还上演了一出效果极佳的"读者王敬轩"与记者半农辩难的"双簧戏"，成功引发了"新""旧"两派的激烈论战。《小说月报》改革后，沈雁冰也延续了设置"通信"栏的传统，借之加强与读者的交流。不过，与"本社函件最录"栏目的平和、平等和客观相比，后两刊的通讯栏明显流于意气、宗派和主义之争。

接下来，我们通过进一步考察民初小说话来深入探讨当时小说界读者—编者—作者之间互动转换的现象。小说话，滥觞于明代胡应麟的《少室山房笔丛》，定名于清末梁启超组织同好在《新小说》杂志上发表《小说丛话》，大盛于民初管达如在《小说月报》上刊发《说小说》以后的上海小说界。据黄霖先生编著的《历代小说话》来看，在篇幅大致相同的15册中，清末小说话不满3册，而民初小说话有9册还多，若以篇目计算，则民初部分所占比例更高，足见民初小说话之盛况空前。小说话之所以在民初大受欢迎，主要是因其"以资闲谈"②、增趣有味的谈话体③契合了当时小说界主倡"兴味"的潮流。它是当时读者—编者—作者互动的重要工

---

① 《本社函件最录说明》（原无标题，笔者代拟），《小说月报》1915年第6卷第3号。
② （宋）欧阳修：《六一诗话》，何文焕辑：《历代诗话》，北京：中华书局1981年版，第264页。
③ 梁启超在《小说丛话》识语中说："谈话体之文学尚矣。此体近二三百年来益发达，即最干燥之考据学、金石学往往用此体出之，趣味转增焉……因相与纵论小说，各述其所心得之微言大义，无一不足解颐者……抑海内有同嗜者，东鳞西爪，时以相贻，亦谈兴之一助欤？"从中可知，作为谈话体的小说话无论从其历史，还是从其当时的作者和读者看，都以助兴味、供消遣为主要功能。

具,是实现三者身份转换的主要文类,在构筑民初上海小说界"兴味化"共同体过程中起了关键性作用。民初小说话的作者以"兴味派"小说家为主,他们既是自己所主持报刊的编者、作者,又是他家报刊和作品的读者,因此常常转换不同的身份撰写小说话。正如马二先生所说:"我虽然也是著作者中的一份子,同时也是读者中的一份子"①,于是他就以小说话的形式发表《一个小说读者的意见》,请求作者和编者据其意见实行改革,实际上他还是某家报刊的编者。民初一般读者也喜欢通过这种闲谈的方式来表达自己阅读小说的感受和对小说界的看法,有时还因受了"兴味派"小说家所谈话题的吸引而参与讨论,从而形成互动交流。

众所周知,清末"小说界革命"和五四"新文学革命"都由政治家、思想家发起,均是自上而下的文学革新运动,发刊词、宣言、专论、专著等是文坛风向标。夹在中间的民初"小说兴味化热潮"却与之不同,以上海繁荣的报刊出版业为基础,是在编者、作者、读者的频繁有效互动中迅速掀起的,小说话可视作读者市场的晴雨表。

民初"兴味派"小说家积极撰写和刊登小说话,一方面是为了利用这种轻松闲谈的方式引导读者关注、阅读他们的作品,一方面也是为了让读者借此发声以增进其阅读的兴味,同时借以考察阅读市场的趋向。当民初报刊通过发刊词、宣言、例言、广告等号召打造一种满足各层次读者多元兴味的阅读文化时,小说话充当了珠联璧合的同盟军。这首先表现在对"兴味派"小说家"兴味化"主张的回应、阐释和认可上。随着"新小说"不重审美、寡味少趣的弊端暴露,清民之交的小说界力主小说"兴味"的呼声日高。《小说月报》《游戏杂志》《中华小说界》等主流刊物纷纷刊出管达如《说

---

① 马二先生:《一个小说读者的意见》,《晶报》1922年6月3日。

小说》、了磨《说小说》、成之《小说丛话》等为代表的小说话来强调小说的审美性、趣味性和"小说性质"①。同时一些从读者角度"闲谈"的小说话也加入进来,表达对小说"兴味"的需要。例如,云衢的《小说谭》说:

> 爱看报的主儿,差不多的,都爱看小说,并且看小说,比那看演说、看时评、看新闻的兴味,还要浓厚……就以看报说,净讲国事怎么危迫,财政怎么紧急,欧洲怎么战争,看来看去,许要勾烦,就得拿报上小说,来解解闷。作小说的人,再作得有趣味、有意致,更得要引人入胜了。②

这便很明确很直接地反映出当时读者看报最爱看小说,看小说是为了获得兴味消遣和审美愉悦的普遍心理。这与当时"兴味派"小说家力倡编刊、撰译小说"兴味化"的主张正相吻合。另外,这篇小说话同时强调"小说于世道人心、风俗教化,大有关系","不可单把他当个游戏物、娱乐品",否则"那流弊就大了"③。这也与民初"兴味派"小说家始终没有忘记强调小说"有益于社会、有功于道德"④的功用一样。孙绮芬的《小说闲话》则从读者审美接受角度谈到作小说应有"小说之精神""文学之兴趣"⑤,惟其如此,才能"有兴味而能动人"⑥,或"读之为浮一大白",或"令人不忍能卒读,又不忍不读"⑦。徐卓呆也从读者欣赏的角度说:"小说无论怎么样,非有趣不可","好的小说,是把好的趣味教给人"⑧。从上

---

① 了磨所谓小说性质是指小说"其境也真,其情也挚,最足以动人心志,启人智慧而发人之深省"。见了磨:《说小说》,《游戏杂志》1913 年第 6 期。
② 云衢:《小说谭》,《群强报》1914 年 11 月 16 日。
③ 同上。
④ 天笑生:《〈小说大观〉宣言短引》,《小说大观》1915 年第 1 集。
⑤ 孙绮芬:《小说闲话》,《新世界》1920 年 11 月 18 日。
⑥ 孙绮芬:《小说闲话》,《新世界》1920 年 11 月 21 日。
⑦ 孙绮芬:《小说闲话》,《新世界》1920 年 11 月 18 日。
⑧ 卓呆:《小说观赏上应注意之要点》,《游戏世界》1923 年第 21 期。

述小说话中,我们可以看到民初读者与编者、著者一样追求小说"兴味化",三者的声音共同汇成了主倡"兴味"的时代强音。

五四以后,不少小说话开始回顾过去十年的小说发展历程,展开对具体小说作家作品的分析评价。如 1921 年凤兮在《海上小说家漫评》中说:

> 中国小说家,以上海为集中点,故十年以来,风谲云起,其造述迻译之成绩,吾人可得而言之。至其中有持戏作者态度,不能尽合社会人生之艺术者,亦无可讳。然助吾人之兴味则一也。①

这里的"助吾人之兴味"显然是从读者接受角度而言的,是名为凤兮②的读者对民初小说界持续十年的"兴味化"主潮的认识体会。由于此时上海小说界已出现比较明显的向下、向俗的发展趋向,不少小说话通过对过去十年左右产生的名家名作进行具体评析,反复言说兴味消遣务必要坚守文学本位、雅俗共赏、寓教于乐。例如,吴绮缘在《最近十年来之小说观》中说:"故执笔为此者,大率藉以适性怡神,冀取快于一时……是在作者与读者,双方各本良知,认小说为辅助教育品之一,有审美性质,而属于文艺,非可加以轻视及狎而玩之者。"③寂寞徐生《小说丛谈》针对当时大量的"不良小说",以近代以来产生的名家杰作为例,强调"小说本为美文之一,使人娱乐心目,养成审美的观念",同时强调小说具有"社会教育"作用④。这都是对民初小说界"兴味化"主张进行复述,他们希望当时的小说家能够正确理解小说"兴味化"的真谛。

---

① 凤兮:《海上小说家漫评》,《申报·自由谈·小说特刊》1921 年 1 月 23 日。
② 黄霖先生说"凤兮,疑为魏金枝……时在浙江省立第一师范就学",见《历代小说话》第 9 册,南京:凤凰出版社 2018 年版,第 3817 页。
③ 吴绮缘:《最近十年来之小说观》,《小说新报》1919 年第 9 期。
④ 寂寞徐生:《小说丛谈(二十)》,《申报·自由谈·小说特刊》1921 年 8 月 7 日。

由于民初小说话的首发载体是报刊，往往对近期报刊上登载的小说及相关作者、编者展开即时评论。如民哀《息庐小说谈》因刊于《民国日报》，故对叶小凤这位主编兼小说家便青眼有加，多次加以论评。其所谓"小凤心折之李小白，而遗著小说罕觏，惟有正出版之小说中，有此公之杰构，暇当赠小凤读之"①；"叶小凤与俞剑华抢酒，大类浔阳江上浪里白条、黑旋风打架情状。恐施耐庵著此文时，亦有叶、俞其人者在侧，否则何前后人相类若是耶"②？这种闲谈传达的信息虽然有限，但其即时互动的特点可有效吸引一般读者关注特定的小说家及其作品。再如关于"倡门小说"的讨论，求幸福斋主人（何海鸣）与马二先生（冯叔鸾）在《晶报》上以小说话的形式展开唇枪舌剑。先是马二先生的《嫖学著作底大流行》质疑"倡门小说"的价值和效果。而后求幸福斋主人因不满于他的讽刺和否定而撰《论嫖学著作》，与之针锋相对，不仅强调"倡门小说"存在有其必要性，还讽刺马二先生也是"倡门小说家"。接着，二人又分别写了《与海鸣论嫖学著作》和《嫖著之余波》互相辩难③。这番对特定题材流行小说的辩论在当时必定招徕更多读者的关注，也有助于廓清一些创作上的具体问题。又如在《最小报》上刊登的凤云女士、无虚生与江红蕉的几篇小说话，是读者与作者针对具体作品的来往论难。先是凤云女士撰《读〈家庭〉杂志有疑》指出《家庭》主编江红蕉的小说《嫁后光阴》中出现的时间错误，而后是江红蕉撰《答凤云女士》加以解释，而凤云女士对此回答并不满意而撰《越加怀疑》，最后由无虚生做出一番裁决，指出江红蕉顾左右而言他的态度有失坦承，并进一步就《嫁

---

① 民哀：《息庐小说谈》，《民国日报》1919年1月23日。
② 民哀：《息庐小说谈》，《民国日报》1919年2月22日。
③ 以上小说话刊登在《晶报》1922年7月18日、7月27日、7月30日、8月3日。

后光阴》第二回中出现的情节差误进行商榷①。从以上诸例，我们可以看到当时读者—编者—作者之间的频繁互动，听到读者最具现场感的声音。

第三节 读者心目中的名家名作名刊

在直接追踪民初小说读者的阅读反应过程中，笔者发现对名家名作名刊的评析和追捧是其核心关切。这一现象的产生既由清末"小说界革命"以来对西方小说名家名著及其崇高地位的想象性建构引发，又与报刊成为小说传播的首发载体密切相关，其中后者更为关键。报刊这种有别于传统书籍的新媒体，其新闻性与市场性要求刊物及其所刊小说一方面应在最短时间内抓住读者眼球，一方面需培养一批持续购阅的忠实读者。正如法国报人 Pierre-Louis Roederer 指出的，与书本不同，报纸不是被动地等待读者去寻觅它们，而是主动地去逼近读者②。为达此目的，众多报刊使用的普遍策略是以打造名家杰作云集的名刊相号召。

清末"小说界革命"后经过近十年建设，已涌现出一些名家名作名刊，这为民元前后的小说报刊进一步以名家杰作相号召奠定了基础。例如，《小说月报》先后聘请小说名家王蕴章、恽铁樵做主编，创刊号的《编辑大意》首先声明其前身是名刊《绣像小说》，宣称"本报各种小说皆敦请名人分门担任，材料丰富、趣味浓深""无美不搜"③。《礼拜六》创刊时，主编王钝根请当红小说家周瘦鹃来做台柱子，其《出版赘言》声称："《礼拜六》名作如林，皆承

---

① 以上小说话刊登在《最小》1923 年第 21 号、第 24 号、第 24 号、第 40 号。
② 转引自潘光哲：《晚清士人的西学阅读史》，南京：凤凰出版社 2019 年版，第 217 页。
③ 《编辑大意》，《小说月报》1910 年第 1 卷第 1 期。

诸小说家之惠。诸小说家夙负盛名于社会，《礼拜六》之风行，可操券也"①；该杂志扉页上还曾刊登"中华小说家"林琴南②、包天笑的照片③、"小说家瘦鹃""画家"丁悚的合影④、瘦鹃的化妆照⑤，以及名家汇集的编创团队合影⑥等，以此招徕读者。《小说大观》在每期封面上均大字标注"包天笑先生主任"，以包天笑这位资深名家来吸引读者；其《例言》声明"所载小说，均当世有名文家，所有撰译，皆负责任"⑦。当时各大报副刊聘请主笔也以名家大家为标准，比如《时报》副刊的主持者陈景韩、包天笑都是新闻界、小说界的资深大家；进入民国后陈景韩被高薪挖去《申报》做总主笔，他先后邀请当时名气正盛的王钝根和周瘦鹃做副刊《自由谈》的主编；《新闻报》则自1914年起聘请文艺界新星严独鹤担任副刊主笔。民初的其他大小报刊也如上述报刊一样热衷于追求名家名作名刊效应，"兴味派"小说家们也热衷于制造相关热门话题，这成为上海小说界一时之潮流。

对于打着名家杰作招牌的报刊，读者的眼光自然容易被吸引，而名家杰作是稀缺资源，自然不是每种刊物都可拥有，甚至连一些大报名刊也时而要面对此类稿源紧张的情况。这样一来，那些空有幌子的报刊就必然被淘汰，而徒有虚名的"小说家"转瞬就会被厌弃，这是民初上海"文学场"上"市场法则"与"艺术法则"博弈的结果，读者是最终裁判。通过考察民初大量记录读者反应的小说

---

① 王钝根：《〈礼拜六〉出版赘言》，《礼拜六》1914年第1期。
② 见《礼拜六》1914年第21期。
③ 见《礼拜六》1914年第22期。
④ 同上。
⑤ 见《礼拜六》1914年第41期。
⑥ 合影共11人，包括小蝶（陈蘧）、瘦鹃（周国贤）、常觉（李家驷）、剑秋（孙炯）、梅郎（朱是龙）、天虚我生（陈蝶仙）、大错（王鼎）、钝根（王晦）、慕琴（丁悚）、复初（席德明）、振之（张兆琳），见《礼拜六》1915年第38期。
⑦ 《〈小说大观〉例言》，《小说大观》1915年第1集。

话及"题辞""通讯",笔者发现民初读者非常热衷于谈论作家作品报刊,心目中也有各自的名家名作名刊。一些"兴味派"小说家正是通过倾听他们的声音来扶植新秀、搜罗佳作、打造名刊,也据此改进自己写作的。今天重新辨识这些长期被淹没的声音,将有助于改变过往对民初主流小说报刊及作家作品的一些习惯性认知。

民初读者对当时小说作家作品的谈论大多出于对作者的直观了解和对作品的直接感受,各人看法虽有一定差异,但大体倾向比较趋同。总体来说,读者们对"兴味派"小说家在民初十年的编创成绩多为肯定之词,从中遴选出了不少名家名作。凤兮发表在1921年《申报·自由谈·小说特刊》上的《海上小说家漫谈》开篇即说:"中国小说家,以上海为集中点,故十年以来,风豁云起,其造述迻译之成绩,吾人可得而言之。"① 他从清末吴趼人、陈景韩、包天笑谈起,评析了十年来活跃于上海小说界的40余位小说家及其代表作品。其评价虽自称"个人好恶从心",但确能反映当时一般读者的看法。无独有偶,一笑在《南北统一的小说家》中谈到民初上海小说界的繁荣盛况,指出李涵秋、包天笑、周瘦鹃、叶楚伧等"大文豪"及其小说不仅被南方读者一致拥戴,而且在当时已影响到北方出版界——发行同类出版物并以刊登他们的作品为主②。在民初上海小说界,一个小说作者的成名除了自身的天赋和努力外,还需文化资本的推介,最终要在读者那里获得确认。据不完全统计,截至1920年代中期曾被读者谈及的民初小说家近百位,其中经常被读者谈到的小说名家则有林琴南、包天笑、曾朴、孙漱石、徐枕亚、李定夷、吴双热、苏曼殊、许指严、李涵秋、徐卓呆、周瘦鹃、王钝根、恽铁樵、王蕴章、陈蝶仙、叶小凤、姚鹓

---

① 凤兮:《海上小说家漫评》,《申报·自由谈·小说特刊》1921年1月23日。
② 一笑:《南北统一的小说家》,《晶报》1922年6月12日。

雏、张春帆、钱基博、杨尘因、向恺然、程瞻庐、朱瘦菊、毕倚虹、张毅汉、陈小蝶、朱鸳雏、闻野鹤、严独鹤、胡寄尘、江红蕉、何海鸣、冯叔鸾、贡少芹、俞天愤、许廑父、刘豁公、范烟桥、吴绮缘、姚民哀、程小青、张舍我、张碧梧等四十余位。这份名单与《小说月报》《礼拜六》《小说大观》《小说丛报》《申报》《时报》《新闻报》《民国日报》等民初主流报刊核心编创团队的成员名单几乎重合，这些小说名家的代表作一般也是读者心目中的杰构名篇。这种一致性充分体现了当时的小说著、译较好地满足了广大读者的期待视野，标志着民初"兴味派"小说家通过富有创意的辛勤工作，在编者、作者与读者的积极互动中实现了打造满足读者多元兴味阅读文化的目标。

就像今天的"追星族"一样，民初读者对小说家有一种强烈的崇拜感和窥探欲。追捧小说名家成为民初读者的一种时尚。我们在小说话中经常看到有关小说家姓名别号、容貌性情以及各种轶闻趣事的闲谈。自称在各书局跑龙套的王锦南曾作《小说家姓名别号表》[1]记录包天笑、周瘦鹃、叶楚伧、李涵秋、徐卓呆等54位小说家的姓名别号。后又作《别号话》[2]对林纾、陈蝶仙、姚鹓雏等人的别号加以解释，作《著作家的化名表》[3]列出了51位作家的化名。一位名为可怜虫的读者作《小说界的十二金钗》专就别号近于女性的小说家开谈，所谓"十二金钗"均为当时的小说名家，所谈主要涉及他们的容貌性情，有趣地揭示了当时男性作家比较突出的"女性情结"。例如谈周瘦鹃说："不但名似巾帼，而且他的为人，也很富于女性，从前曾化装女子摄影，题者甚多，并有'文艳亲

---

[1] 王锦南：《小说家姓名别号表》，《游戏世界》1922年第16期。
[2] 王锦南：《别号话》，《游戏世界》1922年第18期。
[3] 王锦南：《著作家的化名表》，《游戏世界》1923年第20期。

王'的艳誉。"① 对这种与生俱来的女性气质,周瘦鹃也自认不讳,曾说:"我虽是一个男子,而我的性情和身世也和她有相似之处:她孤僻,我也孤僻;她早年丧母,我早年丧父;她失意于恋爱,我也失意于恋爱;她工愁善感而惯作悲哀的诗词,我也工愁善感惯作悲哀的小说。因此当我年轻的时候,朋友们往往称我为小说界的林黛玉,我也直受不辞。"② 一位叫做火雪明的读者在将小说家卓弗灵(徐卓呆)与国际电影明星卓别灵(卓别林)比较后,直呼卓呆为"小说界滑稽大王"③,足见对其滑稽小说的推崇。坤刚的《小说家近事拾遗》谈了徐卓呆、严芙孙、赵苕狂、周瘦鹃、李涵秋、胡寄尘、张舍我、沈禹钟等小说家的一些生活琐屑,满足着自己和其他读者的好奇心。有趣的是编者赵苕狂在文末加一小注曰:"坤刚先生,这倒不是禹钟一人如此,就是严芙孙亦是如此的,大概你没有打听到么!"④ 从中可见当时读者与作者、编者互动的实况。自称"非小说家"的一位读者谈了 10 位小说名家的脾性与其创作的关系,如说程瞻庐熟悉家长里短之"奶奶经",并将其用在了《新旧家庭》等作品中;说程小青佩服福尔摩斯已达极点,故所作侦探小说就称《东方福尔摩斯探案》,并尽力译介《福尔摩斯探案》,甚至想编一部《东方福尔摩斯》的电影;说周瘦鹃具有强烈的审美观念,在其工作生活中处处都有体现⑤。尤栖冰《小说家的滑稽话》⑥ 可与此对读,所谈 12 位小说家有多位与之重合。不过这些滑稽话是假托作者口吻正话反说,如程小青说"余不知侦探小说为何物,更不知霍桑与包朗为何许人";徐卓呆说"余生性庄严不

---

① 可怜虫:《小说界的十二金钗》,《申报·自由谈·小说特刊》1925 年 5 月 24 日。
② 周瘦鹃:《红楼琐话》,《拈花集》,上海:上海文化出版社 1983 年版,第 92—93 页。
③ 火雪明:《小说界滑稽大王》,《新申报·小申报》1923 年 3 月 15 日。
④ 坤刚:《小说家近事拾遗》,《游戏世界》1922 年第 16 期。
⑤ 非小说家:《小说家的脾气》,《红玫瑰》1926 年第 2 卷第 40 期。
⑥ 尤栖冰:《小说家的滑稽话》,《紫罗兰画报》1926 年第 1 卷第 12 期。

喜滑稽。体瘦，尤不喜电影"；周瘦鹃说"余素不作哀情小说，尤恶紫罗兰花，恒往剧场听戏"，等等。这些说法显然都与事实相反，有效凸显出这些小说家的性情嗜好，若是被了解实情的读者看到必然会心一笑。为满足广大读者追捧窥探小说家的需要，各种报刊也纷纷刊登由同仁作家从编者、作者或读者不同角度介绍作家的小说话。如王钝根以主编身份介绍《本旬刊作者诸大家名家小史》①，郑逸梅以圈中人身份撰写《著作家之斋名》②《小说家之怪癖》③《著作家小轶事》④《稗苑趣谈》⑤ 等，张恨水以读者身份谈《今小说家与古人孰似》⑥，等等。这类小说话很多，传播了不少小说家的私人信息，是当时读者非常喜欢的一类谈资。

有些读者还将自己心仪的作家作种种有趣的比拟。如慕芳用20种花来品评20位小说家⑦；自称小说迷的郑逸梅将小说家比拟为花神⑧、明星⑨；任梦痴将周瘦鹃比拟为多啼而瘦的杜鹃⑩；等等。有些读者还喜欢摘录名家名作里的隽语，并希望与其他读者分享。《申报·自由谈》就因之开设"说林拾隽"栏目专门登载读者摘句，让读者充分表露自己的喜好和倾向。此专栏大受读者欢迎，来稿源源不断，有不少投稿者甚至声明不受酬，持续半年有余。这些摘句涉及包天笑的《馨儿就学记》《苦儿流浪记》等教育小说，章秋桐的《双枰记》，《礼拜六》中的一些小说作品等。郑逸梅也曾撰写《小

---

① 钝根：《本旬刊作者诸大家名家小史》，《社会之花》1924年第1—5，7、11期。
② 郑逸梅：《著作家之斋名》，《红杂志》1922年第11期。
③ 郑逸梅：《小说家之怪癖》，《红杂志》1922年第12期。
④ 郑逸梅：《著作家小轶事》，《半月》1924年第4卷第1、2号，1925年第4卷第5、7、8、10号。
⑤ 郑逸梅：《稗苑趣谈》，《紫罗兰》1926年第1卷第11号；《红玫瑰》1926年第40期。
⑥ 恨水：《今小说家与古人孰似》，《申报·自由谈》1921年2月20日。
⑦ 慕芳：《文苑群芳谱》，《红玫瑰》1925年第1卷第32期。
⑧ 郑逸梅：《稗苑花神》，《半月》1925年第4卷第4号。
⑨ 逸梅：《著作界的明星》，《紫罗兰》1926年第1卷第8号。
⑩ 任梦痴：《小说家谈屑》，《红霞》1923年第4期。

说隽语》①摘录毕倚虹、刘豁公、骆无涯等人小说中的警句。还有些读者特别钟情某位小说家的作品，撰文专门谈论，比如陶寒翠的《林书丛论》②专论林纾小说，朱羲《东方福尔摩斯案赘言》③专论程小青侦探小说。

总的来看，民初读者对小说家大多持景仰之心，亦有各自最心仪的作家，他们甚至还为当时的小说家点将排名。其中最具代表性的是大胆书生的《小说点将录》④和莽书生的《文坛点将录》⑤。前者仿《东林点将录》《乾嘉诗坛点将录》的体例将近今小说名家70余人与《水浒传》头领相比附，虽自称"随意杂凑""不依次序"，但实具排座次之意。比如坐头把交椅的是林纾，其次是曾朴、陈景韩、王钝根、包天笑、李涵秋、何海鸣、陈蝶仙、王蕴章、袁寒云，等等。这显然考虑了他们在近代小说界的整体影响。后者以前者点将未满108之数为憾，故而补成足数。所点将名、赞语与前者有同有异，而"排列先后，悉照石碣"⑥，体现了自己的看法。比如将头把交椅排给了孙玉声，其次是曾朴、陈景韩、不肖生、包天笑、王钝根、何海鸣、陈蝶仙、王西神、袁寒云，等等。

上述读者对小说家的评判虽用资闲谈的小说话方式进行，但在当时实际形成一种舆论力量，或大或小地影响着所谈小说家的声名，其中不少人就因之迅速提升人气，愈发成为小说界的要角。

民初读者在小说话中对于当时小说作品的具体评析有不少值得一谈的观点，因为它们非但不曾被后起的"新文学家"采纳，亦很少引起文学史家的注意，重拾这些观点将有助于客观认识这些作

---

① 逸梅：《小说隽语》，《小说新报》1921年第7卷第11期。
② 陶寒翠：《林书丛论》，《新月》1926年第2卷第1—4期。
③ 朱羲：《东方福尔摩斯案赘言》，《新月》1926年第2卷第5期。
④ 大胆书生：《小说点将录》，《红杂志》1922年第1—18号。
⑤ 莽书生：《文坛点将录》，《金刚钻》1925年7月30日—11月24日。
⑥ 莽书生：《文坛点将录》，《金刚钻》1925年7月30日。

品。先来说长篇。如谈《孽海花》,鹓雏誉之为"近二三十年来,所最震惊著称于社会者,《孽海花》一书是已",他进而据自己的阅读体验及与书中人物原型赛金花的交往经历来赞其写历史之真,鼓士气之足①。丹翁则将它与《九尾龟》《广陵潮》并称为最近三部顶好的社会小说②。一直以来,人们因受鲁迅《中国小说史略》相关论述的影响,视《孽海花》为清末谴责小说,并将二十回本与刊登于《小说林》续写的第二十一至二十五回混为一谈。实际上此书断续写作修订长达27年,最后一回直至1930年才刊出③。在鲁迅论定之前,民初读者多数将其视作历史小说或社会小说。当然,在鲁迅之前亦有人指出《孽海花》与《官场现形记》《儒林外史》等有某方面的相似处,纳川说"《孽海花》笔墨,与李南亭相伯仲"④;烟桥称《孽海花》"于士林之迂腐不通写之甚细,第二《儒林外史》也"⑤,然二人并未由此引出"谴责小说"之称,仍视其为包罗数十年历史,描写清季人物的历史(或社会)小说,且有赞扬之声而无贬低之意。又如谈《九尾龟》,由于此书是写嫖界恶少章秋谷"才子+流氓"式的"嫖经",故历来评价很低。不过,《九尾龟》在民初却很轰动,报纸上不断连载,相关评论也纷纷而出,受到不少读者追捧,最终完书时竟长达一百九十二回。胡适曾说它"只是

---

① 鹓雏:《稗乘谭隽》,《春声》1916年第1集。
② 丹翁:《说部中人物之小影》,《晶报》1921年12月15日。
③ 鲁迅在《中国小说史略》中说:"《孽海花》以光绪三十三年载于《小说林》,称'历史小说'……旋合辑为书十卷,仅二十回",其论述实仅对二十回本而发。据曾朴1928年《修改后要说的几句话》所述,《孽海花》最初二十回作于光绪三十二年,用三个月功夫一气呵成。王齐洲《中国通俗小说史》称前二十集写完后"于光绪三十一年乙巳(1905年)正月分两集(每集十回)由日本东京翔鸾社印刷,上海小说林书社发行",此说大概根据的是中华书局1959年增订本前言,但与曾氏自述显然不合。可见目前对《孽海花》的早期版本情况尚未彻底厘清,其二十回本的初版本是解决问题的关键,还需作进一步考察。
④ 纳川:《小说丛话》,《中华小说界》1916年第3卷第6期。
⑤ 烟桥:《小说话》,《益世报》(天津)1916年9月19日。转引自黄霖:《历代小说话》第8册,南京:凤凰出版社2018年版,第3075页。

供一般读者消遣的书"①,不过当时有些水平较高的读者对它也很肯定,如上述丹翁就称其为顶好的社会小说;有人还指出其书名别具吸引力,"喜阅小说者,以其名之奇,购阅者颇众",并盛赞此书"有杜牧之闲情,擅冬郎之绮语"②。当时也有读者提出批评,冥飞在《古今小说评林》中揭示《九尾龟》之作乃出于敲竹杠的动机,讥讽"几于无处不占便宜"的章秋谷乃作者自命,痛斥作者为无耻之徒③;而同载是书的海鸣所评则认为"描摹海上花事之小说,以《九尾龟》为最上乘。盖《九尾龟》之作者,有胸襟,有感慨,有本事,兼有文才也"④。文友间意见之所以如此分歧,一是关注点不同,一是各凭一己感受发声,冥飞是从影响社会风气着眼斥其写"嫖经"为下流,海鸣则直言"予爱慷慨淋漓之小说,尤乐闻溜亮婉转之苏白,《九尾龟》兼而有之,使人意也消矣"⑤。再如谈《广陵潮》,读者议论更多,足见其流行之广,所谈直接明快、或褒或贬、各抒己见。赞之者曰:"社会小说中最佳者,涵秋著之《广陵潮》,绘声绘形,无过之者"⑥;"小说有诗,妙在不露牵插为上,如《广陵潮》云麟见伍晋芳晤谈诗,无意中诵出怀红珠之诗,令人拍案叫绝"⑦。贬之者曰:"《广陵潮》第一二集中,有可取处。四集以后,便无可观。以作者于旧日之秀才社会情形甚熟,而于最近之社会情形,颇多隔膜也"⑧;"篇幅过长,入后逐渐松懈,较之前

---

① 胡适:《〈海上花列传〉序》,《胡适文存》第3集,合肥:黄山书社1996年版,第367页。
② 颠公:《小说丛谭》,《文艺杂志》1915年第5期。
③ 冥飞等:《古今小说评林》,上海:民权出版部1919年版,第68—69页。
④ 同上书,第91页。
⑤ 同上。
⑥ 汪裕先:《小说派别谈》,《新世界》1925年10月20日。
⑦ 佚名:《小说诗话》,《申报·自由谈·小说特刊》1921年7月31日。
⑧ 冥飞等:《古今小说评林》,上海:民权出版部1919年版,第68—69页。

半部细腻熨帖,已有上下床之别"①。这些意见或就整体而论,或就局部而言,虽似矛盾,实为有得之见,皆有助于全面客观地认知这部名著。另外,不少读者对其他白话章回体小说《留东外史》《新华春梦记》《壬癸风花梦》等也评价很高。对于《玉梨魂》及其代表的诗骈化章回体"哀情小说",读者的态度则严重分化成两极。有的加之无上赞美,如余人未称枕亚为"泰斗",赞《玉梨魂》"谱孤鸾之曲,玉梨离魂;悲锦瑟之年,银筝咽泪"②;澹庐评《玉梨魂》"文章凄凉,情节悲哀,读之令人泪下,洵佳构也"③;织孙认为"徐枕亚之《玉梨魂》骈散兼行,自成创格,后之作者靡然宗之"④。有的予之严厉斥责,如沈家骧指出"徐枕亚、李定夷之四六小说,行文不为不美,雕镂不为不工,惟其美惟其工,益见其市侩烟火气"⑤;刘恨我批评"哀情小说大多无痛呻吟,矫柔造作"⑥;落华痛斥"盖自四六派言情小说问世,小说之道遂受一劫"⑦。上述读者的意见很值得今天重视和思考。

民初读者对短篇小说作品也谈了不少意见。虽然他们大多未将笔记体、传奇体、话本体等固有文体短篇与新体短篇加以区别,多从阅读感受上进行评判,但有些观点还是令人耳目一新。如当时在上海小说界声名很盛的袁寒云十分欣赏毕倚虹的小说,赞其"能追美耐庵,比妙雪芹"⑧,不仅对其仅叙十余回的《十年回首》反复阅读,"津津回甘"⑨,对其《猩红》《雪窖骑兵语》《崔将军妾》《捕

---

① 姚民哀:《小说闲话》,《游戏世界》1922 年第 15 期。
② 余人未:《小说家之我观》,《紫兰画报》1925 年第 4 号。
③ 澹庐:《小说杂评》,《新世界》1925 年 1 月 29 日。
④ 织孙:《小说话》,《十日》1922 年第 2 期。
⑤ 沈家骧:《佛头著粪录》,《新月》1926 年第 5 期。
⑥ 刘恨我:《小说小说》,《青友》1923 年第 11 号。
⑦ 落华:《小说小说》,《礼拜六》1921 年第 102 期。
⑧ 寒云:《倚虹小说话》,《晶报》1922 年 5 月 9 日。
⑨ 同上。

马记》《婚后之弟兄》《傀儡婚姻》等短篇亦是百读不厌,"推之为神品、为无敌"①。他欣赏这些小说主要是从含蓄有味着眼,其所谓"倚虹之小说,愈读愈妙,如回味之橄榄然"②。再如当时尚未享大名的张恨水,曾以不平的笔名发表了对民初短篇小说的看法,他说:"最爱看天笑、倚虹、寄尘、卓呆四人的作品",其中"更喜欢读卓呆的著作",推崇他"可算是一个富有'小说天才'的作者"。同时还提到他和另外三位喜欢看小说的朋友举行了一次短篇小说作者的选举,选举的结果是一致认为卓呆为第一③。这颇能代表当时一批读者的看法。另外,恽秋星评叶小凤《塔溪歌》"效为唐人小说,弥有风韵",为言情小说典范④;豁安评周瘦鹃《一诺》"借痴情儿女之心,作救国英雄之气……信夫其足为复活《礼拜六》开宗明义"⑤;凤兮盛赞包天笑《富家之车》《邻家之哭声》是别出心裁的创新之作,"尤能曲写半开化社会状态,读之无不发生感想者"⑥,均为有得之见。

上述读者对民初小说作品的谈论多凭一己感受发声,或褒或贬、直接明快。在重视读者反应的民初小说界,他们的意见不仅会在读者中间迅速传播,也会即时传导至编创者一端。这一方面会影响到其他读者对某部作品的评判,一方面也为编创者调整方向、改进不足提供重要参考。

在以报人小说家为主流的民初上海小说界,报刊成为小说作品面世的首发载体,其地位十分重要。这一点,已为时人所瞩目。卓

---

① 寒云:《倚虹小说话》,《晶报》1922年5月9日。
② 寒云:《倚虹小说》,《晶报》1922年7月3日。
③ 引文均出自不平:《随便谈谈》,《新申报·小申报》1923年1月31日、2月23日。
④ 恽秋星:《小说闲评》,《民国日报》1919年4月7日。
⑤ 豁安:《小说偶谈》,《申报·自由谈·小说特刊》1921年7月3日。
⑥ 凤兮:《我国现在之创作小说》,《申报·自由谈·小说特刊》1921年2月27日。

呆《小说无题录》① 就较早谈及小说杂志之于小说发展的重要作用。他将二十年前的《新小说》《小说林》《月月小说》等视为"第一批的小说杂志",将《小说月报》《小说时报》以来的报刊称为"第二批小说杂志"。批评第一批所刊以长篇小说为主且少有佳作,亦没有真正的短篇小说。认为第二批开始大力发展短篇小说,长篇小说却转而衰落。他尤其推重《小说画报》,认为它是"第一个提倡创作的",在推动小说界由重翻译到重创作的转变上起了重要作用。姚民哀《说林濡染谭》专门谈及二十五年来热心"汲引后学"成就小说家的关键人物于右任、钱介尘、周少衡、包天笑、严独鹤、陈蝶仙以及王钝根等,称他们为造成今日之小说界厥功尤伟。其所据即此数人主报刊笔政,"均执牛耳有年,则次第揄扬,后进赖以成名者必多"②。姚氏所论确当,民初的主流小说家确实成长于一些大报名刊,因之而形成既相对独立又相互交集的编创队伍。因此,谈论报刊及其刊载作品、与编刊者交流也成为读者的一种时髦,他们纷纷言说各自推崇的名刊。请看以下两例。

例一:王钝根主编的前期《礼拜六》是民初最为风行的名刊,曾经引来不少读者为其题辞,发表自己的阅读感受。从题辞中注明的于"军次""差次","寄自飘城""广东某某""铜山某某""京都某某""武进某某","绛珠女史""蕊仙女史""赵纫兰""毛秀英"等信息可知,当时争相题咏《礼拜六》的读者来自全国各地,遍布社会各界。他们有的谈读后体验,所谓"如对良师,恍逢益友,择善以从,除恶务尽"③;有的赞其编辑宗旨,所谓"补助教育、箴

---

① 卓呆:《小说无题录》,《小说世界》1923年第1卷第7期。
② 姚民哀:《说林濡染谭》,《红玫瑰》1926年第2卷第40期。
③ 天虚我生题辞,载《礼拜六》1915年第46期。

劝国民"①；有的咏其社会功用，所谓贬顽订愚、维持名教②、鼓舞爱国志气③；有的赏其艺术效果，所谓娱情悦目、增进审美④。这些题辞自《礼拜六》1915年第42期开始连续刊登，至1916年《礼拜六》面临停刊之际还有不少存稿，足见当时读者题辞的热情极高。为不拂读者好意，王钝根专门在最末的第100期上开设"题辞汇刊"栏目予以集中发表，并亲撰题辞以答谢之。

例二：周瘦鹃是民初引领时尚的文化创意明星⑤，他主编的报刊一经推出就会被读者热捧。有人欣赏其内容，寒云说《半月》"选稿最精"⑥；逸梅说《紫兰花片》"内容清灵雅隽，迥异寻常"⑦；月友女士说《紫兰花片》"内中的文字，也深合我们心理"⑧。有人钟爱其装帧，寒云说《半月》"排印绝美，且用彩色铜版印为封面，首期之光画美人，示予样张，爱不忍释，较《东方杂志》及《小说月报》中所插彩色铜版画，高出万万，尤非其他杂志所曾有"⑨；逸梅说《紫兰花片》"娇小玲珑，很觉可爱"，封面美人如"画里真真，呼之欲出"⑩；月友女士说《紫兰花片》"装订玲珑，印刷精良，叫人见了，爱不释手"⑪。有人肯定其价值，朗如说《半月》创刊仅一年，"粤中传诵几遍，其价值盖可知"⑫；逸梅说《半月》"令人阅之自起一种审美观念，且每期有一、二种特载，都是很名

---

① 卢美意题辞，载《礼拜六》1915年第48期。
② 蒋懋熙题辞，载《礼拜六》1915年第42期。
③ 戴济航等题辞，载《礼拜六》1916年第100期。
④ 见吴东园、卢美意、方仁后、徐敏等人的"题辞"，这是读者的普遍看法。
⑤ 详见拙文：《作为"兴味派"的周瘦鹃》，《传记文学》（台湾）2014年9月号。
⑥ 寒云：《海上杂志评》，《晶报》1921年9月9日。
⑦ 郑逸梅：《小说杂志丛话》，《半月》1924年第3卷第20号。
⑧ 月友女士：《小说小说》，《申报·自由谈·小说特刊》1923年8月26日。
⑨ 寒云：《海上杂志评》，《晶报》1921年9月9日。
⑩ 郑逸梅：《小说杂志丛话》，《半月》1924年第3卷第20号。
⑪ 月友女士：《小说小说》，《申报·自由谈·小说特刊》1923年8月26日。
⑫ 廖朗如：《我的小说谈》，《半月》1923年第2卷第8号。

隽的,那自然受社会的欢迎了"①。月友女士还曾描述对《紫兰花片》的狂热痴迷,她说:"一等出版,便急急的赶着去买一本,从头至尾,看个仔细。等到看完了,使用着上好的香水,洒几点在书中;又取一支牙刷,蘸些胭脂汁,洒在纸上,更使这本书有香有色。"② 月友女士对《紫兰花片》的这种独特反应,使人不禁联想到阿尔维托·曼古埃尔在《阅读史》里说的"我们所读的是某一个版本、特定的一本,可借由其纸张的粗糙或平滑、其气味,第72页上的一小滴眼泪与封底右角落的咖啡渍痕辨认出来"③,她是如此喜欢这本杂志,她通过洒香水等方式"宣称它归我所有"④。

另外,《小说月报》作为跨时代的名刊一直是读者瞩目的焦点,它的每一次变革都会引发读者的热议。毋庸说卷入"新""旧"文学论争漩涡中的《小说月报》改革,就是恽铁樵担任主编时的局部调整也曾招来读者的纷纷议论。《星期》则是包天笑意欲调和"新""旧"文学矛盾而创办的刊物,在当时也引来了不少读者的关注。这些在上文已有详述,此处不赘。

以上诸例颇具代表性,类似的读者声音时闻于各类"题辞""通讯"、小说话中。对于打着名家杰作招牌的报刊,广大读者趋之若鹜;对于明星作家主编的时尚杂志更能吸引读者"追星"。民初报刊主办者精心打造名刊、制造小说明星的意图就这样在读者的热烈回应中得到实现。

倾听上述来自民初小说读者的声音,我们不仅了解了他们心目中的一些名家名作名刊,也看到了他们与编创者的良性互动。民初

---

① 郑逸梅:《小说杂志丛话》,《半月》1924 年第 3 卷第 20 号。
② 月友女士:《小说小说》,《申报·自由谈·小说特刊》1923 年 8 月 26 日。
③ [加]阿尔维托·曼古埃尔:《阅读史》,吴昌杰译,北京:商务印书馆 2002 年版,第 17 页。
④ 同上。

"兴味派"小说家主倡"兴味"本就意在打造一种满足各层次读者多元兴味的阅读文化,报刊编辑本身就是一种特殊读者,他们不少人还是小说迷,他们对读者阅读兴味的变化往往深有体会,能够快速捕捉和反馈。当读者的阅读期待被确认,针对性的编创就随之而来,这关系到某些小说类型的兴衰、文体体制的演变、艺术技巧及审美旨趣的变迁。可以说,正是读者与编创者一道形成了民初小说界的时代兴味,其背后则是下面要谈的市场这只"看不见的手"。

第四节 读者所感知的小说市场

本书第二、第三两章曾系统地探讨了民初上海"文学场"之生成与"现代"都市经济资本的关系,以及在这个以经济资本为核心权力的"文学场"中,"兴味派"小说家如何比较智慧地调适着"市场法则"与"艺术法则"之间的突出矛盾。顺着历史之流来看,清末"小说界革命"以后由于"新小说"与报刊出版业紧密联姻,市场对小说界的影响与日俱增。至民初,从提供文化商品一端来看,"兴味派"小说家主倡"兴味"除了凸显小说作为文学之一种的审美特性外,显然还有迎合读者、占领市场之意,是希图以"娱世"来打破"小说界革命"以来"传世"与"觉世"的一组矛盾,是在适应市场("行世")、进行"觉世"的同时,坚守艺术本位——追求"传世"。从文化商品消费一端来看,读者纷纷购阅报刊和小说书籍,与"兴味派"小说家积极互动,有力地推动了民初小说界的持续繁荣。

1912年,管达如在《说小说》中描述了当时小说读者遍天下的盛况,其所谓:"今试一游乎通都大邑之书肆,则所陈列者,十之六七,皆小说矣。又试入穷乡僻壤,则除小说外,他项书籍,殆不可得见焉。与村夫野老妇人孺子谈,彼其除小说以外无所知,无足怪也。即学士大夫,号为通知古今者,其于小说,亦复津津乐道。"① 民初的小说市场出现了空前繁荣,这被时人纷纷记录于笔下。后因袁世凯实施专制统治,全国报刊出版业受到了强烈打击,而上海新闻出版界顽强抵抗,很快又掀起新的创业热潮,与之密切相关的小说市场继续繁荣。1914年成之所作《小说丛话》开篇即描述此种繁荣景况:"今试游五都之市、十室之邑,观其书肆,其所陈列者,十之六七,皆小说矣……不独农工商也,即号为知识最高之士人,其思想,其行事,亦未尝不受小说之感化……吾国今日之社会,其强半,直可谓小说所造成也。"② 当时读者阅读小说的兴味正浓,如上文提到的那位叫云衢的读者所说:"爱看报的主儿,差不多的,都爱看小说,并且看小说,比那看演说、看时评、看新闻的兴味,还要浓厚。"③ 与此同时,"兴味派"小说家对文化市场的依赖也大大增强,毕竟他们的经济来源主要靠消费者,读者需求成为其报刊定位和小说著、译必须考虑的关键性因素。此时出现的"哀情小说"跟风式创作与《礼拜六》以"消闲"招徕读者,都是其遵循"市场法则"的体现。

先来看民初"哀情小说"跟风式创作的市场性及读者的相关反应。众所周知,《断鸿零雁记》《玉梨魂》问世以后掀起了一股"哀情小说"潮。这股潮流的出现固然缘于这类言情小说回应了时代的热点关切,容易引起青年读者的共鸣④,也缘于它们契合了小说市场的需要,出版商从谋利角度要求小说作者进行大量的跟风式编创。可以说,诗骈化言情小说在民初是一种既叫好又叫座的小说类型。以《玉梨魂》为例,这部小说在当时不仅广受赞誉,还创造了

---

① 管达如:《说小说》,《小说月报》1912年第3卷第8期。
② 成之:《小说丛话》,《中华小说界》1914年第1卷第3期。
③ 云衢:《小说谭》,《群强报》1914年11月16日。
④ 范烟桥:《民国旧派小说史略》,魏绍昌:《鸳鸯蝴蝶派研究资料》上卷,上海文艺出版社1984年版,第272页。

十数年未被超越的发行神话。澹庐评其"文章凄凉,情节悲哀,读之令人泪下,洵佳构也"①。郑逸梅曾说:"那《玉梨魂》一书,再版三版至无数版,竟销三十万册左右。"②不仅如此,由于它在社会上太过轰动,很快被改编为新剧演于舞台,还被影片公司摄成电影搬上银幕,且均大获成功,成为文化市场的宠儿。其作者徐枕亚也由不懂市场运作到用所获稿酬开办清华书局,甚至为了多出快出作品而不惜自我重复。可见,在民初上海小说市场上作品一旦风行,作家立刻走红,不过,接踵而至的必然是市场化的命运。自1915年始,"哀情小说"创作在市场操控下趋于泛滥,导致徐枕亚、李定夷、吴双热等名家的作品每况愈下,大量模仿之作更是粗制滥造、陈陈相因。面对此一状况,读者纷纷发出不满之声。烟桥明确声明厌弃它们动辄"嗟乎,伤心人也""我生不辰"一类的哀伤调子,不再欣赏其"笔头已深浸于花露水中,惟求其无句无字不芬芳"的词章点染③。海鸣则痛批说:"学之者才且不及枕亚,偏欲以其拙笔写一对无双之才子佳人,甚至以歪诗劣句污之,使天下人疑才子佳人乃专作此等歪诗者,宁非至可痛心之事耶"④!还有读者认为"哀情小说大多无痛呻吟,矫柔造作"⑤,"致以骈四俪六,浓词艳语,一如圬工之筑墙,红黑之砖,间隔以砌之,千篇一律。行见其淘汰而无人顾问"⑥。更有读者指出这类小说典雅精美中隐藏着市侩烟火气⑦,这便直接抓住了导致其泛滥的幕后黑手——市场过度逐利。最终,"哀情小说"在众多读者的厌弃声中

---

① 澹庐:《小说杂评》,《新世界》1925年1月29日。
② 郑逸梅:《我所知道的徐枕亚》,《大成》(香港)1986年总第154期。
③ 烟桥:《小说话》,《益世报》,1916年9月24日。转引自黄霖:《历代小说话》第8册,南京:凤凰出版社2018年版,第3079—3080页。
④ 冥飞等:《古今小说评林》,上海:民权出版部1919年版,第106页。
⑤ 刘恨我:《小说小识》,《青友》1923年第11号。
⑥ 落华:《小说小说》,《礼拜六》1921年第102期。
⑦ 沈家骥:《佛头著粪录》,《新月》1926年第5期。

黯然退场。

　　学界对于《礼拜六》的编创者重视市场效应所论甚多，笔者拟通过细读登载于该刊1915年第42期至1916年第100期的"题辞"来考察其对市场的利用和读者的反应。这些"题辞"或诗或词兼有序引一类文字，从读者角度抒写了阅读《礼拜六》的感想。其作者来自全国各地，遍布社会各界。最早一期"题辞"的作者是吴县蒋懋熙，时任江苏省财政厅厅长，所作《沁园春》高度赞扬了《礼拜六》在贬顽订愚、维持名教等方面的积极社会作用，题下自注说应好友吴东园之邀题辞。此后还有数期题辞作者也声明应"东园之征"。由此可知为《礼拜六》题辞之举是由吴东园这位与上海文艺报刊界联系密切的诗文名家发起的。吴东园后来也数次为《礼拜六》题辞，分载第94、95、97、100期，多表推崇之意。从第97期所载可知他与《礼拜六》的编者王钝根、孙剑秋同为南社好友，他主要从娱情悦目、贬愚医俗、鼓舞爱国志气等方面赞美《礼拜六》。《礼拜六》编者对这类具有极好市场效应的"题辞"非常重视，将其大多刊于每期目录之前，只有少数几期载于其他位置，最后一期还专设"题辞汇刊"一栏。由于《礼拜六》在当时大受欢迎，加之编者积极进行市场运作，更多读者题辞的热情被激发出来。题辞者除了天虚我生、姚鹓雏、周拜花、蔡选青等几位成名作家外，大多是名不见经传的能文读者，这场题辞活动仿佛众多读者的纸上联欢。第46期天虚我生的"题辞"掀起了一个高潮，其序曰："钝根、剑秋编《礼拜六》周刊将满五十七期矣。风行海内，每期达二万册以上，一般青年于休暇日手此一编，如对良师，恍逢益友，择善以从，除恶务尽，其有裨于世道人心正非浅鲜。近日政界诸公注重于通俗教育，来函奖进，日必数起。然自表面观之，殆不过拟于虞初之属，编辑者苦心孤谊或未必为局外人所共知也。爰题四绝，以供读者，并希正和。"这是以编创者兼读者的身份所作的"题辞",此类性质的题辞甚少,但起到了很好的市场引导作用。与之唱和的众多"题辞"实际上最终汇成一种声音:歌咏《礼拜六》有益于社会人心,有利于鼓舞民族志气,有效地提供审美消遣,这成为前期《礼拜六》读者比较一致的看法。随举一例,第48期有一位叫卢美意的读者在其题辞下作注云:"两君编辑宗旨在补助教育、箴劝国民,得古史官遗意,不似吾国旧小说徒喜谈神鬼也";"所选多有益社会之作,间有言情亦皆高尚纯洁,一洗近时淫靡之风,诚庄严文字也。"这些"题辞"中虽有过誉之词,但总体符合《礼拜六》的实际情况。从"题辞"中特别注明的于"军次""差次","寄自飘城","广东某某""铜山某某""京都某某""武进某某","绛珠女史""蕊仙女史""赵纫兰""毛秀英"等等,还可看出前期《礼拜六》在当日小说市场上所受欢迎的热度和广度。结合所刊作品及其他相关材料来看,前期《礼拜六》的编创者在"艺术法则"与"市场法则"之间找到了平衡点,较好地满足了广大读者的阅读需要,故而少有读者指出其市场性的害处。直至因"时局不靖,各处运寄不灵"① 及成本昂贵,本着对读者对刊物负责的态度而停刊,印行《礼拜六》的上海中华图书馆还不忘郑重声明:"一俟时局平定,商市回复,纸源不虞匮缺。当定期续出,以副爱读诸君子之雅望。"② 这一声明不仅为复刊《礼拜六》预埋了伏笔,亦体现出编创者与读者的共同期待。主编王钝根在"题辞汇刊"栏的末尾登载了《自题四绝志谢投稿题咏诸君》,其一云:"每逢休沐尽嬉游,事到危亡转不忧。我辑群言《礼拜六》,要人孽海猛回头。"这便阐明了他编辑《礼拜六》的隐衷,表面上以消闲招徕读者,实则期待读者阅读所刊作品后识危亡、猛回头。其四云:"两载光阴悲逝水,

---

① 《中华图书馆启事》,《礼拜六》1916年第100期。
② 同上。

几番国体误争棋。眼前无限沧桑感,都付周刊一百期。"其感怀时事、心系国家及依依不舍之情溢于言表。通过细读《礼拜六》所刊"题辞",我们不难发现五四"新文学"兴起以前即使市场倾向较强的刊物也在坚守社会责任中努力实现着"市场法则"与"艺术法则"的平衡。

《礼拜六》在1921年3月复刊,表面上看仿佛一切未变,原来的编创班底,相似的编刊宗旨,一样受读者欢迎,一样是当时小说市场上畅销的名刊。不过,其所处的"文学场"正发生着激变,当时文坛话语权之争已趋白热化,文化资本、政治资本在"文学场"上的权力依次上升。随着"新文学家"逐渐掌握文坛话语权,"兴味派"小说家愈发依赖文化市场。其中一个很明显的变化是市场那只本来"看不见的手"竟暴露出来。之前较少谈及且主要从积极方面看待的市场化运作至此成为焦点话题,特别是小说出版商、编创者以及读者之间对市场作用的看法已出现严重分歧。在这样的"文学场"中复活的后期《礼拜六》事实上已产生了微妙变化,其由多元"兴味"向一味"消闲"转变的趋势是明显的,其向"市场"倾斜的力度也在加大。这不仅导致所刊作品整体逊色于前期,还增加了更多纯粹以营利为目的的商业广告。这便引起"新文学家"的强烈反感,为其编创者贴上了"礼拜六派"的标签,斥责他们奉行拜金主义、专作无视社会责任、国家兴亡的消闲文字。实际上,前期《礼拜六》相较于《小说月报》《中华小说界》《小说大观》等同时期其他主流小说杂志显得更加"消闲",更加市场化,但当时读者很少瞩目于此,更多的是赞其有娱情悦目、贬愚医俗、鼓舞爱国志气之功。后期《礼拜六》与同时期的《半月》《红杂志》《家庭》《侦探世界》等其他流行杂志比较起来则显得相对"严肃",主观上仍坚持前期《礼拜六》雅俗共赏的办刊方针。然而与《新青年》《小说月报(改革后)》《文学旬刊》《创造》等"新文学"刊物相比,后期《礼拜六》又显得过于"消闲",在"新文学家"眼里它和文化市场上专供消遣、一味谋利的那些出版物没什么区别,且是它们的代表。"兴味派"小说家同人多将复刊的《礼拜六》与前百期并论且多给予肯定之词,而一般读者的目光显然已被报刊市场分散,有些读者对更时髦的"红色系列"与"紫色系列"杂志更趋之若鹜,有些读者对侦探、武侠类的专刊更情有独钟,有些读者则对代表新文化的刊物表现出更高的热情。注意到这些《礼拜六》前后期的微妙变化是非常重要的,它将有助于我们客观认识当时"文学场"的更替,也有助于我们正确认识读者对小说市场的不同反应。

五四前后,"兴味派"小说家因受文化资本、政治资本权力上升的压抑而更加依赖于经济资本。民哀《息庐小说谈》说:"昔人文字喜藏,今人文字喜卖,小说亦然"①。作为上海文化市场上的职业作家,"卖文为生"是民初"兴味派"小说家的职业特征。无论他们内心认为著、译小说多么高贵,总因生计问题要沾上铜臭气。面对上海小说界整体滑向市场泥淖的倾向,"兴味派"小说家大多陷入了前所未有的无奈境地。有的小说家选择改弦更张,投入"新文学"的潮流。有的小说家则干脆弃文从商、从政、从事教育、实业,等等。留下来的小说家则一面痛陈市场化带来的危害,一面试图协调参与文化消费市场的各方。例如,王大觉感慨道:"尝与人言,卖小说人之小说,求佳已难,何况更以字数律润资,冗长胪廓,乃获多金,而说部之精熄矣"②;马二先生(冯叔鸾)说:"小说界出版之滥,于今为极。其知识稍高者,多已不阅小说,以佳者极少,百难获一也"③;贡少芹撰《敬告著小说与读小说者》从创阅两方面强调,作者不可完全顺从出版商的逐利要求一味迎合读者,"或译或著,各逞伎俩以相取媚于世";读者不可向声背实,只

---

① 民哀:《息庐小说谈》,《民国日报》1919年2月18日。
② 大觉:《稗屑》,《民国日报》1919年4月6日。
③ 马二先生:《我之闲谈》,《时事新报·学灯》1919年4月20日。

认名家、不"叩其所著之内容"①。从中可知按字计酬的稿酬制度此时已成低劣小说充斥市场的发动机，缺少佳作已导致高端读者大量流失，编创者对读者心理的一味迎合与读者自身的向声背实心理均加速了上海小说界向下、向俗滑落。

进入1920年代，上海小说界开始涌现出一波新的办刊潮，各大书局纷纷加大市场投入，意图"新""旧"文学通吃，一些小书局和个人也因编创小说杂志有利可图，纷纷卷入。由于"利"字当头，有些报刊质量就很难保证；由于要吸引眼球，必然高倡娱乐消闲、进行类型化创作，这成为这批杂志总的、也是新的特点。各阶层读者对上海小说界这种过分市场化的现象深表不满，从不同角度表达了各自的看法和感受。一位名叫心父的读者面对出版界每况愈下，不禁心生困惑，他说：

> 我听书贾说，从前出版书籍，先要考究内容；第二才讲到斟酌书名；第三再看作书人的姓名。后来便不然了，拿到一部稿子，先要看那做书人的名字，叫得响叫不响；第二要看书的名称，能不能号召普通社会；至于书内的内容怎样，倒是顶下的问题。到了现在，风气又大变了：书内的内容，果然无关紧要；就连做书人的名字，也还无甚关系；最要紧的，却就是这个书名，要取得越俗越好，稍许雅致一点，人家就不欢迎了。我听了这话，不觉骇为奇闻。②

一般想从书中获得教益和美感，而非纯粹只是消遣的读者听了这位书贾的话，大概都会如此惊讶，但近代以来的上海出版界就是这样一路走来。面对更加残酷的市场竞争，像商务印书馆这样的大型出

---

① 贡少芹：《敬告著小说与读小说者》，《小说新报》1919年第5卷第3期。
② 心父：《出版界之每况愈下》，《小说日报》1922年12月5日。

版机构由于资金雄厚还可兼顾社会效益,甚至不惜改革《小说月报》;一些中小型出版机构为了生存和谋利往往就无原则地迎合占比最大的中下层读者,做起了营养成分单一的文化快餐。因此,当心父"再拿现在出版的书目查查,可不是都变了艳史、趣史、奇闻、奇缘这一类的东西么"①,此时涌现出的"武侠小说热""侦探小说热"等都是因了这个缘故。正如尼尔·波兹曼讨论"娱乐业时代"时所说"美国电视全心全意致力于为观众提供娱乐"②,当时的小说界也是充斥着消闲风。又浅又新的消闲的确抓住了不少新兴都市市民的文化消费心理,特别是将小说与电影等新兴文化产业组合推出也的确推动了现代都市消闲文化的发展。然而小说作为文学之一种,它的审美性、思想性和教育功能等被弃之不顾,显然有害于小说文体自身的发展,也与当时救亡图存的时代语境相悖。因此,心父发出了一连串疑问"这是书贾的不好么?是作书人的不好么?还是社会的程度无形退化么?唉,这究竟是谁的责任啊"③?心父的困惑在当时具有普遍性。一些读者试图找到上海小说界过度市场化的原因。黄腰仙指出书贾有根本的责任,他们只求赚钱、不问好坏;小说家有责任,他们为了养家糊口,只求每日"撰成数千百言",违背了创作好小说的规律;读者也有责任,只是"从头到尾,念完便笑"④。面对小说界漫天弥地的消闲风,一位叫做玉衡的读者一针见血地指出,它与昔日之交易所如出一辙,是市场投机心理所致,"今虽风行一时,不久必如云之消,如烟之散"⑤。

晚清以来,从梁启超到包天笑,既然要借助报刊这一新兴媒介

---

① 心父:《出版界之每况愈下》,《小说日报》1922年12月5日。
② [美]尼尔·波兹曼:《娱乐至死》,章艳译,北京:中信出版社2015年版,第105页。
③ 心父:《出版界之每况愈下》,《小说日报》1922年12月5日。
④ 黄腰仙:《好小说哪里来呢》,《小说日报》1922年12月8日。
⑤ 玉衡:《小说管窥》,《小说日报》1923年7月26日。

的传播力量，小说著、译就不能无视"市场法则"。随着小说市场的逐步成熟，如何充分发挥市场机制的正面效应、降低市场机制的负面影响就成了考验小说家的难题。民初"兴味派"小说家曾一度掌握了市场的大部分话语权，兼顾了小说的社会效益与市场效益，还进一步确立了小说的审美独立性。后来却由于上海小说界过度市场化导致小说的商业属性与价值属性关系混乱，不少出版商"对于办小说杂志也是发狂"①，日刊、周刊、旬刊、月刊风起云涌；不少作者也不得不完全听命于掌握经济资本的出版商，为赚取更多的金钱而大量写作，这就导致小说报刊与作品数量供大于求，而质量普遍下降。有人通过对小说作者作今昔对比，指出有的作者未成名前尚能殚精竭虑作出杰构，成名后往往看在金钱面上勉强下笔，将一批批违心之作送进市场；有的名家因广受追捧，认为自己随便怎么写都是好的，于是在忙碌中随便写写，就很难写出高明的作品；还有一种完全为多得稿费而写作的作者，他们"故意把一句话分做三句四句"，硬凑字数，拉长篇幅②。这番描述比较准确地揭示了一些依赖市场写作的小说作者或越写越差、或难出佳作的实际情形。从之前我们对作家作品的分析来看，就连徐枕亚、李涵秋这样具有传世抱负的作家在后期也因受市场操控而不断重复自己，导致创作每况愈下。读者季康就说涵秋的社会小说本来名声很高，可后来就乏善可陈了，他认为导致这种情况发生的一个重要原因就是他每天急着为各处写稿。除李涵秋之外，他认为朱瘦菊、向恺然也是因写得太多而导致迅速退步的名家③。当红的李涵秋在1920年代初还曾被资深出版商沈知方请到上海办刊，欲借他大小说家的牌子扩大市场号召力，为此，"在报上登了许多大广告"。沈氏虽表面上对

---

① 红燕：《风起云涌的小说杂志》，《晶报》1922年5月18日。
② 一个做小说的：《小说作者的今昔》，《小说日报》1922年12月16日。
③ 季康：《著作时期》，《小说日报》1923年8月3日。

他极为尊重，但实际上不断以自己的"生意眼"来干涉编务，还常常自作主张将来稿的题目改换得更加有趣以博读者眼球①。虽然李涵秋到上海后因百不适应而很快返回了扬州，可这段糟糕的经历却常常被评者拿出来诟病。可见，当时"市场法则"与"艺术法则"已严重失衡，唯经济效益是求已成为上海小说界的普遍现象。

以思想启蒙为己任，以创造新文化为目标的"新文学家"对上海小说界的这波市场运作深恶痛绝，曾集中火力批判这股"消闲风"及其背后的"拜金主义"，他们欲以强大先进的文化资本联合顺应时势的政治资本将经济资本在"文学场"上的权力压服。结果是，在市场竞争与"新文学"批判的双重挤压下，上海小说界愈发向下、向俗发展②。不过，各阶层（特别是中下层）读者对当时流行小说持续不减的购阅热情却出乎"新文学家"的意料，不少读者对"新""旧"文学的态度也让他们感到困惑。究其原因，上海小说市场自清末以来经过不断建构已具有很大的自发自主性，形成了一套比较成熟的"市场法则"，当时的多数读者正在完成由传统型读者向现代型文化消费者的身份转变。"新文学家"对此未能正确认识，其居高临下的思想启蒙姿态也阻碍了他们听取读者的一些正确意见。下面，我们就来考察当时各阶层读者对"新""旧"文学的一些具体看法。

第五节　读者对"新""旧"文学的一些看法

发起"新文学革命"的《新青年》（初名《青年杂志》）早在

---

① 见小少：《小说界之两个"大少爷"》，《晶报》1922年4月12日。
② 详见本书导言第一节。

1915年9月即在上海创办,起初它只是上海风起云涌、旋生旋灭的众多报刊之一种。直到1917年1月主编陈独秀被聘为北大文科学长,这份杂志随其入京,其性质才迅速发生变化。这表明文化资本脱离上海文化市场后与政治资本联合而形成了"文学场"上新的行动权力。特别是其时尚在美国纽约哥伦比亚大学攻读博士学位的胡适投来《文学改良刍议》,一石激起千重浪,从此以北大为集中点,以《新青年》为传播平台的"新文学革命"拉开帷幕。由于后来"新文学革命"取得胜利,相关文学史论著一般在反复强调其重大意义的同时都会首先论及"新文学家"如何打倒了所谓的"旧派""鸳鸯蝴蝶派""礼拜六派"。实际上,在"新文学革命"初起至五四运动期间,"新文学家""斗争的对象主要是古文"[①],是与传统文化、古典文学决裂,是主张废文言兴白话,成功地促成了北洋政府教育部"国语统一筹备会"的成立。

进入1920年代,在政府支持下,"新文学家"废文言兴白话的主张由北及南,在全国文教领域全面推开,"新文学"的影响也越来越大。当时上海小说界在全国文坛仍处执牛耳的地位,上海的"兴味派"小说家普遍坚持转化传统、文白并用,这显然与"新文学家"的主张大相径庭,夺取上海小说界的话语权成为"新文学家"继打倒古文后的新目标。因此,朱自清说"新文学"斗争的对象"其次是'礼拜六派'或鸳鸯蝴蝶派的小说"[②]。恰好此时商务印书馆主人正以其特有的市场嗅觉,欲借"新文学"崛起这一时潮来做"启蒙运动的生意",于是聘"新派"小说家沈雁冰进行老牌名刊《小说月报》的改革。沈氏的改革是彻底且排他的,彻底贯彻文学研究会"为人生的艺术"的主张,以"兴味派"小说家为"他

---

① 朱自清:《论严肃》,《中国作家》1947年第1卷第1期。
② 同上。

者",坚决批判其"陈腐性""消闲性"与"市场性"。正如前文所作分析,民初"兴味派"小说家实具不断趋新的特质,曾一度建立起富有都市现代性的言论自由空间,然而此时正陷入小说界过度市场化的泥淖,面对"新文学家"的彻底否定,一场基于争夺读者的激烈论争势所难免。有关论争的具体情况,学界与本书导言已有不少论述,而对于当时读者的反应还缺少应有的关注。有必要考察读者对"新""旧"文学的看法,这将有助于还原历史现场,有助于充分认识"新文学"文坛话语权确立的复杂性,也将有助于当下文学界吸取过分市场化与极端排他性带来的教训。

当时很多读者在表示仍然爱读"旧派"小说的同时,对其越来越市场化、越来越俗化的现状表示不满,希望它能改革,这在上面的评述中已可见一斑。当时正在上海读中学的热心读者张友鹤所作《谈谈〈礼拜六〉》也是这种心态的注脚,他说:

> 新文化的一般人物,极力的排斥《礼拜六》,说他简直是小说界中的魔鬼,文化前途的障碍。平心而论,《礼拜六》上刊载的恶劣稿件虽然也有,好的小说也很有些,翻译的作品……描写得何等神妙,译时也丝毫没有失去原文的精彩。像这些地方,却不是一般主张直译的人们所能够相提并论的啊。其余创作……也很有些价值……
>
> 《礼拜六》一百二十期以前的作品,差不多都是很好,但是到了二十期以后,却渐渐的不如了……①

后文还批评了《礼拜六》投稿者的一些媚俗表现,并以亲身经历证明《礼拜六》越办越不认真。他期待《礼拜六》这类刊物革新,但"新文化人物"那种歪曲事实、极力排斥的态度也令他不满。无独

---

① 张友鹤:《谈谈〈礼拜六〉》,《新申报·小申报》1923年2月5日。

有偶，有位叫镜性的读者在《小说应当改造了》一文中表示对当时的小说界"应当下一种猛烈的攻击"，因此很惊奇赞叹"新派的文字就崛然的起来"，但同时又指出"新派"急性的改革是不完全适用的，应当折衷①。还有一位叫解语花的读者一面对当前小说界"弄来弄去不过仍是这二三十个人"、缺乏新面孔表示不满，一面对"近来的那些新小说，都是差不多的笔路，他偏要加上那些圈点符号"大表反对。比较起来，她个人更喜欢"旧派"，因为她认为"现在社会上人类复杂，各有所好"，是"没有什么定评"的②。与上述三人类似的意见，在上文讨论"星期谈话会"时我们也曾经见到，这是当时不少读者的态度。

面对"新""旧"两派激烈的论争，一些读者认为不应新旧划界，呼吁小说作者舍短补长、和衷共济。例如，一位叫环的读者说："小说无新旧，要在描写之工不工耳。其有两派中人，互相丑诋者，可谓均无小说资格"③；读者伊凉说："现在中国新旧文坛如同南北对垒，各不相下，其实都各有是各有不是。我欢（迎）④ 两方面不要盛气，各研究人家的是与自己的不是出来，更望中立的学者来舍短补长，产出一个调查派来"⑤。不过，当时上海小说界一直以来的同业竞争实质上已演变为派别之争，不再是各凭兴味，而是到处充满了"派"话语。不仅编创者出现了"新派"与"旧派"（"鸳鸯蝴蝶派""礼拜六派""黑幕派"）的"楚河汉界"，读者心目中也因之增强了派别意识，或以新旧，或以报刊，或以主义，或以地域，纷纷谈论各种小说"派"。甚至有人还指出上海小说界已

---

① 镜性：《小说应当改造了》，《申报·自由谈·小说特刊》1921年5月22日。
② 徐哲身：《解语花的小说评》，《社会之花》1925年第12期。
③ 环：《小说杂话》，《新月》1925年第1卷第4期。
④ 此处疑漏印"迎"字。
⑤ 见"星期谈话会"栏，载《星期》1922年第12号。

经出现"小说阀",市场已为其严重垄断①。这些现象都可视作上海小说界由多元化走向一元化的突出标志,所谓"新""旧"文学已开始走向各自纯"严肃"或纯"消闲"的两极。因此,两派作家在当时大多表示难以接受读者所呼吁的合作建议。

有些读者则希望"新""旧"文学各走各路,自由竞争。持此立场的读者大多不满于"新""旧"两派无谓争论,特别反感"新派"对"旧派"的彻底否定,因而希望让作品来说话。例如,小松表示虽更喜欢"旧派"小说,但也反对将"新文学"一棒打死。他认为"新派"小说虽丑作多、剽窃繁,但也有冰心《超人》那样的佳构。因此他赞同周瘦鹃、袁寒云所倡导的"新尚其新,旧崇其旧,各阿所好"②。周、袁二氏之所以提出这样的主张,一是迫于"新文学"急速上升的时潮,一是感于"新文学家"驱逐"旧派"的决绝态度,而更为关键的是他们还占领着广大的读者市场,仍然有信心在自由竞争中胜出。这一点从乙庐《书铺子人的话》中可找到现实依据,文中宁波的这位卖书人谈及销路好的书报还都是《红杂志》《半月》《游戏世界》一类,而改革后的《小说月报》则由改革前"有百数十本一期可销"变为"现在只有五六本了"③。另外,有些改革后《小说月报》的读者也谈到类似现象,一位叫王桂荣的读者来信说:

> 《月报》自改革后,日臻完美,这的确是幼稚的中国文坛上的好现象,我们何等的受惠呵!不过我们放眼一观四周黑暗

---

① 当时的小说话提供了不少这类信息,如汪裕先《小说派别谈》(《新世界》1925 年 10 月 20 日)按照小说类型划分派别,洋场才子(陈栩)《小说家评》(《新世界》1926 年 12 月 17 日)提出了"海派小说"之称,顾醉萸《小说琐谈》(《新月》1926 年第 2 卷第 3 期)讽刺新派文人为"的字派",黄转陶《说林忆旧录》(《半月》1924 年第 3 卷第 15 号)指出市场上出现了"小说阀"现象,等等。
② 小松:《小说新话》,《申报·自由谈·小说特刊》1921 年 5 月 22 日。
③ 乙庐:《书铺子人的话》,《小说日报》1923 年 3 月 21 日。

势力，却大大的起了恐慌呢！我在上海时，心中常存着"上海是万恶的地方"一个观念，所以对于这类黑幕派小说火高焰盛的情形，毫不足怪，但是这次赴通、宁、锡、苏……等处去参观教育，到处可以看见什么《礼拜六》《快活》《半月》等等恶魔，迷住着一般青年——以学校中的青年为最；这恶魔的势力可真厉害呵！①

从中可见周瘦鹃、严独鹤为代表的上海小说编创者的确抓住了市场。不仅如此，还有读者来信描述自己亲友对《小说月报》改革的反应，当他们发现自己购阅的杂志不再是从前的样子时立即大呼上当，并表示"从此再'不定了'"②。面对这样的行情，商务印书馆主人希望挽回市场份额，不仅于1923年1月另办了一份以发表"旧派"作品为主的《小说世界》，还用郑振铎换掉了沈雁冰做《小说月报》的主编。就上述事实来看，不能恰当地处理文艺与市场的关系的确是五四"新文学家"的短板。直至1930年代瞿秋白还在强烈地批评"新文学"不被一般读者所接受，1947年朱自清还专门写了《论严肃》来批评当时文艺界过于"严肃"的尺度逼得读者躲向了黄色和粉色的刊物。

凭实而论，当时不少读者对"新文学家"彻底排斥文言，大倡欧式白话，摹仿西方自然主义、浪漫主义文学等革新举措表示了异议。对于彻底排斥文言，有读者认为"小说家言以动人情绪为贵。白话顾可以通俗，文言亦含有余味……要之，小说以造意为主，措辞为副，文言白话初无优劣也"③。实际上，即使"新文学"后来完全确立了文坛话语权，有些人还是坚持文白各有所宜，文言小说

---

① 见"通信"栏，《小说月报》1922年第13卷第7期。
② 马静观来信，见"通信"栏，《小说月报》1922年第13卷第11期。
③ 徐絜：《小说琐话》，《良友》1926年第6期。

之创阅仍在一定范围内持续了很长一段时间。对传统白话小说和"新文艺小说"之别,藏拙斋主人有一段精彩评论:

> 昔之白话小说,作者难,读者易,故其书传。今之白话小说,作者易,而读者反难,故其书不传。试观《红楼》《水浒》等书,作者何一非学富五车,胸罗万卷,故能深入浅出,下笔标新,使读者闭门见山,咸曰易看易看,又岂知作者当日之镂肝鉥肾以博此"易看"两字也。返观今之作白话小说者,或于国学毫无根底,仅捃摭"哪、啊、呢、哩、咧、啦"等几个虚字,吾爱、密士忒、沙发、雪茄等几个新名词,以及",!?"等几个新符号,便忍俊不禁,率尔操觚,顷刻满纸。以视文言,真所谓事半功倍矣。然读者往往对卷茫然,如逢生客,此难易之相反也。欲其书之传得乎?①

这位读者站在传统的立场批评"新文学家"因"率尔操觚"及追求欧式白话而导致读者"对卷茫然,如逢生客",所论虽不无偏颇之处——抹杀了"新文艺小说"的创新意义——但看不懂欧式白话的确成为当时读者普遍反映的问题。即使那些拥护"新文学"的读者,有的也指出"贵报的作品不但老先生们不懂得,不但读惯了强烈刺激性的旧小说的人不了解,就使那研究外国文不稍深的人也未必能感受深味"②。有读者因读不懂而产生质疑说:"我很迷信用古人的文法,来说今人的话,是不合理的;那末用欧西的语法,来说中国人的话,就算合理吗……若说到中国文法不及欧西文法之完善,则我国未来之语体文法,尽可研究改良,何必假欧化二字以起人的疑虑?"③ 有读者认为"改造语法……总要从本国原有的白话

---

① 藏拙斋主人:《小说闲话》,《夏之花小说季刊》1926年第1期。
② 允明来信,见"通信"栏,《小说月报》1922年第13卷第10期。
③ 王砥之来信,见"通信"栏,《小说月报》1921年第12卷第12期。

书籍入手整理,外国语法只可做参考。设使要完全欧化,事实上也恐怕做不到,并且也莫须有"①。有读者则担心由于普通社会读者看不懂"新式白话"的作品,而影响了沈雁冰提倡的"民众文学"之发展②。有读者还从一般民众看得懂的角度为改革后的《小说月报》支招,希望编辑者"以后对于每期里所载的小说——无论作的译的———加以按语说明篇中所含的思想,描写的技巧……等等"③,或者把民众的普遍的短小的作品也选登几篇④。读者对语体文欧化的上述看法大都来自切身的阅读感受,很有针对性和普遍性,可惜当时以沈雁冰为代表的文学革命急先锋以欧西文学马首是瞻的思想很坚决,不仅表示坚决排斥文言,也坚决主张语体文欧化。这实在引起了不少弊端,正如郑敏教授所言"语言主要是武断的、继承的、不容选择的符号系统,其改革也必须在继承的基础上。对此缺乏知识的后果是延迟了白话文从原来仅是古代口头语向全功能的现代语言的成长"⑤。中国文学语言近百年的演变历程也证明"尽管后来欧化体的一派打着新文学的旗号,长期以'正宗'自居,但从民国时期小说语言发展的实际情况来看,总的面貌是欧化体的语言向白话靠拢,而不是中国的小说都演变为欧化的语言,因为中国人写的,给中国人看的小说,毕竟离不开中国的根"⑥。虽然中国现当代小说最终没有完全丢掉固有语言传统,但百年来重新回到传统、承认传统的艰难历程足以提醒我们要有语言文化自信,应该建设植根于自身语言文化传统的"新文学"。

---

① 吕冕韶来信,见"通信"栏,《小说月报》1922年第13卷第2期。
② 张侃来信,见"通信"栏,《小说月报》1922年第13卷第8期。
③ 李秀贞来信,见"通信"栏,《小说月报》1922年第13卷第6期。
④ 李忻延来信,见"通信"栏,《小说月报》1923年第14卷第7期。
⑤ 郑敏:《世纪末的回顾:汉语语言变革与中国新诗创作》,《文学评论》1993年第3期。
⑥ 黄霖:《历代小说话》第11册,南京:凤凰出版社2018年版,第4424—4425页。

与五四"新文学家"欧化思想相联系的是摹仿西方自然主义、浪漫主义文学的主张,这些追逐西方文学思潮的主张及摹仿而生的作品不仅引来一些"兴味派"小说家的批评,也有不少读者表示不满。一位叫李炘延的读者表示读了《小说月报》上的作品"都感着'模糊'、'昏沉'的痛苦,对于篇中的要素毫不领悟"①。当时在美留学的新潮社诗人汪敬熙仍然关注着自己曾在北大投身其中的"新文学革命"动态,不过他发现"中国今日没有好小说出现",于是给沈雁冰写信批评"文学革命给现在的小说家加了三个新镣铐",第一个就是"写实主义或新浪漫主义"。他认为好些小说家被主义及其附产物蒙住了眼睛,"而看不见生活的实在,感不出生活的真苦痛";同时指出以学生为主体的"新"小说读者也被主义等喝住,以致"所有合乎他们自以为相信的主义之小说,便都是好的",而"辨不出小说的真好坏,感不出要好小说的必要";因此他呼吁作者应"抛去一切的主义,一切的技术上的信条,而去描写自己对于生活之真挚的感触"②!他的看法和建议可以说都是着眼于"新文学"的建设,然而沈雁冰完全不同意新镣铐说。对于其他读者提出的类似批评③,沈氏也一概拒绝接受,并声称"西洋文学进化途中所已演过的主义,我们也有演一过之必要,因为他的时期虽短,他的影响于文艺界全体却非常之大。我现在是这样的确信着,所以根本地反对不提倡什么主义的八面光的主张"④。正是由于受到这些欧化主义的制约,改革后的《小说月报》几乎成了"文学研究会"的会刊,这也引来一些读者的批评,有人认为应该给"外稿"发表的机

---

① 李炘延来信,见"通信"栏,《小说月报》1923 年第 14 卷第 7 期。
② 汪敬熙来信,见"通信"栏,《小说月报》1922 年第 13 卷第 3 期。
③ 类似批评在 1922—1923 年《小说月报》"通信"栏中还有一些,例如 1922 年第 4 期徐秋冲来信,第 5 期赞襄来信等。
④ 沈雁冰答复,见"通信"栏,《小说月报》1922 年第 13 卷第 2 期。

会,"或可造成新进的作家"①;有人认为"凡有文学价值的作品"都应该培植,不应因不合于主义而一概抹杀②。读者对欧化主义的上述看法比较符合当时小说发展的实际,不过当时均未能被沈雁冰为代表的"新文学家"所吸纳。

"新文学家"只欲另起炉灶,其难度可想而知,一时间难以创作出精品佳作,这势必引来读者对其创造力薄弱的诟病。一位叫张寄仙的读者说:"新文化家辄盛称《红楼》《水浒》之佳,打倒一切文言小说,奉为白话文之圭臬。顾彼辈创作,非特无一二如《红楼》《水浒》者,且多神秘不可索解,不知何故?"③ 这明显意在讥讽"新文艺小说"缺乏创作实绩。《小说月报》厉行改革后,一些读者也表达了对其所载创作缺乏精品的不满。一位叫陈静观的读者"觉得目前创作虽说有好的""但是平淡无奇的也不少",认为"《小说月报》刊载的著作""似乎要在'美'字上加意",以诱起读者的兴味④。另一位叫冯蕴平的读者批评说:"给读者以极深的印象的作品不能说没有,然大多数的作者,从作品上看来,并不是先有一种热烈的冲动,才行着笔,实是先存着一种作小说的观念,结果便成了'做'的文学,不是'真'的文学。"⑤ 可见,读者对"新文艺小说"概念先行,缺乏文学性很不满意。一位叫允明的读者则从多个方面质问《小说月报》的编者:"语体文不是以易解为主么?写实主义不是以平凡为主么?(这不是说取材不平凡,是说词语不甚近于平凡)贵报的初愿不是不愿作少数人或特殊阶级的消遣品么?但是现在恰落在这不愿意的毛病上!我以为这是过于漠视本国

---

① 朱畏轩来信,见"通信"栏,《小说月报》,1922年第13卷第5期。
② 王晋鑫来信,见"通信"栏,《小说月报》,1922年第13卷第4期。
③ 张寄仙:《小说小说》,《红雨》1924年第1集第1册。
④ 陈静观来信,见"通信"栏,《小说月报》1922年第13卷第1期。
⑤ 冯蕴平来信,见"通信"栏,《小说月报》1922年第13卷第3期。

作风的原故,不知先生们以为如何?"① 一位叫咏琼的读者批评得更为激烈,他说:

> 就我鄙见所及,多数文艺作家都是注重空想,注重理智,注重神秘,注重艳丽,多以他们的作品渲染着贵族的习气,渲染着高蹈派的习气。对于人生之实现,人生之价值与意义,恐怕他们很少自我的见解。抄袭别人的学说,跟了别人说话。我想如这样的作品,离创造的途径还远呢!……
>
> 现在的作家在自己的华屋里做梦,过优游的生活;藉美的论调,说出陶冶性情的放恣话。这样下去,哪有真文艺,哪有民众化的文艺呢?这种作品,不过是他们偏狭的个人主义的利己心的表现罢了……
>
> 总之,好的文艺的创作,是使普遍人类向改善的目标进行的一种努力;所以文艺离不了群众。要使民众了解,不得不有民众化的文艺。要有民众化的文艺,非到民间去,求得丰富的经验不可。②

这位读者指出了"新文学"学步期的一些带有普遍性的问题,指出不少作家脱离生活实际,缺乏自己真实的人生观,只知鹦鹉学舌,尤其强调文艺离不了群众,作家应该到民间去。读者提出这样的意见已经不仅是在批评"新文学"没有好作品了,而是对沈雁冰为代表的一批作家理论与实践严重脱节——一面提倡民众文学,一面表示不迁就鉴赏力低下的民众口味——的否定。这些意见可以视作稍后以瞿秋白为代表的"革命文学者"类似主张的先声。

随着1920年代中期以后"新""旧"文学彻底失去合作契机,

---

① 允明来信,见"通信"栏,《小说月报》1922年第13卷第10期。
② 咏琼来信,见"通信"栏,《小说月报》1923年第14卷第3期。

读者市场的分化也愈加严重,这不仅改变了中国小说的现代走向,还延迟了中国现代小说的成长,也非常不利于形成社会共识,实际上严重削弱了整个民族的文化软实力。我们应该记取这一教训,认真听取广大读者的意见,深入普通人民群众中去感受真实的生活,正确处理转化传统与借鉴西方的关系,正确处理文艺与市场的关系,正确处理文艺与政治的关系,以保障当代小说的健康发展和繁荣昌盛。

通过系统考察民初上海小说界的阅读文化与读者反应,我们看到民初"兴味派"小说家意图打造一种满足各层次读者多元兴味的阅读文化,他们在最初七、八年间曾运用手中掌握的大量报刊出版资源比较成功地开拓出一个富有"现代性"的言论自由空间。在此空间中读者与编创者展开了积极有效的互动,他们热烈地表达着对自己心目中名家名作名刊的喜爱,也明确地表达出对上海小说界逐渐深陷市场泥淖的不满。民初"兴味派"小说家曾努力保持"艺术法则"与"市场法则"的平衡,但五四以后上海小说界过度市场化引发乱象丛生,广大读者要求进行改革。"新文学革命"的兴起加速了上海小说界的改革,同时使改革由过去的同业竞争一定程度上演变为"新派"与"旧派"之争。面对愈演愈烈的"新""旧"之争,广大读者从自身的阅读体验出发,或批评"旧派"小说千篇一律、消闲媚俗,或批评"新派"小说过于欧化,晦涩难懂。他们有的希望两派和衷共济,一起开创中国小说的新局面;有的希望两派各走各路,自由竞争。读者群体实际上也在加速分化。1920年代中期以后,由于政治权力和文化权力强势介入现代"文学场",以经济权力为中心的上海"文学场"在全国范围内的地位已明显下降。上海出版商的谋利本性使得他们一面积极投资"新文学",一面诱使大多数"兴味派"小说家由之前的主倡多元兴味而褪变为一味消闲。出版商意在"新""旧"通吃,尽可能地抓住所有读者,以获取最大化的经济利益。然而，这不仅加剧了所谓"新""旧"小说家的尖锐对立，也使读者群体出现明显的两极分化。作者及读者都如此，就必然导致中国现代小说界论争不断、失衡发展、以及难出经典。由此可见，保持小说的文学独立性，注意调适文化权力、市场权力、政治权力与文学活动之间的关系，以及认真听取最广大读者的意见建议是多么重要！

结语
研究民初上海小说界的双重意义

由于百年历史中的重重遮蔽,由于近代和现代文学史的分期所限,民初第一个十年的小说,很少作为一个独立的研究单元被探讨。它只是附着在晚清小说研究的尾巴上,或成为某种长时段文学史撰述的点缀。在很多人的心目中,民初是一个没有思想深度的"通俗文学"的时代,缺少文学天才、难觅文学经典,民初"兴味派"迄今仍被称为"旧派""鸳鸯蝴蝶派"("礼拜六派")或"通俗文学家"。已有研究成果,无论是近现代通俗文学研究,还是20世纪文学研究、民初作家作品的个案研究,以及相关报刊研究,都笼罩其中。目前学术界将民初小说作为独立研究对象的论著很少,将民初小说"兴味化"热潮作为中国小说现代转型重要一环进行系统研究的论著尚未出现。这也说明当今学术界对中国文学近现代"临界演变"的研究,主要在强调西方文学文论刺激下的突变,"这更容易给人以这样的印象:中国现代文学与文学理论是简单的西方化的产物,于是就认为古与今之间有着一个'断层'。这些研究似乎都没有足够地关注中国文学从古代走向现代本身有一个渐变的过程"①。本书意在填补这一学术空白，一方面揭橥民初小说的独立品格、文学价值与历史贡献，还原民初上海小说界主倡"兴味"的历史本相；另一方面，揭示民初"兴味派"对传统小说与小说传统的继承与创新，并对中国小说现代转型激变与渐变相接续的真实过程加以复现。

另外，本书研究还可为越来越"大众趣味"化的当代文学（小说）界提供借镜。进入新世纪以来，随着国家大力发展文化创意产业，经济资本也随之大量投入文学创作领域，网络文学快速发展，各种与文学相关的新媒介（数字媒介）不断开发运用②，文学与其他艺术门类的结合也越来越紧密，这就向当下文学（小说）界提出了不少亟需解决的新问题。其中最关键的是如何防止文学（小说）过度市场化，如何利用好网络及各种新媒介创作出无愧于时代的优秀作品，如何创造性转化几千年的中华传统文化，如何使文学（小说）更有效地满足人民群众日趋多元的阅读需要③？笔者认为，从民初"兴味派"小说家那里可以获得不少有益启示。如，他们如何延续并现代化我国固有的小说传统；如何平衡"市场法则"与"艺术法则"之间的关系；如何充分运用手中掌握的报刊传播新媒介；如何恰当处理文学中的雅俗关系；如何开展多元化书写试验；如何与广大读者积极互动，等等。民初"兴味派"小说家的相关探索固然有很多失败之处，其采用的做法于今而言有些也早已时过境迁、不再适用，但他们的成败得失作为一面历史之镜仍有必要抹清擦亮，以之为鉴，这将有助于推动我国当代文学（小说）更加健康有

---

① 黄霖：《关于"中国文学古今演变"研究的三点感想》，《河北学刊》2011年第2期。
② 例如2021年以来一直为社会各界热议的"元宇宙"（Metaverse）就代表着当下数字人文科技的最新进展，"元宇宙"对现有文学（观念、创作）的（潜在）影响是时下讨论的热点议题之一。
③ 《习近平在文艺工作座谈会上的讲话（2014年10月15日）》中即着重指出这些问题，并阐明了解决这些问题的根本性方向。

力地向前发展。

第一节　重现中国小说现代转型的"三部乐章"

　　在多维度重构主倡"兴味"之民初上海小说界的过程中，笔者深深感到了言说的困难。由于五四以来中国文学史的知识话语权牢牢掌控在继承"新文学传统"的现代知识分子手中，因而我们之前获得的有关近现代文学史的知识整体上都植根于当年"新文学家"的思想与论断中。这种"正统"文学史知识的阻碍力量非常大，大到我们从原始文献中读出的论断常常不知用什么语词表述出来。怪不得，很多学者一遇到"旧派""鸳鸯蝴蝶派""礼拜六派"的称谓问题，即使感到不妥，也以"约定俗成"为托辞选择避开。实际上，一旦落入"新文学家"话语的陈套，就必然看不清民初"兴味派"的真面目，更无法重估其在文学史上的真价值。好在近年来中外一些学者已开始跳脱陈套、逼近真相①，特别是对晚清小说"现代性"及其对五四"新文艺小说"之影响的揭示，让我们不禁思考：处于二者之间的"兴味派小说"究竟是"现代性"的"逆流"，还是富有独特的"现代性"呢？它与晚清"新小说"、五四"新文艺小说"之间到底是什么样的关系呢？通过系统考察，我们发现民初"兴味派小说"不仅富含"现代性"，而且民初"小说兴味化热潮"与清末"小说界革命"、五四"新文艺小说潮流"构成了中国小说现代转型的三部乐章。

---

① 例如黄霖、陈平原、袁进、陈建华等先生对民初小说的相关探讨，范伯群先生及其团队对"近现代通俗文学史"的系统梳理，韩南、李欧梵、王德威、普实克、米列娜等学者对晚清小说"现代性"的精彩论证，等等。

结语　研究民初上海小说界的双重意义

一

中国近代遭遇的是"三千年一大变局"①，亦是"五千年来未有之创局"②，古今中外各种资源在"历史场"的急骤变化中一下子汇集在一起。如何处理那些世代累积下来的传统文化，如何造出一个独立富强的现代中国，是以中化西，还是全盘西化，是否还有其他的出路？这些前所未有的宏大、复杂、迫切的历史课题成了当时国人的不堪承受之重。这一变局对后人而言可以考察其种种预兆，而对时人来说却实在太突然、太剧烈、太暴力。鸦片战争、太平天国运动、甲午海战、维新变法、义和团运动、辛亥革命、洪宪帝制、张勋复辟、五四运动等等。战争接着战争，中国存亡悬于一线；革命连着革命，似乎只有这种激烈的方式才能救中国，这就是中国近现代社会的主流特征。在这样的历史境遇里，中国小说的古今巨变也势所难免，自然加快了它走向现代的步伐。

顺着清末民初小说史的发展脉络仔细寻绎，中国小说现代转型的号角首先由政治家兼文学家的梁启超吹响，清末他倡导的"小说界革命"及其影响下的"新小说"是这一转型的第一部乐章。这一点学术界已经取得基本共识。如，黄霖先生认为1902年11月《新小说》杂志的创刊及其引发的"小说界革命""标志着中国小说的创作与理论由古典转向了现代，开创了中国小说发展的新纪元"③。陈平原教授也把"新小说的诞生"当作中国现代小说的起点，他说："二十世纪初年，一场号为'小说界革命'的文学运动，揭开

---

① 转引自吴相湘编著：《晚清宫廷实纪》，北京：中国大百科全书出版社2010年版，第97页。
② 曾纪泽：《曾纪泽遗集》文集卷二，喻岳衡点校，长沙：岳麓书社1983年版，第135—136页。
③ 黄霖：《中国小说现代化的一大关戾——纪念〈新小说〉创刊100周年》，《求是学刊》2003年第4期。

了中国小说史上新的一页。"① 袁进教授不但指出"'小说界革命'处在中国古代小说向近代小说转化的发端地位,它所产生的心理定势、认知图式常常或明或暗、或隐或显地影响了中国小说后来的发展"②,并且针对"新小说家"的创作实践与"小说界革命"的主张并不完全一致的文学现象强调"晚清的小说热潮是以'政治小说'为其主流的,它主要包含了两个方面:一是当时的职业小说家们是跟着本来与小说无缘的政治家、思想家提倡'新小说'走的,接受了他们的小说主张。二是政治小说的影响渗透到了其他小说之中,包括传统的武侠、公案、言情、历史等题材之中,占了主导性地位"③。杨联芬教授则将清末配合思想启蒙而产生的"诗界革命""新文体""小说界革命"等一系列文学革新视作中国文学现代转型的开始④。以上都是对"小说界革命"及其影响下的"新小说"是中国小说现代转型第一部乐章的确认。当然,将"小说界革命"作为中国小说现代转型的开端,并非漠视之前的晚清小说出现的一些"现代性"因素⑤,实际上正是有了量的积累才有质的新变。总体上说,"小说界革命"前六十年的晚清小说虽然出现了一些新质,或曰"现代性",但其主流特征仍是传统的。正如施蛰存先生所说:"我排了一张年表,发现 1900 年以前的小说还都是传统的章回小说,内容也还是传统的公案、侠义、才子佳人。1900 年以后,才开始出现近代型的新小说,它们的形式与内容都和过去的传统小说

---

① 陈平原:《中国现代小说的起点——清末民初小说研究》,北京:北京大学出版社 2005 年版,第 1 页。
② 袁进:《中国小说的近代变革》,桂林:广西师范大学出版社 2009 年版,第 153 页。
③ 同上书,第 31 页。
④ 杨联芬:《晚清至五四:中国文学现代性的发生》,北京:北京大学出版社 2003 年版,第 2 页。
⑤ 参见[美]王德威:《被压抑的现代性——晚清小说新论》,宋伟杰译,北京:北京大学出版社 2005 年版。

不同了。由此，可以设想，近代型的新小说都是在外国文学的影响下产生的。"① 这个论断告诉我们，中国小说直到在西方文化强力刺激下出现"小说界革命"才发生现代性质变，它以梁启超明确提出中国小说应向西方学习为肇始，之后这便成了中国小说现代转型的主导方向。

梁启超号召"小说界革命"、提倡"新小说"，主张中国小说应向西方学习是其接受西方现代化模式来救亡图存的思想在文学领域的实践。在观念层面，主要表现为他在提倡"新小说"的前几年已有明确的西方时间观念与民族国家观念。李欧梵教授指出，梁启超在1899年的游记《汗漫录》里使用的"19世纪，这完全是一个西方的观念。后来'星期'的引进，'礼拜六'休息日的影响也非常值得关注……这种新的时间观念其始作俑者是梁启超，虽然他并不是第一个使用西历的人，但他是用日记把自己的思想风貌和时间观念联系起来的第一人"②。这种时间观念"其主轴放在现代，趋势是直线前进的"③。梁启超引入这种时间观念后，在其后二十年间深刻影响了中国思想界，也为中国小说现代转型期各阶段小说家所普遍认同。"新小说家"所谓"新小说"与"旧小说"的划分，"兴味派"所谓"不在存古而在辟新"④，"新文学家"对小说的第二次"新""旧"划分，都含有这种时间观念。再往深处推究，就会发现这种指向"现代"的直线性时间观的接受与推介有其特定的思想史背景。1895年可视作中国思想史的古今转捩点。在这之前，主流思想界还以日本全面向西方学习导致

---

① 施蛰存:《文艺百话》，上海：华东师范大学出版社1994年版，第370页。
② [美]李欧梵、季进:《现代性的中国面孔》，《文艺理论研究》2003年第6期。
③ 同上。
④ 冥飞、海鸣等:《古今小说评林》，上海：民权出版部1919年版，第144页。

"国事益坏"为戒①。当甲午战败,1895年4月17日与日本签订马关条约,举国思想于此刻发生巨变。"大国在小国的炮口下签订城下之盟,这种忧郁激愤的心情和耻辱无奈的感觉,才真的刺痛了所有的中国人。"② 于是,以向西方学习为转向的维新变法一度成为现实,虽然旋即失败,但向西转的"变法图强""救亡图存"的思想主脉并未被切断。梁启超接受上述西方时间观念,并在社会上推广,与其"维新"的思想背景密切相关。有了这一时间观念,中国二千年来"天不变道亦不变"③的观念即被攻破,"维新派"提倡的"变者天道也,变者天下之公理也""新也者,群教之公理也"④等,便可轻而易举地被作为"公理"安放在历史时间的向前发展之中。维新派这种主动求新求变的"现代"意识很快辐射到清末小说界,由梁启超提倡"新小说"肇始,此后贯穿于整个中国小说的现代转型过程之中。再看在同一历史背景下产生的现代民族国家观念。由于中国思想界遭到甲午战败的强烈刺激,来自西方的现代民族国家意识集中在1895年之后出现。1895年,严复写了《论世变之亟》,这是当时中国思想界"救亡图存"之集体焦虑的表现;他接着又写了《原强》《救亡决论》,译了《天演论》,这表明在时势迫使下中国思想界选择了包括现代民族国家观念在内的西方现代化模式。从此以后,以"物竞""天择"为口号的社会进化论一直盛行,直至马克思主义进入中国。在这一思想背景下,梁启超在倡导

---

① 葛兆光教授说:"就在前两年,郑孝胥在日本,还很自得地批评日本变旧法行新政,'外观虽美而国事益坏',幸灾乐祸地说,这是'天败之以为学西法者之戒',觉得清朝恪守旧章只做小小改良还满不错"。见《中国思想史(第二卷)》,上海:复旦大学出版社2007年版,第530页。本文有关清末"小说界革命"思想史背景的探讨多处参考该书第九节"1895年的中国:思想史上的象征意义",特此说明,并致谢。
② 葛兆光:《中国思想史(第二卷)》,上海:复旦大学出版社2007年版,第532页。
③ (汉)董仲舒:《贤良策三》,《董子文集》,上海:商务印书馆1937年版,第11页。
④ 许冠三:《康南海的三世进化史观》,周阳山、杨肃献编:《近代中国思想人物论——晚清思想》,台北:联经出版事业公司1980年版,第541页。

"小说界革命"前就先后发表《论近世国民竞争之大势及中国前途》《新民说》来阐释现代民族国家观念,并针对中国之弊病开出了"新民"的药方。在之后创作"新小说"时,他更将这种民族国家意识带进小说作品,在《新中国未来记》中展开了"对于中国国家新的风貌的想象"①。这类政治理想小说随即不断涌现,如1904年蔡元培作《新年梦》、1905年吴趼人作《新石头记》、1910年陆士谔作《新中国》,等等。响应"小说界革命"的清末四大谴责小说则通过对当时社会各种怪现状的讽刺、批判,表达"新民"这一迫切的时代诉求。总之,正是由于梁启超等晚清政治家、思想家有了明确的西方时间观念与民族国家观念,接受了西方现代化模式,为了挽救民族国家危亡,才进行"小说界革命",他们希望通过创作"新小说"来"新民""发起国民政治思想""激励其爱国精神"②。他们在小说创作观念上的这种求新求变意识与民族国家意识(包括对民族危机的叙述与创造富强民族国家的想象)成为贯穿整个中国小说现代转型过程的主线,这也是与"革命"前的"旧小说界"有质的区别的。

作为中国小说现代转型的第一部乐章,清末"小说界革命"及其影响下的"新小说"开启了小说现代化的众多法门。首先,是小说观念的转变,特别是强调"小说为文学之最上乘"③——"新小说家"在初步接受西方文艺观念影响下,逐步将小说向中国"文学场"的中心推动。这是中国小说现代转型的重要标志,是后来民初"兴味派"与五四"新文学家"努力的共同方向。其次,是《新小说》等专门的小说杂志的出现开辟了现代小说作品利用报刊等新兴媒体传播的方式。与之伴生的"稿酬制度"加速了现代文学自由职

---

① [美]李欧梵、季进:《现代性的中国面孔》,《文艺理论研究》2003年第6期。
② 新小说报社:《中国唯一之文学报〈新小说〉》,《新民丛报》1902年第14号。
③ [美]李欧梵、季进:《现代性的中国面孔》,《文艺理论研究》2003年第6期。

业者的出现,成为文学进一步脱离政治、独立存在的关键因素。民初"兴味派"就是一个在此基础上发展起来的文学自由职业者群体。五四"新文学家"的文学活动也主要围绕着报刊进行,而且也在很大程度上依赖"稿酬制度"。第三,"新小说"向西方小说学习,运用报刊传播方式等加速了中国小说叙事模式及其他艺术技巧的现代转变。在叙事时间、叙事角度、叙事结构方面,"新小说"都有开创性的贡献;在小说抒情化、心理化上,"新小说"也已经开始了试验;"新小说"在否定"旧小说"时,还把目光投向了"史传"与"诗骚"传统,体现出一种"由俗入雅"的倾向。这些变化与倾向也被民初"兴味派"与五四"新文学家"接续下来,并进一步充分发展。第四,清末"新小说家"引进了政治小说、开智小说、爱国小说、科学小说、哲理小说、实业小说、侦探小说、理想小说、国民小说、军事小说、冒险小说、种族小说、伦理小说等等,这就在写作内容上开辟了新领域,也体现出初步的现代小说分类意识。这一点被民初"兴味派"继承下来,并引进了更多品类,且加以细化。五四"新文学家"则将这种小说分类进一步学理化,形成了更富现代性的小说分类。第五,为了配合政治改良、思想启蒙而兴起的清末"小说界革命",在小说语言上主张使用"俗语"(白话)以达到通俗易懂的目的,裘廷梁甚至在"小说界革命"前夕就已经提出"崇白话而废文言"①的主张。这实际上开启了中国小说语言的现代化——白话化之路。民初"兴味派"与五四"新文学家"沿着这条道路继续前行,虽然他们对"白话"的认识有所不同,但在小说由文言到白话发展趋势的判断与大力变革上是一致的。最后,作为清末"小说界革命"主要目的的"新民",实际包含着严复、梁启超等人在构想民族国家理论时对"个人"的思考。

---

① (清)裘廷梁:《论白话为维新之本》,《中国官音白话报》1898 年第 19、20 期。

这种思考一直延续下来，在民初"兴味派"与五四"新文学家"那里都有新的推进，最终形成了以展示人性为目的，以人的生活、生命和心灵为本原，以人的个性化表达为特征，以人的身心彻底解放、自由为指向的现代小说面貌。

二

"小说界革命"发起后的清末十年由"新小说家"领衔演奏了中国小说现代转型的第一部乐章。这部乐章整体上是激越高昂的，很大程度上是在西方强势文化冲击下的一种应激反应。因此，在小说传统的现代转化与小说审美独立性上存在明显失误，即使当时已有人发出小说应重"兴味"之呼声，甚至出现了王国维的小说美学论，但显然都未受重视。当辛亥革命突然爆发，出乎意料地创造出一个中华民国，清末"新小说家"企望"以文救国"的幻梦就破灭了，其依存的"末世"背景也立即消失。加之，清末"新小说"缺乏"小说味"的弊端早已显露。"兴味派"小说家在民初正式登场也便成为一种历史必然，他们集体演奏了中国小说现代转型的第二部乐章——"小说兴味化热潮"。

民初"兴味派"小说家是一群走向现代的"江南文人"，与文学传统有着一种天然感情，又在初具现代姿容的上海"卖文为生"。他们在总结"小说界革命"经验教训的基础上继续沿着"新小说家"开辟的中国小说现代转型之路前行，但同时纠偏补弊，在小说传统的现代转化与小说审美独立性上用力。不过，过去对"现代性"的认识普遍持西方一元化标准，中国的现代化模式便长期被认为是单纯外发型的。因而，从传统中走来的民初"兴味派"及其掀起的"小说兴味化热潮"也往往被视作中国小说现代化的"逆流"。如今，越来越多的学者认识到要想完整解释所谓"中国的现代性"或"中国文化（文学）的现代性"之发生，还需从中国和中国文化（文学）自身寻找根据。李欧梵教授对晚清时西方给予中国现代性的刺激打过一个比喻，他说："投石入水，可能会有许多不同的波纹，我们不能仅从西方的来源审视这些波纹。"① 在此之前，有西方学者也曾说过："晚清时期对于小说现代化的重要意义不应在西化过程中去寻觅。"② 章培恒先生甚至认为"中国新文学乃是中国文学优秀传统的新的发展，西方文化思潮的影响只不过促使这种发展能够在短时期内迅猛地呈现出来"③。我正是在这样的学术背景下来看待民初"兴味派"小说家对文学传统之现代转化的。

中国古代小说的"兴味"传统在审美上追求艺术兴味，在功能上强调兴味娱情，民初"兴味派"小说家将其继承下来并进行现代转化，恰可纠清末"小说界革命"之偏。强调小说兴味娱情不仅可打破"新小说"乏味少趣、过分政治化的沉闷局面，亦可满足民初广大都市居民紧张生活中舒展身心的需要，它有利于人性的发展。人性发展的重要方面就是"不断地发现、肯定个体的需要并为其实现而努力"④，民初"兴味派"小说家主倡小说兴味娱情正着眼于此。例如，"兴味派"对"言情小说"所言之"情"的认识便突破了"新小说家"所谓的"公性情"，而聚焦于"儿女私情"，这正反映出两派关注"群体"国族与"个体"兴味的本质区别。正是对儿女私情的关注促使"兴味派"在民初接受西方的"悲剧"美学，大写青年男女的恋爱悲剧，掀起了打破传统小说"大团圆"结局的"哀情小说"潮。也正是由于"兴味派"更关注个体而主动"识小"，他们写男女爱情、婚姻生活，写社会百态、家庭问题、人情冷暖，编织艺术美梦、续写各类

---

① ［美］李欧梵、季进：《现代性的中国面孔》，《文艺理论研究》2003 年第 6 期。
② ［捷］米列娜编：《从传统到现代——19 世纪至 20 世纪转折时期的中国小说》导言，北京：北京大学出版社 1991 年版，第 14 页。
③ 章培恒：《日译〈中国文学史新著〉（增订本）序》，《复旦古籍所学报》2012 年第 1 期。
④ 章培恒：《中国文学史新著（增订本第二版）》导论，上海：复旦大学出版社 2011 年版，第 5 页。

"传奇",整体以日常叙事为主,充满了人情味,塑造出不少血肉丰满的人物形象,张扬的主要是人性中的善、美、真。这实际上发展出中国小说的一个重要的现代面向,使小说不仅在茶余饭后对读者有精神按摩的作用,也在寓教于乐中进行着现代生活启蒙。但由于它从传统母体中孕育诞生,五四"新文学家"在反传统的旗帜下必然要将其视作同传统一体而弃之若遗。时至今日,我们自然要打破五四以来的这种偏见,看到民初"兴味派"不断趋新求变的丰富现代性。更何况,民初"兴味派"小说家多同时从事外国文学翻译,文艺报刊编辑,他们在引介西方现代人性观、传播西方"文明"生活方式等方面,其工作虽稍显零碎,但贡献并不小,而且为后来五四"新文学家"开展这方面工作奠定重要基础。若从"个体"与"世俗人性"的角度着眼,民初"兴味派"小说家表现出了与"新小说家""新文学家"均不相同的现代化面向,它是中国传统小说"渐变"的结果。实际上,历史悠久的古代小说传统与丰富的传统小说正是中国现代小说存在的基石,保存还是抛弃这些传统与遗产,对于"中国小说"而言至关重要。假如"全盘西化",就只会出现中国人写的"西方小说"了。可见,民初"兴味派"在接续小说传统并进行现代性转化上的确功不可没。这种"渐变"后来被张恨水、张爱玲等继承了下去。20世纪二三十年代,甚至包括周作人、林语堂、老舍等提倡"趣味""性灵""幽默"的众多"新文学家"也在不同程度地在向这个方向靠拢。鉴于此,笔者不禁要问:同是揭露旧婚制的不自由、呼唤人性的解放,同是歌咏爱情,甚至同是写革命+恋爱,为什么民初"兴味派"要被加上都是专注"鸳鸯蝴蝶""都是吊膀术的文字"呢?另外,同是为了消闲解闷写写"开心话""滑稽语",为什么周作人主张的"趣味主义"就是"提倡自由思想,独立判断和美的生活"[1],而他们则被斥

---

[1] 周作人:《〈语丝〉发刊辞》,《语丝》1924年第1期。

为"游戏的消遣的""《礼拜六》那一类的文丐"呢?

民初"兴味派"小说家看到清末"新小说家"因不注重小说的艺术审美而失掉广大读者,因而发挥其江南才子特有的艺术才能,努力追求小说的文学"兴味"性。同时,他们在从事小说翻译过程中受到西方文艺观的影响,普遍认识到小说具有审美独立性,所谓"文学者,美术之一种也。小说者,又文学之一种也。人莫不有爱美之性质,故莫不爱文学,即莫不爱小说"①。为了进行"美的制作",他们在艺术形式上进行了种种试验,为中国小说艺术上的现代转型摸索着新路。比如切实进行小说语言的白话化变革,转变章回体、话本体、传奇体、笔记体等固有小说文体的叙事模式,大力提倡短篇小说创作并进行多元探索——西方日记体、书信体、对话体、游记体、独白体等都是最先由民初"兴味派"引入短篇小说创作的,等等。甚至包括一直为人诟病的民初诗骈化章回体小说,凭实而论,也不失为一种求新求变的特创别体。可以说,"兴味派"小说家无论是像包天笑、周瘦鹃那样向西方文学资源借鉴多一点,还是像李涵秋、叶小凤那样继承传统文学资源多一点,抑或像程瞻庐、刘半农那样积极向民间文学资源汲取营养,其总体面向的都是现代。虽然他们心中想象的"现代小说"的具体样貌的确不同于清末"新小说"与五四"新文艺小说",他们所做的试验有成功也有失败,但求新求变的现代意识是一致的,他们对现当代小说的重大影响随着对其认识的不断客观深入正逐渐被揭示出来。他们继承清末"新小说"继续推进小说叙事模式的转变,这为掌握了西方现代小说理论的五四"新文学家"进行更现代化的形式变革准备了条件;他们对短篇小说的大力提倡及其富有现代性的短篇小说著、译直接诱发了"五四短篇小说"的产生;他们对小说情节的有意淡

---

① 管达如:《说小说》,《小说月报》1912年第3卷第9期。

化,增强抒情性及诗化、散文化特征,重视心理描写等都潜在地被五四"新文艺小说"继承;他们对"都市民间"的日常叙事也可能启示过五四"新文学家"对"乡土小说"的探索,至少最初将"新文学家"的目光引向民间文学(文化)资源的正是从"兴味派"走出的刘半农。当然,在五四时期这是绝不被承认的,出于"文学场"转换的需要,"新文学家"不但不会透露其中的秘密,而且还通过打一场"硬仗"将"兴味派"赶出了"文学场"的中心,从而形成一个属于他们的"文学场"。不过,这些秘密今天已不难窥破。我们以"新文学家"视为小说现代性标志文体的短篇小说为例,很多学者早就指出短篇小说在民初即已出现了中国小说史上从未有过的兴旺发达的景象①,这个事实再次证明"新文学家"的确有故意切断与民初"兴味派"的联系,自我正典的嫌疑。这也解释了为什么鲁迅、叶圣陶等"新文学家"在五四初期最早取得成就的是短篇小说,因为他们已有了民初"兴味派"摸索的基础——看到其失败可以少走弯路,借鉴其成功可以迅速成熟。更何况,他们中有的人在民初也曾参加过这支试验团队,无论否定还是继承,这些人都有不少切身的体会。

实际上,经过现代转化的"兴味"小说观一度成为民初小说界的普遍观念,这在中国小说史上具有划时代的意义。中国小说最终能突破"文以载道""史传之余"等传统观念之束缚,在西方文艺理论影响下获得审美独立性,成为现代文学的主要文类,民初"兴味"小说观的确立与流行是其中关键的一步。由于以往文学史研究者总是跳过民初"兴味派小说",直接到晚清"新小说"中寻找五四"新文艺小说"现代性的发生语境,这就让我们无法明白"新文

---

① 这在20世纪90年代之后便逐渐成为学界共识,参见陈伯海、袁进:《上海近代文学史》,上海:上海人民出版社1993年版,第371页。

学家"移植西方小说艺术理论、强调小说的审美独立性,以及当时知识界、读者接受这些主张的知识背景与心理基础是从哪里来的?毕竟,晚清小说家对小说审美、艺术形式等的重视是不够的,"小说界革命"在实质上还加强了小说"载道"的功能。还原民初"兴味派"及其"兴味"小说观的重要性就在这里显示出来:离开了它,就无法理清中国小说在艺术上进行现代转型的真实脉络。另外,随着对"现代小说史"格局的认识趋向完整,以前被驱逐出文学史的所谓"现代通俗小说"正在逐渐获得"现代小说"的身份。这些"现代小说"受民初"兴味派"的影响是直接的,更是显而易见的。

另外,民初"兴味派"的报人小说家身份本身就是现代性文化场域的产物。清末也有一些报人小说家,但那时他们的地位、数量都还不是文坛的主导力量,主导文坛的仍是士大夫文人。而在民初,"兴味派"作家不仅是文学界的主流,在报界,甚至是整个文艺界,他们也都占据着最主要的位置。本书第二章曾经详细描述、分析过民初"文学场",指出了它与之前之后"文学场"的不同,认为与民初上海现代都市经济繁荣相对应,民初"文学场"体现出的是一种超前现代性,有些现代性甚至是当代"文学场"还在努力追求的。作为自由职业者,民初"兴味派"作家既没有清末士大夫文人的政治资本,也没有五四知识分子的高校资源,"兴味派"获得"自由"的条件就是在文化市场上"卖文"。为了更好地"卖文",他们办刊、著译的宗旨都是以读者为本位,包天笑所谓"以兴味为主"[①]。因此,他们很注重报刊的装帧设计、讲究图文并茂,甚至连字体的大小、纸张的使用,也力求满足读者的"兴味"。这就形成了现代都市的一种新文化——报刊文化,谈论报刊在民初也

---

① 《〈小说大观〉例言》,《小说大观》1915年第1集。

成为一种时髦①。据笔者翻阅的几十种民初"兴味派"主办的报刊来看,其形式真是五彩纷呈,与内容又相得益彰,体现出他们追求"美"的匠心,具有现代启蒙的绝妙作用。这种报刊文化导源于晚清,梁启超"从《清议报》到《新民丛报》,再到《新小说》,他在办报时已逐渐把启蒙与经营合为一体,他是主笔,又是经营者;读者是启蒙对象,同时也是消费群体。为了满足读者市场的消费需求,吸引更多的知识分子阅读《新小说》,热爱《新小说》,梁启超还从内容到形式进行了多方面的革新与尝试"②。民初"兴味派"正是沿着清末"小说界革命"开启的这种由报刊登载小说的现代传播方式继续进发,并将报刊载体本身提升到了"艺术"的高度。以当代主流报刊为参照,将民初"兴味派"报刊与五四"新文学"报刊稍加比较便知,谁更现代?!

三

"兴味派"在民初活跃了也大约十年,其追求"兴味"就意味着走向多元,但中国当时的民族危机并没有解除,贫穷落后的社会状况也没有根本改变,上海的都市繁荣是一枝独秀,由"兴味派"滋生的很多"现代性"都是越位的。中国急需统一思想,进行新的启蒙,"新文化运动"应时而生,形成了一股崭新的追求"民主"与"科学"的时代思潮,它代表了中国历史前进的大方向。"兴味派"虽然在五四"新文学家"登上文坛的最初几年仍处"文学场"

---

① 正如 James W. Carey 所说,报纸扮演的角色是"建构与维系一个井然有序而又意义无穷的文化世界",阅报的最重要效果并不是读者可得到各式各样的事实信息,而是他或她可以"作为观察者,参与一个各种力量相互竞逐的世界"。(参见潘光哲:《时务报和它的读者》,《历史研究》2005 年第 5 期)笔者认为,生活于竞争激烈又十分混乱的民初上海的报刊读者喜谈报刊正是以观察者身份参与都市公共舆论场域的建构。
② 黄霖:《中国小说现代化的一大关戾——纪念〈新小说〉创刊 100 周年》,《求是学刊》2003 年第 4 期。

中心，但其主倡"兴味"的小说观由于天生"软性"，在打破令人绝望的时代氛围上已显得无能为力。当五四前后民族危机空前加重，严肃的时代空气笼罩文坛时，"新文学家"领衔的中国小说现代转型的第三部乐章——"新文艺小说潮流"——奏响了。

五四"新文学革命"的主要倡导者陈独秀、胡适、刘半农、周作人、鲁迅、钱玄同等，除了来自"兴味派"的刘半农，当时都是留学归国的现代知识分子。他们的确掌握了比梁启超、包天笑等更先进的西方人文精神，更地道的西方文艺思想，更开阔的世界文学视野。于是，他们决定完全向"西"转，走一元化的道路，带领那些接受西方思想的青年知识分子开展新的文学革命。他们摆出彻底与传统决裂的姿态，在文化上反对旧礼教，在文学上反对旧文学。他们希望"真心的先去模仿别人。随后自能从模仿中，蜕化出独创的文学来"①；他们甚至极端地说"新文学是在外国文学潮流的推动下发生的，从中国古代文学方面，几乎一点遗产也没摄取"②；他们曾自豪地宣称"中国现代的小说，实际上是属于欧洲的文学系统的"③。五四"新文学家"这种激烈反传统的表述与实践在当代不断引起一些学者的责难——认为这导致了中国文化的"断裂"，造成了无法弥补的损失；同时，也引起一些学者研究五四与传统关系的热情——纷纷论证古代、近代文学传统对五四"新文学"产生的种种影响。单就小说而言，只要顺着清末民初小说史的发展脉络客观梳理，就不难确定五四"新文艺小说潮流"是中国现代小说转型的第三部乐章。总体上讲，五四"新文学"提倡"为人生""为艺术"的"人的文学"，明显有三个指向：第一，进行"真正"的

---

① 周作人：《日本近三十年小说之发达》，《新青年》1918年第5卷第1号。
② 鲁迅：《鲁迅全集（第8卷）》，北京：人民文学出版社1981年版，第399页。
③ 郁达夫：《小说论》，上海光华书局1926年初版本，见严家炎编《二十世纪中国小说理论资料（第二卷）》，北京：北京大学出版社1997年版，第418页。

现代思想启蒙;第二,进行"真正"的现代文学艺术探索;第三,进行"真正"的现代白话文运动。在这里之所以要加上"真正"二字,一是为了说明在"新文学革命"之前,这三个方面的变革都已经展开,一是为了凸显"新文学家"一贯善于自我正典化。这二者又是相互联系的,因为要自我正典化,所以必然要遮蔽以前开展的工作,要声明抛弃传统,这就导致当下学者不断去敲开那些被压抑的现代性。实际上,稍有历史观念的人都清楚,中国小说的"现代性"不是在五四时期一下子就产生的,它必然有一个孕育、发展、成熟的过程。鲁迅曾说:"新主义宣传者是放火人么,也须别人有精神的燃料,才会着火;是弹琴人么,别人的心上也须有弦索,才会出声;是发声器么,别人也必须是发声器,才会共鸣。"① 按照这个逻辑,"新文学"(包括"新文艺小说")能够在五四时期成为一场运动,并迅速挺进"文学场"的中心,绝不是简单移植西方先进思想就能做到的,它须有一个接受基础,这基础正是由梁启超、包天笑们准备的。

五四"新文学家"普遍接受的依然主要是进化论思想,由于他们很多人都沐浴过欧风美雨,对梁启超等引进中国的西方时间观念与民族国家观念有更切身的体会。他们主张彻底向西方文学学习,创造融启蒙与艺术于一体的"新文学",面向"现代"进行小说革新,这正是沿着清末"小说界革命"以来的中国小说现代转型之路继续拓展。五四"新文学革命"及"新文艺小说"的现代思想启蒙指向显然是承继清末"小说界革命"及"新小说"的"新民"思想而来。在五四"新文学革命"之初,"新文学家"曾基于此点而追认"梁任公实为创造新文学之一人"②。他们在小说中所用的启蒙

---

① 鲁迅:《随感录五十九"圣武"》,《鲁迅杂文选集》,北京:人民文学出版社1993年版,第16页。
② 钱玄同:《致陈独秀信》,《新青年》1917年第3卷第1号。

武器——民主、科学、人文主义等,清末"小说界革命"时期已经萌芽,民初"小说兴味化热潮"中有些还得到进一步发展(如人性解放与浪漫文学追求,但整体未脱封建礼教束缚)。不过,在现代启蒙指向上,应当承认是"新文学家"第一次完整清晰地将西方人文主义植入现代小说之中,精彩地完成了中国小说思想精神——"以人道主义为本"①、真实地表现人性("不是兽性的,也不是神性的")②——的现代转型。从此以后,人文主义成为现代小说的精神特质,就连直接继承民初"兴味派"的所谓"现代通俗小说家"也接受了这一转型,其上乘之作也总是歌颂人道主义、表现人性。在小说主题选择上,五四"新文艺小说"面对愈加深重的民族危机,愈发聚焦于清末以来"救亡强国""改造国民性"等迫切的时代课题上。在现代艺术探索方面,清末"小说界革命"阶段即已开始,并取得一些成绩,但整体较显贫弱,很多形式、技巧的变革都处在蹒跚学步的青涩期。而且,由于清末主流观念是将"小说"当成"新民"的工具,因此,小说虽然逐渐被推尊为中心文类,进入现代转型轨道,但其审美独立性并未被凸显出来。民初"兴味派"小说家的理论与实践凸显了小说文体的审美独立性,并且在借鉴西方小说形式技巧的基础上,对小说艺术进行了多元探索,这无疑为五四"新文艺小说"的产生培养了读者,准备了条件。五四"新文学家"则在这一基础上,以西方纯艺术理论为指南,紧跟世界小说潮流,进行新的艺术探索,这也确立了现代小说不断求新求变的道路。另外,五四"白话文运动"使小说语言也发生了彻底的现代转型,这是"新文学革命"的重要贡献。这个贡献的取得实际上也是建立在"新小说家"清末进行白话文运动、并大力提倡白话

---

① 周作人:《人的文学》,《新青年》1918年第5卷第6号。
② 周作人:《新文学的要求》,见赵家璧编《中国新文学大系:文学论争集》,上海:良友图书公司1935年版,第142页。

小说创作，以及"兴味派"小说家民初继续探索白话小说创作之路并获得相当成功的基础上的。不过，必须加以说明的是，"兴味派"继承"新小说家"探索出的是一条"中式白话"之路，而"新文学家"走的则是一条"欧式白话"之路。由于"新文学"在20世纪20年代中期后逐步确立了文学正典地位，"五四以后中国的文学家们所用的'现代汉语'就是建立在'翻译'的基础之上的了"①，这不能不说是一个遗憾。

当然，上述对中国小说现代转型前两部乐章的继承，五四"新文学家"是故意遮蔽的，因为这显然与其反传统的姿态不符。他们对传统小说的评价整体很低，甚至以"非人的文学"加以全盘否定②。这的确造成某些小说传统的断裂。幸好民初"兴味派"以其丰富的创作实践使中国小说传统得以现代转化，并培养了众多喜欢这种"现代小说"的读者。如此一来，虽然一直受"新文学"压抑，甚至被赶出"现代小说"家族，但其客观的存在，不仅保留了一些"新文学家"失掉的宝贵传统，而且或隐或显地对现当代小说产生了深刻的影响。最后，需要特别指出的是，从梁启超开始就非常注重小说与报刊、市场的结合，包天笑等将其推到新的现代化高度，但此点并未被"新文学家"很好地继承，甚至出现倒退。可见，小说在这些方面的现代转型倒是由"兴味派"完成的。

近年来，学界已普遍认识到清末"新小说"之于五四"新文艺小说"的前驱意义，并将"小说界革命"到"新文学革命"描述为中国小说现代转型之路，而民初"兴味派小说"却被纳入"近现代通俗小说史"进行论述，并继续被视为五四"新文艺小说"的对立面。对此，我们首先要认识到"通俗"乃是"新小说""兴味派小

---

① 何映宇：《顾彬：失望是因为爱》，《新民周刊》2008年第39期。
② 周作人：《人的文学》，《新青年》1918年第5卷第6号。

说""新文艺小说"共同的追求，小说文体正因其显著的通俗特性而被"新小说家"选为"新民"的工具、被"兴味派"看成"寓教于乐"的津梁、被"新文学家"用作"改造国民性"的利器。因而直认"兴味派小说"为"通俗小说"，不但不能揭示其本质特征，反而割裂它与"新小说""新文艺小说"的联系，人为制造雅俗对立。其次，我们应该认识到只把"革命"与"突变"作为关键词来解读中国小说的现代转型已远远不够，还需引入"改良"与"渐变"等新的关键词才能全面深刻真实地重构这一过程。从这两点认识出发，我作了以上平实之梳理，得出的结论是：中国小说的现代转型由清末"小说界革命"肇其始，民初"小说兴味化热潮"充其实，五四"新文艺小说潮流"收其功。经过这个复杂、艰难的转型过程，中国小说才真正步入现代。这是一部"三乐章交响曲"，若是整体来听，它的节奏的确似乎只有快节奏，这种快节奏正好对应着20世纪初急风骤雨般变幻莫测的时代气象；它的主旋律是群治新民、救亡图存、破旧立新、以西为师，甚至发展为全盘西化。然而，仔细倾听，它的节奏却是"快—慢—快"无疑，其中的"慢"节奏其实也正对应着它产生的时代氛围——民初上海社会"短暂平稳"、走向现代的"江南文人"主动疏离政治、传统道德的失落与民族国家"危机重重"、人需要快乐地活着，等等。作为整部乐曲的副旋律，它的内容是回归个体、主张兴味、赓续传统，也不断进行各种克服个体与民族危机的种种尝试。如果说，在民族危机深重的近现代，"兴味派"的出现在"新文学家"及其继承者眼里显得那样不合时宜，甚至需要彻底抹掉它曾经存在的事实，进而将它驱逐出文学史。那么，在当下中华民族文化全面复兴的时代，在当代"新文学传统"出现危机，"80、90后"甚至"00后"写作在经济权力推动下逐渐进入"文学场"中心的时代，在网络文学、类型文学、创意文学大行其道的时代，我认为，客观研究主倡"兴味"的民初上海小说界、重新审视"兴味派"这个在中国小说现代转型过程中作出过独特贡献的小说家群体，重现中国小说现代转型激变与渐变相接续的"三部曲"过程，不仅有明显的重写文学史的意义，也能为当下小说界提供一些借镜。

第二节　为当下小说发展繁荣提供多种启示

当下，我国"文学场"的主要特征是：随着综合国力上升，民族自信心增强，人们对古代传统文化越来越重视，如何"实现中华文化的创造性转化和创新性发展"[①] 成为新的时代命题；政治对文学的直接干预减少，以经济资本为主导的文学、文化市场已趋于成熟，同时也出现了一些过度市场化的现象；新媒体文学勃兴，尤其是网络文学、手机文学、超文本文学等迅速发展，文学与其他艺术门类的结合愈加紧密；"纯文学"批评出现话语危机，大众评论正在压倒或转化学院批评；城市化进程加速，读者对表现都市体验的作品需求显著增强，而当代都市文学创作显然还不能满足这一需求；改革开放后成长起来的老一辈作家依然活跃，"80、90后"甚至"00后"写作在经济权力推动下已逐渐进入"文学场"中心，后者体现出对前者的叛逆；等等。其中有不少"文学场"构件、现象、问题与民初上海"文学场"有相似性，这就使得借镜"兴味派"得失成为一种可能和需要。笔者认为，客观研究民初上海小说界可以给当代小说界提供以下多种有益启示。

第一，重视转化传统。民初"兴味派"使我国小说的现代转型

[①] 《习近平在文艺工作座谈会上的讲话（2014年10月15日）》，《人民日报》2015年10月15日。

与固有传统相接续。梁启超在清末"小说界革命"中将中国古代的小说彻底否定,认为"不出诲盗诲淫两端",是"中国腐败的总根源"①,后来的五四"新文学革命"也认为"抱传统的文艺观,想闭塞我们文艺界前进之路的,或想向后退去的,我们则认他们为'敌'"②。他们以西方的标准为标准,号召"真心的先去模仿别人","也便是提倡翻译及研究外国著作","随后自能从模仿中,蜕化出独创的文学来"③。民初"兴味派"小说家在及时吸取西方的一些审美观点、艺术技巧的同时,却将它的根深深地扎在中国传统的土壤里。他们打出"兴味"的旗帜,"不在存古而在辟新"④,是为了激活传统中包孕着现代性因子的、富有生命力的范畴,以便小说能够更充分、更有活力地向现代转型,力图创作出具有鲜明中华民族特色的现代小说。中国古代的小说原是在中国的文化背景中孕育、成长的,它在古代的神话、传说及后来的史传、说话等基础上形成了独特的民族风貌,在写人、叙事、语言等各个方面都有鲜明的东方特色。古代的很多经典小说为千百年来的读者所喜欢,其成就为世界所瞩目,如美国学者海托华(James R. Hightower)就曾以《红楼梦》《金瓶梅》为例,指出"中国小说在质的方面,凭着上述两部名著,是可以同欧洲小说并驾齐驱,争一日短长"⑤。民初"兴味派"小说家正是立足于如此独特宝贵的传统,借鉴西方文学之长,努力推动着中国小说进入新的境界。该派作品在正从传统走向现代的民初受到了广大读者的热烈欢迎,不断掀起声势浩大的小说热潮,比如《玉梨魂》《断鸿零雁记》《恨不相逢未嫁时》为代表

---

① 饮冰:《论小说与群治之关系》,《新小说》1902年第1卷第1号。
② 《本刊改革宣言》,《文学(周刊)》1923年第81期。
③ 周作人:《日本近三十年小说之发达》,《新青年》1918年第5卷第1号。
④ 冥飞、海鸣等:《古今小说评林》,上海:民权出版部1919年版,第144页。
⑤ 转引自王丽娜:《中国古典小说戏曲名著在国外》,上海:学林出版社1988年版,第130页。

的言情小说潮,《广陵潮》《人间地狱》《茶寮小史》《歇浦潮》《在夹层里》为代表的社会小说潮,《清史通俗演义》《新华春梦记》《十叶野闻》为代表的历史小说潮。以言情小说潮为例,"兴味派"脉承我国古代抒情传统,在唐人爱情传奇、明末清初才子佳人小说、《红楼梦》《花月痕》等基础上融合一些西方观念、技巧,甚至镶嵌一些西方作品、名物,创生出一批为读者追捧的名著。《玉梨魂》《断鸿零雁记》就在传统文学特有的哀婉凄迷情调中巧妙地融入了莎翁、拜伦诗笔的欧洲浪漫,让正徘徊于新旧中西之间的读者在寻味、解味中消解难以名状的时代苦闷。创作《恨不相逢未嫁时》的周瘦鹃既痴迷《红楼梦》等古代言情经典,也深谙欧西爱情名篇。他所作的大量"哀情小说"既有中式的辞采华茂、纸短情长,又有西式的结构技巧、心理刻画,这激发了读者的浓厚兴味。即使在五四以后,上述名作仍拥有不少读者,有的还被改编成话剧、电影、戏曲等继续传播,对现代言情小说创作产生了深远影响。由于五四"新文学家"要走以西化反传统之路,自然无视"兴味派"转化传统取得的成功。不过,历史已经证明,民初"兴味派"的探索与实践,为中国小说在现代转型过程中避免与阻挡"全盘西化"起到过十分重要的作用。这启示我们只有立足自身文学传统进行转化创新才能产生真正属于本国的新文学。正如《习近平在文艺工作座谈会上的讲话》所强调的"文艺创作不仅要有当代生活的底蕴,而且要有文化传统的血脉。'求木之长者,必固其根本;欲流之远者,必浚其泉源'",要"'以古人之规矩,开自己之生面'"[①]。因此,当代小说界一定要继续打破"以西律中"的迷思,积极转化固有文学传统,这样才能创作出更多富蕴中国兴味的当代小说精品。

[①] 《习近平在文艺工作座谈会上的讲话(2014年10月15日)》,《人民日报》2015年10月15日。

第二,坚守艺术本位。"兴味派"在民初崛起得益于对小说艺术特性的强调,表面上他们重回小说兴味娱情的传统轨道,深层里是在传统基础上向现代审美兴味掘进。"兴味派"看到清末"新小说"因过分政治化而失去"小说味",从而被读者厌弃,他们深以为弊,便以文学性、趣味性为著译宗旨,其"兴味化小说"强烈吸引了各阶层的广大读者。对于后起的"新文学家"将小说作为思想启蒙的工具,他们亦不能赞同,而是始终追求小说的娱情化、艺术性。例如,包天笑声明《小说大观》的选稿标准是"无论文言俗语,一以兴味为主。凡枯燥无味及冗长拖沓者皆不采"①,很显然就是看作品能不能引起阅读者的美感和趣味。徐枕亚的"《玉梨魂》体"、苏曼殊的"断鸿零雁体"几乎是把小说当诗赋来写的,唯美深情、意味隽永。李涵秋的《广陵潮》、程瞻庐的《茶寮小史》则充分发挥了平话增人趣味的特长,又融入了江南文人别致的审美情趣。就短篇小说而言,无论是"笑匠"徐卓呆,还是"哭匠"周瘦鹃,都积极采西方之石以攻东方之玉,创作了不少富有现代性的美趣佳作。可以说,中国小说最终能挣脱政治、思想的捆绑,在中西融合的道路上获得审美独立性,"兴味派"的观念倡导与创作实践起过十分关键的作用。同时,在以经济资本为中心权力的上海"文学场"上,面对强大的市场制约,"兴味派"努力保持"艺术法则"与"市场法则"的平衡,用"娱世"化解"传世"与"觉世"的焦虑,在不断调适中适应着现代文化市场。例如叶小凤、恽铁樵既视小说为美的、永久的艺术,又注重满足读者的阅读需要,其富有兴味的作品不仅为他们赢得了小说名家的地位,也赢得了市场,至今仍不失其特有的艺术价值。坚守艺术本位,不断调适与市场的关系,这是当代小说家应向民初"兴味派"学习的品质。近现代以

---

① 《〈小说大观〉例言》,《小说大观》1915年第1集。

来，小说的繁荣已离不开市场，但误读文艺与市场的关系，一味追求经济利益则必然导致作品沦为市场的奴隶。进入1920年代，一些"兴味派"作家就曾深陷市场泥淖而无法自拔，这应该引以为戒。当今小说界唯利是图的现象已相当严重，我们应该从正反两方面看待"兴味派"处理市场问题的成败得失，在发挥市场机制自由竞争、调节供需等长处的同时，避免过度市场化。

第三，强调服务读者。民初"兴味派"明确宣示以服务读者为本位，重视满足读者的多元阅读兴味。他们的小说创作追求雅俗共赏，面向以城市居民为主体的各阶层读者，描写他们的生活、情感、苦乐和梦想，让他们在阅读小说中消解变幻莫测之都市生活所带来的紧张和重压。民初"兴味派"的作品不仅有精神按摩的功能，还有进行现代生活启蒙的作用，为当时的广大读者所喜闻乐见。这些报人小说家还积极利用手中掌握的报刊媒介与读者展开互动，在热烈交流中掌握各阶层读者的精神需要，同时也培养和引导读者的阅读品味。当下，随着我国文化市场的主体地位越来越突出，出现了一些由经济资本主导一切的现象，这就导致广大读者的主体地位被淡化，当代小说界服务读者的意识明显减弱。这一状况与1920年代上海小说界过度市场化有些相似之处，为避免重蹈覆辙，我们不仅要正确运用"市场"这把"双刃剑"，还应真正意识到广大读者才是小说商品的最终消费者、小说精品的最终评判者。因此，当代小说界要充分明确服务最广大读者的意识，创作出更加丰富的作品以满足各阶层读者更趋复杂多元的阅读兴味。

第四，加强媒介建设。民初"兴味派"大多是活跃在上海新闻出版界的报人，他们最早主持和参与了报刊这一新兴媒介的建设，大力促进了近现代报载小说这一新样式的发展与繁荣。这是他们不断求新求变意识的突出表现。在报人尚被主流社会轻视（甚至贱视）的晚清，已有一些"兴味派"文人投身上海报界，成为报刊编创的主力军;在报业繁荣的民初,他们以之为小说的首发载体掀起了主倡"兴味"的热潮。报刊作为大众传媒天然地要求吸引读者,主倡"兴味"就是明确宣示读者至上。为了更好地助读者"兴味",他们着力加强媒介建设,使民初小说报刊蔚为大观、争奇斗艳。如,包天笑从报刊的编辑宗旨到封面插图再到版式字体等,都力求完美,推出了当时影响甚大的《小说时报》《小说大观》《小说画报》《星期》等一系列名刊,以之为园地培养了一大批小说名家,引领了民初小说界的"兴味化"主潮。周瘦鹃就是包氏《时报》系扶植起来的当红小说家,很快写而优则编,加入媒介建设中来,主持和编辑了《礼拜六》《申报·自由谈》《半月》《紫兰花片》《游戏世界》等赢得读者广泛赞誉的报刊。其他诸如王蕴章、恽铁樵、徐枕亚、李定夷、严独鹤等名小说家也都热心于报刊编创,他们主编的《小说月报》《小说丛报》《小说新报》《新闻报·快活林》等都曾风靡一时。由以上可见,民初"兴味派"在报刊编辑上的努力和成功,实实在在地推动了小说载体的现代转型。另外,他们与时俱进,还积极与其他新媒介——广播、电影等结缘,扩大其作品的传播范围,在文艺媒介建设上一直引领潮流。当代作家恰逢新的媒介革命,"以计算机网络为代表的数字媒介,用不可抗拒的技术力量引发了当代中国文学的转型,又约束和限定了这一转型的内涵,为汉语文学的历史演变扮演了'消解'和'启蒙'的双重角色"①。面对凭借数字媒介而起的当下文学转型,它的技术理性、民间立场、自由写作、自娱娱人、"词思维"方式、视觉文化特征、海量及类型化生产等②,当代文学界一度出现误判和错置,或秉持一元文学观生

---

① 欧阳友权:《数字媒介与中国文学的转型》,《中国社会科学》2007年第1期。
② 这些特点参见欧阳友权教授《数字媒介与中国文学的转型》(《中国社会科学》2007年第1期)、《新媒体文学:现状、问题与动向》(《湘潭大学学报》[哲学社会科学版]2012年第6期),赵勇教授《媒介文化语境中的文学阅读》(《中国社会科学》2008年第5期)等论文。

硬拒斥，或人为制造二元对立，或勉强用已有文学标准加以例律，或完全将其视作市场化的产物。由我国数字媒介文学发展的现状、问题和动向来看，笔者认为当代作家应具有民初"兴味派"那样的求新求变意识，积极适应文学媒介的最新变化，进一步加强新媒介建设；在运用新媒介时应积极转化传统，坚守艺术本位，服务读者大众。同时一定要记取1920年代"新""旧"文学之争中出现的一元文学观和过度市场化给文学健康发展带来的巨大危害。

除此之外，民初"兴味派"小说家开展都市文学写作，进行多元文体试验，增加传统感性批评等经验也值得当下小说界借鉴。随着我国城市化进程加速，市民读者空前增多，描写都市体验的小说被大量需求，而创作都市小说正是当代小说家的弱项。陈晓明教授十年前曾指出"文学如何面对城市，是近十年来我们面对的巨大困惑"[1]，如今，这个困惑依然还在。笔者认为向民初"兴味派"取经，不失为写好都市小说的一种可行策略。民初"兴味派"小说家的创作趣味非常多元，他们广泛借鉴各种文学资源用于小说的多元文体试验，有力地推动了中国小说诸文体的现代转型。当代小说家应该借鉴这一经验，敢于打破成规，以不断趋新的开放心态，在广泛汲取各种文学营养的基础上，创作出属于当今时代的新小说。另外，在进行小说批评时，民初"兴味派"常常使用赓续传统的评点、小说话，把自己的阅读体验活泼泼地传达给别人。当代小说批评若能适当引入这类感性批评话语，减少理论腔，也许会使批评更有效、更有趣。

当然，民初"兴味派"在发展过程中的一些缺失，当代小说家也应该引以为鉴。譬如，"兴味派"小说家在思想与艺术上愈来愈缺乏先锋性，这就导致他们的作品缺少强大的思想力量，艺术上也

---

[1] 引自陈竞：《面对城市化进程，文学如何应对？》，《文学报》2010年4月1日。

没能及时走到时代的最前沿；他们普遍对文艺理论缺少关注，对理论建设不够重视，不能及时省察自己在创作上的得失，不能及时借鉴最新文艺理论用于创作，也未形成自己的理论队伍，以便对小说创作、文学论争提供有力支持；他们由于经济地位的改变或寻求改变经济地位，后期陷入过度市场化的泥淖不能自拔，形成作品的模式化，这既是一种精力浪费，又容易引人诟病，等等。上述这些弊端，今天的小说家都可能会重蹈覆辙，尤其应该引起注意。总之，只要当代小说家能够抓住时代契机，广泛学习，用心创作，一定会让当代小说顺利完成转型、走向繁荣。

综上可见，客观研究主倡"兴味"的民初上海小说界，还原民初"兴味派"的历史本相，对这批小说家重新进行历史定位和公正评价有着重要的学术价值和现实意义。当笔者即将结束整个论述，来回顾阐发这番解蔽、还原、发掘工作的意义时，仿佛看到了蒙尘于百年历史中的包天笑、叶小凤、周瘦鹃们露出了会心的微笑。

附录
释"兴味"*

    中国文论中有一个长期被冷落的诗学范畴"兴味"。它被冷落的原因非常复杂,其荦荦大端则有三个。一是五四"新文化运动"在思想文化层面将现代与传统割裂,使得这一凝聚传统美学思想精华的独特术语渐失文学话语权力,直至变成一个意义单薄的日常用语。二是传统文人在使用"兴味"一词时具有诗学范畴生活化的倾向,甚至直接将其用作生活语言,这就为它失掉诗学功能而成为单纯的日常用语预伏下危机。三是由于它建基于中国诗学强大的"兴"论、"味"论的基础之上,虽兼容二者的诗学意蕴并呈现出近代化的色彩,但在诗文为中心的传统诗学实践中它自然被早已奉为圭臬的"兴"论、"味"论遮蔽而始终处于亚范畴的地位。既然如此落寞,为何又重新提起呢?为的是建构我国今日的本土化、自主性文论话语。我们民族特有的诗性智慧与审美体验方式集中在"兴"论与"味"论之中,兴味蕴藉乃是我国传统文学的突出特征。

---

* 本文发表于《文艺理论研究》2018年第3期。

"兴味"作为诗学范畴不仅可以传载这些民族特性,其独有的吸附性和开放性在打破文体限制、融合古今中外方面也具有天然的优势,因此,应该给予它特别的关注。

一、建基于"兴"论与"味"论之上

"兴味"是一个由"兴"和"味"复合而成的词语,作为诗学范畴,它建基于我国诗学的"兴"论与"味"论这一对元范畴理论之上。

据学者们考证,"兴"的甲骨文为🦌,呈四手合托一物之象,由此所得之本义无论是群众举物时所发出的声音,还是初民合群举物而舞踊,都表明"兴"最基本的含义是托起。《尔雅·释言》训"兴"为"起也",这是很准确的。陈世骧据此断定"兴"是古代歌舞乐即"诗"的原始,并指出"兴"的因素演化出中国诗学理论的基础[①]。这便再次确认了"兴"作为中国诗学元范畴的地位。虽然后世有关"兴"的解说纷繁且含混,但其"起"之本义与诗学元范畴的地位仍可指引我们探明它向"兴味"演进的大致路径。

孔子提出的"兴于诗""诗可以兴"都是在"起"的本意上用"兴",强调诗是儒家人格养成的起点、发端,而诗的重要功能是起情、动心。《礼记·乐记》《毛诗序》和孔安国、郑玄的《毛诗》注疏等则循此思路探讨诗(乐)缘何有引发人之思想感情的功能,给出了感物兴发的答案,并将"兴"确认为一种艺术表现手法和体式。六朝文论家在此基础上将作为创作发生与审美接受独特生成机制的"兴"阐释地更加清楚。对于创作发生之感物兴发,陆机《文赋》中有"伫中区以玄览,颐情志于典坟。遵四时以叹逝,瞻万物

[①] [美]陈世骧:《原兴:兼论中国文学特质》,《中国文学的抒情传统》,北京:生活·读书·新知三联书店 2015 年版,第 115—118 页。

而思纷"①；刘勰说"人禀七情，应物斯感，感物吟志，莫非自然"②，"起情，故兴体以立"③；锺嵘指出"气之动物，物之感人，故摇荡性情，形诸舞咏"④；挚虞所谓"兴者，有感之辞也"⑤。从审美接受上看，锺嵘认为因外物感荡心灵而用来展其义、骋其情的诗自然可以群，可以怨，可以"使穷贱易安，幽居靡闷"⑥，而这种审美功能的核心因素就是"兴"，所谓"文已尽而意有余"⑦。同时，他又用"滋味"来描述类似的审美感受，并用"味"的多寡来评定诗的优劣。结合其批评玄言诗"理过其辞，淡乎寡味"⑧来看，寡味就是没有余意，有滋味就是可以兴，可以起情动心、展开联想，使人品味不尽。再联系到他将《诗经》"六义"说中的"赋、比、兴"改造为"诗有三义"说的"兴、比、赋"，对"兴"如此重视正说明其所谓"滋味"实乃感兴之味，指感物动情形诸诗篇而产生的含蓄蕴藉之美。这便连通了"兴"与"味"这两个中国诗学的元范畴。

"味"作为中国诗学的元范畴来源于我国先民的生活实践，各种食物给人的味觉感受显然成为古典"味"论的美学基础。东汉许慎《说文解字》解释"美"说："美，甘也。从羊从大。羊在六畜，

---

① （晋）陆机：《文赋》，《文选》（六臣注）卷十七，《四部丛刊》影宋本。
② （梁）刘勰：《文心雕龙·明诗第六》，黄霖：《文心雕龙汇评》，上海：上海古籍出版社2005年版，第27页。
③ （梁）刘勰：《文心雕龙·比兴第三十六》，黄霖：《文心雕龙汇评》，上海：上海古籍出版社2005年版，第121页。
④ （梁）锺嵘：《诗品序》，周振甫译注：《诗品译注》，北京：中华书局1998年版，第15页。
⑤ （晋）挚虞：《文章流别论》，郑在瀛：《六朝文论讲疏》，武汉：华中理工大学出版社1989年版，第64页。
⑥ （梁）锺嵘：《诗品序》，周振甫译注：《诗品译注》，北京：中华书局1998年版，第21页。
⑦ 同上书，第19页。
⑧ 同上书，第17页。

主给膳也"①,这便在字源学上确证了中国文化"以味为美"的特征。

早在先秦时,就出现了以"味"论"乐"的"声亦如味"、"遗音遗味"诸说。六朝时,"味"论正式进入文学批评领域。如,夏侯湛《张平子碑》曰:"若夫巡狩诰颂,所以敷陈主德,《二京》《南都》,所以赞美畿辇者,与《雅》《颂》争流,英英乎其有味欤!"② 他指出张衡的《二京》《南都》等大赋之所以能够与《雅》《颂》争流,其原因是"英英乎其有味",也就是富有美感。陆机提出诗文应具"大羹之遗味"③,则着重强调余味所产生的审美体验。刘勰在《文心雕龙》中多处用"味"衡文,提出了"味""讽味""余味""遗味""义味""辞味""精味"等一系列诗学术语,其核心在于强调文学作品应具"深文隐蔚,余味曲包"④ "物色尽而情有余"⑤ 的美感。他认为这样的美感"使玩之者无穷,味之者不厌"⑥。锺嵘则是六朝以"味"论诗的集大成者,他不仅用"味"指称诗的美感,还将"味"论与"兴"论连通起来,已如前述。这样一来,其"滋味"说便实现了诗学突破。首先是揭示出"兴"具有运思方式、表现手法及美感效果三位一体的特征。其次,更充分地阐明了我国诗歌从创作到鉴赏以"兴"为跳板来连接物我、情景、诗人与读者的民族特性。第三,明确将诗味的多寡规定为品第诗歌优劣的标准,使得辨味论诗成了中国诗学的重要传统。

六朝以后,以"兴"或"味"论诗蔚为大观。由其演化出的

---

① (汉)许慎:《说文解字》,北京:中华书局1963年版,第78页。
② (清)严可均:《全晋文》卷六十九,北京:商务印书馆1999年版。
③ (晋)陆机:《文赋》,《文选》(六臣注)卷十七,《四部丛刊》影宋本。
④ (梁)刘勰:《文心雕龙·隐秀第四十》,黄霖:《文心雕龙汇评》,上海:上海古籍出版社2005年版,第134页。
⑤ 同上书,第151页。
⑥ 同上书,第132页。

"兴象""兴趣"论,"辨味言诗""味外之味""味外之旨""至味""真味""趣味"诸说都传承了先秦以来"兴"论与"味"论的民族审美基因,大大充实了富有中国特性的"兴""味"诗学批评的理论宝库。不过,统观以上论说,均不若拈出"兴味"一词最为直截,最能体现中国特有的诗性智慧与审美体验方式。

二、诗学意蕴及其日常生活化特性

上文已指出"兴""味"联言始于锺嵘的"滋味"说,他对这种基于感兴诗性思维而生成的含蓄蕴藉、意在言外之美感的阐发呼唤着"兴味"范畴的产生。实际上,通过对"兴味"用例的系统考察,我们发现其基本诗学内涵正是由"滋味"说化出。另外,由于它出现得晚,一路上又不断吸附与"兴""味"有关的其他同源诗学范畴的内蕴。因此,形成了"兴味"既丰富开放又含混多义的诗学意蕴。

据现存文献来看,作为诗学话语的"兴味"较早出现在北宋楼钥《夜读王承家县丞诗编》一诗中,其颔联是"炼句工深兴味长,固知家学富青箱"[①]。这显然承传"滋味"说而来,其尾联中"一脔能尝鼎"正是对"味"论诗学传统的注脚,而"锦囊"典说的是李贺通过游览觅诗成诗并藏于锦囊,这种基于感兴的构思方式形成了其歌诗让人玩味不尽的美感。统览全诗,楼钥是在审美接受层面上用"兴味"的,意思是说他这位朋友的诗像李贺歌诗那样具有起情动心、含蓄蕴藉、意味绵长的妙处。实际上,后来不少文论家也是在这一诗学意蕴上使用"兴味"来评诗论文的。例如,元代,刘壎《水云村稿》评九皋和苍山的诗说"皋之诗少于山,而工过之;其清峻不尘大略相似,而风骨劲峭、兴味沉郁,则龙翁铁笛似胜湘

---

① (宋)楼钥:《攻媿集》卷十一,清《武英殿聚珍版丛书》本。

灵鼓瑟"①。在这里,"兴味"的内涵正是言尽意远、滋味醇厚之美感,且与重要的诗学范畴"风骨"并提。赵景良也用"兴味"来品鉴鲍輗的诗蕴藉有味,说他"《重到钱塘》五诗,兴味悠长,允为绝唱"②。明代,锺惺用"兴味"去评陈子昂、张九龄、阮籍等人的诗说:"予尝谓陈子昂、张九龄《感遇诗》格韵兴味有远出《咏怀》上者,此语不可告千古聩人。"③ 这是看到了陈、张诗歌格高韵远,深蕴滋味的特点,较之阮籍《咏怀诗》那种"百代之下难以情测"的乏味晦涩诗风,自然得出陈、张远高于阮的结论。陆时雍在《唐诗镜》中也多处用到"兴味",其意蕴正是有滋味。可见,在明人眼里,唐诗是最富有"兴味"的。他们所用的"兴味"与唐人论诗美所用的"兴象""境""味外之味""味外之旨"等的内涵基本一致,体现出"兴味"对已有同源诗学范畴的吸附,也与推崇盛唐诗的严羽所谓"兴趣"异名而同质。

　　清代文论家在使用"兴味"范畴上承前启后,多所开拓。曹寅所编《全唐诗》论赵嘏诗云:"嘏为诗赡美,多兴味。杜牧尝爱其'长笛一声人倚楼'之句,吟叹不已。人因目为赵倚楼。"④ 很显然,其对笛声的强调意在吸纳"韵外之致"的意蕴,凸显一种有余不尽的声韵美感。宋长白《柳亭诗话》有云:"范致能诗:'一川新涨熨秋光,挂起蓬窗受晚凉。杨柳无穷蝉不断,好风将梦过横塘。'殊有兴味。"⑤ 此处"兴味"即"情景交融"所产生的诗歌"意境"。陈衍在《石遗室文集》中提出"所谓有别才者,吐属稳、兴味足耳"⑥,这里的"兴味足"当然指的还是诗美方面滋味悠长,

---

① (元)刘壎:《水云村稿》卷七,文渊阁《四库全书》本。
② (元)赵景良:《忠义集》卷六,文渊阁《四库全书》本。
③ (明)锺惺:《古诗归》卷七,明闵振业三色本。
④ (清)曹寅:《全唐诗》卷五百四十九,文渊阁《四库全书》本。
⑤ (清)宋长白:《柳亭诗话》卷二十七,清康熙天茁园刻本。
⑥ (清)陈衍:《石遗室文集》卷九,清刻本。

但他同时要求的"吐属稳"则指思想方面充实有物,这是对严羽所论诗有别才非关才学、单一追求"兴趣"的批评。这样一来,"兴味"的诗学意蕴便明确含有了宋诗崇尚的"理趣"层面。

综观古人用例,作为诗学范畴的"兴味"主要是指诗歌具有一种含蓄蕴藉、富有情趣,意在言外、能引发读者极高兴致,能让读者回味无穷的美感。它是感物兴发诗性思维在文本中的呈现,讲究"直寻""兴会""情景交融""有感而发",强调像品尝美味那样欣赏诗歌中的感兴之味——咸酸之外的、直觉又超越的审美体验。在具体的诗学批评实践中,虽然古人偏于在审美接受一端使用"兴味",实际上从锺嵘的"滋味"说连通"兴"论、"味"论开始,"兴味"范畴便同时指向了创作发生的一端。古代大量关于"兴""感兴""兴体"的理论探索多可看作对"兴味"指向创作发生一端的阐发。譬如明代章潢曾说"《葛覃》首章本是直陈其事,而中涵许多兴味,便是兴之意义"①,这就确证了有一条由"兴"解释"兴味"的路径。再联系那些被"兴味"吸附内蕴的诗学范畴,我们便会发现"兴味"体现的是"兴"与"味"因果一体的关系:有"感兴""兴会",才能"情不可遏"而产生创作冲动和灵感。由此创作出来的诗歌自然能让读者起情动心,动了情的读者必然会进一步去涵泳作品中的寓意和美感——味(味外味)。可见,作为诗学范畴的"兴味"最能凸显中国诗学创作论和鉴赏论互通互见、合二为一的特点。

另外,通过对古人使用"兴味"一词具体情况的系统考察,我发现"兴味"是中国诗学由原始生命诗学到日常生活诗学转型的标志性话语。换句话说,它连通了古代文人的诗性思维与生活实态。

作为日常用语的"兴味"较早出现在唐代白居易的《白氏长庆

---

① (明)章潢:《图书编》卷十一,文渊阁《四库全书》本。

集》中，其有诗云"宿醒无兴味，先是肺神知"① "问我逸如何？闲居多兴味"②。前者指诗人醉酒后凡事都提不起兴致、打不起兴趣，后者是说他的闲居生活充满趣味。白居易从诗为心声，所谓"劳者不觉歌，歌其劳苦事。逸者不觉歌，歌其逸乐意"③ 的观念出发在其"闲适诗"中使用的"兴味"，实际含有感兴之味的诗学意蕴，他把感物兴发之"兴"与味觉体验之"味"凝合成一词做了他闲适生活体验的表征，其基本含义就是兴致、兴趣或趣味。此后，"兴味"普遍地用于文人的生活之中。游览、观赏用"兴味"，如南唐李中诗云"门前烟水似潇湘，放旷优游兴味长"④；南宋蔡梦弼笺注杜甫《入衡州》有句云"'谢安乘兴长'，言为政之暇，不妨登山之兴味也"⑤；元人李祁吟出"窗前不种寻常树，只有梅花兴味长"⑥。饮酒、品茗用"兴味"，如北宋张耒诗云"笑谈嘉节宾朋集，樽酒清欢兴味长"⑦；南宋刘辰翁曾说"无花无酒，方叹兴味之萧然"⑧；元代方回《瀛奎律髓》记载："茶之兴味自唐陆羽始，今天下无贵贱，不可一饷不啜茶。"⑨ 作诗、读书用"兴味"，如北宋欧阳修诗云"诗篇自觉随年老，酒力犹能助气豪。兴味不衰惟此尔，其余万事一牛毛"⑩；南宋陆九渊则认为"读书切戒在荒忙，涵泳工夫兴味长"⑪。参禅、悟道用"兴味"，如北宋晁说之

---

① （唐）白居易：《白氏长庆集》卷六十五，《四部丛刊》景日本翻宋大字本。
② （唐）白居易：《白氏长庆集》卷六十九，《四部丛刊》景日本翻宋大字本。
③ 同上。
④ （南唐）李中：《碧云集》卷上，清黄丕烈士礼居影宋钞本。
⑤ （唐）杜甫：《杜工部草堂诗笺》卷三十九，宋蔡梦弼笺注，《古逸丛书》覆宋麻沙本。
⑥ （元）李祁：《与地理叶梅窗》，《云阳集》卷二，文渊阁《四库全书》本。
⑦ （宋）张耒：《张耒集》上册，北京：中华书局1990年版，第398页。
⑧ （宋）刘辰翁：《答赴启》，《须溪集》卷七，文渊阁《四库全书》本。
⑨ （元）方回：《瀛奎律髓》卷十八，文渊阁《四库全书》本。
⑩ （宋）欧阳修：《斋宫尚有残雪思作学士时摄事于此尝有闻莺诗寄原父因而有感四首》其四，《欧阳文忠公集·居士集》卷十三，四部丛刊影元本。
⑪ （宋）陆九渊：《象山集》卷三十四，《四部丛刊》影明嘉靖本。

附录 释"兴味"

《晁氏客语》载杜牧诗"山僧都不知名姓，始觉空门兴味长"[1]；明代顾元镜诗曰"自从胜境一参禅，兴味飘然尽异前"[2]；清代唐英诗有"兴味阴晴外，形神陶冶中"[3]。归隐、闲居用"兴味"，如欧阳修所谓"无穷兴味闲中得，强半光阴醉里销"[4]；南宋李光《秋日题池南壁间》云"尽日抄书北窗下，有时闲步小桥东。谁知万水千山外，亦与乡居兴味同"[5]；明代倪谦期待与友人"兴味自相赏，共结泉石盟"[6]。就连表达世情好恶、情爱思念、兴致高低等日常化情感、情绪也时常用到"兴味"，如北宋王禹偁《和吏部薛员外见寄》云"西垣兴味更谙尽，一片乌纱满马尘"[7]，明代李东阳诗云"郎曹兴味清如此，绝胜春风谏议茶"[8]，传示出他们对仕途的兴趣和体味；再如北宋方千里《还京乐》云"向笙歌底。问何人、能道平生，聚合欢娱，离别兴味"[9]，元代耶律楚材有句"思君兴味如梅渴"[10]，明代郭勋《醉花阴·悬望重会》写道"情色又浓、兴味又知。似鸳鸯对对来往疾"[11]，描述的是一种或离别或相思或热恋的滋味；又如明代毛晋《绣襦记》中有"叹囊空，兴味萧然"[12]，清代宝鋆有诗云"青山一发走西南，满眼韶华兴味酣"[13]，指的都是因外部处境影响而导致的情绪上兴致的高低了。

---

① （宋）晁说之：《晁氏客语》，宋百川学海本。
② （明）顾元镜：《九华志》卷六，明崇祯二年刻本。
③ （清）唐英：《陶人心语》卷二，清乾隆唐寅保刻本。
④ （宋）欧阳修：《欧阳文忠公集》卷十三，《四部丛刊》影元本。
⑤ （宋）李光：《庄简集》卷五，文渊阁《四库全书》本。
⑥ （明）倪谦：《倪文僖集》卷三，清武林往哲遗著本。
⑦ （宋）王禹偁：《小畜集》第十一，《四部丛刊》影宋本配吕无党钞本。
⑧ （明）李东阳：《怀麓堂集》卷十三，文渊阁《四库全书》本。
⑨ （宋）方千里：《和清真词》，明刻宋名家词本。
⑩ （元）耶律楚材：《湛然居士集》卷四，《四部丛刊》影元钞本。
⑪ （明）郭勋：《雍熙乐府》卷一，《四部丛刊》续编影明嘉靖刻本。
⑫ （明）毛晋：《六十种曲》，明末毛氏汲古阁刻本。
⑬ （清）宝鋆：《文靖公遗集》卷二，光绪三十四年羊城刻本。

以上是就传统文人生活的主要方面各举数例以证"兴味"使用的普遍性，其基本含义是兴致、兴趣或趣味。不难发现，作为日常用语的"兴味"总是更多地出现在文人的诗化生活中，或者成为世情好恶、情爱思念等日常化情感的表征。细究起来，其语意往往有两个指向：一是文人主观上对某事某物的兴趣及由它们引起的回味或曰审美感受；一是事物客观上能引起人的兴趣和回味的美学属性，即含蕴其中的某种滋味、趣味、意味、况味、体味、旨趣等。它与作为诗学范畴讲求含蓄蕴藉、言尽意远、滋味无穷的"兴味"是意蕴相连的。可以说，它们虽用于不同的表征领域，但其同源性使二者都烙上了中国传统诗性文化的印记，"兴味"兼用于诗学和生活也恰可证明中国诗学具有显著的日常生活化特性。

至近代，"兴味"一词继续用于诗学与生活，甚至常用来评论被视为"文学之最上乘"[①]的小说。然而，随着中国社会及文化日趋西化，特别是由于受到五四新文化运动"全盘西化"的冲击，"兴味"赖以生存的传统文化土壤被剥蚀殆尽。这便导致"兴味"在当代几乎完全丧失了诗学批评的功能。即使作为日常用语，当代人除了偶尔用到"饶有兴味""兴味盎然""兴味索然"等成语，"兴味"也差不多完全被"趣味""兴趣"所取代。

三、兼具吸附性与开放性的话语优势

在对"兴味"这一诗学范畴做上述还原阐释的过程中，我发现它还兼具吸附性与开放性的话语优势，可激活转化为建构中国当代文论的重要本土话语。

先说其吸附性。作为建基于"兴"论与"味"论的诗学范畴，"兴味"不仅自然吸附历代文论家对"兴""味"理论批评的最新阐发，也不断吸附那些同源诗学范畴的内蕴，上文已略作探讨。下面

---

① 饮冰：《论小说与群治之关系》，《新小说》1902年第1卷第1期。

重点分析它与"趣"和"趣味"的关系,以观其强大的吸附能力。

在上面寻绎"兴味"的诗学意蕴与日常含义时,我发现"兴味"与"趣味"、"趣"是可以互释的,今日通行的《现代汉语词典》也释"趣"为"趣味,兴味"。系统考察"趣"的古人用例后,我们判定"趣"作为诗学范畴实与"兴味"相通。在古代文论批评中,有以趣鉴诗者,唐代殷璠评储光羲诗"格高调逸,趣远情深"①;有以趣品词者,清代谢章铤指出"词宜雅矣,而尤贵得趣"②;有以"趣"评文者,明代锺惺强调:"夫文之于趣,无之而无之者也。譬之人,趣其所以生也,趣死则死"③;有以趣论曲者,清代黄周星认为:"制曲之诀,虽尽于'雅俗共赏'四字,仍可以一字括之,曰:'趣'"④;有以趣评小说者,明代叶昼评点《水浒传》强调:"天下文章当以趣为第一"⑤。这么多人用"趣"来评论文学,其诗学意蕴是什么呢?袁宏道说得好:"世人所难得者唯趣。趣如山上之色、水中之味、花中之光、女中之态,虽善说者不能下一语,唯会心者知之。"⑥ 这里他用譬喻来解释"趣",其喻体"山上之色、水中之味、花中之光、女中之态"与严羽解释"兴趣"时所用的"空中之音、象中之色、水中之月、镜中之象"⑦何其相似。可见,袁氏对"趣"的理解源出于严羽所谓的"兴趣"。严羽

---

① (明)胡震亨:《唐音癸签》,上海:上海古籍出版社1981年版,第46页。
② (清)谢章铤:《赌棋山庄词话》,见张璋等:《历代词话》(下),郑州:大象出版社2002年版,第1619页。
③ (明)锺惺:《东坡文选序》,张国光点校:《隐秀轩文》,长沙:岳麓书社1988年版,第77页。
④ (清)黄周星:《制曲枝语》,《中国古典戏曲论著集成》卷七,北京:中国戏剧出版社1959年版。
⑤ 叶昼托名李贽语,《容与堂本李卓吾先生批评忠义水浒传回评(选录)》,黄霖、韩同文:《中国历代小说论著选》上,南昌:江西人民出版社2000年版,第197页。
⑥ (明)袁宏道:《叙陈正甫会心集》,熊礼汇选注:《袁中郎小品》,北京:文化艺术出版社1996年版,第241页。
⑦ (宋)严羽:《沧浪诗话·诗辩》,北京:中华书局1985年版,第7页。

在《沧浪诗话·诗辨》中说:"盛唐诗人惟在兴趣,羚羊挂角,无迹可求"①,由其评价对象"盛唐诗人"的规定性来看,"兴趣"是指盛唐诗歌可引发读者"兴致",让其"一唱三叹",具有"言有尽而意无穷"的美感②,实即感兴之味,其诗学意蕴正与"兴味"一致。由此推论,在古人眼里,"趣"("趣味")即"兴味",指的就是由感兴而产生的含蓄蕴藉、言尽意远、滋味无穷的美感。另外,需要特别指出的是,"趣"与"味"在审美领域发展到后来便融为一体了,都用来表征与"兴味"一样的诗学内涵。如谢榛《四溟诗话》云:"贯休曰:'庭花蒙蒙水泠泠,小儿啼索树上莺。'景实而无趣。太白曰:'燕山雪花大如席,片片吹落轩辕台。'景虚而有味。"③ 这里"趣"即"味"、"味"即"趣",二者是一种互文关系。据此,我们便可解释近代以前为什么"趣味"较少作为一个复合词来用作诗学范畴。原来,在古代,单用一个"趣"或"味"就可以置换"趣味"("兴味")的意思了。而作为日常用语,"趣味"也等同于"兴味",例如将《红楼梦》中的"刘姥姥吃了茶,便把些乡村中所见所闻的事情说给贾母,贾母益发得了趣味"④ 置换成"贾母益发得了兴味"是毫无差异的。

"兴味"的开放性则表现为两个方面,一是作为诗学范畴其意蕴可由诗歌向其他各种文体渗透,在民初它就曾一度成为小说批评的中心话语;二是作为凝聚传统美学思想精华的本土术语,它在近代已初步体现出沟通中西古今的能力,有标识当代文论之中国身份的潜质。

"兴味"的诗学意蕴能够向各文体渗透当然与其吸附性密切相

---

① (宋)严羽:《沧浪诗话·诗辨》,北京:中华书局1985年版,第6页。
② 同上书,第7页。
③ (明)谢榛:《四溟诗话》卷一,《历代诗话续篇》,北京:中华书局1983年版,第1149页。
④ (清)曹雪芹:《红楼梦》上册,北京:人民文学出版社2008年版,第524页。

关，古人在使用"兴""味""趣""滋味""味外之味""味外之旨""至味""真味""意味""况味""体味""趣味""感兴""兴象""兴会""兴趣""兴致""旨趣""意境"等文论范畴时，大多与"兴味"异名而同质；而中华民族特有的"辨味言诗"传统彰显的也正是一种"兴味"诗学。这样一来，随着上述文论范畴及"辨味"批评使用范围的日趋扩展，"兴味"的诗学意蕴便渗透进各体文学批评之中。古人对各体文学都普遍追求含蓄蕴藉、言尽意远、滋味无穷的美感——兴味，除了"辨味言诗"，还大谈"词味""文味""曲味"和"小说味"，这成为中国传统文学批评突出的民族特性。随手掇拾几例，张炎论词曰"秦少游词，体制淡雅，气骨不衰，清丽中不断意脉，咀嚼无滓，久而知味"[①]；元好问论文曰"文须字字作，亦要字字读。咀嚼有余味，百过良未足"[②]；张岱论曲曰"兄看《琵琶》《西厢》有何怪异？布帛菽粟之中，自有许多滋味，咀嚼不尽，传之久远，愈久愈新，愈淡愈远"[③]；曹雪芹论小说曰"满纸荒唐言，一把辛酸泪。都云作者痴，谁解其中味"[④]。实际上，针对各种文体的感兴味美特征，古人发明了丰富的文论术语，但其中"兴味"一词不仅最探其本质，也最能笼罩群言。特别是由于"兴味"还兼具日常生活化特性，随着近代世俗化审美性文体小说向文学场中心挪移，它也从次级文学批评范畴上升为小说学的主流话语。早在1904年，《〈时报〉"小说栏"发刊辞》声称："本报每张附印小说两种，或自撰，或翻译，或章回，或短篇，以

---

① （宋）张炎：《词源》卷下，唐圭璋编：《词话丛编》第一册，北京：中华书局1986年版，第267页。
② （金）元好问：《与张仲杰郎中论文》，姚奠中主编：《元好问全集》卷二，太原：山西人民出版社1990年版，第40页。
③ （明）张岱：《答袁箨庵》，刘大杰点校：《琅嬛文集》，上海：上海杂志公司1935年版，第93页。
④ （清）曹雪芹：《红楼梦》上册，北京：人民文学出版社2008年版，第7页。

助兴味而资多闻。"① 此后陶祐曾指出小说当以兴读者之味为引导，他说："芸窗绣阁，游子商人，潜心探索，兴味津津，此小说之引导，宜使人展阅不倦，恍如身当其境，亲晤其人，无分乎何等社会也。"② 徐念慈认为"小说之所以耐人寻索，而助人兴味者，端在其事之变幻，其情之离奇，其人之复杂……小说者，本重于美的一方面"③；在与西洋小说比较后，他分析中国小说之所以具有独特的审美价值，"盖深明乎具象理想之道，能使人一读再读，即十读亦不厌也，而西籍者富此兴味者实鲜"④。到民初，"兴味"成为小说批评的中心话语。当时小说界的领袖包天笑在《小说大观·例言》中宣布："无论文言俗语，一以兴味为主。凡枯燥无味及冗长拖沓者皆不采。"⑤ 紧接着，他在《〈小说画报〉短引》中再次声明其刊登的小说皆是"最有兴味之作"⑥。稍后甚至有人径用"兴味"来概括民初小说的主潮特征，1921年，凤兮在《海上小说家漫评》中说："中国小说家，以上海为集中点，故十年以来，风豀云起，其造述迻译之成绩，吾人可得而言之。至其中有持戏作者态度，不能尽合社会人生之艺术者，亦无可讳。然助吾人之兴味则一也。"⑦ 综观近代小说批评中使用的"兴味"，概有两种用法。一是作动词用，"兴"读作阴平，可释为引起滋味美感，引起兴致、兴趣、趣味等。这显然是近代小说批评家继承锺嵘以来讲"滋味"、求"兴趣"的"兴味"审美传统，继承古代小说以"趣为第一"、

---

① 冷血：《〈时报〉"小说栏"发刊辞》，《时报》1904年6月12日。
② 陶祐曾：《论小说之势力及其影响》，《游戏世界》1907第10期。转引自黄霖、韩同文：《中国历代小说论著选（下）》，南昌：江西人民出版社2000年版，第321页。
③ 徐念慈：《小说林》1908年第9期。
④ 徐念慈：《小说林》1907年第1期。
⑤ 《〈小说大观〉例言》，《小说大观》1915年第1集。
⑥ 天笑生：《〈小说画报〉短引》，《小说大观》1917年1月第1期。
⑦ 凤兮：《海上小说家漫评》，《申报·自由谈·小说特刊》1921年1月23日。

强调"遣兴""娱目快心"的"兴味"娱情传统，引导当时的小说著、译重视艺术美感、文学趣味，发挥小说的娱情功能，以满足读者的多元阅读需要。一是用为名词，"兴"读作去声，应释为趣味、滋味、美感，这是从作品角度强调"兴味"，凸显的是作品本身应富有文学性、趣味性。① 由此可见，"兴味"成功实现了小说学的华丽转身，且在近代这一中西古今的文化交叉点上显示了初步的融通能力。遗憾的是，五四"新文学运动"将其视作传统的余孽，在激烈的以"新"灭"旧"中将其斥为纯粹的"趣味主义"，从而强行割断了这一文论范畴的现代转化之路。

不过，"兴味"作为凝聚传统美学思想精华的本土术语，其强大的理论生命力并未消失。不仅那些与其同质异名的范畴或命题在近现当代被不断阐释而获得丰富和发展，例如"兴""味""趣""感兴""趣味""意境"等等。它自身在当下也被重新发现，甚至作为当代文论之中国身份的标识性话语被重新建构。在近十年前，黄霖先生就指出了民初小说家坚守"兴味"传统的现象，并指导笔者做以《民初"兴味派"小说家研究》为题的博士论文。在系统的研究中，特别是在为"兴味"溯源的过程中，我发现"兴味"恰可表征中国人特有的诗性智慧与审美体验方式，加之其兼具日常生活化特性，这便形成了它强大的吸附性与开放性。古人是把"兴味"——感兴生成之含蓄蕴藉、言尽意远、滋味无穷的美感——作为各体文学的普遍审美标准来看待的，至近代它又成为小说文体美学批评的核心准则，虽然古今文学场发生了质变，但它仿佛一根连接文化母体的脐带，使近现代文学场上众多新生的孩子仍保有华夏美学的特殊肤色。另外，近代小说批评家还曾以"兴味"之眼看域

---

① 详细论述见笔者博士论文《民初"兴味派"小说家研究》，复旦大学，2011 年；《"兴味派"：辛亥革命前后的主流小说家》，《文学遗产》2013 年第 3 期。

外小说，因此特别推崇林纾译本和那些以趣味为主的西洋类型小说，虽然存有偏见，但由于"兴味"与西方接受美学及隐喻理论等有着相通之处，这种跨文化实践便有效地沟通了中西方审美。时至今日，"兴味"的诗学意蕴继续向各艺术领域开放，因为在中国人的审美观念中"凡是优秀艺术品总具有令人兴起或感兴的意味，并且这种兴味可以绵延不绝或品味不尽"①。正如王一川教授所说，兴味蕴藉作为中国艺术品的本土美质，确实在当代具有一种世界性意义或普遍价值，具体地说，按照这把本土美质标尺，优秀的中国艺术品无论属于何种艺术门类、也无论古今，都应当具备身心勃兴、含蓄有味和余兴深长等兴味蕴藉品质，而且也应当成为中国人以文化开放胸襟去衡量外国艺术品的标尺②。很显然，他是在当今全球化语境中将"兴味蕴藉"即"兴味"，作为标识中国身份的艺术学话语来重新建构的。

当我们日渐认识到打破以西律中、建构我国今日之本土化、自主性文论话语的必要性和迫切性的时候，"兴味"在近代小说学上的昙花一现吸引了我的目光。在追踪它的前世今生和众多变身的时候，我惊讶于它强大的吸附性和开放性，特别是其兼有审美接受与创作发生两种指向，兼具诗学与日常两个维度，及其曾在小说——现代文学场的中心文体——评论中的成功运用，让我坚信它较之其他同源相近范畴更具鲜明的中华民族特色，也更契合当代中国和世界的需要。然而，我们也必须看到，当代学界对"兴味"做文艺美学意义上探讨的文章还属凤毛麟角。由于当代人多数对传统文化隔膜已久，对传统美学思想了解不多，要想在文艺理论层面激活"兴味"范畴，重构识别中国美质的"兴味"美学还有很长的一段路要走。

---

① 王一川：《兴味蕴藉：中国艺术品的本土美质及其世界性意义》，《河南社会科学》2016年第2期。
② 同上。

主要参考文献

一、近现代报刊
(一) 期刊
《新民丛报》(1902—1907，复旦大学图书馆馆藏本)
《新小说》(1902—1905，上海书店 1980 年影印本)
《东方杂志》(1904.3—1948.12，上海图书馆馆藏微缩胶片)
《月月小说》(1906—1909，上海书店 1980 年影印本)
《小说林》(1907—1908，上海书店 1980 年影印本)
《中外小说林》(1907—1908，晚清和民国期刊全文数据库)
《小说时报》(1909.10—1917.11，复旦大学图书馆馆藏本)
《小说月报》(1910.8—1923.12，复旦大学图书馆馆藏本，上海图书馆馆藏微缩胶片)
《妇女时报》(1911—1917，复旦大学图书馆馆藏本)
《群强报》(1912—1936，上海图书馆馆藏微缩胶片)
《绍兴县教育会月刊》(1913—1914，晚清和民国期刊全文数据库)

《游戏杂志》(1913—1915，上海图书馆馆藏微缩胶片)

《雅言》(1913.12—1915.2，晚清和民国期刊全文数据库)

《小说旬报》(1914，晚清和民国期刊全文数据库)

《消闲钟》(1914—1915，上海图书馆馆藏微缩胶片)

《女子世界》(1914—1915，上海图书馆馆藏微缩胶片)

《繁华杂志》(1914—1915，复旦大学图书馆馆藏本)

《七襄》(1914—1915，上海图书馆馆藏微缩胶片)

《文艺杂志》(1914—1918，晚清和民国期刊全文数据库)

《小说丛报》(1914—1919，哈佛大学燕京学社图书馆馆藏本)

《民权素》(1914.4—1916.3，复旦大学图书馆馆藏本)

《中华小说界》(1914.4—1916.3，复旦大学图书馆馆藏本)

《礼拜六》(1914.6—1916.4，1921.3—1923.2；广陵书社 2005 年版，影印本)

《娱闲录》(1914.7—1915.9，晚清和民国期刊全文数据库)

《礼拜三》(1914，上海图书馆馆藏微缩胶片)

《眉语》(1914.11—1916.3，上海图书馆馆藏微缩胶片)

《妇女杂志》(1915.1—1931.12，晚清和民国期刊全文数据库)

《中华学生界》(1915—1916，复旦大学图书馆馆藏本)

《小说海》(1915.1—1917.12，上海图书馆馆藏微缩胶片)

《中华妇女界》(1915.1—1916.6，线装书局 2007 年影印本)

《小说新报》(1915.3—1923.9，上海图书馆馆藏微缩胶片)

《双星杂志》(1915.3—1915.6，上海图书馆馆藏微缩胶片)

《小说大观》(1915.8—1921.6，上海书店，江苏广陵古籍刻印社 1990 年影印本)

《新青年》(1915.9—1920.9，人民出版社 1954 年影印本)

《春声》(1916.2—1916.6，上海图书馆馆藏微缩胶片)

《小说画报》(1917.1—1920.8，苏州大学图书馆馆藏本)

《小说季报》(1918.8—1920.5,复旦大学图书馆馆藏本)
《太平洋》(1917.3—1925.6,晚清和民国期刊全文数据库)
《每周评论》(1918.12—1919.8,人民出版社 1954 年影印本)
《新潮》(1919.1—1922.3,复旦大学图书馆馆藏本)
《新世界》(1920—1923,上海图书馆馆藏微缩胶片)
《游戏世界》(1921—1923,上海图书馆馆藏微缩胶片)
《文学旬刊》(1921.5—1923.6,上海书店 1988 年影印本)
《半月》(1921.9—1925.11,上海图书馆馆藏微缩胶片)
《快活》(1922,上海图书馆馆藏微缩胶片)
《家庭》(1922—1923,上海图书馆馆藏微缩胶片)
《创造季刊》(1922—1924,上海书店 1983 年影印版)
《红杂志》(1922—1924,复旦大学图书馆馆藏本)
《心声》(1922—1924,晚清和民国期刊全文数据库)
《星期》(1922.2—1923.3,上海图书馆馆藏微缩胶片)
《良晨》(1922.5—1922.6,晚清和民国期刊全文数据库)
《紫兰花片》(1922.6—1924.6,上海图书馆馆藏微缩胶片)
《十日》(1922.6—1922.7,晚清和民国期刊全文数据库)
《民众文学》(1923.6—1929,晚清和民国期刊全文数据库)
《青友》(1923,晚清和民国期刊全文数据库)
《中央》(1923,晚清和民国期刊全文数据库)
《侦探世界》(1923—1924,复旦大学图书馆馆藏本)
《小说世界》(1923.1—1929.12,上海图书馆馆藏微缩胶片)
《红霞》(1923.5—1923.7,晚清和民国期刊全文数据库)
《文学》(1923.7—1925.4,上海书店 1988 年影印本)
《金刚钻》(1923—1937,上海图书馆馆藏微缩胶片)
《商旅友报》(1924.1—1925.9,晚清和民国期刊全文数据库)
《社会之花》(1924.1—1925.11,晚清和民国期刊全文数据库)

《红玫瑰》(1924—1926，复旦大学图书馆馆藏本)

《红雨》(1924，晚清和民国期刊全文数据库)

《语丝》(1924—1930，晚清和民国期刊全文数据库)

《紫兰画报》(1925，晚清和民国期刊全文数据库)

《新月》(1925—1926，晚清和民国期刊全文数据库)

《上海画报》(1925—1932，晚清和民国期刊全文数据库)

《联益之友》(1925—1937，晚清和民国期刊全文数据库)

《紫罗兰》(1925.12—1945.3，晚清和民国期刊全文数据库)

《良友》(1926—1945，晚清和民国期刊全文数据库)

《夏之花小说季刊》(1926，晚清和民国期刊全文数据库)

《图书馆学季刊》(1926—1937，晚清和民国期刊全文数据库)

《现代》(1932.5—1935.3，晚清和民国期刊全文数据库)

《万象》(1934—1944，复旦大学图书馆馆藏本)

《文艺》(武昌)(1935—1948，晚清和民国期刊全文数据库)

《宇宙风》(1935.9—1947.8，晚清和民国期刊全文数据库)

《作家》(1936.4—1936.11，晚清和民国期刊全文数据库)

《永安月刊》(1939.5—1949.3，《永安文丛》全五册，文汇出版社 2009 年版)

《上海周报》(1939.11—1941.12，晚清和民国期刊全文数据库)

《乐观》(1941—1942，晚清和民国期刊全文数据库)

《中国作家》(1947.10—1948.5，晚清和民国期刊全文数据库)

(二)**报纸**

《国闻报》(1897—1899，上海图书馆馆藏微缩胶片)

《时报》(1904.6—1923.12，上海图书馆馆藏微缩胶片)

《扬子江小说报》(1909，上海图书馆馆藏本)

《民吁日报》(1909，中国国民党中央委员会党史资料编纂委员会 1969 年影印本)

《民立报》(1910—1913，上海图书馆馆藏微缩胶片)

《时事新报》(1912—1923，上海图书馆馆藏微缩胶片)

《申报》(1912—1925，上海书店 1982 年影印本，复旦大学图书馆馆藏本)

《新闻报》(1912.1—1923.12，上海图书馆馆藏微缩胶片)

《民权报》(1912.2—1914.1，上海图书馆馆藏微缩胶片)

《中华新报》，(1915—1916，上海图书馆馆藏微缩胶片)

《神州日报》(1916—1918，上海图书馆馆藏微缩胶片)

《民国日报》(1916.1—1923.12，人民出版社 1980 年影印本)

《新申报》(1916.11—1923，上海图书馆馆藏微缩胶片)

《先施乐园日报》(1918.8—1923.12，上海图书馆馆藏微缩胶片)

《晶报》(1919—1923，上海图书馆馆藏微缩胶片)

《新世界日报》(1921，上海图书馆馆藏微缩胶片)

《春声日报》(1921，上海图书馆馆藏微缩胶片)

《最小》(1922.11—1923.12，上海图书馆馆藏微缩胶片)

《小说日报》(1922—1923，上海图书馆馆藏微缩胶片)

《金刚钻报》(1923.10—1923.12，上海图书馆馆藏微缩胶片)

二、文学史、文学研究著作·资料

［美］安敏成：《现实主义的限制》，姜涛译，江苏人民出版社 2001 年版。

阿英：《晚清小说史》，人民文学出版社 1980 年版。

鲍晶：《刘半农研究资料》，天津人民出版社 1985 年版。

北京大学中文系专门化 1955 年级集体编著：《中国文学史（四）》，人民文学出版社 1959 年版。

北京大学中文系一九五五级《中国小说史稿》编辑委员会编：

《中国小说史稿》,人民文学出版社1960年版。

北京大学中文系著:《中国小说史》,人民文学出版社1978年版。

曹聚仁:《文坛五十年》,东方出版中心2006年版。

陈伯海、袁进:《上海近代文学史》,上海人民出版社1993年版。

陈大康:《中国近代小说史论》,人民文学出版社2018年版。

陈建华:《从革命到共和:清末至民国时期文学、电影与文化的转型》,广西师范大学出版社2009年版。

陈建华:《紫罗兰的魅影——周瘦鹃与上海文学文化》,上海文艺出版社2019年版。

陈景新:《小说学》,泰东图书局1924年版。

陈平原:《二十世纪中国小说史(第一卷)》,北京大学出版社1989年版。

陈平原、夏晓虹:《二十世纪中国小说理论资料(第一卷)》,北京大学出版社1997年版。

陈平原:《中国小说叙事模式的转变》,北京大学出版社2003年版。

陈平原:《中国现代小说的起点——清末民初小说研究》,北京大学出版社2005年版。

陈平原:《文人千古侠客梦　武侠小说类型研究》,百花文艺出版社2009年版。

陈万雄:《五四新文化的源流》,生活·读书·新知三联书店1997年版。

[美]陈世骧:《中国文学的抒情传统》,生活·读书·新知三联书店2015年版。

陈文新:《文言小说审美发展史》,武汉大学出版社2007年版。

程国赋：《明代书坊与小说研究》，中华书局 2008 年版。

程毅中：《宋元小说研究》，江苏古籍出版社 1998 年版。

丁福保：《历代诗话续编》，中华书局 1983 年版。

范伯群：《礼拜六的蝴蝶梦》，人民文学出版社 1989 年版。

范伯群主编：《中国近现代通俗作家评传丛书》（1—12 册），南京出版社 1994 年版。

范伯群主编：《中国近现代通俗文学史》，江苏教育出版社 1999 年版。

范伯群、孔庆东主编：《通俗文学十五讲》，北京大学出版社 2003 年版。

范伯群：《中国现代通俗文学史（插图本）》，北京大学出版社 2007 年版。

范伯群：《多元共生的中国文学的现代化历程》，复旦大学出版社 2009 年版。

范伯群主编：《中国近现代通俗文学史（新版）》，凤凰出版传媒集团 2010 年版。

范伯群：《中国市民大众文学百年回眸》，江苏教育出版社 2014 年版。

范烟桥：《中国小说史》，苏州秋叶社 1927 年版。

范烟桥：《中国小说史》，（台湾）汉京文化事业有限公司 1983 年版。

（元）方回：《瀛奎律髓》，文渊阁《四库全书》本。

方孝岳：《中国散文概论》，世界书局 1935 年版。

费振钟：《江南士风与江苏文学》，湖南教育出版社 1995 年版。

复旦大学中文系古典文学组学生集体编著：《中国文学史（下册）》，中华书局 1959 年版。

复旦大学中文系 1957 级文学组学生编著：《中国现代文艺思想

斗争史》，上海文艺出版社1960年版。

复旦大学中文系1956级中国近代文学史编写小组编著：《中国近代文学史稿》，中华书局1960年版。

贡少芹：《李涵秋》，震亚书局1928年版。

关爱和主编：《中国近代文学史》，中华书局2013年版。

郭延礼：《中国近代文学发展史（第三卷）》，高等教育出版社2001年版。

郭延礼：《中国近代翻译文学概论》，湖北教育出版社2005年版。

郭延礼：《中国前现代文学的转型》，山东大学出版社2005年版。

（清）何文焕辑：《历代诗话》，中华书局1981年版。

侯忠义：《中国文言小说参考资料》，北京大学出版社1985年版。

胡士莹：《话本小说概论》，中华书局1980年版。

（明）胡应麟：《少室山房笔丛》，中华书局上海编辑所1959年版。

（明）胡应麟：《少室山房笔丛》，上海书店出版社2009年版。

［美］韩南：《中国白话小说史》，尹慧珉译，浙江古籍出版社1989年版。

［美］韩南：《中国近代小说的兴起》，徐侠译，上海教育出版社2004年版。

［美］洪长泰：《到民间去——1918～1937年的中国知识分子与民间文学运动》，董晓萍译，上海文艺出版社1993年版。

［美］华莱士·马丁：《当代叙事学》，伍晓明译，北京大学出版社2005年版。

胡怀琛：《中国小说的起源及其演变》，正中书局1934年版。

胡朴安：《南社文选》，国学社1936年版。

胡全章：《清末白话文运动》，中国社会科学出版社2015年版。

黄锦珠：《晚清时期小说观念之转变》，（台湾）文史哲出版社1995年版。

黄霖：《近代文学批评史》，上海古籍出版社1996年版。

黄霖、韩同文：《中国历代小说论著选》，江西人民出版社2000年版。

黄霖：《文心雕龙汇评》，上海古籍出版社2005年版。

黄霖、罗书华：《中国历代小说批评史料汇编校释》，百花洲文艺出版社2009年版。

黄霖：《世博梦幻三部曲》，东方出版中心2010年版。

黄霖：《历代小说话》，凤凰出版社2018年版。

黄修己主编：《二十世纪中国文学史（上卷）》，中山大学出版社1998年版。

孔范今：《二十世纪中国文学史》，山东文艺出版社1997年版。

孔慧怡：《翻译·文学·文化》，北京大学出版社1999年版。

［美］刘禾：《跨语际实践》，宋伟杰等译，生活·读书·新知三联书店2002年版。

李桂奎：《士林小说与市井小说比较研究》，华艺出版社2000年版。

李桂奎：《中国写人学研究》，生活·读书·新知三联书店2015年版。

李欧梵：《徘徊在现代和后现代之间》，上海三联书店2000年版。

李欧梵：《中国现代文学与现代性十讲》，复旦出版社2002年版。

李杨：《文学史写作中的现代性问题》，北京大学出版社2018

年版。

林香伶：《南社文学综论》，里仁书局 2009 年版。

刘麟生主编：《中国文学八论》，中州古籍出版社 1991 年版。

刘铁群：《〈礼拜六〉杂志研究》，中国社会科学出版社 2008 年版。

刘纳：《嬗变》，中国人民大学出版社 2010 年版。

（梁）刘勰：《文心雕龙》，中华书局 1985 年版。

刘扬体：《流变中的流派——"鸳鸯蝴蝶派"新论》，中国文联出版公司 1997 年版。

刘叶秋：《历代笔记概述》，北京出版社 2003 年版。

鲁德才：《中国古代小说艺术论》，百花文艺出版社 1987 年版。

鲁湘元：《稿酬怎样搅动文坛：市场经济与中国近现代文学》，红旗出版社 1998 年版。

鲁迅：《中国小说史略》，人民文学出版社 1973 年版。

陆国飞编著：《清末民初翻译小说目录（1840—1919）》，上海交通大学出版社 2018 年版。

罗新璋：《翻译论集》，商务印书馆 1984 年版。

孟昭毅、李载道主编：《中国翻译文学史》，北京大学出版社 2005 年版。

［捷克］米列娜编：《从传统到现代——19 世纪至 20 世纪转折时期的中国小说》，伍晓明译，北京大学出版社 1991 年版。

苗壮：《笔记小说史》，浙江古籍出版社 1998 年版。

冥飞、海鸣等：《古今小说评林》，民权出版部 1919 年版。

欧阳代发：《话本小说史》，武汉出版社 1994 年版。

潘光哲：《晚清士人的西学阅读史》，凤凰出版社 2019 年版。

钱基博：《现代中国文学史》，世界书局 1935 年版。

钱基博：《现代中国文学史》，岳麓书社 1986 年版。

钱理群、温儒敏、吴福辉：《中国现代文学三十年（修订版）》，北京大学出版社 1998 年版。

钱锺书：《林纾的翻译》，商务出版社 1981 年版。

钱锺书：《七缀集》，上海古籍出版社 1994 年版。

邱明正主编：《上海文学通史》，复旦大学出版社 2005 年版。

瞿兑之：《中国骈文概论》，世界书局 1934 年版。

芮和师、范伯群：《鸳鸯蝴蝶派文学资料》，福建人民出版社 1984 年版。

芮和师、范伯群：《鸳鸯蝴蝶派文学资料》，知识产权出版社 2010 年版。

［美］商伟：《礼与十八世纪的文化转折：〈儒林外史〉研究》，严蓓雯译，生活·读书·新知三联书店 2012 年版。

申丹：《叙述学与小说文体学研究》，北京大学出版社 2019 年版。

施蛰存：《文艺百话》，华东师范大学出版社 1994 年版。

石昌渝：《中国小说源流论》，生活·读书·新知三联书店 2015 年版。

（清）宋长白：《柳亭诗话》，清康熙天茁园刻本。

孙超：《民初"兴味派"五大名家论（1912—1923）》，上海社会科学院出版社 2014 年版。

［美］孙康宜等：《剑桥中国文学史（下卷）》，刘倩等译，生活·读书·新知三联书店 2013 年版。

宋声泉：《民初作为方法——文学革命新论》，南开大学出版社 2015 年版。

谭帆：《中国小说评点研究》，华东师范大学出版社 2001 年版。

谭帆：《中国古代小说文体文法术语考释》，上海古籍出版社 2013 年版。

唐圭璋编:《词话丛编》,中华书局1986年版。

童庆炳、程正民:《文艺心理学教程》,高等教育出版社2001年版。

汪曾祺:《晚翠文谈新编》,生活·读书·新知三联书店2002年版。

［美］王德威:《被压抑的现代性——晚清小说新论》,北京大学出版社2005年版。

［美］王德威:《想象中国的方法:历史·小说·叙事》,百花文艺出版社2016年版。

王宏志:《翻译与创作——中国近代翻译小说论》,北京大学出版社2000年版。

王国维:《人间词话》,徐调孚校注,开明书店1940年版。

王俊年:《中国近代文学论文集·小说卷(1919—1949)》,中国社会科学出版社1988年版。

王丽娜:《中国古典小说戏曲名著在国外》,学林出版社1988年版。

王庆华:《话本小说文体研究》,华东师范大学出版社2006年版。

王一川:《中国现代性体验的发生》,北京师范大学出版社2001年版。

王运熙、顾易生主编:《中国文学批评史新编》,复旦大学出版社2001年版。

王智毅:《周瘦鹃研究资料》,天津人民出版社1993年版。

王洲明主编:《古文与骈文》,山东文艺出版社1992年版。

魏绍昌:《我看鸳鸯蝴蝶派》,香港中华书局有限公司1990年版。

魏绍昌:《鸳鸯蝴蝶派研究资料》,上海文艺出版社1984年版。

魏绍昌:《民国通俗小说书目资料汇编》,上海书店出版社2014年版。

吴承学:《中国古代文体学研究》,人民出版社2011年版。

吴礼权:《清末民初笔记小说史》,台湾商务印书馆股份有限公司2011年版。

武润婷:《中国近代小说演变史》,山东人民出版社2000年版。

解弢:《小说话》,中华书局1919年版。

夏晓虹:《觉世与传世——梁启超的文学道路》,中华书局2006年版。

夏晓虹:《文学语言与文章体式——从晚清到"五四"》,安徽教育出版社2006年版。

夏志清:《中国现代小说史·文学革命》,复旦大学出版社2005年版。

谢庆立:《中国近现代通俗社会言情小说史》,群众出版社2002年版。

许道明:《现代文学批评史新编》,复旦大学出版社2002年版。

薛绥之、张俊才:《林纾研究资料》,福建人民出版社1983年版。

严家炎:《二十世纪中国小说理论资料(第二卷)》,北京大学出版社1997年版。

(宋)严羽:《沧浪诗话》,中华书局1985年版。

叶小凤:《小凤杂著》,新民图书馆1919年版。

[美]伊恩·P·瓦特:《小说的兴起:笛福、理查逊、菲尔丁研究》,高原、董红钧译,生活·读书·新知三联书店1992年版。

一粟编:《古典文学研究资料汇编·红楼梦卷》,中华书局1963年版。

[美]余英时:《红楼梦的两个世界》,上海社会科学院出版社

2002年版。

郁达夫：《郁达夫文集》，花城出版社1982年版。

杨剑龙：《都市上海的发展与上海文化的嬗变》，上海文化出版社2012年版。

杨联芬：《晚清至五四：中国文学现代性的发生》，北京大学出版社2003年版。

杨义：《中国现代小说史》，人民出版社1998年版。

袁进：《鸳鸯蝴蝶派》，上海书店1994年版。

袁进：《近代文学的突围》，上海人民出版社2001年版。

袁进：《中国文学的近代变革》，广西师范大学出版社2006年版。

袁进：《中国小说的近代变革》，广西师范大学出版社2009年版。

袁进：《从传统到现代——中国近代文学的历史轨迹》，东方出版中心2018年版。

赵海彦：《中国现代趣味主义文学思潮》，中国社会科学出版社2005年版。

赵孝萱：《"鸳鸯蝴蝶派"新论》，兰州大学出版社2004年版。

张赣生：《民国通俗小说论稿》，重庆出版社1991年版。

张俊才：《林纾评传》，南开大学出版社1992年版。

张丽华：《现代中国"短篇小说"的兴起——以文类形构为视角》，北京大学出版社2011年版。

张少康：《中国文学理论批评史教程》，北京大学出版社1999年版。

张占国、魏守忠：《张恨水研究资料》，天津人民出版社1986年版。

张振国：《民国文言小说史》，凤凰出版社2017年版。

章培恒：《中国文学史新著（增订本第二版）》，复旦大学出版社2011年版。

章培恒：《不京不海集》，复旦大学出版社 2012 年版。

赵家璧：《中国新文学大系：文学论争集》，上海文艺出版社 2003 年版。

郑逸梅：《民国笔记概观》，上海书店 1991 年版。

郑在瀛：《六朝文论讲疏》，华中理工大学出版社 1989 年版。

郑振铎：《中国俗文学史》，东方出版社 1996 年版。

郑振铎：《插图本中国文学史》，北京出版社 1999 年版。

（梁）锺嵘：《诗品译注》，周振甫译注，中华书局 1998 年版。

周瘦鹃、骆无涯：《小说丛谈》，大东书局 1926 年版。

周瘦鹃、骆无涯：《小说学概论》，大东书局 1926 年版。

朱德发：《中国五四文学史》，山东文艺出版社 1986 年版。

朱国华：《文学与权力——文学合法性的批判性考察》，华东师范大学出版社 2006 年版。

朱文华：《中国近代文学潮流》，贵州教育出版社 2004 年版。

朱文华：《中国近代教育、文学的联动与互动》，复旦大学出版社 2015 年版。

朱羲胄：《林畏庐先生学行谱记四种·贞文先生学行记》，世界书局 1948 年版。

朱志荣：《中国现代通俗文学艺术论》，上海三联书店 2009 年版。

邹振环：《影响中国近代社会的一百种译作》，中国对外翻译出版公司 1996 年版。

左鹏军：《晚清小说大家——吴趼人》，广东人民出版社 2009 年版。

三、作品·作品集

阿英：《阿英全集》，安徽教育出版社 2003 年版。

（唐）白居易著，顾学颉校点《白居易集》，北京：中华书局1979年版。

包天笑：《钏影楼回忆录》，香港大华出版社1971年版。

包天笑：《钏影楼回忆录续编》，香港大华出版社1973年版。

包天笑：《上海春秋》，上海古籍出版社1991年版。

蔡东帆：《西太后演义》，会文堂书局1919年版。

蔡东帆：《绘图宋史通俗演义》，会文堂书局1923年版。

蔡东帆：《清史通俗演义》，会文堂新记书局1925年版。

蔡东藩：《客中消遣录》，会文堂新记书局1934年版。

蔡东藩：《前汉通俗演义》，会文堂新记书局1935年版。

（魏）曹丕：《曹丕集校注》，魏宏灿校注，安徽大学出版社2009年版。

（清）曹寅：《全唐诗》，文渊阁《四库全书》本。

（清）曹霑：《国初钞本原本红楼梦》，有正书局1911—1912年石印本。

（清）曹雪芹：《红楼梦》，人民文学出版社1996年版。

（清）曹雪芹：《红楼梦》，人民文学出版社2008年版。

柴小梵：《梵天庐丛录》，山西古籍出版社1999年版。

陈灨一：《睇向斋秘录》，文明书局1922年版。

陈灨一：《新语林》，上海书店出版社1997年版。

陈夔龙：《梦蕉亭杂记》，山西古籍出版社1996年版。

（清）陈球：《燕山外史》，新文化书社1933年版。

（唐）陈子昂：《陈子昂集》，中华书局1960年版。

程瞻庐：《茶寮小史》，商务印书馆1920年版。

程瞻庐：《瞻庐小说集》，世界书局1924年版。

程瞻庐：《新广陵潮》，世界书局1929年版。

［英］狄更斯：《狄更斯文集·圣诞故事集》，汪倜然等译，上海

译文出版社 1988 年版。

（明）冯梦龙：《古今小说》，人民文学出版社 1958 年版。

范伯群：《鸳鸯蝴蝶—礼拜六派作品选（修订版）》，人民文学出版社 2009 年版。

贡少芹：《李涵秋》，震亚书局 1928 年版。

古邗铁冷：《铁冷碎墨》，中原书局 1914 年版。

海上说梦人：《歇浦潮》，世界书局 1928 年版。

（唐）韩愈：《韩昌黎文集校注》，马其昶校注，上海古籍出版社 2014 年版。

何刚德、沈太侔：《话梦集·春明梦录·东华琐录》，北京古籍出版社 1995 年版。

何海鸣：《求幸福斋随笔》，民权出版部 1917 年版。

（明）洪楩等编：《京本通俗小说·清平山堂话本·大宋宣和遗事》，岳麓书社 1993 年版。

胡寄尘：《黛痕剑影录》，广益书局 1914 年版。

胡思敬：《国闻备乘》，上海书店 1997 年版。

胡适：《胡适文存》，黄山书社 1996 年版。

胡适：《胡适往来书信选》，河北人民出版社 1998 年版。

胡适：《胡适全集》，安徽教育出版社 2003 年版。

胡适：《容忍与自由》，河南文艺出版社 2016 年版。

（清）纪昀：《阅微草堂笔记》，江苏古籍出版社 1998 年版。

姜泣群选辑：《虞初广志》，光华编译社 1914 年版。

（清）金圣叹：《金圣叹批评第五才子书水浒传》，天津古籍出版社 2006 年版。

（宋）楼钥：《攻媿集》，清《武英殿聚珍版丛书》本。

（唐）卢纶：《卢纶诗集校注》，刘初棠校注，上海古籍出版社 1989 年版。

（唐）陆时雍：《唐诗镜》，文渊阁《四库全书》本。
李定夷：《茜窗泪影》，国华书局1914年版。
李定夷：《民国趣史》，国华书局1915年版。
李定夷：《定夷小说精华》，国华（新记）书局1935年版。
李涵秋：《双花记》，国学书室1915年版。
李涵秋：《涵秋笔记（下册）》，国学书室1923年版。
李涵秋：《怪家庭》，世界书局1924年版。
李涵秋：《广陵潮》，震亚图书局1929年版。
李涵秋：《广陵潮》，百新书店1946年版。
（元）李祁：《云阳集》，文渊阁《四库全书》本。
（宋）李清照：《漱玉词》，文艺小丛书社1933年版。
李详：《药裹慵谈》，江苏古籍出版社2000年版。
林斤澜：《林斤澜文集》，北京师范大学出版社2000年版。
林纾：《践卓翁短篇小说》，都门印书局1913年版。
林纾：《剑底鸳鸯》，商务印书馆1914年版。
林纾：《铁笛亭琐记》，都门印书局1916年版。
林纾：《林琴南笔记》，中华图书馆1917年版。
林纾：《剑腥录》，商务印书馆1923年版。
林纾：《畏庐漫录》，商务印书馆1926年版。
林薇选编：《畏庐小品》，北京出版社1998年版。
刘半侬等译：《福尔摩斯侦探案全集》，中华书局1916年版。
刘半农：《半农杂文二集》，良友图书印刷公司1935年版。
（宋）刘辰翁：《须溪集》，文渊阁《四库全书》本。
刘复：《半农杂文》，北平星云堂书店1934年版。
（元）刘壎：《水云村稿》，文渊阁《四库全书》本。
刘扬体：《鸳鸯蝴蝶派作品选评》，四川文艺出版社1987年版。
柳亚子等：《南社丛刻》，社会科学文献出版社1994年版。

柳亚子等:《南社丛刻》,江苏广陵古籍刻印社1996年版。

鲁迅:《呐喊》,新潮社1923年版。

鲁迅:《鲁迅全集》,人民文学出版社1981年版。

鲁迅:《鲁迅杂文选集》,人民文学出版社1993年版。

南社编:《南社丛刻·第9集》,生活日报社1914年版。

瞿秋白:《瞿秋白文集(三)》,人民文学出版社1953年版。

(明)瞿佑等著:《剪灯新话(外二种)》,上海古籍出版社1981年版。

(清)沈复:《浮生六记(典藏插图本)》,王稼句编,北京出版社2003年版。

苏曼殊:《曼殊全集》,北新书局1928年版。

苏曼殊:《曼殊诗集》,光华书局1931年版。

苏曼殊:《断鸿零雁记》,启智书局1934年版。

苏曼殊:《苏曼殊全集》,柳亚子编,当代中国出版社2007年版。

苏曼殊:《苏曼殊集》,张竟无编,东方出版社2008年版。

(宋)苏轼:《苏轼文集》,孔凡礼点校,中华书局1986年版。

孙犁:《芸斋小说》,天津人民出版社2011年版。

孙犁:《孙犁文集》,百花文艺出版社2013年版。

孙玉声(颍川秋水):《退醒庐笔记》,上海书店出版社1997年版。

孙中山:《孙中山选集》,人民出版社1984年版。

娑婆生:《人间地狱(第一集)》,上海自由杂志社1924年版。

娑婆生:《人间地狱》,上海自由杂志社1930年版。

娑婆生、包天笑:《人间地狱》,上海古籍出版社1991年版。

(明)汤显祖:《牡丹亭》,齐鲁书社2004年版。

(明)唐寅:《唐伯虎全集》,中国书店1985年版。

唐圭璋：《全宋词简编》，上海古籍出版社1986年版。
(清)魏秀仁：《花月痕》，人民文学出版社2006年版。
(清)吴趼人：《恨海》，时还书局1924年版。
汪辟疆：《唐人小说》，上海古籍出版社1978年版。
汪曾祺：《汪曾祺小说》，浙江文艺出版社2009年版。
汪曾祺：《汪曾祺全集》，北京师范大学出版社1998年版。
王小航述、王树枏记：《德宗遗事》，北京师范大学藏本。
渭滨笠夫、陈球：《孤山再梦·燕山外史》，春风文艺出版社1987年版。
吴趼人：《恨海》，文化出版社1956年版。
吴绮缘：《反聊斋》，清华书局1918年版。
吴双热：《孽冤镜》，民权出版部1915年版。
吴展成：《燕山外史》，新文化书社1933年版。
[法]小仲马：《茶花女》，北新书局1926年版。
(梁)萧统编：《文选》，六臣注，《四部丛刊》影宋本。
(梁)萧统编：《文选》，李善注，世界书局1935年版。
(梁)萧统编：《文选》，上海古籍出版社1986年版。
徐珂：《清稗类钞》，中华书局1984年版。
徐枕亚：《玉梨魂》，民权出版部1913年版。
徐枕亚：《枕亚浪墨初集》，清华书局1915年版。
徐枕亚：《余之妻》，小说丛报社1917年版。
徐枕亚：《枕亚浪墨续集》，清华书局1919年版。
徐枕亚：《雪鸿泪史》，清华书局1922年版。
许指严：《南巡秘记》，国华书局1915年版。
许指严：《十叶野闻》，国华书局1916年版。
许指严：《新华秘记（前编）》，清华书局1918年版。
许指严：《近十年之怪现状》，大东书局1925年版。

许指严:《指严小说精华》,光华书局1936年版。

(清)雪坡:《旅居笔记》,清刻本。

(清)夷荻散人:《玉娇梨》,中华书局2000年版。

严复:《严复集》,中华书局1986年版。

(清)严可均:《全晋文》,商务印书馆1999年版。

姚鹓雏:《燕蹴筝弦录》,小说丛报社1915年版。

姚鹓雏、朱鸳雏:《二雏余墨》,小说丛报社1918年版。

姚鹓雏:《姚鹓雏剩墨》,杨纪璋编,社会科学文献出版社1994年版。

姚鹓雏:《姚鹓雏诗续集》,柯益烈编,三峡出版社2002年版。

姚鹓雏:《姚鹓雏文集·小说卷》,上海古籍出版社2008年版。

姚鹓雏:《姚鹓雏文集·诗词卷》,上海古籍出版社2009年版。

杨尘因:《新华春梦记》,泰东图书局1916年版。

(清)杨夔生:《鲍园掌录》,《丛书集成续编》,上海书店出版社1994年版。

叶小凤:《古戍寒笳记》,小说丛报社1917年版。

叶小凤:《箫引楼稗钞》,文明书局1919年版。

叶小凤:《蒙边鸣筑记》,文明书局1921年版。

叶楚伧:《楚伧文存》,正中书局1944年版。

叶小凤:《叶楚伧诗文集》,叶元编,上海三联书店1988年版。

易宗夔:《新世说》,北京印刷局1918年版。

颍川秋水:《退醒庐笔记》,民国十四年石印线装本。

于润琦主编:《清末民初小说书系》,中国文联出版公司1997年版。

(金)元好问:《元好问全集》,姚奠中主编,山西人民出版社1990年版。

袁寒云:《辛丙秘苑》,上海书店出版社2000年版。

（明）袁宏道：《袁中郎小品》，熊礼汇选注，文化艺术出版社1996年版。

（明）张岱：《琅嬛文集》，上海杂志公司1935年版。

（宋）张耒：《张耒集》，中华书局1990年版。

张冥飞：《十五度中秋》，民权出版部1916年版。

（明）张志淳：《南园漫录校注》，云南民族出版社1999年版。

张祖翼：《清代野记》，文明书局1915年版。

（明）锺惺：《古诗归》，明闵振业三色本。

（元）赵景良：《忠义集》，文渊阁《四库全书》本。

赵苕狂编：《滑稽小说大观（上册）》，大东书局1921年版。

中国戏曲研究院编：《中国古典戏曲论著集成》，中国戏剧出版社1959年版。

郑逸梅：《南社丛谈》，上海人民出版社1981年版。

郑逸梅：《书报旧话》，学林出版社1983年版。

郑逸梅：《郑逸梅选集（5）》，黑龙江人民出版社1991年版。

郑逸梅：《清末民初文坛轶事》，中华书局2005年版。

《中国近代文学大系》总编辑委员会编：《中国近代文学大系（1840—1919）》，上海书店出版社1990—1993年版。

周瘦鹃：《香艳丛话》，中华图书馆1914年版。

周瘦鹃：《欧美名家短篇小说丛刊》，中华书局1918年版。

周瘦鹃：《瘦鹃短篇小说》，中华书局1918年版。

周瘦鹃：《卖国奴之日记》，紫兰编译社1919年版。

周瘦鹃：《紫罗兰集》，大东书局1922年版。

周瘦鹃编：《武侠小说集》，大东书局1926年版。

周瘦鹃：《拈花集》，上海文化出版社1983年版。

周瘦鹃：《周瘦鹃文集》，范伯群主编，文汇出版社2011年版。

朱光潜：《朱光潜全集》，安徽教育出版社1988年版。

朱自清:《朱自清全集》,江苏教育出版社 1993 年版。
曾纪泽:《曾纪泽遗集》,岳麓书社 1983 年版。
[法]左拉:《左拉文学书简》,吴岳添译,安徽文艺出版社 1995 年版。

四、社会、历史、文化、哲学著作·资料

[加]阿尔维托·曼古埃尔:《阅读史》,吴昌杰译,商务印书馆 2002 年版。
[法]埃斯卡皮:《文学社会学》,王美华、于沛译,安徽文艺出版社 1987 年版。
陈鼓应注译:《庄子今注今译》,中华书局 1983 年版。
陈旭麓:《中国近代史十五讲》,中华书局 2008 年版。
曹聚仁:《南社纪略》,上海人民出版社 1983 年版。
(汉)董仲舒:《董子文集》,商务印书馆 1937 年版。
[美]费正清等编:《剑桥中国晚清史》,中国社会科学出版社 1985 年版。
[美]费正清等编:《剑桥中华民国史》,中国社会科学出版社 1998 年版。
[德]弗理德伦代尔编:《席勒评传》,傅韦译,作家出版社 1955 年版。
葛兆光:《西潮又东风》,上海古籍出版社 2006 年版。
葛兆光:《中国思想史》,复旦大学出版社 2007 年版。
[美]贺萧:《危险的愉悦——20 世纪上海的娼妓问题与现代性》,江苏人民出版社 2003 年版。
胡朴安编:《南社丛选》,解放军文艺出版社 2000 年版。
姜进主编:《都市文化中的现代中国》,华东师范大学出版社 2007 年版。

姜希河:《中国邮政简史》,商务印书馆1999年版。

金冲及:《辛亥革命研究》,上海辞书出版社2011年版。

[意]克罗齐:《历史学的理论和实际》,商务印书馆2009年版。

李健青编:《上海地方史资料(四)》,上海社会科学院出版社1986年版。

李天纲:《人文上海——市民的空间》,上海教育出版社2004年版。

(唐)李肇:《唐国史补》,上海古籍出版社1979年版。

梁启超:《清代学术概论》,中国书籍出版社2006年版。

刘梦溪编:《中国现代学术经典(梁启超卷)》,河北教育出版社1996年版。

刘小枫:《现代性社会理论绪论》,上海三联书店1998年版。

柳无忌编:《曼殊大师纪念集》,正风出版社1949年版。

柳无忌:《苏曼殊传》,王晶垚译,生活·读书·新知三联书店1992年版。

柳无忌、殷安如主编:《南社人物传》,社会科学文献出版社2002年版。

柳亚子:《南社纪略》,柳无忌编,上海人民出版社1983年版。

[美]尼尔·波兹曼:《娱乐至死》,章艳译,中信出版社2015年版。

[法]皮埃尔·布迪厄:《艺术的法则——文学场的生成和结构》,刘晖译,中央编译出版社2001年版。

[法]布尔迪厄:《文化资本与社会炼金术》,包亚明译,上海人民出版社1997年版。

(汉)司马迁:《史记》,中华书局2006年版。

《上海文史资料选辑第七十九辑·叶楚伧纪念集》,上海市政协文史资料编辑部1996年版。

《十三经注疏》,李学勤等整理本,北京大学出版社 2000 年版。

孙之梅:《南社研究》,人民文学出版社 2003 年版。

[美]萧邦奇:《血路:革命中国中的沈定一(玄庐)传奇》,周武彪译,江苏人民出版社 2010 年版。

熊月之主编:《上海通史·民国政治(第 7 卷)》,上海人民出版社 1999 年版。

熊月之主编:《上海通史·民国经济(第 8 卷)》,上海人民出版社 1999 年版。

熊月之主编:《上海通史·民国社会(第 9 卷)》,上海人民出版社 1999 年版。

熊月之主编:《上海通史·民国文化(第 10 卷)》,上海人民出版社 1999 年版。

吴相湘编:《晚清宫廷实纪》,中国大百科全书出版社 2010 年版。

(清)王先谦集解:《荀子集解》,中华书局 1988 年版。

严如平等编:《中华民国史料丛稿》,中华书局 1997 年版。

姚公鹤:《上海闲话》,上海古籍出版社 1989 年版。

叶晓青:《西学输入与近代城市》,北京大学出版社 2012 年版。

[美]余英时:《士与中国文化》,上海人民出版社 1987 年版。

[美]余英时:《中国思想传统的现代诠释》,江苏人民出版社 2006 年版。

(明)章潢:《图书编》,文渊阁《四库全书》本。

张灏:《梁启超与中国思想的过渡》,江苏人民出版社 1997 年版。

郑逸梅:《南社丛谈》,上海人民出版社 1981 年版。

中国第二历史档案馆:《中华民国史档案资料汇编(第 2 辑)》,江苏古籍出版社 1991 年版。

钟敬文:《钟敬文民俗学论集》,上海文艺出版社 1998 年版。

周阳山、杨肃献编:《近代中国思想人物论——晚清思想》,(台湾)联经出版事业公司1980年版。

(宋)曾慥:《类说》,北京图书馆出版社1988年版。

五、新闻、出版、传播著作·资料
阿英:《晚清文艺报刊述略》,古典文学出版社1958年版。
方汉奇:《近代报刊史》,山西人民出版社1981年版。
冯并:《中国文艺副刊史》,华文出版社2001年版。
戈公振:《中国报学史》,上海古籍出版社2014年版。
胡道静:《上海新闻事业之中的发展》,上海通志馆1935年版。
黄瑚:《中国近代新闻事业史》,复旦大学出版社2001年版。
来新夏等著:《中国近代图书事业史》,上海人民出版社2000年版。
李楠:《晚清民国时期上海小报》,人民文学出版社2006年版。
马光仁:《上海新闻史》,复旦大学出版社1996年版。
[加]马歇尔·麦克卢汉:《理解媒介:论人的延伸》,商务印书馆2000年版。
孟兆臣:《中国近代小报史》,社会科学文献出版社2005年版。
秦绍德:《上海近代报刊史论》,复旦大学出版社1993年版。
申报馆:《最近之五十年(1872—1922)》,上海书店1987年影印本。
杨光辉等:《中国近代报刊发展概况》,新华出版社1986年版。
姚福申:《中国编辑史》,复旦大学出版社2004年版。
张静庐:《在出版界二十年》,上海书店1984年版。

六、工具书
白维国、朱世滋主编:《古代小说百科大辞典》,学苑出版社1992年版。

北京图书馆编:《民国时期总书目》,书目文献出版社 1992 年版。

刘世德主编:《古代小说百科全书》,中国大百科全书出版社 1993 年版。

刘永文编著:《民国小说目录（1912—1920）》,上海古籍出版社 2011 年版。

宁稼雨编著:《中国文言小说总目提要》,齐鲁书社 1996 年版。

上海图书馆编:《中国近代期刊篇目汇录》,上海人民出版社 1980 年版。

上海图书馆编:《上海图书馆馆藏中文报纸目录（1862—1949）》,1982 年。

孙楷第:《中国通俗小说总目提要》,中国文联出版社 1990 年版。

唐沅:《中国现代文学期刊目录汇编》,天津人民出版社 1988 年版。

（汉）许慎:《说文解字》,中华书局 1963 年版。

（清）永瑢等:《四库全书总目》,中华书局 1997 年版。

张宪文等主编:《中华民国史大辞典》,江苏古籍出版社 2001 年版。

中国社会科学院语言研究所词典编辑室编:《现代汉语词典》,商务印书馆 2007 年版。

七、学术论文

（一）学位论文

郭战涛:《民国初年骈体小说研究》,华东师范大学 2008 届研究生博士学位论文。

李军均:《唐宋传奇小说文体研究》,华东师范大学 2004 届研究生博士学位论文。

李志梅：《报人作家陈景韩及其小说研究》，华东师范大学2005届研究生博士学位论文。

刘晓军：《明代章回小说文体研究》，华东师范大学2007届研究生博士学位论文。

潘盛：《"泪"世界的形成——徐枕亚小说创作研究》，复旦大学2009届研究生博士学位论文。

邱培成：《前期〈小说月报〉与清末民初上海都市文化》，复旦大学2004届研究生博士学位论文。

沈庆会：《包天笑及其小说研究》，华东师范大学2006届研究生博士学位论文。

伍大福：《李涵秋小说研究》，华东师范大学2005届研究生博士学位论文。

姚涵：《从半侬到半农——刘半农对中国现代文学的贡献》，复旦大学2009届研究生博士学位论文。

岳永：《清代笔记观初探》，华东师范大学2014届研究生博士学位论文。

张天星：《报刊与晚清文学现代化的发生》，复旦大学2009届研究生博士学位论文。

庄逸云：《清末民初文言小说史》，复旦大学2004届研究生博士学位论文。

（二）期刊论文

陈定山：《我的父亲天虚我生——国货之隐者（上）》，《传记文学》（台湾）1978年总第192期。

陈皇旭：《文学典律的推移——以后期〈礼拜六〉为观察核心》，《中极学刊》（台湾）2007年第6辑。

陈建华：《1920年代"新"、"旧"文学之争与文学公共空间的转型——以文学杂志"通信"与"谈话会"栏目为例》,《现代中文学刊》2009年第4期。

陈平原:《学术史上的"现代文学"》,《中国现代文学研究丛刊》1997年第1期。

戴鞍钢:《近代上海与长江三角洲的邮电通讯》,《江汉论坛》2007年第3期。

D.W.佛克马:《文学理论中的成规概念与经验研究》,斯义宁、薛载斌译,《文艺研究》1987年第6期。

范伯群:《现代通俗文学被贬的原因及其历史真价》,《中国现代文学研究》1989年第2期。

范伯群:《论包天笑兼及其流派归属》,《通俗文学评论》1997年第1期。

范伯群:《中国大陆通俗文学的复苏与重建》,《清末小说》(日本)2001年第24号。

范伯群:《俗文学的内涵及雅俗文学之分界》,《江苏大学学报》(社会科学版)2002年第4期。

范伯群:《包天笑文言短篇〈一缕麻〉百岁寿诞记》,《书城》2009年4月号。

范伯群:《论历史学家对鸳鸯蝴蝶派的评价——以研究"上海学"的史家论述为中心》,《现代中文学刊》2010年第4期。

葛红兵:《论小说成规》,《山西大学学报》(哲学社会科学版)2012年第3期。

郭浩帆:《清末民初小说家张毅汉生平创作考》,《齐鲁学刊》2009年第3期。

郭延礼:《传媒、稿酬与近代作家的职业化》,《齐鲁学刊》1999年第6期。

贺绍俊:《短篇小说对于当代文学的意义》,《文艺争鸣》2019

年第 8 期。

胡晓真：《知识消费、教化娱乐与微物崇拜——论〈小说月报〉与王蕴章的杂志编辑事业》，《中研院近代史研究所集刊》（台湾）2006 年第 51 期。

黄霖：《中国小说现代化的一大关戾——纪念〈新小说〉创刊 100 周年》，《求是学刊》2003 年第 4 期。

黄霖：《清末民初小说话中的几个理论热点》，《复旦学报》2009 年第 1 期。

黄霖：《民国初年"旧派"小说家的声音》，《文学评论》2010 年第 5 期。

黄霖：《关于"中国文学古今演变"研究的三点感想》，《河北学刊》2011 年第 2 期。

黄子平：《汪曾祺林斤澜论小说》，《上海文化》2019 年 5 月号。

姜思铄：《包天笑编辑活动侧影》，《中国编辑》2007 年第 3 期。

焦福民：《包天笑与晚清小说翻译》，《东岳论丛》2009 年第 10 期。

孔庆东：《试论叶小凤的小说创作》，《涪陵师范学院学报》2003 年第 6 期。

李德超、邓静：《清末民初对外国短篇小说的译介（1898—1919）》，《中国翻译》2003 年第 6 期。

李欧梵、季进：《现代性的中国面孔》，《文艺理论研究》2003 年第 6 期。

李遇春：《"传奇"与中国当代小说文体演变趋势》，《文学评论》2016 年第 2 期。

李壮鹰：《滋味说探源》，《北京师范大学学报》（社会科学版）1997 年第 2 期。

林香伶：《回顾与前瞻——中国南社研究析论（1980—

2004）》,《中国学术年刊》（台湾）2006 年第 28 期。

刘纳：《民初文学的一个奇景——骈文的兴盛》,《郑州大学学报》（哲学社会科学版）1996 年第 5 期。

刘晓军：《纪昀"著书者之笔"说考论》,《中山大学学报》（社会科学版）2019 年第 1 期。

刘勇强：《一种小说观及小说史观的形成与影响——20 世纪"以西例律我国小说"现象分析》,《文学遗产》2003 年第 3 期。

鲁湘元：《〈申报〉与中国近现代报刊文学》,《中国现代文学研究丛刊》2001 年第 2 期。

欧阳友权：《数字媒介与中国文学的转型》,《中国社会科学》2007 年第 1 期。

欧阳友权：《新媒体文学：现状、问题与动向》,《湘潭大学学报》（哲学社会科学版）2012 年第 6 期。

潘光哲：《时务报和它的读者》,《历史研究》2005 年第 5 期。

潘少瑜：《爱情如死之坚强——试论周瘦鹃早期翻译哀情小说的美感特质与文化意涵》,《汉学研究》（台湾）2008 年第 26 卷第 2 期。

逄增玉：《志怪、传奇传统与中国现代文学》,《齐鲁学刊》2002 年第 5 期。

乔以刚、宋声泉：《近代中国小说兴起新论》,《中国社会科学》2015 年第 2 期。

邱仲麟：《花园子与花树店——明清江南的花卉种植与园艺市场》,《中研院历史语言研究所集刊》（台湾）2007 年第 78 本第 3 分。

芮和师：《"云间二雏"评说——江苏通俗文学作家姚鹓雏、朱鸳雏》,《苏州大学学报》（哲学社会科学）1992 年第 4 期。

时萌：《吴趼人短篇小说的开拓意义》,《镇江师专学报》（社会科学版）1988年第1期。

宋剑华：《精英话语的另类言说——论20世纪中国文学的"民间立场"与"民间价值"》，《暨南学报》（哲学社会科学版）2011年第2期。

孙超，杨世明：《试论唐传奇的诗意结构与诗意美》，《西华师范大学学报》（哲学社会科学版）2005年第3期。

孙超：《"兴味派"：辛亥革命前后的主流小说家》，《文学遗产》2013年第3期。

孙超：《作为"兴味派"的周瘦鹃》，《传记文学》（台湾）2014年9月号。

孙超：《由传世、觉世到娱世——民初主流小说家的自我调适与智慧抉择》，《文艺研究》2015年第2期。

孙逊：《都市文化研究：世界视野与当代意义》，《文学评论》2007年第3期。

孙逊，赵维国：《"传奇"体小说衍变之辨析》，《上海师范大学学报》（社会科学版）2001年第1期。

谭帆：《"俗文学"辨》，《文学评论》2007年第1期。

谭帆、刘晓军：《新闻意识与商业行为——报刊连载对清末民初章回小说文体的影响》，《中国文学研究》2010年第4期。

谭帆：《论中国古代小说文体研究的四种关系》，《学术月刊》2013年第11期。

谭帆：《叙事语义源流考——兼论中国古代小说的叙事传统》，《文学遗产》2018年第3期。

陶敏、刘再华：《"笔记小说"与笔记研究》，《文学遗产》2003年第2期。

汤哲声：《传统文化精神：通俗文学概念的批评视角》，《通俗文学评论》1994年第2期。

王德威:《"有情"的历史——抒情传统与中国文学现代性》,《中国文哲研究集刊》(台湾)2008年第33期。

王光东:《刘半农:民间的语言自觉与价值认同》,《文艺争鸣》2004年第1期。

王庆华:《古代文类体系中"笔记"之内涵指称——兼论近现代"笔记小说"概念的起源及推演》,《华东师范大学学报》(哲学社会科学版)2010年第5期。

王一川:《兴味蕴藉:中国艺术品的本土美质及其世界性意义》,《河南社会科学》2016年第2期。

吴福辉:《新市民传奇:海派小说文体与大众文化姿态》,《东方论坛》1994年第4期。

吴景平:《对近代上海金融中心地位变迁的思考》,《档案与史学》2002年第6期。

夏志清:《为鸳鸯蝴蝶派请命——〈玉梨魂〉新论》,《中国时报》(台湾)副刊,1981年3月17日—19日。

徐斯年:《"敢以微言存直笔"——论叶小凤的小说创作》,《苏州大学学报》(哲学社会科学版)1988年第4期。

许逖:《鸳蝴文学平议》,《东海中文学报》(台湾)1987年第7期。

闫立飞:《中国现代历史小说中的"传奇体"》,《南京社会科学》2009年第8期。

杨义:《文学翻译与百年中国精神谱系》,《学术界》2008年第1期。

叶诚生:《"越轨"的现代性:民初小说与叙事新伦理》,《文学评论》2008年第4期。

叶中强:《民国上海的"城市空间"与文人转型》,《史林》2009年第6期。

叶中强：《晚清民初上海文人的经济生活与身份转型——以王韬、包天笑为例》，《上海财经大学学报》2007年第6期。

易中天：《市场的文学——通俗文学再认识》，《通俗文学评论》1994年第2期。

袁进：《浮沉在社会历史大潮中——论〈花月痕〉的影响》，《社会科学》2005年第4期。

袁进：《试论近代翻译小说对言情小说的影响》，《上海社会科学院学术季刊》1996年第3期。

袁进：《鸳鸯蝴蝶派散文精粹·前言》，《通俗文学评论》1997年第2期。

袁良骏：《"两个翅膀论"献疑——致范伯群先生的公开信》，《文艺争鸣》2002年第6期。

詹丹：《仙妓合流的文化意蕴——唐代爱情传奇片论》，《社会科学战线》1992年第3期。

张兵：《话本的定义及其他》，《苏州大学学报》（哲学社会科学版）1990年第4期。

章培恒：《日译〈中国文学史新著〉（增订本）序》，《复旦古籍所学报》2012年第1期。

赵勇：《媒介文化语境中的文学阅读》，《中国社会科学》2008年第5期。

郑敏：《世纪末的回顾：汉语语言变革与中国新诗创作》，《文学评论》1993年第3期。

郑逸梅：《我所知道的徐枕亚》，《大成》（香港）1986年总第154期。

邹培元：《我的外祖父包天笑》，《传记文学》（台湾）2006年第89卷第6期。

左鹏军：《"二十世纪中国文学"研究中的一种普遍性缺失》，

《汉语言文学研究》2011年第1期。

八、当代报刊资料

陈竞：《面对城市化进程，文学如何应对？》，《文学报》2010年4月1日。

何映宇：《顾彬：失望是因为爱》，《新民周刊》2008年第39期。

江村：《被"五四"遮蔽的姚鹓雏们》，《东方早报》2009年6月17日。

魏丹：《何为"网络文学"？十余年来争论不休，传统评论家其实无法做批评》，《文汇读书周报》2010年2月26日。

伍立杨：《文学是否垃圾》，《社会科学报》2010年6月10日。

习近平：《习近平在文艺工作座谈会上的讲话（2014年10月15日）》，《人民日报》2015年10月15日。

杨扬：《市场规则与文学的逻辑——从〈收获〉刊登郭敬明〈爵迹〉引发的争议所想到的》，《文汇读书周报》2010年6月11日。

周立民：《传统文学期刊：还有出路吗》，《文汇读书周报》2010年6月18日。

九、外文论著

C. T. Hsia, *A History of Modern Chinese Fiction*, Bloomington, Indiana: Indiana University Press, 1999.

G. N. Leech and M. H. Short, *Style in Fiction: A Linguistic Introduction to English Fictional Prose*, London: Longman, 2007 (2nd edition).

Link, E. Perry, *Mandarin Ducks and Butterflies: Popular*

Fiction in Early Twentieth-Century Chinese cities, Berkeley and Los Angeles, California: University of California Press, 1981.

Lydia H. Liu, *Translingual Practice*, *Literature*, *National Culture*, *and Translated Modernity-China*, 1900 - 1937, Stanford, California: Stanford University Press, 1995.

Pierre Bourdieu, *The Field of Cultural Production*, New York: Columbia University Press, 1993.

Wei, Shang, *Rulin waishi and Cultural Transformation in Late Imperial China*, Cambridge (Massachusetts) and London: Harvard University Press, 2003.

后　记

在新冠疫情发生后的第三个"世界读书日",我终于完成了本书的修订。这本小书以我的博士论文《民初"兴味派"小说家研究(1912—1923)》为基础,全面审视民国初年的上海小说界,涉及世界、作家、作品和读者四个维度。从我开始进行研究到书稿交给出版社,本书写了将近十三年。元宵节后,我又集中精力对本书做了最后的润色。在那段从晚春到初夏上海静态管理的艰难时日里,没想到竟是这部写作极慢的书给了我莫大的慰藉。书稿的字里行间不时浮现着众多师友的亲切面影,我仿佛在向他们汇报,又好像和他们对谈,并未感到因封控带来的精神孤寂。正是这些师友领着我踏入明清近代文学的疆域,冲破重重迷障,进入一个充满奇花异草、令人兴味盎然的文苑。我要向他们致以由衷的谢意!

修订书稿过程中,我的思绪几度重回 2009 年一个仲夏的清晨,导师黄霖先生正召集我们同级博士生在复旦光华楼 1704 室确定学位论文选题。我在听了先生对近代"旧派"小说家至今未获公正评判的系统讲解后，深受先生学术求真态度的感染，主动要求研究这批蒙尘于百年历史中的小说家。可当我真正投入研究时，才发现其难度远超想象。

首先碰到的困难是如何获得新材料。当时查阅近现代报刊费力巨而收效微，我常常在上图的胶片放映机上读一天，却一无所获。幸亏有先生多年积累的近代小说批评文献做基础，先生又时时指点我获取新材料的新方法，才使我的博士论文能够建基于新材料之上。特别是论文中小说话、序跋、发刊词、专题论文与作品等材料的综合运用会让人感到新鲜。第二个主要困难是如何打破遮蔽、突破成说。研究所谓"旧派"小说家首要的任务是为其正名，这势必碰到陈陈相因的成说和层层累积的遮蔽，我当时就常常不自觉地被已有"话语""定论"牵着走。正是先生不厌其烦地一次次指点迷津，才让我始终能够沿着正确方向不断逼近历史的本相。

读博期间，先生还将我推荐给美国哥伦比亚大学东亚语言与文化系的商伟教授联合培养，在商老师极具智慧的点拨下，我很快找到了恰适阐析清末、民初、五四不同时期小说界间微妙差别的方法。至今，商伟老师还常常关心着我，我也一直为拥有这样一份师生缘而感到幸运。毕业前夕，黄霖先生带我参加了中国近代文学学会第十六届年会，开始将我介绍给学术界。记得先生曾为修改润色当时的参会论文耗费了不少心血，那篇论文在会上宣读后获得了很好的反响，后有幸被《文学遗产》揭载。毕业留沪后，先生带我参加了更多的学术会议，参会交流不仅扩大了我的视野，也使我得以反思自身研究之不足。

最近几年，先生还让我参加了他任总主编的《民国古体文学大系》的编选工作。通过编选其中的《小说集》，我不仅为撰写本书相关章节准备了丰富的作品资料，还由这些资料引发了不少创新性思考。看着先生最近发来的本书"题辞",我深感先生对本书的指导以及对我学术成长的帮助实在是太多了,很难在这里一一笔述。对此,我除了铭记于心,惟有努力争取早日做出一些令先生满意的成果,让先生开心。同时,我想特别感谢师母徐甘老师,她如慈母般的关爱让我多年未曾有异乡作客的感觉。

  我系统研究民初上海小说界之最初一念是由谭帆先生启发的。2011年岁末,谭先生作为主席主持我的博士论文答辩会,当时他建议我将来可拓展更多维度,将综论部分写得更厚重些。后来我有幸到华东师范大学中文系做谭先生的博士后,得到了先生的精心指导,因而有条件将最初一念落实为这部书稿。先生先是让我为民初笔记体小说作品编目,我则结合《民国古体文学大系·小说集》的编选任务将编目扩大至传奇体、章回体等其他文体作品。就这样,我逐渐夯实了研究民初小说界作品维度的基础。谭帆先生以擅长理论思辨和体系建构著称,我每次听课和接受指导时,对此都印象深刻,且受益终身。多年来,先生对我的学术和工作都十分关心,尤其是最近几年,我遇到了一些困难和困惑,正是先生的悉心指教、无私关怀,让我迎难而上、一一破解。还有师母绍明珍教授的关心鼓励,也给了我不少纾难解困的力量。去年,先生又让我担当他主持的国家社科基金重大项目子课题负责人,让我有机会深入系统地研究中国小说评点。本书修订完成后,我请谭先生赐序,先生不仅慨然应允,还对书稿中存在的一些问题提出了修改提高的宝贵建议。这一切,都让我感激不尽,且将永记心头。

  导师之外,复旦大学李桂奎教授全程见证了这本小书的产生。在我们二十多年亦师亦友的亲密交往中,他对我的关心和帮助正如春雨润物细无声。他常说相交贵在知心。我们每一次见面,都会在谈学论道中将这种"知心"之意再推进一层。单就这本小书来说,从我写作博士论文起,到获得国家社科基金立项,再到如今结项出版,都时时得到他的指点。如此良师益友,实在是我崎岖不平学术道路上难得的"引路人"。

处在疫情漩涡中的我一边修订本书,一边回忆每一位曾经帮助过本书写作的师友,心中默默致谢。犹记得博士论文答辩前后,袁进、吴兆路、左鹏军、许建平、周兴陆诸位教授提供了富有洞见的指导,答辩秘书罗剑波师兄给予了真诚的鼓励;犹记得博士后出站答辩前后,朱惠国、程华平、詹丹、赵维国诸位教授不吝金针度我,王瑜锦师弟认真地帮我记录……

因写这篇后记勾起了我在上海求学、教书的许多记忆。十多年来,我要感谢的人实在太多太多。虽然不能在此一一致谢,但他们的深情厚谊我会常驻心间,衷心祝福他们吉祥如意。

我还要特别感谢挚爱的亲人。勤劳朴实的岳父母、父母多年来细致地照顾着我的生活。承担着繁重教研任务的妻子张俊为了我有更多时间投入研究,默默承包了家里的世俗烟火。在那些封控的日子里,我每每看到妻忙碌"抢菜"的身影,内心总是充满感动。每每看到浑身散发着青春气息、忙着上网课的儿子,耳边就自然响起诗人食指的那首《相信未来》。

本书能够完成要特别感谢国家社科基金项目的资助。书中部分内容曾在《文学遗产》《文艺研究》《文艺理论研究》《复旦学报》《中山大学学报》《四川师范大学学报》《中南大学学报》《中国文学研究》《明清小说研究》《中国社会科学报》《传记文学(台湾)》《国际比较文学》《中国小说论坛》等报刊发表,特别感谢编辑老师们的指导和厚爱。

本书得以出版,要感谢上海师范大学人文学院的大力支持,诚挚感谢院长查清华教授将其列入他主编的"中华典籍与国家文明研究丛书"。在出版过程中,上海古籍出版社闵捷女士作为责任编辑

后　记

付出了大量时间和心力，黄亚卓女士做了一些前期工作并担任二审，奚彤云总编辑在三审中也给予了宝贵指导，在此一并致以深深的谢意！

我深知这本小书还有很多不足和不妥之处，真诚地希望得到方家和读者的批评教正。

2022 年 5 月 1 日初稿
2023 年 3 月 8 日改定

图书在版编目(CIP)数据

民初上海小说界研究：1912—1923 / 孙超著. ——上海：上海古籍出版社，2023.6
（中华典籍与国家文明研究丛书）
ISBN 978-7-5732-0698-5

Ⅰ.①民… Ⅱ.①孙… Ⅲ.①小说研究－中国－1912-1923 Ⅳ.①I207.42

中国国家版本馆 CIP 数据核字（2023）第 068988 号

中华典籍与国家文明研究丛书
民初上海小说界研究(1912—1923)
孙　超　著
上海古籍出版社出版发行
（上海市闵行区号景路 159 弄 1-5 号 A 座 5F　邮政编码 201101）
（1）网址：www.guji.com.cn
（2）E-mail：guji1@guji.com.cn
（3）易文网网址：www.ewen.co
上海展强印刷有限公司印刷
开本 890×1240　1/32　印张 19.125　插页 6　字数 520,000
2023 年 6 月第 1 版　2023 年 6 月第 1 次印刷
印数：1—1,300
ISBN 978-7-5732-0698-5
Ⅰ·3723　定价：108.00 元
如有质量问题，请与承印公司联系
电话：021-66366565